阿彩 著

⑤
逆命阴阳华发生

凤凰错

Fenghuang Cuo

上册

青岛出版社
QINGDAO PUBLISHING HOUSE

图书在版编目（ＣＩＰ）数据

凤凰错. 5, 逆命阴阳华发生 / 阿彩著. -- 青岛：
青岛出版社，2018.9
ISBN 978-7-5552-4016-7

Ⅰ．①凤… Ⅱ．①阿… Ⅲ．①长篇小说－中国－当代
Ⅳ．①I247.5

中国版本图书馆CIP数据核字(2016)第106221号

书　　名　凤凰错. 5, 逆命阴阳华发生
著　　者　阿　彩
出版发行　青岛出版社
社　　址　青岛市海尔路182号（266061）
本社网址　http://www.qdpub.com
邮购电话　010-85787680-8015　13335059110
　　　　　0532-85814750（传真）　0532-68068026
责任编辑　郭林祥
责任校对　邓　旭
特约编辑　孙红彦
装帧设计　小　贾
照　　排　孙顾芳
印　　刷　三河市航远印刷有限公司
出版日期　2018年9月第1版　　2018年9月第1次印刷
开　　本　16开（700mm×980mm）
印　　张　34
字　　数　443千
书　　号　ISBN 978-7-5552-4016-7
定　　价　65.00元（全二册）

编校印装质量、盗版监督服务电话　4006532017　　0532-68068638
建议陈列类别：畅销·古代言情

目录 [上]
CONTENTS

凤凰错

⑤逆命阴阳华发生 Fenghuang Cuo

第 一 章　以生命为赌注 / 1

第 二 章　他来了 / 11

第 三 章　日后归隐云中 / 21

第 四 章　许你百世无忧 / 34

第 五 章　伤在儿身痛在娘心 / 45

第 六 章　青山处处埋忠骨 / 56

第 七 章　神令不可违 / 65

第 八 章　五界风云起 / 75

第 九 章　与你同归于尽 / 98

第 十 章　中州的雪少 / 115

第十一章　灭天弩的诅咒 / 129

第十二章　史上第一呆神兽 / 141

第十三章　铁汉柔情雪天傲 / 153

第十四章　神兽的骄傲 / 167

第十五章　命运的力量 / 176

第十六章　熟悉的陌生人 / 189

第十七章　故人相见不相识 / 202

第十八章　只为你而来 / 219

第十九章　战斗由此拉开序幕 / 234

第二十章　六月十六光明神殿 / 250

目录 [下]
C O N T E N T S

凤凰错
⑤
逆命阴阳华发生
Fenghuang
Cuo

第二十一章　婚礼上的闹剧 / 269

第二十二章　我是你的谁 / 283

第二十三章　怀疑的种子 / 296

第二十四章　世人皆棋子 / 308

第二十五章　圣光神剑 / 320

第二十六章　这天不由你左右 / 337

第二十七章　再相见 / 348

第二十八章　女人真是麻烦 / 358

第二十九章　从此不相欠 / 368

第 三 十 章　愿一切回到从前 / 380

第三十一章　骄傲又爱面子 / 400

第三十二章　无论多久我都等你 / 415

第三十三章　诛杀创始之神 / 427

第三十四章　天下最无情 / 439

第三十五章　冰言千叶总相依 / 447

第三十六章　为美人弃江山 / 464

第三十七章　逆命阴阳华发生 / 482

第三十八章　没有你的日子 / 496

第三十九章　你若安好，便是晴天 / 508

第 四 十 章　留下来的我们 / 519

番　　　外　我命由我不由天 / 536

FENG HUANG CUO

第一章
以生命为赌注

　　昭华山脉，凶兽云集，从来不曾有神兽踏足，但今日的神圣巨龙在此地成圣，黑凤凰在此地重生，要说昭华山脉没有特殊之处，都无人相信。

　　东方宁心与雪天傲可以肯定，很快各路高手就会涌向昭华山脉。为了安全起见，他们必须尽快离开此地。

　　按事先谈好的条件，黑凤凰的蛋壳归东方宁心与雪天傲所有。李漠远还未走，东方宁心就毫不客气地将碎成一块一块的蛋壳拾了起来。

　　只是轻轻地握在手中，东方宁心就感受到了蛋壳散发出来的强大能量。黑凤凰没能把蛋壳吃了，损失不小。

　　"宁心……"李漠远忍不住开口，不等他说话，东方宁心就打断了他的话："蛋壳不会给你，你死心吧。还有，三秒内，你不离开我就动手。"

　　"好吧。"李漠远叹息了一声，看了一眼倒在地上一动不动的雪天傲，又看了一眼虎视眈眈的君无量、倾似也和凌子楚，最终放弃了。

　　"宁心，我们洪荒见。"蛋壳抢不到，也问不出东方宁心与雪天傲来昭华山的真正目的，李漠远不再勉强，转身离去。

　　东方宁心头也不回，默默地将蛋壳拾起。火红的铁盒里装满了黑亮的蛋壳，每一片都亮得晃眼。当最后一块蛋壳被东方宁心拾起，通红的火浆消失了，露出底下焦黑的枯土。

　　这片土地上虽有黑凤凰的灵气，但全部被蛋壳吸收了，千百年内这里将寸草不生。

　　东方宁心将蛋壳收好，便走到雪天傲身边。天地规则那一击，给雪天傲带来的伤害，肉眼难以看出。东方宁心没有上前，而是站在雪天傲面前，开启精神领域。

她的精神领域已形成，如同海洋一般宽阔无比。东方宁心发现她可以进入自己的精神领域，现在她的精神力不是游丝，而是一个缩小的她。

东方宁心放出精神力，探查雪天傲身上的伤，这一看不由得皱起眉头。雪天傲全身骨头断裂，五脏六腑碎了，真气不知被什么封住，无法运转。

"天地规则果然可怕。"雪天傲只剩一口气了，天地规则没有杀他，却险些把他给废了，要是不能治好，他的实力至少会下降三成。

想到刚刚从李漠远那里弄来的九转龙骨丹，东方宁心无声地苦笑。果然，天地规则不想让一个神魔醒来，他就有办法断了他们所有的路。

没有任何犹豫，东方宁心将九转龙骨丹喂给了雪天傲。在九转龙骨丹的滋补下，雪天傲身上的伤开始以肉眼可见的速度愈合……

雪天傲在服下九转龙骨丹的第二天醒来了，醒来后他沉默了许久，就在东方宁心想要开口安慰他之际，雪天傲说道："凌子楚，你说你是为了北灵草和血灵草而来的，对吗？"

"是。"凌子楚不知雪天傲有何用意，不解地点了点头。

"光明神殿的叶飞扬也是为了这两株灵草而来的？两殿大长老的伤，都需要用它，对吗？"雪天傲又问。

凌子楚再次点头。

"北灵草和血灵草在哪里？"能让两殿派出准神王，能医好光明神殿与黑暗神殿大长老的伤，这两种灵草必是不凡。

也许，它们对神魔有用。

"啊？"凌子楚一愣，不解地看向雪天傲，"我不知道北灵草和血灵草的下落，这两种灵草并不好寻，而且我们要寻它做什么？"

凌子楚并不知晓神魔的事，神魔的情况只有雪天傲、东方宁心几个人知晓。

"你的契约兽饕餮是昭华山的王，它在昭华山近千年，这里还有它不知道的地方吗？这一整天，你就没有和它交流过？"雪天傲不认为自己需要给凌子楚解释，他只需要答案。

凌子楚忙把饕餮召唤出来。饕餮没有多尊重凌子楚，但在东方宁心和雪天傲面前，却乖巧得如同小狗。

凌子楚看着自己的契约兽一出来，就狗腿地去抱东方宁心与雪天傲的大腿，就算冷漠如他，也忍不住生气了。

饕餮毫不理会凌子楚的怒气，却对东方宁心与雪天傲露出讨好的笑容。

雪天傲很快就问出了北灵草与血灵草的下落，甚至连天火火源在哪里，饕餮都知道。只是饕餮在提到天火火源时支支吾吾，眼里闪着惧意，一副很害怕的样子。

得到了自己想要的信息，东方宁心与雪天傲也不为难饕餮，挥了挥手，示意它可以走了。

饕餮狗腿地绕着东方宁心转了两圈，屁颠屁颠地回到契约空间，对于凌子楚的叫唤充耳不闻。

雪天傲与东方宁心一行人按饕餮所指，朝昭华山东南方向走去……

据饕餮所言，那个地方是一片沼泽，北灵草和血灵草就生长在沼泽之下。那片沼泽吞骨无数，没有人能够活着走出来，除了饕餮这个地头蛇，没有人知道那个地方。

一路朝东南方向走去，风从耳边吹过，树木在两旁倒退，沿途不见半个人或兽的影子。

来到沼泽之地，东方宁心与雪天傲没发现北灵草的下落，却看到了掉进沼泽的叶飞扬。也不知叶飞扬遇到了什么，腰部以下全部陷在沼泽之中，上半身也满是污秽。

"雪……天傲神王。"叶飞扬早就看到了来人，当东方宁心与雪天傲一行人走近时，率先叫出声来。

奇怪的是，叶飞扬的神情平和到让人惊讶。

"咦，这不是叶少主吗，你这是在欢迎天傲神王吗？"倾似也在最初的错愕之后，大笑起来，随手抓起两块石头丢入沼泽中。

污泥溅起的淤泥糊在叶飞扬脸上，叶飞扬伸手去擦，却越擦越脏，根本擦不干净。

但叶飞扬却没有半分气恼，甚至笑了笑，看上去很是诡异。

立在沼泽之中，叶飞扬不呼救，也不担心东方宁心与雪天傲会对他出手，淡定得好像是个看戏的路人，让众人很是不安。

"找去看看，这沼泽里有什么。"东方宁心小心地上前，甩出柳云藤。

柳云藤却不听话了，死死地缠在东方宁心的手上，怎么也不肯松开："不要，不要，我不要！"

神器对危险都特别敏感，这片沼泽虽然不会让它丧命，但绝对不安全。

"别闹。"东方宁心再次一甩，柳云藤飞了出去，却缠在他们身后的巨树上。

"柳云藤！"东方宁心声音一沉，已经是命令的语气。她极少对自己的神器如此不善，只是这柳云藤太娇气了，做这个嫌，做那个又不愿意，作为一把兵器实在不称职。

"主人……"柳云藤也怕了，可怜兮兮地叫着，一头缠在树上舍不得松开。

"下去探。"东方宁心不给柳云藤拒绝的机会，命令道。

"呜呜呜……"柳云藤低声哭着，虽然万般不愿意，但在东方宁心的强势下，却一点一点地松开，那可怜兮兮的样子让东方宁心也叹了口气。

"算了，我先用别的东西下去看看。"东方宁心使出巧劲，柳云藤缠着的那棵树直接被拔了出来。

轰隆一声，十余米高的巨树，直接落在沼泽之中。

需要三个大汉才能抱住的巨树，一落入沼泽便消得无影无踪。

东方宁心眼睛瞬间瞪大，再看向叶飞扬，见他没有半点儿惊奇，好像早就知道了。

难怪柳云藤怎么也不肯下去，沼泽居然可以将一切都化为淤泥？

"树呢？"倾似也惊叫。

"烂在沼泽里了。"

"那么叶飞扬呢？"倾似也指着叶飞扬不解地问道。如果事情如他们看到的这样，那么叶飞扬怎么没事？

所有人都看向沼泽之中的叶飞扬，视线齐刷刷地落在叶飞扬被埋在沼泽中的下半身，眼中闪过一抹同情，随即又是不解。

如果这沼泽可以腐蚀一切，叶飞扬的脸上和身上也有淤泥，怎么就一点问题也没有呢？

君无量和倾似也默默地看向东方宁心，询问东方宁心要不要把叶飞扬拉出来看看。

看着东方宁心一行人的怀疑与同情，叶飞扬只是笑了笑，眼神落到雪天傲的身上，叶飞扬已经没有半点儿愤怒了，不带任何感情，昔日那双神采飞扬的眸子里此时只剩死寂。

东方宁心与雪天傲相视一眼，在彼此的眼中，都看到了怀疑与不解，叶飞扬这是真的还是装的？

创始之神呢？他怎么可能眼睁睁看着叶飞扬落到这个地步？

如果下半身没了，叶飞扬还是以前那个叶飞扬吗？

东方宁心与雪天傲沉默了，他们不相信创始之神不知道叶飞扬的处境。创始之神不出手，是放弃了叶飞扬，还是在等他们呢？

"是出手，还是直接杀了他？"东方宁心以眼神询问雪天傲。

"先把人拉出来。"确定叶飞扬是不是真的废了再说。

事实摆在面前，叶飞扬废了，真正地、彻底地、完全地废了。下半身别说肉了，连白骨都没有留下半截，完全没有了，只留下半个身子在上面，切口处被一坨淤泥堵住了，血暂时没有流出来，这应该算是不幸中的万幸。

东方宁心拉他出来时，他整个人还是那副样子，没有半丝生气，也没有半丝脾气，像个桩子似的倒在地上一动不动。只用一双眼定定地看着雪天傲，眼中是晦暗不明的光芒。

看着这样的叶飞扬，东方宁心与雪天傲都不知道要说什么。

"杀了算了，免得活着受罪。"倾似也不带感情地说道。他师父就死在光明神殿的人手中，他恨光明神殿的每一个人，但看到这样的叶飞扬，他也没有兴趣落井下石。

"杀？他死了，谁给我们找血灵草与北灵草？淤泥之中谁敢下去？"东方宁心晃了晃柳云藤，提醒众人，连神器都不敢去的地方，他们普通人更是不行。

"把他踢下去有用吗？"倾似也很认真地思考着这个问题，万一叶飞扬落下去后，全部化成淤泥了呢？

"没用。"东方宁心回答得很干脆。

"那留着他干吗？看着碍眼呀？"倾似也上前，一脚就准备将叶飞扬踢入沼泽之中。

叶飞扬从始至终都没有说话，空洞的视线落在雪天傲身上，又似透过雪天傲，看向不知名的远方，就好像众人讨论的不是他一般。

"等一等。"东方宁心连忙阻止倾似也。

倾似也一愣："宁心，你不会圣母地想放过他吧？他现在虽然很可怜，可是你知道他杀了多少人吗？我师父还有宗派那么多高手，全部死在他的手上，异界那些半兽人虽然不是死在他的手上，但却是他下的命令，你真要放过他？"

倾似也一脸失望地说了一大通，急得双眼通红。

当倾似也看到自己师父的尸体被叶飞扬置于大殿上时，他就发誓，总有一天他一定要杀了叶飞扬为师父报仇。

看到残废的叶飞扬，他可以同情，可以可怜，但绝对不会手软。这么好的机会就在眼前，他怎么能放过？他没有将叶飞扬凌迟处死，就已经是仁至义尽了，就已经是善心大发了。

师父对他来说，比父母更亲！

今天，谁也阻止不了，他非杀叶飞扬不可。

东方宁心无语地摇头，在倾似也眼中，她竟是如此善良吗？

叶飞扬和他们是敌非友，这一点无法改变，面对敌人她什么时候手软过？只不过就这样把叶飞扬给丢下去，太便宜他了。

"倾似也，沼泽里有我们想要的东西，我们非下去不可，叶飞扬可以替我们探路。"

"探路？他这个样子，怎么探？而且这和我把他丢下去有什么区别？"倾似也终于放心了，东方宁心与雪天傲没有放过叶飞扬的念头就好了。

东方宁心高深莫测地一笑："这沼泽别人进不去，我们却可以。"

"我们？怎么进？"倾似也一头雾水。

精神力的探索吗？东方宁心不是说了，黑黑一片，什么也看不清吗？再说了，要用精神力和叶飞扬有关吗？

东方宁心也不卖关子，美目流转，看向雪天傲："雪天傲能驾驭星空之力，真气是冰封。这片沼泽里虽然全是腐烂的淤泥，但也含水，雪天傲完全可以将这片沼泽冰封，再整个儿移走。待到沼泽空了，就需要有人去确定这片沼泽是否安全，叶飞扬是个不错的人选。"

"你怎么不早说，雪天傲，快，快出手。"倾似也白了东方宁心一眼，一副"全是东方宁心的错"的样子。

东方宁心懒得搭理他，跟倾似也怄气，只会把自己气死。

雪天傲凝聚真气，给了东方宁心一个安心的眼神，一个"封"字，便将他们能看到的区域全部冰封住了。

在冰封住的那一刻，叶飞扬那双死气沉沉的眸子里闪过一抹嘲讽与同情，然而这时众人的注意力都在雪天傲身上，没有人看到。

在沼泽中的淤泥被冰封之后，雪天傲再次凝聚真气，控制星空之力。

"起——"整个沼泽里冰封的淤泥被原地拔起，就好像从平原中生生地拉起一座山……

平地而起的淤泥将众人的视线都遮住了，抬头看去，竟有百余丈高，但众人依旧没有看到沼泽的底。

"这沼泽到底有多深呀？似无穷无尽一般。"倾似也咋舌，无限佩服地看着雪天傲。

千万米之长、数百丈之深的冰封烂泥，居然被雪天傲生生地拎起来了，雪天傲的星空之力真是让人羡慕。

"深约五百丈。"雪天傲很给面子地答了倾似也一句，也是为了让众人安心。

五百丈，要让一个天神爬上去轻而易举，但要从沼泽中拉出来却绝非易事。雪天傲将所有的真气全部用在驾驭星空之力上，即便如此，淤泥上升的速度依旧很慢，近半个时辰过去，他们能看到的依旧是冰封的淤泥，根本看不到底。

"这得什么时候才能见着底呀？"倾似也没什么耐心地说道，脸颊上的伤口全是血，让他更加不耐烦。

这孩子倒霉也不是没有原因的，太过冲动的性子，总让他把小倒霉变成大倒霉。像是为了验证倾似也有多么倒霉似的，他的话音刚落，一直受雪天傲控制的冰封淤泥突然失去了控制，不停地颤动，厚厚的冰层也开始龟裂。

"不好！"

"糟糕！"东方宁心、凌子楚和君无量第一时间来到雪天傲身后，将真气注入雪天傲的体内，助雪天傲控制住淤泥，可是来不及了……

轰的一声巨响，被雪天傲"拎"起来的淤泥全部掉了下去，溅起无数泥浆。泥浆所落之处，无论是青草还是树木，立刻就被腐蚀了。

"冰封屏障。"雪天傲竖起一块厚冰挡在众人面前，同时疾呼："快退开！"

淤泥飞溅，瞬间将冰屏击碎，众人连忙运气防御，紧张地盯着面前的烂泥。

他们很清楚，这片沼泽绝对不寻常。

不出众人所料，真气还没来得及凝聚，只见一团无形的淤泥突然在半空中伸展开来，其形似龙，不见五官，仅有数米之长。就是这么一个小东西，却张狂地朝着众人张牙舞爪，一身的凶戾之气，让人一阵恶寒。

沼泽里竟有这般凶悍之物，难怪连创始之神的徒弟叶飞扬也会栽在这里。

东方宁心与雪天傲十指相扣，挡在了最前面。无论遇到什么危险，他们都会挺身而出，保护身后的朋友。

"我的天啊，这是什么？沼泽中的烂泥也有守护兽吗？"倾似也连连后退，眼里闪过一抹惊慌，不知是他多心还是真的，他好像看到这团烂泥正朝他飞来。

东方宁心暗暗吸气，压下心中的担忧，将自己所知告诉众人："我们的运气很糟糕，如果我没有猜错的话，这应该是蝙龙。相传蝙龙性喜黑暗、残暴无比，口中所吐的浊液具有极强的腐蚀性。看此物的外形，再加上这片沼泽区的腐蚀性，基本上就可以断定它的身份。不过这只蝙龙的原身已毁，灵魂依附在沼泽中，借着淤泥成形，也将这些淤泥变得极具腐蚀性。无论是谁，一旦被淤泥碰到，下场就和叶飞扬一般。"

东方宁心说话间，面前已经燃起巨大的火屏。冰封不住，那就火烤，把这些淤泥烤干，看你如何腐蚀，看你如何结为龙形！

"吼……"巨大的火光挡住了蝙龙，蝙龙只能在火光外朝众人咆哮，不敢上前半步。

"现在怎么办？"倾似也问道。

淤泥所落之处，无论是泥土还是树木，皆会瞬间腐烂，太可怕了。

"不怎么办，你敢碰它吗？"东方宁心指着火光外的蝙龙问道。

"当然不敢。"

"可是，就这么耗着也不是办法呀。"凌子楚与君无量的眼里闪过一抹凝重。

没有肉身的蝙龙，实力虽然不强，却极具腐蚀性，而且很聪明，等到雪天傲的真气耗得差不多了才突然偷袭。要是这里只有雪天傲一人，他也就变得和叶飞扬一样了。

"它也不会任由我们耗着，不知道黑神战甲能不能抵抗这种腐蚀。"火屏后的蝙龙很是急切，东方宁心敏锐地察觉到它的意图，似乎把他们几人给腐蚀了，它的实力就会增强。

"先穿上黑神战甲，以防万一。凌子楚、倾似也，你们两个小心一些，躲到后面去。"这二人的战甲肯定无法抵御蝙龙的腐蚀。

"好……"凌子楚拉着倾似也就往后走，同时召出饕餮守护。

懒洋洋的饕餮看到蝙龙就是一激灵，从地上蹿了起来，一脸戒备地盯着火屏后的泥影。

看到龙之子机警的样子，众人更加明白蝙龙的腐蚀性不是一般的强，就是龙之子身上坚硬的龙鳞，恐怕都扛不住蝙龙的腐蚀。

众人刚刚准备好，还来不及发起攻击，整片沼泽的淤泥就突然飞起，将蝙龙层层裹住。

"吼——"蝙龙一声厉喝，在淤泥的保护下穿过天火屏障，闪电般朝众人扑来。

"快闪开，别让它碰到。"东方宁心第一时间竖起黑暗守护。蝙龙一张嘴，一团淤泥扑来，黑暗守护瞬间化为乌有。

第一次遇到这么变态的凶兽，东方宁心与雪天傲的心不由得一震。黑暗守护这么强大的防御，在它面前竟和薄纸一般脆弱，这家伙实在太厉害了。

"我用时间静止术，你把他们带到五帝宝殿。"雪天傲手中的龙剑快到无形，阵阵剑光将自己和身后之人护得严严实实。

"好。"东方宁心收起凤剑与天火，把小小的五帝宝殿托在手中。

"五帝宝——"

"大预言术，时——"

两人几乎同时出手，狡猾的蝙龙预感到危险将至，突然身形一散，化为点点烂泥隐入四周。

目标突然消失，东方宁心与雪天傲不由得动作一滞。就在此时，无数泥点闪电般穿过二人的防御，瞬间凝成龙形，扑到东方宁心与雪天傲面前。

"好难缠的家伙！"东方宁心与雪天傲不得不拔剑阻挡淤泥蝙龙的进攻，但攻击一到，淤泥蝙龙又消失了。

如此反复折腾了他们数十回后，淤泥蝙龙再次凝聚成形，忽然越过东方宁心与雪天傲，直接扑向倾似也。

"倾似也，快闪开！"雪天傲脸色一变，以他的倒霉程度，一旦被淤泥蝙龙扑中，那就死定了。

"啊？我怎么这么倒霉！"倾似也脸色一变，赶紧凝气反击。

"剑宗弑血剑！"

"道宗开山印！"

倾似也将真气发挥到极致，眨眼间一连发出两道攻击。

"无量星辰！"君无量赶紧朝淤泥蝙龙发出攻击。

"幽冥三炎变！"凌子楚的招式与饕餮的攻击同时发出。

两个天神，一个准神王，再加上龙之子的必杀技，哪怕是神王也不敢硬接。按说淤泥蝙龙对上也只有死路一条，但当他们的攻击逼近，蝙龙再次消失得无影无踪，毁天灭地的攻击全部打在沼泽之中，将沼泽中的淤泥打得满天飞，四落的淤泥将昭华山毁了小半。

不待众人喘息，消失的蝙龙再次凝形，这一次，它出现在倾似也的侧面。

"该死的，你就吃定我最弱是吧。"倾似也双眼冒着火花，心里怒火中烧。

此时雪天傲与东方宁心已经赶到，两人挡在倾似也面前，身着黑神战甲，手中的龙凤双剑同时挥出："龙凤于飞！"

龙凤双剑齐齐朝蝙龙刺去，蝙龙竟然没有散开，任由利剑将身子劈成两半。待到剑气消失时，劈开的身子再次凝聚，沼泽之中又有不少淤泥扑来。

这家伙根本就没有身体，他们再攻击这些烂泥也无济于事，沼泽中自有取之不尽的淤泥。

"我把它弄到精神领域去，正好试试精神领域的效果。"东方宁心看着半毁的昭华山，眼里闪过一抹杀意。

"行，不过别逞强。"雪天傲替东方宁心制造机会，但不等东方宁心凝聚真气，淤泥蝙龙突然张开大嘴。

"噗——"腐臭的淤泥从龙嘴里喷出，铺天盖地地朝雪天傲涌去。

"它要杀的居然是雪天傲！"倾似也站在雪天傲身后，明显感觉到蝙龙强大的怨气。

"该死！"东方宁心及时撒出一把金针，雪天傲的破天枪与冰封绝技也在第一时间使了出来："破天奥义！封！"

然而，淤泥来势太快，雪天傲猝不及防，一个泥点落在了他的左臂之上，瞬间把黑神战甲腐蚀掉一大片，伤口不断扩大……

雪天傲迅速褪下黑神战甲，龙剑一扬，当机立断，将伤处的血肉全部削掉。

淤泥蝙龙丝毫不给雪天傲喘息之机，攻势越发凶猛，沼泽中的淤泥不停地砸向雪天傲。

"雪天傲，小心！"手中的柳云藤飞出，东方宁心试图将雪天傲带离险境，不料雪天傲却反手一推："别过来！"

"不……"东方宁心被雪天傲推开之后，再次挥出柳云藤，却又被雪天傲避开了。

"宁心，别过来，我还没把这些淤泥放在眼里，我能杀了这只孽畜。"不正面和泥龙对上，永远都不知道它的弱点在哪里，何况真的对上了，他也未必战败，更可能的是他把对方给灭了。

"雪天傲，你可别骗我！"东方宁心闻言，稍微松了口气。

雪天傲沉着应战，再次使出千里冰封，就在一瞬间，不仅面前的泥浆被冰封住，连东方宁心等人也全都动弹不得。

"吼——"淤泥蝙龙朝天怒吼，将外围的冰块震碎，碎冰混着淤泥向雪天傲砸去。

雪天傲根本没有躲开之意："光明圣眷！"

雪天傲并非鲁莽之人，当淤泥向他袭来时，他已经将自身的防御完全开启，剩下的就是赌了——赌是这光明圣眷强，还是蝙龙的腐蚀性强。

第二章
他来了

拿命去赌！

赌赢了，他便赢了全世界，让东方宁心看到他保护她的决心与能力。

赌输了，他会拥有东方宁心刻骨铭心的爱恋，让东方宁心永远都忘不了他。

当然，他相信最后赢的一定是他，因为他是雪天傲！

"雪天傲，我恨你——"在蝙龙扑向雪天傲的那一霎，东方宁心身上的冰块碎了，她跌倒在地，撕心裂肺地大喊，"你疯了，我们还没到赌命的地步，你到底要干什么……"

"东方宁心，相信我，你的男人不是懦夫，也不是莽夫！"雪天傲手中的剑挟着神圣的光芒，迎向呼啸而至的淤泥。

就在这时，一个身影突然飞了过来，挡在雪天傲的面前。

"倾似也，你不是要杀我，替你师父报仇吗？我让你永生都没有机会！天傲神王，你不是讨厌我吗？我要你一辈子都欠我一份人情，永远都还不清！"叶飞扬撑着半截身子，将雪天傲推开。

"光明圣眷！"同样使出雪天傲刚刚用的一招，任全身被金光包裹，任蝙龙的泥浆将自己淹没。

在叶飞扬扑向雪天傲的那一刻，有个金色的圆球悄然飞入雪天傲的脑中。

雪天傲与叶飞扬的身上都金光闪闪，金球只有指甲盖大小，别说旁人了，连雪天傲自己也没有察觉。

唯一知情的只有叶飞扬，他却没有说的打算。被泥浆吞没的那一刻，叶飞扬突然笑了，笑得无比凄凉："天傲神王，东方宁心，你们别同情我，我的今天就是你们的明天！"

"我们都是棋子，都只是棋子，现在我是一颗废棋，而你们早……"叶飞扬还没来得及说完，就被泥浆给吞噬了。

雪天傲向身后的巨树跌去，掉下去的那一刻身上的金光消失了，由叶飞扬身上飞入雪天傲脑中的金球也融入了他的体内，消失得无影无踪，雪天傲却毫无所觉。

在很远很远的光明神殿，创始之神笑了，笑得异常圣洁。他用惯有的仁慈，对跪在下方一身是伤的执凤道："执凤圣女，既然回来了，就去准备你的婚礼。半年后，你将与天傲神王完婚。"

"创始之神大人……"自己没听错吧？执凤眼中的光芒亮得吓人。

"你没有听错，我的孩子……你是受神明眷顾的，你身上担负着神责，你注定是神王的妻子。好了，去准备你的婚礼吧，日后好好辅佐天傲神王，希望你们能将光明神殿发扬光大。"

"是，大人。执凤定不负大人所望！"执凤一脸激动，强压下心中的喜悦，一扫刚刚的颓废与失落，整个人如枯木逢春，生机勃勃。

她相信创始之神大人。大人说过的话，从来都没有出过差错，半年后，雪天傲一定会娶她。

执凤迫不及待地朝自己的圣殿走去，脸上洋溢着幸福的笑容。

东方宁心，我说过，雪天傲是我的。

你等着，等着看我与天傲神王的大婚，那一天我将会是最美丽、最幸福的新娘。

执凤不知道，她此时所谓的幸福，是用与她一同长大的叶飞扬的命换来的。

在被泥浆吞噬的那一刻，叶飞扬的眼角流下一滴血泪：师父！我恨你，真的恨你！

我一直以为自己比凌子楚幸福，我错了，我不过是活在幸福的假象中。

幽冥之神虽然狠毒，但他从不在意别人知道他的狠毒，但您呢？

您用仁慈与神圣包藏着您的狠毒。

您永远不知道，真相揭开的那一刻，我是多么的痛心——被自己最敬爱的师父抛弃，这种痛我再也不想承受了，我也不希望执凤承受。

您说，每一任光明神王的脑中都种下了"忘情"的种子。

您说，我无法成为光明神王，所以我脑中的"忘情"失去了价值，我也就失去了价值。

您说，执凤永远都不会是我的。

您说，想让执夙幸福，就必须将"忘情"种到雪天傲的脑中，让雪天傲忘记过往的一切，只记得对光明神殿的忠诚，只记得对执夙的"爱"。

师父，我按照您的意思办了，在雪天傲使用光明圣眷时，我用自己的命在雪天傲的脑中种下了"忘情"。

师父，我不求您看在师徒一场的分儿上如何，只求您看在我为光明神殿所做的一切的分儿上，好好地待执夙。

师父，求您一定要让执夙幸福！

师父，求您别让执夙经历我曾受过的伤与痛。

师父，只要执夙幸福，我愿意按您的意愿死去！

"啊——"叶飞扬发出一道凄厉的惨叫，声音响彻整个昭华山。

有这么痛吗？叶飞扬在泥浆中待了那么久，也没看到他呼痛呀。

还有，叶飞扬到底发了什么疯，怎么会突然去救雪天傲？

很多疑问涌上心头，不过在看到完好无损的雪天傲时，众人都压了下去。

"雪天傲，幸亏不是你，幸亏不是你……"东方宁心顾不得此时有多么危险，紧紧地抱着雪天傲，将自己的头埋在他的怀里。

没有人明白，当黑暗的泥浆朝雪天傲张开大口时，她是多么的害怕。

一次又一次，雪天傲总是用这种极度冒险的方式，让她的心停止跳动，也让她明白，他对她来说有多么重要。

"是呀，幸亏不是我。"雪天傲亦心有余悸，同时脑中闪过一抹疑虑：光明传承明明记载了，光明圣眷可以防御一切黑暗攻击，为什么对蝙龙的腐蚀泥浆无效？

"对了，叶飞扬为什么救你？"倾似也很不合时宜地破坏着气氛。

雪天傲双眼微眯，他也想知道叶飞扬为什么救他。

就算叶飞扬不想活了，也不会舍命相救，雪天傲有自知之明，叶飞扬对他的恨，绝对不会因为没了下半身而消失。

"不明白，但他肯定是别有用心。"雪天傲冷笑，创始之神的徒弟，绝对不会做无用功。

叶飞扬之前一副生无可恋的样子，应该是受了极大的伤害，这世间能让叶飞扬失魂落魄、失去求生希望的只有创始之神。

凌子楚了想了想，开口道："据我所知，叶飞扬这人一向自负，不像是会大彻大悟的人，更不像是为了保护未来神王而牺牲性命的人。要知道，他应该是最希望你死的人，只有你死了，他才有明天。而且我听说他很喜欢光明圣女执夙。他其实资质一般，当初能从光明神殿的众多弟子中脱颖而出，成为创始之神的弟子，就是因为他对执夙的执念让他比一般人更拼命地修炼。现在执夙生死不明，他绝对不会轻生，更不会为了救你而死，光明神殿的人可没那么伟大。"

凌子楚努力回想着与光明神殿有关的消息，想从中找出一点儿线索，却一无所获。

凌子楚重重地叹了口气，别说光明神殿的事情了，就是黑暗神殿的事，他了解得也不多。毕竟以前的他连活着都是一种奢望，哪儿有心思管这些事情。

"他绝非心甘情愿地救我。"这一点，雪天傲可以确定。

"你有没有感觉到哪里不对劲？"东方宁心开启精神力，将雪天傲全身上下都扫视了一遍，除了真气损耗过度，没发现任何不妥。

"没有。"雪天傲摇摇头，而这就是最不对劲的地方。

"难道叶飞扬疯了？他救你就为了不想死在我手上？就为了让我们欠他的人情？"倾似也压根儿就不相信这种鬼话。

叶飞扬那样的人，怎么可能拿命来还雪天傲的人情？这也太不靠谱了。

但他们想破了脑袋，也想不到叶飞扬这么做的目的。

这时，将叶飞扬连皮带骨一起化掉的淤泥蝙龙露出餍足的模样，暴戾之气全消，泥泞的身躯似乎比刚才更加粗壮。

它看也不看雪天傲等人，抖了抖身子，将身上多余的淤泥抖落，便满足地朝沼泽里行去。

"吃饱喝足就想走，哪儿有这么便宜的事！"雪天傲轻轻拍了拍东方宁心的手，示意她别担心，手中的龙剑换成了破天枪。

光明圣眷虽然没有护住他，但在淤泥蝙龙腐蚀叶飞扬时，他却看出了淤泥蝙龙的弱点。

君无量见雪天傲又要上前，将身上的战甲一脱，朝雪天傲丢去："这个给你，比你的黑神战甲强点儿。"

"多谢。"雪天傲没有拒绝，穿上君无量的战甲，然后对东方宁心说道："让他们回五帝宝殿。"

他不想再出一个叶飞扬这样的意外。叶飞扬死不足惜，但他不希望东方宁心、倾似也他们效仿。

为免东方宁心担心，雪天傲再次保证道："我不会冒险，放心。"

"我和你在一起。"安顿好君无量等人，东方宁心与雪天傲并肩而站。此时淤泥蝙龙已经行至沼泽中央，再不出手就没有机会了。

雪天傲点了点头，手中的破天枪一转，指向淤泥蝙龙的脑门："它的脑门后有一个特别亮的点儿，如果我没猜错的话，那个点儿就是它的灵魂所在。只要将那里击碎，蝙龙就再也无法制造腐蚀性的泥浆了。"

"好，我从正面攻击，吸引它的注意力，死穴的位置就交给你了。"诱敌的风险最大，两人之中她的实力更强一些，自然该由她上。

"东方宁心！"雪天傲不自觉地提高了音量。他把蝙龙的弱点告诉东方宁心，就是想让她伺机出手，他不信东方宁心不懂他的意思。

"再不动手它就走了！"东方宁心不给雪天傲说话的机会，召出黑暗守护，在蝙龙即将沉入沼泽之际，东方宁心一鞭子抽了过去。柳云藤青光闪闪的身子沾满淤泥，隐隐能听到柳云藤不满的抗议声和嗞嗞嗞的腐蚀声。

这一鞭子激怒了淤泥蝙龙，即将融入沼泽中的身体再次凝聚成龙形，张嘴就朝东方宁心喷出一股泥浆。

许是叶飞扬的身体够补，蝙龙此次吐出来的泥浆酸腐味更浓了。

东方宁心向后疾退，同时用金针在自己面前竖起防御屏障。

虽然下一秒这些金针就被泥浆腐蚀殆尽，但多少拖延了一点儿时间。

对现在的东方宁心与雪天傲来说，这点时间已经够用了。

东方宁心凝聚精神力，双眼发出蛊惑的光芒，目光一扫，流向她的泥浆微微转了个方向，刚好让东方宁心避开致命的一击。

一直蓄势待发的雪天傲，这一刻终于出手了。

"石破天惊！"雪天傲凌空飞起，手中的破天枪如同游龙一般，朝淤泥蝙龙后脑的亮光刺去。

"破——"雪天傲一枪下去，凸起的亮光破裂，一时间淤泥四射。

"星空雷电！"雪天傲根本不给它喘息之机。

一道道雷电劈下，将悬在空中的淤泥击得七零八落。

"嗷嗷……"半空中传来蝙龙凄厉的叫声。

雷声停下，飞散的淤泥全部落回沼泽之中，一切归于平静。

"终于解决了这个家伙。"东方宁心大大地松了口气，幸亏是叶飞扬先遇到了这鬼玩意儿，不然他们今天就吃大亏了。

东方宁心松了口气，看向雪天傲，正好迎上雪天傲看过来的眼神，两人相视一笑。

然而，东方宁心与雪天傲高兴得太早了，虽然淤泥蝙龙随着雪天傲的致命一击而消散了，但是沼泽中的泥浆依旧有强烈的腐蚀性，此时这些泥浆正向雪天傲涌去，卷起了滔天巨浪。

"吼吼……"泥浪中传来蝙龙残魂暴戾的吼声。

"雪天傲,小心……"东方宁心见势不妙,飞身扑向雪天傲,途中化身为鲲鹏,娇俏的身影瞬间变成一只巨鸟,抓起雪天傲展翅高飞。

泥浪愤怒地退回沼泽,却没有停止攻击,而是将所有的淤泥收拢成一根巨大的泥柱,朝天空狂喷泥浆,竟有数千米之高。

鲲鹏带着五帝宝殿和雪天傲穿梭在云霄,泥浆不停地朝着天空狂喷,大有与东方宁心几人死磕到底的架势。

"这情况,我们撤不撤?"有鲲鹏在,他们想飞出泥浆的攻击范围很容易。

"不行,北灵草还在这片沼泽之中。这东西能让两位大长老恢复实力,肯定也对神魔有用,我们必须拿到。"雪天傲想也不想就否决了,要是撤的话,他们早就撤了,哪里会等这么久?

这世间,他们打不过的人和物很多,可是能让他们逃不掉的,却极少极少。

"我们怎么办,硬扛?还是这么耗下去?"对方明显是不依不饶,再打下去,麻烦的也是自己呀。

东方宁心会累,泥浆却不会累,而且泥浆一直这么多,也不会有耗尽的一天,哪怕是耗,他们也耗不过对方。

"我——"下去看看。后面的话,雪天傲还没来得及说出口,耳边就传来一道熟悉的声音,温润得如同春风:"我帮你们!"

顺着声音,低头往下看去,发现来人竟是——

千叶!

真是阴魂不散的家伙。

雪天傲看着站在下面、如谦谦君子一般的千叶,眼里的嫌恶毫不掩饰,他就知道千叶会来,他就知道云中城与千叶有关。

先前只是猜测,现在看到千叶出现,他已经可以肯定了。

云中城能在五界中保有超然的地位,背后主人绝对不是昭华城主那种弱鸡,云中城背后的主人必然拥有与五界之主比肩的实力,不然早就被五界给吞了。

放眼五界,能让五界之主不敢动手的人,除了千叶,雪天傲想不到还有第二人。

是以,先前他才想赌一把,先一步把蝙龙打死,免得招来千叶,或者说让千叶有出现的机会。

没想到叶飞扬坏了他的事,给了千叶寻来的理由。

想到这里，雪天傲坐直身子，将眼中的情绪掩去。

化身为鲲鹏的东方宁心看到千叶出现，潇洒地在半空中划出一个弧度，朝千叶点了点头，以示招呼。

之前，她一直不敢直视千叶，但现在她已无所畏惧。她很清楚，任何人都无法取代雪天傲在她心中的地位，哪怕是千叶也不行。

东方宁心态度的转变，千叶看在眼里，既喜又悲。喜的是东方宁心不像上次那般排斥他，悲的是东方宁心可以坦然面对他。

但千叶没有表露半分，他依旧带着温润的笑容看向天空，他在等，等上面的回答。

他想知道，东方宁心会不会开口，要他帮雪天傲？

千叶失算了，开口的不是东方宁心，而是雪天傲："既然如此，多谢千叶阁下了，雪天傲感谢不尽。"

一句话，轻而易举地将欠千叶的人情这事揽到了自己头上。

千叶也不在意，笑了笑："无妨，昭华山毕竟是我的，你们在这里出事，我总是有责任的。"

"昭华山是你的？"雪天傲早有猜测，东方宁心却是半点也没有想到，不过千叶一开口她就明白了，"也是，除了你，谁能让五界之主忌惮。"

昭华山是一座宝山，没有一个强硬的主人，就凭云中城城主那孬样，根本守不住。

昭华山是千叶的，云中城是千叶的，是不是说明他们在云中城的一举一动，千叶都知道？

东方宁心看着千叶，眉头紧皱。

千叶出现在这里，绝对不是巧合，只是她不知，是因为云中城与昭华山是千叶的，千叶才知道他们的行踪，还是千叶一直在跟着他们？

理智告诉东方宁心，是前者的可能性最大，千叶哪里有时间天天盯着他们，但情感却告诉东方宁心，千叶一直在暗中跟着他们。

这对她来说，并不是一个好消息……

千叶看到了东方宁心眼中的疑惑，但东方宁心没有问出来，他就当作不知："很抱歉，先前在云中城让你受惊了。宁心你且放心，云中城的城主我已经处决了。"千叶笑容不变，哪怕在说杀人，仍旧温和如初。

但紧接着，千叶话锋一转："至于雪天傲父亲的事，我知道一句我不知情无用，无论雪天傲要做什么，我都接受，绝无异议。"

"你……"雪天傲看着千叶，眼中闪过一抹冷意。

他知道千叶是故意的，故意在东方宁心面前提起他父亲的事，激怒他去报仇，千叶好在东方宁心面前，昭显自己的无私与伟大。

而他雪天傲却会被千叶衬得像个不讲道理的野蛮人，明知事情与千叶无关，还去找千叶的麻烦，届时不说东方宁心如何看他，就凭他现在的实力，他也不可能找千叶报仇。

去找千叶报仇，完全是在自虐！

这个男人，好深的算计！

雪天傲看着千叶，冷笑；千叶的目光同样落在雪天傲身上，脸上在笑，眼中却没有一丝笑意。

两个男人，隔着万米高空，四目相对，电光石火间，却在拼命地激怒对方，让对方把自己当成敌人，最好立刻就出手。

被激怒，就会做出失去理智的事情，就会做出让东方宁心失望的事情。

以前没有比较，哪怕是雪天傲愤怒也没有关系，现在不行，他们二人摆在一起，一旦有个错失，高下立见。

千叶算计得没错，但他并不了解雪天傲是什么人，这个男人，无情到人神共愤。

在雪天傲眼中，他的父皇很重要，但人已经死了。哪怕他父皇活着，也无法取代东方宁心在他心目中的重要性。为了东方宁心，他没什么不可以忍的。

雪天傲冰冷的脸上，表情难得地柔和起来，语气也是难得柔和："千叶阁下言重了，我父亲的事与你无关。千叶阁下要尽主人之责教训这只蝙龙，我们就不出手了。"

一句话，轻易地将所有恩怨一笔勾销，连请求帮忙的人情也不欠了。

千叶一愣，原来十万年并不能代表什么，他能为东方宁心做的，雪天傲也能。

黯然一笑，千叶不再多说，抬手一拂，直冲万丈的泥泉停了下来，飞快地缩小，一层黑色的气流在泥泉上空盘旋，将泥泉固定在中间。

"好了，可以下来了。"千叶的声音很温柔，因为他是对东方宁心说的。

他一直在，却没有理由现身，直到东方宁心与雪天傲奈何不了蝙龙，他才找到理由出现。

他一路跟在东方宁心与雪天傲的身后，看到他们与蝙龙之间的争斗，也看到了"忘情"没入雪天傲的脑中。想到这里，千叶又笑了。

他相信，在"忘情"发作前，他有足够的时间让东方宁心对雪天傲失望；在"忘情"发作后，东方宁心就会对雪天傲彻底失望。

千叶的心思雪天傲全然不知，不过这并不影响他对千叶处处提防。

东方宁心飞身而下，以鲲鹏之形站在千叶面前，摆明了不想与千叶见面。千叶眼中闪过一抹失望，却什么也没说，只是看着东方宁心，眼中流露着藏不住的深情。

东方宁心别过头，假装什么也没看到。如果可以，她一点也不想跟千叶有接触。每次千叶一出现，她身体里属于冰言的情感就会失控，这种感觉让她很不舒服。

看到东方宁心的动作，雪天傲紧绷的身子陡然放松，他就知道东方宁心是向着他的。

在东方宁心别开眼的那一刻，千叶眼神一黯，落寞地开口："我去控制蝙龙，你去取血灵草。北灵草由我来采，那东西要用特殊的方法养着，不然会引来麻烦。"

千叶说完，也不给雪天傲反对的机会，纵身一跃，跳入沼泽之中。

雪天傲冷笑一声，并没有和千叶一争高下之意。十万年的差距摆在这里，他的修为没有千叶高很正常，何必自取其辱？

千叶不愧为与五界之主实力相当的人，沼泽中的淤泥对他造不成半点儿伤害，纵身跃下时，身上自有一层淡淡的黑光笼罩。

雪天傲没有看清千叶是怎么做的，只知道沼泽中的淤泥飞快地朝两侧凝固，中间出现了一个巨坑，坑里面有两棵奇草，一株血红，一株碧绿。

"动手吧。"千叶的话是对雪天傲说的，眼神却落在东方宁心身上，难掩眼中的苦涩。

雪天傲纵身跃入坑中，刚好挡住千叶看向东方宁心的视线。在东方宁心看不到的角度，两个男人用眼神无声地厮杀——

千叶的目光落在雪天傲受伤的左臂上，眼中满是轻蔑，似乎在说：你如此无用，怎能保护东方宁心？

雪天傲也不甘示弱，冷眼嘲讽过去：你强又如何，不是也护不了冰言吗？要是你有本事，又岂会等冰言十万年？

中间就是血灵草和北灵草，可是他们谁都没有下手。足足过了半个时辰，这场较量才算结束。

雪天傲摘下血灵草后，神情依旧冷傲，眼含自信的笑意。

千叶捧着用他的血滋养着的北灵草，任自己手腕处的血一路流淌，就这么一步一步从沼泽走到东方宁心面前。

如玉的脸上血色尽失，双唇亦显惨白，但千叶看东方宁心的眼神，依旧是温柔的、宠溺的："宁心，这株北灵草是用我的血养的，你将北灵草与我的血一起倒入浴池之中，给神魔泡着，不出三天，他定会醒来。至于这株血灵草，你先留着，千万别乱用，这东西百年之内很难再出第二株了。"也许，你日后用得上。

这话，千叶没有说，他希望东方宁心用不上。

鲲鹏点了点巨大的脑袋，凌厉的双眸落在千叶血流不止的手腕上，眼中闪过一抹担心，却什么也没说。

"千叶，对不起，我不想给你希望又让你失望……"东方宁心在心中默默说道。

千叶似乎感觉到了，瘦削的身形突然一晃。

此时的千叶，根本不像绝世高手，就如同一个普通的书生，似乎风一吹就会倒。

千叶捧着北灵草，原本执意递到东方宁心面前，此时也不再坚持，默默地放在地上。

"这一次，我真的走了，你自己多加小心。昭华山有很多危险的地方，哪怕是我，也不敢轻易触碰。你们来昭华山的目的，我多多少少知道一些，我知道劝也无用，你自己小心，别让我担心！"千叶嘴角轻扬，露出一抹笑容，随即拿出一块白色的手帕，将自己的伤处包扎好，朝东方宁心与雪天傲点了点头，转身离去。

落寞的身影，在东方宁心与雪天傲的注视下，逐渐变小，变小……

第三章
日后归隐云中

千叶的话，没有半点儿夸大，第三天，神魔就醒了过来。

睁眼醒来的第一刻，闻着身上的气息，神魔皱了皱眉。

"千叶的味道？没想到他会出手，果然……"感情这种东西，哪怕是圣人，碰上了都会犯蒙。

"神，神，神魔……你醒了？"倾似也坐在离神魔十米远的地方，听到这话，跳了起来。

趁神魔昏迷不醒，倾似也刚才一直在偷偷看他，差点看得恍了神，幸亏神魔没有发现。

"怎么？我不应该醒来吗？"神魔一身是水地从浴池中走了出来。

红衣浸水，紧贴在身上，将神魔细长的腰身、瘦削却不失性感的身材，完全勾勒出来，诱人的风情展露无遗，尤其是那双眼睛——细长的桃花眼微微上扬，眼角的泪痣跟着一闪一闪，只这么轻轻向前迈一步，就透出万种风情。

"神魔也太妖孽了，这相貌、这身段，真是比女子还有魅力呀……"倾似也就这么呆呆地看着神魔，脑中不停地想：要是神魔有女儿，该是何等的倾国倾城呀？

万一神魔真有女儿，他是娶神魔的女儿好，还是娶东方宁心的女儿好呢？

倾似也内心无比纠结，两个都想娶呀，但显然这两人绝对不会让他同时娶的，真麻烦呀！

"放心，你一辈子都不会有这个麻烦。"不知何时，神魔已经一身干爽地站在了倾似也面前，那张明艳动人的脸上，此时布满了寒霜。

"啊？"倾似也呆呆地看着神魔。

"哼，还装？想娶我女儿？凭你，下辈子都没有可能！想娶东方宁心的女儿？你有本事试试！"神魔的声音越发冷冽。看在东方宁心的面子上，他饶过倾似也这个蠢货。

"你你你……你怎么知道我在想什么？"倾似也像见了鬼似的看着神魔。

"我怎么知道？你自己都说出来了，我怎么可能不知道！你给我死了这条心吧，少在这里想一些没用的！"衣袖一甩，神魔大步朝五帝殿外走去，看也不看倾似也一眼。

"啊——"倾似也被衣袖拂中，惨叫一声跌入浴池，狠狠地灌了一口神魔的泡澡水……

睡了这么久，人都发霉了，魔界也不知道乱成什么样子了，最主要的是，他想他徒弟了。

当神魔出现，却没见倾似也的身影，东方宁心半点也不觉得意外。

这三天，倾似也天天盯着神魔那张脸，不断地说神魔多美多美，要趁神魔昏迷不醒多看两眼，怕以后看不到……

东方宁心不知道神魔昏迷时有没有意识，但就冲着倾似也那个二货的性格，东方宁心可以肯定，他必然惹恼了神魔，被神魔给收拾了。

神魔下手颇有分寸，不会要了倾似也的命，他们没什么好担心的。看着神采奕奕、邪气十足的神魔，东方宁心与雪天傲高悬的心终于放下了。

"你没事就好。"

"你儿子没事，放心。"

东方宁心与神魔几乎同时开口，东方宁心没有问雪少，神魔没有问魔界的事。东方宁心和雪天傲相信神魔会保护好雪少，一如神魔相信东方宁心与雪天傲，不会让魔界落到创始之神与幽冥之神手上一样。

"我们知道，你绝对不会让他有事。"东方宁心与雪天傲同时朝神魔行了一个大礼。

神魔坦然受之："冥和琴然把他带到中州了，你们可以放心，目前无论是创始之神还是幽冥之神，他们的人马都无法去中州，他们自己更是去不了。你们的儿子在那里很安全，你们不用急着去找，反正你们早晚都是要去的。"

"他在中州就好，你把他保护得很好，我们……很抱歉，魔界很乱，我们没有替你守护好魔界。"东方宁心低头，眼中满是歉疚。不是他们做不到，而是他们没有做。

神魔明亮的桃花眼一黯，想到了倒塌的魔殿，眼中闪过一抹伤痛，随即又笑着摆了摆手："无妨，让他们蹦跶一下也好，刚好趁这个机会，将魔界那些有二心的人一网打尽。千万年来，他们被压抑得太久了，给他们一个机会，让他们出招。"

"有什么是我们能做的，请你一定要说出来，我们……"欠你太多了。

最后几个字，在神魔不赞同的眼神下，被东方宁心收了回来。

"他是我徒弟，师父为徒弟做这些是应该的，你们就别多想了。魔界内部的事我要是摆不平，我就不是神魔了，也白让千叶流那么多血了。"要说欠，该是他欠东方宁心的比较多。

神魔早就知道自己大限将至，死是早晚的事情，不然也不会受了创始之神和幽冥之神一击就昏迷不醒。

要是没有东方宁心及时用金针救治，要是没有躲入五帝宝殿吸收里面的灵气，他这个时候十有八九已经死了。

东方宁心和雪天傲费心给他寻来的北灵草虽然有用，却远远不及千叶的血更有效。千叶虽是幽冥之神创造出来的，但现在的千叶却是一个完全独立的人，而且千叶和他们不同，他们是得到五帝的传承才有了今天，而千叶则是靠自己一点点地走到今天的。

千叶就如同当年的三皇五帝一样，不是任何一脉的传人，而是一脉的开创者。

千叶的血里，有千叶的修为与灵性，亦是传承的精华，他因千叶的血而活了下来，而千叶的修为必然会受到影响。

不过，这些不用多说，有些事情彼此明了就行。千叶是看在东方宁心的面子上才出手的，千叶不想让东方宁心知道，他也就没有必要说，免得惹麻烦。

自从精神力大增，可以开辟精神领域后，东方宁心对别人的情绪变化十分敏感。她虽无法看懂所有人的想法，但能从精神波动中隐隐猜到三分。从神魔的精神波动中，东方宁心隐隐明白自己似乎又欠了千叶的情，只是具体的她不是很清楚。

但不管如何，这情她是欠下了。现在她只庆幸雪天傲不知，不然雪天傲一定得郁闷坏了。

如果她没有猜错，先前雪天傲拿命去跟蝙龙拼，就是猜到了千叶在暗处，他不想让千叶有理由出现……

东方宁心嘴角轻扯，掩去眼中的无奈，朝神魔欠了欠身："多谢的话我们都别说了，魔界的事拖延太久了，我们就不耽误你了。"

魔界乱太久了，再乱下去就不仅仅是内乱了，难保其他人不会趁机插手魔界之事。

一旦惹上神、冥、异、人界，神魔可得头大了。

"不用担心，魔界出不了乱子。"神魔一脸的笃定，神情中透着必胜的自信。

"啊？"东方宁心不解，"其他四界变善良了，放过了这个机会？"

"东方宁心，你想太多了，其他四界是不会放过这个机会的，我让你们不用担心，是因为魔主死了，他的传承人出现了，他的传承人不会让魔界出事。"提到魔主，神魔双眼一红，有一滴泪不受控制地掉了下来。

魔宗之主和他一脉所出，他们两人无论做什么，都是一个跟着一个；他成为魔界之主，他便成为魔宗之主；他找到徒弟，他便找到传人；他昏迷不醒濒临死亡，他直接就死了。

只是没想到，最终他活了过来，他却真的死了。

这是他们唯一一次没有走相同的路，他们的命运，终于不再相连了。

"神魔，节哀。"东方宁心与雪天傲只能这么说，他们很清楚，神魔根本不需要他们的安慰。

果然，擦去眼角的泪后，神魔又恢复了他桃花般艳丽的笑容："没事，生老病死，乃人之常情。他活得也够久了，能够找到一个满意的传承者，也算是死而无憾了。"

"满意的传承人？他的传承人是……"不会是他们想的那个人吧？

在上古战场，魔主可没少缠着他们，如果是的话那就太好了，也许魔宗以后就能回归魔界了，而有了魔宗相助，神魔治理魔界就会容易许多。

"没错，就是秦羿风，我想他不会再将魔宗从魔界分离出去了。"这一点，神魔是可以肯定的。秦羿风就是不看东方宁心与雪天傲的面子，也得看他徒弟的面子啊。

"是，他一定会帮你的，我们以人格保证。"秦羿风永远都是秦羿风，这一点东方宁心与雪天傲都可以保证。

哪怕秦羿风成了鬼族少主鬼苍悟，也没有真正伤害过他们，更不用提他现在成了魔宗之主，这天下再也没人能够胁迫他做不愿意做的事情了。

"所以你们没有什么好担心的，魔界之乱很快就能平定，你们安心地去找火之魂吧。火之魂是五行之魂中最为暴躁的一个，你们自己多加小心，被火之魂所伤可就麻烦了。"神魔这么说是在安慰东方宁心与雪天傲。他知道，就算有秦羿风相助，他在魔界也将有一场硬仗要打。

毕竟，一个连魔殿都守不住的魔界之主，如何让人信服？

神魔不说，只是不想让东方宁心与雪天傲有心理负担罢了。

他们之间不是合作与利用，神魔没有必要让这两人愧疚，也不需要这两人补偿什么。

他们之间没有谁欠了谁，彼此都是心甘情愿的。

"放心，我们会小心行事，绝对不会让天火伤着我们。"东方宁心与雪天傲重重地点头。

"这就好。"神魔点了点头，他能做的都做了，该说的也都说了，剩下的路就要靠东方宁心他们自己走了。

神魔抬腿便往外走，刚走两步，像是想到了什么，突然停下脚步，转身，一脸凝重地看着东方宁心："东方宁心，为了你的女儿好，等你女儿出生后，记得把她送到魔界，拜我为师。"

"啊？为什么？"东方宁心与雪天傲愣了一下，在心中将最近发生的事情全部盘算一遍，却半点儿头绪也没有。

他们的女儿又会有什么麻烦吗？最主要的是，他们会不会生女儿还是一个问题呀。

神魔就算得这么准，断定他们一定会生个女儿吗？

神魔摆出一副高深莫测的样子："有些事情，我不能直说……总之你们相信我，有我在没人能伤害你们的女儿。"

恰好的停顿，适时摆出一副为难的样子，让东方宁心与雪天傲也不好再追问。只要想到神魔为他们儿子所做的牺牲，他们就不会怀疑神魔有什么算计。

神魔对他们儿子的付出，是世间任何人都无法比的，哪怕是身为父母的他们。

东方宁心与雪天傲不再追问，神魔不说的事，他们再问也不会有结果，只要他们的孩子没事就行。

"好，我们的女儿出生后，一定送到魔界拜你为师。"有了神魔的保护，他们的孩子都会很安全，神魔用行动证明了，哪怕是魔界毁了，他们的孩子也不会有事。

"就这么说定了。"神魔心满意足地离去，走得潇洒至极，明艳的锦袍在半空中勾勒出诱人的弧度。

倾似也，这辈子你是没希望了，我教出来的徒弟如果能看上你，我就去撞墙。

途经云中城，看到跌入万丈谷底的云中城，神魔突然叹息了一句："千叶呀千叶，你还真是痴情，为博红颜一笑，不惜自毁江山。

"当年，你因冰言一句'日后归隐云中'，便建了这座云中之城。十万年来，你将它护得滴水不漏，任凭五界阴谋阳谋齐出，也动不了云中城半分。可是现在呢，就因为东方宁心不高兴，你就将云中城给毁了。

"千叶呀千叶，你何苦这般痴情？少了一魂一魄的东方宁心不是冰言，重活一世的东方宁心也不是冰言，哪怕想起了一切，东方宁心也不会变成你的冰言了，你这么做，苦的只有你自己。"

许是受了千叶的恩惠，神魔不由自主地为千叶心疼，如此一来，下山的脚步也慢了许多。当神魔来到山脚下时，已是半个时辰之后。一下山神魔就被空气中浓郁的血腥味给震住了："怎么回事？"

放眼望去，一望无垠的荒原上隐隐有打斗的痕迹，数千米外有个巨坑，坑中躺着十具尸体，死者全是天神级高手，其中两人甚至接近神王的实力。

显然这里曾有一场高手间的生死大战。

"这么激烈的战斗，围攻什么人呢？"神魔的心里隐隐闪过一抹不安，秀眉微拢，看着被真气削平的草地，又看看四散的血迹，向来不多管闲事的神魔，犹豫了一下，还是循着踪迹追了下去。

五界之主都知道千叶才是云中城真正的主人，也清楚云中城对千叶的重要性。云中城被毁，就说明千叶出事了，此时绝对是除掉千叶的最好时机。

"千叶呀千叶，千万不要是你。要是被几个天神弄得半死不活，那多丢脸啊，要知道你可是与五界之主齐名的人物。"

神魔一直不希望自己猜对了，但当他循着蛛丝马迹在一处荒林中找到昏迷不醒、正被契约兽白泽守护着的千叶时，却一点也不觉得意外。

他知道千叶肯定在那场恶战中受了伤，却没想到千叶竟然伤得这么严重。要知道，当年创始之神与幽冥之神联手，都拿千叶没有办法呀。

"你是怎么护主的？"神魔看着传说的祥瑞之兽白泽，那叫一个不解。有这么强的神兽护主，千叶也能伤得这么重，真是不可思议。

神兽白泽，浑身雪白，能说人话，通万物之情，近乎绝迹，除非当世有圣人治理天下才奉书而至。

白泽是可使人逢凶化吉的吉祥之兽，有白泽守护的千叶，可谓是这天下最有福分之人。

"护主？他自己要寻死，与我何干？"什么人契约什么兽，通体雪白，让白泽看上去既温和又高贵，骨子里同样无比骄傲。

神魔闻了闻自己身上的气息，不好意思地说："不是他要寻死，而是为了救我。"

要不是千叶失血过多，修为大减，真气不济，几个天神，哪怕是准神王，也不能把千叶如何。

"哼，有什么不同？为了一个女人要死要活，荒废了十万年，这样的主人，我还真不想护着。"一提到千叶，白泽就是一脸的不爽，唰的一下就不见了。

神兽白泽，只追随能治理天下的圣人明君，千叶虽有这个才能，偏偏为情所困。白泽只好一直陪在千叶身边，等待使命完成的那一天，一等就是十万年！若非一直没有比千叶更合适的人出现，白泽早就弃他而去。

有治世之才又如何？能平定天下又如何？这个男人根本没有这样的心思，他的心思全在一个女人身上。

没用，没用，没用到极点！

这是白泽对千叶的评价，这样的千叶，别奢望白泽去救。

面对白泽之怒，神魔也不敢多说，毕竟神兽白泽不是什么人都惹得起的。

白泽是神兽之首，就连龙、凤、白虎和玄武，在白泽面前也要俯首称臣。白泽与其他神兽不一样，它有择主的自由，哪怕是天地规则，也无法强迫于它。

在这世间，没有任何人可以契约白泽，只有白泽自愿认主。

十万年前，冰言死后，白泽突然从天而降，择千叶为主。那个时候，五界之主嫉妒得发狂。因为白泽所选之人必是圣人明君，必将开拓一方疆土，而白泽的前任主人便是天地规则。

最初，五界之主没少打压千叶，却无人奈何得了千叶，因为白泽一直很尽职地保护着千叶。

本以为，这世间的格局会随白泽的重临而发生变化，不料被白泽选定的千叶却身陷情劫，一心扑在冰言身上，这十万年来让五界之主放了心，却让白泽失望了。

白泽可以自由择主，也可以抛弃主人。然而不知何故，白泽始终没有离开千叶。

世人猜测，白泽既然临世，就是为了辅佐圣人明君，白泽虽然对千叶失望，却没有找到更好的人选，所以白泽是在等圣人明君出世，一旦有圣人明君现身，白泽自然会舍千叶而去。

当然，也不排除"白泽在等千叶看破情障，从此一心治世"这个可能。

到底是什么原因，没有人知道，毕竟没人敢去问白泽是怎么想的。同理，神魔也不敢指望白泽。

神魔抱起千叶，找了个干爽的地方，开始给千叶检查伤势。

千叶身上最严重的外伤便是左腕上的刀伤。神魔知道，这是放血养北灵草所致。

"这一刀划得可真狠呀，你跟自己的手有仇吗？"看着千叶红肿发炎、皮肉外翻的伤口，神魔真替千叶委屈，"你说你这么一个要人有人、要权有权的好男人，怎么就非得在一棵树上吊死呢？难怪白泽会对你失望，就是我也对你很失望。你再爱冰言又如何？冰言已经成了东方宁心，成了雪天傲的妻子。冰言能看开，你怎么就看不开呢？"

神魔一边惋惜，一边替千叶清理伤口。手腕发炎的肉直接一刀削去，随便撒点儿药，只要止住血就行了。

至于伤口——当然是越大越好，反正东方宁心总有看到的一天。虽然他知道东方宁心不会因为一个伤口而放弃雪天傲，但多少能记住千叶的好。

神魔帮千叶把外伤处理好了，至于其他的伤，神魔也无能为力。千叶真气修为大减，又被光明神殿之人所伤，需要千叶自己慢慢调理，快则三五日，慢则三五个月，总之会好。

这么一折腾就是一整天，眼见天就要黑了，神魔带着昏迷不醒的千叶继续往前走。他相信，哪怕千叶现在只有半条命了，有他护着千叶，神界也不敢出手。

不过，他刚走没两步，消失许久的白泽再次现身，嘴里叼着一颗紫黑色的果子，一脸不耐烦地丢到神魔手里，然后哼了一声，雪白的身形一闪，再次消失。

"这哪里是契约兽，这明明就是大爷。"神魔同情地看着千叶。

契约白泽，白白浪费了一个契约兽的位置，却无法使唤它，还真是痛苦。

不过，当神魔看清自己手中紫黑色的果子时，同情又变成了羡慕："桑泽果！传说只有白泽的出生之地才有的东西。而白泽的出生之地，除了白泽自己，再没有第二个人知道，哪怕是白泽的主人也不行。"

"果然是吉祥之兽，你的命其实挺好的。"神魔将桑泽果喂给千叶，不到一刻钟，千叶就醒了过来。

千叶醒来后，发现守在自己身边的不是白泽而是神魔，不由得愣了一下，不过很快就回过神来。

"多谢。"千叶站了起来，除了还有几分虚弱外，已看不出身受重伤的样子。

桑泽果的效果还是极好的，可惜一般人无福享受。

"举手之劳。"神魔淡定自若地起身，拂了拂略有皱痕的衣角。

他想向千叶道谢，却不知如何开口。他神魔何时受过人家这么大的恩情？

千叶会受伤，也和救他有关。

千叶看着神魔，也不知道说什么才好。他和神魔没有半点交情，救神魔纯粹是为了东方宁心。

是以，两个五界最优秀的男人处在一起，却是相对无言，两人都有几分尴尬。

毕竟在此之前，他们都只听过对方的名字，知道对方的样子，知道对方是这世间少有的能和自己相提并论的人，知道对方的实力何等不凡，但真正碰面还是第一次……

两人就这么站着不说话，着实是尴尬。平日里八面玲珑的神魔，看着身上萦绕着淡淡悲伤的千叶，叹了口气。

知道等千叶主动开口是不可能的，向来不习惯与人说"谢"字的神魔，犹豫了好半天，才开口道："那个，千叶……北灵草和精血的事情，谢谢了。"

神魔颇有几分扭捏与不自在，不复平日的风情，但总算是把话说了出来。没有办法，这种示弱的话，换成五界之主中的任何一个，都无法说得干脆利落，他们天生就不是会示弱道谢的人。

"不必放在心上，你知道，我不是为了你。"千叶神色淡漠，颇有几分拒人于千里之外的疏离。

他没想过与神魔有任何交情，他的身份很尴尬，五界之主在防备他的同时又想拉拢他。他千叶不会与任何人合作，还是和五界之主保持适当的距离比较好。

当然，他与幽冥之神、创始之神之间的恩怨，不在这个距离范围内。

"我知道，你是为了东方宁心，但是……"说到东方宁心的事，神魔也不当自己是五界之主了，更没把千叶当成白泽选定的治世明君，认真地劝了一句，"千叶，东方宁心虽是冰言的转世，但她终不是冰言了。你执着于她，受伤的只有你一个人，你这又是何苦呢？"

千叶摇了摇头："不苦，不论是东方宁心还是冰言，都是她，这就足够了。更何况不到最后，谁也不知道结果如何。"

"你是说神界的忘情？"显然，神魔是知晓的，但没对东方宁心与雪天傲提起。先不说这是五界的规则之一，不能提，就算能提又如何？有些事情并不会因为你知晓了、防备了而改变。

千叶点了点头，扭头指向昭华山的方向："他的脑中已被种下忘情，数十万年来，我看到太多的光明神王与黑暗神王因为忘情而翻脸，他亦不会例外，这是宿命。"

说这话时，千叶的脸上没有半分高兴，这事终究有点儿不厚道，但他不后悔。对情敌手软就是对自己残忍，他自认他还没有伟大到去阻止雪天傲的忘情发作。

神魔脸色一沉，连半丝笑容也没有了。他很早就知道了东方宁心与雪天傲的命运，一直都替他们深感惋惜，但诚如千叶所言，这是他们的宿命，无人可以例外。

"何不等他的忘情发作再出手？你现在这般急切，只会让自己做错。"或者说，做出一些让东方宁心为难的事情。

"我等不了。"千叶闭上眼，掩去眼中的苦涩与无力，"等了十万年，我真的等够了，现在我一刻也不想多等。你不会明白，看着自己心爱的女子依偎在别的男人怀里的那种痛；你也不会明白，看着曾与自己相爱的女子，用陌生的眼神看着自己的那种痛；你更不会明白，看着自己深爱的女子，与另一个男人生儿育女的那种痛——简直痛彻心扉。我的心每时每刻都在滴血，你知道吗？"

千叶闭上双眼，双手紧握成拳，指节微微泛白："理智告诉我，只要她幸福就好，哪怕这幸福不是我给的，只要她能幸福地活着，要我做什么都行。我也想这么做，默默地暗中守护着她的幸福。但每每看到她与雪天傲站在一起，我就忍不住。我没办法控制自己的感情，天知道我多想杀了雪天傲。只要杀了雪天傲，我和东方宁心之间的障碍就不存在了。"

也许是压抑得太久了，也许是知道神魔的为人，千叶将心中的矛盾与痛苦一股脑地倒了出来。东方宁心为难、痛苦，他比东方宁心更为难、更痛苦。

"杀了雪天傲，你和东方宁心就永远都没有可能了。东方宁心的性子太倔也太烈，她认定的就不会再改。"神魔拍了拍千叶的肩膀，千叶的心情他无法体会，毕竟他未曾经历过。但他懂的一点就是，哪怕是忘情发作了，千叶的希望也不大，东方宁心绝对不会相信千叶什么都不知道。

只是这一点，神魔没办法和千叶说，说了千叶也不会相信。

千叶苦笑一声："就是因为知道，所以我才没有出手，不然他早就死了。"

他很压抑，也很痛苦。他无数次告诉自己，只要东方宁心幸福就好，他不能做让东方宁心为难的事情。

他无数次告诉自己，忘情早晚有一天会发作，雪天傲一定会伤透东方宁心的心，他只要等，等到那个时候就好了，但他忍不住。他无法控制自己出现在东方宁心面前，无法控制自己不去嫉妒雪天傲。

"等吧，千叶，在忘情发作之前，先按捺住自己的心思，别再让东方宁心为难了。雪天傲也不容易。"这个时候，神魔也不知道自己是同情千叶多一点，还是同情雪天傲多一点。

千叶的苦，他看在眼里。雪天傲的苦，他也能想象。

光明神殿的忘情能让雪天傲忘了东方宁心，但到死的那一刻忘情却会解开。东方宁心与雪天傲的悲剧，在他们相遇的一刻就注定了。数十万年来，没有一对神王会有好下场。

不然，冥也不会在琴然接受光明传承之际，直接将琴然封印在凤凰琴中。

但千叶也罢，雪天傲也罢，这中间最苦的其实就是东方宁心。

只是，此时说这些也没有意思，神魔决定大发慈悲，在雪天傲的忘情发作之前，让雪天傲与东方宁心好好地享受难得的温情时光。

"千叶，这段时间你打算去哪里？"神魔问得很直白，也很坦然。

他只想把千叶支开，让东方宁心不要夹在两个男人中间为难。这是他唯一能为他徒弟的娘亲所做的。当然，他也可以顺手把千叶拐去帮忙。

"不知道，去一趟中州吧，我答应了替宁心找儿子。"千叶神色淡淡，一副对什么都提不起兴趣的样子。

他没有见过那个孩子，但他并不讨厌那个孩子，因为那是东方宁心的孩子。

"别去了，去中州那个地方，对你来说损伤太大了。我刚刚已经告诉东方宁心了，他们的儿子很安全，包括秦羿风的消息，我也一并转告了。有冥与琴然守着，除非创始之神亲自出手，不然宁心的儿子很安全，你就别咸吃萝卜淡操心了。东方宁心的事情你就先放着，一直纠结此事，不过是徒增烦恼。"神魔的桃花眼一转，不过是弹指间，心思却是百转千回。

"不操心东方宁心的事，我该做什么呢？我活着的目的就是为了冰言——现在的东方宁心，没有她也就没有了千叶。"千叶看着神魔，眼中尽是迷茫之色。

他的人生除了宁心，还有什么呢？

神魔摇了摇头，不知要说千叶可怜，还是说他自己可怜。千叶活着还有点儿追求，他活着好像已经没有追求了。

不过，有追求好呀，有追求他才好拐嘛。昏暗的树林，遮不住神魔明艳的笑容，眼波流转间，神魔已经想好了说辞。

"千叶，你知道，东方宁心的儿子就是我的徒弟，也就是未来的魔界之主。魔界的令牌我早就给了他，待到宁心的儿子成年后，就会接手魔界。不过，现在的魔界一片混乱，你说为了我这个徒弟好，为了让我徒弟的母亲少操点儿心，我是不是得先替他将障碍扫平呢？"从始至终，神魔都只说东方宁心的儿子，只字不提雪天傲。

"你什么意思？"千叶不是愚笨之人，只是神魔凭什么认为他会出手？他像是这么无聊的人，会去插手五界之争吗？

要做，十万年前他就去做了。

"我的意思你很明白，创始之神一直觊觎宁心儿子的身体，想要夺舍。宁心要从幽冥之神手中拿回一魂一魄，也需要有能够与之抗衡的力量，魔界是很好的选择。"五界共分天下，保持中立的势力不是没有，但那些势力要么太过神秘，要么太过散乱，千叶要整合他们需要很长时间，而且就算整合了也不一定能与幽冥之神和创始之神对抗，但是魔界不同。

魔界就是一方大势力，千叶的势力加上魔界和龙族，他们有足够的胜算。他相信，千叶不会拒绝，为了东方宁心。

"你凭什么认为我会同意？"千叶一脸冷漠。白泽在他身边这么久，他都没有去夺这天下，神魔难道认为，这个时候他就会改变想法吗？

再说了，白泽选定的主人只有治世之才，并不是有打天下的才能。

"是男人就有野心，你不是没有争夺天下，只是没有尽全力罢了，不然白泽早就弃你而去了。再说，东方宁心在你心中，比这天下重要许多，我摆平魔界的动乱就是在帮东方宁心，这样的事情，你一定会做的。"神魔一副笃定的样子，只是心中却不怎么确定。

"哈哈哈……"千叶大笑，"这世间最懂我的人，居然是你。"

"这么说来……"神魔双眼一亮，心中暗笑不止：徒弟，快夸夸你师父我，你师父我帮你拐了个超级打手。

忽视神魔眼中的狂热，千叶轻轻点头："刚好没地方去，去魔界也挺好的。"

既然神魔想把魔界丢给他试手，就去吧。在忘情发作前，给东方宁心与雪天傲一些时间，让雪天傲享受最后的幸福，让自己忙于这些俗事，不再纠结于此，也没有什么不好的。

"既然你同意了，我们这就走。对了，你身上有伤，我们骑白泽去？"神魔的眼睛越发明亮，心中隐隐期待。

那可是白泽，这天下还没有人能坐在白泽的背上。

可惜千叶拒绝了："我无法命令白泽，十万年来，我都没有骑过他，你可以试着和他沟通。"

碰了个不硬不软的钉子，神魔干笑一声："不急，慢慢走。"

他可没那个勇气打白泽的主意。

语毕，两人便一前一后飞出树林，一白衣风华，一红衣妖娆，两人所到之处，所有人皆噤声。无论修为多么高的人，在看到这两人的那一刻，都呆得忘了反应。

绝世少年，顶级高手。这样的组合，只一眼便叫人终生无法忘怀。

不知是有意还是无心，神魔带路，居然把千叶带到了大汉帝国的战场上。刚巧，这个时候无涯正带着蓝色闪电，与人界争夺城池。

百万大军浴血而战，战斗持续了七天七夜，大汉帝国节节败退，死伤无数。

这一仗，无涯打得极其憋屈，就在他以为这一战必败之际，神魔与千叶从天而降。

两个男子，一个如同谪仙，一个如同火莲，突兀地出现在战场，立于战旗之上，衣袍随风飘荡。

在他们出现的一刻，刚刚还嘈杂无比的战场瞬间安静下来，下一秒就听到噼里啪啦的兵器落地的声音。

接下来发生了什么，无涯不知道，无涯只知道他以为必败的局，就这么戏剧性地赢了。等到他回过神来，只看到一红一白的身影消失在天边。

看着那说来就来、说走就走的潇洒身影，再想到自己被束在大汉帝国，无涯万分怨念地咆哮："啊……来一个人解救一下我吧，我也要走！秦羿风，你到底死到哪里去了？快给你无涯爷爷出来，老子不要留在大汉帝国，老子要陪东方宁心和雪天傲走南闯北。打仗治理国家什么的真无聊，老子只会杀人，做不来这个呀。东方宁心，雪天傲，我快疯了，你们在哪呀？我想你们了！"

"我们赢了！我们赢了……"回应无涯的是大汉将士一声高过一声的欢呼，在震天动地的高呼声中，无涯的叫声直接被人忽视了。

朝天火火源走去的东方宁心与雪天傲，突然鼻子一痒，喷嚏不断。

想来，是有人想他们了……

第四章
许你百世无忧

行走在火焰的世界里，众人皆被火烤得满脸通红、大汗淋漓，连说话都是奢侈，听到东方宁心与雪天傲喷嚏不断，君无量谨慎地打量着四周。

天火火源方圆万里皆是火焰，温度奇高，四周寸草不生，若想跨越这山，到达天火火源，别说人了，就是铜脑壳、铁身躯，也要化成汁液。天神在万里的外围走走还行，再往里也受不住。

天火火源四周就好像天然的火炉，踏入此地，不管是深海秘银还是不死之身，通通都能被炼没了。

一踏入天火火源的范围，四人就凝聚真气防御灼灼烈焰。走了两天，距离火源中心还有三分之一的路，君无量已经有些吃不消了。火焰无处不在，一闪神就会被火焰灼烧。

黑神战甲根本抵御不了天火，哪怕是有夫子衣在身，君无量的脸上和双脚，依旧被烧伤了。君无量真的没法想象，在这么恶劣的环境中，丹远容是如何走到火源中心的。

当然了，打量了半天，君无量也没有发现，这火焰四周除了高温外，还有什么潜在的危险。

看着依旧喷嚏不断的东方宁心与雪天傲，君无量终于忍不住问道："我说你们两个这是怎么了？我没发现这里有什么异常呀。"

最主要的是，他和凌子楚可是好好的，当然了，除了身上的水分在不停地蒸发。

至于倾似也吗？他是伤患，早早地躲进五帝宝殿了。他伤成那样，实在不适合出现在这种高温之地，万一伤口发炎化脓，倒霉的可不是他一个人。

东方宁心与雪天傲两人行走在火焰之中，没有半丝的不适，要不是因为一连打了几个喷嚏，这两人连脸都不会红。

"也许是空气太过燥热，有些不适。按照丹远容所说，我们只要笔直前行，大约三天就能抵达天火火源中心。我们已经走了两天，离火源很近了。"对于刚刚的几个喷嚏，东方宁心压根儿没有放在心上，心中暗想，十有八九是无涯或者谁在背后说她坏话。

"我们能不能直接飞过去？太热了。"君无量顾不得君子形象，两手不停地扇着，不着痕迹地朝东方宁心与雪天傲身边挤去。他总感觉东方宁心与雪天傲的身边比较凉快。

"呼……"太热了，一热人就倦，一倦就没力，一没力就犯困，一犯困就想睡，一想睡就不想动。

要不他也无耻一点，装晕进五帝宝殿，让东方宁心带着算了，只是不知五帝宝殿会不会受这火焰的影响？

"最好不要。这里太热了，如果我们一边凝气抵御高温，一边御气而行，真气很快就会耗尽，万一遇到什么危险，连防御之力都没有了。"雪天傲冷冷地否决，哪怕是处在火焰之中，雪天傲身上的冰冷气息也没减弱半分。

"让鲲鹏带我们过去行吗？太热了，我受不了，感觉快被烤干了。"君无量的皮肤干得快要裂开了。

"鲲鹏不行，在这里，鲲鹏一现身就会被烤熟。你去五帝宝殿待一待，不过那里也很不舒服。"东方宁心略有几分歉疚地说，语毕，便将五帝宝殿拿了出来。

哪知，不待君无量冲进去，倾似也就冲了出来，虽然比君无量好上那么一点，但整个人就像是从水里捞出来一般。

五帝宝殿是东方宁心的契约神器，主人都受影响，更别说神器了。

"热死我了，热死我了，我快死了……我的天，这是什么鬼地方？连天神也能热死。丹远容，我佩服你，你居然能越过火焰山，找到天火火源所在，你不是人，你和东方宁心一样妖孽。"

"算了，我继续走吧。"君无量一本正经地整了整自己的衣袍，乖乖地走到雪天傲的身后。

"我说凌子楚，你就不热吗？怎么一点反应也没有。"倾似也在五帝宝殿待不住，在火中更待不住。

"要什么反应？反应再大也得继续往前走，再热我们也要走下去，难道你想回头？"凌子楚更想说的是：你君无量可以找东方宁心与雪天傲抱怨，让这两人安慰你，但我不行。我和你的身份不一样，你是东方宁心的朋友，我只是她的属下。属下只要执行命令就行了，身为属下，没有抱怨的资格。

"没……"看着凌子楚明明累到不行，却依旧挺得笔直的背，君无量心里有几分自责，暗暗骂自己自私。热的不止他一个，怎么就他受不了？

以前，他一个人行走在异界，经常遇到各式各样的危险与麻烦，几天几夜不睡再正常不过，在冰天雪地带伤走上三五天也是常有的事。那个时候他并没有这么娇弱，不管多麻烦、有多大的压力，他都能咬牙一个人硬撑下来。因为他很明白，这世间除了他自己，再也不会有其他人可以依靠，就连自己的父皇都靠不住。

但与东方宁心、雪天傲熟悉后，不知不觉中，他居然习惯了去依靠这两人，遇到麻烦，想的不是自己去解决，而是把这两人推出来。

明明他的实力比这二人强，凡事却总想让他们出头，他只要待在一边，时不时地帮上两手就行了，从来没想过替东方宁心和雪天傲分担。

人的习惯果然很可怕。他并不在意凡事以东方宁心和雪天傲为中心，但他不想让自己变成寄生虫，变得懒散，给东方宁心和雪天傲添麻烦。

君无量沉默起来，倾似也走了几步，脸上的伤撑不住，最终还是回了五帝宝殿。东方宁心问君无量要不要进五帝宝殿，君无量轻轻一笑，说了句还能坚持，谦谦君子再现，只是少了几分随意。

东方宁心略有几分担忧，想上前问问，却被雪天傲阻止了："每个男人都有属于自己的骄傲，君无量知道自己在做什么，他不是小孩子。"

东方宁心想了想，不再坚持，点了点头，继续前行。

真气修为那么弱的丹远容都能找到天火火源中心，他们岂能不行？东方宁心四人咬着牙往前走，都走到这里了，他们绝不能放弃。

接下来的路，少了君无量的抱怨，再加上大家都热得无力，一路上没有人说话，沉默得让人窒息。正是这份沉默，让他们在快要接近天火火源时，听到了不寻常的声音。

咕嘟，咕嘟……就好像泉眼冒出水一般，声音很小，但在寂静的火焰周围，却显得特别刺耳。

听到声响，东方宁心与雪天傲停下脚步，望着前方一望无垠的火焰，眼中闪过一抹惊骇。

远处，火焰冲向半空，涌起巨大的火浪，四周的火焰似乎都躁动起来，一簇簇不安地跳动着……

"不好……"东方宁心与雪天傲脸色大变，东方宁心掏出五帝宝殿，急忙对君无量道："快，快进五帝宝殿，火山要爆发了！"

"什么？火山爆发？天火火源出了问题？"君无量脸色一黑，想起丹远容曾经说过，天火火源似乎出了问题，他的天火没办法使用了。

"十有八九，先别管了，你和凌子楚先进五帝宝殿，我和雪天傲过去看看。"东方宁心立刻示意君无量赶紧的，他们没那么多时间了。

"不！"君无量想也不想就拒绝了，他是君无量，遇到危险，他没有躲在人后的习惯。

"这个时候就别闹脾气了，被天火弄伤可不是小事。"东方宁心想也不想就把君无量往五帝宝殿里丢，然而还是晚了一步。

轰隆隆……

天火火源处响起巨大的爆炸声，火山爆发，岩浆四射，不过几个呼吸之间，炽热的火浆已经涌到四人面前。

"快走！"东方宁心素手一扬，收起五帝宝殿，拉着君无量飞快地往回跑，雪天傲和凌子楚一左一右跟在东方宁心身后。

不消片刻，火浆就追上来了，热浪直冲后背，跑肯定是来不及了。

生死关头，东方宁心断然把君无量、凌子楚和五帝宝殿一起丢了出去，然后和雪天傲一起去火源处探查。

不给凌子楚和君无量反对的机会，东方宁心直接出手，将两个大男人抛至半空。

"凌子楚，召唤饕餮，护好自己。十天后如果我和雪天傲没有出来，你们就自己回去。"

"不——"拒绝的话还没来得及说出口，君无量就飞向了天边。看到半空中出现一个黑影，君无量本能地伸手一抓，就将东方宁心丢出来的五帝宝殿捞在了手中。

饕餮及时现身，堪堪接住了凌子楚和君无量。待两人坐稳，正好看到东方宁心与雪天傲停下脚步，转身直面火浆的场面。

饕餮刚要离开，一股火流突然蹿到饕餮身上。饕餮浑身是火，惨叫一声，飞快地逃走了。

东方宁心与雪天傲此时已顾不得凌子楚与君无量是否安全，因为他们已被火流团团包围。

轰隆隆……天火火源处的爆炸声越发大了，火浪扑来，东方宁心与雪天傲虽然暂时不会受伤，却是寸步难行。

雪天傲双手高擎龙剑，强大的真气萦绕在他与东方宁心身边。奔流不息的火浆生生被阻在原地，无法继续前行。

"很好。"雪天傲很满意自己造成的效果，将全部力量都灌入龙剑之中，"烈焰斩！"

一条火龙从雪天傲的剑中飞出，冲破挡在二人前的屏障，咻的一声飞向天火火源的正中心。

火龙所到之处，火浆纷纷避开。东方宁心与雪天傲就这样硬在火焰中劈出了一条通路。

以彼之道，还施彼身。被火挡住，便用火开路，这方法也只有雪天傲想得出来。

当然，也只有雪天傲的星空之力，才能将四散的火焰化为龙形，驾驭它们冲向天火的正中心。

"成了，走。"雪天傲收起剑，紧拉着东方宁心，跟在火龙身后，朝天火正中心掠去。

东方宁心不怕天火，再加上她的真气修为比雪天傲更高，虽然她被雪天傲护着，却不着痕迹地快出雪天傲半步，替雪天傲挡下未知的危险。

"去看看出了什么事。这些火浆，对天火来说就是它的手脚，它靠着这些火浆和火焰才能继续成长，如果没事的话，天火不会突然爆发。"

"嗯。"雪天傲沉着脸没有说话，脸色隐隐有些不对劲，脚步更快了，似乎有些迫不及待。

别说东方宁心不是粗心的人，就是粗心的人也能发现雪天傲的反常之处。雪天傲这人，行事从来都从容不迫，什么时候这么着急过？

这急切，让东方宁心不安。

"雪天傲，发生了什么事？"东方宁心脚步一顿，顾不得跟不上前面的火龙了。

还是瞒不过，雪天傲的脸上露出一抹无奈的苦笑："东方宁心，我体内的真气突然澎湃起来，强大的真气不受控制地溢出，如果我没猜错的话，我应该是要升阶了。"

很诡异的是，他一直不曾修炼真气，只抽空修炼一些真气攻击技能，却没想到他又要升阶了。

"这个时候升阶？这怎么可能？"东方宁心脸色一变，看着雪天傲，怎么也不敢相信。

"我也不明白为什么会是这个时候，但是我有很强烈的感觉。体内的真气越来越不受控制，我们恐怕要晚一点才能抵达天火中心了。"距离上次升阶不到三个月，按理说短时间内根本不可能再上一层楼，但偏偏他的真气澎湃到足够升阶的程度了。

他上一次升阶，是因为星空之力，这一次呢？

雪天傲找不到原因，只是觉得不安，脑海中似乎有个声音在提醒他，让他千万不要升阶。但雪天傲更明白，如果不升阶的话，他会死得更快。

他体内的真气澎湃而混乱，要是不引导好，就会朝四肢百骸乱窜，若不及时升阶，会被这些真气弄成废人。

升阶是必须的，只是看他如何引导、如何把握这次机会了。

东方宁心看着已经看不到尾的火龙，苦笑了一声："既然如此，就只能升阶了，天地规则无法更改，升阶的提示都出来了，如果强压下真气，伤的只会是你自己。"

雪天傲最近升阶的速度太快了，东方宁心不禁想起神魔的话，神魔一直在暗示他们，雪天傲成为光明神王后，很多东西都会变得不一样。

她想，她也许该去问问神魔，雪天傲成了光明神王后到底会发生什么？

东方宁心不知，待到她去问神魔时，一切都晚了。

看着失神的东方宁心，雪天傲关切地开口："你……没事吧？"

回过神来的东方宁心强压下心中的不安，扫视了一眼四周的火焰："我没事。我来替你护法，你放心地升阶吧。"

雪天傲目光一沉，知道这是东方宁心的安慰之词，但体内的真气越发不受控制，他没有办法再等。歉意地朝东方宁心看了一眼，雪天傲在火中盘膝而坐。

升阶时，体内的真气会比平时强大数倍，天火无法近身，这一点他不惧。

东方宁心站在天火中，就这么定定地看着升阶中的雪天傲。这一瞬间，东方宁心的脑海里，突然浮现出叶飞扬扑上前去救雪天傲的画面。

那时，他们两人同时开启了光明圣眷的守护，两人身上都是金光闪闪的，但是东方宁心总感觉她似乎遗漏了什么。

是叶飞扬死前看向她时，那既同情又怜悯的眼神，还是……

突然，一个金黄色的点儿，从东方宁心的脑中一闪而过。

"我好像想到了什么！"东方宁心惊呼，双眼猛地一亮。就在此时，雪天傲脚下象征着真气级别的纹路也浮现出来。

神者八阶！

神者九阶！

"天神！"雪天傲心中一喜，他终于踏入了天神级别，这也就意味着，他下一个瞬间就能成为神王，拥有与五界之主和千叶抗衡的力量，想到这里，雪天傲越发沉静。

冲击天神可不是闹着玩的，他必须将全部注意力都用在引导真气上，力争一举踏入天神级别。毕竟，这样的机会，可遇而不可求。

天神的纹路越发清晰，通红的天空突然变得压抑起来，乌云不知从哪里冒了出来，盘旋在头顶。四周的空气似乎都为之一凝，让人从灵魂深处衍生浓郁的不安。

这是有人即将踏入天神级别时，出现天罚的前兆。

远在万里之外的光明神殿，创始之神圣洁白皙的脸上，露出一丝心满意足的笑容：雪天傲果然不错，这么快就能踏入天神级别，一切要回到正轨了。

幽冥之神，你永生永世都别妄想，从幽冥之水的封印中走出来；邪神至尊，你想要祭炼五帝峰，也得看自己有没有那个能耐。火之魂出了问题，水之魂，不是你想要就能拿到的！

正在与土之魂搏斗的邪神至尊，动作突然一顿，双眼微眯，眸中闪过一抹担忧，随即又沉默下来，一心与土之魂纠缠。

"有些事情早就开始了，哪怕是我也改变不了，一切只能顺应天命。东方宁心，雪天傲，别怪我自私，在这世间，每个人都要为自己的选择付出代价，如你，如我，都跳不出这个怪圈。"邪神至尊抛开心中偶然涌现的不安，坚定地注视着土之魂。

他现在要做的，就是祭炼五帝峰。到时候，五界之主都不在了，也就无人能够束缚雪天傲了。

"雪天傲，我这也算是帮你了。"想到这里，邪神至尊心中的最后一丝不安也消失了。

收复土之魂，再去取水之魂，一切就结束了。这天下，谁想要谁拿去，反正他不稀罕。

神者九阶的纹路已经稳定，天神就在眼前，雪天傲只要保持着这种冲势，冲击天神完全不成问题。

雪天傲一脚已经踏入天神，另一脚正准备踏进去时，耳边突然传来东方宁心焦急的声音："不，不要……雪天傲，求你，不要！"

看到比神者九阶更高的纹路出现，东方宁心不停地摇头，脸上满是惊恐："不要，不要踏入天神，雪天傲，求你……神者九阶，就到神者九阶行不行？"

东方宁心一遍又一遍地在心里祈祷。她知道她的要求既任性又不合理，所以只敢默默地在心中祈祷。她不想，也不能毁了雪天傲的成神之路。

但不知不觉，东方宁心已经将心愿说了出来。

费尽心力将真气凝聚，正准备冲击最后一步的雪天傲，突然听到东方宁心的祈求，动作不由得一顿："不踏入天神？东方宁心，这是你要的吗？你知道天神与神者九阶对我来说区别有多大吗?

"神者九阶就表示我依旧要受制于人,踏入天神我很快就能成为神王,在这世间没有几人能压制于我,也没有什么危险可以伤害到我们。

"东方宁心,哪怕我有光明传承,要成为天神也不容易,也许错过这次的机会,我这辈子都不可能成为天神了。

"东方宁心,哪怕是这样,你也不希望我踏入天神吗?"

明知东方宁心无法听到,雪天傲依旧在心中问道。没有不甘,没有责怪,雪天傲只是这样问,他知道东方宁心也能想到这些。

"不要,不要踏入天神,雪天傲……"耳边依旧是东方宁心的低喃声,强烈的不安让雪天傲很想将东方宁心紧紧地拥在怀中,问她为何不安?

但是现在不行,他已经到了升阶的关键时刻。他的未来是天神,还是止步于神者九阶,就在他的一念之间。

没有哪个男人不希望自己变得强大,没有哪个男人希望被女人保护在身后。尤其是像雪天傲这般骄傲的男人,更是做不到遇事躲在东方宁心的身后。

东方宁心已是神王,他依旧是神者八阶。雪天傲迫切地渴望自己变强,成为天神。

但是东方宁心不希望他在这个时候冲击天神。他的骄傲、他的愿望与东方宁心的希望相比不值一提,东方宁心要他止步于神者九阶,他就止步于神者九阶。

临门一脚,雪天傲收手,强大的真气直接冲向四周的火海,刚刚浮现出来的天神纹路变得飘忽起来。乌云消散,整个天空顿时变得明朗清新……

踏入天神必受天地之罚,在雪天傲天神纹路出现的那一刻,天雷亦准备击下,但在紧要关头,一切都停了下来。只因东方宁心莫名的不安,雪天傲便放弃了成为顶尖高手的可能。

"神者九阶?"东方宁心看着清晰的纹路,一时间说不出来是高兴还是失望。

雪天傲当然是越强越好,但她很不安,那种感觉就好像雪天傲一旦达到天神级别,就会离她而去一样。她不明白自己为什么会有这样的想法,但在雪天傲升阶的那一刻,她就是这么想的。

天神唾手可得,他却生生止住了。眼见真气慢慢回落,天神的纹路慢慢消失,雪天傲此时既失落又满足。他想变强,迫切地想要强大起来,只有这样,他才拥有与千叶抗衡的本事。

天神的实力,他想拥有。只要踏入天神的级别,他就能成为神王,拥有和千叶一战的实力,但他不忍令东方宁心失望。东方宁心强烈的不安,让他放弃了冲击天神的机会。

神者九阶便神者九阶，他想成为神王，却不急在这一时，千叶能等十万年，他雪天傲连一两年都不能等吗？

升阶的过程异常顺利，没有踏入天神级别，自然不会引来天地的惩罚，一个时辰后，一扫疲倦、神清气爽的雪天傲原地站了起来。火海中，棱角分明的脸上带着丝丝红晕，紧抿的双唇犹如樱花，红得恰到好处。

每一次升阶就是一次成长，这一次也不例外。

东方宁心不安的心平静下来，静静地看着雪天傲，清冷的眸子流动着魅人的光彩……

她看着这个男人成长，一步一步地成长，从铁血王爷到现在的绝世高手。一点一点，看着这个男人越发地成熟、越发地稳重，越发地吸引人。

曾有人说，雪天傲这样的男子，骄傲至极，尊贵至极。

这样的男人，根本不需要为你做什么，只要静静地看你一眼，只要他的眼中只有你一人，就能让你为他心甘情愿地奉献一切。

是以，当这个清贵孤傲的男子，为你放下一身的骄傲、放下一身的优雅，抬手为你拂碎发、屈膝为你着绣鞋，你就什么都不用想了，只能沉溺于他霸道的温柔中，难以自拔。

只因她突然而来的不安，这个男人就为她放弃了唾手可得的天神之位，为她放弃了得之不易的神王实力。这一刻，东方宁心既怪自己太过任性，心中又忍不住高兴。

这个男人，不问原因，只这么宠着她……

"雪天傲，神者九阶，你遗憾吗？"清冷的声音，有着掩不住的幸福与甜蜜。哪怕雪天傲止步于神者九阶，东方宁心也知道，这一刻她是幸福的。

"不遗憾，只要你东方宁心要，只要我雪天傲有，便会毫不保留地奉上。"只要你东方宁心要，我雪天傲就会去做。你不希望我成为天神，我可以一生都不踏入天神级别，一生止步于神者九阶。

后面的话，雪天傲没有说出来，但东方宁心却从他坚定的黑眸中，捕捉到了这个信息。

如果说千叶是为了等待东方宁心而活，雪天傲就是为了守护东方宁心而活。

这一生，有一个男人，把自己看得比什么都重要，值得了！

"雪天傲，虽然你没有达到天神级别，但在我心中你依旧是最强的！刚刚阻止你进入天神级别，是因为我不安，强烈的不安。"东方宁心紧紧地握住雪天傲的手，手心处的湿润，充分说明了东方宁心的激动。

"不安？东方宁心，你不安什么？不安的人应该是我。"有千叶这样一个强大的情敌存在，他的压力可想而知。

"雪天傲，你没有必要不安，我和千叶已经过去了，未来只有我和你。"东方宁心再次坚定地告诉雪天傲，再次用坚定的态度消除他的不安。

"至于我的不安，我也不知道，只是那种来自灵魂深处的不安让我战抖。"东方宁心毫不介意将自己最柔弱的一面，展现在雪天傲的面前。

这个男人，哪怕只是神者九阶，依旧可以为她撑起一片天地，而在雪天傲的这片天地中，她是女王，唯一的女王！

"神者九阶！雪天傲，你好大的胆子！"创始之神第一时间知晓了雪天傲的情况，圣洁空灵的表情险些没有绷住。

他是神界主宰，雪天傲作为光明神王，却违背了他的意愿，该死！

琴然是个意外，琴然已经为这个意外，付出了生命的代价。雪天傲是第二个意外，同样得付出代价。

"雪天傲，神者九阶。好，你很好……逆天而行吗？我会让你明白逆天而行的代价。来人！"创始之神依旧在笑，脸上的表情依旧圣洁，却没有一丝光明气息，只让人觉得阴狠。

"大人。"十个身穿光明铠甲的中年人出现在明亮的光明大殿里，右手放在心口，低着头，恭敬地朝创始之神行礼。

"调月神殿十大长老前往中州，协助雪族、赤族全力诛杀雪天傲之子。"创始之神的神情依旧高贵，声音依旧温和，哪怕下达着诛杀幼子的命令，依旧不见半丝血腥。

这个男人可怕至极，骨子里冷血，不是表面的神圣可以掩盖的。

底下十人毫不犹豫地领命而去。

光明神殿之下有四大神殿，分别为日、月、星、辰。四大神殿按实力划分，月神殿的实力仅次于日神殿。

月神殿的大长老，实力仅次于创始之神，以前他或许不是冥的对手，但在冥的黑暗传承被剥夺后，他已有了与冥一战的实力。

创始之神下达这样的命令，就是绝对不让雪少活了。

他夺舍东方宁心儿子一事，因神魔被千叶续命而出现了变数，他没那么快死，那个孩子的身体他可要可不要。

现在，他不需要再顾忌什么，雪天傲必须得为他的选择而付出代价。他要不了雪天傲的命，就用雪天傲儿子的命来换。

"不肯踏入天神吗？雪天傲，我就不信，当你听到爱子已逝的消息，你还能保持在神者九阶，不肯踏入天神。"

"光明神殿的神王，我已经选择了你，你就没有拒绝的权利。如果你不能为我所用，只好毁了。"创始之神的声音，流露出淡淡的惋惜，不过，这份惋惜很快就消失在他圣洁的笑容中。

一场腥风血雨，由此展开。

不知情的东方宁心与雪天傲没有任何负担，再说，有负担又能如何？

一切已成定局，无论东方宁心与雪天傲有什么想法，都无法改变雪天傲明明能成为天神、却止步于神者九阶的事实，也无法让创始之神收回已经下达的诛杀令。

命运的奇妙之处就在于，无论你如何绕开，最终依旧会走到终点。过程虽然改变了，但结果依旧……

第五章
伤在儿身痛在娘心

天火火源并不会因雪天傲升阶就安静下来，雪天傲升阶结束，火浆依旧肆虐，熊熊火光照亮了大半个天空，哪怕在千里之外，也能看到这片"火烧云"的奇景。

没有一举成为神王，但神者九阶的实力，也足够让雪天傲面对天火而无所畏惧。雪天傲双手握剑，猛地挥起，比刚刚大了一倍的火龙从剑中飞出。

巨龙开道，万火皆避。

"走。"这一次，雪天傲握着东方宁心的手，走在最前面。

他从不会驳了东方宁心的好意，但同样的，在他可以挡在东方宁心面前时，他亦不会退缩。诚如他所说的，只要东方宁心要，只要雪天傲有，便会全部奉上，哪怕是他的骄傲。

没有火焰挡路，二人很快就来到天火火源处，在那里看到了……

"九凤？"原来是这只妖鸟在此作怪，丹远容会残废，就是这只死鸟所致。

九凤，身有九首的巨鸟，实际上应该叫九头鸟，同时亦叫鬼车、鬼鸟，虽有凤凰的血脉，却是彻头彻尾的妖鸟。因为九凤从神鸟沦为专收恶魂的妖鸟，所以为整个凤凰一族不容。

九凤早已知晓东方宁心与雪天傲的到来，不然也不会引得天火火源爆发。它本打算将这群闯入者烧死，不料反让雪天傲顺利升阶了。

九凤张开艳丽的羽毛，于火光中现出七彩的光芒，险些晃花东方宁心与雪天傲的眼。九凤傲慢地甩出四个脑袋，用八只眼睛从上到下扫视了一遍东方宁心与雪天傲。

这个样子很不礼貌，但谁叫人家出身于高贵的凤凰一族呢，哪怕是失礼，也依旧将谱摆得老高。

打量完后，九凤轻蔑地发出一道凤鸣。

东方宁心与雪天傲还以为九凤不会说人话，九凤却突然开口："我当是何等的倾世人物，原来只是两个跳梁小丑。你们是什么人我不认识，也不想认识，速速滚蛋，我还能饶你们一命。"

九凤虽然沦为妖鸟，却和凤凰一样，高傲自大。

面对九凤的冷嘲，东方宁心与雪天傲淡笑一声，坦然与九凤对视，恰到好处地展示着自身的实力与傲气。

就在此时，东方宁心与雪天傲的耳边，再度传来九凤的声音，所说的话和刚刚那段一模一样，只是它没有开口。

东方宁心一直看着九凤，九凤的九张嘴，全都紧闭着，但这话的确是九凤说的。

"哈哈哈哈……你们二人果然是初生牛犊不畏虎，九凤有双，形影不离，你们不知道吗？"说完，九凤得意地晃晃凤头。

它的话音刚落，一道同样的声音再次响起，一模一样的语调，一模一样的言辞，唯独不见另一只九凤的身影。

"九凤有双吗？这就是世人不敢惹九凤的原因吗？因为另一只躲在暗处的九凤？"东方宁心清冷的声音，如同一支冰箭，直击九凤的脑海。

嗡……九凤顿觉九个脑袋同时抽痛，十八只凤眼死死地瞪着东方宁心，咬牙切齿道："既然知道还不快滚，火之魂是我的，凭你们也想和我抢，想死吗？没关系，我最喜欢人之魂了……"

最后还不忘发出桀桀的鬼叫声。不多时，同样的声音再次响起。

东方宁心很肯定，面前的九凤没有说话，可是另一只九凤在哪里？

她不动声色地用精神力搜索，找到了在火山深处战抖的火之魂，却找不到另一只九凤的身影。

东方宁心望向雪天傲，雪天傲摇了摇头，他也找不到另一只九凤的下落。

"九凤真的有双吗？"东方宁心无声地询问雪天傲。以他们的实力，要杀面前的九凤不难，可是另一道声音的存在，让他们不得不多个心眼儿。

雪天傲的寒眸扫过故作强势的九凤，不屑地说："管它是不是有双，先杀了这只再说。至于另一只，若这只死了，它还不出现，我们就不管了。"

东方宁心点头附和道："没错，就算有两只九凤又如何，黑凤凰我们都不惧，还怕这妖鸟吗？"

话音未落，东方宁心在九凤的眼中敏锐地捕捉到一丝惊慌。

九凤的九个脑袋，齐齐地看向东方宁心与雪天傲，狰狞地威胁道："好大的口气，一个天神，一个刚刚踏入神者九阶的家伙，也敢在我面前叫嚣？想杀我，也要看你们有没有那个本事。"

　　九凤的实力不弱，至少不会比黑凤凰差太多。九凤先发制人，九个凤头同时一仰："凤凰戾火！"

　　九凤的凤凰戾火，杀伤力比一般的凤凰更强。别的凤凰只能喷出一道，而它却是九道。

　　九道戾火将东方宁心与雪天傲完全包围住，不给东方宁心与雪天傲半点儿逃开的机会。

　　"的确很强，可惜你今天碰到的对手是我们。"雪天傲的声音透着彻骨的冰寒，手中的龙剑突然一闪，巨大的龙身从剑中飞了出来，"神龙咆哮！"

　　强大的龙气一出，将凤凰戾火吹得七零八落。

　　"神圣巨龙？"九凤一滞，随即冷笑，骨子里那身为凤凰的骄傲和对龙族的排斥，全部爆发出来："凤鸣朝阳！"

　　九个脑袋齐齐看向天空，朝天空发出尖锐的凤鸣。凤头虽然朝天，但声音产生的强大杀伤力却朝着东方宁心与雪天傲击去。

　　声音穿过咆哮的龙身，只听噗的一声，神圣巨龙亚诺的身影消散了。

　　"该死的九头鸟！"亚诺愤怒地咆哮。九凤虽是凤族数一数二的高手，但从来都不是亚诺的对手，但现在呢，哪怕是一只妖鸟，亚诺也奈何不得。

　　"神圣巨龙亚诺？没想到你居然沦落到这个地步，真是丢尽了龙族的脸。"一击得手，九凤得意地挺了挺脊背。

　　九凤的话音一落，重复的声音再次响起，这一次东方宁心与雪天傲听得真切，声音似乎是从九凤的腹中传出来的。

　　"九凤是专收灵魂的妖鸟，难不成另一只九凤已死，只是以灵魂的方式存在？"东方宁心与雪天傲猜到这个可能，正准备进一步试探，亚诺却愤怒地开口："东方宁心、雪天傲，拿到火之魂后，你们必须给我炼制一具身体，我受够了！"

　　愤怒过后，亚诺万分不甘地缩回龙剑之中。九凤击散了它的龙形，它已经没办法帮东方宁心与雪天傲了。更何况，雪天傲找它出来帮忙，就是为了找出另一只九凤在哪儿。现在东方宁心与雪天傲已经找到，它就没有必要留下来听这只妖鸟的奚落了。

　　亚诺回去之后，九凤乘胜追击。

　　"凤傲九天！"八个凤头一起朝东方宁心与雪天傲啄去，尖喙锐利得似能将人一举撕碎。

"柳云藤！"柳云藤嗖的一声飞了出去，它虽怕火，但神器的骄傲与契约的限制，让它不敢违背主人的意思，化为水蛇在火海中穿梭。

"唔唔唔……"不过顷刻间，九凤的八张尖嘴已被柳云藤缠住。

"邪神至尊的神器！你们和他是什么关系？"九凤还有一个头是自由的，看到柳云藤，眼中闪过一抹惊惧。

东方宁心与雪天傲很清楚，九凤怕的是邪神至尊。

"这不重要，重要的是，你死了之后，另一只九凤会出现吗？"东方宁心淡淡地嘲讽道，清冷的目光落在九凤的腹部。

"雪天傲，借你的破天枪一用！"她的凤剑看到九凤之后，吓得不敢出来了。九凤有凤凰的血脉，凤剑不敢伤它。

"接着！"破天枪从天而降，如有灵智一般，乖乖地落到东方宁心手中。

握着破天枪，东方宁心凌空跃起，飞速朝九凤的脑袋刺去。

许是因为体内流着墨子砚的血，东方宁心握着破天枪，不需要任何人教，就使出了一招："云破天诀！"

当东方宁心的云破天诀就要击中九凤时，九凤突然大吼一声，从仅剩的那个凤头中喷出一口大火，竟顾不得自己会受伤，烧向柳云藤和自己的八个头。

要鱼死网破吗？

火焰烧来，柳云藤吓得瑟瑟发抖，雪天傲及时用龙剑一挡，替柳云藤挡下了所有的危险，柳云藤这才松了口气。

九凤还想再次朝柳云藤发起攻击，可是晚了一步，那只硕大的凤头被东方宁心一枪挑断，顿时血流如注。

"浑蛋人类，要不是我与天火纠缠时伤了元神，你们二人岂能伤得了我？"九凤的八个头都被束缚，无法张嘴发声，只能愤愤地在心里骂道。

纵横五界千万年，九凤从来没受过这么重的伤。世人遇见九凤，哪个不是乖乖地滚蛋？就连当年与邪神至尊那一战，九凤虽然身受重伤，也没有伤及头颅。

东方宁心脚尖一点，人与枪如同一体，飞速朝九凤的八个头刺去："破——"

就在此时，九凤身形一动，从断头处涌出无数道白烟，一声鬼泣般的尖叫从九凤的腹中响起："桀桀桀……救命呀，救命呀……"

"另一只九凤？九凤真有一对儿？"东方宁心的破天枪只差一步就要刺中九凤的脑袋了，半空中的东方宁心却身形一滞，四肢似被无形的东西缠住一般，直直直地坠下。

雪天傲见状，顾不得另一只九凤会带来危险，展开双臂迎了上去，把东方宁心稳稳地接在怀中。半空中，两人身形一转，四周火焰纷飞，缠在东方宁心身上的东西也跟着甩了出去。

落入雪天傲怀抱的那一刻，东方宁心的脸色突然凝重起来，手中的破天枪一扫，顿时有吱吱的尖叫声响起。

"雪天傲，看我们的四周。"不知何时，在火焰中出现了无数白雾，白雾中是面目狰狞的恶魂，它们正朝东方宁心和雪天傲扑来。

九凤果然是专收恶魂的妖鸟，他们没引出另一只九凤，反倒把这些恶魂给引了出来。

九凤所拘的恶魂绝对不弱，不过顷刻间，这些恶魂已助九凤脱离了柳云藤的束缚。光滑透亮的柳云藤，被恶魂啃得坑坑洼洼，万分委屈地缩到东方宁心的怀里，娇气地扭着身子。

失了束缚的九凤愤怒地尖叫一声，向东方宁心与雪天傲发起疯狂的攻击。

"凤凰舞！"九凤巨大的身体凌空起舞，身姿轻盈，舞姿魅惑。随着九凤的起舞，天火火源的火焰似乎都被它控制了，一簇簇火焰飞到半空，排成阵，朝着东方宁心与雪天傲扑去。

"好厉害的九凤，难怪这么多年来，都没人能对付你。"东方宁心抬头看了一眼将整个天空都给遮住的九凤。

九凤被整个凤族唾弃，还能活得这么滋润，不是没有道理的。它的实力远在众凤凰之上，只有黑凤凰亲临才杀得了它，更别说还有一只九凤隐在暗处。

九凤高傲地昂着头，不停地飞舞，七彩的羽毛在火光下更加明亮夺目。飞速逼近的火花，让东方宁心与雪天傲立足的范围越来越小。

九凤的攻击又紧又密，破天枪可以横扫恶魂，可以横扫火焰，但东方宁心只能护住自己这一块，雪天傲那里就没有办法顾及了。此时的雪天傲，正在凝聚精神力施展上古御魂术，无暇顾及九凤的花招，东方宁心必须护着雪天傲，替他争取时间。

九凤很清楚，此时是最佳的攻击时间，如果错过这个机会，它可能又要陷入被动挨打的局面，所以九凤完全不给东方宁心机会，疯狂地在空中发动进攻。

"五秒，东方宁心，我只要五秒！"就在这时，雪天傲开口，双眼黑亮如同墨玉，眸中是自信的光辉。

雪天傲的右手在面前画着一个复杂的图案，东方宁心很清楚这是什么——上古御魂术。

"你们到底是什么人？"九凤看到这一幕，脚步一乱，险些从半空跌卜去。

自己是不是惹了不该惹的人？是不是不该听创始之神的话来吞噬这火之魂？什么叫"只要吞噬了火之魂，就有凌驾于黑凤凰之上的力量，就能成为凤族皇者"，自己现在连活命都难，哪里还敢奢望成为皇者！

东方宁心与雪天傲没有回答九凤的话，而是用实际行动让九凤知道他们是谁。

东方宁心飞快地凝聚真气："大预言术——空间静止！"

什么？空间静止？九凤的心咯噔一下停跳："你们究竟是谁？"

这不是黑暗神殿的秘技吗？今天到底遇上了什么人？明明就是两个初出茅庐的年轻人，怎么会有这么强的实力？

半空中，九凤已经忘了飞舞，十六只凤眼齐齐地瞪着东方宁心与雪天傲。

是自己老了吗？现在的年轻人已经强到这个地步了吗？如此年轻的黑暗神王？黑暗神殿的前任神王呢？无数疑问在九凤的脑中盘旋，却什么也问不出来。

"你们究竟是——"九凤的腹中又传来声音，可惜已经来不及说完了，因为空间静止的效果出来了。

整个天火火源处，除了东方宁心与雪天傲，再也没有其他东西可以动弹。

五秒，这个时间足够东方宁心冲出火焰，飞到九凤的面前，虽说不能一举将其斩杀，但也足够让她压制住九凤，但东方宁心却没有这么做。只有五秒的时间，她选择跃入天火火源中心。

火源中心是一口深井，里面火浆翻涌，让人望而却步，东方宁心却毫不犹豫地跳了下去。

五秒的时间，足够雪天傲施展上古御魂术，也足够雪天傲反击九凤。东方宁心根本不担心雪天傲会吃亏，她可以将全部心思放在寻找火之魂上。

火井很深，东方宁心不停地往下坠，越往里温度越高，呼吸也越来越困难。

火之魂究竟在哪里？东方宁心一边控制着自己下降的速度，一边集中精神力寻找，这才发现，四周的火浆里都有火之魂的痕迹，几乎无处不在。

"好聪明的火之魂呀，难怪九凤那只妖鸟费了几个月工夫，都没办法将你吞噬，最多也只能逼得你让火山爆山。"东方宁心说罢，明显感觉到眼前的火焰抖了一下。

看样子火之魂在九凤身上没少吃亏，显然怕了九凤，他们要收服起来，恐怕会比先前简单一些。

东方宁心稳住下落的身形，任自己悬浮在火井中，至于底下还有多深，东方宁心并不在意，她不是来挖火之魂的老底，她是来收服火之魂的。

双眸闭紧，东方宁心试着与雪天傲联系："雪天傲，能不能停下与九凤的战斗，开启光明圣眷保护自己？"

略略等了一会儿，东方宁心才得到雪天傲的回应："可以，半炷香后。"

雪天傲此时正与九凤激战，百招之内定能将其斩杀。不过，这些雪天傲并不需要告诉东方宁心，他现在能杀九凤，稍后也能杀九凤，现在放手，只是让九凤多活一会儿罢了。

面对雪天傲的突然收手，九凤万分不解，本以为雪天傲力竭，正准备趁这难得的机会扑上去反击，不料它还来不及行动，就被雪天傲一掌击中，从半空跌倒在地，八个脑袋全部摔得头破血流。

九凤这下真的只有鸟样了，哪里还有半点凤凰的高傲？

在上古御魂术的威压下，九凤收的那些恶魂全被雪天傲炼化了，失去助力的九凤，根本不是雪天傲的对手。

"可以了。"看都不看九凤一眼，雪天傲开启光明圣眷，任金色的光芒将其笼罩，站在火中央不再动。

"精神领域，开启——"东方宁心早有准备。

几乎是雪天傲的话音一落，他就来到了东方宁心的精神领域。

虽是第一次踏入东方宁心的精神领域，但雪天傲对这里却很熟悉。他知道东方宁心开启精神领域极度费力，第一时间就站到了她的身边。

精神领域是东方宁心的地盘，由东方宁心做主，但遇到精神力高强的人也会反噬。九凤身上，还有一个秘密，他不得不谨慎。

只要被东方宁心的精神力笼罩，进入她的精神领域，无论是谁都无处遁形。如果另一只九凤在暗中伺机偷袭，她就用精神领域逼对方现身。不过，东方宁心此次用精神领域是为了逼火之魂出现，至于九凤，纯粹是顺带的。

当东方宁心与雪天傲看到九凤和它身边的东西，两人都笑了："原来，这就是'九凤有双'的秘密，真不知你们用这招唬了多少人。"

什么"九凤有双"呀，纯粹是个骗局，另一只九凤不过是一条虫。

当然，这只虫也是神兽，它有一个很不错的名字，叫应声虫。应声虫依附别的生物而活，它附在别人腹中，宿主说什么，它就会跟着说什么。除了附和宿主的话，应声虫并没有什么杀伤力。应声虫的存在很容易被宿主发现，不过宿主要除去它却并不容易。

"这是什么地方？"九凤眼神闪烁，强压下心中的不安，倨傲地问道。

这好像是另一个世界，在这里它感觉自己是被压制的，最主要的是，在这里它的秘密被人揭穿了。

"这里是让你现出原形的地方。"东方宁心冷笑一声，素手一挥，数百根金针突然朝九凤飞去。

九凤连忙张开翅膀阻挡，却发现，自己的速度受了影响，本以为必能挡住，结果仍有一部分金针穿过防御，直入九凤的双眸。

在精神领域，九凤的九个大脑袋一个不少，这也就意味着要多承受一份痛苦，因为金针没入了九凤的双眼之中。

"啊——"九分凄厉的惨叫声，响彻整个精神领域。

雪天傲嫌恶地皱眉道："你真的很吵，闭嘴！"

语毕，雪天傲手握破天枪，对准九凤的头敲了下去。

"咚、咚、咚……"一连九声，全是脑壳破裂的声音。脑浆流了一地，九凤巨大的身躯原地战抖了两下。

"你不用装了，在这里我杀不死你。顶多让你灵魂受创罢了，而这比身体的伤害更严重。"

收拾完九凤，雪天傲将破天枪反手负在身后。不同于东方宁心的英姿飒爽，雪天傲拿着破天枪是杀气腾腾，傲骨铮铮，就好像沙场上的猛将一般，全身都是肃杀之气。

居高临下地瞥了一眼手指般大小、除了瑟瑟发抖什么也不会的应声虫，雪天傲漠然收回视线，他没有兴趣对这种连还手之力都没有的玩意儿下手。

再说了，九凤死了，这应声虫也会跟着死。

雪天傲有意暂时放过应声虫，让它少受些苦，而应声虫却有了非分之想。它嗖的一声朝雪天傲飞去，试图钻入他的体内，让雪天傲成为它的新宿主。

"雪天傲，小心！"东方宁心眼神一冷，迅速出击。

但让二人意外的是，拦下应声虫的居然不是东方宁心，而是天火！

嘭的一声，火花响起，应声虫只来得及惨叫一声便烟消云散。

东方宁心和雪天傲淡然看着面前那簇闪动的火苗。

小火苗似乎很胆小，在雪天傲的注视下忽明忽暗，仿佛雪天傲一口气就能把它吹灭一般。

看着委屈不安、想要寻求安慰的火之魂，雪天傲紧绷的脸上闪过一丝尴尬。他感觉自己就像是欺负小孩子的坏人。虽然他从不认为自己是好人，但绝对不会没品到对一个孩子下手……

面对强势狂妄的九凤，雪天傲能眼也不眨地下手诛杀。但面对这种明明很强，却摆出一副委屈样，没有半丝攻击打算的火之魂，雪天傲实在不知该如何处理。

冷哼一声，缓解了自己的尴尬后，雪天傲转身朝东方宁心走去。

不知怎么回事，火之魂居然屁颠屁颠地跟在雪天傲身后，雪天傲快它也快，雪天傲慢它也慢。

将这一幕尽收眼底的东方宁心，淡然一笑，但很快她的双眼就湿润了，盯着火之魂，一眨也不眨。

跟在雪天傲身后的火之魂，多么像他们的儿子啊。如果他们生在普通人家，他们的孩子应该也是这般，迈着圆滚滚的小腿，一脸委屈地跟在雪天傲身后，想要雪天傲抱他。

以雪天傲的大男人作风，即便很想抱起儿子，估计也不会转身，只会抿着嘴、绷着脸，不着痕迹地放缓速度，好让他们的儿子能够跟上。

作为孩子的母亲，她看到这一幕，第一反应就是冲上前，蹲下去，张开双臂抱起受了委屈、却和他父亲一样倔强的儿子。

泪水从东方宁心的眼角滑落。

哪怕知道她儿子就在中州，哪怕知道有冥与琴然的保护她儿子是安全的，她还是很想他，想那个小人儿。

那么小的孩子，知道要和父母分离，却骄傲得不哭不闹，只用一双黑亮清澈的眸子看着她，那样子似要将她的样子深深地刻在脑海，生怕自己离父母久了，会忘了父母的长相……

他们的儿子那么小，却那么体贴。上天何其残忍，只是一个孩子，却让他小小年纪便受尽离别之苦。

"宝宝，娘亲好想你，想得心都痛了。如果可以，娘亲愿意用一切来换你幸福。"东方宁心低声哭泣。

她的儿子就要一岁了，他们相处的时间却不到三天，这天下还有比她更失职的母亲吗？她不配为人母。

"东方宁心……"雪天傲看着东方宁心，眼里溢满自责与愧疚。

能让东方宁心这般失控的，不用想也知道是什么。

听到雪天傲的声音，东方宁心连忙压下刻骨的思念，扯出一个比哭还难看的笑容，找了一个拙劣无比的理由："沙子眯了眼……"

雪天傲小心翼翼地替东方宁心擦着眼泪，心疼地说："想哭就尽情地哭，有我在。"

长长的睫毛轻眨，在雪天傲的期待下，东方宁心点了点头，轻轻地应了一句："好。"

泪被擦干，心情也平静下来，东方宁心蹲在火之魂前面，柔声说道："走吧，日后我护着你。"这是东方宁心的承诺，言出必行。

火之魂的小火苗闪了闪，似乎有点儿犹豫。

东方宁心伸手抚了抚小火苗，耐心地等着它作出选择，神情温婉，不带半丝勉强之意。

咦？天火火苗，我不是全收回来了吗？怎么还有？火之魂发现了东方宁心掌心的火苗印记，不解地飞到她的手上……

它犹记得，那一年它遇到了一个意志力很强大的男人，那个男人最终取得天火火苗，活着离去。当时它气疯了，差点儿就让火山爆发，把它唯一的阻挡神鸣山给毁了，让世人都知晓它的存在。

但那个来自中州的铸剑大师安抚住它，以他的生命为代价，让那个带着天火火苗活着离去的男人发了重誓，除非他能遇到一对能为彼此牺牲的爱侣，不然永远都不能让世人知道这个秘密——经过云中城，翻过昭华山，跨过沼泽地，在极北之巅的神鸣山后，有天火火源的存在。

那个带着天火离去的男人同意了，这些年再也没有别人来过，直到面前这对男女的到来。

火之魂打量着东方宁心与雪天傲。难道他们就是那个中州铸剑大师所说的"能为彼此牺牲""能为对方付出一切，包括生命"的爱侣吗？

如果这对男女真的相爱到愿意为对方付出生命，是不是也会对它好呢？火之魂心中的天平慢慢向东方宁心倾斜。

走还是不走？火之魂在东方宁心的手心跳了半天，发现东方宁心真的没有束缚它之意，越发不想走了。

"愿为对方倾尽一切、爱对方入骨的男女，无论他们多么残暴，内心深处一定是善良的，因为他们有一颗爱人之心。"想起中州铸剑大师的这话句，火之魂终于作出决定，主动封印在东方宁心的手心。

当火之魂嵌入掌心，东方宁心感觉手心一痛，忍不住握紧右手。

待疼痛缓解后，东方宁心伸开右手，发现掌心的火苗印记越发通红，隐隐有火焰在跳动。见东方宁心在看它，火之魂还调皮地闪了闪。

东方宁心被火之魂逗笑了，一扫刚刚的郁闷。

"我们走吧。"东方宁心握着雪天傲的手，正准备离开精神领域，心中突然涌起滔天的悲意，脑中响起撕心裂肺的哭喊，声音是那么熟悉。

　　"不——"东方宁心紧紧拉着雪天傲的手凄厉地大喊，瞬间泪如泉涌。

　　母子连心，伤在儿身，痛在娘心……

第六章
青山处处埋忠骨

　　天墨皇朝在墨泽的治理下，迎来了难得的太平盛世，再加上皇帝陛下最近心情大好，下令大赦天下，免征全国三年税收。

　　此令一出，百姓欢呼，整个天墨处处都透着喜悦与轻松，哪怕是普通百姓，脸上的笑容，也是灿烂至极。

　　而这一切，都因一人而起。

　　如今整个天墨，只要有人的地方，就会有人议论这个人，这人就是天墨的储君——雪少。

　　雪少是何许人也？

　　别说这些平民百姓了，就是皇城的那些官员知道得也不多，他们只知道，雪少是皇太女墨言的儿子，天资聪慧，不满周岁便能言语，深得皇帝陛下及皇室的喜爱。

　　雪少由一个绝美的黑衣男子抱来，出现的当天，他们优雅尊贵的皇帝陛下，顾不得帝王威严，抱着雪少喜极而泣，并当众册立雪少为天墨储君。

　　事后，文武百官皆不同意，认为这个凭空出现的孩子，就算是皇太女的儿子，也不能当天墨的帝王。

　　这些奏折，直接被皇帝陛下丢到火炉里，上此类奏折的官员，墨泽本想诛其九族，但看到雪少纯真的笑颜，最终改为流放三千里。

　　之后，又有人提起天墨是墨家的不是雪家的，如果要册立雪少为储君，至少要让雪少改姓墨，此提议一出，墨泽犹豫了一下，然后慢慢点头。

　　如果墨言的儿子能姓墨，那该多好。墨言的孩子，他一定会视如己出，不，是比亲子更甚，但雪天傲会同意吗？

墨泽正纠结，冥淡然告诉墨泽，雪天傲没给雪少起名字。

墨泽一听，脸色一喜，反正雪天傲也没给孩子起名字，他身为舅舅，给外甥起个名字也没什么不对，大不了在天墨雪少姓墨，去了雪家再姓雪就是了。

墨家十二亲卫点头，这是公子的血脉，应当和公子一样姓墨。

墨泽大喜，召来文武百官，给他们的储君起名字。

此时，中州各家也像是闻到腥的猫一般，不过三天时间，宁苏阁阁主公子苏、君城城主君无邪、香城城主香浩泽，再加上丹城、药城，还有两府四方的人……

一群跺跺脚就能让天地抖三抖的大人物，相继涌向天墨皇城。

这一下，整个皇城都沸腾了。天墨与中州各势力都交好这点不错，但什么时候，小小的天墨，能吸引这些大人物齐聚？

令人震惊的远不止这些，这一拨人马前脚刚到，后脚天耀的雪亲王雪天寂，便携怀有身孕的夫人尼雅飞速赶来。

整个天墨皇城权贵云集，走在大街上，时不时就能碰到几个陌生的面孔，这些陌生的面孔，随便一个放在天墨都是绝世高手。这些人全都冲着一人而来，就是他们的储君雪少……

墨泽想给雪少起名字的事，刚一提出就迎来了这群贵客，名字还没起好就遭到了众人的反对。

公子苏第一个不同意。

璀璨的黑眸漾着无边的喜悦，公子苏看着坐在他们中央、穿着大红小袄的雪少，脸上的笑容温柔隽永："墨泽，天墨的储君可是你单方面定下的，宁心的儿子并没有同意。且中州最有权势的不是你天墨皇朝而是宁苏阁，按你这说法，我是不是把宁苏阁交给雪少，雪少就能随我的姓啊？"

说话间，公子苏趁众人不注意，飞快地将雪少抱了起来，脸上扬着谄媚的笑容，晃着手中的令牌："这是叔叔给你的见面礼，叫声叔叔好不好？"

宁苏阁阁主的令牌，见此令如阁主亲临，这块令牌可以调动整个宁苏阁的力量。这世间只有两块，一块在东方宁心手上，另一块就是雪少手上这块。

雪少懒懒地抬头，看着公子苏，小脑袋一歪，黑亮的眸子里满是疑问：这个漂亮叔叔，他见过吗？

不过，看在他漂亮的分儿上，还有这块小令牌又精巧的分儿上，他勉为其难地叫了一声："漂亮叔叔。"

"哈哈哈哈……宁心的儿子，果然不是一般人！"公子苏放声大笑，抱着雪少转了起来，眼角有一滴晶莹的泪珠滑过。

这是宁心的儿子，想到这里，公子苏抱着雪少的力道不自觉地加重。

宁心，我好想你。可是，我们之间的距离越发遥远，我要怎样才能追得上你？难道这一辈子，我只能站在人群中仰视你吗？

公子苏一边笑，一边闭着眼睛，不让雪少看到他眼中的悲伤。

然而雪少何许人也，在公子苏的情绪生变的第一刻，他就发现了。体贴的雪少一改刚刚的懒散，伸着藕节般的小手，主动回抱公子苏。

"漂亮叔叔不哭，我疼你……"每次他想娘亲、想哭时，师父就是这样说的。

稚嫩的声音传入耳中，公子苏心里又酸又涩。悲伤空洞的心，瞬间被温暖的气息填满。看着这个与东方宁心有六分像的孩子，公子苏越发舍不得放手。

公子苏正准备亲亲雪少，哪知刚低下头，却发现手上空空如也。

"什么人？"杀气陡然升起，公子苏寻找着雪少的身影，却看到雪少落在冷若冰霜、没有感情的君无邪手上。

"这是宁心的孩子，不是你的孩子，一直抱着不嫌累吗？你有见面礼，我也有。"惜字如金的君无邪，把人生中最长的一段话给了雪少。

"叫叔叔……"君无邪不怎么自然地抱着雪少，不是他不喜，而是第一次抱孩子，他紧张。

"冰美人叔叔……"雪少乖乖地开口。

冰美人？君无邪黑着一张脸，看着手中肉乎乎的小包子，却怎么也舍不得说半句重话。

这称呼，要换作别人叫出口，一定会血溅当场，但这个人是雪少，是东方宁心的儿子。

雪少贼笑，拉着君无邪的衣领吃力地往上爬，白嫩的小手臂圈在君无邪的脖子上，准备用口水好好地给冰美人叔叔洗个脸。

第一次抱孩子，君无邪根本不敢乱动，任雪少把他当成一棵树，全身都快绷成一条直线了，额头上的汗珠不停地冒，竟比他第一次拿剑杀人还要紧张，但他却舍不得松手。

费了九牛二虎之力，好不容易爬了上去，雪少心情大好，正准备亲上去。

"啊……"一阵腾云驾雾，雪少感觉自己飞了起来，然后落到一个美人儿阿姨的怀里。

雪少眨巴着眼睛，这个美人儿阿姨是谁啊？

圆溜溜的眼珠一转，发现美人儿阿姨身边还有一个帅帅的叔叔，雪少双眼又是一亮。正想开口叫声美人儿阿姨，身边的帅叔叔就飞快地伸手将他接了过去。

"尼雅，小心点儿，你肚子里还有孩子呢。"雪天寂眼中的温柔能溺死人，侧脸看向雪少时，脸色变了，一脸斥责，改抱为拎，十分野蛮。

雪少的后领被雪天寂拎了起来，四肢在半空爬呀爬，一脸委屈。

"雪天寂，住手！"公子苏与君无邪、墨泽等人脸色大变，一脸的心痛，想也不想，便一窝蜂地扑上前去，准备从雪天寂手中把人抢出来。

他们的宝贝，捧在手里怕飞了，含在嘴里怕化了，恨不得天天捧着，哪儿能让雪天寂如此对待？

雪天寂还不知自己犯了众怒，不仅拎雪少，还在半空晃了晃："你就是我皇兄的儿子？怎么这么蠢？"

雪天寂表示，从尼雅抱着雪少的那一刻开始，他就讨厌这个孩子了。

"坏叔叔……"衣领勒着脖子，雪少的脸憋得通红，委屈至极。

这一声把众人的心都叫痛了，公子苏动作最快："雪天寂，你去死！"

没有半分的客气与手软，公子苏一拳打在雪天寂的脸上。

"嘶——"雪天寂吃痛，身形却一动不动，拎着雪少的手也只是轻轻一晃，大有死也不会松手的架势。

他不敢松手，万一子苏没有接住，把这小家伙给摔着，他就完蛋了。

"放手。"公子苏却不客气，用力打向雪天寂的胳膊。

雪天寂再次吃痛，却在第一时间托住了雪少，生怕摔着他："这是我侄子，我还真会摔着他？"

"谁知道你。"公子苏一脸不爽地瞪着雪天寂，小心翼翼地从雪天寂手中接过雪少，转身就走，一边走一边疼惜地用脸蹭了蹭雪少："乖，不哭，子苏叔叔给你打坏人。"

公子苏语毕，晚一步冲上来的君无邪与墨泽没抢到雪少，便把气出在了雪天寂身上，同时出手，拳头又快又猛，虽然没用真气，但这两拳真打下去，雪天寂至少要躺半个月。

尼雅一看，顾不得有孕在身，挡在雪天寂面前："无邪、墨泽，看在我的面子上……"

尼雅的话还没说完，墨泽与君无邪就生生停了下来，拳头离尼雅只有半寸。

"尼雅，你小心点儿。你可是有身孕的人，万一他们打伤了你怎么办？"站在一边的公子苏看到这情况，责怪地看向雪天寂。

"尼雅，让开。"墨泽、君无邪虽然收手了，却没打算就此放过雪天寂。

尼雅看了一眼委屈至极的雪天寂，知道他没有坏心，但看到趴在公子苏怀里更加委屈的雪少，尼雅很自觉地让开了，只轻声提醒道："看在我是孕妇的分儿上，你们下手轻点，打脸就行了。"

说完，不顾雪天寂可怜的样子，尼雅自觉走到公子苏身后，不再看雪天寂，专心逗弄着雪少。

天寂，我尽力了，谁让你犯了众怒，我没法和你有难同当了。

"夫人，你要谋杀亲夫呀。"雪天寂哀号，看着杀气腾腾的众人，知道救援无望，在大殿里跑了起来。

"雪天寂，认命吧，没有真气，还敢惹我们，你逃不掉的！"墨泽看到能揍姓雪的，心情大好，振臂一呼，"十二亲卫，不用客气，就按照王妃的意思办——打脸。"

"是！"以墨子为首的十二亲卫，早就在一边摩拳擦掌了，等的就是这句话。

十二人齐齐扑上去，没多久，雪天寂就被众人堵在死角。

"雪亲王，您放心，我们一定会遵从您夫人的话，打脸……轻点。"

"雪天寂，我保证等会儿连尼雅也认不出你来。"

咚咚咚……拳如雨下，打的人太多了，也看不清到底是谁打的。

"啊……救命呀！"

"尼雅，救命呀！"

"喂，你们不要太过分，打人不打脸！"

……

雪少看着坏人叔叔被揍，心情大好，抱着公子苏咯咯直笑。

冥站在外面，看着这一幕，脸上扬起一抹绝美的笑容："琴然，在这里他可以拥有最简单的快乐，和这世间任何人都无法拥有的幸福与宠溺。只有在这里，他才能像孩子一样活着，这下你可以放心了吧？"

殿外，明明只有一个穿着黑衣的冥，却有一道空灵的声音传来："放心了。在这里，他是所有人的宝贝，这些人用生命宠着他，绝不会让他受到一点伤害。而中州最强的力量，全部在这里。"

"既然你不担心了，我们可以走了吧？"冥轻声问道。他们来一次中州不容易，既然来了，有些事情就必须解决。

"只要他开心、安全，我就没什么好担心的了，我们走吧。"

"放心，整个中州的力量都在护他。"冥转身离去，带着淡淡的不舍，"宝贝儿子，等着干爹，我们很快就会回来接你。"

殿内的雪少似乎察觉到了，在冥转身离去的那一霎，小脑袋更加用力地埋进公子苏的怀里，在心中默默说道："冥干爹、琴然干爹，我会乖乖地在这里陪舅舅和叔叔们。你们也要快点回来呀，快点来接我。我想师父了，想娘亲了，也会想你们的。"

公子苏低头看着突然溺在他怀中不言不语的雪少，轻轻地顺着雪少的背，满脸的心疼。

"宁心，你放心，你的儿子在中州，没有人能伤他，想要伤你儿子，除非从我的尸体上踩过去。"

像是为了验证公子苏的话一般，他刚在心中说完承诺，天墨皇宫上空风云突变。刚刚还万里无云的晴空，突然乌云密布、狂风呼啸，强者的气息从天而降，压得众人呼吸一窒。

大殿中，围着雪天寂打闹的人群停了下来，不安的预感袭上心头。

"皇上小心，我们出去看看。"不待墨泽吩咐，十二亲卫已经抄起兵器冲出大殿，只见殿外血气冲天，侍卫已经全部惨死。

对面为首十人，个个儿身形挺拔、神情高傲，一看就是高手。在这十人身后，站着雪族与赤族的人。

公子苏等人也冲了出来，看着面前这群杀气十足的人，脸色一变，万分不解地问道："雪老？赤焰族长？你们这是……"雪老是雪天傲的外公，赤焰与东方宁心的交情极好，这两人怎么会……

"我们……"雪老的脸上闪过一抹挣扎。赤焰则别过头去，没有看公子苏。

他们别无选择，神令不可违。

不给雪老与赤焰说话的机会，为首的十人中，有一年长者指向公子苏手中的雪少，以施恩的口吻道："交出你手中的孩子，饶你们一命。"

说话者便是创始之神派来的月神殿大长老，他拥有仅次于神王的实力，来到中州以后，实力下降，但也比天神强。

月大长老双眼扫向四周，没有发现冥的气息，脸上的傲气更甚。冥不在，中州这群乌合之众，哪里是他的对手？

想要雪少的命？众人脸色一变，公子苏抱着雪少的手不自觉地一紧。

公子苏怀中的雪少脸色更加难看，这些坏人要干什么？他们一路从魔殿追到中州，非要他的命不可吗？

雪少小小的手握得死紧，在魔殿有师父保护他，可在这里呢？

冥干爹走了，这些叔叔不是对方的对手。

雪少的眼睛睁得老大，不让自己哭出来，他太小了，光有强大的力量，却不会用。

"敢打少主的主意，除非从我等的尸体上踏过去！"十二亲卫明知不敌，却毫不畏惧地护在雪少身前。

"从你们的尸体上踏过去是吗？好，我成全你们。"月大长老一脸不屑地说。只要一招，他就能让这些无能之人明白天神与凡人的差距。

"墨子伯伯，不要！"雪少失声大叫。

十二亲卫不是没有听到雪少的话，但是箭在弦上，不得不发。面前这十人真气高深莫测，连中州第一高手雪老，在他们面前都完全被压制，没有一点儿存在感。

这十人极其危险，他们必须弄清对方的实力，而他们十二人是最好的人选。

带着必死的决心，十二人在冲上前的一刻，不约而同地看向雪少："小主子，别伤心，我们早就想去见公子了，只是公子不允许我们像懦夫一样死去。如果公子知道我们是为了保护小主子而死，一定会为我们感到骄傲。"

"公子，我们来了！"明知会死，十二人却英勇无畏地冲了上去。

"墨子伯伯。"雪少双眼通红，却强忍着不肯哭出来，已经有太多人为了保护他而死，他却什么都做不了。

天生的神之子又如何，别说他只是个拥有神者力量却不会用的孩子，就算他会用，面对这些活了上百年的老家伙，他又能如何？

"青鸾、火凤，你们在哪里？为什么每次我需要你们时，你们都不出现？"雪少的脸上满是悲伤。

爹，娘，你们在哪里呀？

你们快来，救救我，救救墨子伯伯，我不要他们死……

为什么对我好的人，下场都这么惨呢？

雪少黑亮的眸子里蓄满泪水，公子苏心疼地捂住雪少的眼睛，不忍让他看到眼前这血腥的一幕。

面对视死如归的十二亲卫，月大长老的脸上闪过一抹鄙夷："不过是匹夫之勇，既然想死，我就成全你们——光明普照！"

强大的真气涌来，止住了十二人前行的脚步，逼得他们脊背弯曲。

"青山处处埋忠骨，何必马革裹尸还。公子，我们宁死不屈！"十二亲卫齐声高喝，纷纷自爆于敌人面前。

"墨子伯伯……都是我不好，我不该来……"别人没有看清，但雪少看清了——那个坏人逼伯伯们跪下，他们不肯，一直撑着，直到撑不住了，不得不选择自爆。

"墨泽，快召天墨大军过来，另外通知边境，让天耀大军进驻；君无邪，你动作快，去把宁苏阁和中州的势力调来。这是令牌，拿着！"雪天寂将代表天耀最高军权的令牌丢给墨泽，又将雪少手中宁苏阁的令牌丢给君无邪，沉声说道，"别让他们死得不甘，还不快去行动！"

君无邪和墨泽二话不说，拿着令牌转身就走。十二亲卫自爆的杀伤力，九成以上都轰向了月大长老几人，待到月神殿的人摆平余波，君无邪和墨泽已经平安脱身。

雪天寂想让人带着雪少先走，雪少却执意不肯离开。他不能走，他一走，这些人肯定会死。

"你们谁都走不了，今天全得死在这里！"月大长老神情倨傲地说。

雪天寂看向月大长老，脸上扬起从容的笑容："是吗？这才刚开始，就定下了生死，阁下不认为太过自大了吗？"

"自大？我有自大的本钱。"创始之神避开天地规则，将他们整个月神殿的人都送来中州，除了杀雪天傲之子，还有就是占领中州。

他们十人的真气皆下降一级，有生之年再上涨亦是不可能了，回到五界也只是二三流的高手，再说了，他们去哪里找十把神器，把自己送回去？

与其回五界成为二流高手，不如留在中州，成为一流王者。他们原本以为还要费些时间，现在看来，今天就能一步到位了。

今天一战，不仅能杀了雪天傲之子，还能重创中州的一流势力。

面对对方毫不掩饰的杀意，雪天寂强压下心中的不安，继续与月大长老周旋，趁这个机会，公子苏对香浩泽等人说道："浩泽，你们几个护着尼雅，别去太远的地方。"

公子苏知道，尼雅和雪天寂是分不开的，但现在他们需要等援兵赶来，而能拖住对方的，公子苏认为只有狡诈腹黑的雪天寂可以做到。这个男人的脑子，比拳头有用。

"好。"香浩泽等人迅速离去，临走前将自己的护卫留下，虽然不是对方的对手，但能挡一时是一时。

很快，大殿外只余公子苏、雪天寂、雪少和一干护卫。对公子苏几人的行为，月大长老看在眼里，却没有阻止，他想一次性将公子苏等人的势力清除。

几番周旋下来，雪天寂背后冷汗淋漓，却还在强撑着。

皇宫外，大军涌入的脚步声传来，公子苏暗暗松了口气，抱着雪少上前一步，视线落在雪老身上："晚辈公子苏见过雪老。"

雪老冷冷地点头，算是打了招呼。

雪老的冷默，没有打消公子苏的热情，公子苏亲切一笑，将手中的雪少往前一送："雪少，乖，叫太爷爷。"

"什么？"雪老一惊，月大长老也是一惊，不解地看着公子苏，随即了然一笑。

难怪创始之神大人那么轻易地接受雪天傲成为光明神王，原来他本就出自光明神殿。

雪天傲，中州雪族的后代，雪老的外孙。这个信息在中州知道的人不多，在五界知道的就更少了。可是那又如何？

雪天傲的儿子依旧要死。

月大长老警告地看向雪老，提醒他不要违背神令。

雪老这会儿哪里有工夫去管月大长老的警告，冰冷的眸子闪着难得的温情，双眼看着雪少，眨也不眨。

公子苏明知故问："难道雪老不知，这个孩子是雪天傲和东方宁心的儿子吗？孩子生下来后，他们一直很忙，再加上洪荒大乱，一时无暇照顾，便托人将孩子送回了中州，不然我们岂会出现在这里。"

"雪天傲的儿子？月大长老，这是怎么回事？"雪老脸色一变，质问月大长老。

"东方宁心的儿子？月大长老，为什么你事先不说清楚？"赤焰双眼一红，朝着月大长老咆哮。

月大长老皱眉看向愤怒的雪老与赤焰，眼中闪过一抹恼意。

他们十人对中州一无所知，即使实力再强，也离不开雪族和赤族的帮助。他本想说句缓和的话，没想到雪天寂却先一步说道："事先说清楚了，你们会出手吗？我看月长老是故意的，故意让你们杀了雪天傲的儿子，再把其他人全部杀了灭口，然后抓住这个把柄，威胁你们，让你们一生受制于他。"

雪天寂的话激起了月大长老心中的傲气："把柄？说清楚？哼……你们太看得起自己了，别忘了你们是什么身份，你们没有资格知道太多，你们只要听命行事就可以了。"

月大长老这话说得没错，但他忘了"强龙不压地头蛇"，事隔千年，就算雪老他们按神令行事，但是人非草木，孰能无情？

雪少年纪虽小，却是人精一个，见此情形，他当即泫然欲泣地看着雪老："太爷爷，你也要杀宝宝吗？"

"当然不——"雪老的话还没说完，月大长老就高声喝道："雪老，记住你的身份，违背神令的后果不是你能承受的。"

雪老僵在原地，历经岁月沉淀的眸子里满是痛楚……

第七章
神令不可违

神令不可违！

雪老无力地闭上眼。

雪老的迟疑让雪少很伤心，这些叔叔和他没有血缘关系，却能为了他毫不犹豫地牺牲自己，而和他血脉相连的亲人却……

"没关系，太爷爷，我懂的，你是身不由己。"这话是琴然干爹告诉他的。

琴然干爹说：大人的世界很复杂，有时候你越是不想做的事情，越是不得不做，而正在做的事情，并不表示就是自己喜欢的。

以前他不懂，因为神魔师父做什么都凭自己的喜好，师父也告诉他快意人生，只要自己高兴没有什么是不可以做的，也没有什么是非做不可的。

但从师父让冥干爹和琴然干爹把他带走，他就明白了，师父也会身不由己。他很清楚，师父不舍得送他走。

"不，孩子，无论多么身不由己，无论多么冷血无情，我都做不到残杀自己的亲人。雪族听命于月神殿，不过是因为雪族的祖先曾与握有神令的人有交易，雪族将为拥有神令者所用。但是，雪族的祖先也曾说过，如果神令拥有者提出的要求雪族做不到，雪族祖先不在意当一个违背承诺的小人。"雪老的挣扎与犹豫，在雪少明明伤心却奶声奶气的安慰中，全部消失了。他并不是忌惮月神殿的实力，他只是不想给雪族的祖先抹黑。

"雪老，你好大的胆子，你不怕月神殿的报复吗？"月大长老气得火冒三丈。

雪老冷硬的脸上扬起一抹苦笑："违背神令的只有我一人，与雪族众人无关。"

这也是雪老犹豫的原因之一，对方是天神，是他们这一生都无法企及的高度，面对天神，他的"不"字一出，就有可能让整个雪族从中州消失，他不能因为一已之私害了雪族上下。

当雪老朝着公子苏一行人走去时，身后的雪族高手亦跟了上去："雪老，少族长的儿子就是我们雪族的少主。神令不可违是族长的事，我们只知道雪族的少主就是我们要保护的人。"

如此煽情的一句话，由雪族的人说出来，冰冷得没有半丝情绪起伏，却让雪老红了眼眶："你们……何必呢？"在中州，与天神对抗，除了死之外，再也没有第二条路了。

"命可去，傲骨不可丢！"雪族的人单膝跪在雪少面前，异口同声说道，"见过少主。"

天神又如何？拿他们的生命来威胁又如何？他们的选择依旧不会变。

每个雪族的人都知道神令不可违，但是雪族上下，并非为神令而活，而是为族长而活。

他们刚才不知道月神殿的人要杀雪少主，现在知道了，哪怕如同十二亲卫一般死无全尸，他们也不退缩。

"谁敢杀我雪族少主，就是与我雪族为敌！"雪老站在最前面，毫不畏惧地与月神殿的人对峙。哪怕是死，他也要护住这个孩子。

"好，好一个雪族！你们既然违背神令，就得承受后果！"月大长老的脸涨成了紫红色，他真没想到，居然有人胆敢违背光明神殿的神令。别说在中州了，就是在高手云集的五界，神令一出，谁敢忤逆？

"哼！"公子苏不屑地冷哼一声，如果忽略掉他苍白的脸色和不稳的气息，公子苏面对天神的威压，还是很有气势的。

成功拉拢了一方势力之后，公子苏的眼神又落在赤焰身上："赤族族长，你呢？执意要杀雪天傲和东方宁心之子吗？"

公子苏特意加重"东方宁心"四个字，他很清楚东方宁心在赤焰心目中的地位。

果然，赤焰眼中的挣扎更甚。但是赤族不是雪族，与雪少没有血缘关系，赤族高手见赤焰有些动摇，纷纷劝说。

"族长，对方可是天神高手，就是倾整个赤族之力，也挡不住对方一击。族长，就算你不为自己着想，也得为族人着想。"

"族长，您是赤族的族长，您关系着整个赤族的存亡，不能意气用事呀。"

"族长，整个赤族的存亡，就在您的一念之间啊。"

······

赤焰痛苦地闭上眼睛："好了，不要再说了，我知道该怎么做。"

再次睁开眼时，赤焰好像瞬间苍老了数百岁，木然朝着雪少所在的方向低头："很抱歉，我不仅仅是赤焰，我还是赤族的族长。我没办法丢下整个赤族，我有我的责任与义务，我不能让赤族重蹈雪族与鬼族的覆辙。"

语毕，赤焰不敢再看雪少，他怕会看到那双和东方宁心一样明亮的眼睛。

"无妨，各为其主罢了。"虽然失望，但公子苏也没有多说什么，有些事情勉强不了。

这时，离天墨皇城最近的十万禁卫军，在墨泽的带领下涌了进来，将月神殿及赤焰等人包围。

可惜十万人的气势，只在冲进来的那一刻特别高昂，待到月大长老稍稍施压，哪怕是十万大军，此时亦是大气都不敢喘一下。

"哈哈哈哈······"月大长老得意一笑，"中州之人，不过如此。"

在五界他要小心翼翼，在中州却能为所欲为，这种感觉真是太好了。

"天神竟然厉害到这等地步？"公子苏与雪天寂相视一眼，都在彼此的眼中看到了焦虑。

对方都没有开打，他们就被压得无法动弹，一旦对方动手，他们恐怕连还手的力量都没有。

墨泽却不管这些，抽出佩剑一挥："捉拿刺客，保护储君。"

死多少人都可以，死谁都可以，只有雪少不能出事。为了护住这个孩子，哪怕断送整个天墨，他也在所不惜。

史官如何写、后人如何评，他都不在意，暴君也好、无能帝王也罢，只要能护住雪少就行。

墨泽一声令下，十万大军就是再畏惧天神的威压，也要不折不扣地执行命令。

"是！"十万人异口同声，响彻云霄，士气高涨。

"摆阵——杀！"领头的将军知道，对方人虽少但实力远在他们之上，一上来便将最强的阵式摆了出来。

这是战场，不是敌死就是我亡。

"是！"

一阵兵器碰撞的声音响起，明晃晃的盾牌竖了起来，弓箭手也准备好了，战车亦摆了出来。但这些并不是最强的攻击，最强的攻击是墨泽身后那辆巨大的战车。

"红衣大炮？"公子苏的眼中闪过一抹惊喜，据说这玩意儿的杀伤力极大，帝者高手，一击必死。

"没错，魔焰谷的人亲制的红衣大炮，拥有毁城灭国的实力。"墨泽的眼中闪过一抹骄傲。

魔焰谷被毁，却有不少工匠活了下来，这些人一部分在天墨，一部分在雪天寂的手中，红衣大炮就是魔焰谷的杰作。

"好东西！"公子苏狠狠地松了口气，这里是中州，他们怕谁！

红衣大炮一出，雪少这边的人多了份自信。

"雕虫小技，我倒要看看，你们的红衣大炮能不能发出来。"月大长老丝毫不将天墨大军放在眼里。

"雕虫小技吗？今天就让你见识一下中州的实力，中州人没有孬种，没有懦夫！"公子苏一脸傲气，哪怕面对天神，脊背也挺得笔直，因为他正抱着东方宁心的儿子。

"中州的实力？好，今天我就让你们见识一下天神的实力。"以一敌十万，月大长老依旧轻松自如，这就是天神的实力。

"哼！"墨泽冷哼一声，佩剑直指苍穹，"杀！"

"杀！"十万将士带着强大的自信和必死的决心冲了上去。

"光明普照！"月大长老随手一击，凌厉的杀气涌向十万大军，禁军统领冲在最前面，直接被震得无法动弹。

眼见十万大军就要群龙无首，雪天寂赶紧发号施令。

"防守！"前排，拿着盾牌的两万士兵，视死如归地冲上去，盾牌摆成一列，挡在前面，形成最强硬的防线，掩护身后的同伴。

但这道防线对于天神高手来说，根本就是不堪一击。

"破！"强大的真气飞来，盾牌直接碎成片，碎片全部没入身后的士兵体内。刚刚还鲜活的两万士兵，连惨叫声都来不及发出就倒地身亡。

"起！"为了震慑其他士兵，月大长老连尸体都不放过，衣袖一扬，数万具尸体突然朝半空飞去。

"浑蛋……"天墨的人双眼通红地看着这一幕，人死为大，这些人居然连尸体都不放过，太过分了。

"哼……"月大长老不屑地冷哼，随手一摆，尸体如雨点般落下，很快就在他们面前堆出一座小山。

但月大长老不知，他这种做法不仅没起到威慑作用，反而燃起了众人的斗志。

"为死去的兄弟报仇！杀呀！"天墨的将士一个个红着双眼，不畏生死地冲上前。

越来越多的人惨死，越发激起众将士的血性。

就在一批接一批的人倒下时，就在雪少已经止不住落泪时，红衣大炮终于填装完毕。

但红衣大炮与月神殿之间隔着数万的天墨士兵，是让自己的人退出来，还是直接炸呢？

一旦天墨的士兵退开，他们便错过了最佳时机，根本伤不了对方，但要不退开，他们的人必死无疑。

雪天寂犹豫不决。他虽是铁血无情的将军，可他也是人，实在没办法对自己人下手。

军人在战场上，死在敌人的手上，叫死得其所，死在自己人手上，这算什么？

"直接炸，他们会明白。"墨泽的眼中闪过一抹挣扎，微微仰头，掩去眼中的泪水。

为了胜利，有些代价必须付出。

雪天寂沉默地点了点头，手中的令旗如有万钧重，不敢去看拼死涌上前去的士兵，闭着眼睛挥下令旗。

"炸！"同一时刻，雪族的人在雪老的命令下，亦以最快的速度，冲到月神殿等人的后方，准备用自己的血肉之躯，阻住这些天神强者的后退之路。

天墨上下一心，中州、天墨、雪族亦是一心，他们都一心为护雪少而死。

"是！"将士含泪领命，悲壮地点燃红衣大炮的引线。

轰——火光冲天，数万名士兵全部惨死在这一炮之下。在强大的冲击下，宫殿开始倒塌，尘土与血肉齐飞。

这巨大的杀伤力，让公子苏等人稍稍安心，这么强的力量，至少能杀死对方一人吧？付了这么大的代价，总要讨回一点才公平吧！

"光明圣光！"月大长老脸色一变，反攻为守。被一群乌合之众逼得防守，这是身为天神的耻辱。

轰！火光与金光相撞，太过刺眼，众人看不清火光后面是什么，只看到漫天的血肉在光芒中飞扬，至于是敌人的还是自己的，此刻已分不清。

"呜呜呜……"雪少不是不懂事的婴儿，他懂。但懂得越多，心中的痛越多，心中的自责越深。

为了他，已经死了太多太多的人，不值得！

"师父、干爹、爹娘，我求求你们了，快点来救宝宝呀，宝宝不想让这么多人为了宝宝而死！"

"好多好多的叔叔倒下了，他们都是为了保护宝宝而死的！"

"爹娘，你们在哪里呀，快来帮帮宝宝好不好，宝宝需要你们。这么多的叔叔为了宝宝而死，宝宝背不起……"

"雪天傲，我要回中州！儿子在叫我们，他很伤心，他需要我们。"走出精神领域，面对无尽的焦黑土地，东方宁心没有半点收服了火之魂的喜悦。

她能感觉到儿子的害怕与恐惧，却不知道发生了什么事，这让她无法控制地胡思乱想起来。

"雪天傲，我要回中州！中州出事了，我们的儿子有危险，我能感觉到他的悲伤和绝望。他希望我们去帮他，雪天傲……"东方宁心方寸大乱，不知道自己该做什么，一心要回中州，回到儿子的身边。她的儿子在哭泣，她的儿子在伤心，她的儿子在受罪，她却什么也做不了，哪怕是一个拥抱、一个安慰也无法给他。

雪天傲不言不语地抱着东方宁心，薄唇紧抿，坚定地迈着步子往前走。

"雪天傲，你听到我的话了没有？"雪天傲冷漠的神情彻底激怒了东方宁心，她拼命挣扎，却怎么也挣不开雪天傲的怀抱。

雪天傲停下脚步，看着东方宁心，冷声说道："我听到了，但我们不能回中州。"

东方宁心愣住了，脸上的泪也不擦，红着双眼，不敢相信地问道："雪天傲，我们的儿子有危险，随时可能死在中州，你居然说不能去？你知不知道，我们的儿子现在有危险，他真的有危险！"

"我知道，那是我们的儿子。东方宁心，你冷静一点儿，中州与洪荒相隔数万里，我们现在担心也没用，我们现在赶回去也来不及。"雪天傲不是不担心，不是不害怕，但越是如此，他越要冷静。

雪天傲的冷静感染了东方宁心，东方宁心终于安静下来："那我们该怎么办？"

"东方宁心，要救儿子，我们不一定要去中州。"雪天傲沉着地说。

"不去中州，怎么救？"东方宁心努力压下心中的慌乱，急切地询问。

"当然是先擒王。"雪天傲的眼中闪过一抹寒光。

"你是说……"东方宁心眼前一亮。

雪天傲拍了拍东方宁心的背，坚定地说："东方宁心，会对我们儿子下杀手，又有能力去中州，让冥与琴然都招架不了的，除了光明神殿就是黑暗神殿。现在他们已经抢了先机，就算我们赶到中州也为时已晚，与其回中州收拾残局，不如先下手为强。"

他们要做的不是直接对上，而是围魏救赵。从源头上解除儿子的危机，比回中州更快更有效。

东方宁心连忙点头认可雪天傲的做法："对，我们直接去找这两殿，他们会对我们的儿子下杀手，不就是因为我们吗？好，现在我们就送上门去，如果他们执意要杀我们的儿子，拼了一切，我也要取两神的命。我倒要看看，在他们心中是自己的命重要，还是取我儿子的性命重要。"

大不了，他们全家一起死。她倒要看看，被封印了数十万年的幽冥之神，会放任他们死去吗？她倒要看看，大限将至的创始之神，会任由他们死去吗？

他们不用以命相拼，只要拿自己的命威胁创始之神与幽冥之神就够了。

儿子死，他们也死……

在黑凤凰将死时，天地规则会出手，她和雪天傲两人是天地规则认可的神王传承者，她就不信，天地规则能冷眼旁观任他们去死。

有了头绪，东方宁心冷静下来，轻轻抱了一下雪天傲，便化身为鲲鹏，带着雪天傲找到了君无量、凌子楚和倾似也，驮着他们离开了昭华山。

路上，雪天傲将接下来的打算和三人说了一遍。

"这两殿也太无耻了，用这种手段实在太失身份，五界纷争怎么能扯上一个孩子？！"君无量与倾似也一听，当即脸色一沉，"咱们这就去把光明神殿和黑暗神殿给挑了，让他们明白，泥人也是有三分血性的。惹毛了我们，大不了鱼死网破，拼着小命不要，也要把那些活了几十万年还不死的老妖怪干掉，看他们还如何兴风作浪！"

光明神殿与黑暗神殿一直欺压他们，他们自知实力不济，只能忍着。但人的忍耐是有限度的，每个人都有自己的逆鳞，而有些事、有些人，是不能忍的。

"放心，会让他们付出代价的。"雪天傲无心多说，双眼看着前方，眸中满是焦虑与不安。

只有在东方宁心看不到的时候，雪天傲才敢泄露自己的不安与害怕。

第一次，雪天傲无比期待千叶出现。就算雪天傲再讨厌他，也不得不承认，他确实很强大。这世间有能力及时赶到中州，并且解除他们儿子危机的人，只有千叶了。

只是，千叶在哪里？

另外还有一个，可那人……

雪天傲闭上眼睛，掩去眼底的无力感。在东方宁心情绪失控之时，他就试着联系过邪神至尊，但那个男人再次断了与他之间的联系。

至于神魔，雪天傲不是没有想过，但是想到神魔现在的实力，雪天傲不由得摇了摇头，现在的神魔没有那个能力。

连冥和琴然都对付不了的，神魔去了也没用。

这个时候，他们能依靠的只有自己。

直接对上两殿虽是下下策，却是唯一的选择，而且是唯一能够一劳永逸的办法。

有一种人，你不把他打怕，他就不懂得收手，比如创始之神。

"凌子楚，光明神殿在哪里？"雪天傲直接问知情人。

凌子楚一愣："先去光明神殿吗？宁心神王已经是黑暗神殿的新任神王，如果要与两殿对上，我建议先去黑暗神殿，凭宁心神王的实力和黑暗神殿对光明神殿的敌意，我们可以轻易让黑暗神殿的人出手，有黑暗神殿的人在，我们的胜算更大。"

"会派人去中州追杀我儿子的，嫌疑最大的就是光明神殿。"东方宁心的声音在半空中响起。

"我知道了。"凌子楚不再劝说，将光明神殿的具体方位告诉了东方宁心，并在半空为她指路……

就在东方宁心与雪天傲赶往光明神殿、准备从源头上解除雪少的危险时，天墨的士兵，又迎来了一次大规模伤亡。

红衣大炮威力十足，却对月神殿的十人造不成一点儿伤害，别说伤人了，连衣服也没炸破。

伤亡如此惨重，却伤不了对方半分，这就是天神的实力吗？公子苏和雪天寂的脸色极其难看。

墨泽仰头狠狠地吸了口气，将心中的酸涩与悲伤压下，再看向众人时，又是那个高高在上、胜券在握的帝王。

"今日，为护我天墨储君，每一个阵亡的将士，天墨都会厚待其家人，三代之内免交一切税赋，直系血亲一人，七品官职任选，在战场上做逃兵者，诛九族。"这就是帝王权术，恩威并施。

将军百战死。死在战场上，是每一个将士都有的觉悟，如果自己的死能为家人换来足够的利益，也算值得。

"杀啊！"失去了希望的天墨将士，心中又燃起熊熊战火，如同饿狼一般冲了上去。

在同一时刻，雪老对公子苏道："这里交给我们，你快带着孩子离开。"

雪天寂附在公子苏耳边轻声说："带着雪少去魔焰谷，如果说中州有哪个地方可以挡住这群人的脚步，只有魔焰谷。"

"你们……"公子苏眼中闪过一抹挣扎，他不怕死，可是怕怀中的雪少死。

"我们怕什么，他们要杀的不是我们，而是雪少。你们快走，只要出了天墨，他们短时间内找不到你们。"

"好……"公子苏朝着众人郑重承诺，"你们放心，哪怕是死，我也会护住雪少，不让他受半点儿伤害。"

说完，不再看杀戮的战场，公子苏转身离去。

然而，就在公子苏凌空飞起的那一刻，月神殿的人也跟着飞了出来，一道金色的光芒打向公子苏："想走？做梦！"

"噗——"半空中，公子苏脚步一顿，喷出一口鲜血，身影在半空中摇摇欲坠。

"子苏叔叔……"雪少撕心裂肺地喊着，眼角有一滴血红的泪珠滑落，"子苏叔叔，不要丢下宝宝，宝宝怕，宝宝听话，宝宝听话……"

喉咙一甜，公子苏拼命压下涌到喉咙的那口血，苍白的脸上扯出一抹安慰的笑容："别怕，别怕，叔叔没事。"

语毕，公子苏连忙凝聚真气，止住下坠的身体。就在这时，月神殿的第二波攻击又来了："光明术杀！"

轰！真气所到之处，别说人了，就连红衣大炮，瞬间也被炸成灰烬。

强大的杀气直冲而来，公子苏的第一反应不是如何避开，而是怀中的雪少怎么办？

电光石火间，公子苏只想着该将雪少往哪个方向抛，才能最大限度地保证雪少的安全。

"宝宝……对不起，叔叔不能再保护你了！"

话还没来得及说出口，他就被一股强大的力量推开了，惯性使然，手中的雪少也被甩了出去。

公子苏吓了一跳，奋不顾身地朝雪少扑去，及时接住了雪少。

"宝宝，吓死叔叔了！"紧紧地抱着雪少，公子苏一身冷汗。幸亏雪少没事，不然的话，他死一百次都不够。

两人没有高兴太久，身后就传来轰的一声巨响。

"雪老……"身后传来众人悲痛的声音。

什么？！公子苏抱着雪少回头，只见天墨皇宫血肉横飞，而雪老……

"太爷爷……刚刚死的是太爷爷……"雪少的小脸白得吓人，眸子红得似血，"呜呜呜……"

月大长老平息了雪老自爆带来的杀伤力，正欲再次朝公子苏与雪少发起攻击，雪族的人早有准备，相继扑上去自爆。此举虽然伤不了对方，却可以拖住对方的脚步。

"少主快走！"这是每一个壮烈赴死的雪族人，临死时说的最后一句话。

"是爹的族人，他们都为宝宝而死。"雪少泪痕未干，却不再落泪，小小的脸上满是伤痛与坚定。

对一个不满周岁的孩子来说，眼前这一幕何等残忍，但雪少却不得不面对，在一夕之间被逼着成长。

雪少擦干脸上的泪："子苏叔叔，咱们走。宝宝一定会好好活下去，不让大家白白牺牲。"

"好。"公子苏压下眼中的泪，抱着雪少飞快地朝魔焰谷飞去。

"该死的……"月大长老看着凌空飞去的公子苏，又看着接二连三扑上来的人，知道自己一时半会儿脱不了身，当即下令，"老七，去追那个孩子。"

月神殿排行第七的长老，神者六阶，对付受伤的公子苏和雪少，足够了。

"是。"有月大长老开路，没有人能挡得住月神殿七长老离去，众人只能眼睁睁看着这位神者六阶的高手，从他们的面前消失。

"弓箭手，射！"墨泽与雪天寂连忙下令。

"哼，无知！"月大长老衣袖一扬，皇宫大殿轰然倒塌，大梁、石头齐齐往下砸落，整个皇宫顿时陷入一片混乱之中。

而制造这场混乱的月神殿众人，则立在皇宫最高处，冷眼看着众人。

月大长老高傲地对赤焰下令："走，带我们去找他们的援兵。"

月大长老很清楚，只要毁了那些援兵，整个中州便不成气候。

至于雪少，月大长老不认为，中州有人能从月神殿的人手中逃脱。

"我……"看着脚下惨死的人，赤焰的眼中闪过一抹挣扎。

"怎么？你也想让赤族像雪族一样灭族？"月大长老冷冷地威胁。

赤焰哆嗦了一下，低头掩去眼中的傲气："不敢，大长老，请——"

语毕，便朝着天耀与天墨大军走去。

月大长老嘴角扬起一抹嘲讽的笑意，衣袖一甩，如同流星一般冲了出去。

与此同时，一道黑色的身影正闪电般朝天墨皇宫奔来……

第八章
五界风云起

东方宁心与雪天傲杀气腾腾地来到光明神殿，远远地就看到数百只白鹤从光明神殿飞出。知道来者不善，两人停在半空。

很快，数百只白鹤便飞至东方宁心与雪天傲面前，每只白鹤上都坐着一人，个个儿都很年轻，也很高傲。

"东方宁心，你好大的胆子，竟敢擅闯光明神殿。"领头的是一个三十上下的男子，眉清目秀，可惜本来极为亲切的面容，却被眉间那抹狂妄之气破坏了。

迎风而立，衣袂飘飘，东方宁心与雪天傲身上自有一股王者的威严，如果不是身上的杀气太重，光明神殿的人还以为这二人乃踏云而来的仙人。

东方宁心与雪天傲轻轻地扫了一眼："你们找死吗？"

"找死？宁心神王，这里是光明神殿的地盘，我们光明神殿不欢迎你——"后面的话来不及说出口，冰冷的龙剑已经横在了他的脖子上。

男子吓得脸色惨白："天傲神王……"

"很好，看在这句'天傲神王'的分儿上，留你一个全尸。"雪天傲冰冷地说道。

"不——"光明神殿的人蜂拥而来，齐齐地朝东方宁心与雪天傲攻去。

雪天傲轻蔑地扫了一眼这群实力不济却自视甚高的人，手中的动作没有半分迟疑。他本就不是一个心慈手软的人，面对光明神殿的人更是不会。

"封——"一道寒气直击光明神殿众人。

"斩！"龙剑从头到尾划下去，像是劈柴一般，全程没有半点血掉出来，可见雪天傲的速度之快。

雪天傲说留全尸确实是全尸，只不过两半身体之间仅仅只连着一块皮。

这时，光明神殿其他的人还没有反应过来，东方宁心手中的柳云藤就甩了过来："天堂有路你不走，地狱无门你偏要闯，既然你们送上门来，就别怪我不客气了。"

东方宁心下手极快极狠，完全不给对方留半丝空隙。天神高手杀神者五阶以下的人，就和切萝卜没什么两样，在东方宁心眼中，这些人完全不是对手。

柳云藤抽得啪啪响，每一道响声，都代表有一个人被柳云藤抽死。

光明神殿这群人，连挡东方宁心和雪天傲半刻都做不到，数百人直接从天空中栽了下去。

天空中白鹤乱飞，雪白的羽毛飞得到处都是。东方宁心与雪天傲连多看一眼都没有，一道真气过去，直接将这些白鹤给杀了，旋身朝身下的岛屿冲去。

"创始之神，今天我们就把账全部清算了，今天我东方宁心誓要血洗光明神殿。"两人刚一落地，就被光明神殿的人团团围住。看着里三层外三层的光明护卫，东方宁心与雪天傲的嘴角扬起一抹嘲笑，来得正好，省得他们一一去找。

两人正准备一路杀进去，一个白眉白发的老头，从左边的一座宫殿中飞了出来。

光明神殿坐落在岛屿中心，四周一片荒芜，东南西北各有一座宫殿围着主殿而建。主殿是纯白色的圆形建筑，四周被层层银色的光环笼罩，太阳光照进来，整个主殿就好像蒙上了一层神圣的面纱。

东方宁心与雪天傲明白，这道光纱，应该是主殿的防护罩。

主殿占了整个岛中心的三分之二，也就是说，东方宁心与雪天傲不管从哪个方向落下，冲向主殿的时间都差不多。

"天傲神王，宁心神王，误会，误会呀。"老头很是和善，微眯的双眼给人一种时刻在笑的感觉。

"误会？你是谁？"对光明神殿的人，东方宁心与雪天傲都没有办法客气。

"我是星神殿的大长老，天傲神王称我为'星一'便可。两位神王想必是来见创始之神大人的吧？我这就引二位前去。"星一说话间，手中有一颗银色的真气球在流转，无声地向东方宁心与雪天傲展示着他的实力。

日、月、星、辰四大神殿，在前两殿的大长老一受伤一去中州后，星神殿的大长老就是最厉害的人物了。此人看似和善，同样是个杀人不眨眼的家伙。

"星一长老这是威胁我们了？"东方宁心与雪天傲原本就黑沉的脸色，此时更加难看。

次神王而已，也敢在他们面前叫嚣，光明神殿的人果然惹人嫌。

"两位神王误会了，老朽不过是怕两位神王一时鲁莽，做了不该做的事情。毕竟，人在做，天在看……"星神殿大长老双眼看着无垠的天空，意有所指。

这是威胁，同时亦是劝告。星一很聪明，可惜他卖弄错了对象。

"天在看？"东方宁心突然大笑，只是这笑声怎么听怎么悲伤。

星一大长老心头一沉，隐隐有种不好的预感，很快他的预感就成真了……

"人在做，天在看是吗？你们的主人创始之神呢？做了那么多伤天害理的事，他又得到了什么惩罚？！"东方宁心双眼通红，手中的柳云藤不客气地朝星一甩去，"天在看吗？我倒要看看，我杀了你，上天会给我怎样的惩罚。"

星一脸色一变，脸上的笑容再也挂不住了，连忙后退："宁心神王，请你三思而后行，得罪天的代价，不是你付得起的……"

"我没得罪天，我付出的代价也不小，我不介意再多付出一点儿。"东方宁心不屑理会星一，不过是创始之神手下的一条狗罢了，杀了又怎样？

他们今天本就是来杀人的，杀到创始之神松手为止。

"神——"被东方宁心逼得连连后退，星一大长老猛地将手上的真气球掷向东方宁心，但东方宁心却比他快了一步："幽冥之怒。"

轰！黑色的真气如同洪流决堤，汹涌而至，瞬间就将星一的真气吞没。

强大的黑暗气息，以东方宁心为中心朝四周散发出去，如同当年幽冥之水倾覆人间，黑暗气息所到之处，光明神殿的人只余惨叫。

"救命呀！"

"大人，救命呀！"光明神殿的人齐齐看向主殿所在，那里有他们的信仰，那里有他们的神明。

可惜，创始之神并没有出现，他端坐在主殿，用柔和与仁爱的眼神，看着那些追随自己的人一一惨死。

"雪天傲，我们走。"看着在黑暗之中惨叫的人，东方宁心没有一丝同情，反倒带着一股说不出来的兴奋。

她不是一个喜欢血腥与杀戮的人，甚至厌恶杀戮。但在这一刻，她在屠杀中得到一种别样的满足。也许只有这种肆无忌惮的杀戮，才能将她心中的悲伤宣泄出来。

闻着血腥味，看着光明神殿惨死的众人，她有一种复仇的快感。隐隐的，她似乎能感觉到，她的儿子希望他们杀尽整个光明神殿的人。

摇了摇头，东方宁心将这种想法甩出脑外，拉着雪天傲往主殿冲。

"想进主殿？宁心神王，这里可是光明神殿！"星一被幽冥之怒击中居然没死，艰难地从地上爬了起来。

东方宁心与雪天傲飞速转身，在转身的刹那，雪天傲手中的龙剑已经飞出："龙剑，杀！"

仅次于天神的杀气，星一根本躲不了，他也没准备躲，他强撑着爬起来，只为朝天空发出信号。

原来，星一得知东方宁心与雪天傲闯来的消息，同样没告诉主殿中的人，他是来抢功的。日神殿大长老毁了，月神殿大长老去了中州，他要是立下大功，就会成为光明神殿手握大权的人物，只可惜人总是会死在自己的贪婪之下。

星一大长老的信号发出去了，但他也被雪天傲一剑刺穿。雪天傲淡漠地看了一眼头顶上的信号，没有半分着急，伸手召回龙剑："龙剑，回来。"

看到信号之后，日、月、星、辰四大神殿的长老们率众冲了出来。强者的气息铺天盖地而来，光是天神就有数十个，光明神殿果然底蕴深厚。

雪天傲与东方宁心并肩而立，任黑暗将自己笼罩，眼中闪着寒意。

"今天我要让创始之神明白，这世间任何人的主意都可以打，唯独我儿子的不行。"语毕，东方宁心将五帝宝殿拿了出来。

"走。"两人闪身没入五帝宝殿之中，东方宁心刚好站在五帝宝殿的入口。刚一进来，东方宁心就开始凝聚真气。

站在殿内，看到身着光明铠甲的人涌来，东方宁心眼中的杀意更浓，连连出招："撼世龙拳第一式、撼世龙拳第二式……"

在一片黑暗中，隐隐有数百条银龙飞了出来，虽是银龙的虚影，但强大的龙气却让光明神殿的人骇住了。

"龙族？好大的胆子，居然敢挑衅我光明神殿。"东方宁心本就是黑暗神王，黑暗是她最好的保护色，处在幽冥之气中，没有人能找到她的踪迹，更何况她还躲在五帝宝殿之中。

"龙族吗？你们认为是就是吧。"东方宁心的声音没有半丝温度，她缓缓从五帝宝殿中走了出来，清瘦的身影在黑暗中显得很单薄，但却让光明神殿的众人吓了一跳。

"撼世龙拳第十八式，飞龙在天——杀！"东方宁心咬牙说完最后一个字。

当最后一个字音落下，整整百条银龙从东方宁心的身后发出，带着龙族特有的霸道与狂妄，朝光明神殿众人扑去。

杀招就在面前，光明神殿的人赶紧收回攻势："光明守护！"

但有一个人比他们更快一步："神王领域！"

雪天傲从五帝宝殿中走了出来，局面瞬间就变了，光明神殿的人全部被神王领域笼罩。

百余条飞龙，嚣张地在半空中盘旋，蛮横地将光明神殿的人一一撕裂。惨叫声与呼救声响彻光明神殿，然而创始之神依旧没有出现。

雪天傲冷冷地看着中央的主殿："不出来是吗？很好，我就看看，四大神殿全毁了，你还出不出来？"

语毕，雪天傲凌空飞起，身上散发着淡淡银光，手中的真气之球越来越大："大预言术——空间静止！"

光明神殿所在的空间完全静止下来，最后定格的是光明神殿众人愤怒的眼神。

"光明神罚！"当日执凤用光明神罚毁了天空城，今天就让光明神殿的人，试试他的光明神罚。

"破！"真气一分为四，如同有意识一般，分别朝着四大神殿飞去，顷刻间将四大神殿夷为平地。

在神殿倒塌的那一刻，东方宁心的眼角流出一滴泪，她不明白为什么会这样，只知道似乎又有悲伤的事情发生了。

今天，这种悲伤的情绪来得太多太多，以至于东方宁心已经麻木了。

看着尘土飞扬的四大神殿，东方宁心的眼中闪着泪花："儿子，娘亲对不起你，没有尽到做母亲的责任，但请你相信，娘亲比这世间任何人都爱你。"

此时，空间静止的效果也结束了。

"天傲神王，你竟然毁了四大神殿！"光明神殿死的人并不多，毕竟东方宁心的实力只比天神高一点儿，雪天傲只有神者九阶。

"毁了又如何？"雪天傲从半空缓缓落下，眼中透着一丝疲倦。光明神罚这种杀伤力极大的技能果然很费真气。以现在这样的状况，他能在创始之神手下过几招呢？

雪天傲微微闭眼，敛去眼中的情绪，暗中凝聚星空之力，然后朝东方宁心点了点头。一直静立不动的东方宁心突然飞身而出，手中的凤剑朝着光明神殿的人杀去："九天揽月！"

"找死！"光明神殿的人不敢杀雪天傲，但不在意了东方宁心，见东方宁心冲上来，毫不客气地反击回去。

在他们出手的那一霎，雪天傲突然扬手，只见四周的空气好像被拉起来了一般，天地间被一股无名的力量拉扯着。

光明神殿的众人惊呆了，这是星空的力量？

没错，这就是星空的力量。

"星空雷电！"雪天傲冷喝。

轰……咔！巨大的雷电从天而降，夹杂着毁天灭地的力量，直击光明神殿的主殿。

轰……咔！雷电落下，只见主殿外银色的保护屏障在战抖。

"果然有用。"

"不——"光明神殿众人顾不得再杀东方宁心，齐齐飞身而上，以自己的肉体挡住雷电之力。

主殿是他们的信仰，绝对不能毁了！

看到如此情景，雪天傲的嘴角扬起一抹残忍的笑意，再次加大雷电的力量。

轰……咔！

轰……咔！

很快，主殿外的保护屏障便出现了一条裂隙，但这时，一股强大而又柔和的力量，从主殿中传了出来，瞬间将所有的雷电之力化去。

"东方宁心，雪天傲，这下你们满意了吗？"天空中传来创始之神温和的声音，声音里透着丝丝无奈，就好似东方宁心与雪天傲在无理取闹似的。

满意？东方宁心与雪天傲同时看向主殿，如果眼中的怒火能燃烧的话，光明神殿的主殿早就被烧成灰烬。

创始之神有什么资格用这种语气说这样的话？

东方宁心深深地吸了口气，压下心中的怒火，挺了挺背，不让自己受创始之神强大的威压影响。

"满意？创始之神大人，问这话的应该是我们吧？这结果你还满意吗？"看着成了废墟的四大神殿，东方宁心有着说不出来的舒畅。

可惜主殿没有毁掉，不然她会更高兴。

"东方宁心，雪天傲，凡事适可而止，我能原谅你们一次，不会原谅你们第二次。"创始之神的声音一如既往地温柔和善，言辞中听不出半丝责怪之意。

"创始之神，我们从不认为自己做得有错，至于你口中的原谅，你以为我们会在意吗？你真以为自己就是这个天地间的神明，每个人都要为你而活吗？自大……"东方宁心的不屑毫不掩饰。

"冰言，十万年过去了，你的性子完全变了，曾经的你是多么善良。"

言语中的宠溺与怀念，让东方宁心毛骨悚然："冰言已死，别再拿冰言说事，我是东方宁心，只是东方宁心。今日我们来光明神殿的目的很明确，创始之神，让你的人收手，别再打我儿子的主意，不然的话，我绝不会放过光明神殿。"

"收手？凭什么？！凭你是天地规则选中的黑暗神王吗？！"创始之神笑了，笑声温暖如春，"绝不放过光明神殿？东方宁心，难不成你认为，我会将你的威胁放在眼里？冰言，十万年过去了，你怎么还是这么天真、这么可笑呢？"创始之神的声音没有半丝情绪起伏，就好像正在抚琴闲聊一般。

四大神殿被毁，创始之神还能如此淡定，这修养也算是好的了，当然了，这也说明他不在乎。

这些人和物毁了，他还可以再造，而东方宁心与雪天傲的长子只有一个！

"可笑？也许在你心中，我和雪天傲根本没有资格和你谈条件，也没有资格让你收回成命，但没关系，今天过后，你就会改观。"东方宁心很清楚，在彼此的地位完全不对等时，根本就没有谈判的可能。

你能想象一个普通百姓和高高在上的帝王谈条件，让帝王减税吗？

现在他们和创始之神的情况就是这样，在创始之神眼中，她和雪天傲只是两颗棋子，棋子有什么资格与执棋者谈条件？

但创始之神忘了，东方宁心与雪天傲就算是棋子，也不是普通的棋子，这两颗棋子早已超出了执棋人可以控制的范围，他们没有谈判的条件，就创造谈判的条件。

东方宁心的话终于激怒了创始之神，属于这世间五大强者之一的威压，从主殿直朝东方宁心与雪天傲而来。如同巨山压顶，四周的空气瞬间被抽空，东方宁心与雪天傲踉跄一步，吐出一口血，两人的膝盖不受控制地弯下……

"卑鄙……"无形的压力，似要将整个人都压扁，东方宁心感觉自己的五脏六腑都疼得难受。

"这就叫卑鄙吗？你们二人杀上光明神殿，毁了四大神殿又算什么？无知吗？既然你们无知，今天就为你们的无知付出代价吧，也好让人明白，光明神殿不是什么人都能闯的。"伴随着创始之神的声音，又是一波强大的威压袭来。

"啊——"东方宁心痛得大叫。

雪天傲的脚步有几分虚浮，却坚定地上前一步，将东方宁心搂在怀里："别怕，我在。"再坚持一下，凌子楚和君无量就会带救兵前来，届时局势就不由创始之神说了算了。

创始之神是厉害，但别忘了他受了伤，他再厉害又能如何？他不是天地规则，也不是天地间的第一人。

东方宁心看着同样脸色苍白、嘴角溢血的雪天傲，脸上扬起一抹冷冽而嗜血的笑容："我没事。"

坚定地抬头，迎着万斤重压，东方宁心看着由前杀气腾腾的光明神殿众人，还有神圣的主殿，右手缓缓扬起，手心的火焰兴奋地闪着火光。

"创始之神，现在我就让你看看，我和雪天傲有没有资格和你谈判！"东方宁心张狂一笑。她倒要看看，面临整个岛屿的毁灭，神的威压有用吗？

创始之神声音一变，下令道："动手，杀了东方宁心。"

"是。"光明神殿众人没有半分的手软。

"杀我？你们还没这个本事。"不知哪儿来的力量，东方宁心突然冲出了创始之神的威压，不仅不闪不避，还直朝光明神殿的人冲去。

看着苍白无力却全力向前冲的身影，光明神殿众人皆是不解："东方宁心找死吗？！"

知道她要做什么的雪天傲想要阻止，却收回了手，他知道，这个时候不能阻止东方宁心！

"找死？没错，我是找死！"眨眼之间，东方宁心距离主殿不过百余米，这时东方宁心一直紧握的右手，突然张开："火之魂，让世人见识一下天火的威力！"

手心的火焰瞬间飞出，不过一个喘息间，光明神殿众人就被烈火阻挡，整个岛屿被烈火包围。

"天火？快，防御！"光明神殿的人脸色很难看，他们不敢相信，东方宁心居然收服了天火。天火性子怪异，十分难相处，当年创始之神也曾想过收服天火，可惜失败了。

"天火？"创始之神也是一愣，随即释然，"果然是幸运的孩子，难怪敢闯我光明神殿。"

言语中，竟有连他自己也不曾察觉的嫉妒。不过，创始之神并没有将天火放在心上，就在天火燃起的那一刻，他轻轻扬手，平静的海面突然翻涌起来，滔天巨浪汹涌而至。

"海水？就看你们能不能等到海水涌来了。"烈火中，白衣墨发的东方宁心看上去很是骇人，毫不掩饰眼中的杀意。

"东方宁心，别做傻事。"雪天傲心中有种很不好的预感，很快，他的预感就成真了。东方宁心完全不顾自己的性命，在创始之神强大的压力下，在天火飞出的一霎凝聚精神力："精神领域，开启！"

哪怕杀不死创始之神，她也要拿光明神殿的人来陪葬。这是害她儿子伤心者必须付出的代价。

"东方宁心——"雪天傲来不及阻止，人已经在东方宁心的精神领域中了。除了他之外，还有光明神殿的人，可惜创始之神和主殿中的人不在。

"这是什么地方？我们怎么会在这里？"光明神殿的人惊恐地看着东方宁心与雪天傲，想用真气攻击，却发现他们半点儿真气也没有，一个个更是惊慌失措。

东方宁心脸色惨白，整个人就好像透明的一般："这是我的世界，在这里我说了算。"

语毕，双眼微闭，只见一道强大的力量，从东方宁心的眼中发出，直朝刚刚问话的老者击去。

"啊——"老者惨叫一声，倒地，一动不动。

一击毙命，这是威慑。东方宁心用她的行动诠释了什么叫她的世界。

"你……妖女！"

"妖女？你说是就是吧。"东方宁心毫不在意，朝雪天傲勾了勾手，"雪天傲，过来！"

我是妖女又如何，你们的神王大人，还不是得听我这个妖女的话。

"可恶。"光明神殿的人脸色越发难看，他们虽然不屑雪天傲这个神王，但他终究代表着光明神殿。

"哈哈哈……比可恶，我怎么比得过你们！"东方宁心笑声张狂，眼神却冰冷至极。

雪天傲走到东方宁心身旁，默默地将真气输入她的体内。他知道，东方宁心在强撑。

在创始之神的威压下，他们二人都受了伤，东方宁心能撑到现在全凭心中那口气，但那口气不能撑一辈子。

好在他们正在东方宁心的精神领域里，多少能缓一缓。

雪天傲刚刚松口气，就听到创始之神的声音突兀地出现在精神领域："幽冥之神教出来的人，果然不简单，你居然拥有开辟精神领域的能力。"

"你……怎么可能？"东方宁心脸色一变，试着用精神力搜索创始之神的所在。

"啊——"东方宁心突然痛苦地惨叫一声，整个人狠狠地朝半空飞去，重重地跌倒在地。

强大的精神力，如同最锋利的刀刃，无情地朝她的脑海袭来。

"不……"东方宁心试着防御，但面对创始之神如同狂风暴雨般的精神力，东方宁心根本无力招架。

数十万年不是白活的，创始之神有傲视天下的实力，这一点毋庸置疑。

"我的头好痛……"东方宁心双手抱头，在地上翻滚。

"还会痛，你这精神领域还不算高。"创始之神嘲讽的声音响起。

"创始之神，住手！"雪天傲紧紧抱着东方宁心，朝着天空吼道。

创始之神果然不能小瞧，连精神领域都能渗透，真是个麻烦的家伙。

"住手？可以，让东方宁心收回精神领域，将天火收回。"创始之神完全不给商量的余地。

"不……"东方宁心头痛欲裂，却不肯松口。好不容易占了上风，她怎么可以轻易收手？

有本事就杀了她！

"你还真是一如既往地倔强，东方宁心，你以为我不敢杀你吗？"创始之神淡淡笑道，紧接着，话锋一转，冷傲地下令，"执夙，出去毁了东方宁心的肉体。"

这话像是刻意说给东方宁心与雪天傲听的一般。

"是。"执夙的声音随即出现在两人的耳中，答得简洁明了，这就是执夙在创始之神面前的样子。

东方宁心内心一阵挣扎。出去了，精神力受创的她和真气耗尽的雪天傲，根本不是对方的对手；但不出去，执夙毁了她的身体，也算是杀了她，这算不算违背天地规则呢？

东方宁心犹豫了片刻，还是想赌一赌，赌天地规则不会冷眼看着她死。但雪天傲不想拿东方宁心来赌："东方宁心，先出去，别让我担心。"

"他……"不敢杀我！

话还没有说完，就被雪天傲打断："想想我们的儿子。"

"好……"东方宁心痛苦地闭上眼睛，她要是死了，她的儿子该怎么办？

创始之神说得没错，哪怕他们有再多的底牌也无用，现在的他们还是太弱了，根本没有资格和创始之神谈条件。

好在他们还有后手，只要他们能撑到援兵来就行，只是，他们能撑到吗？

东方宁心强忍着剧烈的头痛喊道："精神领域，撤！"

当！雪天傲的剑与执夙的剑在半空中交锋，刚好挡住执夙刺向东方宁心心口的一招。格开执夙的剑时，雪天傲厌恶的眼神凌厉地扫向执夙。

执夙心中一痛，咬牙将心中的酸楚压下，凌空飞起，再次冲了上去："天傲神王，这是创始之神大人的命令，让开！"

雪天傲一手抱着东方宁心，一手与执凤交战："要让开的是你！"

东方宁心从精神领域出来后就虚弱得不行，虽然没有陷入昏迷，却也没有半分战斗力。

雪天傲很心疼也很生气，面对执凤的杀意，他更是毫不留情地反击。

没有创始之神的命令，光明神殿的其他人也不敢上前。不过，看他们的眼神就明白，这些人根本没把东方宁心与雪天傲放在眼中。

几次出手，都没有伤到东方宁心半分，执凤很是着急："天傲神王，放下你手中的人，你不是我的对手！"这不是执凤自夸，而是事实，现在的雪天傲撑不了多久。

"是吗？你可以试试！"雪天傲没有半分怒意，手中的龙剑在半空中挑出一条巨龙的样子，"亚诺，杀了她！"

语毕，将龙剑一抛，雪天傲抱着东方宁心就往后退，根本不给亚诺拒绝的机会。

亚诺不得不现身，控制着龙剑与执凤交战。

"神龙？"执凤一脸的震惊，但更多的是高兴，她看上的男人，果然不一般。

"神圣巨龙亚诺，没想到是你。"亚诺的气息一出，创始之神就发现了，下一秒，一道圣光从主殿射了出来。

亚诺的到来，让创始之神终于现身了。

"恭迎创始之神大人！"光明神殿活下来的人齐齐跪了下去，一脸虔诚。

创始之神如同神仙下凡一般，行走于圣光之中，优雅走来，四周的废墟成了衬托创始之神的背景，慢慢地淡化消失，此刻光明神殿的人眼中只有创始之神。

东方宁心与雪天傲站在一旁，默默地承受着创始之神带来的威压，背挺得直直的，不肯弯下。亚诺在最前方，替东方宁心与雪天傲挡住了大半的威压。但很快亚诺就顶不住了，当创始之神越走越近，龙剑剧烈地战抖起来……

"创始之神，你这个乘人之危的浑蛋。"亚诺虚弱地骂道。

"亚诺，你还是这么粗鲁。"创始之神的语气如同和老友叙旧一般，但东方宁心与雪天傲明白，这不是叙旧而是要命。

"圣光印！"与创始之神给人的仁慈感觉完全相反，创始之神一出手便不给人留半分余地。

哐的一声，在一道巨光之下，龙剑直接跌落到地上，亚诺完全没有还手的能力。

"亚诺，你变弱了！"创始之神看着地上失了光泽的龙剑，一脸惋惜。

"你也没有变强。"亚诺的声音越发虚弱缥缈，好像下一秒就会消失。

"是没变强，不过用来对付你，刚好。"创始之神轻弹手指，只见一颗银珠从他手心飞出，直朝龙剑击去。

"不好！"雪天傲心中一骇，知道这颗珠子一旦击中龙剑，龙剑和剑中的亚诺就毁了。

"东方宁心，站好。"雪天傲知道自己与创始之神对上没有胜算，但他也不能看着亚诺就此死掉，"冰封海域！"

轰！本就不平静的海面瞬间掀起滔天巨浪，直朝光明神殿扑来。但这巨浪在半空中结成冰，笔直地砸来。

"有点意思。"创始之神眉眼含笑，一扬衣袖，"回。"

汹涌的海面回归平静，雪天傲并不在意，借这个机会，他冲上前去，一把抓过龙剑。亚诺得救了，那颗打向龙剑的珠子，却噗的一声射入雪天傲体内，在强大的冲击力下，雪天傲狠狠地往后飞去。

"雪天傲！"东方宁心飞身去接，强大的力量将两人撞入废墟之中，掀起一片尘土，看不见人影。

"东方宁心、雪天傲，这是你们自找的，我说过不原谅你们第二次，这是你们第二次惹怒我，今天就是你们的末日！"创始之神淡然开口。

"大人！"执夙惊恐地开口。

"放心，我不会杀他们！"创始之神柔声安慰，圣光中，创始之神的脸上绽开绝美的笑容，但手上的动作却半点也不温和。

"末日？创始之神，你这话说得太满了，今天是谁的末日还不一定呢。"天空中突然传来一道张狂的声音，紧接着，一片银光直冲创始之神而去。

创始之神身形微动，原本朝东方宁心与雪天傲发出的攻击不得不停下来，如同黑钻石般闪亮的眸子看向天空，不带一丝情绪地说："神圣银龙？龙族是要向我神界宣战吗？"

"不，不是龙族向神界宣战。"小神龙在半空一个翻跃，矫健的身姿浮现在创始之神面前，与创始之神对视，气势上竟是不输半分，"威胁我？创始之神，我会怕你？你还当我是当初那个小毛孩子？"

五界之主得天独厚，只要坐上五界之主这个位置，实力也会跟着上涨。哪怕小神龙还未成年，他的实力与地位和创始之神也是一样的，创始之神不能再把小神龙当成一个孩子对待。

两人一个沉稳内敛，一个锋芒毕露，视线相对，无声地交锋，谁也不让谁。

当东方宁心与雪天傲一身尘土、满身是血地从废墟中走出来时，就看到这么一幕。

"来了！"两人一扫刚刚的疲倦与无力，双眼熠熠放光。

"东方宁心，雪天傲，好算计。"创始之神神色自若地收回视线，看向这二人。

两人看似鲁莽地冲到光明神殿，不顾一切地打砸，实则是为了吸引他的注意力，以至于神圣银龙来到了光明神殿的地盘，他都不曾发现。

很快，众人的注意力就不在创始之神身上了，光明神殿的上空，一拨儿接一拨儿的人到来，一道比一道嚣张的声音响起。

"创始之神大人，好久不见。"乘着三皇战车的李漠远第一个出现，耀眼的光芒似乎要将创始之神周身的圣光压下。

如果说李漠远的出现让创始之神不解，那么立在三皇战车之上、一脸冷傲的黑凤凰就让创始之神震惊了。

"人界少主？黑凤凰？"创始之神神色自若地朝黑凤凰与李漠远打招呼，只不过看到黑凤凰一脸别扭的样子，多了个心眼儿。精神力一扫，发现李漠远与黑凤凰之间的契约关系后，眉头暗暗皱了一下。

"居然被契约了？高傲的黑凤凰也会妥协？"创始之神见李漠远满脸笑容，心中隐隐有些不安。

天空中，慢李漠远一步、身着魔云黑袍的秦羿风迈着潇洒的步子踏云而来，浪荡不羁却又豪气万千。

秦羿风根本没有把创始之神放在眼中，一来就搜寻东方宁心与雪天傲的身影，看到狼狈不堪却精神奕奕的两人，这才松了口气："我来晚了。"

"刚刚好。"东方宁心与雪天傲在光明神殿众人吃惊的眼神下，缓步朝秦羿风等人走去。

"没想到你会来，魔主大人。"东方宁心打量了一眼秦羿风，见秦羿风容光焕发，脸上露出真诚的笑容。

秦羿风能摆脱过去的阴影，他们比谁都高兴。

"宁心，你就别笑我了，小小魔宗你们还不放在眼中，我今天是代神魔而来，他很忙。"警告的眼神，落在创始之神的身上。

事实上，是龙族的人通知他前来的，神魔估计还不知道这事，神魔要是知道创始之神打他爱徒的主意，绝对会放下魔界的一切直接杀过来。

"异界、人界和魔界齐聚光明神殿，冥界的人呢？"创始之神打断了东方宁心与秦羿风的叙旧。

他根本就没有想到，东方宁心与雪天傲会摆出这么大的阵仗。他活了数十万年，从来没有吃过这么大的亏。

创始之神温和地看着东方宁心与雪天傲，只是眸子中的冷意，怎么也掩饰不了。

创始之神的话音刚落，凌子楚、君无量和倾似也就带着黑暗神殿的长老们出现了。

"创始之神大人不要着急，神界的热闹，我冥界怎么会错过？"无论凌子楚多么厌恶黑暗神殿，一旦与光明神殿对上，他就得站在黑暗神殿的阵营中。

黑暗神殿一行人神采飞扬，远远地看到东方宁心，完全不须凌子楚多言，就单膝跪倒在她的面前："见过宁心神王。"语气中的恭敬，没有半丝作伪。

东方宁心先是一愣，随即冷漠地点了点头："起来吧。"

既然借用了黑暗神殿的力量，既然得到了黑暗神王的传承，就没有必要再矫情什么。

"多谢宁心神王。"黑暗神殿的人气势十足，迅速起身守在东方宁心与雪天傲的身后，但也不忘出言挑衅光明神殿的人，"光明神殿果然没落了，看看你们的四大神殿，再看看你们的新任神王，跟我们黑暗神殿简直没法比。"

"你们……"光明神殿的人气得直咬牙，但现在的形势对他们极为不利，他们就是在口舌上占了便宜又能如何？

光明神殿的人一脸期待地看向创始之神，但是创始之神没有说话，只是平静地看着东方宁心与雪天傲，摆明了不会妥协。

五界高手齐至不错，但幽冥之神不在，神魔不在，千叶不在，凭这些人不一定是他的对手。然而创始之神还未出手，海面上突然出现数百艘战船，将整座岛屿团团围住。紧接着，一道黑色的身影，从大海中央飞了过来，他身后跟随着一队蓝色的护卫。

"我来晚了！"战神宫宫主无涯来了，他身后则是最近驰名洪荒的蓝色闪电。

"无涯，你怎么也来了？"不过短短数月，无涯就好像变了一个人似的，身上隐隐有着大将之风，东方宁心为他感到高兴。

"这么热闹的事情，怎么可以没有我呢？"可惜，无涯一开口就破功了，那嬉皮笑脸地朝着东方宁心卖萌的样子，和战场上杀伐果断的战神完全是两个人。

"是我通知他的。"小神龙酷酷地说，他才不要无涯得了便宜又卖乖。

到了龙岛，真正掌握了龙族的权力，小神龙才明白仗势欺人有时候真的很好用。今天他们来光明神殿，一对一，没有人是创始之神的对手，他们能做的就是人多欺负人少。

无涯故作凶恶地瞪了小神龙一眼，随即又一脸埋怨地说："宁心、天傲，你们两个太不厚道了，有热闹都不叫我。"

无涯一边走，一边跟众人打招呼，看到秦羿风时，双眼一亮，热情地扑向秦羿风："秦羿风，你终于现身了，太好了，太好了……"

"你要干什么？"秦羿风被看得莫名其妙，全身汗毛竖起，连连后退，"无涯，别乱来，处理正事要紧。"

"对对对，正事要紧，大汉的事咱们晚点私下说。"秦羿风就在这里，无涯也不怕他跑了，现在他最想知道的是东方宁心与雪天傲为什么要打上光明神殿。

"东方宁心、雪天傲，到底发生了什么事？"无涯担忧地看着东方宁心与雪天傲。

小神龙只说东方宁心与雪天傲带人打上光明神殿了，叫他来帮忙，但具体出了什么事，他却半点不知。

秦羿风和小神龙也不知道发生了什么事，他们只知道东方宁心与雪天傲需要帮助，他们就来了。

"创始之神派人对我儿子出手，在中州。"虽没有证据，但东方宁心却用肯定的语气说了出来。

"对你儿子出手？东方宁心，你在说笑吗？"创始之神根本不承认，他做的事没有人知晓，哪怕是神魔也不知道，东方宁心与雪天傲怎么可能知道？

"你很清楚我没有说笑，事关我的儿子，我的直觉不会有错。"她确实没有证据，但她又不是来判创始之神有没有罪的，证据很重要吗？

"东方宁心、雪天傲，没有任何证据，只凭直觉便杀上光明神殿，你们行事太过草率了，万一事情不是你们推测的那样，你让这些人上门，就不怕他们事后怪你吗？"亏他之前还在想，为什么他的命令下了不到一天，东方宁心与雪天傲就杀来了，原来不过是猜测。

东方宁心还未开口，无涯就站了出来："创始之神，你敢说你没有下令杀雪天傲的儿子吗？"

"战神宫宫主，你有什么资格向我求证？"创始之神没有正面回答无涯的话，他不屑回答，也不屑撒谎。

"果然……东方宁心猜得没错，你居然敢对雪少下杀手，你该死！"无涯不需要创始之神回答，东方宁心说是便是，不是也是。

"全体，待命！"无涯右手一扬，令旗挥出，海上的百余艘战船齐齐架出大炮，对准光明神殿，只要无涯一声令下，他们就会将这座岛屿摧毁。

"东方宁心、雪天傲，你们这是向我开战吗？"创始之神难得露出不满的情绪。

"我们早就向你开战了，难道你不知道吗？"东方宁心指着四周的废墟，还有惨死的光明神殿众人说道。

创始之神眉毛微挑，一脸微笑地说："你以为毁了光明神殿就能救你儿子吗？中州和这里不是一般的远，你认为中州那些人能挡得住我的人？"

敷衍不过去，创始之神坦然承认，并试图激怒东方宁心，而东方宁心却不上当："不，我从不这么认为，光明神殿不过是你手中的一颗棋子，毁了，你大可重建。我杀不死你，但我可以把你打到怕，打得你数十万年都爬不起来，打得你永远回不了神界，打得你只能沦为丧家之犬。"

东方宁心挑衅地看着创始之神，眼中没有丝毫退缩之意，他们这么多人，还打不过一个受伤的老东西？她就不信这个邪！

"把我打到怕？就凭你们吗？"创始之神温和地看向小神龙与黑凤凰。

能与他一战的就是这两位，可惜他们此时的状况似乎不佳，而自己嘛，很不巧，机缘巧合下，他即使没有回到全盛的状态，也比之前好了那么一点儿。

"凭我们足够了！"雪天傲一个眼神扫过，无涯会意，手中的令旗再次挥出："预备——"

战舰上的将士已将炮弹填入炮筒，随时都能发出攻击。

"天傲神王，你不能这么做！"执夙看着雪天傲，不停地摇头。

可惜，雪天傲连个眼神都没有给她，反倒是东方宁心看了执夙一眼，眼中闪过一抹冷意。执夙的存在，就如同一根刺，时刻提醒她，光明神殿暗中正在进行一场他们不知晓的阴谋。

"发射！"雪天傲开口，无涯不打折扣地执行雪天傲的命令。

轰！轰！轰！……百艘战舰上的大炮齐齐轰向光明神殿，整座岛屿瞬间硝烟弥漫。

创始之神本想出手阻止，但小神龙、黑凤凰、李漠远同时向前一步。

"动手，杀了创始之神！"一片尘土飞扬中，东方宁心与雪天傲的双眼异常明亮，周身森冷的杀意让人退避三舍。

"好。"小神龙化为银龙朝创始之神扑去。同为五界之主，他虽然战斗经验少，但真气可不比创始之神弱多少。

黑凤凰一直像个局外人一般，但在小神龙冲出去的那一刻，周遭的气息一变，身上的肃杀之气，竟比东方宁心与雪天傲强出百倍。

唳——黑凤凰振翅朝创始之神扑去，凤眸盯着小神龙，似乎在说：我黑凤凰绝对不会输给你这条小长虫。

龙凤虽是天敌，但当他们配合起来，却异常默契，一攻击一防守，竟将创始之神缠得只有招架之力。

李漠远、秦羿风、凌子楚和无涯等人看得热血沸腾，高手对战，果然就是有看点。龙凤二族的秘技，在这一片灰暗中异常地刺目，一银白、一火红，将创始之神的圣光完全压住了。

"手痒，我也动动。"无涯早就按捺不住，唰的一下抽出辟邪剑，朝光明神殿的那些人冲去。

"敢打雪少的主意，光明神殿的人真是活得不耐烦了，本战神今天就让你们明白，花儿为什么那样红，五界之主为什么是五不是一。"

"蓝色闪电，狂化，进攻！"无涯不是鲁莽之人，知道自己几斤几两重，面对光明神殿的人，一对一他能赢，但一对百他完全没有胜算。

"是！"整个岛屿的温度似乎又降了几分。

东方宁心与雪天傲站在一边静静地看着，并没有出手的打算。不是他们不想，而是不能。

"放心，你们那份交给我了。"秦羿风似乎明白了东方宁心与雪天傲的想法，二话不说就冲了出去。

"我看热闹。"李漠远面上在笑，心底却是一片沉重。

东方宁心与雪天傲身边的人一个比一个强大，在五界中都占据了重要的位置，连创始之神都能说打就打，日后双方为敌，他还真不敢肯定，他能赢过东方宁心与雪天傲。

"李漠远，我们付了代价，不是请你来看戏的。"东方宁心容不得他这么闲，她付出了洪荒的势力，才换来李漠远与黑凤凰的帮忙。

创始之神想得没错，李漠远就是吸血鬼，与这种人合作，就要做好被他吸血的准备。找来李漠远和黑凤凰出手，代价便是无涯刚刚夺来的大汉帝国。他们辛苦拼来的城池，就这样转手送人，说实在的，东方宁心与雪天傲真是不乐意，但他们别无选择，因为他们需要黑凤凰的帮助。

好在大汉帝国的国权依旧在小皇帝手上，只是他们不能妨碍李漠远在大汉帝国的城池建立属于人界的力量。

而国家政权，东方宁心与雪天傲说什么也不会让出，他们答应过雪皇，要守护那个国家，他们不能食言。

"宁心，你真小气，大汉帝国本来就是我人界的，这座岛也是我人界的地方。"李漠远并不是不想出手，不过是想争取更多的好处。见东方宁心不为所动，他只得认命地出手。

李漠远没有兴趣对光明神殿普通教众出手，他的目标是创始之神。他是一个有野心的人，他选择的目标绝对不会是比自己弱的人，与创始之神交手，这种机会可不多。

"果然，这代价也算付得值了。"东方宁心与雪天傲松了口气。

李漠远是个奸诈的人，但不得不说，他也有君子的一面，至少他会兑现承诺。

李漠远收起三皇战车，整个人如同出鞘的宝剑一般，散发着让人望而却步的寒气，飞身冲入小神龙、黑凤凰与创始之神的战斗圈。

"黑凤凰，你家主人来帮你了。"李漠远时刻不忘宣示主权，那骚包与傲慢的样子，还真是找打。

"滚！"正与创始之神进行生死较量的黑凤凰，全身羽毛一颤，刚刚发出去的黑凤凰火焰，一气之下打偏了，让创始之神逃过一劫。

"果然很弱呀。"李漠远一副看不起黑凤凰的样子，小神龙不客气地附和："确实很没用。"

黑凤凰一怒，手上的动作一慢，创始之神趁机一挥手："赤岩圣光！"

嗤——强大的圣光击中黑凤凰的左翅，黑色的羽毛乱飞。

黑凤凰顿时怒了，朝天发出一声凤鸣："创始之神，你居然敢断我羽毛，你完蛋了！"

"黑凤凰，你还真把自己当打手了？"创始之神淡淡地笑道，手中的攻击力半分不减，他以一敌三虽然被压制，却暂时不会失败。

东方宁心与雪天傲根本不放过任何一个细节，见黑凤凰发狂，东方宁心暗叫不好。神仙打架，小鬼遭殃，这几个发起狂来，他们不一定会死，但海上那些士兵却难说。

"无涯，立刻下令，让战舰撤离。"东方宁心将五帝宝殿丢给君无量，同时飞快地说道，"凌子楚，带着黑暗神殿的人掩护军舰，必要时不惜一切代价保护他们。君无量，把倾似也和蓝色闪电送到五帝宝殿中，没有我的话不许出来。"

这个时候，亲疏立分，东方宁心的善良只用在自己在乎的人身上，最好的资源当然用来保护和自己最亲近的人。

说完，东方宁心与雪天傲完全不给凌子楚和君无量说话的机会，两人如同旋风一般冲上前去，将无涯换了下来。

"喂，我正打得高兴呢，你们两个干吗？"无涯不高兴了，东方宁心与雪天傲没空解释，他们两人的真气勉强恢复了两成，应付面前的敌人本就吃力，更何况时间紧急不容解释。

无涯不甘心地退下，看到东方宁心与雪天傲对付光明神殿的人颇为吃力，又想冲上去帮忙，却被君无量一把抓住："无涯，你是战神宫宫主，不是杀手。在你冲锋向前时，别忘了你的兵，你要为他们负责。"

君无量的脸色极为凝重，不顾无涯的意愿，拖着无涯就往后退："现在，立刻命令蓝色闪电归队，让你的战舰撤离。"

这个时候，凌子楚与黑暗神殿的人已经冲向岛屿边缘，执行东方宁心的命令去了。他们不需要问原因，只需要执行黑暗神王的命令就行。

无涯只得收起了小心思，手中的令牌一扬："撤退。"

刚刚还朝着岛屿开炮的战舰立刻收兵，掉转船头。

"蓝色闪电，撤离！"同一时刻，与光明神殿众人激战的蓝色闪电也回来了，倾似也连忙上前替蓝色闪电扫尾。

开玩笑，他再弱也是天神，光明神殿的人可没有本事杀他。

一切都进行得飞快，东方宁心与雪天傲焦虑的心情也随之平静下来，两人且战且退，不再与光明神殿的人纠缠。

"东方宁心，想走？做梦！"执夙提剑挡住了东方宁心的去路。

"执夙？"东方宁心冷笑，她正想将这个不安分的女人解决了，这人就送上门来了，她自然不会客气。

不过，雪天傲比她更不客气，在执夙冲上来的那一刻，破天枪凌空飞出，挡下了执夙的一击。

看到雪天傲百般维护东方宁心，执夙气得直咬牙，刚站稳又再次冲上前来，雪天傲自然不客气地回击。

执夙舍不得伤雪天傲，雪天傲却对她毫不留情，执夙打得既憋屈又压抑，不顾身份地大叫道："东方宁心，这是你我二人之间的战斗，你躲在男人身后算什么？！"

"神经病，他是我丈夫，我躲在他身后又如何？！"东方宁心凌厉的眼神扫向光明神殿仅剩的十二人，不由得冷笑：光明神殿，不过如此！

"还愣着干吗，还不快上，杀了东方宁心！"执夙连连受挫，见身后的人不对，一剑扫向光明神殿的人。

这些人本就伤痕累累，这下更是伤上加伤，碍于执夙的命令，他们不得不上前。

"想杀东方宁心，也要看我同不同意。"秦羿风身形一闪，站到雪天傲的身后，抢了雪天傲的台词。

秦羿风的出现，让光明神殿的人再次退缩，执夙气得直咬牙，却没有再勉强，明知这些人冲上前去，只会死在秦羿风手中，何必呢？

执夙以一对二毫无胜算，于是激东方宁心："东方宁心，难道你要一辈子躲在男人的身后，不敢光明正大地与我一战吗？你承认打不过我？"

东方宁心淡淡地瞥了她一眼，而后看向四周，见蓝色闪电与海上的战舰都撤退了，心下大安，视线再次落到半空中激战的创始之神四人身上，见他们四人的战圈越来越小，东方宁心敏锐地感觉到，他们很快就要爆发了，这也说明，战斗即将结束……

东方宁心无比庆幸自己安排得够快。

"羿风，这个女人就交给你了，我不想再看到她。"东方宁心的声音不大，但足够让在场众人听到。

"不想再看到我？好大的口气！东方宁心，这是光明神殿，说大话是没用的。"执夙的脸色越发难看。

"是不是大话试试就知道了，羿风，千万别手下留情。"东方宁心优雅地转身，雪天傲伸手将人搂在怀中。

"东方宁心，你有什么资格在光明神殿说这样的话？"执夙恨恨地看着东方宁心，如果可以，她恨不得一剑刺穿东方宁心。

"执夙圣女，为了证明我没有手下留情，只能和你说上一句'永别'了！"秦羿风风度翩翩地上前，手中不知何时多出一把S形的长剑。

"魔云圣剑？"执夙脸色煞白，看向秦羿风的眼神也不一样了。

魔云圣剑是魔宗至宝，出鞘必见血，难道自己真的死定了吗？

"你很有眼光，可惜是早死的命。"秦羿风脸上带笑，下手却招招狠辣，毫不留情。

魔云圣剑在秦羿风手中不停地变换招式，每一招都带着强大的怨灵之气，似要将人吞噬。

执夙根本不是对手，在秦羿风毫不留情的攻击下步步后退，执夙第一次发现，原来死亡离自己如此之近。

惊恐地看着魔云圣剑距离自己越来越近，执夙终于忍不住大喊："大人，救命！"

"执夙？"生死关头，创始之神不得不抽空关注一下执夙，这一看，脸上温和的笑容瞬间僵住了。

救？还是不救？

电光石火间，创始之神将利弊分析了一遍，看着半步不让的小神龙、黑凤凰和李漠远，创始之神第一次有了无奈的感觉。

"输"这个字从来不曾出现在他的字典里，现在却真正地出现了。

他输了，不是输给一直以来的死对头幽冥之神，而是输给了两个一年前还默默无闻的小人物，这种感觉真的很不好。

苦涩的笑意，从创始之神的眼中滑过。五界之主间的对决，胜负就是一瞬间的事，创始之神明白这一点，可他更明白，执夙不能死。

眼见秦羿风的剑即将没入执夙的心口，创始之神顾不得面前的小神龙与黑凤凰，衣袖一扬："要杀我的人，也得看我同意不同意。"

创始之神突然出手，生生将执夙从秦羿风的剑下救走，将人抛下主殿。

"执夙，光明神殿就交给你了，希望你能完成我的期待。"神圣仁和的光芒洒向大地，此刻的创始之神，就像是牺牲自己去救凡人的神明一般。

而事实，也确实如此。

就在创始之神出手去救执夙的那一刻，小神龙与黑凤凰默契地出手了："龙吟凤鸣！"

轰轰轰……巨大的声音似从九天直入平地，直入众人的心口，整个海面瞬间翻腾起来，地动山摇，巨浪滔天，光明神殿坐落的这座岛屿开始龟裂。

"浑蛋！"秦羿风气得咒骂，这是他成为魔主后，东方宁心第一次交给他办的事情，绝对不能办砸了。

秦羿风才不管主殿能不能闯，一凝气便去追执夙。

"我要救的人，你还杀不了。"创始之神淡淡笑道，只是他的笑容透着一分缥缈与透明。

因为，龙吟凤鸣的声音，直穿他的胸口。

噗——一左一右，从上到下，小神龙与黑凤凰联手在他身上留下两道半尺长的伤口。

鲜血从创始之神的身上流出，染红了他洁白的衣袍，温和的脸色顿时惨白，血迹顺着嘴角一直往下流，虚弱却又绝美。

"原来，你的血也是红色的。"看到创始之神受伤，东方宁心露出难得的笑容。

那个高高在上、睥睨众生、高不可攀、无时无刻不摆出一副仁慈面孔的创始之神，也不过如此。

她认为此生都无法打败的敌人，她认为这一生都要活在他的阴影下的敌人，不过是凡人一个。他一样会受伤，受了伤一样会流血。

她怕什么？她什么都不怕！

创始之神，人定胜天，我说过会让你付出代价，我做到了。

创始之神，你放心，我不会杀你，要毁你的方法，我有一万种。

儿子，你看到没有？娘亲做到了。以后这个坏蛋再也没有能力伤害你了。

儿子，放心吧，娘亲很快就能去陪你，我们能战胜创始之神，同样也能战胜幽冥之神！

儿子，我和你父亲哪怕拼着命不要，也要给你创造一个无忧无虑的成长环境，绝不让你走我们的老路。

泪，从东方宁心的眼中滑出，眼前一片朦胧。

她看不到，也听不到，她只知道，过了今天，她的儿子就安全了，再也不用每天都提心吊胆地过日子了。

"东方宁心，一切都会好的。"雪天傲抱着东方宁心，他无比清楚，东方宁心身上的压力有多大。她害怕今天来帮他们的人，没有伤到创始之神，却全部死在创始之神手下。

幸亏受伤的是创始之神。这一战，他们终是胜了，而且没有损伤一兵一卒，胜得完美！

创始之神受伤，让无涯几人高兴地跳了起来。

创始之神擦了擦嘴角的鲜血，脸上的笑容却不变："我也是人，自然会受伤。你们不用太高兴，我并不是你的敌人，我们最终的敌人都是天地规则。况且，赢了我一次又能如何？你们杀不了我，只要我没死，你们就永远不能说自己是胜利者。"

"谁说你不会死？今天，我们就要取你的命。"小神龙、黑凤凰与李漠远再次联手，攻向创始之神。

创始之神脸色不变，凝气一挥，强大的真气从他的衣袖涌出："机会只有一次，你错过了。想再往我身上添伤口可不容易，我可不会坐以待毙。"

"受了伤，你还是我们的对手吗？"小神龙无比倨傲地说，龙爪狠厉地朝创始之神拍去。

创始之神眸子一冷，衣袍鼓起："既然要玩，我们就玩大一点儿！"

创始之神黑亮的眸子突然变成了金色，金色的光芒似凝为实体，从他的眼中流出。

"创始之神，别乱来，这可是你的光明神殿。"黑凤凰心中一跳，不安地大喊。

不安的何止黑凤凰一个，在创始之神凝聚真气的那一刻，东方宁心就朝君无量与凌子楚大喊："快躲进五帝宝殿！羿风，回来，不要再追了！"

这座岛要毁了，东方宁心有这个预感。

"黑暗守护！"东方宁心拼着最后一丝真气，开启黑暗守护，护在她与雪天傲身前："雪天傲，保护好自己。"

可是，来不及了……

"圣！域！极！光！"创始之神的薄唇，一字一字说得极轻，最后一个字落下，只见四道光束分别朝小神龙、黑凤凰、李漠远和秦羿风击去。

"创始之神，你不要命了？！"黑凤凰的脸色异常难看，双翅一展，想躲开创始之神的攻击，却没有躲过去。

咚的一声，黑凤凰从高处跌下，狼狈地倒在地上，一动不动，黑亮的羽毛失了光泽。

连黑凤凰都中招了，其他人就更别说了，纷纷跌倒在地。

"羿风，小心！"秦羿风跌落的一刻，雪天傲飞身而出将人接住，在巨大的撞击下，两人同时跌倒在东方宁心的身边。

发出强大攻击的创始之神也没好到哪里去，整个人踉跄后退数十步，直到撞在废墟的柱子上，才勉强停住了脚步。

"大人……"执夙在半空中看到虚弱的创始之神，顿时眼泪汪汪，后悔不已。都是为了救她，大人才会受伤的，要不是因为她，这些人怎么可能伤得了大人。

在跌入主殿的那一刻，执夙朝着雪天傲大喊道："天傲神王，你不能伤大人，大人所做的一切都是为了你好。天傲神王，你必须保护大人，这是你身为神王的责任。"

"疯子！"雪天傲连个眼神都没给执夙。

"执夙圣女，你给我记住，你的命是我的，不杀你我就不叫秦羿风。"秦羿风两次都没有杀了执夙，心中本就不爽，听到执夙的话更是后悔先前下手不够快。

"雪天傲，你没事吧？"东方宁心扶起雪天傲与秦羿风，同时看向小神龙。

"没事。"雪天傲站了起来，一脸凝重地看着创始之神，正准备上前将半天没有反应的小神龙、黑凤凰与李漠远扶起来，创始之神却突然开口："你们以为这就结束了吗？不，这只是开始，看看你们的头顶上是什么？"

众人抬头，只见创始之神刚刚发出来的四道光柱，不知何时已经飞向天空，并且汇集在一起，凝成一个巨大的圆球，正不断变大……

"不——"东方宁心失声尖叫，然而她的惊惧，无法改变既定的事实。

只听头顶之上，一声爆炸声响起，紧接着就有一股强大的力量朝光明神殿所在的岛屿冲击而来。

轰隆隆……众人还没反应过来，爆炸声就响了起来。

"我很小气，也很记仇。"创始之神的声音很轻，被强大的爆炸声给淹没了，但他脸上的笑容众人看得明白，那是高傲不屑的笑，那是疯狂冷漠的笑……

FENG HUANG CUO

第九章
与你同归于尽

光明神殿上空，乌云笼罩，比墨还黑，象征着光明、仁爱与圣洁的主殿被尘土遮挡，保护圣光的屏障此时已失去了作用。

无边的黑暗，看不到尽头的黑暗，如同恶灵一般，紧紧萦绕在众人周身。

死亡的感觉来得如此突然，让东方宁心与雪天傲根本来不及多想，凭着本能，他们只知道要尽量护住对方。

"东方宁心，我撑不住了！"君无量的声音第一个传来，很是虚弱。

倒下去的那一刻，君无量不禁在想，他的好运到今天结束了吗？

"君无量，我帮你！"一片混乱中，凌子楚接住摇摇欲坠的君无量，一个翻滚将人护在身下，而他的背后一片血肉模糊。

"宁心，救命呀，上古作战服也没有用呀！"无涯可怜兮兮地大叫，声音不似平时的撒娇，认真无比。

"我没力气护你……"秦羿风呈"大"字躺在地上，身上血肉模糊。

强大的爆炸直击心口，他们完全没有招架之力，防御在这一刻变得脆弱无比！

看到将自己护在身下，即使穿着黑神战甲依旧一身是血、昏迷不醒的雪天傲，东方宁心撕心裂肺地尖叫："创始之神，你就是一个疯子！"

同归于尽，创始之神居然要跟他们同归于尽，创始之神什么时候这么不爱惜自己的命了？

"有你们陪着，死亦不寂寞。"创始之神站在一片尘埃中，笑得无比满足。

"你疯了！"东方宁心恨恨地看了他一眼，紧紧地抱着压在自己身上的雪天傲，一个翻身，将雪天傲护在身下。

看着即使昏迷不醒也是眉头紧锁的雪天傲，东方宁心什么话也没有说，只将自己的双唇覆在雪天傲的双唇上："雪天傲，好好活着，为了我们的儿子！"

语毕，东方宁心闭上眼睛，等着整个岛屿连同他们一起灭亡。

一秒、两秒……五秒……十秒，耳边轰隆声不断，却没有伤到他们。

"怎么回事？"东方宁心缓缓抬头，睁开双眼，发现四周的黑暗已经散去，光明神殿的岛屿虽然被炸得四分五裂，但他们距离主殿很近，暂时还没被波及。

熟悉的人都躺在四周，就是高高在上的创始之神，此时也虚弱地靠在一堆废墟上。

而他是除了东方宁心之外，唯一一个清醒的人。

"东方宁心，看到没有，我们都输了。"见东方宁心醒来，创始之神笑得温和，好似刚刚的生死之战没有发生过一般。

东方宁心眼神一黯，随即明白了："天地规则，你既然出手了就现身吧，我们不是第一次见面了！"

她真笨，他们这么多人，每一个都关乎五界存亡，天地规则怎么会让他们全部死了呢？

雪天傲说得没错，她还是太过冲动、不够冷静，不然的话，她的第一反应就不是害怕他们都会死，而是和创始之神一般，悠闲地等天地规则出手。

轰……来自天地间的强大压力，直冲东方宁心与创始之神二人，二人重重地跌倒在地。一个全身是血，却掩不住周身光华；一个直接跌在雪天傲的身上，索性不动。

两人听之任之，看上去任由天地规则摆布，实则是消极对抗。

"这是惩罚吗？天地之怒？"东方宁心好笑地低喃，她相信天地规则能听到她的话。

东方宁心扭头，一脸同情地看向创始之神。她想，她有些能理解创始之神，为何老做一些极端的事情了。

凡事被人插一手的感觉真的很糟糕，本来生与死、路要怎么走，都是他们自己的事情，天地规则凭什么处处摆布他们？

他们站得越高，自由就越少，就连死也要听从天地规则的安排，这种感觉真叫人窝火。

"现在才明白也不晚，我说过，我们有共同的敌人。"创始之神笑了笑，毫不在意地擦去嘴角的血迹。

世人看他风华无双，看他高高在上，却不懂背后他要付出多少、失去多少。

东方宁心却不认同："不，我们要的不一样，我们也没有共同的敌人。"

只要天地规则不插手她的正常生活，她丝毫不在意天地规则的存在。创始之神要的是一人独大，高高在上，受世人瞻仰；她要的是安居一室，身边的人幸福安宁。

"创始之神，东方宁心！"天地规则没有让创始之神与东方宁心久等，威严十足的声音从四面八方响起，带着绝对的压迫与强势，充分展现了他无人可敌的强悍。

周身的狂风化为利刃，通过声音，一寸一寸地凌迟着东方宁心与创始之神。

痛！但不是不能忍受，最让他们不能忍受的是天地规则带来的威压，强大的威压让他们连反抗的心都没有。

紧紧地抿着唇，东方宁心与创始之神同时选择了沉默。

"哼……"天空中传来一道冷哼，随即响起质问与不满的声音，"现在，你们满意了吗？"

声音落下，风吹过，尘埃落定，海面平静，隐隐能看到有几具尸体和几艘战舰的残骸漂浮在海面上，那是来不及撤退的军队和黑暗神殿的人。

"满意吗？也许吧！"东方宁心眼神空洞，看着没有尽头的海面，又看了看四周熟悉的人，她所在意与熟悉的人都在这里，也许这算是满意吧。

东方宁心趴在雪天傲的身上，静静地听着雪天傲虚弱的心跳声，自嘲地说："我是不是很自私？看到海面上的尸体，我的第一反应不是为这些人愤怒，而是庆幸无涯他们没事！"

长发遮面，此时哪怕是创始之神，也看不出东方宁心在想什么。东方宁心想要隐藏的心事，除了雪天傲，这世间再也没有第二个人能够发现。

"既然满意了，就滚。下次再挑起五界战斗，就别怪我不客气。"天地规则的威严至高无上，丝毫不容人挑衅。

虽然明明知道天地规则气得想杀他们，明明知道这个时候只能顺从，但事关雪少，东方宁心不得不出言反驳："天地规则，我东方宁心此战所求，不过是我儿平安无事，创始之神若不就此作罢，我东方宁心绝不妥协。"

妥协？她屡次退让，换来的却是别人更狠的欺凌，事关她儿子的生死，她绝不妥协！

"东方宁心，别逼我杀你！"声音杀气腾腾，天地规则显然怒了。

东方宁心唇角微扬，不知为何，她突然想到了上古战场那只敢将天地规则的圣使当坐骑的兔子。也许天地规则也有他想做而不能做的事。

东方宁心不再理会天地规则，而是趴在雪天傲的身上，专注地看着雪天傲的脸，一颗心跳得飞快。

雪天傲，你说这一次是我妥协，还是天地规则妥协？

雪天傲，我很害怕。万一他不妥协，我怎么办？

轻轻在雪天傲的额头落下一吻，东方宁心抬头看着天空："天地规则，你想杀我就动手吧，反正我儿子要是有事，我也不想活了。"

此言一出，整座岛屿瞬间静得可怕，也让人更加不安。

东方宁心一动不动，看上去听天由命，但她哪里是听天由命的人。

时间悄然流逝，东方宁心不知道过了多久，只知道等待的时间太漫长也太磨人。

天地规则是杀她，还是妥协呢？

就在东方宁心以为还要继续等下去时，天地规则终于开口了："东方宁心，你以为我不会杀你？你以为自己是独一无二不可取代的？"

十指一松，东方宁心的嘴角不自觉地扬起：她赢了！

天地规则没有杀她，就说明她的命就是最大的筹码，唯一能让天地规则妥协的筹码。

为了不泄露自己此时的心情，东方宁心低下头，趴在雪天傲的身上，压低自己的声音："我从来不认为自己不可取代，我从来不认为自己是独一无二的，至少在你面前，我不敢有这样的想法。对你而言，我不过是蝼蚁，是随你摆布的棋子罢了。将性命当成筹码，不过是弱者的无奈之举。"

东方宁心没有半分的不甘，只是说着这么一个事实。

"天地规则，现在的情况不外乎三种。第一，你杀了我；第二，创始之神立誓不得碰我儿子半分；第三，我们与创始之神就这么周而复始，他派人伤害我儿子，我们就想尽办法杀他。我们双方把五界搅乱，任五界血流成河，直到有一天，我们当中有一方彻底倒下！"

语毕，东方宁心便闭上了眼，没有半分反抗，只是唇角的那抹笑意，泄露了她此时的心情。

天地规则，你看我多听话，将选择权给了你，由你来决定我的命运！

创始之神看着"柔弱"地趴在雪天傲身上的东方宁心，简直不敢相信自己听到的。

"居然和天地规则谈条件，居然逼我立誓，东方宁心，你以为自己是谁？"这三个选择，除了第一个之外，其他两个对创始之神来说都是挑衅，都是打脸。

但创始之神明白，天地规则绝对不会让东方宁心死去。

东方宁心死了，幽冥之神永远走不出幽冥之水，没有幽冥之神的制约，他便没有了任何顾忌，天地规则绝对不会让他一家独大。

天地规则没有出声，没有人知道他是如何想的，过了许久，天地规则的声音才响起："东方宁心，我不插手五界纷争。"

"可是你已经插手了。"如果你不插手，创始之神说不定就死了，当然我们也会死。

"我是救你们。"天地规则很淡定，想从他手上得到好处，先得证明自己值得。

东方宁心点了点头，表示自己知道了，长发随风飘动，掩去她眼中的狡黠。

"如果我现在起身，杀创始之神，你会不会插手？"东方宁心问得很认真，因为在这话说完后，她就从雪天傲身上翻了下来。

"杀我？你能起来？"这是创神之神轻蔑的声音。他比东方宁心的真气高出不止百倍，在强大的爆炸与天地规则的威压下都没办法动，东方宁心哪儿能做到？

"我能。"东方宁心坚定地说道，抬起头看着创始之神，眼中跳动着仇恨的火焰。

她此刻确实起不来，她的双手可以用力却抬不起来，她的双腿有知觉却动不了。东方宁心翻了个身，平躺在地上，艰难地将手移至心口处，只这么一个动作，却痛得她满头大汗。

但东方宁心没有停下来，伸手朝怀中的针盒探去。

天地规则似乎也想看看东方宁心到底能做到哪一步，完全没有半丝声息，任东方宁心挣扎……

天地规则很清楚，此时的东方宁心和其他人一样，双腿筋骨齐断、真气全无。如果不是有雪天傲护着，如果不是有强大的精神力撑着，东方宁心也会和其他人一样，昏死过去。

在这样的情况下，想要站起来，无异于痴人说梦，哪怕意志力再强也没有用。

创始之神与天地规则都在等，等着东方宁心承认自己的失败，只要她失败了，她就失去了请求天地规则出手的条件。

周而复始、五界齐乱、生灵涂炭，这些不是光想就能做到的。

东方宁心何尝不明白，如果她没有能够让别人刮目相看的能力，就别奢望别人出手助她，尤其是像天地规则这种高高在上的至尊人物。

东方宁心咬着牙，忍着痛，手终于摸到了怀中的金针。

"啊——"东方宁心痛呼一声，一甩右手，一大把金针飞出，同时咔嚓一声响，她的右手无力地垂下。

东方宁心痛得直抽气，眼神却异常坚定。右腕断了还可以再接上，但这个机会不能错过。

她趴倒在地，用左手将金针一一捡起。每一次移动，都承受着刺骨的伤痛。

创始之神挑眉，显然对东方宁心的做法很感兴趣。

"创始之神，你等着！"东方宁心将金针一根一根摆在自己身上，平时只消眨眼间就能做到的事，此时东方宁心却花了足足一刻钟。

"呼……"东方宁心重重地出了口气，左手战抖地拿着金针。

"很有胆量。"创始之神终于明白了东方宁心要做什么，不得不说，他佩服，同时亦承认，东方宁心和别的女子不同。

东方宁心之前所受的苦难就是一种磨砺，这种磨砺将东方宁心的心志淬炼得无比坚强，她比一般人更能忍。

今天这情况，换作执夙或者任何一个女子，要么向天地规则妥协，要么和天地规则争吵，惹怒天地规则。

但，东方宁心没有。她骄傲却不鲁莽，她狂妄却不冲动，她强势却懂得隐忍，她将自己的意愿告诉天地规则后，便用自己的方法，证明只要天地规则不插手，哪怕重伤到无法动弹，她同样拥有逆天而行的力量。

如果，一开始东方宁心就站起来杀创始之神，天地规则一定会毫不留情地出手，偏偏东方宁心没有那么做，而是一直在忍，忍到机会来临。

她的隐忍是五界之主所没有的，他们张狂惯了，行事恣意惯了，他们根本不需要忍。

但今天，东方宁心用她的忍，让创始之神明白，天地规则也是可以由人摆布的。

可惜，这么一个女子，却是幽冥之神那个家伙的人，创始之神无比惋惜。

东方宁心，可惜我们是敌人，这一点无法改变，不然我真想和你畅饮一番。

你这样的女子，手能抚琴，亦能杀人，既可以携手红尘，又能够回归田园。

真真是可惜了，你活在这样的乱世中……

很有胆量吗？

东方宁心闭上双眼，掩去眼中的苦涩。没有哪个女人喜欢听到这样的评价，因为这说明她过得很苦。

"创始之神，如果可以，我也不想。"我只想嫁个良人，过相夫教子的平静生活。可是，你们一个个都在破坏我的幸福，把我拖入权势中心。

东方宁心的声音很轻很弱，有着一丝让人无法察觉的委屈与脆弱。

在创始之神的注视下，东方宁心将手中的金针一根一根刺入自己双腿的关节处。

天地规则不让她的双腿走，她就用这些金针来代替。她要让天地规则明白，只要天地规则不插手，哪怕是破碎不堪的东方宁心也能创造奇迹，也能拥有杀死创始之神的能力。

豆大的汗珠从东方宁心的脸上滑落，一滴一滴，很快就将四周的泥土浸湿。

创始之神就这样看着，如同深潭的眸子里闪着丝丝笑意，只是这笑怎么看怎么不怀好意……

他在想，雪天傲与执夙成婚的那一天，东方宁心会如何做？还能做到瓦全吗？

嘴角不自觉地上扬，创始之神突然很期待那一天的到来。

人生，第一次有了权力以外的盼头……

足足一个时辰，东方宁心朝自己的双腿刺入数百根金针，一根连一根，待到金针贯穿双腿，东方宁心召唤出凤剑，左手握剑，借着凤剑的力量，一点一点站了起来……

东方宁心每动一下，双腿里的金针就会战抖一下，针尖刺穿筋脉，这痛就是铁骨铮铮的男儿也承受不了，东方宁心却撑住了，而支撑她站起来的力量，就是雪少。

她虽弱，但她真的很想为儿子撑起一片天空。

终于，东方宁心站了起来，独自一人，傲立于天地之间。

"天地规则，我现在就杀了创始之神给你看！"金针刺骨，别说走了，就是每一个轻微的移动，对东方宁心来说，都是蚀骨的剧痛。

痛，痛得想要杀人，东方宁心却没有停下来，她脑中不停地想着雪少的样子，想着雪少天真烂漫的笑容，一步一步地朝创始之神走去。

每一步都走得无比艰难，每走一步，身下就会流下一摊血，每走一步都痛得像是死去一般，每走一步都想放弃，但东方宁心没有放弃。

距离越来越近，东方宁心的呼吸也越来越重，双眼的光芒也越发黯淡。创始之神与天地规则都明白，东方宁心撑不了多久。但两人更明白，东方宁心绝对能撑到走到创始之神面前，举剑杀了创始之神。

因为，这个女子有着不达目的誓不罢休的狠劲儿！

这个女子，有着为护儿子而不顾一切的狠劲儿！

东方宁心艰难地往前挪步，终于只差三步了，东方宁心再次抬腿，创始之神与天地规则却一前一后开口了："你赢了，东方宁心！"

"够了，东方宁心！"看着面前如同被血染了的东方宁心，看着她用金针支撑起来的双腿，创始之神承认，自己这一次真的服了。

不因天地规则，只因东方宁心这个人。

闭上眼睛，创始之神一脸郑重地说："东方宁心，我以创始之神之名发誓，永生永世，绝不动你儿子半分。"

没有半分的勉强，除了欣赏东方宁心以外，最大的原因就是，东方宁心这个女人把她儿子看得太重了，为了她儿子真能连命都不要。

如果他真的夺舍了她儿子，或者杀了她儿子，神界真的是没办法安宁了，一个有实力、有人脉、有狠劲的敌人，实在太恐怖了。

虽然注定为敌，但创始之神绝不愿意被东方宁心死缠，然后不死不休。他要做的事情太多了，不能因为一个孩子而被东方宁心拖住脚步。

一个孩子罢了，就算是神之子又如何，他不杀并不代表别人不能杀。

至于夺舍的身体吗？

他这样的人，怎么可能不做两手准备？东方宁心把他想得太简单了。

东方宁心停下脚步，抬头看着创始之神，长发粘在脖颈间，让她的呼吸越发困难，扯着一抹苍白的笑容，东方宁心眼中蓄着泪："是吗？可我现在更想杀你，怎么办？"

儿子，你看到没有，娘亲终于做到了，以后你再也不会有危险了！

"是吗？你动手吧。"创始之神不以为意地说，天地规则不会取东方宁心的命，会取他的命吗？

果然，天地规则出声打断："好了，东方宁心，你想要的已经得到，不要过分。"

"过分吗？我的儿子在中州还很危险，我的要求过分吗？五界的人到了中州，就是狼入羊群，中州的人根本没有招架之力。"东方宁心说完这句话，重重地跌坐在地。

双腿痛得就像不是自己的，如果不是为了儿子，她真的一步都无法踏出去。金针刺骨，这种痛只有尝过的人才能明白。

"好了，东方宁心，我明白你要的是什么，我准许你让一人去中州保护你儿子。"天地规则以施恩的口吻说道。

"多谢天地规则了。"一切在预料中，东方宁心动了动唇，并没有多少感谢的意思。

"挑一个，我送他去。"天地规则也不在意，东方宁心今天所得到的一切，都是她自己争取到的，他不会随意施舍。

"好，"东方宁心伸于指向昏迷不醒的凌子楚，"就他吧。"

凌子楚，去了中州，黑暗神殿的人就管不上你了。准神王，在中州应该没有对手。

"可以。"得到天地规则肯定的答复，东方宁心终于不再强撑。

咚的一声倒在地上，陷入了无边的黑暗之中。

光明神殿这么大的动静，怎么可能瞒得了世人。就算可以瞒住天下所有人，也瞒不了千叶与神魔，当创始之神使出同归于尽的招数，千叶与神魔就感应到了。

"光明神殿出事了？"千叶一脸不安，双眼看着光明神殿所在的方向。

"光明神殿？糟糕，不会是东方宁心和雪天傲吧？"神魔眼皮一跳。今天一整天他都心绪不宁，还以为自己在为魔界的事情担忧，不料有更大的事情发生了。

"除了他们，还有谁敢冲到光明神殿去。那里可不是黑暗神殿，那里有创始之神亲自坐镇。"千叶眼波流转，心中所想，谁也不知。

"笨蛋，两人不想活了吗？这么好玩的事情居然不叫我。"神魔快气死了，这么危险的事情，居然不事先和他说一下，不请他去帮忙。东方宁心和雪天傲也不想想，他们都是有孩子的人了，万一他们死在光明神殿，他们的儿子怎么办？

虽说，得到天地规则承认的神王传承者，不会轻易死去，但别忘了创始之神是什么人，他有的是办法，让东方宁心与雪天傲残留一口气，把两人弄成活死人。

千叶没好气地抬头看天，拉着神魔，转身就朝光明神殿的方向飞去："好了，别啰唆了，救人要紧，魔界的事情晚一步来办，我帮你……"

"你帮我？确定？"神魔一边凝气，一边看着千叶。

太阳从西边升起了，前一秒千叶还说去魔界是散心，绝不出手，没想到下一秒就改口了。

东方宁心，你的魅力真大呀。

十万年来，没有人能改变千叶的决定，而你甚至不需要开口，千叶就为你改变了原则。

"我万分确定，前提是宁心没事，不然的话……"千叶恶狠狠地看着天空，杀气十足。

"放心，东方宁心不是鲁莽之人。"神魔其实更想说，雪天傲不是鲁莽之人，但他不敢在千叶面前提"雪天傲"这三个字。

东方宁心不知道自己昏睡了多久，待到她醒来，发现自己处于一个陌生的房间里，房内只有她一个人。

东方宁心的第一反应就是起身，却发现自己的双腿没有一丝知觉。

"我的腿……"东方宁心的脸瞬间就白了，正想伸手查看，门吱呀一声打开。

"千叶？"东方宁心震惊不已，她怎么会在这里？千叶又怎么会出现？

她不是昏倒在光明神殿的岛屿上了吗？千叶救了她？其他人呢？

"宁心，你醒了？"千叶语气温和，脸上带笑，好似没有看到东方宁心眼中的震惊一般，只是黯然的神色，泄露了他此时的心情。

东方宁心面前的千叶，脸颊瘦削，身上的衣袍皱巴巴的，看上去很是疲倦，一点儿也没有平日的优雅与高贵。这样的千叶，东方宁心以前从不曾见过。

只见千叶站在离东方宁心床边一米外，不敢上前，只是默默地看着她，贪婪地将她的一举一动都烙在脑中。

东方宁心默默地垂首，避开千叶极力克制却依旧深情的眼神："千叶，我怎么会在这里？"雪天傲他们呢？他们怎么样了？

后面这一句，宁心没有问出口，千叶却从她担心的神情中猜到了。

低头将满腹苦涩咽下，千叶默默向前迈了一步，把手中的小碗放在东方宁心的床头，动作娴熟，看上去没有半丝违和感。

显然这不是第一次，而这世间能让千叶纡尊降贵照顾的人，除了东方宁心外，再也不会有第二个。

东方宁心心里酸酸的，能让五界之主都刮目相看的男人，却为自己执着了万年，为自己放下一身骄傲，可是造化弄人，他们终究有缘无分，相见不过是徒增伤感。

室内一片寂静，东方宁心与千叶都找不到话说，显得异常尴尬。

东方宁心想了想，还是决定主动问起，抬头，正好迎上千叶专注而深情的目光。千叶那双眸子中什么都没有，只有她东方宁心一人……

眼神相交，一眼万年，竟是谁也移不开眼。

"你……"

"你……"

待到回神，两人同时开口，又同时停住，接着又是一片寂静。

微不可闻地，千叶轻叹了口气，将满腹相思压下："宁心，药快冷了，先喝药。你腿上的伤很严重，这一次可要好好调养，不能留下隐患。"

东方宁心轻轻点头，默默地将碗中的药喝尽。

千叶定定地看着东方宁心，舍不得移开视线，专注的眼神就如同在看稀世珍宝，眼中的渴望让人心酸。

"宁心，你醒了，就要走了，是吗？"

"宁心，这一生，你都不会为我停留了吗？"

"创始之神告诉我，轮回万年，你是东方宁心，不是冰言，让我不要再执着。不再执着？说起来容易，做起来何其难也。"

"如果可以，我也不想执着，只要你幸福就好，可我无法控制自己的心，让它不去想你；我无法控制自己的眼，让它们不去看你。"

"宁心，你知道吗？你的名字已经植入我的骨血之中，将你的名字抹去，比杀了我还要痛苦。"

"宁心，你知道我有多么想你吗？你知道，当我赶到光明神殿，看到全身是血的你，我的心有多痛吗？"

"那一刻，我什么也不想，只想毁了这天地，毁了这捉弄我们的规则！"

"宁心，宁心……"千叶在心中，一遍又一遍地叫着东方宁心的名字，心被撕开，伤口流着血，千叶却听之任之。

只有这样，千叶才觉得自己还活着，而不是一具行尸走肉。

心痛得要死，千叶看东方宁心的眼神却一如既往地柔和，没有将心中的痛楚泄露半分。

他不想让宁心为难。

当的一声，东方宁心将空碗放在床边的小桌上，千叶也收回了自己的视线，将心中所想压下。不等东方宁心问，千叶便主动开口："宁心，你放心，这里是魔界，你在这里很安全，雪……那些人也没有事，他们伤得比你轻，早就醒了，三五天后就能下床了。"

千叶知道自己是小气的，小气到不想听东方宁心说出那个男人的名字，小气到自己也不愿意说出那个男人的名字。

"谢谢。"东方宁心诚心地说道，却不知这两个字，如同在千叶的伤口上撒盐。

"宁心，我们之间，需要这样吗？"

"千叶，我们只是陌生人。"东方宁心垂眸，不去看千叶。

"陌生人？宁心，你说我们是陌生人？"千叶如同失了魂一般，喃喃问道。

这世间，还有比"陌生人"更残忍的字眼吗？

宁心，你对我，真的就这么残忍吗？

"千叶，不要对我这么好，我受不起。"东方宁心低头，不去看千叶那副受伤的表情，双眼泛着雾气，看着自己缠了白布的十指。

白布缠在十指上总是会显得臃肿，同时亦不便，但她的手指却完全不受影响，白布如同第二层肌肤一般贴在十指上。

她知道这伤口是千叶替她包扎的，她还知道自己手上的白布，根本不是什么白布，而是玄兽魔蝶的茧。

玄兽魔蝶只存活在冥界，不要问她为什么知道，因为……

冰言的十指曾受过伤，千叶便深入冥界，替冰言寻来魔蝶之茧，为此险些死在冥界。

她知道千叶是心甘情愿为她做这些的，但她不能心安理得地接受。这样的她，置雪天傲于何地，置千叶于何地？

泪，顺着眼角滑落。这一刻，东方宁心觉得比面对天地规则还要累。

为什么她与千叶之间牵扯不断？

东方宁心将脸埋在双手间，默默地垂泪：雪天傲，我不想，一点也不想这样的。

对于千叶来说，这无疑又是一次凌迟。

"好了，宁心，你刚刚醒来，还不太清醒，先好好休息，我们以后再谈。"千叶飞快地说完，不待东方宁心回应，转身就消失在房内。

宁心，不要对我这么残忍，雪天傲是人，我也是人！

我也会痛！

"噗——"刚冲出去不到百米，千叶就感觉喉咙一甜，脚步一个踉跄，吐出一口紫黑色的血。

"千叶！"火红的衣袍飞闪，神魔连忙伸手将快要倒下的千叶扶住。

"我没事……"千叶稳住脚步，朝着神魔一笑，后退一步，拉开两人的距离。

千叶这人看似亲和，实则疏离，他这一生愿意亲近的人，只有冰言一个。

"没事？你这样还叫没事？你以为自己还是三天前的千叶？"神魔快气疯了，"你以为你是铁打的，你这个破身子，不要说我了，就是一个普通的天神，现在杀你也很简单。没事？还没事，你当自己是救世主吗。白泽选择的主人有治世之才，可没有救世之心。你们一个个的，能不能省省心，少添点乱？"

神魔毫不客气地在千叶肩膀上拍了一记，险些把千叶拍飞。

招摇的红，妖艳的脸，再加上一闪一闪的泪痣，神魔浑身散发着一股迫人的傲气。

最近雷厉风行地整顿着魔界，神魔一扫往常的慵懒与漫不经心，锋芒毕露、杀伐果断，一显当年的勇猛与闯劲。正因如此，神魔对千叶这种温暾默默付出的行为，更加不屑。

可惜千叶不领情，再次好脾气地拒绝了："我说了我没事，让开。"

"哼……没事是吗？"神魔一点也不客气，用三成的力道推了千叶一把。千叶完全没有招架的能力，踉跄后退，撞向背后的石柱。

"我的事与你无关，让开……"千叶惨白的脸上浮现一丝不正常的红晕，双眼闪着愤怒的火焰。

他是千叶，他有他的骄傲，他不想被人同情，也不想将自己的伤口摊在别人的面前。他只想找个地方默默地舔舐自己的伤口，然后以最完美的笑容出现在东方宁心面前。

他就只有这点要求，难道也不行吗？

"你当我想管你啊，要不是看在你实力高强、能在魔界帮我的分儿上，我才不管你呢。"神魔没好气地拉起千叶，也不管他是否愿意，半拖半拽地往前走去，"你现在给我少操点儿心，好好地养好自己的伤，伤好了再去找东方宁心把事情说清楚。你在背后默默为她付出又有什么用，东方宁心什么都不知道。"

"我不敢。"千叶的声音很低。

"不敢？"神魔不可思议地大吼，"你都有胆剑指苍穹，和天地规则交手了，怎么就没胆和东方宁心说，你为她做了多少呢？"

千叶没有说话，目光幽远地看着东方宁心住的院子，神魔气得不行："千叶，你做了就得说，你明白吗？你得告诉东方宁心，你为了她冲向光明神殿，挑战天地规则的权威，被天地规则打成重伤，又为她深入冥界，取得魔蝶之茧，中了幽冥之水的毒。

"你要告诉东方宁心，一路上你有无数次机会杀掉雪天傲，你却怕她伤心而忍住了。你要告诉东方宁心，你为了保护她儿子的安全，将你三分之二的力量派到了中州。你要告诉东方宁心，你仅余两成真气，却用这点儿真气替她救了雪天傲。你必须告诉东方宁心，她每天喝的药，都是你亲手去熬的，是用你的血熬的，你用自己的生命在救她。这些，你都必须告诉她，你——"

"够了，不要再说了。"千叶闭上眼，打断神魔的话。

"你当我想说啊，千叶，你现在要么告诉东方宁心，你为她所做的一切；要么你就果断放手，男人一点好不好？"

"神魔，我不想让她为难，我不想让她难过。她知道这些，除了愧疚难过，又有什么用？"千叶甩开神魔的手，擦去嘴角的血迹，踉跄地一步一步往前走。

向来优雅沉稳的脚步变得凌乱与虚浮，萧条的背影如同迟暮老人，清明的双眼泛起水雾。

男儿有泪不轻弹，只是未到伤心处。

"真是死脑筋。"神魔叹了口气，拂了拂被千叶弄皱的衣袖，追上千叶，再次说道，"千叶，既然你不想让东方宁心为难，那就别摆出这副痴情却得不到回报的样子，你难道不知道，东方宁心看到你这样，更难过吗？"

110

神魔气得直磨牙，要不是东方宁心的儿子是他徒弟，他才不管千叶、东方宁心和雪天傲之间谁死谁活、谁笑谁哭呢。

千叶脚步一顿，怔怔地看着神魔："真的吗？"原来宁心一看到他就难过。

"当然了，东方宁心绝不是无情之人，她明白你的苦，只是她注定了要辜负你。"太过理智的女人便是如此。她先遇到了雪天傲，先爱上了雪天傲，哪怕心中有你，也不会舍下雪天傲。

"可是，雪天傲是光明神王，注定了会辜负她。上一次雪天傲能为她止步于神者九阶，下一次呢？创始之神可是自信满满，雪天傲不是宁心的归宿。"千叶看着神魔，笃定地说道，正因如此，他才管不住自己走向东方宁心的脚步。

"那么，你现在去告诉东方宁心呀。"五界之主之间，自有一套规则，神魔可以管，但管得太宽了就会成为五界的敌人。

每个人都有自己的身不由己，有些话神魔不能说，但是千叶可以说。

千叶看着神魔，笑得奇苦无比："神魔，你这是要帮雪天傲？"

神魔很认真地摇头："不，我不是帮雪天傲，我是帮我徒弟的父亲。"

"这有什么不一样吗？"千叶冷笑，他极少冷笑，真正冷笑起来时，才让人发现他周身散发出来的寒意，丝毫不比雪天傲那座移动冰山弱。

神魔收起笑容，一本正经道："当然不一样了。雪天傲的生死我才不屑管，但我徒弟的事情，我不能不管。你也看到了，神之子的日子不好过，我徒弟需要强势的父母保护。"

雪少在中州遇到的危险，神魔知道了，他自责，更怪冥与琴然。这两个家伙只记得卿卿我我，害得他徒弟遇险。

"我也可以保护你徒弟，我会把他当成亲生儿子一般。"

"可是，小家伙不会认你。"神魔一脸的为难，要是小家伙和一般的孩子一样，他还担心这个干吗？

"不认我是他的事，与我无关。我可以保他一生无忧，雪天傲能给他的，我可以加倍给他。"千叶继续承诺，他有这个自信。

他越说，神魔的神情就越凝重，犹豫了半天，终于将心中的不安问了出来："千叶，你是认真的？真的选择和创始之神合作？"

"不，不是合作，只是各取所需罢了。我会替雪天傲扫平一切障碍，让他早日踏入天神境界，担负起属于光明神王的责任。"语毕，千叶不再看神魔，头也不回地离去。

"千叶，你别让自己后悔。"从光明神殿出来，神魔就一直很担心，担心千叶会答应创始之神的提议，一直想找机会和千叶谈，没想到……

千叶比他想象中的还要固执，根本不听劝。

"雪天傲注定会辜负东方宁心！"这话就如同魔咒一般，烙在雪天傲的脑海里，让雪天傲寝食难安。

短短半天，雪天傲将遇到东方宁心之后的所有事情都理了一遍。他承认，他当初的确是辜负了东方宁心一次，但也仅有那么一次，那些人凭什么如此笃定地说，他会辜负东方宁心？

千叶不看好他，他可以不当一回事，可是神魔呢？冥呢？这两人不寻常的表现，让雪天傲不得不在意。尤其是那天过后，千叶就消失在魔界，更是让雪天傲怀疑，千叶在暗中算计着什么。

从千叶与神魔的谈话中，雪天傲可以肯定，千叶与创始之神之间，达成了一个彼此都满意的协议。

几番思索无果后，雪天傲直接找上神魔询问：创始之神到底在他身上做了什么，以至于这些人一个个都不看好他。

神魔却顾左右而言他，一直没有给雪天傲明确的回答。

雪天傲本就不是一个有耐心的人，几次询问无果，直接堵住神魔，不给神魔避让的机会："神魔，你是打定主意，无论如何都不肯说，是吗？"

神魔可怜兮兮地看着雪天傲："不是我不说，而是有些事情不能说，我也要遵守规则。雪天傲，五界之主虽然风光无限，但是有得就有失，在得到至高无上的权势时，我们也要付出相应的代价。"

神魔真的快疯了，他怎么也没想到，雪天傲居然有如此缠人的一面，而男人一旦缠起人来，竟然比女人还恐怖。

最重要的是，雪天傲怎么会听到他和千叶的谈话呢？更恐怖的是，被人偷听了，他还不知道，他什么时候这么弱了？

雪天傲再强，也不过是神者九阶，哪儿有可能躲得过他和千叶的精神力？

但事实摆在面前，不容他不信。

雪天傲，你果然变态呀！

明明一群人当中，除了东方宁心外就数你伤得最重，你却最快醒来、最快恢复，而且在带伤的情况下，还能听到他和千叶的谈话，难怪能让天地规则为他们破例。

神魔嫉妒了，无与伦比地嫉妒。从来没有人能在天地规则面前争取到自己想要的，天地规则从不讲情面，只讲规则，只要他们没把对方弄死，天地规则就不会管五界纷争。

当年幽冥之水倾覆人间、荼毒生灵，天地规则也只是站在一边冷眼旁观，最后还是冰言牺牲了自己，才保住了人界。

这一次，东方宁心却让天地规则出手了，就为救他们的儿子。

神魔真不知道，到底是东方宁心与雪天傲的面子大，还是雪少的面子大。

因为，除了凌子楚外，千叶也将自己的人马一并派到中州，美其名曰保护神之子，而天地规则竟然同意了！

天地规则什么时候这么好说话了？神魔不禁在想，自己是不是也去逆天一次，探一探天地规则的底？但一想到天地规则的惩罚，神魔还是放弃了。

见雪天傲陷入沉思，神魔大大地松了口气，踮着脚、猫着腰，一点儿也没五界之主的威风，悄悄地往外溜。

走到门口，没有听到雪天傲跟来的声音，神魔拔腿就往外跑，刚跑出不到百米，就看到东方宁心迎面而来。

一袭白衣，素雅出尘，双腿的伤还没有完全养好，东方宁心不敢快走，莲步轻移的样子竟有说不出来的优雅与温婉。如同水墨山河中走出来的江南仕女，如莲如雪，让人移不开眼。

原来，东方宁心也有这么温婉的一面。神魔看痴了，而其看痴的后果就是……

"神魔，千叶呢？"东方宁心堵住神魔的去路，开门见山，落落大方。

五天前，她伤了千叶，千叶自那天之后就不见了。她不怕千叶伤心，但她怕千叶会失去理智，做出不该做的事。

神魔的头更痛了，怎么走了一个又来一个？

打起精神，神魔将心中的郁闷压下，露出让百花都失色的笑容："宁心，你找千叶？找他做什么？"

"向他道谢。"官方的答案，其他的就没有必要告诉神魔了。

"这样呀……你觉得救命之恩，一句谢谢就可以了？"如果是的话，神魔就真的为千叶不值了。

"不，救命之恩，自有救命之恩的报法。只不过我现在唯一能做的，就是向千叶说一句谢谢。"有恩必报，她不能欠千叶的情，更不能把千叶的牺牲视为理所当然。

神魔看着东方宁心，犹豫半晌，一脸严肃地说："宁心，既然这样，我能不能替千叶讨这份救命之恩？"

"嗯？"东方宁心看着神魔，一脸不解。

神魔却很肯定："我是认真的，丁叶也会同意。"

"你要替千叶讨什么？"神魔最近神神秘秘的，她总觉得神魔隐瞒了她什么，但神魔不说，她一点办法也没有。

"宁心，我要替千叶要的东西，很简单，就是记住我今日的话。"神魔的神色，前所未有地凝重，"宁心，有些事情是命中注定的，任何人都改变不了，有些人哪怕是做了什么，最多也只是加快事情的发展，根本没有能力改变什么，或者决定什么。"

"我记住了。"东方宁心心头一沉。果然，她的担忧成真了，千叶他……

"宁心，还有最后一句——就是，这天地间任何人都可能会伤害你，唯独千叶不会。"说完，神魔转身离去，却没发现雪天傲就站在暗处。

神魔，我是不是也在"任何人"当中？你们到底有什么不能告诉我的？雪天傲看着神魔的背影，心情沉重。

第十章
中州的雪少

中州。

凌子楚一直被黑暗神殿当作未来的神王培养，对中州这个地方了解得不少。他很清楚中州人与五界之人的差距，但亲眼看到天墨皇宫的惨状后，他才明白自己还是高估了中州的实力。

中州的人面对光明神殿的人，完全没有还手的能力。

当凌子楚出现时，整个天墨皇宫都在倾塌，无数的人被压在宫殿下，根本分不清谁是谁，更别提小主人在哪里了。

凌子楚没办法，只能冲入皇宫中，大喊："谁是墨泽？"

双眼扫视，看到一道明黄色的身影站了出来，凌子楚松了口气，知道自己找对了地方。

"朕便是墨泽，你是何人？"在侍卫的簇拥下，墨泽只有几处擦伤，只不过精神萎靡了些。

当他看到实力不凡的凌子楚，一时间也不知是敌是友，保持着三米的距离，谨慎地看着凌子楚。侍卫如临大敌，一个个将手放在刀柄上，握得死紧。

"凌子楚见过陛下。"凌子楚单膝跪了下去，凌子楚知道，面前这个男人是宁心神王的哥哥，无论他的实力如何，他的身份都当得起这个礼。

"凌子楚？你是什么人？"全场的人都呆愣了，这个明显真气高强的男人，居然跪在他们陛下面前，这是他们的救兵？

凌子楚不卑不亢："凌子楚，宁心神王的护卫，特来中州保护少主。"

"你，你是宁心派来保护她儿子的？"墨泽哽咽一声，脚步一软，眼前一黑，就这么倒了下去。

"皇上，皇上……"护卫们慌了，在现在这种情况下，墨泽就是他们的主心骨。

"真麻烦。"凌子楚嘀咕一声，身形一闪，冲上前去，在墨泽倒地前将他扶住，并且推给一边的侍卫，"护好你们的皇帝。"

声音不算威严，但别有气势，侍卫恭敬地接过："是，是，是！"

"你，你，你们把这里清理一下，把人都带出去。"凌子楚自然地接过大权，开始处理天墨的混乱。

"是。凌大人。"被点名的侍卫一扫先前的萎靡，像是打了鸡血一样，一个个干劲儿十足，飞快地穿梭在大殿中，开始救人。

雪天寂拖着断腿走出来，看到凌子楚，眉头微拧："你是东方宁心的人？"

追杀雪少的人刚走，宁心的人就来了，这是巧合吗？

"是，你是天傲神王的弟弟？"看到雪天寂出现，凌子楚大大地松了口气，终于来了一个可以问话的人。

他突然来到中州，两眼一抹黑，完全找不着方向，要是没有人指路，他要找到雪少可不是容易的事。

"对，我是雪天寂，你刚刚叫他天傲神王，看样子他在洪荒混得不错。"说到雪天傲，雪天寂的脸上有着自己也不知道的骄傲。哪怕嘴里说得再讨厌，他依旧以拥有雪天傲这样的哥哥为傲。

"很强。"凌子楚顺着雪天寂的话说道，同时亦在心中暗道：你也很强，虽然没有半点儿真气修为，但一身的气度和天傲神王不相上下，你这样的人去了五界也是五界的灾难。

雪天寂露出一个笑容："我一直都知道他很强，不过现在不是叙旧的时候。宁心的儿子由中州宁苏阁阁主公子苏护着，此刻正在前往魔焰谷的路上，我替你画一张简图，你按图去找就行了。"

雪天寂的话音刚落，就有机灵的护卫上前替他将纸笔备好。

雪天寂专心画图，凌子楚也不多说，眼神扫向不远处的废墟，眼中闪过一抹为难……

皇宫下埋了很多人，很多人还没有死，及时把人救出来，他们还有活路。但，要指望普通侍卫救人，被埋的人可能等不到了。

刚刚，他看到这个叫雪天寂的男人，出来的时候一直在看废墟，一脸焦急，明显有他担心的人被埋在里面。但这个男人却没有开口求他救人，而是催他赶紧去找雪少。

凌子楚感觉心中酸酸的，这种不求回报、只为对方着想的感情，他从不曾拥有过。

接过雪天寂画好的地图，凌子楚忍不住开口询问："什么人埋在下面，让你如此担心？"

"啊？"雪天寂先是一愣，随即道，"我的妻子，她有身孕。"

尼雅和他同命相连，尼雅要是出事了，他也会死。他活得好好的，就表示尼雅也没事，可即便如此，雪天寂依旧担心。

"我帮你。"三个字脱口而出，待到凌子楚反应过来，他才意识到自己说了什么。

"我什么时候这么好心了？"凌子楚不解地自问，东方宁心只要求他保护少主，没让他做别的，可是他……

"不用了，你救人要紧，这里我们可以自理。"雪天寂拒绝，并且再次催促道，"快去，追杀公子苏与雪少的人实力很强，我怕他们……"走不到魔焰谷。

要说担心，他更担心雪少与公子苏的安危，还有百万大军的安危，只是事到如今，担心也没用。

"不会耽误太久，于我不过是举手之劳。"凌子楚不接受拒绝，将手中的地图往怀中一塞，唤道，"饕餮，出来！"

一道龙吟响起，天地为之变色。

"龙？真龙现身了，天佑我天墨，上天保佑我天墨呀！"饕餮一现身，天墨的百姓就沸腾了。

"龙之子？我皇嫂的人果然不一般。"雪天寂赞赏地一笑，同时也暗暗松了口气。

能驯服龙之子的人，绝不是什么简单的人物，这种人物来中州，还站在他们这一边。

哼哼……月神殿的长老是吗？

欺我、凌我、辱我中州之人是吗？这笔账我们得好好算算。

"有事？"饕餮傲慢地一扫四周，根本就没有看到强人的敌人，凌子楚找它来干吗？

"饕餮，底下那人是天傲神王的弟弟，我想你应该没胆子违逆他的命令。"凌子楚一点儿也不客气。他的话饕餮不一定会听，东方宁心与雪天傲的话，饕餮却是不敢不从。

果然，饕餮一听，龙头一转，就匍匐在雪天寂的脚边："请天傲神王的弟弟吩咐。"

"多谢了。"雪天寂也不矫情，有饕餮在此，就算月神殿的人杀回来，他们也

117

不怕。

雪天寂初时对龙之子还有那么一点儿敬意，但看到饕餮谄媚的样子，雪天寂心中的最后一丝惶恐也没了，不客气地差遣起饕餮，让他将这些废墟扒开，开始救人。

饕餮特别听话，雪天寂叫它做什么，它就做什么，不知情的人还以为它是雪天寂的契约兽呢。

"真丢神兽的脸呀！"凌子楚懒得看饕餮摇头摆尾的谄媚样子，飞身朝魔焰谷赶去……

风刮得脸颊生痛，公子苏将怀中的雪少抱得紧紧的，生怕风伤了这如玉的孩子，更怕身后的人追上来。

"宝宝别怕，叔叔会保护你。"回头，看到身后越来越近的人，公子苏只能拼命凝聚真气加快速度，好将身后的人甩掉，或者早一点踏入魔焰谷。

但，来不及了，他的真气远远比不上对方，他的速度也远远比不上对方。第一次，公子苏觉得中州太大，魔焰谷太远了。

"宁心，你到底在哪里呀，我求你快点出现。我好怕，真的好怕保护不了你儿子。"公子苏越走心中越沉，脚步越发无力。

公子苏的速度很快，可他再快又能怎样，毕竟才刚踏入神者级别，再快也强不过对方。

"跑？我看你往哪里跑。"身后的人一扬手，一道真气击来，公子苏便笔直地栽了下来。

眼前一黑，哪怕公子苏再不愿意，也控制不了自己陷入黑暗之中，只能凭着本能将雪少抱紧。

"子苏叔叔……"雪少紧紧地拉着公子苏的衣领，双眼红得似血，偏偏一滴泪也不掉。他说过不哭，就绝对不会再落泪。

这个速度和高度，掉下去就算不被人杀死也会摔死。

不知是公子苏察觉到了危险，还是放心不下雪少，在坠落的过程中艰难地睁开双眸："乖宝宝，叔叔没事，叔叔会保护你的。"

公子苏狠狠地一咬舌头，舌尖传来的疼痛让他清醒了几分，在落地的前一秒，他勉强将体内四散的真气凝聚起来。

咔嚓一声，公子苏后背着地，发出骨头断裂的声音。

他一脸惨白，却连哼都没有哼一声，双手将雪少撑起，待到自己摔在地上，才把雪少按在怀里："宝宝，叔叔走不动了。"而魔焰谷还没有到。

公子苏将雪少放在身侧，看着从天空扑下来的身影，既痛苦又无力。

"子苏叔叔，以后宝宝背你走。"雪少怒视着半空中那杀气腾腾的人影，小手握得死紧，眼睛睁得大大的，他要看清楚这坏人的模样。

"东方宁心与雪天傲的儿子，果然胆识不凡。"月神殿长老赞了一句，但他手上的动作却没有慢下来，真气已凝聚成形，"可惜了，这么一个粉妆玉琢的孩子，却注定是早夭的命。"

"哼……"雪少冷哼一声，小小的身子绷得紧紧的，却倔强地不肯退缩。哪怕公子苏死命地拽着他，将他往身后拉，他也不肯动。

"神之子，就此终结吧！"月神殿的人手一扬，真气如同游龙，直朝雪少面门袭来。

"做梦！"公子苏吐出一口血，电光石火间，公子苏翻过身，将雪少护在身下。

"咔嚓，咔嚓……"骨头碎裂的声音很是刺耳。

"子苏叔叔，你答应过宝宝，不会留下宝宝一个人的。"雪少大叫，"爹，娘亲，宝宝讨厌你们了，一直不来，一直不来……宝宝要是死了，就再也不会说宝宝想你们了！"

雪少强压下死亡临近的恐惧，伸手想护住公子苏，却发现……他和子苏叔叔没事。

"他的确是在做梦。"冰冷的声音从身后传来，紧接着响起轰的一声，顿时火光四射。

咦？有人来了？雪少漂亮的睫毛一扇一扇的，湿漉漉的眼中满是喜悦，终于有人来了！

"凌子楚见过少主。"凌子楚上前，粗鲁地将昏死过去的公子苏踢开，把一身脏污的雪少抱了起来。

看到雪少的那一霎，凌子楚神情一柔，那双只懂得握剑杀人的手不由自主地伸向雪少的小脸，将他脸上的脏污擦净，动作轻柔得不像是凌子楚。

"少主，凌子楚来晚了，让少主受罪了，请少主责罚。"这一句话，是真心的。他来晚了，才让这个丁点儿大的孩子吃尽了苦头。

没有血色的脸、红肿的眼睛、嘶哑的嗓子、脏污的衣衫、无助的神情，如同一把利刃，一点一点剜着凌子楚的心，这么一个惹人怜爱的孩子，那些人怎么下得了手？

看了一眼脚下四散的血肉，凌子楚觉得自己刚刚下手太轻了。对付这样的人，就应该留他一口气，然后慢慢地折磨至死。

雪少摇了摇头，刚刚从死亡线上捡回一条命，他还有点儿不敢相信。

"总比不来的好，叔叔叫凌子楚？"雪少定下心神，第一件事情就是打量抱着自己的人。

很好，终于来了一个实力高强的。准神王，足以秒杀月神殿那十人。

"对，我叫凌子楚，是你娘亲的属下，我现在的责任就是保护少主，听从少主的吩咐。"凌子楚将自己的身份交代清楚，同时将东方宁心给他的令牌递给雪少。

那块令牌雪少认识，子苏叔叔刚刚也给了他一块，是宁苏阁的令牌。确定无误后，雪少一扫刚刚的无助，白胖的手指指向天墨的方向："我娘说，对待敌人要像严冬一样冷酷无情，现在我们就回天墨，血债要用血来偿，我要让他们明白，东方宁心与雪天傲的儿子，不是好惹的！"

小小的身子，瞬间爆发出无穷的力量，清澈的眸子跳动着杀戮的火焰，哪怕他现在还是一个孩子，气势也不弱半分。

东方宁心与雪天傲的儿子可不是小绵羊，不会任人欺负而不还手。

凌子楚没有任何犹豫，抱着雪少，拎着公子苏回到天墨皇宫。

当雪少三人再次出现在天墨皇城，倒塌的皇城在饕餮的协助下已全部清理完毕。众人看到雪少安全地出现，一个个高兴得大叫，一扫死伤惨重带来的阴影。

雪少什么都不用做，只是对着众人笑一笑，天大的烦恼也能放下。

除了雪老和雪族的人、十二护卫和战死的十万禁军，其他人都很好。墨家的人有众兵保护，香浩泽几个也比普通人强，只是受了点伤罢了。

最为严重的就是尼雅，皇宫倒塌时，她虽被香浩泽护住，却因为在密闭的空间里待得太久，缺氧而昏迷不醒。

如果是普通人，也不会太过严重，偏偏尼雅有身孕，要是一直醒不过来，肚子里的孩子就惨了。

就这么一会儿的工夫，雪天寂的鬓角就出现了白发。不过，看到雪少安然无恙，雪天寂还是露出了一抹笑容："你没事就好。"

雪少看着面前有三分像自己父亲的男人，想到自己和公子苏刚刚遇到的危险，一时间竟是有三分委屈："叔叔，对不起。"

"傻孩子，一家人说什么对不起，雪家怎么会有你这样的小傻瓜。"雪天寂伸手摸了摸雪少的头，眼中的宠溺半分不减。

"好了，一天下来，你也累了，叔叔让人抱你去休息。"今天的事情，别说雪少一个孩子，就是他这个大人也撑不住了。

"不，叔叔……我不睡，我把子苏叔叔交给你，我要去解决自己惹出来的麻烦，不能让那些坏人再杀人。"雪少一脸严肃，神情一点也不像个孩子。

"这些交给你凌叔叔办就好了。"雪天寂皱眉。他很清楚，如果雪少前去，看到的将是比天墨皇宫更加惨烈的死伤。

天耀和天墨边境，可是有数百万大军。

雪少却摇了摇头："叔叔，自己的仗要自己打，我不能让爹娘丢脸。"这是雪家男儿的傲气，与年龄无关。

"既然如此，我也就不再多说，你虽年幼，但我知你自有分寸。"雪天寂很干脆，指着趴在一边懒洋洋睡觉的饕餮说道，"凌子楚，你的龙之子再借我一段时间。天墨的高手死的死、伤的伤，万一有人再次来袭，我们完全没有招架的能力，有它在总能挡上一阵子。"

"无事。对付那些乌合之众，我一人足矣。"这倒不是凌子楚夸大，而是事实。

毕竟他是唯一一个由天地规则特赦，完全不用降低修为来到中州的人。

千叶手下的东夜一行人也到了，但他们得按规则办事，不然东夜一行人早就出现了。

确定天墨皇宫众人无事后，凌子楚与雪少半刻不停，往城外奔去。

至于去哪里，地方很好找，哪里血气重，哪里惨叫声响，他们就去哪里。

一路上，凌子楚根本没有把雪少当成普通的孩子对待，雪少虽然稚嫩却极其聪慧，对接下来会面对的事情，他早就有所知。

可是，有所知和真正看到却是完全不一样。当雪少坐在凌子楚的肩膀上，看着将士们堆成山的尸体，看着流成河的鲜血，眼眶再次泛红，险些哭出来。

看着一排排倒下的士兵，看着月神殿几个老家伙把中州的人当成宠物随意戏弄、折腾，雪少怒了："凌子楚，出手，给我留他们一口气。今日他们所做的一切，我要一一在他们身上百倍千倍地讨回来！"

这一声，也让月神殿的人发现了凌子楚与雪少。月大长老震惊不已，连忙收回真气，侧身看向声音来源处："东方宁心和雪天傲的儿子还没死？老七在干什么？"

这一停顿，让底下那些以为自己必死无疑的将士回过神来，他们抬头看到雪少，顿时又哭又叫："是雪少，是雪少，他来救我们了，他们没有抛下我们。"

"雪少，是雪少来了，我们有救了，我们有救了。"

雪少来了，他们就不会死得如此屈辱了！

雪少来了，他们就看到希望了！

雪少来了……

"哈哈哈，雪少？什么雪少，不过是一个乳臭未干的小毛孩罢了，你们居然奢望这个小毛孩救你们，真是天真。像你们这种愚忠之人，现在就是臣服，我光明神殿也不屑收留了。"月大长老嗤笑，神情傲慢，透着一股优越感。

可惜，月大长老的话，不仅没有打击到天耀、天墨和中州的人，反倒让这些人更加狂热："我们相信雪少！"这是天墨的士兵。

相信雪少，一如他们相信东方宁心，相信那个凭一己之力挽救了整个天墨的奇女子。

"我们宁愿死在这里，也不会屈服于你们，天耀只有战死的兵，没有苟且偷生的兵。"这是天耀的士兵，雪家男人带出来的兵，和雪家男人一样，傲气到让人害怕。

"我们愿为雪少而死。"这是中州人，一腔热血、一股豪情，只为知己者死。

如果说，之前他们护卫雪少，是因为雪少是东方宁心与雪天傲的儿子。这一刻，他们就真是因为雪少这个人了。雪少的出现，让他们明白，哪怕雪少是个未满周岁的孩子，但雪少知道他们的付出，雪少没有忘记他们，雪少值得他们抛头颅、洒热血。

近百万人炽热而信任的目光，让雪少又是酸涩、又是自豪。

爹、娘，我终于明白你们在中州的威信有多高了，看到这些人不问缘由、不问结果地为我付出，我以身为你们的儿子为傲。如果不是你们，我对于这些人来说，只是一个陌生的孩子，哪怕我就此被人烹煮，也不会有人出手。

正因为我是你们的孩子，所以这些人舍不得让我受半点儿委屈、受一点伤害。

鼻子直泛酸，雪少想大声告诉众人，让他们放心，他绝不会辱没了东方宁心与雪天傲的名字；让他们放心，从这一刻起，换他雪少来保护众人。话到嘴边才发现嗓子哑了，根本说不出话来，只能求助于凌子楚。

凌子楚点头，如同死水般的眸子里荡漾着激动的光芒。来到中州，他才明白他当初的选择是何等正确，东方宁心与雪天傲在高手如云的五界之中，都能呼风唤雨，更别说中州了。

凌子楚小心翼翼地将雪少放在自己的肩膀上，凌厉而带着锋芒的眼神扫向月神殿仅剩的九人。

准神王的威力，从凌子楚身上散发出来，将月大长老到嘴边的话给逼了回去，也将月大长老刚刚凝聚的真气给逼散了。

中州的人不明白凌子楚有多强大，月神殿的人却很清楚。

"你到底是谁？"以月大长老为首的月神殿九人，一个个脸色惨白，不敢相信地看着凌子楚。

这样的人物，怎么会来到中州？来之前他是什么级别？神王吗？没听说中州有这么一个神王。

凌子楚冷笑一声，没有回答，而是用自身强大的真气给众人施压，为雪少造势。

一瞬间，全场寂静，雪少居高临下，尽显皇者威严。

凌子楚满意地点了点头，在五界那种地方生存，他很清楚气场的重要性，只有镇得住场面，你才有优势。

待到凌子楚认为差不多时，才缓缓开口："我是雪少的护卫，雪少有话和大家说。"

雪少并不惊讶，坐在凌子楚的肩膀上，小小的身子挺得笔直，那副严肃、威严的样子，真没办法把他和只会哭哭啼啼的小孩子相提并论。

暖暖的真气流入体内，凌子楚不愧为最佳的护卫，充分顾全了主子的面子，雪少在心中默默地点头：娘亲派来的人，果然不凡！

看着底下狂热的众人，雪少扬声说道："我以东方宁心和雪天傲之子的名义发誓，今日的血仇我定会加倍讨回。为纪念为我而死去的众将士，从今天起，我便姓雪，名少。他们是为雪少而死，你们是为雪少而战，雪少也因你们而生。"

一个字一个字，咬得特别清晰，虽然依旧脱不了奶声奶气，却自有一番威严。

扑通！不知道谁带头跪了下去，越来越多的人跟着跪了下去，连死都不惧的铁血男儿，这一刻只为他们心中的"骄傲"所跪。全场除了月神殿九人和凌子楚、雪少外，再无一个站着的人。

"甘为雪少而死。"众人异口同声，呼声响彻云霄。

有什么比自己的付出，得到认可更值得高兴的？

他们不知道雪少的名字，在死亡临近时，他们只是本能地喊着"雪少"而已，雪少却因他们一句话，就将关乎自己一生的名字定了下来。

"雪少"只是众人对雪少的一个尊称，雪少今天却郑重地以这个尊称为自己命名。从此，"雪少"二字是独一无二的，这世间别的人都没有资格叫"雪少"。

月神殿的人看着雪少轻易就将中州的人收服了，气得全身直战抖。

"好好好，果然是东方宁心与雪天傲的儿子，权谋之术用得炉火纯青。"他们又是打又是杀的，也没让这群人臣服，雪天傲的儿子只凭几句话，就轻易收服了这些人，简直是在打他们的脸。

月大长老命身后的八人将这些将士全部杀了："动手！"

凌子楚与雪少早有防备。雪少看着月神殿的九人，冷酷地说道："凌子楚，留活口。"

雪少的话音未落，一行黑衣人突然出现，人还未到，强大的杀气与威压便到了，逼得月大长老他们根本无法动弹。

尤其是带头人，远在千米之外，便朝着月大长老出手。

轰……众人只见一阵火光闪过，高高在上，瞬间就能取他们性命的月大长老从半空掉了下来，咚的一声摔倒在地。

"噗——"血喷了一地，月大长老全身都无法动弹，偏偏就是没死。

众人惊讶，这时才明白，所谓的高手，遇到比他更强的人，也不过如此。

这时，出手的人走近。

"果然是你，东夜大人。"来人一出手，凌子楚就知道是谁了。毕竟，在中州这个小地方，能让月大长老伤而不死的，算来算去也就那么几人。

不过，凌子楚一点也不高兴，东夜抢了他的活，害他损失了一个在雪少面前表现的机会。

"子楚，你的实力又见长了。"东夜淡淡一笑，笑得温润如玉，脸上半点歉意也没有。

他现在和凌子楚干着一样的活儿，凌子楚已经救了雪少一次，他要是再不出现，等到千叶大人知道，可不会认为他这是谦让，只会认为他没有能力。

无视凌子楚眼中的排斥和中州众人的膜拜，东夜上下打量着雪少，点头道："果然很不一般，东方宁心的儿子，确非凡人。"难怪能让大人不顾你是雪天傲之子，派我前来协助，甚至带来了生命种子，以防万一救你一命。

东方宁心呀东方宁心，你永远都不知道大人为你做了多少，你永远都不知道大人为你牺牲了多少。

你以为天地规则很强大吗？只要大人愿意，这十万年的时间，大人足以成为第二个天地规则，可大人为了你，蹉跎半生。

就如同他那个傻弟弟一般，放着好好的黑暗神王不当，半生流离、半生颠沛，只为一个叫琴然的人。

东夜在心中暗暗叹了口气，将所有的不解压下，对身后赶来的人扬了扬手："把这些人都解决了，记住雪少的话，留活口！"

月神殿的人强，东夜的人比他们更强，不过百招内，刚刚还耀武扬威的人，瞬间沦为阶下囚。很快，月神殿九人便如同死狗一般排成一排，躺在地上，除了眼睛外，再也没有其他地方可以动了。

月神殿的人到来，对于中州人来说是天大的灾难，但对东夜和凌子楚等人来说，不过是挥手间就能解决的事。

中州众人看得眼也不眨，这个时候他们才明白自己有多么弱，这个时候他们才明白，什么叫"天外有天，人外有人"。

高手，绝对是高手，中州众人齐刷刷、火辣辣地看着东夜。没办法，凌子楚虽然强，但他们没有看到凌子楚出手，东夜可是真正出手了的，而且一出手就雷厉风行。

接下来的情况，则让他们更加狂热，这个在他们眼中强大无比、扬手就解决了他们最大敌人的东夜，居然恭敬地朝雪少请示："雪少，这些人如何处理？"

全场哗然，众人惊讶得嘴都合不拢了。这般高手，在雪少面前都不敢摆架子，由此可见雪少是何等的尊贵？

其实，东夜根本拉不下面子，对雪少这么一个小毛孩行礼。但想到来之前千叶大人叮嘱过，要把雪少当成少主来对待，绝对不可以有半丝怠慢，东夜只好忍了。

雪少也是一愣，盯着东夜看了半晌，他虽然不懂东夜为何突然这般恭敬，但是明白这人并不是真心的。

雪少虽然聪慧，但他的世界很小，小到只有单纯的黑与白，对他好或不好。东夜复杂的心思，他不懂，也不想懂。

就在雪少疑惑间，凌子楚小声解释道："雪少，这人你可以放心地用，他也是来保护你的。"

至于是谁派来的，凌子楚并没有说。他总不能告诉雪少，东夜的主子是你父亲的情敌、是想和你爹抢你娘的人吧？

雪少再聪明也是一个孩子，这种事情还是不要太早知道的好。

雪少点了点头，镇定自若地朝东夜点了点头，表示感激后，便将月神殿九人交给了底下的将士，让他们把人带到天墨皇宫去。

最有资格处置这九人的，在天墨。

"是。"众将士神采飞扬，齐齐领命。

月神殿高高在上的九大长老，瞬间被绑成粽子，嘴里塞着他们自己的臭袜子，捆绑时当然少不了拳打脚踢。

这些人都是老兵油子，很清楚打哪里会痛又不会死，再加上这九人有强大的真气护体，体魄也比一般人强悍，哪怕在场的近百万人，一人打上一拳他们也死不了。

有时候，死不了，也是一种罪！

"呜呜呜……"耳边传来九人如同野兽死前的低鸣，雪少淡淡地看了一眼九个不成人形、还有一口气的家伙，眼中没有半丝同情。

敢伤保护他的人，下场绝对好不了，只可惜，赤族的人跑了，虽说赤族的人没有动手，但也是帮凶，这笔账他会记着。

"雪少果然有乃父之风。"东夜啧啧称奇。

没有缘由，雪少对东夜就是没有好感，听到东夜的话，很不给面子道："你明白就好，得罪了我，你的下场会比他们更惨。"

小手紧握成拳，双眼坚定如铁，明明还是个糯米团子，那气势竟让全场的人连大气都不敢喘一下。

就是见惯了风浪的东夜，也被雪少凌厉的眼神，和眼中不同于常人的狠厉给骇住了，连忙后退一步，道："放心，我不敢。"

我要是得罪了你，千叶大人第一个不放我，千叶大人还在为当年下令杀东方宁心而自责呢，而很不幸，他就是当年执行这个命令的人。

因这事，千叶大人每次看到他都会皱眉，以至于受不了千叶冷暴力的东夜，不得不自请前来中州保护雪少。

"哼，最好如此。"雪少警告地看了一眼东夜，便不再理会这人，侧身朝着众将士挥了挥手，示意众人散去。

"雪少有令，整理战场，大军原路返回。"凌子楚尽职地将雪少的话传达出去。

"遵令。"半个时辰后，战场清理完毕，由中州高手负责押解月神殿的人，其余将士则朝边境赶去。

这一天，注定被载入史册，这些人，也将在史册中留名。

雪少在中州一出现，便以如此惊人的方式，让所有人都记住了这个粉雕玉琢的孩子，也让中州的人明白，雪少是天之骄子，在中州无人能掠其锋芒。

甚至更有人言，天下光芒共十分，雪少一人独占七分，其父母各得一分，其余人共分剩下的一分！

由此可见，在中州人心中，雪少是何等崇高的存在。可就是这么一个威风凛凛的人物，在将士们走后，很没形象地往凌子楚的怀里一歪："困，宝宝要睡。"

奶声奶气不说，还伸出小手揉了揉眼睛，迷迷糊糊地看着凌子楚，那样子要多可爱就有多可爱。

凌子楚被怀中的小人儿萌得心都化了，雪少却毫不知情，打了个哈欠，小嘴吧唧了两下，就窝在凌子楚的怀里睡着了。

"这……"凌子楚满头黑线，看着怀中的小人儿，一动也不敢动。

他是来保护少主的，不是来当奶娘的，他不知道怎么抱一个熟睡中的孩子。

雪少不动，凌子楚更是不敢动弹分毫，两只手僵硬地保持着原来的姿势，生怕自己一动，怀中的人就会醒来。

雪少像是察觉到了凌子楚的辛苦，脸上露出一抹灿烂的笑容，算是慰劳凌子楚的辛苦。

看到雪少毫不设防的纯真笑脸，凌子楚整个人都柔和下来，眼中有着自己也不知道的宠溺与怜爱。

凌子楚小心翼翼地腾出一只手，将自己身上的衣服解开，裹在雪少的身上，同时不自觉地将双臂调整到最适合雪少睡的位置。

要是君无量和倾似也看到这一幕，一定会猛揉眼睛，不敢相信自己看到的。东方宁心用龙之子饕餮都无法收服的凌子楚，居然被雪少的一个笑容给收服了，天理何在呀！

君无量和倾似也不在，但东夜在呀。东夜一回头，就看到凌子楚这么奶娘的一幕，惊得连说话都不利索了："那……那个，我说子楚，这太阳是打西边出来了吗？你这个只会杀人的家伙，居然还有这样的一面，这让黑暗神殿的那些家伙看到，不得吓死。"

"闭嘴，别吵醒雪少，他累了。"凌子楚压低声音训了一句，一点也没有之前的敬意。

随即低头，一脸心疼地看着雪少。

人的感情很奇怪，他之前并不觉得雪少有多么惹人心疼，但一旦将这人放在心中，就会痛其所痛。看到雪少红肿的双眼、没有血色的脸庞，凌子楚恨不得把创始之神和光明神殿的人全部凌迟处死。

"我……"东夜一脸受伤，他竟然不如一个孩子？

凌子楚连个白眼也懒得给东夜，小心翼翼地将雪少抱好，再三确定不会摔着他后，这才冷着一张脸道："东夜大人要是很闲，就去帮雪少在中州训练一支护卫队，顺便指点一下这些人，中州这些人太弱了。"

说完，抱着小主子转身就走，留下东夜一个人站在原地吹寒风。

好半晌，东夜才从这个打击中回过神来，仰天道："我是来中州干吗的？我生来就是被东方宁心母子二人欺负的吗？"

身后的人一脸沉默，低着头闷笑不已。

中州，真是一个好地方！

雪少在中州威风八面，东方宁心与雪天傲却在魔界担忧不已。除了担心雪少的安危，两人更多的是担心千叶的事情。

千叶的事情，东方宁心和雪天傲都默契地没有和对方说。只不过经此一事，雪天傲多了分防备，脑海中总是不由自主地浮现出神魔与千叶对话的情景。

那句"雪天傲注定辜负东方宁心"更是如同魔咒一般烙在他的脑海，怎么也无法消除。

东方宁心同样是愁眉不展，神魔的话让她明白，千叶一定在做什么，而千叶所做的事情，总有人会受伤，不是她便是雪天傲。

两人都满腹心事，身上的伤养起来也就没那么快了。直到十天后，神魔带来雪少在中州如何立威的消息，东方宁心与雪天傲的脸上才露出久违的笑容。

幸亏两地的消息传递不是那么及时与准确，神魔带来的只有雪少在中州威风十足、如何大杀光明神殿傲气的消息，要是雪天傲与东方宁心知道，雪老和十二亲卫为护雪少而死，不知道会有多伤心。

雪少安然无恙，并且得到中州人爱戴的消息，扫除了众人窝在屋子里养伤的憋闷，神魔更是得意地哈哈大笑："我教出来的徒弟果然不一般，光明神殿那些人渣，这下知道我徒弟的厉害了吧？看他们日后还敢不敢欺负我徒弟！"

饶是内敛冷情如雪天傲，听到雪少在中州的所作所为，也是一脸的骄傲，毫不谦虚地说："我儿当如是。"

"有子如此，此生足矣。"东方宁心也笑了，笑得温婉动人，不经意间流露出来的风情，尽显为人母的慈爱，与雪天傲四目相对时，眼中的柔情让雪天傲看得痴了，心中的不安也少了几分。

两人就这样看着彼此，一屋子的喧闹，似乎都与他们无关。

神魔、小神龙、君无量和倾似也看到这个情况，无奈地一笑，很自觉地走了出去，把空间留给这对夫妻。

刚出门就遇到前来辞行的李漠远，不待李漠远开口，君无量和倾似也就把人给架走了。

"喂，我说你们干吗？"李漠远一脸不解，正准备出手挥开这二人，神魔却开口道："走走走，有事明天再说，人家夫妻有话说。"

"不……"李漠远脸色一黯，想要冲上前去，却被无涯与小神龙挡住了："走吧，命里有时终须有，命里无时莫强求。"

说完，也不给李漠远机会，一左一右拖着人就走。

"我……"李漠远有再多的不甘，也没机会说了。

众人都走后，站在回廊处的千叶才走了出来，看着紧闭的房门，神色落寞。

他来告诉东方宁心，她儿子在中州无恙的消息，可是，他又慢了一步……

第十一章
灭天弩的诅咒

半个月后，东方宁心一行人将洪荒的事情安排好了，确定魔界重新归神魔掌控，便出发前往冰川丛林，替倾似也找银月雪龙狼的血，好把他脸上的伤治好。

原本倾似也和君无量说自己去就行了，毕竟洪荒还有一堆事情等着东方宁心与雪天傲处理，再加上光明神殿的威胁还没有彻底解除，这个时候离开风险很大。

东方宁心与雪天傲想想也同意了，银月雪龙狼虽有神圣银龙的血脉，但实力没法和神龙相提并论，以两人的实力完全可以摆平，但临行前，神魔却说出一件让他们不得不去冰川丛林的事情。

"冰川丛林？好像传说中的灭天弩就遗落在那里。据传三皇中有一人就死在灭天弩之下。不过冰川丛林那个地方太过复杂，神兽与玄兽众多，而且个个儿狼厉善战，每年都有不少高手死在里。"

"灭天弩？能射杀三皇？"这么重要的消息，东方宁心与雪天傲怎么能不震惊。这东西他们连听都没有听过。

听这神器的名字就霸道无比，这把神器绝对不同寻常。这样的一把神器，是人就想要吧，神魔这个时候说给他们听是什么意思？

东方宁心与雪天傲眉头微皱，一脸的疑惑。

无视众人的不解，神魔慢悠悠地掬了一口茶，发现没人追问，这才说道："灭天弩是五界第一神器，虽然一直没有人见过，但可以肯定灭天弩绝对比冥的诸神剑强大。诸神剑可以秒杀天神高手，冥就是仗着诸神剑才不将黑暗神殿放在眼里的。不过，召唤诸神剑比较麻烦，灭天弩就不一样了，只要灭天弩在，拿箭射就行，完全不需要召唤神器。同等实力下，你可以越一级挑战，天神完全可以凭借灭天弩射杀准神王。有灭天弩在手，一个普通的天神也能拥有与神王叫板的力量，你说这是不是个好东西？"

"这么强的神器，怎么就没有人去冰川丛林寻找呢？我们在五界待了这么久都没听说过。"东方宁心直言心中的不解。

"问得好。为什么没有人去找呢？原因很简单，灭天弩只存在于传说中，迄今为止还没有活人见过它。至于另一个没人去找的原因嘛，就是……"神魔略一停顿，视线落在雪天傲的龙戒上，忽闪忽闪的桃花眼中露出一抹坏笑。

"和神圣巨龙有关？"雪天傲看着手中的龙戒，心头一沉。不会是他想的那样吧？如果是的话，那还真是难以选择。

神魔一脸得意地说："没错，就是你猜的那样。灭天弩是神器，必须封印器魂才能使用，只是灭神弩比较有个性，它只认神圣巨龙的灵魂，所以只有神圣巨龙的灵魂才能驱动灭天弩。"

"灭天弩里原本有器魂，但不知为何，器魂突然消失了。有人说是三皇死前将灭神弩中的器魂给毁了，也有人说是神器的主人死了，器魂也殉主了。毕竟，能让神圣巨龙的灵魂甘心封印的，绝对不是普通人，灭天弩的器魂追随主人而死也无可厚非。反正不管何种原因，就是找到了灭天弩，也要封印神圣巨龙的灵魂才行。"神魔说完，幸灾乐祸地看着雪天傲的龙戒。可怜的亚诺，估计是他们六人当中下场最惨的一个，死了都不得安宁。

东方宁心与雪天傲看着神魔得意的样子，一脸的无语。神魔说出灭天弩的事，难道只是为了整治亚诺？

随即两人摇了摇头，神魔不会这么无聊，要是这样的话，神魔早就说了。

不约而同地，两人想到了千叶。也许神魔担心千叶会做出什么，所以才会把这种可能性不大的事情说出来。

想到千叶，东方宁心与雪天傲不约而同地叹了口气。

秦羿风见东方宁心与雪天傲不吭声，以为他们不好开口，主动问道："这么说来，我们就是找到灭天弩也用不了？除了封印器魂，还有别的办法吗？"

神魔扫了秦羿风一眼，对秦羿风越发满意了。这个男人，值得雪天傲把他当兄弟。

凡事处处以这二人为先，什么事首先就考虑这二人的利益，一生能有这样一个朋友，东方宁心和雪天傲赚大发了。

神魔欣慰地拍拍秦羿风的肩膀："羿风，这你就不用担心了，对别人来说肯定不能用。所以灭天弩也就一直成了传说，毕竟这世间没有人能将神圣巨龙的灵魂封印在灭天弩中。更何况就算有这个能耐，天地规则也不会允许。但是东方宁心与雪天傲却很有可能做到，因为他们拥有最重要的资源。"

"最重要的资源？"秦羿风一脸不解，他并不知道亚诺的存在。

神魔很好心地指着雪天傲的龙戒说道："那里面有神圣巨龙的灵魂。"

神魔一脸嘚瑟，笑得春光明媚：亚诺，你恐怕做梦也想不到，我知道灭天弩的下落吧？

"天傲，此言属实？"秦羿风双眼一亮，如果真是这样，天傲何须担心千叶比他强？

雪天傲点了点头："没错，神圣巨龙亚诺的灵魂的确在这指环中，但是——"

雪天傲的话还没有说完，神魔就一脸不高兴地说道："但是什么呀，亚诺不是受伤了吗？趁它伤，要它命，找到灭天弩后，直接封印它就好了。"

雪天傲白了神魔一眼，对秦羿风解释道："我和东方宁心早就答应给神圣巨龙亚诺铸炼身躯了。一路上它帮了我们颇多，背信弃义、以怨报德这种事，我雪天傲可做不来。灭天弩我和东方宁心自会去找，至于亚诺愿不愿意被封印，则由亚诺自己决定。"

"会有神兽自愿被封印吗？更别说神圣巨龙了。"秦羿风一脸失望地说，"天傲，你什么时候变得这么善良了？你不是向来只问结果不问过程的吗？你不是一直认为，只要能达到目的，有所牺牲也在所难免吗？神圣巨龙亚诺又不是我们的什么人。天傲，你想清楚了，那可是灭天弩，是五界的第一神器！"

"羿风，传说中的灭天弩存不存在还是一个问题，现在谈这个太早了，一切等我们找到灭天弩再说。更何况，就算封印了神圣巨龙的灵魂又如何？这种极品的神器，能配得上他的箭肯定也不凡。神魔，灭天弩用什么箭？"雪天傲问起神魔刻意忽略的问题，也是最重要的问题。

弩这种兵器雪天傲不陌生，中州战场上大多都用。好的弩要配好的箭，这一点雪天傲比谁都清楚。神魔一直不提这个问题，就表示这个问题也是相当棘手。

神魔脸上的笑容突然僵住，起初他怎么也不肯说，后来实在拗不过，才不情愿地说："其实也没有多特别，不就是用万年龙骨铸造的箭嘛。毕竟神圣巨龙是很骄傲的，东西差了也配不上它。"

"这还叫不特别吗？你当龙骨是人骨呢，随便就能捡到，还要万年的？"东方宁心那叫一个气闷，神魔也太不靠谱了，这种坑爹的神器也好意思让他们去找，找到也用不了呀。

神魔一看东方宁心与雪天傲郁闷了，瞬间心情大好，卖力地劝道："对别人来说很难，对你们来说很容易呀，要龙骨直接找小神龙要就行了，要多少有多少。龙族圣地那鬼地方什么都不多，就是龙骨最多，几千万年的收藏呀，啧啧，随便从指缝里漏一点，都够你把五界之主全部灭了。"

"至于将龙骨铸造成箭，对于别人来说是难事，对东方宁心来说却是小事一桩。这世间就没有天火铸造不了的东西，有天火在，在炼丹和炼器方面，你是无敌的存在。"

"龙族很重视它们的遗骸，龙骨不是想要就能得到的。"东方宁心没好气地白了神魔一眼。这人真当龙岛是她东方宁心的家、龙族圣地是她家的后花园吗，龙族圣地想进就进，龙骨说拿就拿？

"龙族族长有特权，再说了，那条神圣银龙不是你的契约兽吗，你要龙骨，它肯定会给。"神魔丝毫不认为这是问题，东方宁心与雪天傲连天地规则都敢得罪，还有什么是他们做不到的？

"再说一次，小神龙不是我的契约兽，我和他的契约关系已经解除了，他现在是龙族的族长，地位和你一样。"东方宁心很认真地纠正道。

"东方宁心，灭天弩可是好东西。"神魔气急败坏地说。他明明是为了东方宁心好，东方宁心怎么就不明白呢？！

"我知道，但是这种奢侈的神器我们用不起，不找也罢。"东方宁心不愿拿这事去麻烦小神龙。小神龙这个族长太年轻了，龙族不服他的人不少，她不能再给小神龙添乱。

神魔气得直磨牙，敢情他说了这么一大堆，纯粹就是白搭。要不是为了他徒弟的幸福人生，打死他也不会将灭天弩这种变态的神器说出来。

灭天弩是一把神器，同时也是一把魔器。灭天弩有一个很恶毒的魔咒，只要它一旦现世，必有大祸，至少会有一个站在世间巅峰的强者成为箭下亡魂，以祭祀灭天弩的现身。

这把神器，是天地规则也管不了的东西。也就是说，如果东方宁心与雪天傲用灭天弩去杀创始之神，天地规则就算不同意，也只能眼睁睁地看着灭天弩将他精心栽培的人斩杀。

创始之神不会是第一个，也不会是最后一个。

灭天弩不止一次挑战过天地规则的威严，正因如此，灭天弩的消息才被瞒得极紧，天地规则根本不想让人知道灭天弩的存在。

神魔很早就知道了灭天弩的消息，却从来没有想过打灭天弩的主意，毕竟这东西不是一般人可以用的。如果不是因为最近发生的事情太多，他也不会将灭天弩的消息告诉东方宁心与雪天傲。

神魔无法逼东方宁心与雪天傲去寻灭天弩，只能以冰川丛林危险重重为由，逼东方宁心与雪天傲陪同倾似也一同前往。

至于能不能找到传说中的灭天弩，这个神魔并不担心。灭天弩虽是传说，但神魔百分百肯定，那东西的确存在，只不过千万年来一直没有现世罢了。

人寻神器，神器亦寻主。如果灭天弩现世，能得到它的人除了东方宁心与雪天傲外，再也不会有其他人。

这两人和灭天弩本质上是一样的，都有逆天的决心与勇气。

只要东方宁心与雪天傲到了冰川丛林，神魔有六成的把握，这两人能找到灭天弩，或者说被灭天弩找到。

至于能不能得到灭天弩，就要看天地规则与灭天弩之间的较量了。

无视东方宁心与雪天傲的意见，神魔大手一挥，就此决定了东方宁心去冰川丛林的事，至于结果如何，那就尽人事、听天命吧。

拿到灭天弩，就去把创始之神给灭了，没拿到就当灭天弩不存在，反正东方宁心与雪天傲去一趟冰川丛林也不亏。

秦羿风、君无量和倾似也都还没有契约兽，一般的玄兽这三人也看不上眼。在冰川丛林，也许能找到合他们心意的契约兽，毕竟那个地方有很多攻击属性很诡异的玄兽。

神魔想得美，却不知他这一出可把无涯给害苦了。秦羿风走了，大汉帝国交给谁管呀？

小皇帝虽然能干，毕竟年纪太小了。尤其是李漠远现在得到了东方宁心与雪天傲的承诺，可以在大汉帝国的城池建立属于人界的力量。如果没有一个强势的人坐镇，等他们从冰川丛林回来时，大汉帝国十有八九已经易主。

"我怎么办？我不要留在大汉帝国，太坑人了。"无涯从椅子上弹了起来，冲到神魔身边，一脸怨念，"为什么你给他们都找到了非去冰川丛林不可的理由，就不给我也找一个理由呢？"

他的性子，真的不适合待在帝国，那种地方只会将他的傲气与锐气磨光，待久了他都怀疑自己会变成另一个人。

东方宁心与雪天傲慢腾腾地走到大门口，听到无涯的声音，如同早有预料一般，淡定地停了下来，转身看着无涯，一脸的鄙夷："无涯，你能不能拿出战神宫宫主的威风。"

"不能！宁心，我也要去冰川丛林。"无涯可怜巴巴地看着东方宁心与雪天傲一行人，一副被人抛弃的样子。

东方宁心暗笑一声，面上却一脸严肃："既然要去，还站在这里干吗？"

"啊？什么？我可以去？"无涯双眼放光，松开神魔的手，一溜烟地跑到东方宁心与雪天傲的身边，"宁心，我真的烦透了那些政务，你一定要带我去冰川丛林，不能把我抛下。"

"当然没骗你，我本来就打算让你去冰川丛林的。"东方宁心的眼中有着淡淡的歉意，她明知无涯最不耐烦那些事，却逼得无涯不得不去坐镇大汉帝国。

无涯虽然一战成名，但东方宁心明白，这并不是无涯想要的。

"啊……真的？太好了，太好了，我终于自由了！"无涯高兴地大叫，可没乐和多久，无涯又郁闷了，"大汉帝国怎么办呀？"

他和秦羿风都走了，难不成真将大汉帝国拱手送给李漠远？

"这个吗？"东方宁心浅笑，视线落在他们对面的神魔身上，"你大可放心，有神魔大人在，大汉帝国谁人敢动？神魔大人，你说是吧？"

"东方宁心，你别太过分了。"神魔握拳，横眉怒目，给人的感觉却是艳丽无双，美得让人移不开眼，偏偏神魔却不自知。

"难道神魔大人做不到？"东方宁心依旧在笑。

"怎么可能，这天下有我神魔做不到的事情吗？不就是一个小小的大汉帝国，有什么难的。"明知是个陷阱，高傲的神魔也只能往里跳了。

呜呜呜，东方宁心越来越坏了，明知他骄傲惯了，他堂堂魔界之主，怎么可以让一群小辈看不起？

为了他的名声，他只好拼了。对了，他刚好可以借大汉帝国的事在五界立威，挽回前段时间因为魔界内乱跌到谷底的名声。

想到这里，神魔猛地看向东方宁心："你是故意的？"

如果是的话，神魔只能说东方宁心和雪天傲太可怕了，走一步算三步，直接把李漠远当枪使了。

"不，神魔大人，你想多了。"东方宁心摇头。他们不是天地规则，不知道下一秒这个世界会发生什么，怎么可能算好所有的事情？他们只是尽可能最大限度地利用眼前的资源罢了。

"神魔大人，我不知道你为什么执意要让我们去找灭天弩，但我们明白你一定有你的理由。现在，我们能为你尽一份力，绝对不会吝啬到只出半份。"东方宁心一脸认真地说道，她从来不是一个只会强取而不付出的人。

"你们两个还真是……"看着东方宁心眼中的感激与理解，神魔突然双眼一红。他这一生，高高在上，大权在握，生杀予夺，世人只知向他索取，而且认为理所应当，从来没人觉得他也需要别人帮助，可是东方宁心与雪天傲今天却颠覆了这一认知。

果然，能生出他那么可爱的徒弟的人，绝对不是凡人，神魔得意地大笑起来。东方宁心与雪天傲亦是淡淡一笑，神魔其实是一个很容易满足的人。不过，他们能帮神魔的，可不止这一点。

"无涯，把蓝色闪电留下来保护小皇帝。"这才是他们的大礼，不着痕迹地送到神魔手中。

"好好好，没问题！"无涯二话不说就将蓝色闪电的统治权交给了神魔，"神魔大人，你放心，蓝色闪电那些人已经越来越正常了，绝对不会见血就疯狂。而且，他们一个个都是天生的将才，大汉军队交给他们，绝对不会有任何问题。"

说到蓝色闪电，无涯是一脸的骄傲。出战至今，蓝色闪电百战百胜不说，而且一直都保持着零死亡，这样一支军队，饶是五界之主也不容小觑。

"上次去炸光明神殿的那支海军战舰，就是蓝色闪电训练出来的。而且你可以放一万个心，蓝色闪电绝对忠诚，从今天起，蓝色闪电只会唯你之命是从，除你之外，任何人都无法调动蓝色闪电，包括我自己。"

"东方宁心，你……"神魔一时间不知道要说什么，他的魔御亲兵上次死伤惨重，他正愁手边没有亲信可用，东方宁心就以这个名义给他送上一支战斗力比魔御亲兵还要强的队伍。

这两人还真是，让人不喜欢都不行。

东方宁心摆了摆手，他们之间不需要说那些感谢的话。

"神魔大人，大汉帝国和异界的开罗城，就拜托你了。"东方宁心说完，便拉着得意的无涯赶往冰川丛林。有神魔在，他们什么都不用担心。

冰川丛林虽然位于洪荒，实际上却是一个无人管理的地方，方圆千里完全没有活物。一路向前，越走越冷，当他们到达目的地，东方宁心与雪天傲才明白，冰川丛林确切来说是指两个地方。一个是他们所看到的这片被冰封住的丛林，另一处则是他们看不到的，全是冰河、寸草不生的冰川地带。

冰川地带处于丛林的后面，想要进入冰川地带，就必须先越过面前这片丛林，而他们要找的银月雪龙狼则在丛林之中。

迄今为止，冰川地带还没有人进去过，因为冰川地带完全没有生物，也不适合人类生存。冰川地带的具体情况也没有人知道。

东方宁心一行人没有进去看的打算，他们只想在丛林之中，找到银月雪龙狼就行。

至于灭天弩，说不动心是骗人的，只是那种东西可遇而不可求，真正遇上了也是一件麻烦的事情。他们两人真的做不到在亚诺重伤未愈之际将它封印。

对于灭天弩，东方宁心与雪天傲完全抱着随缘的心态。如果遇上了，他们会征求亚诺的意见，愿意最好，亚诺不愿意他们也不会勉强。

对于这样一把让人各种头痛的神器，东方宁心与雪天傲是绝对不会花精力去找的，所以面对冰川丛林，两人完全没有压力。

秦羿风几人的想法却和东方宁心与雪天傲的相反，他们抱着一定要找到灭天弩的心态。

不管大家的想法如何，当他们看到面前这晶莹剔透的世界时，第一反应无不是啧啧称奇。

不过百米的距离，却是两个世界。百米之外，一片郁郁葱葱，枝繁叶茂；百米后面的冰川丛林巨树参天，却全部被冰块包裹。

树干粗壮笔直，树枝承受不了冰块的重量，全部往下垂落，如同垂柳一般，层层叠叠，好不壮观。整座冰川丛林死气沉沉，没有半点活力，就连阳光也吝啬地不肯洒入。

如果不是雪天傲站在他们身边，他们都要怀疑，这里刚刚被雪天傲施了千里冰封术。

"小神龙不会骗我们吧？这地方阴森冰冷，怎么看怎么像是死亡森林，里面真有银月雪龙狼吗？这种地方没有食物，根本无法存活。"倾似也很是怀疑。

要是没有银月雪龙狼，他的脸怎么办？顶着半张没肉的脸，东方宁心的女儿肯定不会嫁给他。

"不进去看看，你怎么知道里面有什么？别被外表给骗了。"君无量笑得双眼都快眯成一条缝了，熟悉他的人都知道，这是无量太子发现了宝贝的表现。

"你发现了什么？是不是灭天弩的下落呀？"无涯伸手搭在君无量的肩上，一副痞子样，大有君无量不说就不放过他的意思。

君无量默默地往旁边走了一步："具体是什么我也不知，反正冰川丛林里很不一般，至少不是我们表面所看到的这样，不信你问东方宁心。"

"确实不一样，往里大约三千米，有很多玄兽的气息，很混杂，具体是怎样的，我们进去看看就知道了。"东方宁心刚好用精神力搜索完，对整个冰川丛林算是有了一些了解。诚如神魔所言，这个被世人遗忘的地方是座宝库，他们不会空手而归。

"既然这样，我们快走。"无涯松开君无量，来到东方宁心的身边。

东方宁心知道这些人急什么，笑了笑，带头走在前面。前行的路非常顺利，除了踩在冰块上的响声，整个冰川丛林再也没有其他的声音。

是以，当耳边突然传来玄兽的咆哮与打斗声，就显得特别刺耳。

"是玄兽的声音，太好了。"倾似也摸了摸自己包着绷带的脸，高悬的心终于落下。

俊美无双的倾似也倾大人，很快就要重出江湖了！倾似也高兴得忘乎所以，一溜烟地冲到最前面："我去看看前面发生了什么事情。"

"你当心点儿。"倾似也动作很快，待到东方宁心几人反应过来时，他已经不见了，只能出声提醒他。

"放心，不就是几只玄兽吗，我还会怕它们？"倾似也一副你们少担心的样子。

越是如此，众人越是担心，无涯想到某人的倒霉程度，不安地问道："他不会又出事吧？"

"又出事？应该不会吧，玄兽再强也不是天神的对手。"秦羿风很是不解，无涯为何会有此一问。身为天神，若是连玄兽都打不过，干脆自杀算了。

"可不一定，有些人……"无涯的话还没有说完，就听到耳边传来一阵惨叫："宁心，救命呀！"

紧接着，就看到倾似也的身影华丽地飞向半空，一半被冰封住，一半完好。

"笨蛋。"雪天傲飞身将人接住，凝聚真气将倾似也身上的冰块化开。

"哇哇哇，冷死我了。"倾似也一恢复自由就原地跳脚，青紫色的双唇告诉众人他不是装的。

"不是吧，他真是天神？"秦羿风目瞪口呆，天神这么轻易地就被冰封，这实力也太让人怀疑了。

"别看不起人。"倾似也咬牙切齿道。

"嘿嘿，别人也许不会，他肯定会，我告诉你吧……"无视倾似也的警告，无涯将倾似也的倒霉事，添油加醋地讲给秦羿风听。

秦羿风先是愣了两秒，随即哈哈大笑："我以为我够倒霉了，原来还有人比我更倒霉，看到你我心里就平衡了，和你相比我真是幸运至极。似也兄，佩服佩服。"

秦羿风笑得阳光灿烂，倾似也的脸色越发难看，他握着拳头大声咆哮道："你们别说我，有本事你们自己进去看看。那些玄兽不知道发了什么疯，为了抢一个白球打成一团，冰块、冰箭、冰刀什么的飞得满天都是，不信你们去看看。"

"玄兽抢白球？你当玄兽是宠物呀，还要玩玩具。"无涯很不给面子地说。

"我没骗你，不信你们去看看。"倾似也半张完好的脸涨得通红，为了证明自己没有骗人，带头走在前面。

"喂，危险。"秦羿风想要拉住倾似也，哪知这家伙完全不给面子，一甩衣袖，反拉着秦羿风往前走，"走，去看看，我真没骗你们，那些玄兽打得太疯狂了。"

"虽然玄兽抢球是一件很奇怪的事，但是这里没有宝贝，我可以确定。"君无量快步跟了上去，生怕倾似也出事。

"反正就是个白色的东西，具体是什么我也没有看清。我刚要上前看个明白，就被一道冰柱击中，幸亏我运气好，刚好侧身，不然我就变成冰雕了。"倾似也一脸的自得。

众人只感觉满头黑线，如果倾似也的运气也算好的话，这世间还有倒霉的人吗？

东方宁心抿嘴笑了笑："走，我们也去看看那个白球到底是什么东西。"

东方宁心其实是不放心倾似也，生怕这家伙再倒霉地把另半张脸给毁了。

前面的玄兽混战，她在冰川丛林外就感觉到了，那些玄兽的实力最多是神者五六阶，所以当倾似也冲上前时，她完全不担心，哪知这人如此倒霉。

"咦，真是个白球。"东方宁心与雪天傲人还未到，就听到无涯惊讶的声音。

"是吧，是吧，是一群玄兽在抢白球吧。我没骗你们，你看这满天乱飞的冰块、冰柱子，这些玄兽是疯了吧。"倾似也指着打成一团的众玄兽，得意地解释道。

"你的确很幸运。"秦羿风爽朗一笑，他发现遇上倾似也这人，心情很容易变好。

听到秦羿风的笑声，东方宁心先是一愣，随即也笑着附和："是吗？我倒要看看倾似也怎么走运了。"

东方宁心身形一闪，冲入玄兽的战圈，动作快如闪电，当东方宁心看清"白球"是什么并返回原地时，那些玄兽都没有反应过来。

"宁心，你打击我。"倾似也看着完好无损的东方宁心，那叫一个郁闷。

"看样子，某人不算很走运。"无涯捂嘴偷笑。

"喀喀，不是白球，是一只冰——"东方宁心的话还没有说完，只见一个白球突然飞来，嗖的一下落到东方宁心手上。

"白球？"倾似也被雷到了，白球好像在动，毛茸茸的好可爱，好想摸一下呀。

"什么白球，是老鼠。"无涯飞快地伸手往白球上一戳，"哇，好软呀！"

"老鼠怎么会在冰川丛林出现，这是冰鼠。"君无量伸手想把小冰鼠抓来玩，哪知小冰鼠吱吱叫了两声，就往东方宁心的怀里钻。

"这小东西……"东方宁心看着那雪白的一团，再也淡定不起来了，因为那群玄兽将他们包围了："人类，把冰鼠交出来，饶你们不死。"

饶他们不死？东方宁心笑了，别说一群普通的玄兽了，就是一群神兽，他们都不放在眼里。

东方宁心仔细地观察着怀里的小冰鼠。除了白一点、胖一点、毛多一点、眼睛黑一点、体形小一点外，她实在看不出这小东西有什么特别之处，竟然值得这些玄兽哄抢。凝聚精神力查看，发现这小东西的反应很慢，简直就是一个小呆瓜。这群凶兽喊打喊杀的，难道就是为了这么一个小笨球？

东方宁心将手中的小东西递到最近的冰熊面前，用天神的威压笼罩着它："你们抢它做什么？"

"吱吱！"冰鼠呆呆地看着冰熊，好半天才反应过来，尖叫一声，整个身体蜷成一团，看起来还真像一个白球。

"这小东西真可爱。"无涯看得心痒，真想戳戳它软软的肚子。

倾似也和君无量已经动手了："就是呆了点。"

几人就这样旁若无人地聊着，无视玄兽们的愤怒。冰熊在东方宁心的威压下，平生第一次冒了汗。一颗颗汗珠刚冒出来，便结成小冰粒，挂在额头上。

"快说。"东方宁心再次逼问。

冰熊一脸痛苦，扛不住压力，不怎么情愿地开口道："冰鼠早在数十万年前就绝种了。丛林从来没有鼠类生物，我们敢肯定，这只冰鼠是从冰川地带走出来的。"

"冰川地带？生灵在那里根本无法生存啊。"东方宁心很怀疑。

"我亲眼看到它从冰川地带走出来，一路追着它到了这里。"冰熊生怕东方宁心不信，急着说明。

"你们追了它多久？"这下东方宁心不得不重视这小东西了，这个小呆球生命力居然如此之强，不仅能在冰川地带活下来，而且还能逃过这么多凶兽的追捕，真不简单。

"嗯……半年。"冰熊一脸尴尬地说。

"你以为我会信吗？"

"我们没有骗你，我把知道的都说了，现在你该把冰鼠还给我们了。"冰熊大声咆哮，似乎想借此证明自己不怕东方宁心。

"它不是你们的。"东方宁心将冰鼠收回，"让开，别逼我动手杀了你们。"

"人类，你太过分了。虽然你很强，可是别忘了这里是冰川丛林，这里是我们的地盘。"冰熊和它身后的玄兽愤怒地扬着爪子。它们能感觉到东方宁心与雪天傲的强大，所以不敢轻易动手。

　　"我从来不做过分的事情，不过为了这只冰鼠，我决定过分一次，要动手的话请便。"东方宁心淡然转身，衣摆在脚边滑过，只听见咔嚓一声，她脚下百米厚的冰块，居然出现了一条巨大的裂缝。

　　咔咔……缝隙越来越大，但东方宁心几人站的地方却完好无损。

　　"人类，你居然偷袭。"冰熊大叫一声，身上的戾气暴涨。

　　"呼……"冰熊朝东方宁心与雪天傲所在的地方呼出一口白气，白气凝结成冰柱，朝东方宁心与雪天傲飞去。

　　嘭！东方宁心没有回头，衣袖一扬，冰柱碎成渣。

　　"杀了他们！"冰熊大叫一声，众玄兽齐齐出手，冰刀、冰箭满天飞，打掉一批又来一批。

　　"天傲，这里就交给你了。"秦羿风完全没有出手的打算，第一时间躲到雪天傲的身后。

　　倾似也、无涯与君无量也不甘落后，闪到东方宁心身边。

　　雪天傲扫了一眼偷懒的众人，身上的气息比冰川丛林还要冷上三分。

　　"冰寒盾。"高千米、厚百米的巨大冰块出现在雪天傲的面前，冰箭、冰刀全部打在冰寒盾上，迅速化作冰寒盾的一部分。

　　"好狡猾的人类，居然利用冰川丛林的冰块。"玄兽们怒了，在它们眼中，冰川丛林的资源只有它们可以用，因为冰川丛林是它们的。

　　雪天傲没有搭理这些智慧不高的玄兽，扬手喝道："冰寒枪，杀！"

　　透明的冰枪划过长空，嗖的一声朝玄兽们飞去，速度之快，玄兽们根本来不及躲闪。

　　前排的数十只凶兽中枪倒地，血腥味刺激着后面的玄兽，它们挥起巨大的爪子狠狠地朝地上一拍，发出轰隆隆的巨响，整个丛林都在震颤，紧接着从地底冒出了一根根尖锐的冰柱。

　　"龙剑，出来！"雪天傲凌空飞起，剑光扫过，冰刺齐断。

　　地上的冰柱刚被砍断，又冒出来更多，要是没办法阻止冰柱冒出来，哪怕雪天傲的真气再强，最终也会耗尽。

第十二章
史上第一呆神兽

东方宁心见雪天傲讨不到半点好处，赶紧放出一条火龙助战。火龙袭向那群玄兽，那些让人头痛的冰柱顿时化为冰水，整个冰川丛林瞬间陷入火海之中。

"救命，救命……"玄兽们凄厉的叫声响彻火海，森林里很快就弥漫出烤肉的香味。

"宁心，有天火为什么不早用，害我紧张得半死。"无涯没好气地收回辟邪剑。

"天太冷，你们需要活动一下。"东方宁心看着在火光的映照下一脸雀跃的小冰鼠，心里很是不解：这只小冰鼠居然不怕火？它是冰川丛林的生物吗？

无涯一头黑线："宁心，你这话一点都不好笑。"

"我没有说笑，我是认真的，难道你们没发现，你们身上的真气快要被冰封了吗？"在踏入冰川丛林后，空气中的寒气一点点地侵入他们体内，正慢慢地冰封着他们的真气。

这变化极其细微，若不是她的精神力够敏锐，根本察觉不了。

无涯几人一听，试着凝聚真气，结果脸色齐变："宁心，体内的寒气好像逼不出来，怎么办？"

"我也不知道。"她早就试过了，不行。

"吱吱……"小冰鼠看着火海，眼中冒着精光，小爪子不停地挥舞。

东方宁心看了半天，试探地问道："你是说，用火烤？"

"吱吱！"小冰鼠用力地点头，小眼神满是兴奋，它似乎很喜欢火。

"这……万一烤死了呢？"东方宁心无语，冰鼠出的主意还真不靠谱。

"吱吱？"小冰鼠歪着脑袋，一副沉思的样子，看着极有喜感。别说东方宁心了，就连雪天傲的嘴角也不自觉地上扬。

"吱吱……"小冰鼠不满地叫着，两只爪子都在挥舞，似乎不满东方宁心与雪天傲不相信它。

"好吧，我们相信你这个办法可行，但是太危险了。"东方宁心安抚道。虽然她有控制天火的能力，但让她用天火来烤人，她还真不敢，万一失手或者出什么意外，就会烧得连尸骨都不剩。

"喀喀，宁心，其实可以试试的，我们相信你。"看着一人一鼠认真交流的样子，无涯怎么看怎么觉得好笑。

"不，我不相信我自己，我们进入冰川丛林的时间并不长，接下来你们多加注意便可。"

"这个要怎么注意？如果一直保持战斗状态，我们的真气很快就会耗尽。"秦羿风也加入劝说的行列，没有无涯那么直接，但意思却是相同的。

"宁心，试试吧，不会有事的。"君无量与倾似也同样信任东方宁心。在冰川丛林不知还有什么危险，如果他们在这里失去战斗力，拖累的也是东方宁心与雪天傲。

"我想想……"东方宁心为难地看着手心的火之魂烙印，一时间难以决定。

雪天傲没有出声，无论东方宁心做何决定，他都支持。

小冰鼠看到这个情况，不满地吱了一声，胖乎乎的身子一跳，就往面前的火海蹿去。

"小东西，危险！"东方宁心连忙伸手去抓，结果连根毛都没抓住。

来不及思考，东方宁心身形一闪就跃入火中，却发现小冰鼠凌空立在火海之中，小口小口地吞着火焰，身上的白毛渐渐地变成火红色。

"你到底是什么玄兽？"东方宁心疑惑地问道。

小冰鼠转头吱了一声，便从火海中跳了出来，如同一个小火球一样，闪电般朝秦羿风和无涯几人撞去。

待到这几人反应过来，小冰鼠已经在他们身上滚了个遍，球状的身体也恢复雪白，一脸得意地朝东方宁心扑去。

"你帮他们用天火将寒气逼了出来？"东方宁心惊讶地问道。

小冰鼠连连点头，一副讨赏的样子。为了不让这小东西失望，东方宁轻轻地赞了一句："乖，你很厉害。"

"吱吱……"小冰鼠高兴得在东方宁心的手上直打滚。

"这只冰鼠到底是什么玄兽？"面对诡异的冰鼠，雪天傲也淡定不起来了。

"我也想知道。"东方宁心笑了笑。

小冰鼠一听，小眼珠盯着东方宁心与雪天傲转来转去，小脑袋一歪，一副犹豫不决的样子。

好半晌，小冰鼠像是下了极大的决心，张口咬住东方宁心的食指。

"嘶……"东方宁心吃痛，看着手指上的血珠，正想问小冰鼠要做什么，就看到小冰鼠闭上眼睛，一副认命的样子。

东方宁心不敢相信地问："你这是想被我契约？"

小冰鼠憨厚地点了点头，继续闭着眼，不说话，那副骄傲又别扭的样子，让人有种想把它拎起来狠狠揉搓的冲动。

"可惜我无法再契约玄兽了。"东方宁心笑着拍了拍小冰鼠的脑袋，"小东西，你就这么想跟着我？"

"吱吱！"小冰鼠死命地点头，为了证明自己的诚意，小脑袋直接贴在东方宁心的手心。

它活了数万年，第一次作出这样的决定，没想到竟被拒绝了。

"小呆瓜，想跟着我们，又不是非被我契约不可，他们都没有契约玄兽，你被他们契约可好？"东方宁心将秦羿风几人推了出来。

小冰鼠一听，直挺挺地躺在东方宁心的手上，一动不动。

秦羿风几人顿时就郁闷了，一脸嫉妒地看着东方宁心：这只笨鼠为什么对你这么主动，而我们送上门都不理会呢？

东方宁心苦笑，其实她可以逼这只小东西和秦羿风契约，可是想想还是算了："这里是冰川丛林，你们别失望，肯定能找到适合你们的玄兽。"

秦羿风几人并不在意，虽然这只小冰鼠看上去来历不凡，却没什么攻击力，如果它实力强的话，也不会被一群三流玄兽追了大半年，他们契不契约都无所谓。

一行人继续往冰川丛林深处走去，没走几千米，小冰鼠突然从东方宁心身上蹿了下去，一溜烟地钻进丛林。

"小东西！"东方宁心叫了一声，连忙跟了上去。

小冰鼠非常乖巧地停了一下，回头看了一眼东方宁心，示意她跟自己走。

"跟上去，它应该是发现了什么。"雪天傲拍了拍东方宁心，示意先上前看看。

小冰鼠的速度如同闪电一般快，白色的身影在冰丛中穿梭，很快就看不到踪迹了。

"小东西不会走了吧？"东方宁心用精神力搜索，却怎么也找不到，只得漫无目的地四处寻找。

一行人在冰川丛林找了人半天，结果没找到小冰鼠，却遇到了血腥的一幕——两个至少是神王级别的高手，正在屠杀玄兽。

东方宁心与雪天傲本打算绕道，却发现被屠杀的玄兽中就有银月雪龙狼，于是一行人便躲在暗处查看。

在神王的攻击下，玄兽们连反击的能力都没有，连实力强悍的银月雪龙狼也是死伤惨重。

"不会全死在这里吧？"倾似也一脸纠结，看着东方宁心，无声地请她出手。

他的脸还要靠银月雪龙狼的血来治呢。

"再看看。"雪天傲直接拒绝，右手放在剑柄上，默默地锁定两位神王级别的金衣人。

两个金衣神王从头到尾没说一句话，只是不停地屠杀，很快近千只玄兽全部惨死，只余两只银月雪龙狼。

银月雪龙狼拥有神圣银龙的血统，同时亦拥有神龙的骄傲，面对金衣神王的威压，银月雪龙狼高傲地昂首，半步不退，血红的眸子闪着愤怒的火焰，整个身体保持着一种向前冲的姿态，只要金衣神王一出手，银月雪龙狼就会以这种自杀式的方式攻击过去。

可是，两个金衣神王突然停了下来，站在银月雪龙狼的对面，傲慢地问道："说，冰川神鼠在哪里？不然灭你全族。"

"不知道。"银月雪龙狼倔傲地摇头。

"不说？那么你们就没有存在的必要了。你们不说，自有其他玄兽会说，我就不信，杀尽冰川丛林的玄兽，还找不到冰川神鼠的下落。"金衣神王唰的一声抽出长剑，直指银月雪龙狼，威胁的意味十足。

"我们真的不知道。"银月雪龙狼很是无力，只是神龙血脉的骄傲，让它们无法低头。

金衣神王见了这个情况，没有耐心多说，直接凝气于剑上："既然这样，你们就灭族吧！"

倾似也顿时吓了一跳，大叫："宁心，快出手！"

这一出声，就暴露了他们的行踪，两个金衣神王停手，循着声音问道："什么人？出来！"

被发现了，东方宁心与雪天傲便大大方方地走了出来，从容而优雅，丝毫不将对方的神王威压放在眼中。

"是你们？"两个金衣神王双眼猛地睁大，一脸震惊地看着东方宁心与雪天傲，不由自主地后退了一步。

"你们是谁，认识我们？"东方宁心看着这二人的脸，很肯定她以前没有见过。

两位神王一听，互相看了对方一眼，都在彼此的眼中看到了无奈与郁闷。他们也不想认识东方宁心和雪天傲，但这两人的名声实在是太大了。

短短一年的时间，他们主人就为这二人出来数次，他们能不认识吗？

如果这还不算恐怖，那么主人座下的圣使，一个因这两人惨死，一个因这两人被革职，这下够恐怖了吧？

想到这里，两人同时在心中哀号，他们怎么这么倒霉，来一趟冰川丛林也能遇到这两个煞星。

珍爱生命，远离东方宁心与雪天傲。为小命着想，两位神王决定离这二人远一点，再远一点。

两位神王一改刚刚的傲慢与自大，僵硬的脸上堆起不太自然的笑容："天傲神王、宁心神王，失礼了，还请二位见谅。"

说完，两位神王同时低下他们高贵的头颅，朝东方宁心与雪天傲行了一个大礼。

东方宁心与雪天傲暗道诡异，面上却不动声色，镇定自若地点了点头。

他们淡定，无涯几个可不淡定了：两位神王级别的高手，在东方宁心和雪天傲面前居然如此恭敬，还笑得那么谄媚？

当无涯他们听到这二人是天地规则的手下时，直接愣住了：什么时候天地规则的人这么懂礼貌了？

东方宁心与雪天傲反倒松了口气，直接指着两只银月雪龙狼，不客气地说："它们，我要了。"

两位金衣神王连犹豫都没有，果断点头。没办法，他们虽然是神王，但一想到东方宁心与雪天傲两人的战绩，就没有出手的勇气。

反正这两只银月雪龙狼也问不出什么，就算东方宁心和雪天傲问出什么来，他们也不怕。东方宁心和雪天傲有胆对他们动手，绝对没胆和天地规则抢东西。

两位神王根本不想和东方宁心、雪天傲这两个杀神多打交道，看也不看银月雪龙狼一眼，直接走人。

雪天傲和东方宁心走到银月雪龙狼面前，分别用龙凤双剑指着两只银月雪龙狼的眉心："你们的选择——臣服或者灭族？"

"我们臣服。"高大的身躯一软，两只银月雪龙狼很没骨气地匍匐在东方宁心与雪天傲的脚下。

呜呜呜，虽然不知道你们有多强，但一招就能秒杀我们的人都对你们毕恭毕敬，我们哪敢不服。

雪天傲示意君无量和倾似也上前契约这两只银月雪龙狼。

"嗷呜！"银月雪龙狼看到契约它们的是另外两人，不满地抬头，对上雪天傲凌厉的眼神，又吓得乖乖缩了回去。

呜呜呜，只有更倒霉，没有最倒霉呀！

君无量和倾似也才不管银月雪银龙高不高兴，有东方宁心与雪天傲在，他们一点也不担心这两只银月雪龙狼耍花招。

的确，银月雪龙狼不是没想过耍花招，它们不仅有龙族的高傲也有狼的狡猾，可一感觉到东方宁心与雪天傲身上冰冷的气息，又蔫了。

好兽不吃眼前亏，它们认栽了！

契约很快就完成了，倾似也与君无量对自己的契约兽都相当满意，可他们没高兴多久，就被东方宁心与雪天傲的话给郁闷到了。

"君无量、倾似也，我们来冰川丛林的目的已经完成，现在你们回去吧。"

"我们回去？你们呢？"如果不找灭天弩，他们就不用待在这冰川丛林里了，可为什么只有他们两个回去？

君无量、倾似也，瞬间就和他们的契约兽一样怨念了，不带这么欺负人的。

"我们要留下来找那只冰鼠，我有预感，如果那只冰鼠落到天地规则的手上，我们会很麻烦。"东方宁心眼睛一扫满地的玄兽尸体，皱了皱眉。

天地规则的人为了得知那只小冰鼠的下落，不惜灭银月雪龙狼一族，那只小冰鼠的重要性可想而知。

不过，东方宁心真的没想到，那只呆头呆脑的小冰鼠居然是神兽。

"好吧。"君无量和倾似也虽然很想留下来，但东方宁心开了口，他们只能选择离开。

冰川丛林太危险了，天地规则的人都出来了，他们留在这里帮不上忙。

君无量与倾似也带着银月雪龙狼刚离开，失去踪影的小冰鼠又出现了，圆乎乎的身子在半空中划出一道漂亮的弧线，稳稳地落在东方宁心的手心，小脑袋在东方宁心的指间磨蹭，似乎在撒娇和邀功。

不知为何，看着小冰鼠，东方宁心就想起了雪少，那个小人儿撒娇时也是这样，小脑袋一个劲儿地往她的怀里蹭。

脸上不自觉地露出一抹笑容，如同三月的春风，温暖着在场每一个人的心，哪怕身处这冰天雪地，亦感觉不到寒冷。

"乖！"东方宁心轻轻地拍着小冰鼠的脑袋，一脸的宠溺。

小冰鼠笑得越发憨厚，一副心满意足的样子，摇头晃脑，像是喝醉了一般。

秦羿风和无涯一脸嫉妒地看着小冰鼠，真是人不如鼠呀！

小冰鼠对不善的眼神特别敏感，小脑袋一转，看向无涯与秦羿风，一改刚刚的憨厚可爱，小眼睛闪着狡黠的光芒，让秦羿风与无涯全身一冷，有种被野兽盯上的感觉。

小冰鼠没有给秦羿风和无涯多想的时间，脑袋一转，又换上可爱的表情，讨好地看了一眼雪天傲，随即轻咬东方宁心的手指，示意让它带路可不可以？

东方宁心完全没有意见，冰川丛林对他们来说绝对是陌生的，有小冰鼠带路，应该会省很多事。

能让天地规则派出神王寻找的冰川神鼠，绝对不是什么简单的玄兽，东方宁心对小冰鼠还是很有信心的。

东方宁心原本就觉得这小冰鼠很可爱，很得她的心，现在看到冰鼠贴心的样子，更是不想让它落到天地规则的手上。

不敢和天地规则抢东西？那两位神王也太小看东方宁心和雪天傲了，只要他们想，天地规则的东西一样抢！

得到东方宁心与雪天傲的同意，小冰鼠啪的一声，从东方宁心的手中跳到雪天傲的肩头。

雪天傲的身体一僵，小冰鼠像是没有发现一般，欢乐地用胖乎乎的爪子指着路，原本就不大的眼睛，此时笑得只余一条缝。

小小的眼睛时不时地看向秦羿风和无涯，似乎在算计着什么，把秦羿风和无涯两人郁闷了个半死，想问又问不出口。

有小冰鼠带路，他们完全不用担心迷路，而且小冰鼠对危险十分敏感。冰川丛林说大不大、说小不小，好几次都差点遇上那两个金衣神王，每次小冰鼠都能提前预知，恰好与这两人错开，不让对方发现他们的踪迹。

东方宁心看小冰鼠的眼神越来越复杂，小冰鼠却毫不在意，白天站在雪天傲的身上指路，晚上就窝在东方宁心的怀里睡觉，不知它是真的没心没肺，还是不将天地规则的人放在眼中。

在冰川丛林转了六天，小冰鼠把他们带到一座冰崖上，肉乎乎的小爪子指着崖下，示意众人跳下去，脸上闪着兴奋的光芒。

君无量和倾似也找到银月雪龙狼就走了，秦羿风和无涯要是找到他们满意的兵器和玄兽，是不是也可以离开呢？

要是这些人都走了，东方宁心的心思肯定会全部用在它身上。

小冰鼠这几天，充分挖掘它数万年来没动过的脑子，死命地想着冰川丛林除了灭天弩，还有什么宝贝？

想了好几天，它终于想到冰崖下有一件极品神器，只要拿到这把神器，再契约到玄兽，秦羿风和无涯两人肯定也会离开。

幻想着日后独占东方宁心的画面，小冰鼠又是一脸陶醉，晕乎乎地转来转去。

当东方宁心想问清下面有什么时，发现手心上的小冰鼠居然睡着了，这小东西还真是让人无语。

"先下去看看，这小东西不会乱来。"经过几天的相处，雪天傲还是蛮喜欢这小东西的，只是他的感情太过内敛，一般人看不出来。

雪天傲都这么说了，东方宁心当然不会反对，两人率先跳了下去，秦羿风与无涯紧接着也跟了下去。

耳边传来呼呼的风声，寒风中夹杂着冰片，刮得脸颊生痛。雪天傲将东方宁心抱在怀中，替她挡下所有的冰刃。待到一行人在崖底落下，雪天傲的脸颊与手背上，全是细长的血痕。

东方宁心一脸心疼，正准备替雪天傲清理，小冰鼠在这个时候醒了过来。看到雪天傲的伤口，小眼睛一瞪，滚圆滚圆的，比东方宁心更快、更急切，跳到雪天傲的手背上，雪白的身子在雪天傲的手上滚来滚去。

手上毛茸茸、轻软软的感觉让雪天傲很不适应，他反射性地一甩手，不料小冰鼠像是早有预料一般，不仅没被甩开，反而跳到了雪天傲的脸上，在雪天傲的脸上又滚了一圈。

轻柔的白毛扫过，雪天傲全身一寒，脸色黑沉下来，伸手就想将小冰鼠拽开。小冰鼠却比雪天傲的动作更快，雪天傲还没有碰到它，它就闪电一般跳到了东方宁心的手上，可怜兮兮地看着雪天傲，一脸的委屈。

事实上，它的确受了很大的委屈，它明明在帮雪天傲，雪天傲却不领情。

好伤心，好伤心呀。小冰鼠一脸的忧郁，靠在东方宁心的手指上，一动不动。

"雪天傲，你的脸……"东方宁心看着雪天傲的脸，都忘了眨眼。

小冰鼠的白毛扫过后，雪天傲脸上和手背上的伤痕奇迹般地消失了，皮肤看上去比以前更加白皙光滑。

再看看自己的手，东方宁心发现小冰鼠滚过的地方，手指上的一些小伤口和兵器磨出来的茧子也不见了。

东方宁心看看雪天傲的脸，又看了看手上的小白球，一脸的震惊："雪天傲，我们好像捡到宝了！"

能吞天火，对危险极度敏感，还能疗伤，这还真是一个神奇的宝贝。

"能让天地规则都派人来找的，确实不是凡物。"雪天傲点头，同时警告地看着小冰鼠，别再有下一次。

他不是东方宁心，他虽然喜欢这小冰鼠，但这种软绵绵、毛茸茸的东西，在他脸上磨蹭，让他有种恶寒的感觉。

"吱吱……"小冰鼠委屈地叫着，小眼睛瞬间没了神采，好心没好报！

无涯一看，乐了，连忙伸出自己的手："雪天傲不领情，我领情。小乖，你看无涯哥哥手上和脸上也有血口子呢。来，帮无涯哥哥把伤口治好行不？"

"吱吱！"小冰鼠朝无涯张牙舞爪，一脸不屑：就凭你，也想让我出手？下辈子都不可能！

小冰鼠傲气十足，蹲在东方宁心的手心画来画去。

无涯郁闷地收回手，拿着辟邪剑，蹲在一棵冰树下画圈圈！

小冰鼠到底要表达什么？小冰鼠画了半天，东方宁心猜测道："你是说，这里有宝藏？"

"吱吱！"小冰鼠很用力地点头。

"按这个方法走？"东方宁心指着手心上那乱七八糟的线条，一脸怀疑地看着小冰鼠，"你真的是神兽吗？天地规则要找的冰川神鼠不是你吧？"

受到质疑，小冰鼠脸上的白毛瞬间变成粉红色，一副羞愧的样子，下一秒，摊开四肢一动不动，挺尸装死。

神兽虽呆，也是有尊严的。它怎么就不是冰川神鼠了？不就是呆了一点、笨了一点嘛，有谁规定，呆一点、笨一点、萌一点，就不是神兽了？

冰川神鼠很生气，后果很严重，无论东方宁心怎么戳它，它就是不肯动一下，摆明要装死到底。

东方宁心不客气地在冰鼠肚上戳来戳去，她就不信这小东西不怕痛，还不怕痒。

一人一鼠较了半天劲，直到雪天傲轻咳一声，东方宁心才停止这孩子气的动作。小冰鼠趁东方宁心没注意，欢乐地朝雪天傲眨了眨眼："我赢了！剩下的就交给你了，我保证是好东西。"接着继续装死，动作之神速，就是东方宁心也没有发现。

雪天傲很囧，小冰鼠明明什么都没说，他却发现自己懂小冰鼠的意思。

不会说话的神兽，这只冰鼠还真是神兽界的奇葩。不过，看在小冰鼠不凡的身份上，雪天傲选择相信它："我们试着找找看，这里肯定有路。"

脚下全是路，雪天傲却有一种无路可走的感觉。他环视四周，突然发现眼前这片冰树与冰石的布局有些熟悉，似是失传已久的八阵图。

雪天傲盯着面前的阵法，颇有几分头痛，如果是原始的八阵图，他也许能破，改良后的就不确定了。

一个时辰过去了，两个时辰过去了……

雪天傲的衣摆都结了冰，眉头越皱越紧，依旧没有找出破阵之法。

就在雪天傲准备放弃时，秦羿风上前拍了拍雪天傲的肩膀："天傲，你什么时候这么犹豫不决了？不就是八阵图吗？我们相信你，进阵吧。"

不入阵，怎知阵中乾坤？雪天傲摇头，拒绝了这个提议："我有妻有子。"

八阵图中的东西不管价值多高，都不是他们非要不可的，他没有必要为了不确定的东西，去冒生命之险。

如果八阵图中是水之魂，雪天傲也许会冒险一闯，但他很清楚，水之魂绝对不可能在这里出现。其他的东西，就算是灭天弩，也不值得他拿命去拼，他的命要留着保护妻儿。

秦羿风一怔，落寞地收回手，他忘了雪天傲和他不一样，雪天傲不像他孤苦无依，雪天傲是有牵挂的人。

秦羿风默默地退至一边，不再说话，神色复杂地看向东方宁心。也许他也应该为自己找一个可以牵挂、只属于他的人，无论是东方宁心还是雪天傲，都不属于他秦羿风！

"我们走吧。"雪天傲径直转身，他知道，秦羿风听懂了他话中的意思。

秦羿风沉默地点了点头，随即朝东方宁心与雪天傲轻轻一笑，表示自己没事。

"吱吱……"东方宁心与雪天傲刚一转身，小冰鼠就不装死了，嗖地站了起来，不满地看着雪天傲：太没用了！都把你们带到了宝库的门口，居然进不去，笨蛋，笨蛋！

小冰鼠怒了，一下从东方宁心的身上滑下来，死死地咬着她的裙摆，不让她走。

别看小冰鼠身子小，力道却一点也不小。东方宁心被它拉得一步都走不动，只好蹲下来和小冰鼠沟通："小东西，想让我们去冒险，至少得告诉我们里面有什么吧？这样我们才会知道，自己的付出到底值不值得。"

小冰鼠一听有戏，伸出爪子，很认真地在地上画着，这一次，它绝对不能再让东方宁心嘲笑它。

涂涂改改，待到小冰鼠满意后，才一脸得意地让东方宁心看：看到没，我画的东西也是很强的!

"剑?"东方宁心看着地上弯弯扭扭的线条,好半天才猜出个大概,看小冰鼠得意的样子,她实在不想打击这小家伙。

小冰鼠自负地点点头,小身子挺得笔直。

"可我现在不缺兵器。"她现在对兵器没有什么想法,更何况神器排行榜上前三的只有一把剑,总不至于八阵图中的剑,就是那把切玉如泥的昆吾剑吧?

看出东方宁心兴趣不大,小冰鼠连忙又画了一本小册子,小册子上也有一柄剑。

"剑和剑谱?"东方宁心双眼唰的一下亮了。这个她很动心,真气修炼的秘籍,他们到现在还没有找到一本。很多攻击技能,他们都是凭借神器中器魂的教导学来的,这就使得他们无法将神器的威力发挥到极致。

小冰鼠很用力地点头,终于动心了吧?

小冰鼠有九成把握,只要他们拿到了东西,就可以把秦羿风和无涯赶走。撇开私心不谈,把这两人支开,也是为了东方宁心、雪天傲和他们自己好。

秦羿风和无涯不能再像以前那般自由,他们都有自己的责任,魔宗和战神宫的重担落在这两人身上,他们哪里有时间在冰川丛林耗着。

再说了,他们两人在这里不是一般的碍事,而是相当的碍事。冰川丛林的一场大战是不可避免的,高手对战,不是人多就能欺负人少,有时候人越多越碍事。

小冰鼠一脸期待地看着东方宁心,让东方宁心无法拒绝。

"雪天傲,我们再看看这幅地图吧,也许有帮助。"他们并不是非进去不可,剑谱虽好却没有他们的命重要,只是小冰鼠这个样子让她无法拒绝。

"看不懂,让这小白痴重画。"雪天傲踢了踢脚边的小冰鼠。

"吱……"小冰鼠惨叫一声,小身子嗖的一下飞向天空。

"糟糕!"东方宁心看到小冰鼠飞落的方向正是八阵图中,冲了上去,心中暗暗祈祷,千万别把八阵图开启了。

"柳云藤,快!"柳云藤嗖地飞了出去,可是依旧晚了一步。

啪!小冰鼠直接落到了八阵图中。

轰隆隆!八阵图开启,阵中的小冰鼠嘚瑟地叫了两声:叫你不入阵,这下好了,没的选了吧。

"该死!"的确没的选了,东方宁心与雪天傲一前一后飞入阵中,"小呆鼠,等着,这笔账我们晚点再算。"

阵内阵外两个世间,阵外冰天雪地,静得连鸟兽的声音都没有;阵内狂风四起,尘上飞扬，嘈杂刺耳。

还没有站稳身形，无数巨石与利箭便飞射而来，东方宁心与雪天傲根本没时间考虑如何破阵，连忙凝气于剑，将面前的巨石打碎。

铺天盖地的石头和利箭从四面八方射来，不放过一点空隙，东方宁心与雪天傲四人越靠越近，能施展的空间越来越小。

"不行，再这样下去，我们会被活活困死。"东方宁心微微喘气，巨石的冲击力太大，虽然将巨石击碎了，但每每都震得虎口生痛。

"冲不出去。"雪天傲神色严肃，双眼死死地盯着这变化莫测的八阵图。

八阵图，共有八个大阵，分别为天覆、地载、风扬、云垂、龙飞、虎翼、鸟翔、蛇蟠。每个大阵又由六个小阵组成，阵中有阵，错综复杂，变幻莫测。不熟悉阵法的人，很快就会被困住，慢慢失去施展的空间，最后被巨石利箭射杀。

"大阵包小阵，大营包小营，隅落钩连，曲折相对。"这话半点儿不虚，八阵图可抵百万精兵。

对策还没有想到，冰冷的箭头悄无声息地从地底冒了出来，众人连忙飞身而起，却发现头顶上不知何时下起了巨石雨，从前后左右同时飞出无数支利箭。

"天啊，真要命！"无涯快哭了。上天入地，没有一个可以站的地方，这一波接一波的无缝攻击，让他们连凝聚真气的时间都没有，如何防守？

巨石和利箭同时飞来，无涯一会儿前一会儿后，不敢停下。即便如此，他依旧被石头砸中好几下，手臂和腿上都有伤，显得狼狈不堪。

"我快疯了！"无涯忍不住咆哮，话还未说完，就发现空气凝滞，似有无穷的压力从天而降，抬头一看，四人脸色皆变……

第十三章
铁汉柔情雪天傲

一块看不到边的巨石从天而降，如同泰山压顶一般砸向四人。

"这下死定了！"无涯惊叫一声，朝着在一旁看热闹的小冰鼠嚷道，"小冰鼠，你不是知道破阵之法吗，还不快把阵破了，你不会想让我们全部被巨石压成肉泥吧？！"

小冰鼠懒洋洋地转了个身，拿后脑勺对着无涯。

下有利箭破土而出，上有巨石压顶而来，前有碎石挡路，后有飞箭射来，完全无路可退。八阵图的威力，他们可算是领教到了。

在这样的情况下，雪天傲根本没有时间思考破阵之法，只能选择先活下来再说。

东方宁心上前一步，替他挡住所有攻击："雪天傲，你专心破阵，其他的交给我。"

如同蝴蝶飞舞，东方宁心身形一闪，脚尖便立在锋利的箭尖之上。

"你自己当心。"雪天傲的双眼落在东方宁心的脚尖上，闪过一抹心疼，却明白这是最好的选择，他们想要活着，就必须破阵。

东方宁心点头，柳云藤在她四周飞转，替她挡去乱石与乱箭。东方宁心深深地吸了口气，开始凝聚真气施展黑暗守护。

这时，巨石距离东方宁心的头顶只余半米。

"雪天傲，我最多只能撑一刻钟。"东方宁心向上跃起，双手撑住头顶上的巨石。

轰隆一声，巨石停了下来，东方宁心暗暗松了口气。

秦羿风和无涯乘机凝聚真气发出魔宗与战神宫的秘技，迅速将四周与脚下的巨石给轰没了。

终于可以喘口气了。秦羿风和无涯有种劫后余生的感觉，八阵图真是太恐怖了。

东方宁心突然感觉巨石的压力增大，脸色一变，手一抖，巨石又往下压了半寸。

"秦羿风，无涯，你们反击的威力越大，这巨石往下压的力度就越大。"巨石太重了，她快撑不住了。

巨石又是一沉，巨大的压力猛地袭来，东方宁心手一松，赶紧用力撑住，在发力的同时双脚已被箭尖刺穿，顿时痛得脸色发白。

无视脚心传来的剧痛，东方宁心一边调整呼吸，一边看向巨石，看看能不能把这块巨石打碎。

东方宁心一抬头，就发现巨石上有一幅图，就在她刚才撑住巨石的位置，仔细一看，正是小冰鼠画在她手心的那幅图的反版。

东方宁心眼也不眨，仔细看着地图，发现这图虽复杂，却清楚地标明了八阵图中八个大阵的破解之法。

看到这图，东方宁心不知是要生气，还是要感谢小冰鼠了。这个小笨蛋，居然把图给画反了，要拓下来才能看。

东方宁心欲哭无泪，想着自己脚心上的伤，有种想吃烤冰鼠的冲动。

"小呆鼠，这笔账我们晚点再算。"东方宁心瞪了小冰鼠一眼，无视小东西可怜兮兮的眼神，转身对雪天傲道："雪天傲，我找到破阵的办法了！"

原来破阵之法就在她的掌心，他们却一直都没发现。

有了小冰鼠的地图，东方宁心一行人很快就走出了八阵图。他们被困阵中，九死一生，却始终不知困住他们的阵，到底是一个怎样的存在。

小冰鼠似乎也知道自己闯了小祸，一出阵就乖巧地在东方宁心身上爬来爬去，待到他们从八阵图带来的震撼中回神时，东方宁心身上的伤口已经好了七八分。

看小冰鼠一脸的自责与讨好，东方宁心也不忍心责怪，毕竟他们只受了一点皮肉小伤，这种伤对于天神来说完全构不成伤害。

雪天傲狠狠地瞪了一眼小冰鼠，正准备出手教训一下这个闯祸的小东西，东方宁心就开口了："既然已经破阵了，我们就去找找到底有什么宝贝。小东西既然知道八阵图的破解之法，想必也会摆八阵图，如果你想亲手解阵，日后再让这小东西摆出来给你研究。"

东方宁心指着面前那条狭长幽暗的小道，这是他们出阵后看到的唯一的路。

有东方宁心护着，雪天傲根本不能拿那只小呆鼠怎样，只能看着小呆鼠得意地在东方宁心的手心上对他挤眉弄眼。为免自己气死，雪天傲索性不看，带头走入小道之中。

同一时刻，在冰川丛林寻找冰川神鼠的两位金衣神王，也来到了冰崖之下。这几天，两人将冰川丛林的玄兽屠杀了近半，却依旧没有找到冰川神鼠的下落。

两人此时火气正旺、脾气正躁，来到冰崖下也是为了寻找生活在这里的冰狐一族，准备将冰狐一族屠尽，不料却看到了眼前的情景。

"八阵图？居然是八阵图！"高个儿的金衣神王愣愣地说道，灰暗的眼珠定在眼眶中，一动也不动。

"不对，大哥，这是残阵，有人破了八阵图。"稍矮一些的金衣神王连连摇头，一副不敢相信的样子。

"不可能，这世间没有人能破八阵图。"高个神王肯定地说。

"真的，大哥，你看，这真是残阵，如果不是残阵，我们根本看不出来这里有阵。"矮个儿神王说这话时，没有半点儿不好意思。

八阵图的厉害就在于，它巧妙地与四周环境相融合，让人看不出半点儿违和之处，除非踏入阵中，不然根本看不出此处有阵。

八阵图全面地展示在他们的面前，就只有一个可能：有人入阵了，还破了阵。

这个事实让两位神王如同吃了苍蝇一般难受，这世间有人破了八阵图，还不是他们？

这让人怎么接受？

两位神王的脸色由白转青，到红，再到紫黑。好半晌后，两位神王才平息了这股不平："我们进去看看，不知道八阵图中的宝贝，有没有被破阵之人拿走。"

矮个儿神王一听，双眼泛出贪婪的光芒："大哥，据我所知，八阵图中有一块通体由九天之金组成的巨石。"

"没错，那块九天之金巨石就在八阵图中，九天之金是仅次于星空陨石的存在，巴掌大小的一块九天之金，就可以打造一套可以防御神者九阶高手攻击的铠甲。要是能将八阵图那块巨石中的九天之金炼出来，至少可以打出上千套铠甲。除了铠甲外，九天之金也是炼器的最好材料，炼器时加入儿天之金，炼出神器的可能性就会提高二成以上。"高个儿神王越说越兴奋，盯着八阵图的残阵，恨不得现在就冲进去，带走那块由九天之金组成的巨石。

矮个神王倒抽了口气："要是我们能带走，用来换一些秘技和神丹，我们也有机会成为圣使了。"

高个儿神王连连点头："八阵图中最有价值的并不是九天之金的巨石，而是那些利箭。八阵图中的利箭由九天之金铸造。箭镞在打造的过程中，全部加了星空陨石。别说天神了，就是神王的躯体，利箭也能穿破。把些箭镞收集起来，至少可以提炼出一块拇指大小的星空陨石。"

说到最后，高个儿神王的声音忍不住发抖。八阵图的价值知道的人并不少，千万年来，不知道有多少神王以上的高手闯阵，最终都死在了八阵图中。

今天，他们居然看到八阵图被人破了，这怎能不让人高兴。

"大哥，我们赶紧入阵吧，八阵图只余一个残阵，根本没什么杀伤力，也不知道破阵之人，到底有没有把八阵图中的东西带走。"矮个儿神王万分急切，生怕煮熟的鸭子飞了。

高个儿神王也不犹豫，只是提醒道："入阵后多加小心，八阵图的威名可不是叫出来的，虽然只是一个残阵，但也不是绝对的安全。八阵图中，到处都飘浮着夜息黑莲的粉末，粉末可以阻碍人的视线，即使是阵破，粉末也不会就此消散。"

"大哥，你放心，我会小心的，我们赶紧入阵吧，万一好东西都被别人抢了就惨了。"矮个儿神王摩拳擦掌，一副心急的样子。

"抢？哼，什么人敢和我们抢东西，和我们抢就是和天地规则抢。"高个儿神王一脸倨傲，优越感十足。

八阵图的残阵中，两名金衣神王站在由九天之金组成的巨石之上，看着眼前的情况，得意地大笑。

依旧灰雾蒙蒙，但整个八阵图中却是死气沉沉，没有半丝的生命力。所谓的天下第一奇阵，所谓的活阵，被破了之后，同样什么都不是。

视线所到之处，乱箭成堆，散发着寒光的箭镞，此时在他们眼中却是无比可爱。矮个儿神王实在忍不住心中的雀跃，得意地说："大哥，真不知道是哪个傻子，破了阵就走了，居然放过这九天之金和星空陨石。"

"对方不傻，他要在这里，遇上我们也只有死的份儿，留下这些东西才是聪明的选择。"高个儿神王不忘显摆自己是如何的高人一等。

矮个儿神王一听，又奉上几句好话，把破阵的人说成是天下第一倒霉蛋和大傻瓜，自己两人则是睿智英明、鸿运当头。待到两人激动的心情平复后，才从巨石之上跳了下来，准备带走自己看中的东西。

刚一出手，就遇到了问题："大哥，这块巨大的九天之金，我们怎么拿走？"

足足厚一米有余，站在巨石的这一端，看不到其他三端在哪里，这巨石之大，超出他们的预计。

高个儿神王右手托着下巴，沉思片刻后，指了指满地的箭："九天之金我们最后带走，先把这些箭拔走，这可是星空陨石，其威力比九天之金强多了。"

"大哥，你实在是太英明了，下一任圣使非你莫属。到时候大哥成了圣使，可得照顾一下小弟。"

"好说，好说。"高个儿神王半点儿也不谦虚，很淡定地摆了摆手，示意矮个儿神王动手。

矮个儿神王心中不爽，面上却不表露半分，恭敬地应了一声，但在转身的那一霎，却露出一丝不屑，看着满地的箭镞，心中盘算着如何将这些东西独吞。

至于高个儿神王嘛，到时候就说他死在东方宁心与雪天傲的手上好了，反正天地规则又不会为这种小事去查证。

一想到自己即将独吞星空陨石，矮个儿神王就忍不住幻想自己变成圣使的样子。小心地压下心中的狂喜，开始拔箭镞。

"咦？"矮个儿神王用力一拔，箭镞却纹丝不动。

"怎么？"高个儿神王不耐烦地问道，这里少说也有数十万支箭，动作得快一点儿。

矮个儿神王吓了一跳，生怕对方察觉自己的心思，赶紧回道："没事没事，刚刚用小了力气，我再来试一试。"

说完，他将真气凝聚于双手之中，握着箭镞。

"起！"矮个儿神王脸色憋得通红，往上一用力，只听到哧的一声。

"啊——"矮个儿神王痛叫一声，松开握着箭镞的手，可是迟了，他的双手已被箭镞划得血肉模糊。

"怎么会这样？"矮个儿神王看着染血的箭镞，又看看自己的双手。连神王的真气防御都能破，这些箭镞未免太过恐怖了。

"发生了什么？"高个儿神王冲了过来，一脸鄙夷地看着矮个儿神王，"怎么连这点事都办不好？"

质问的语气，就好像他是矮个儿神王的顶头上司一般。事实上他们地位平等，都是圣使手下打杂的。矮个儿神王虽然不高兴，却不敢表露出来，毕竟真打起来，他不是高个儿神王的对手。

矮个儿神王低头，一副羞愧的样子："大哥，这星空陨石的箭镞实在是太强了，这世间除了圣使大人，恐怕就只有大哥才能取下来了。"

高个儿神王一听，得意地哼了一下，眼角的余光瞥了一眼矮个儿神王的手，高个儿神王很谨慎，从怀中取出一双薄如蝉翼的血丝手套。

矮个儿神王的眼中飞快地闪过一抹嫉妒："原来大哥有血蚕丝制成的手套，这些掺杂了星空陨石的箭镞，除了大哥，这世间还有谁能得到？"

高个儿神王傲慢地点了点头："学着点儿！"

说罢，他凝聚真气，双手放在箭镞之上，信心十足地用力一拔！

没反应。

眉头微皱，再用力，还是没有反应。高个儿神王这下急了，矮个儿神王还在一边看着，他要是取不到这箭镞，不是打自己的脸吗？

额头上的汗珠不停地渗出，高个儿神王也没空理会，再次凝聚真气。只见高个儿神王四周的尘土都飞速地旋转起来，矮个儿神王一脸殷切地看着，心中却暗暗冷笑，不着痕迹地后退一步。

高个儿神王看着手中的箭镞，吸了口气，大喝一声："怀中抱月！"

脚下的乱石与尘土瞬间飞了起来，高个儿神王满意地点头，眉头舒展，双手向上一用力："起！"

箭镞被拔了出来，高个儿神王连连后退，眼中闪过一抹喜意。但他没有高兴太久，箭镞被拔出来后，并没有在他的手上停留，而是脱离他的掌控，直朝他的心口飞射。

"神王守护！"高个儿神王吓得连忙用手去挡，箭镞从高个儿神王的手臂上划过。

"嘶！"高个儿神王痛得直抽气，正准备出手毁了箭镞，耳边突然传来矮个儿神王的惨叫声。

他转身一看，发现乱箭上的箭镞全部与箭分开，从四面八方朝他二人射来。

"这是怎么回事？"高个儿神王被面前的情况给骇住了。

"鬼知道，残阵还能发威，大哥，快跑吧。"不过眨眼之间，矮个儿神王的手臂与腿上就有多处划伤。他拔腿就跑，丝毫不管高个儿神王的生死。

这时，从幽道中走出来的东方宁心与雪天傲一行人已经停住了脚步。

不是因为危险，而是被面前成堆的白骨给骇住了。

面前这堆白骨，至少有上百具之多，白骨旁边有一块石碑，石碑上刻着"八阵图埋骨处"六个字。

也就是说，这些人都是死在八阵图中，而能在冰川丛林得以不死，并且走到这里的至少也得是天神级别的高手。

看着这堆白骨，东方宁心与雪天傲庆幸他们破解了八阵图。如果八阵图没有破解，他们最终的下场，恐怕就和这堆白骨一样，长眠于此，为这八阵图增加几具新的白骨。

在八阵图中，没有任何的情面可讲，管你是天神还是神王，只要你破不了阵下场便是死。

"怎么回事？"东方宁心看着这堆白骨，总感觉有什么不对劲，一时之间又找不出是哪里有问题。

"怎么了？不舒服？"雪天傲紧张地问道，东方宁心不会是在八阵图中受了什么伤吧？

东方宁心连忙摇头："雪天傲，你别担心，我没事，只是……"

"只是什么？"雪天傲顺着东方宁心的视线望去，"这堆白骨有问题？"

东方宁心点了点头："是的，雪天傲，你有没有觉得这堆白骨看上去很不对劲吗？我总觉得少了些什么？"

"少了什么？"雪天傲又看向埋骨处，认真仔细地查看，不放过任何一个角落。

"少什么呀？不就是一堆白骨嘛，这能少什么？宁心，你是不是想太多了？"无涯实在看不出，一堆死人骨头有什么不对劲的。

"确实，这堆白骨没有什么问题啊，也看不出少了什么，人死后不就是这样吗？"秦羿风不像无涯那么鲁莽，仔细看了一遍之后才说。

"不，这堆白骨真的有问题。"雪天傲的眼中忽然闪过一抹寒光，八阵图还真是不简单。

"有什么问题？"无涯和秦羿风异口同声问道。

雪天傲笑而不答，看向东方宁心："宁心，你应该也看出来这堆白骨少了什么了。"

东方宁心点了点头，在无涯和秦羿风的提醒下，她想明白了。

"到底少了什么呀？宁心你快说，别卖关子了，我怎么看不出少啥了。"无涯郁闷了，他上下左右都看了，也没有发现少什么。

东方宁心指着面前的白骨："无涯，你难道不觉得埋骨处只有一堆遗骸，是一件很不合理的事吗？"

"有什么不合理的呀？不觉得呀。"人死了，最后不就变成这个样子吗？难不成还能长出一朵花吗？

东方宁心无力地摇头："无涯，这里随便一具白骨生前不是神王也是天神，作为天神或者神王，他们所用的兵器就算不是神器，也不会差到哪里去。你看这堆白骨中，有兵器吗？"

"对哦，这里一把兵器都没有，原来是少了兵器。"无涯恍然大悟，天神、神王的兵器可不简单，几万年都不会消失。

"没错，就是少了兵器。如果只有一两具白骨，还可以说一两个天神或者神王没用兵器的习惯。可是这里有上百具白骨，总不至于都不用兵器吧？八阵图启，要么阵破，要么人死。很明显我们是第一拨破阵的人，在此之前不会有人进来将这些人的兵器取走。埋骨处除了白骨，便什么都没有，这些人的兵器去哪儿了？"东方宁心用精神力搜索四周，结果半点儿东西都没有找到。

那些人的兵器，就好像凭空消失了一般。

"是呀，那些兵器去哪儿了？别说神王了，就是天神，十有八九用的都是神器，上百件神器就这么消失不见了？"这可真是一个问题，无涯盯着白骨一直瞧，真想从中找出答案来。

当然，能找到兵器就最好了。上百件神器，他可以将蓝色闪电全部武装，把蓝色闪电打造成顶级军队。

无涯想了半天也没有半点头绪，试探地问道："会不会在八阵图中？"

"不，八阵图没有这样的能力。"雪天傲万分肯定，他对八阵图研究了那么久，如果连这点都不能肯定，他刚刚在阵中就白忙活了。

"那些兵器去哪儿了？"无涯对原因不感兴趣，他感兴趣的是上百件兵器，如果能找到的话，无疑是一笔巨大的财富。

"兵器在哪里我不知道，我可以肯定，兵器失踪和八阵图无关。"雪天傲指着石碑，如同猎人看到了猎物一般，闪着饥渴的光芒。

没有解开八阵图，对雪天傲来说是个巨大的遗憾。现在，他有机会小小地弥补一下这个遗憾，当然不想放过。

像是为了验证雪天傲的话一般，小冰鼠两眼放光地看着那堆白骨，兴奋得吱吱直叫，就差没嚷着"快去找了"。

"小东西，你早就知道这些白骨有问题，是吗？难不成你之前是骗我的，你让我们来八阵图，不会是为了找遗失的兵器吧？"东方宁心捏了捏小冰鼠的耳朵，示意它快回答。

小冰鼠认真地看着东方宁心，小眼睛眨呀眨的，一副可爱娇憨的样子。小脑袋左转一下、右转一下，发现怎么也甩不开东方宁心放在自己耳朵上的手指，委屈地瘪了瘪嘴，先是摇了摇头，接着又点了点头。

"是还是不是？"东方宁心被小冰鼠弄糊涂了，这小东西总是这样，每次都不把话说清楚，它不知道这样很容易害死人吗？

小冰鼠拒绝回答，前爪朝着白骨的方向摇了摇，接着闭眼不说话，一副大爷我要睡觉了的架势。

东方宁心稍稍加重力道，又捏了捏小冰鼠的耳朵，小冰鼠却如同没有知觉一般，一动不动，东方宁心无力地收回手。

这是什么神兽，遇到事不是装死就是装睡，能不能靠谱一点儿？

要知道，他们四人可是被这小呆鼠给骗到这里的！

东方宁心越看越觉得手中这团球就是个小骗子。一步一步把他们骗到这里，害得他们想放弃都不行。

他们四人在这儿吃不下睡不着的，小呆鼠倒好了，把她的手当成窝，睡得香甜。东方宁心又在小冰鼠的肚子上戳了戳，试图把这只除了装死就会装睡的小东西给弄醒。

雪天傲却开口阻止道："算了，我们自己找。这只小冰鼠不想说的事情，我们怎么做它都不会说。"

就拿八阵图的破解之法来说，雪天傲很肯定，小冰鼠是故意把图画反的。一路走来，这小冰鼠只是引导他们，至于结果如何？却要看他们自己。雪天傲很好奇，这冰川神鼠最终会把他们引到哪里去？当然，雪天傲更想知道，冰川神鼠为什么会选中他们，或者说为什么会选中东方宁心？难道是他们的运气太好，刚好碰到了这只小冰鼠？

对于运气这种东西，雪天傲原本不信，但看到君无量和倾似也这对奇怪的兄弟后，雪天傲不得不承认，运气这种东西是存在的。

听到雪天傲替它平息东方宁心的怒火，小冰鼠如东方宁心所愿，不装睡了。两只前爪向上一伸，秀气地伸了个懒腰，便在东方宁心手上一滚，乐呵呵地看着雪天傲，似乎是在期待雪天傲找到兵器所在一般。

看小冰鼠这样，东方宁心既好气又好笑。

"你个小东西，还真是聪明得让人讨厌。"东方宁心将小冰鼠拎了起来，直接丢到袖中，"没有我的同意，不许出来。"

"吱吱！"小冰鼠不高兴地抗议，在东方宁心的袖子里滚来滚去，但很听话地没有滚出来。

东方宁心走到雪天傲的身边，看雪天傲一脸凝重，开口道："有什么我能做的吗？"

"有，用天火把石碑炼化了。"雪天傲紧绷的脸稍稍柔和了些，显然，他找到了问题的关键所在。

东方宁心诧异地看了一下石碑，没有多问，让雪天傲和秦羿风后退一步，便将火之魂召唤出来。

炽热的火焰化为一条火龙，将整块石碑包裹在中间。也不知道石碑是什么材质，被天火炼化，居然传来噼里啪啦的声音。

很快，石碑越来越小，直到变成一个婴儿拳头般大小的黑球，雪天傲才点头："可以了。"

"火之魂，回来。"东方宁心收回天火。

啪的一声，黑球跌落在地上，一动不动。

"咦，这是什么东西呀？"无涯很好奇，雪天傲怎么知道这石碑中有东西？

雪天傲沉思片刻后，才开口："如果我没有看错的话，这应该是一把钥匙，一把可以开启兵器所在之地的钥匙。"

"钥匙？锁呢？"圆球形的钥匙，他还真没有见过。不过，无涯表示理解，毕竟他没见过的东西太多了。

"锁？暂时不知道，这是机关锁，名叫双星抱月，按照金星追木星的天象制成。我们找到另外一把钥匙后，锁就会出现。到时候我们把这两把圆球形钥匙按指定的位置放好，锁就开了。"能看到巧夺天工的双星抱月，雪天傲一点也不意外。冰川丛林之中，连冰川神鼠这种天然呆的神兽都有，什么奇怪的事情不会有？

"双星抱月？什么东西呀？完全不懂。"无涯一头雾水，金星和木星他懂，但这和月亮有什么关系？

雪天傲瞥了无涯一眼，耐心地解释道："所谓的双星抱月，就是金星与木星慢慢靠拢。我们抬头看天，能看到两颗闪亮的星星在月亮上方，如同笑脸一般。"

"哦，所以呢？"无涯似懂非懂。

"所以，金星和木星就是指钥匙，月亮上方的位置就是锁，我们现在必须要找到另一把钥匙。"雪天傲说完便看着无涯，一副"你再不明白就去撞墙，别再问我"的架势。

无涯缩了缩脖子，不管明不明白都拼命地点头："哦，我明白了，明白了，你继续找另外一把钥匙。"

无涯哀怨的样子取悦了东方宁心。心情好了，她便将袖中的小冰鼠给拎了出来。

"吱！"小冰鼠欢乐地叫了一声，就跑到雪天傲的肩膀上去了，双手捧着心口，一脸崇拜地看着雪天傲，小眼睛闪着灼人的光芒，里面似有无数红心飞出。

这一次，雪天傲真是误会它了，它真不知道埋骨处有什么秘密，更不知道那些兵器的下落，当然也不明白所谓的双星抱月。

小冰鼠一副春心荡漾的样子，在雪天傲的肩膀上晃来晃去。

"扑哧……"除了雪天傲，其他三人皆忍不住转身偷笑。

雪天傲脸色一变，瞪了一眼肩膀上的小东西，示意它安分一点，不然就滚蛋。小冰鼠吓了一跳，双眼恢复清明，软到无骨的身体挺得笔直，前爪捂住嘴巴，表示：我很乖！

看到小冰鼠恢复正常，雪天傲的脸色才稍微好转。

"另外一把钥匙在哪里？"三双眼睛齐齐看向雪天傲，顺着雪天傲的视线，最后落在那堆白骨上。

"雪天傲，你别告诉我，另一把钥匙就是这些白骨？"无涯不敢相信地摇头。这也太狠了吧，连遗骸都不放过，八阵图还真是把人利用得彻底。

"你说，会是什么？"雪天傲问而不答。

这里除了石碑和白骨外，就没有什么"可疑"之物了。无涯被问得无话可说，朝着那堆白骨默默地行了个礼，侧身看向东方宁心，等待东方宁心出手。

东方宁心点了点头，朝那堆白骨说了一句："得罪了。"

右手一扬，一朵小火焰便在她的手心跳跃："火之魂，炼化！"

嘭！火焰燃起，发出哧哧的声音，白骨瞬间就被炼化，出现一个白球。

东方宁心将火之魂收回，白球落地，与刚刚炼化的黑球，刚好保持在同一水平位置。

"这就是双星抱月？"无涯看着两颗球，不得不说，这机关锁太神奇了。

"对，双星抱月，锁出来了。"雪天傲指着两颗球的上方，当白球落下时，离两球百米处，出现了两个圆孔。

"是不是把这两颗球放进去就行了？"这下无涯终于明白什么叫"双星抱月"了。

只要把这两颗球炼化出来，机关锁自然就会开。可惜，一般人就算知道了也做不到，毕竟不是什么人都有天火，也不是什么人都懂阵法。

雪天傲又白了无涯一眼："双星抱月要是这么容易开，它就不配叫'奇锁'了。"

"那要怎么开？雪天傲，你有话一次性说完行不行，这可事关上百件神器呢。"事关神器，无涯没有办法不急。

雪天傲指着地上一黑一白两颗球说道："这两个球必须保持同样的速度，在同一时间分别落到两个洞中，半秒都不能差，在两个球落下去后锁就会开。"

"这可不容易。"东方宁心沉吟道。

"万一有误差呢？"

"打不开吧。"雪天傲也不确定，这种机关锁，他也是第一次见到。

"不会有危险吧？"东方宁心不相信制这把奇锁的人，只是为了防贼。

雪天傲赞赏地点了点头："如果是我，肯定会设置有攻击力的机关，不然就失去了防护的意义。"

"我试试。"东方宁心看着一黑一白两个球，吐了口气。

走到这一步了，东方宁心不想放弃。而失败的代价她也不一定能承受，所以她必须要做到一次成功。

"吱吱……"就在东方宁心平静心神的时候，小冰鼠突然叫了起来，好像在替东方宁心打气。

"闭嘴！"雪天傲冷漠地瞪了一眼小冰鼠，吓得小冰鼠再次捂嘴，不敢动弹半分。

如此一来，倒是消除了东方宁心的紧张。东方宁心朝着雪天傲浅笑，示意他不要担心，便闭上眼，凝聚精神力。

当精神力凝聚好时，东方宁心又有些犹豫，她要以怎样的速度来推动这两个圆球呢？快还是慢？

"怎么没动？"无涯看了半天也没看到动静，心急地问了出来，却招来雪天傲和秦羿风同时投来的警告眼神。

无涯学着小冰鼠，站直捂嘴，表示自己这下真不说话了。

"看无涯这么心急，我就慢一点好了。"东方宁心将精神力覆在两个圆球上，推动它们缓缓移动，速度比蜗牛还要慢上三分。

如果不是雪天傲三人死死地盯着，都看不出它们动过。

不过百米的距离，当两个圆球到达洞口时，已是两个时辰之后。

虽说推动两个小球，耗费的精神力不会太多，但两个时辰下来，也足够东方宁心累的。

别说她了，连身后的三人都站累了，他们三人一直维持着原来的姿势，没有动过一下。现在两个小圆球就要到洞口了，他们更是不敢移动半分。

成败就在这一刻了，此时不要说无涯了，就是雪天傲和秦羿风也有些紧张，他们等得太久了，看着两个圆球一路前行，他们就一路担心。

深深地吸了口气，三人压下心中的急切，以免影响东方宁心。

可是，东方宁心已经被他们影响了，额头上的汗珠不停地往下掉，一颗心七上八下的，不停地回想着，这两个时辰以来有没有偏差？

再三确定没有问题后，东方宁心才睁开眼睛，此时两个圆球已经滚到洞口边缘处。

"同时掉下去！"东方宁心在心中默念。

圆球好像故意捉弄众人一般，不仅没有下去，反倒在洞口晃了一下。这么一个停留，众人感觉自己的心也跟着停止了跳动。

"快点开呀！"无涯恨不得上前，将两个圆球给踢进去。

圆球没给无涯机会，在洞口的边缘转了一圈后，一黑一白两个球如同约好了一般，咚的一声掉了下去。

"雪天傲，只有一道声音，是不是？"无涯双眼放光，伸手抓着秦羿风的胳膊，死命地拧着，一想到这锁打开后，就能找到那些神器，无涯就激动得想跳起来。

没等来雪天傲的回答，倒是等来秦羿风不爽的声音："无涯，你抓的是我的手。"

"知道，我不是不敢抓雪天傲的手嘛。"无涯大方地承认。

秦羿风气得正想敲打一下无涯，东方宁心却不安道："雪天傲，怎么没有反应？"

圆球掉下去这么久了，机关锁却未开，难道她失败了？

秦羿风和无涯的脸色一变，两人面面相觑，一时间有些无所适从。

雪天傲看了一眼毫无动静的两个洞口，朝东方宁心点头："不用急，再等等，很快就会有反应。"

这么长的时间没有反应，只能说明真正的锁离地面很远，两个圆球需要时间，才能找到锁的位置。

果然，当雪天傲的话音落下，地底传来咔嗒一声，紧接着又是吱吱呀呀机关运转的声音。

"雪天傲，锁开了！"东方宁心高兴地叫了一句，一脸灿烂地看着雪天傲。她终于能体会无涯兴奋而激动的心情了，因为此时的她也是如此。

"是，锁开了。"雪天傲眼中带笑，整个人都柔和起来，看着东方宁心，眼中所蕴含的情意毫不遮掩。

铁汉柔情，雪天傲没有把东方宁心迷倒，反倒把肩膀上的小冰鼠给迷倒了。小冰鼠在雪天傲的肩膀上一脸陶醉，晕乎乎地转了两圈后，雪白的身子往下一栽。

"小心！"东方宁心及时将小冰鼠捞住，同时也将两人之间的脉脉情深给打断了。

雪天傲虽然无力，但看到小冰鼠昏死在东方宁心的手上，责怪的话怎么也说不出口，反倒关切地问道："它没事吧？"

"没事，这一次是真的睡着了，不是装的，我想它也累了。"东方宁心有几分心疼，小心地将小冰鼠放在怀中，替它调整了一个舒适的位置。

"呼呼……"小冰鼠睡得香甜，小嘴还吐着泡泡。

要是东方宁心知道，这小东西是因为窥视她男人而发花痴晕倒了，会不会将小冰鼠直接丢到地上？

可惜，东方宁心没有机会发现了，当地底下吱吱呀呀的声音停下后，小洞口处出现了一个细长的弯月形入口，入口加上两个小洞口，看上去就如同笑脸一般。

"走走走，我们快去找神器。"无涯兴冲冲地上前，第一个跳了下去。

东方宁心、雪天傲和秦羿风紧随其后，从弯月入口跳了下去……

第十四章
神兽的骄傲

黑暗中，一团小火苗在东方宁心的手中闪耀。借着天火的光芒，东方宁心发现，他们正处于一个山洞之中，左右都有路。东方宁心用精神力看了半天，也看不出哪条路是往里走的，哪条路是往外的。

"咱们往左。"东方宁心决定赌一把。

"好。"雪天傲应得很干脆。左或者右都不重要，他们最后一定会到达目的地，这一点雪天傲无比肯定。

四人朝左边走去，走了半个时辰还没走到尽头，而且越往前走越阴暗潮湿，空气中弥漫着一股腥臭味。

"雪天傲，好像不太对劲。"一行人当中，就数东方宁心对危险最为敏感了。

她的话音刚落，雪天傲便停下脚步，寻找半天后，视线落在洞壁那黑色的苔藓上。黑色苔藓厚重潮湿，仔细看会发现，上面居然有浅浅的印记。

看到印记，雪天傲露出一抹了然的笑容："看样子这里有神兽守护，从黑藓上的印记来看，应该是黄泉玄武。"

无涯拍了拍秦羿风的肩膀，一脸羡慕地说："运气真好。"

黑暗系的神兽，更适合秦羿风这个魔主。

秦羿风没有无涯那么乐观，不无担忧道："黄泉玄武可不是那么好驯服的。"

在鬼族，他见识过黄泉玄武的厉害。未成年的黄泉玄武，就是天神也不一定能驯服，更不用提成年的黄泉玄武了。

"这你就别担心了，东方宁心和雪天傲连神圣银龙、黑凤凰都能驯服，一只乌龟怕啥。"无涯一点也不担心，当时他们连神者都不是，还不是一样把鬼族的黄泉玄武给杀了。

"那是意外。"正面较量的话，东方宁心和雪天傲联手也不是黑凤凰的对手。

"天傲、宁心，对于契约兽我并不在意，黄泉玄武能杀就杀，不必刻意驯服。契约兽不过是外界的助力，有固然好，没有也不用勉强。"秦羿风担心东方宁心和雪天傲为了帮他驯服黄泉玄武，做出杀敌一千自损八百的事情，这不是他想看到的。

"先过去看看再说，有时候意外也是实力的一部分。"对于秦羿风，东方宁心有种说不出来的愧疚和心疼。如果真是黄泉玄武，她就算将精神力耗尽，也会替秦羿风驯服。

他，值得拥有这世上最好的一切！

将小冰鼠丢给秦羿风，东方宁心特别交代秦羿风，等会儿他们与黄泉玄武对战时他不要出手。

秦羿风点了点头，他从来都清楚自己的实力，绝对不会做超出自己能力范围的事情。

对秦羿风，东方宁心和雪天傲是放心的，他们最放心不下的是无涯，这孩子一见到宝贝，就忘了自己几斤几两。

耳边隐隐传来水声，东方宁心和雪天傲径直走到黑水边，看着平静的水面，不由得相视一笑：还没开打就装缩头乌龟，以为这样我们就拿你没办法了吗？天真！

"雪天傲，我把它逼出来。"东方宁心眼中闪过一抹寒光，"火之魂，出来。"

火之魂似乎早就知道东方宁心要做什么，飞快地蹿出东方宁心的手心，化作一团火焰朝黑水飞去。

黑烟冒起，黑水以肉眼可见的速度减少，黑亮的乌龟壳很快就露了出来。

池水见底，东方宁心收回天火，只见池底有一层黑色的粉末状物体，黄泉玄武就趴在黑色的粉末上。

黄泉玄武缓缓抬头，阴冷的双眸看向东方宁心和雪天傲："人类，你们好大的胆子，竟敢擅闯凌月洞府。"

"凌月洞府？这里吗？"东方宁心不屑地回问。

"人类，滚！凌月洞府不是什么人都可以踏入的。"黄泉玄武傲慢地昂着头。

"滚？凭你还没有这个资格，这里有资格让我们滚的，恐怕只有这凌月洞府的主人了。"东方宁心试探地说道。

这座洞府既然有名字，主人又能设下八阵图和双星抱月这种奇锁，想必不是一个简单的人物，最好还是问清楚对方在不在才好，万一没死，他们可就撞枪口上了。

黄泉玄武不知人类的狡诈，东方宁心不过是如此一说，它便直接答道："愚蠢的人类，要是凌月洞府的主人在此，你们还能活着走到这里？凌月洞府的主人曾是上古第一高手。"

不然，堂堂玄武神兽怎么会在这里替人看门，一看就是上万年。

东方宁心满意地点了点头，主人不在就好办了，无主之物，能者得之。

唰！东方宁心一挥凤剑，直指黄泉玄武："既然凌月洞府的主人不在，你也没有必要留在这里了。"

"哈哈哈……小小的天神也想杀我？"黄泉玄武笑得张狂，"不知天高地厚的臭丫头，现在就让你见识一下我黄泉玄武的厉害。"

黄泉玄武猛地从池中冲了起来，巨大的身体在半空中旋转："玄冥旋涡！"

以黄泉玄武为中心，黑色的毒液化为利刃，朝东方宁心与雪天傲飞射而来，巨大的冲击力逼得东方宁心与雪天傲连连后退。

两人眼中同时闪过一抹惊讶——成年的黄泉玄武果然很强，不过他们也不是吃素的。

"黑暗守护！"东方宁心随手一扬，一道黑色的屏障呈扇形护在身前，将毒刃全部挡了回去。

"黑暗守护？你是冥界的人？"黄泉玄武停下攻击，不解地看着东方宁心，冥界的人怎么会来这里？

"是又如何？"

"这里不是你们该来的地方。"黄泉玄武的眼神越发冰冷，隐隐有着一抹惧意。

"这里也不是你该待的地方，你可是冥界的神兽。"对于黄泉玄武的来历，东方宁心很清楚。

"你想怎样？"黄泉玄武全身一颤，似乎在害怕。

咦？莫非这家伙是从冥界逃出来的？东方宁心眼波一转，威胁之意十足地说："跟我回去！"

"不，我绝不回冥界。"黄泉玄武的龟壳都绷紧了，看着东方宁心的眼神越发不善。

"不回？那就受死吧。"东方宁心凌空跃起，不知何时，手中突然出现一朵以真气凝聚而成的黑色莲花。

"黑莲烙！"黑莲从东方宁心手中飞了起来，在半空中绽放，如同黑暗中的王者，每一片花瓣都散发出让人战抖的肃杀之气。

"黑暗神工？你是黑暗神工？"黄泉玄武咚的一声从半空摔落，绝望地看着黑莲。

黑莲悬在半空绽放，花朵越来越大，将整个池子都给遮住了，真气在花瓣间流转，生成莫大的威压。

"下去。"东方宁心手心朝下，只见整朵黑莲瞬间翻转，花瓣朝下，朝着黄泉玄武压下。

黄泉玄武不知是吓傻了还是怎么了，呆呆地不动，巨大的身体除了战抖，什么也没做。

无涯在一边看得莫名其妙，心中暗道："这黄泉玄武也不怎么样嘛，三两下就被打趴下了。"

如果黄泉玄武知道无涯这么想，肯定气得吐血：有本事你和老子打一场，老子不把你打趴下，就不是玄武的种。

黄泉玄武甘愿留在这个破洞之中，就是因为得罪了幽冥之神。幽冥之神把它打怕了，以至于现在一看到冥界嫡系它就发抖，根本兴不起半点儿反抗的心思。

不过，黄泉玄武自信，这群人想杀它或者收服它也不那么容易，打不过它不会躲吗？只要往龟壳里一缩，就连幽冥之神也奈何不了它。

黑莲啪的一声落到黄泉玄武的壳上，瞬间缩至巴掌大小，牢牢地烙在了龟壳上。

"啊！"黄泉玄武痛得直伸脖子，凝聚的真气完全被黑莲给打散了。

等的就是这一刻！东方宁心暗喜，手一扬，柳云藤嗖地飞了出去，直接缠住了黄泉玄武的脖子。

"嘶——"黄泉玄武痛哼一声，双眼惊恐地看着东方宁心，这个女人太阴险了，居然趁它失神时下狠手。

东方宁心懒得理会这家伙，手中的柳云藤一扬："起来。"

"玄武术杀。"黄泉玄武被柳云藤吊在半空，四脚不停地乱蹬，身后的龟壳突然飞了出来，在半空中化成一把把利刃，朝着东方宁心射去。

"试试光明神罚吧。"雪天傲不急不缓地凝聚真气，从容出招。

黄泉玄武闻听此言，再次愣住：光明神王？怎么可能？

轰！黄泉玄武这致命一击，完全被雪天傲所制，强大的真气冲击，将处于爆炸中心的它炸得体无完肤。

刺眼的光芒照亮整个山洞，在一片强光之中，东方宁心似乎看到一颗七彩珠子一闪而过。随后整个山洞突然晃动起来，落下无数的沙石。

难道是我看错了？东方宁心无暇多想，只得将此事搁下，转脸对黄泉玄武说道：

"黄泉玄武，臣服吧。"

"杀了我吧，我黄泉玄武宁死不屈。"说罢它摆出一副宁死不屈的架势，与东方宁心对抗。

听到拒绝，东方宁心并不意外，继续收紧柳云藤："杀你太便宜你了，神兽全身上下都是宝，既然你不从，我就一件一件将你身上有价值的部分取下来好了。"

唰！凤剑亮了出来，凤凰特有的气息让黄泉玄武一怔，回过神后的黄泉玄武，那双绿豆眼越瞪越大。

它到底遇到一群什么人，居然敢拿凤凰炼剑，她就不怕凤凰一族的追杀吗？

"四大神兽，凤凰对玄武，你说谁胜谁负？"说话间，东方宁心的剑尖指向黄泉玄武的脖子，不过轻轻一划，便划出一条血痕。

轻蔑地扫了一眼血肉模糊的黄泉玄武，东方宁心不屑道："黄泉玄武的防御力也不过如此。"

"唔唔……"黄泉玄武气得快疯了，整个身子又在半空中转了起来，脖子被柳云藤越勒越紧。如果不是条件不允许，它真想大声咆哮："有点常识好不好，玄武的防御力在龟壳上，不在肚子和脖子上，你们把我吊在这里对着我的弱点打，还好意思笑我防御差！"

东方宁心才不管黄泉玄武的愤怒，手中的凤剑一路往下，从脖子到腹部，所到之处，皆划出一条血痕："凤剑果然够锋利。"

见黄泉玄武的注意力都在柳云藤和凤剑上，东方宁心知道，机会来了。

"黄泉玄武，臣服吧。"强大的精神力朝着黄泉玄武冲击而去。

黄泉玄武直接蒙了，它根本没有想到东方宁心会用精神攻击。和神兽相比，人的精神力相差甚远，不然契约神兽也不会那么难。可是，面前这个白衣女子的精神力，绝对是逆天的存在，别说同等水平下无敌了，就是和五界之主相比，也只强不弱。

"臣服吧，黄泉玄武！"东方宁心明明没有说话，但是黄泉玄武的脑子里，却一遍一遍地回荡着这句话。

黄泉玄武很清楚地知道，这是精神力的威压，而它无法挣脱。狡诈的人类，拥有如此强大的精神力，居然还用柳云藤和凤剑来威胁它，简直无耻至极。

该死的，它根本没有想到对方会有这么强大的精神力，这下惨了，它也许会成为史上唯一一只被契约的黄泉玄武。

难道它注定就是被人类契约的命吗？当年九死一生才逃出冥界，躲开了幽冥之神的契约，没想到今天却栽在一个小丫头手中。

幽冥之神，我恨你！要不是你当年把我打得太狠了，我也不至于一见到冥界的人就胆战心惊……

泪，缓缓地从黄泉玄武的眼中流出，东方宁心看着不再挣扎的黄泉玄武，心中暗喜，再次加重精神威压："黄泉玄武，臣服吧！"

"我……"黄泉玄武低声应着，"臣服"二字却始终没有说出口。由此可见，玄武一族的意志也是非同寻常的强大。

"黄泉玄武，臣服是早晚的事情，你越是抗拒，受的苦越多。"东方宁心也不着急，她就不信比精神力会输给这只黄泉玄武。

"我不甘心，哪怕注定要臣服，我也要拼上一拼！"黄泉玄武咆哮一声，整个身体瞬间膨胀起来，嘭的一声挣脱了柳云藤的束缚。

柳云藤被挣开，东方宁心一个趔趄，后退一步，精神力也随之一颤。

让黄泉玄武臣服可不是一件容易的事，这一点她很清楚。无视黄泉玄武的咆哮，东方宁心闭目，准备开启精神领域。

看到东方宁心没有反击，黄泉玄武心中暗喜，张狂地朝东方宁心与雪天傲扑去。

"玄武践踏！"半空中，黄泉玄武那四条粗壮的小短腿瞬间拉长、放大了数百倍，如同石柱一般，强横无比，完全不需要真气，就这么一脚下去，也能够将天神以下的人踩扁，将天神以上的高手踩成重伤。

四只巨足分别朝四人踩去，黄泉玄武这是想一锅端了。

雪天傲不屑地冷哼一声，剑光一扬，"神王领域"四个字从他的嘴里说了出来，带着一丝轻视与同情。

"什么？神王领域？"黄泉玄武的身躯在半空一滞，不敢相信地看着雪天傲，不过是神者九阶，怎么可能拥有神王领域，这绝对是骗人的。

下一秒，黄泉玄武就感觉自己的力量瞬间减弱了，黄泉玄武真觉得自己快疯了。坑神兽呀——天神的精神力比五界之主还强，神者九阶就拥有神王领域，这群疯子……

黄泉玄武泪如雨下，早知如此，它就不拼了。

"唔！"黄泉玄武低叫一声，收起攻势，朝无涯与秦羿风踏去。

这两人看上去实力不弱，但明显比前面两个妖孽差，它就不信这四人全是疯子级别的高手。

"柿子挑软的捏？不吭声，你就当我们是软柿子？"无涯和秦羿风冷哼一声，和东方宁心与雪天傲相比他们是弱了点儿，但一只受伤的玄武也敢在他们面前叫嚣，真当战神宫和魔宗是吃素的吗？

"魔云圣诀！"秦羿风飞剑出鞘，魔云圣剑在半空飞转，每走一招就有一朵魔云形成，魔云叠加，直到九十九朵之后，朝着黄泉玄武的巨足飞去。

"魔宗的人？神、冥、魔三界都有了，这是什么组合？"黄泉玄武再次流泪，魔云与四足相撞，黄泉玄武感到自己就像踩在了棉花堆里，软绵绵的使不上一点儿力道。

无涯生怕黄泉玄武今天收到的"惊喜"不够多，很帅气地朝着黄泉玄武说道："黄泉玄武，今天就让你见识一下战神宫的秘技。"

无涯双手握着辟邪剑，眼神凌厉，一身肃杀之气让人退避三舍。

"战神宫？"黄泉玄武已经彻底蒙了，只凭本能冲向无涯。

如果它还有血可吐，它一定会吐血三升，以纪念今日的霉运。本以为这两个人好欺负，没想到这两个人也是大有来头。想来也是，光明神王与黑暗神王身边的人，怎么可能会是弱者。要怪就怪它在这个地方待太久了，完全不知道外面发生了什么。

"战神风云！"无涯手中的剑在半空中飞舞，剑光划出无数道曲线，代表战神宫的标志很快就出现在众人的面前。

战神宫的标志刚一成形，便直朝黄泉玄武扑去，威力堪比千军万马。

黄泉玄武的斗志本就被磨得所剩无几，面对无涯这一击，它本能地将四肢和脑袋缩进了壳里。

轰！只此一击，就将黄泉玄武直接撞飞，坚硬的龟壳与洞壁相撞，山洞瞬间倒塌，无数巨石压在黄泉玄武的身上。

这一击看似强悍，但对黄泉玄武来说，其实没有太大的影响。它的龟壳是这世间最强硬的防御，石头对它完全造不成影响。不仅如此，黄泉玄武直接躲在巨石堆里不出来了。

数百万斤重的巨石压在上面，就算是天神，想要挪开也需要真气和时间，有这些时间，完全可以找到逃脱的办法。

可惜，黄泉玄武太小看东方宁心和雪天傲了，抱着这种想法窝在原地一动不动时，东方宁心开启了精神领域，战场已从山洞换到东方宁心的精神领域。

"黄泉玄武，抬起头来。"在精神领域里，东方宁心就是女王，她的话就是命令。别说黄泉玄武了，就是五界之主，在东方宁心的精神领域里也得低头。

"这是哪里？"黄泉玄武不安地打量着四周，自己明明被埋在巨石中，正想乘机挖一条地道逃走，怎么就来到这里了？是在做梦吗？

周遭的一切，完全是陌生的，世界变得太快，黄泉玄武有点迷糊，完全弄不清状况。

"我的精神领域。"东方宁心走到黄泉玄武面前，居高临下地说道，强大的王者之气，让黄泉玄武不自觉地趴下，看起来就好像臣服在东方宁心的脚下一般。

"精神领域是什么东西？"黄泉玄武笨重的脑袋不停地摇晃，记忆中，根本没有这种东西存在，难道说在这里待久了，和外面完全脱节了吗？

"你也可以理解为是精神空间，在这里我便是主宰。"东方宁心说话时，声音没有半丝起伏，感觉就像在说"今天天气不错"一样平常。

黄泉玄武却无端地战抖起来，五界之主也只能创造出一个普通的空间，面前这位居然能够创造出精神空间，这要有多么强大的精神力，才能建立一个空间！

神兽的精神力号称五界最强，然而迄今为止，也没有哪只神兽能够创造出精神空间，面对这样的对手，还能有胜算吗？

"你，你们到底想做什么？"黄泉玄武这次是真的没有半点儿斗志了，萎靡不振地看着东方宁心。

"不怎样，做他的契约兽就行了。"秦羿风刚才那一击，不仅展现了他的实力，也表明了他的身份。

黄泉玄武配魔宗之主，虽然有点儿高配，但在绝对的实力面前，黄泉玄武想反抗也是不可能的。

本以为这事十拿九稳，不料黄泉玄武听到后直接翻身，四脚朝天，将自己的弱点展现在东方宁心面前："你杀了我吧。"

东方宁心一愣，随即笑了："你应该明白，我要杀你，你早就死了。"

"我不会臣服。"黄泉玄武倨傲地说道。

"你别无选择。"在精神领域，要施加精神压力不费吹灰之力。

"我绝不同意成为人类的契约兽。"黄泉玄武双眼血红，态度坚决。

"无妨，在精神领域，只要将你的精神力耗尽，便由不得你不臣服了。"能心甘情愿当然是最好的，但这显然是不可能的。

"我不会让契约成功的，我会自杀。"

"我不会让你死的。"

"无耻的人类！"

东方宁心不再言语，只用一双清亮的眸子看着黄泉玄武，她倒要看看这家伙能撑到何时。

就在此时，小冰鼠突然蹿到黄泉玄武身边，伸出小前爪，一脸不爽地拍在黄泉玄武的肚皮上："吱吱！"

"小东西，你这是干吗？"东方宁心收回精神威压，不解地问道。

"吱吱……"小冰鼠得意地叫了两声，好像在说，接下来就交给我吧。

小冰鼠骄傲地仰着头，神气的样子没有半分威严，只会令人感觉好笑，看不出半点儿王霸之气。可是，恢复自由的黄泉玄武，一看到小冰鼠就卑怯地匍匐在它的脚下，比狗还乖。

这小东西到底是什么来头，居然能让黄泉玄武低头？

黄泉玄武匍匐在小冰鼠面前，如同犯错的孩子一般，没有小冰鼠的命令就不敢抬头。

小冰鼠直立起来，挺了挺软绵绵的小身子，失望地看着黄泉玄武，一副恨铁不成钢的样子。黄泉玄武越发羞愧，头埋得更低了。

东方宁心与雪天傲相视而笑，静等小冰鼠驯服黄泉玄武。

没让东方宁心等太久，小冰鼠觉得威风耍够了，很不客气地朝着黄泉玄武吱了一声。

这一声是什么意思，东方宁心与雪天傲不明白，只看到黄泉玄武一脸错愕地看着小冰鼠。

啪！没得到自己想要的答案，小冰鼠二话不说，一爪子拍在了黄泉玄武的脸上。

黄泉玄武下意识地想躲，在转头的那一霎却停住了，不仅没躲开，反倒将脸凑过去，方便小冰鼠打。

这一巴掌下去，黄泉玄武的脸上浮出一个鲜红的爪印。黄泉玄武却什么话也不敢说，低着头，一副"我知道错了"的样子。

"吱吱！"小冰鼠非常不爽地大叫，一副不满的样子。这一次，黄泉玄武不敢忤逆，连连点头，一副乖顺的模样。

两只神兽的交谈，他们虽然听不懂，但能猜出大概的意思，看来黄泉玄武同意被契约了。

东方宁心与雪天傲看得那叫一个无语，敢情他们打了半天，又是出力又是流汗的，全都白忙活了，还不如小冰鼠那一爪子好使。

第十五章
命运的力量

小冰鼠驯服黄泉玄武之后，东方宁心便解除了精神领域。

从精神领域出来后，不须东方宁心与雪天傲动手，黄泉玄武就自动从石头堆里爬了出来。

黄泉玄武虽然依旧不怎么情愿，但还是乖乖地爬到了秦羿风的脚边，闭上眼睛，一副任人宰割的样子。

秦羿风看着黄泉玄武，略有几分犹豫，如此勉强地契约它，日后会不会无法相处？

他虽想契约神兽，但骨子里也是骄傲的，他希望他的神兽能和主人默契配合，心甘情愿地臣服。

"怎么了？你不想要？"东方宁心不解地问道，秦羿风不会这个时候才说不要吧？他们岂不是白忙活一场。

"不是，只是觉得太过勉强了。"秦羿风也很矛盾。

"你见过玄兽会心甘情愿地匍匐在你脚下吗？"雪天傲没好气地白了秦羿风一眼。

"那只不就是吗？"秦羿风指着小冰鼠，不仅小冰鼠，连小神龙也是心甘情愿被东方宁心契约的，不是吗？

"哼，你以为你是东方宁心啊！要么契约，要么走人，犹豫不决还像个男人吗？！"雪天傲一脸骄傲地说。

"雪天傲，你什么意思？"秦羿风气得直磨牙，他不就是感觉自尊心受了点小伤嘛，雪天傲至于把他贬得那么低吗？

这只黄泉玄武压根儿看不上他，臣服于他也不是因为他的武力，而是因为小冰鼠的威压，没有小冰鼠的威压，黄泉玄武宁死不屈，这样的神兽，就算契约了又能如何？

大家相看两相厌，日后怎么并肩作战？

"我知道自己的名字，不用你提醒。这只黄泉玄武是你的了，是契约还是放手都随你。"雪天傲懒得和秦羿风多说。

秦羿风的担忧在他眼中什么都不是，自己看中的东西就下手，到手后有的是时间和机会调教。难不成，秦羿风认为自己连驯服一只神兽的本事都没有？

雪天傲无意与秦羿风多言，对东方宁心道："走，我们去找那些神器的下落。"

"好！"东方宁心应了一声。秦羿风的矛盾，她同样不懂。本质上，她和雪天傲一样，认准目标就下手，不达目的绝不罢休。

不过，转身离去前，东方宁心还是说了一句："羿风，玄兽喜欢自由，神兽更是骄傲。想让神兽心甘情愿地臣服你是不可能的。别说你，就是五界之主也做不到。你别把小冰鼠当成正常神兽来看，这就是一只奇葩。至于这只黄泉玄武，我和雪天傲的意见一样，你想要就契约，不想要就算了。"

东方宁心与雪天傲跃过黑水池，将秦羿风与无涯留在原地。

秦羿风看着黄泉玄武，一脸的犹豫，他到底要不要契约呢？

李漠远也是用强制的手段契约了黑凤凰，结果这一主一兽，时不时就大打出手。

李漠远命令黑凤凰办事，十次有九次，黑凤凰会办砸。黑凤凰桀骜不驯，时不时就给李漠远添麻烦，以玩死李漠远为目的。

契约到这样的神兽，有时候也是一种麻烦。他不想和李漠远一样，被一只契约兽给欺负。

黄泉玄武的实力明显比他高，日后还不得被自己的契约兽看扁了。可要是不契约，再想遇到这种级别的神兽，可能性微乎其微。

无涯拍了拍秦羿风的肩膀："哥们儿，我理解你，有时候神兽比主人强，对主人来说也是一种耻辱。"

现在想想，他契约小闪电豹也挺好的，至少小闪电豹会打心底把他当主人，也会崇拜他这个主人。

秦羿风苦笑一声，无涯的重点不是关心秦羿风，说了这么一句话后，无涯就进入正题："羿风，和你商量个事行不行？"

"什么事？"秦羿风一愣。

"那个……就是，在你想明白之前，可不可以先切块龟壳给我呀？"无涯一副不好意思的样子，双眼却一直盯在黄泉玄武的壳上，仔细计算着该切多大、切哪个部位好。

秦羿风还没有说话，黄泉玄武就被无涯盯得全身发抖，刚想反抗，一抬头无涯怀中的小冰鼠就吱了一声，吓得黄泉玄武连忙低头，慢吞吞地爬到秦羿风的脚边："魔主大人，你还是契约了我吧，我保证心甘情愿，真的，真的……前提就是你别让人切我的壳。"

黄泉玄武抱着秦羿风的裤脚哀求，服了，这次真的服了，你快契约吧。

"不是吧！"无涯看着一人一兽之间的感情瞬间飙升，气得差点没吐血。

无涯抱着秦羿风的胳膊，无赖地大叫："秦羿风，我不管，你要切块龟壳给我。"那件上古作战服，就靠这乌龟壳了。

"主人，不要呀！"黄泉玄武眼泪鼻涕一大把，哭得好不伤心。

"秦羿风……"

"主人……"

一人一兽，争执不休，东方宁心与雪天傲懒得管，一心寻找那些神器的下落，但在山洞中找了半天也没有找到。

"怎么找不到？"她开启精神领域，明明感觉到神器的气息了，而且就在附近，绝对不超过千米。

"难道神器会消失，或者被黄泉玄武的毒液给腐蚀了？"雪天傲大胆地猜想。

"应该不会，那可是神器，黄泉玄武还没那个能耐，而且这里还有神器的气息。"这就是东方宁心不解的地方，她明明能感觉神器就在这里，为何寻不到？

"没错，那些神器还在这里，可是你们找不到。"黄泉玄武跟在秦羿风的身后，慢悠悠地爬来。

看着一人一兽出现，雪天傲和东方宁心并不意外，契约时产生的能量，他们已经看到了。秦羿风契约了黄泉玄武，他们心头的一件大事也就放下了，至于秦羿风能不能让黄泉玄武甘心为他所用，就不是东方宁心与雪天傲要担心的事情了。

看着神色自然、没有半分委屈的黄泉玄武，东方宁心知道秦羿风至少成功了一半。无视无涯委屈与不甘的神情，她直接问黄泉玄武："那些神器在哪里？"

"你们是想要那些神器，还是想要那些神器带来的力量？"黄泉玄武不答反问。

"这有区别吗？"东方宁心看着黄泉玄武，示意别拐弯抹角，有话直说。

黄泉玄武不惧东方宁心，却惧东方宁心手中的小冰鼠。黄泉玄武将心中的不爽压下，无奈地说道："凌月洞府共有一百三十六件神器，这些神器看似在凌月洞府，实际上在另一个空间，你们能感受到神器的存在却永远都拿不到。"

"另一个空间？"能一直存在的空间，凌月洞府的主人到底有多强大？

黄泉玄武点了点头："没错，一个哪怕是主人死后，也一直存在的空间，除了那些神器，凌月洞府主人留下的宝藏也在那个空间之中。"

"凌月洞府的主人到底有多强，为什么我们从来没有听说过他呢？"东方宁心和雪天傲对这凌月洞府的主人越来越感兴趣了，这样的人物，就是和五界之主相比，也只强不弱，为何会陨落？

黄泉玄武苦笑道："你们没有听过很正常，这世间奇才辈出，但并不是每个奇才都有成长的空间，天妒英才这种事情什么时候都会发生。无论他生前多强，死后便只是一堆白骨。"

"天妒英才吗？"不知为何，东方宁心对这四个字特别在意，默默地看向雪天傲。她想到了创始之神和幽冥之神，他们两人是不是也被天妒呢？

想来应该不是，他们今天拥有的一切，很大程度上是由天地规则给予的。

雪天傲也看向东方宁心，他想到的是东方宁心。要提奇才、英才，东方宁心必然要算一个，天真的会嫉妒吗？如果天真的会嫉妒，又会如何出手呢？

东方宁心与雪天傲视线相对，满脸凝重，想起几次与天地规则交手的情景，又暗自摇头。就算天妒英才也与他们无关，无论是五界之主还是千叶都比他们强。再说了，现在不是想这些的时候。

他们现在能做的，就是提升自己的实力与势力，到时候别说五界之主，就是天也不能随意摆布他们。

压下心中的不安，东方宁心与雪天傲不打算继续这个话题。他们来这里的目的，是为了八阵图中的东西，收服黄泉玄武只是意外，并不能因为这个就放弃凌月洞府的宝藏。

东方宁心四处打量一番之后，便问黄泉玄武另一个空间的入口在哪里。

黄泉玄武摇头，如果它知道的话，早就溜进去了，哪里会留在这里让东方宁心收服。

没有另一个空间的消息，东方宁心便询问关于凌月洞府主人的事情，希望能借此打开另一个空间。

可惜黄泉玄武对凌月洞府的主人知道得也不多，也没有见过凌月洞府主人，只知道凌月洞府主人的真气修为，比五界之主还要高。

至于凌月洞府的主人擅长什么、为什么会死、死在什么人手中，一概不知，只知道这凌月洞府乃他随手所建。里面的东西，都是一些可有可无的小物件，凌月洞府主人真正的宝藏根本不在这里。

听到这里，东方宁心与雪天傲只有沉默。随手而建的洞府，就用八阵图这种要人命的阵式，还真是大手笔。

黄泉玄武提供不了有价值的东西，东方宁心也就懒得理，秦羿风将黄泉玄武放到契约空间，四人一鼠便在这山洞里四处寻找藏宝空间的入口。

诚如黄泉玄武所言，他们能感觉到神器的存在，偏偏找不到神器的踪迹。整个山洞空空如也，既无机关又无密室，连能量波动都没有，根本无从找起。

山洞在他们的暴力摧残下，恐怕撑不了多久，站在飞沙落石的山洞中，东方宁心与雪天傲越发冷静。

他们对空间的了解太少了，智取是不可能了，唯一能做的就是以暴力打破空间壁障。

他们拥有打破空间的能力，前提是得知道空间在哪个方位。如果无法确定方位，乱打一通，只会白白浪费真气。

东方宁心与雪天傲在四周查看，不停地寻找可疑之处。这时小冰鼠也睡醒了，双眼贼亮地看着东方宁心与雪天傲，吱吱吱叫得贼欢，那样子好像在说：我知道空间在哪里，想知道吗？快求我啊！

东方宁心看着小冰鼠，并没有询问，想了许久，突然说道："雪天傲，我大概知道空间在哪里了。"

她想到和黄泉玄武对打时，有一道七彩的光芒闪过。原本她以为是自己眼花了，现在看来，那应该就是藏宝的空间所在。

"好，我们去看看。"雪天傲没问东方宁心是怎么知道的，东方宁心也没有解释，转身一指，正好是她看到的那道七彩光芒的所在。

雪天傲点头，刚迈步，就发现自己的裤脚被小冰鼠给咬住了。别看小冰鼠个儿小，被它这么一咬，雪天傲还真是无法迈步。

"放开。"雪天傲低头，不复先前的和气。

小冰鼠吓了一跳，可即便如此，小冰鼠也没有耍脾气，反倒更加狗腿地在雪天傲的脚边蹭了蹭，讨好的意味十足。

"让开。"雪天傲移了移脚，威胁道。

"吱吱……"小冰鼠委屈地叫了两声，它不敢和雪天傲硬来，可怜巴巴地看向东方宁心，希望东方宁心替它求情。

它知道，这一招绝对好使，只要它一摆出这个表情，东方宁心就会按它的想法行事。可是，这一次失效了，东方宁心像是没有看到一般，大步离去，神情中透着一抹受伤。

她知道，雪天傲也发现了，小冰鼠有七窍玲珑心，但并不表示可以将他们耍得团团转。小冰鼠看似不经意地提醒和出手，却左右了他们前行的方向，让他们不得不被它牵着鼻子走。

他们遇到危险，小冰鼠不会轻易出手，但一出手必是最佳效果，隐隐让他们有种离开了小冰鼠，他们将会困难重重、无法活着走出冰川丛林的感觉。

他们和小冰鼠意见相左，这小东西总是用各种办法让他们妥协。一两次当然没有问题，长此下去，他们就会依赖这小东西，视这小东西为主心骨，久而久之，他们就会有一种离了小冰鼠将无法前行的感觉。

最初东方宁心还没有这样的感觉，毕竟这小东西无论是外表还是行事，都是一副憨厚天真的模样，怎么可能耍这样的心计？

就在刚刚，东方宁心明白了。神兽终归是神兽，活了数万年，智慧比起人类，只强不弱，神兽要是算计起人来，防不胜防。

连黄泉玄武见了都要卑躬屈膝的神兽，东方宁心一点也不相信，会被一群冰川玄兽追得满丛林跑。只须一句话就能让黄泉玄武臣服的神兽，东方宁心更不相信其会不知道自己无法契约玄兽。

从出现到契约，再到把他们引到这里，出手帮他们，小冰鼠每一步都算得恰到好处，看似处处为他们着想，一点点消除他们的戒心。也许小冰鼠没有恶意，但是这种被算计的感觉还是让东方宁心很不高兴，再也无法像之前那般信任小冰鼠了。

东方宁心的冷淡让小冰鼠愣住了，雪天傲亦没有安慰的意思，冷漠地离去。如果不是他们明白，小冰鼠没有伤害他们的意思，他和东方宁心早就出手杀了这个小东西。

小冰鼠立在原地，一动不动，看着东方宁心与雪天傲离去的身影，眼中闪过一抹惊慌，就如同被人遗弃的孩子一般。

无涯于心不忍，将小冰鼠抱了起来，如果说之前他还不明白，现在就懂了。东方宁心与雪大傲从来不是过河拆桥的人，小冰鼠帮了他们这么多，再加上又这么可爱，东方宁心与雪天傲绝对不会这般冷淡。现在这种情况，只说明一个问题，就是小冰鼠接近他们恐怕别有用心。

"你个小东西呀，这么一点儿大，就玩心计，真是的……"无涯摇了摇头。

小冰鼠委屈地在无涯的手心蹭了蹭，不玩心计行吗？不玩心计，东方宁心和雪天傲早就离开冰川丛林了，哪儿会任其带着在这里乱转。

小冰鼠情绪低落，东方宁心与雪天傲无视，两人很快就来到东方宁心所说的地方："雪天傲，空间静止只能维持五秒，五秒内如果不能打破空间屏障，我们就只能再等了。"等她恢复精神力,可以再次发出空间静止。

"可以。"简短而自信,这就是雪天傲。

就在两人准备出手时,小冰鼠突然蹿到东方宁心面前,双眼红红地看着东方宁心,似乎在告诉东方宁心,自己可以帮忙。

东方宁心笑了笑,没有刚才那么冷漠,但也没有初见时的亲昵:"不用了,我们自己可以做到。小冰鼠,没有你,我们想做的事情一样可以做到。同样,我们不愿意做的事情,任何人也逼迫不了。"

小冰鼠一听,长长地叹了口气,什么也没说,乖乖地跳回无涯手上,一副无精打采的模样。见小冰鼠这样,要说不心疼那是骗人的,但心疼的结果就是被小冰鼠牵着鼻子走,这不是东方宁心想要的结果。

就如同神兽不愿成为人类的契约兽,被人类摆布一样,东方宁心和雪天傲骨子里的骄傲,让他们无法成为他人的附属,小冰鼠犯了他们的大忌。

小冰鼠乖巧地窝在无涯的手上,看着东方宁心与雪天傲一个施展空间静止术,一个凝聚星空之力,默默地低下头,掩去眼中的苦涩:想控制能驾驭灭天弩的人,果然是痴心妄想。不知现在后悔,还来得及吗?东方宁心和雪天傲还能再信任自己吗?

拳头挥起,整个天地间的力量纷纷朝山洞涌来,半空中隐隐有一道气流,随着雪天傲的动作忽上忽下。

雪天傲还未出手,整个山洞就开始震撼,巨石在落下的瞬间变成粉末,汇入星空之力中。

"这就是星空的力量?"小冰鼠暗暗咋舌,灭天弩看中的人果然不简单。

小冰鼠看看东方宁心,又看看雪天傲。这两人都有资格成为灭天弩的主人,自己接下来要做的,不是想着让东方宁心与雪天傲慢慢习惯被自己引导,而是将东方宁心和雪天傲带到灭天弩的面前,让灭天弩来选择自己的新主人。

小冰鼠默默地低头,也许这就是命运。自己刚刚命令黄泉玄武放下神兽的骄傲,臣服于人类,现在便轮到自己了。

在小冰鼠纠结时,雪天傲掌控的星空之力越来越强,整个山洞的巨石,在星空之力的作用下全部化为齑粉。

从八阵图中逃出来的两个金衣神王,还来不及处理自己身上的伤,就被眼前的情况给惊到了。不知何时,他们面前出现了一个万米深坑,深坑不断下陷,无穷无尽的星空之力飞速地朝山洞里涌去,让两个金衣神王不敢靠近半步。

"大哥,这是怎么回事?星空之力?五界之中还有人会星空之力吗?"矮个儿神王一脸的惊惧。这事必须告诉圣使大人，这样的人太危险了。

转念一想，这么大的动静，天地规则怎么会不知道？天地规则不出手，想必是天地规则允许的。

高个儿神王亦是这般想的，双眼看着不停下陷的巨坑，神情复杂："这么强大的星空之力，没有天地规则的允许是不可能存在的。我们先静观其变，等发出星空之力的人真气耗尽再做打算。"

星空之力的威力虽大，但使用星空之力的代价也很大。除非神王以上的实力，不然这一击之后，三个时辰之内，绝无再战之力。而天地规则绝对不会允许五界之主拥有星空之力，这一点高个儿神王万分肯定。

"难怪闯阵的人看不上八阵图中的九天之金和星空陨石，原来更好的宝物在这里。"矮个儿神王自以为是地说道。

显然，高个儿神王也相当认同这个说法，点了点头，双眼落在面前的巨坑上，一副高深莫测的样子："螳螂捕蝉，黄雀在后。里面的人注定要为我们作嫁衣了，我们就在这里等着，等对方取出里面的宝物后，趁其不备，将其诛杀。"

高个儿神王做出一个杀人夺宝的动作，手一扬却痛得大叫："嘶……痛死老子了！"

原来，高个儿神王的右肩被八阵图中的利箭刺伤，箭头还留在他的身上。

"大哥，你小心点儿，我替你把箭头拔出来。"矮个儿神王殷勤地上前，心中暗暗盘算，等会儿里面的人冲出来，他就躲在后面，让高个儿神王冲上去。

螳螂捕蝉，黄雀在后。不到最后，又怎知黄雀是谁？

"嘶……"还没来得及幻想未来的美好，矮个儿神王一动，身上的伤口被扯动，血流不止。

两位神王从八阵图中走出来，全身上下几乎没有一处完好，要不是那块巨石已经落下，他们二人早就被巨石压成肉泥了。

就在两人为身上的外伤叫痛时，深陷的巨坑里传来一道让他们震惊的声音："空间静止！"

"黑暗神王？居然是东方宁心与雪天傲一行人，我早就该想到了，冰川丛林的高手除了我们也就是他们了。"空间静止前，高个儿神王郁闷无比，东方宁心和雪天傲的东西可不好抢。

矮个儿神王却没有这样的想法，人为财死，鸟为食亡。知道造成巨坑的人是谁后，他反倒更加放心了，他们两位神王还摆不平几个天神？真是笑话！

空间静止后，接下来发生了什么，只有山洞中的人才知道。

雪天傲挥起拳头，朝东方宁心所指的位置打了过去："星空皇拳！"

一股形如巨龙的星空之力，随着雪天傲的这一击，全部爆发出来。

星空之力打在虚无的空间上，发出一声巨响，空间出现一条裂缝。

方位对了，一切就好办了。一条裂缝远远不够，在空间静止下，雪天傲也不担心裂缝会修补好，乘此机会，雪天傲召唤出龙剑，利用余下的星空之力，再次击向空间裂缝。

"星空闪电！"余下的星空之力，萦绕于龙剑之上，一道道闪电，以龙剑为媒介，裹挟着天地之威，朝空间劈去。惊人的气势与力量，可以瞬间将万物绞碎。

轰轰轰……十道闪电之后，空间静止结束，星空之力用尽，空间碎片飞了一地。

"我们进去。"看到虚无的空间被生生撕开一个口子，暴露在众人面前，东方宁心与雪天傲满意地一笑。

当初红岩圣使的那个空间，被他们从里面击碎，这次他们却是从外部寻找空间所在，将其打碎。日后，谁的空间也困不住他们。

一行人飞身而入，就在他们全部进入凌月洞府主人的空间时，整个山洞瞬间毁灭，被雪天傲撕开的口子也自动修补得完好如初，就像什么也不曾发生过。

看着密室一般大小的空间，东方宁心与雪天傲只能说佩服，不是佩服凌月洞府主人的实力，而是佩服他的聪明。

将空间缩小成一间密室大小，不仅可以保证空间的隐秘性，还能减少维持空间所需要的能量。这么小的空间，就是五界之主也能让其维持个千百年不变。

从这些细节来看，凌月洞府主人的实力并不是最高，但确实是天地奇才，从八阵图就可以看出，凌月洞府的主人很懂得借助外力。

如果东方宁心没有猜错的话，这个空间，凌月洞府主人就借助了黄泉玄武的力量。不然，这空间不会刚巧建在黄泉玄武所待的水池上方。

空间很小，里面有什么东西一目了然。神器什么的连个影子都没有看到。空间正中央有一块巨大的黑石，黑石散发着一股阴冷的气息，让人不敢靠近。

黑石正中央插着一把剑，剑刃稳稳地嵌在石块中，没有一丝缝隙，就像和黑石是一体的。

剑身修长，刃泛白光，在黑石的映衬下，散发着肃杀之气。

"好剑！"这把剑瞬间吸引了四人的注意力。

"没想到真是洪荒神器排名第三的昆吾剑。"东方宁心含笑摇头，进来前她还在想，八阵图中的剑不会是昆吾剑吧，没想到还真是。

"如果只是昆吾剑，我们还是亏了。"雪天傲冷冷地看了一眼小冰鼠。

小冰鼠委屈地吱了一声：不带这样的，不能因为我犯了一次错，就一棍子打死我，事实上我也没有做什么，或者说还没来得及做什么。

小冰鼠忧郁地看了一眼东方宁心和雪天傲，发现两人根本没看它，郁闷地在无涯的手心画圈圈。

我认错还不行吗？我不敢了还不行吗？

在小冰鼠看不见的地方，东方宁心闷笑一声，经过小神龙的事情，东方宁心能理解小冰鼠的心情。越是地位高贵的神兽，越不想被契约，哪怕不被奴役，只一个契约关系在，也会让神兽的地位下降。

只是她真的不明白，这只小冰鼠怎么会认为，他们有能力契约自己，要知道，她和雪天傲都无法再契约神兽了。

在这个谜题没有解开前，她就没办法放下心中的戒备。是以，他们之间维持现状就行了。

东方宁心朝雪天傲摇了摇头："这里应该不只有昆吾剑，它不会骗我们。"

这个"它"是指小冰鼠，无论怎样，东方宁心还是相信小冰鼠的。

不管东方宁心和雪天傲看不看得见，小冰鼠都在一边死命点头，以证明自己没有骗人。

"我们先把昆吾剑取出来再说。"雪天傲早已将黑石查看了一遍，没发现任何机关。

黑石浑然天成，除了正中央的昆吾剑外，没有半丝裂缝，如果还有其他的宝物在，唯一的切入点就是这把昆吾剑。

"好，我来。"秦羿风跳到黑石上，双手握紧剑柄，运足真气用力拔剑，剑却纹丝不动。

"咦？"秦羿风不信，加大力道，昆吾剑依旧一动不动。

"不会吧？"秦羿风再次凝聚真气，将真气注入黑石之中，却发现真气就如同泥牛入海一般，消失得无影无踪。

真气消耗大半却依旧无果，秦羿风一脸沮丧地从黑石上跳了下来："我拔不出来，这剑好像是从黑石里面长出来的一般，我试着运起真气，却被黑石吞噬了。"

"不是吧？不就是一块石头一把剑吗？我来试试。"无涯不信邪，将小冰鼠塞到秦羿风的手里，右手一按石头，轻盈地跃到黑石之上。

"好冷呀。"刚与黑石一碰，他的右手就被寒气冻伤了。尢涯尢暇拔剑，连忙从黑石上跳了下来。

"这是什么石头？"无涯连忙把手伸到东方宁心与雪天傲的面前。

"好强的寒气，无涯，先将寒气逼出来。"东方宁心脸色一变，拿出金针，帮无涯将手中的寒气逼出来。

平时，这样的寒气就算入体也没什么大不了的，但这里是冰川丛林，处处都是阴冷的寒气，一不小心留下隐患就麻烦了。

"这块黑石这么强？"寒气发现得早，对无涯的影响并不大。

小冰鼠想上前帮忙，犹豫了一下，还是乖乖地窝在秦羿风的怀里。最多可以帮一下无涯，至于黑石里面的剑怎么取出来，它也不知道。

"这块黑石应该在幽冥之水中浸泡过。"东方宁心的食指在黑石上轻轻滑过，坚硬无比的黑石在东方宁心面前，就如同豆腐一般，食指所划之处，留下一道半寸深的划痕。

"它怕你？"无涯郁闷了，同是天神，差距能小点儿不？

东方宁心摇头："石头哪里懂得怕，别忘了我是黑暗神殿的神王，幽冥之水伤不了我。"

"你能拔出这把剑来？"他和秦羿风可都在这上面吃了亏。

"不确定，我试试看。"东方宁心没有跳到黑石上，而是伸手一握，轻轻往上一带。

哧的一声响起，昆吾剑顺势从黑石中飞起，稳稳地落在东方宁心手中。没入黑石中的部分没有半点儿光泽，黑色的气息与剑刃的白光形成鲜明的对比。

东方宁心食指轻弹，只听嗡的一声，剑身一动，黑色的气息瞬间飞散。

唰！瞬间光芒万丈，整个空间里全是昆吾剑的剑光。东方宁心与雪天傲的龙凤双剑、无涯的辟邪神剑和秦羿风的魔云圣剑，在昆吾剑的光芒下全部黯然失色。

"传说中，昆吾剑乃是盘古氏第八代始祖的脊椎骨所化，乃剑中之祖，这话果然不假。"东方宁心赞道。

随手一舞，剑身轻盈、灵活，完全没有半丝蹩脚之处，东方宁心越看越欢喜，将昆吾剑递给雪天傲："雪天傲，就算空间里只有这把昆吾剑，我们也不亏。"

洪荒十大神器，排名前三的分别是太虚神甲、开天斧和昆吾剑。太虚神甲是防御神器，攻击力最强的还是开天斧和昆吾剑。

开天斧虽然是防御力最强的神器，但是因承受不住开天的阻力，早已解体。斧头化成了太极图、盘古幡，斧刃化成了诛仙四剑，斧柄化成了东皇钟。

除了东皇钟，其他三大神器早已消失不见，千万年来都没有人见到过。也就是说，洪荒十大神器中，攻击力最强的就是他们手中的昆吾剑。再加上防御能力最强的太虚神甲，十大神器中最好的两件，已全部在他们手中。

雪天傲掂量了一下昆吾剑，点头道："你说得对，只是神器这种东西没有人会嫌多。既然昆吾剑到手了，就试试昆吾剑的攻击力到底有多强。"

雪天傲双手握剑，闭目感受昆吾剑剑魂所展示的招式，转身便朝身后的黑石挥去："花开见佛！"

嘭的一声巨响，声音在小小的空间里不停地回荡，刺得人耳膜生痛。

众人双手捂着耳朵，眼也不眨地盯着黑石与昆吾剑相交处，只见真气都毁不了的黑石，在昆吾剑一击之下瞬间炸开，无数黑色的颗粒朝空间上方飞去。

黑色颗粒在半空中再次爆炸，化为无数更加细小的颗粒，就如同烟花一般，这些细小的颗粒在半空中绽放，随即落下。

"好一个花开见佛，不知这黑石里有什么宝贝。"东方宁心看到昆吾剑的威力，越发满意。

所有的黑色颗粒在半空中炸开，又纷纷落回原处，堆成一座小山。

"昆吾剑的攻击力果然强悍。"雪天傲满意地点头，伸手将剑刃上的灰尘擦去。还未契约，器魂就能与握剑之人心意相通，确实不是凡品。

"昆吾剑的能力，以后有的是时间研究，我们先看看黑石里面到底有什么。"东方宁心指着脚下的两个黑木盒说道。

黑石破碎后，这两个木盒就显现出来了，雪天傲弯腰捡起其中一个，将上面的灰尘抹去，只见盒盖上出现了七个字："战神宫宫主亲启。"

"无涯，给你的。"雪天傲没有半点好奇心，将手中的盒子直接递给无涯。

"啊？给我的？凌月洞府的主人怎么知道我会来？"无涯莫名其妙地接过木盒。

"凌月洞府的主人不知道你会来，但只有你能开，不信你试试。"雪天傲肯定地说。

"我不信。"无涯正准备打开木盒，听雪天傲这么一说，将木盒递给东方宁心，"宁心，你先试试，如果连你都打不开，我就信了。"

"无涯，凌月洞府的主人可不是凡人。"东方宁心失笑。

"不管，你先试试。"

"好。"见无涯如此坚持，东方宁心便接了过来，凝聚真气试着打开木盒，木盒却没有半丝反应，东方宁心又用精神力试了一下，依旧打不开。

　　这东西既然无涯能开，她也不打算用蛮力弄破，还给无涯道："无涯，打不开。"

　　"你再试试，不可能，这世间还有你打不开的东西？"无涯就是不信，凌月洞府的主人这么强，能算到他和东方宁心一行人会到这里来？

　　小冰鼠无聊地打了个哈欠，心说凌月洞府的主人当然不知道你们会来，你们会来这里是我带来的，还战神宫宫主呢，笨死了。

　　这个地方，没有我带，你们能进来吗？

　　显然，东方宁心明白了这一点，将木盒递给无涯："无涯，这里是冰川丛林，每个地方都大同小异，你以为没有人引导，凭我们自己能找到这里？就算误打误撞走了进来，我们也会死在八阵图中。"

　　眼神若有似无地落在小冰鼠的身上。第一站寻得银月雪龙狼，第二站便是八阵图。

　　小冰鼠还真是算无遗策，一点一点地侵入他们的生活。如果东方宁心没有猜错的话，从这里走出去，等待他们的，将是一场大战……

第十六章
熟悉的陌生人

星空陨石的力量爆发出来，足以吸引冰川丛林中的那些高手。看到凌月洞府，东方宁心就明白，冰川丛林并不如他们所想的那般荒无人烟。

这里有人，且个个儿不凡。

就算丛林里的人不会出现，天地规则派出来的两位神王，也一定会过来。

现在的无涯和秦羿风还不是神王的对手，如果她没猜错的话，这里面的东西是小冰鼠特意为他们准备的，就是为了让他们顺利离开冰川丛林。

小冰鼠软软的身子一僵，面对东方宁心洞悉一切的眼眸，默默地低下头。

从小冰鼠的眼神中，东方宁心不用想也明白，雪天傲手中的另一个木盒肯定是给秦羿风的："雪天傲，另一个木盒给秦羿风吧。"

"拿着。"雪天傲没有拂去上面的灰尘。

秦羿风皱了皱眉，还是接了过来，轻轻地拂去上面的灰尘，木盒上果然刻着"魔主亲启"四个字。

"凌月洞府的主人到底是什么人，怎么既与战神宫交好，又与魔宗交好？"这一点，秦羿风大为不解。战神宫和魔宗不合，这事两派的人都知道，凌月洞府的主人居然可以同时与两派交好，真不简单。

"他是什么人并不重要，重要的是你们的东西拿到就行了，打开看看，想必不是什么次品。"至于这凌月洞府的主人，不是他们需要在意的，凌月洞府里的麻烦虽多，但是只要你有本事解决，凌月洞府的主人也不会阴你，凭着这一点，东方宁心就相信，这木盒不会有危险。

无涯和秦羿风点了点头，暗暗用力，木盒却一动不动，再次用力，结果一样。

难不成要用血?

无涯想了想,咬破食指,滴了上去,血顺着木盒流下,无涯满心期待地看着木盒,希望手中的木盒能有变化,然而半天过去了,木盒依旧没有动静。

"宁心,我们被骗了,什么亲启呀,本宫主亲启了也打不开。"无涯气恼地将木盒举到雪天傲与宁心面前。

"无涯,你用真气和血肯定打不开,既然是要你们亲启,当然要用只有你们才有、别人不会有的东西打开。"东方宁心指着木盒上的"亲启"二字说道。

她刚才试着打开时就发现了,这木盒用特定的手法封印,只有用木盒指定的东西才能打开。

"我们有,而别人没有的? 是什么?"无涯和秦羿风同时思考。

"你们想一想,只有你们才有的,别人无法取代的。"东方宁心退了半步,表示自己不会说,凭两人思考。

无涯与秦羿风默默看着手中的木盒,认真思索着东方宁心的话:"什么叫只有我们才有的?"

辟邪剑? 魔云圣剑? 这些都是独一无二的,但拥有这两样东西的,并不一定就是战神宫宫主和魔主。

魔云圣剑还好说,这是魔宗传承的神器,辟邪剑却不是。

"传承?"无涯和秦羿风异口同声说道,抬头相视一笑。

没错,就是传承。属于战神宫宫主和魔主特有的,无法取代、无法复制的。

无涯得意地笑道:"秦羿风,没错,属于我们二人的,独一无二、不可取代的就是我们体内的传承。"

秦羿风点头,脸上的笑容也放大了:"木盒是给战神宫宫主和魔主的,不是指我们二人,我们只是很幸运地拥有这两派的传承,这木……"

说到这里,秦羿风突然愣住,心中一痛,看着东方宁心和雪天傲:"你们是在提醒我,担起属于我的责任吗? 魔宗之主?"

其实,他更想问的是:天傲,宁心,你们不要我了,是吗?

但这么矫情的话,他实在说不出口。他是秦羿风,是魔宗之主,他有自己的骄傲。

"秦羿风,你不是为我雪天傲而活的,你有你的人生和责任,别摔了一跤就不会走路了。当年那个叱咤风云、名动京师的秦庄主哪里去了?"在雪天傲心中,秦羿风的地位任何人都无法取代,也无法超越。

"叱咤风云、名动京师的秦庄主? 哈哈,他早死了。"秦羿风笑了,笑得特别苦涩，那个秦羿风被他自己亲手杀死了。

"死了，就让他重新活过来！死气沉沉、失去人生目标的不是秦羿风，我记得曾经那个秦羿风告诉我，他最大的理想便是杀尽天下该杀之人，维护人间正义。"雪天傲冷冷地看着秦羿风，要他将手中的木盒打开，不容他退缩。

秦羿风亦平静地看着雪天傲，坚定地告诉雪天傲，他不会开。

两人之间的诡异气氛，连粗线条的无涯也察觉了，他看向东方宁心："宁心，你知道木盒里有什么，对不对？一旦打开，我们就要承担起自己的责任，就要和你们分开了，是不是？"

东方宁心轻叹了口气："无涯，我不知道木盒里面有什么。至于会不会分开，这一点我们都明白，那是早晚的事情。现在你已不再是那个可以潇洒地抛弃一切、跟着我们闯荡天下的君府二少了，你是战神宫宫主，这次君大少可不能替你担起战神宫宫主的责任。无涯，想想死去的老宫主，想想那些为我们而死的战神宫将士，他们死前的遗愿便是重建战神宫，让战神宫一直传承下去。"

"如果我不打开呢？"无涯像是赌气一般，将盒子紧紧握在手上。

东方宁的心里清楚，无涯很多时候就像一个孩子，越逼他越叛逆："这是战神宫的东西，你是战神宫宫主，想怎么处理都随你。别说不打开，就是丢在这里，我和雪天傲也不会干涉。"

"我就不打开。"无涯将木盒往怀中一塞，一副无赖样，前提是忽略他眼中的挣扎。

东方宁心说到点上了，他虽然没心没肺，但他忘不掉老宫主和战神宫将士惨死前那希冀的眼神，但他真的不想背负战神宫的责任，或者说现在不想。

东方宁心浅笑点头，一副一切随你的样子。

这让无涯更纠结了，过了半晌又将木盒拿了出来，左看右看：开还是不开？

不同于东方宁心的温和，雪大傲寸步不让，非逼着秦羿风打开木盒。最终，秦羿风叹了口气，移开视线，默默地看着手中的木盒。

最初接受魔宗的传承，是为了提升自己的实力，希望能有更多的机会帮助东方宁心和雪天傲。但他忘了，一个人实力再强也是有限的，他能帮东方宁心和雪天傲的，只有那么多。

也许，打开木盒担起魔宗的责任，将魔宗的势力扩大，不仅对他自己有好处，对东方宁心和雪天傲来说也是一个助力，就如同当年，他留在后方协助小皇帝发展大汉帝国一般。

既然雪天傲想让他为自己而活，那么他会做到，他不会让雪天傲担心，他要让雪天傲看到，他秦羿风在为自己而活。

秦羿风想明白了这一点，心中的最后一丝排斥也没有了。反正只要让雪天傲看到他在为自己而活就行，至于他心中所想，雪天傲管不了。

一扫刚刚的落寞，秦羿风爽朗地说："天傲，我知道自己该做什么了，你不用再为我担心。不过我希望你记住，无论世事如何变迁，我秦羿风永远站在你的身后，无论何时何地，只要你开口，我一定到。"

秦羿风说完，不待雪天傲回复，便将传承之力注入木盒之中。木盒瞬间亮起七彩光芒，飞离秦羿风的手心，悬浮在他的面前，任传承之力将它包裹。

"秦羿风？"无涯不敢相信地大叫，他无比清楚，对于秦羿风来说，雪天傲就是他活下来的动力，现在他却放弃了，这怎么可能？

无涯不敢相信自己看到的，拼命地揉眼睛。

秦羿风笑道："无涯，我们是独立的个体，要有自己的人生追求。我们只要能在天傲和宁心需要时出现即可。一如我们需要宁心和天傲的帮助时，他们也会出现一样。无涯，如果你还不知道自己要做什么、该做什么，试一试做好战神宫宫主也不错。"

无涯沉默了，秦羿风说得没错，他之所以跟着东方宁心与雪天傲到处乱跑，是因为他不知道自己要做什么、能做什么。

君府是大哥的，他不能抢；做杀手是他最厌恶的，所以他放弃；但战神宫宫主的位置，也不是他愿意的，说实在的，他也不知道自己要做什么……

等妖月，完成那个十年之约？

他并没有把这件事放在心上，妖月对他的情，他懂。但他对妖月并没有同等的感情。不是他薄幸无情，而是他对妖月刚刚动心，妖月便离开了，他对妖月刚刚动情，妖月便一别十年。

他们之间所有的一切，才刚刚开始就中止了，远没到两情相依、此生非你不可的地步。十年，对他和妖月来说都太长了，十年之间有太多的变数，也许他死了，也许妖月死了。

这十年，只要他活着，他就会兑现承诺，等她十年，但除此之外，他还有什么人生追求呢？

收集天下至宝？无涯又摇头，这只是一个爱好，并不是他的人生追求。

也许他可以试试秦羿风的建议，做好战神宫宫主……

对无涯，东方宁心总是特别宽容，看无涯一脸迷茫的样子，东方宁心上前安慰：

"无涯，别想太多，不过是一个木盒罢了，不想要就丢了。一如战神宫宫主的位置，如果你不想要的话，我和雪天傲可以帮你解除。"

无涯沉默了一会儿，摇头拒绝："宁心，反正我也不知道自己要做什么，不如先试试做战神宫宫主，看看我能不能做好。老宫主选中我，总归是有理由的。"

秦羿风说得没错，日后等东方宁心和雪天傲的危机解除，他总不能不识趣地往宁心一家人面前凑，想通了，也就没那么伤感了。

现在又不是什么生离死别，以后见面的机会多着呢，大不了以后把战神宫建到宁心家隔壁去。"宁心，我和秦羿风的想法一样，我们虽然有自己的事业和人生，但是你和天傲要是有事，必须得让我们尽一份力。无论何时何地，只要你说一句，赴汤蹈火，在所不辞。"

"放心，能支使战神宫宫主为我做事，这种机会我绝对不会放过。"东方宁心笑着应下。

"行，到时候我肯定不摆宫主的架子。现在就让我看看木盒里到底有什么东西，非得要战神宫宫主亲启。"无涯想通了，对木盒中的东西好奇起来。

无涯的木盒刚刚飞起，秦羿风的木盒就啪的一声打开了。秦羿风凌空跃起，伸手将木盒接住。

东方宁心与雪天傲很有默契地别开脸去，没有看的打算。这是魔宗的事，他们不便插手。

秦羿风拿出放在盒子里的三本古朴册子，一脸的惊喜："天傲，宁心，你们看！"

"《上古御魂术》《魔宗秘技》和《魔云圣剑剑谱》。"东方宁心边看边说，声调不自觉地提高，"这些东西居然还存在，我以为它们都随上古战场一役而消失了呢。"

上古御魂术，雪天傲只会残存的几招，只能做到御魂，无法控制灵魂作战。

魔云圣剑的招式，秦羿风会的几招是上任魔主留下来的，完整的《魔云圣剑剑谱》，魔宗根本就没有，秦羿风根本没有办法将魔云圣剑的威力发挥出来。

至于《魔宗秘技》，他们连听都没有听过，可见这三本册子来头有多大。看到这三本册子，东方宁心很诚恳地向小冰鼠道谢。不管它有什么目的，至少这三样东西，对秦羿风很重要。

将这三本册子上的东西融会贯通后，哪怕秦羿风一辈子止步于天神境界，五界之主也不敢轻易对他下手。

按小冰鼠以往的个性，必然会得意扬扬，可现在它只是沉默地应了一声。它很清楚，东方宁心之所以道谢，是把它当外人了。虽然不想这样，小冰鼠也无力改变。

一时间气氛有些尴尬，就在此时，啪的一声，无涯的木盒也打开了。

"快来看看我这里有什么？！"无涯急切地喊着，适时打破了宁心和小冰鼠之间的尴尬。

众人默契地看向无涯，只见无涯双眼放光，献宝似的扬起一本古老的册子："看看，这是什么？"

"《武穆遗书》？"册子从眼前一晃而过，却足够让东方宁心看清上面的字。

"对，就是《武穆遗书》哦，这里面有好多兵法、阵式，随便一个入门阵式，都比我以前玩的那些强多了，连鸳鸯阵和八阵图都有。原来凌月洞府外的八阵图，就是从这里面学的。还有枪法和练兵之术。我的天呀，这简直就是军事百科全书了。"无涯连连惊叫，一副得到了天下至宝的模样。

东方宁心与雪天傲能理解无涯此时的心情，如果说战神宫的传承，确定了无涯的战神宫宫主的地位，那么这本《武穆遗书》就能使无涯的地位完全稳固。

只要无涯将《武穆遗书》里的东西一一展示出来，战神宫"天下第一宫"的地位无人能够撼动。无涯也会成为战神宫历任宫主之中成就最高的一位，日后，无涯的号令一出，万千宗派，谁敢不从。

这样的辉煌，这样的成就，绝对不比五界之主差。从这一刻起，无涯恐怕舍不得放下战神宫了。

"除了《武穆遗书》，还有什么？"东方宁心出声打断无涯的狂喜。

无涯愣了一下，整个人还是那副乐呵呵的呆样："我看看呀。"

"这是……战神宫的位置图？我的天呀，原来我不是光杆将军，战神宫还有宫殿，这地方好像是……异界的苍莫山！"无涯更乐了，要知道，在此之前，他对战神宫没有半丝归属感。

秦羿风成为魔主，至少还有一个魔宗殿，还有一把魔云圣剑，他呢？

战神宫的所有人都死在了上古战场，他除了"战神宫宫主"这个名号和外人看不见的传承，几乎一无所有。

那些宗派中的人表面上尊敬他，真正要他们出力时，却跑得一个比一个快。一个什么都没有的战神宫宫主，他做得真是郁闷，想重建战神宫也不知如何着手。现在好了，他至少有个窝了，只是这个窝貌似不好进啊。

无涯看到地图，郁闷了："不是吧，战神宫外还有奇阵保护，除非将《武穆遗书》吃透，否则无法进去？这也太过分了！"

"这是为了保护战神宫。"东方宁心眉眼间全是笑意。

"也是，不然战神宫早被五界之主给拆了，哪儿能等到我去啊。"无涯将地图放回木盒，拿出木盒中的最后一样东西："战神令！"

赤色的战神令，静静地躺在木盒中，如同熟睡的少女，等待着命定之人将它唤醒。

无涯恭敬地捧起战神令，忽然痛呼一声，右手紧紧地按着左手掌心。

"无涯？"东方宁心吓了一跳，赶紧上前查看。

"没，没，我没事。"无涯喘了口气，慢慢地站了起来，右手拇指依旧按着左手掌心，一副痛苦的样子。

看到无涯左手掌心的东西，东方宁心松了口气，朝雪天傲与秦羿风道："别担心，战神令认主了。"战神令直接嵌在了无涯的手心里。

"战神令还真是霸道。"无涯痛得满头大汗，站起来时一脸惨白，眼中却是满满的笑意。战神令不仅是一块令牌，它还是一件神器，攻防兼备的神器。

"它认主了，就没有问题了。"东方宁心将手中的东西还给无涯。

无涯笑嘻嘻接过，扬起左手："快，看看我的新神器。"

战神令嵌在无涯的手心，红得似火，令牌中隐隐有一条血丝在游走，随着这条血丝的游走，战神令散发出来的杀气越发强烈。

在战神令的威压下，东方宁心、雪天傲和秦羿风全身不由自主地紧绷，明明站在无涯的面前，他们却有一种置身沙场、被千军万马包围的感觉。

下一秒，这种感觉就变成了现实，他们被大军包围了！

"杀！"这个字突然从东方宁心与雪天傲的脑海中蹦了出来，而他们亦是这样做的，右手一扬，便把龙凤剑召唤出来。

无涯一看情况不对，握紧左手，将战神令收了起来："天傲，宁心，你们没事吧？"

东方宁心眨了眨眼，看了看四周，笑道："没事了。"

她随即侧身，朝雪天傲笑了笑，背后却湿成一片。前一秒，他们还深陷包围，准备突出重围，这一秒便安全了。

那不是幻境，这一点，东方宁心和雪天傲很明白。战神令的攻击就是战场，刚刚他们经历的那个战场是真实存在的！

东方宁心一脸郑重地说："无涯，这战神令你最好仔细研究一下，别乱用。"

沉睡了数十万年的战神令被唤醒了，太可怕了！

"这块令牌怎么了？"无涯张开手心，仔细看了看，没有发现任何异常。而且战神令中也没有器魂，他暂时还不知道战神令的用处，只知道这块令牌攻防兼备。

"这是一块神奇的令牌，具体的我也不清楚，不过我可以肯定，这块令牌的威力深不可测。"东方宁心没有半分夸大。

飞快地看了一眼无涯手中的令牌，东方宁心惊叹道："上古那些人物，到底是何等的惊才绝艳，才能造出这么神奇的东西。"

雪天傲却是嗤笑一声："用了那么多人血才制成的令牌，能不神奇吗？"

"什么意思？"众人不解地看向雪天傲。

"战神令中封印了一个战场，不仅战神令的颜色是用人血染成的，整个令牌也是由人血炼成的。还有，令牌上的杀气也是由战场上的杀气凝聚而成的。"雪天傲很干脆地将自己的发现说了出来。

"这怎么可能？"虽是怀疑的语气，无涯却相信了。雪天傲这句话，让无涯的好心情突然没了，手中的战神令怎么看怎么血淋淋的，似乎有点儿烫手。

难怪战神令中没有器魂，原来这里面封印了一个战场，无涯死死地盯着手心，似乎想把手心的战神令给看穿。

"无涯，雪天傲应该没有说错，刚刚我和雪天傲就看到了一个战场，我可以肯定那不是幻境。不过，你也不用在意雪天傲说的用人血炼成的话，这块战神令虽然封印了一个战场，但里面的人却是自愿的。战神令因他们而存在，他们也借战神令永存，借战神令将他们的威力展现在世人面前。"

此刻东方宁心终于明白，战神宫的人死前所说的那句"战神永不灭"，并不是一句口号而是事实。那些死去的人，全部化为战神令的一部分，这是一把神器，一把不停成长的神器。

战神宫的人死得越多，这块战神令就会越强。这一点，东方宁心不打算告诉无涯，也希望无涯永远不要发现。

"原来是这样呀，我明白了。"听到东方宁心的解释，无涯看战神令顺眼多了。当然，也不忘白雪天傲一眼："我说雪天傲，我就不明白了，同样的话从你口中说出来，怎么就那么吓人？我说你这么不解风情，当年是怎么追到东方宁心的？就你这样，我要是东方宁心，怎么也不会看上眼。"

"你要是东方宁心，我宁可自杀。"雪天傲瞟了无涯一眼，抱着剑转身，懒得理会无聊的无涯。

无涯气得差点吐血，东方宁心低头掩去嘴角的笑意，转身看到秦羿风手中的魔云圣剑，眼中闪过一抹亮光。

战神令由人血和杀气铸造而成，魔云剑是不是也一样？

东方宁心以眼神询问雪天傲，雪天傲点了点头："不无可能。"

"羿风，剑谱有没有教你如何驾驭魔云圣剑中的灵魂？"东方宁心大胆询问。

"咦，你怎么知道？"秦羿风从剑谱中抬起头，一副书呆子样。魔云圣剑是由灵魂铸造的，这个消息他刚从剑谱中得知，他还没说宁心怎么就知道了？

"猜的。"她早就发现了魔云圣剑的不同，只是没有往那上面想，是战神令给了她启发。

沉浸在剑谱中的秦羿风，没听到战神令的事，听到东方宁心的解释只是哦了一声。抬头看到东方宁心的眼神落在魔云圣剑上，他以为东方宁心对这把剑感兴趣，将剑递到她面前："宁心，你要不要看看？"

东方宁心连忙摇头，她感兴趣的不是魔云圣剑，而是秦羿风手中的那本《上古御魂术》，这本书没有涉及魔宗的秘密，不知道可否借来一看。

"羿风，那本《上古御魂术》可不可以借我看一下？"东方宁心试探地问道。

说得好听叫借来看一眼，实际上就是她想学。在场的人都知道东方宁心拥有过目不忘的能力，只看一遍，就能将里面的内容完全记住。

"这个……"秦羿风一脸为难，颇有几分尴尬地看着东方宁心。

"如果不可以就算了。"虽然有点儿遗憾，但是东方宁心不想让秦羿风为难。

秦羿风苦笑一声："不是不可以，而是只有你不可以。"

"啊？什么意思？"东方宁心愣了一下，什么叫只有她不可以？

"你看——"秦羿风拿起《上古御魂术》，翻开第一页，只见上面写着：严禁能够过目不忘的女子借阅！

"这样呀，我明白了。"东方宁心苦笑一声，果然她不可以看，还好这条不是针对她的，毕竟这世间能够过目不忘的女子，肯定不可能只有她一个。

秦羿风扫了一眼，发现东方宁心没有生气，又默默地翻开第二页。

还有第二页？东方宁心低头一看，沉默地闭嘴了。

如果说第一页上的内容她还能自嘲一笑，说不是针对她个人的，第二页上的内容，就让她明白的确只有她不可以了。

第二页上写着：冰言圣女，我就知道你一定会开口借阅，哼！死性不改，幸亏我早有防备。还有，别以为换个壳子，我就不认识你，想骗我？没门！

因为千叶的存在，秦羿风和无涯都知道宁心乃冰言转世的事情。所以秦羿风才说，只有宁心不可以。

"我明白了，的确只有我不可以。"东方宁心默默地转身。她遇到了认识并且很了解她的人，对方早有防备，她却不记得对方是谁。

凌月洞府的主人，我应该认识你吧？

东方宁心默默看着这个空间，心中暗想："难怪我那么肯定你不会阴我们，原来我认识你，可惜我不记得你了！"

"喀喀，宁心，这里还有一句是给你的。"秦羿风小声说道，示意东方宁心不要逃避。

"能不看吗？"东方宁心叹了口气，既然说了不让她看，还给她留什么话？

"这个，你还是看看吧，不看会后悔的。"秦羿风将第三页打开，奉到东方宁心和雪天傲面前。

东方宁心没有转身，雪天傲低头一看，笑了，凌月洞府的主人还真是一个有意思的人。

"怎么了？"听到雪天傲的笑声，东方宁心不解地开口。雪天傲并不喜欢把她和冰言放在一块儿说。

"宁心，你看看第三页上的话吧。"雪天傲的眼中依旧有着掩不住的笑意，他并不是小气的男人，他在意的不是冰言，而是千叶。

对于他来说，东方宁心也好，墨言也好，冰言也好，都是他心中的那个女子。只是东方宁心放不下、看不开而已。

"哦。"东方宁心好奇地低头，只见第三页上写着："其实除了借阅，你还可以借听，让人给你读一遍就好了，反正你过目不忘。"

凌月洞府的主人果然有意思，可惜东方宁心失了兴致："我不想看了，你给雪天傲看吧。"

东方宁心淡然转身，凝聚精神力查找那些神器的下落，然而这个空间里什么都没有。不仅如此，东方宁心隐隐感觉有一股外力正在破坏空间，刚想开口，无涯抢先一步道："宁心，我这里也有三页留言，你要不要听？"

"不听！"东方宁心说得又快又急，"我们必须尽快出去，这个空间似乎要炸开了。"

东方宁心的话音刚落，整个空间就摇晃起来，空间裂缝越来越大，真气如同利刃一般从裂缝中飞了进来。

"不好，外面的人打起来了，这空间可禁不起他们折腾。"东方宁心连忙发出一道黑暗守护，稳定心神之后，第一时间用精神力感知外面的情况。

冰川丛林还真是卧虎藏龙，神王级别的高手不少于十个，这下可有一场硬仗要打了。

"里面有什么都不知道，这些人就开打，果然自信。无涯、羿风，把东西收好，别让人抢了。"雪天傲轻蔑地说。

"放心。"两人信心满满地应着。

就在这一行人准备走出这个快要破碎的空间时，小冰鼠突然跳了出来，咬着东方宁心的裙摆，一副小心翼翼、像是被人遗弃了的模样。看到这样的小冰鼠，东方宁心承认自己心软了。她蹲了下来，将小冰鼠抱了起来："这里很危险，我们必须离开。"

小冰鼠连忙点头表示明白，因为东方宁心的亲近，高兴得差点跳起来。好在小冰鼠还知道有正事要办，在东方宁心准备离开前，跳到那堆黑色沙粒中，小爪子在沙堆里扒呀扒……

"这里面还有东西？"她明明用精神力搜索过，里面什么也没有了。

小冰鼠连连点头，它的小爪子力量有限，拿不出来。

此时，整个空间晃动得越来越厉害，由此可以推断，外面的战斗有多么激烈。

"东方宁心，再不离开，我们就会和这个空间一起消失。"雪天傲不满地瞪着小冰鼠。

"雪天傲，三秒之后，我们就走。"东方宁心用双手在黑色的沙粒中快速翻找，哪怕有真气保护，手指依旧被沙粒划得鲜血淋漓。

"够了！东方宁心，我们快走！"雪天傲看到东方宁心的双手染血，对小冰鼠越发不满，二话不说，拉起东方宁心就走。

"等一下……"东方宁心挣扎了一下，似乎有什么东西从她的指尖擦过，冰冰凉凉的，很舒服。

就是这个！东方宁心确信，小冰鼠让她找的就是这玩意儿。

就在这时，随着嘭的一声巨响，空间被炸开了，整个空间扭曲起来，强大的空间压力让人难以呼吸。

"别打了，凌月空间破了，神魂珠就要出来了，我们先把神魂珠抢到手再说。"空间外，有人大声叫嚷着，可惜东方宁心他们没有听到。

在雪天傲发怒前，东方宁心捞起珠子和小冰鼠，站了起来。

"快走！"雪天傲不客气地将无涯与秦羿风踹了出去，紧接着抱起东方宁心冲出空间裂缝。

就在两人跳出去的那一霎，整个空间嗖地从他们身后消失了。就算没有回头，两人也明白，身后的空间毁得一点儿也不剩了。

幸亏他们逃了出来，不然连怎么死的都不知道。

无涯和秦羿风比较倒霉，被雪天傲一踹，不知摔到哪里去了，东方宁心与雪天傲则稳稳地落在了雪地上。

还没看清眼前的情况，耳边就传来一声大喝："何方小子，还不快把神魂珠交出来！"

"神魂珠是什么东西？"东方宁心与雪天傲互视一眼，眸中闪过一抹不解。

"你们两个别装傻了，还不快把神魂珠交出来！"那人再次开口。

"交？我连神魂珠是什么都不知道，你让我交什么？"东方宁心唇角微扬，神情比冰川还要冷上三分。她随意地扫了一眼四周，发现他们又回到了冰川丛林之中，只不过被一群高手围住了。

一共十二人，全是神王，说话的是一个白发白眉的老者，他的声音威严低沉，不用想也知道，他在这一行人中实力最高。

白眉老头指着东方宁心手中那颗染血的珠子，不客气地伸手道："就是你手上的那颗珠子，快把它交给我，我留你们夫妻一个全尸。"

"这就是神魂珠？"果然，小冰鼠要他们拿的东西，肯定不凡。

"没错，那就是神魂珠，拿来！"白眉老头大步上前，准备强抢，却在东方宁心与雪天傲杀人的眼神下停住了脚步。

"你说这是神魂珠，可有证据？"东方宁心随意把玩着手中的珠子，任珠子轻巧地在指间旋转。

为了这颗珠子，出动十二神王，看来这颗珠子的价值远比百件神器还高，难道八阵图中最值钱的就是这颗珠子？

东方宁心低头看着怀中的小冰鼠，小冰鼠肯定地点点头：日后，这两人会用到这颗珠子。

它虽然避世多年，对于忘情却不陌生。忘情无解，它只希望这颗神魂珠能给他们的命运带来一丝转机，虽然这希望也很渺茫。

小冰鼠承认，它最初的出发点是为了自己，但它所做的事，对东方宁心和雪天傲来说，也是有百利而无一害的。

神魂珠既不能攻击也不能防御，但能炼制万物。无论是炼制神器还是丹药，只要加入神魂珠，便可提升百倍的功效。

由此可见，神魂珠的价值是无法估量的，取决于到底用它来做什么。

神魂珠这种东西，就算没有忘情的存在，也值得去抢，这不，神魂珠一出世，冰帝大人座下的十二神王就齐齐出动了。

白眉老头听到东方宁心的话，直接道："证据？神魂珠还需要什么证据——百件神器、百件器魂，以神王之魂为引，历时十万年铸造而成，珠体透明，珠内有七色光芒流转，这就是神魂珠。"

"这样呀。"东方宁心点了点头，将珠子擦净，七彩的光芒出现在东方宁心眼前。

神魂珠的光芒并不耀眼，没有半点神器或者神物的气息。东方宁心看得很仔细，才看出里面的七彩光芒正按一定的规律缓缓流转。

如果不是白眉老头说起，东方宁心都看不出这东西的不凡之处。百件神器、百件器魂、历时十万年之久，就算她看不出来，也知道这颗神魂珠绝对是神器中的极品，哪怕是洪荒十大神器，加起来也无法与之媲美。

虽然不知道这玩意儿有什么用，东方宁心还是很淡定地收了起来："这东西，是我们的。"

"你，你们……"冰川十二神王气得脸色发青。这两人竟敢当着他们十二人的面将神魂珠收起来，真是胆大包天！

"我们怎么了？"东方宁心挑眉看着这十二人，没有半丝紧张之色。

"你们好大的胆子，难道不知道我们是谁吗？"白眉老者横眉怒视。

"你们是谁？"她还真不知道。

"哼，无知小儿，你们不知道我们是谁，想必也不知道冰川丛林的霸主冰帝大人了。"白眉老头一脸的高傲，提到冰帝大人，还恭敬地朝上方行了个礼。

"冰帝？"东方宁心念着这两个字，迷惑地看向雪天傲。

雪天傲摇了摇头，眼中却闪过一抹凝重之色。能被十二个神王奉为主子，能在五界之中拥有"大人"这个称号，冰帝的实力不会比五界之主差。

他们好像又惹到大人物了！两人暗暗叫苦：神魔那个浑蛋，这么重要的事情都不告诉他们，就把他们踢到冰川丛林来了，是嫌他们命太长吗？

事实上，这事真不能怪神魔。冰川丛林中的冰帝大人从来不理俗事，神魔哪里知道，这两人来一趟冰川丛林，就找到了让世人垂涎的神魂珠，甚至连隐世而居的冰帝都动心了。

两人"无知"的样子，让冰川十二神王十分愤怒。白眉老头气得头发都竖了起来："你们两个连冰帝大人是谁都不知道，就敢来冰川丛林，胆子也太大了吧。"

"哼！我们的确不知冰帝是谁，可你们又知道我们是谁吗？"东方宁心上前一步，根本没将十二神王放在眼中……

第十七章
故人相见不相识

连创始之神的光明神殿都敢炸，一个冰帝他们会怕？

东方宁心与雪天傲并肩而立，气场十足。不过顷刻间，东方宁心一人就将十二神王的气势压下，让冰川十二神王见识到了什么叫"唯我独尊"。

"你们是什么人？"白眉老头后退一步，脸色阴沉。面对十二神王的围攻，还如此强势，这两人到底是什么来历？

不过，用脚指头想也知道，这二人定有不凡之处。

这么多年来，他们试了无数次，死了数十个神王，也没人能踏入凌月洞府，更别说找到凌月空间了。能从凌月空间拿到神魂珠的，可不是简单人物。

虽然这两人的真气修为不高，但绝对不可小视。想到这里，白眉老头谨慎地示意其他十一人小心。

这十一人本就因为东方宁心将他们的气势压下而十分恼怒，看到白眉老头的暗示，更不服气了——一个天神、一个神者九阶，这样的人也配让他们小心？真是可笑。

十一个神王根本不将东方宁心放在眼里，暗暗凝聚真气，试图以神王威压将东方宁心的气焰压下。

东方宁心轻笑一声，后退一步，站到雪天傲身边，嘲讽道："连我们是谁都不知道，就敢大言不惭地放狠话，你们也太狂妄了，冰帝大人很了不起吗？"

东方宁心的轻蔑态度，彻底激怒了白眉老头，一个手势，身后十一人齐齐上前，摆出一副战斗的架势："好个没礼貌的丫头，不过是个小小的天神，你当自己是什么人物。在冰帝大人面前，就是五界之主也得恭敬地问一声好。你们二人胆敢对冰帝大人不敬，我要让你们死无全尸！"

杀气瞬间逼近，东方宁心与雪天傲站在原地，嘴角挂着一抹讥笑："冰帝大人好大的威风，抢别人的东西，还能如此理直气壮。"

　　和十二位神王交手，东方宁心与雪天傲不敢掉以轻心，他们只有一次机会，一击不中，若陷入苦战，他们就惨了。

　　"黑神战甲！"不过眨眼之间，两人已经全副武装，双手握剑，沉稳内敛，没有半丝杀气外泄，却让人胆战心惊。

　　"黑神战甲，好东西。"白眉老头眼中闪过一丝贪婪，如果可以他真想冲上去，将东方宁心与雪天傲身上的黑神战甲给扒下来。

　　黑神战甲这东西，整个冰川丛林只有冰帝大人才有，可想而知这身战甲的珍贵程度。偏偏得了如此珍宝的无涯同学，不仅不满足，还天天想着打造上古作战服。

　　"的确比你们的好上那么一点儿。"东方宁心轻蔑地看着十二位神王身上普通的铠甲。

　　"嚣张傲慢，不知天高地厚。不留活口，杀！"白眉老者一声令下，众神王一拥而上。

　　雪天傲的眼中闪过一抹讥讽，在众人冲上来的那一刻凝聚真气，准备发出时间静止术。

　　就在此时，从冰川丛林深处突然传来一道冷冽的声音，强硬得不容抗拒："住手！"

　　不好！东方宁心与雪天傲心头一沉。果然，伴随这声音而来的，还有一道强大的真气，这真气直击东方宁心与雪天傲二人。

　　两人脸色大变，来不及改变招式，整个人就飞了起来，直接撞向身后千余米远的冰山。

　　被撞飞的那一刻，雪天傲奋不顾身地将东方宁心护在了怀里，以后背对着冰山。

　　嘭！雪天傲抱着东方宁心直接跌入冰山之中，将冰山撞出一个巨大的窟窿。

　　两人如同失控一般，不停地往冰山里退，背部与冰山相擦，痛得雪天傲直抽气。

　　"东方宁心！"即便如此，雪天傲最关心的依旧是东方宁心。

　　"我没事。"东方宁心飞快地甩出柳云藤，啪地缠住一根冰柱，二人终于止住了后退的势头。

　　两人跌入冰山里面，并没有急着出去："雪天傲，出手的人太强了，正面与他对上太不明智。"

　　"你说得对，我们先离开。"虽然只是一击，雪天傲却清楚地感受到了双方的差距，这时他们能做的就是逃。

于是两人召唤出龙凤双剑，在冰山中破冰而行，从另一头钻了出去，迅速消失在茫茫冰雪之中。

"冰帝大人！"冰山外，当十二位神王找到那个出口，气得脸都绿了。那两人居然跑了，太无耻了！

"识时务、知进退、能屈能伸，神、冥两界的传人果然不简单。"一身紫衣的冰帝大人背对着众人而站，神情冷漠。

"冰帝大人，您说那二人是……"光明神王和黑暗神王？白眉老头脸色大变，他怎么就没认出来呢！

"任务完成后，自行去刑堂领罚，若任务失败，就不用来见我了。"冰帝的声音冷得刺骨。

"是，冰帝大人。"白眉老头脸上闪过一抹惧意，却不敢反驳。连神、冥二界的传承者都没有认出来，他的确该罚。

"记住，留活口。"留下这句话，冰帝的气息便消失了。

"是。"十二位神王一扫刚刚的轻敌，一个个严肃至极。光明神王雪天傲和黑暗神王东方宁心，他们虽然没有见过，但这两人的名字却是如雷贯耳。

不说这二人将人界之主和龙族族长收为契约兽，单说他们最近炸了光明神殿却半点事也没有，就足以看出这两人不仅有勇、还有谋。

刚刚要不是冰帝大人出手，也许他们冰川十二神王就死在这两人手中了。想到这里，十二人全身一寒，神情越发凝重，根本不需要提醒，就自发地提高了警惕。

来到冰山前，白眉老头直接下令："兵分三路，发现二人的踪迹后不要轻举妄动，发信号，等我们一起上。"

"是！"这一刻，十一位神王，没有一个不服的，他们面对的可不是什么普通人，而是东方宁心与雪天傲。神王的实力在这二人面前，根本不值一提。

"行动。"白眉老头严肃地点头。

"是！"十二人身形一闪，就消失在冰雪之中。

这里是冰川丛林，是他们无比熟悉的地方，东方宁心和雪天傲再强，也别想在他们的眼皮底下逃出生天。

然而，出乎冰帝和冰川十二神王意料的是，他们认为已经逃遁的东方宁心与雪天傲，此时依旧待在冰山之中。

东方宁心将外面的情况探得一清二楚。待冰帝与十二神王的气息全部消失，东方宁心才开口道:"雪天傲,我们可以出去了,冰帝大人走了。"

东方宁心与雪天傲慢慢走出冰道,两人站在冰道口,看着眼前空旷的冰川,嘴角微扬。风吹来,衣袂飞扬,点点冰雪飘落,一黑一白两个身影静立不动,身后的冰山成了背景,如同一幅静态的画,美不胜收。

可惜这画面没有维持多久,他们身后的冰山就轰然倒塌。身后碎冰漫天,东方宁心与雪天傲却悠闲地走着,两人周身有一层淡淡的光芒,碎冰根本近不了身,无数的碎冰在两人的身边飞来飞去,像是在欢呼,又像在庆祝。

这一刻,他们才是冰川的王者!

"看样子人真的走光了。"直到这一刻,东方宁心才放下戒备,"冰帝还是不够了解我们,他也太自负了,真以为我们逃不出他的手掌心。"

雪天傲点了点头:"东方宁心,试试能不能找到秦羿风和无涯的下落。"

这两人被雪天傲一脚踹出来后,就失去了踪影。东方宁心试着用精神力搜索,半炷香后,摇了摇头:"找不到。以他们的能耐,在冰川丛林不会有事。在凌月洞府,我们已经说明白了,他们找不着我们,肯定会离开冰川丛林,毕竟我们来冰川丛林的目的都达到了,大家也该回去了。"

"嗯。"雪天傲点了点头,看了一眼身后还在继续塌陷的冰山,还有脚下受到影响的冰原,没有半分的留恋,"我们也走,这冰川丛林多待一刻就多一分危险,看冰帝的架势,对神魂珠是志在必得了。"

东方宁心没有意见,两人加快脚步,朝着与十二神王相反的方向走去。小冰鼠安静地窝在东方宁心的怀里,竟然没有一点儿意见。

对此,东方宁心与雪天傲只是笑了笑,认为这小东西终于领悟了——他们决定的事情不容更改,却不知小冰鼠正在暗暗吐槽:惊动了冰帝就想走,这两人把冰帝想得也太简单了。冰帝要真是隐居于此、不问世事,就不会那么巧地发现神魂珠现世,更不会出手阻止雪天傲施展时间静止术。

冰帝待在冰川丛林必是有所求,而冰帝此人狂傲自负,除了相信自己,不会相信任何人。半个时辰后,十二神王还没有消息,冰帝肯定会亲自出来寻找东方宁心与雪天傲的下落。

半个时辰,根本不够东方宁心与雪天傲走出冰川丛林,他们一定会对上冰帝!

小冰鼠一点也不担心,这两人会离开冰川丛林。不过,出乎小冰鼠意料的是,最先找到东方宁心与雪天傲的不是冰帝,而是天地规则的两位神王。

东方宁心与雪天傲刚来到八阵图附近,便被这两个金衣神王发现了。两人一扫之前的和气，冷着脸拦住二人："宁心神王，天傲神王。"

"两位大人有事？"冰冷的语调，凌厉的眼神，东方宁心将自己的不满表现了出来。

"宁心神王，将神魂珠交出来。"高个儿神王也不废话，冰帝的出现，让他们明白东方宁心与雪天傲得到了神魂珠。

"神魂珠？怎么？我记得两位的任务可是来找冰川神鼠的，什么时候神魂珠也是两位的任务了？"东方宁心不着痕迹地捏了捏怀中的小冰鼠，提醒这小东西机灵点儿，要是被这两位神王发现，她绝对不救。

小冰鼠很听话地装死，一动不动，半点儿气息都没有。别说这两位神王了，就是精神力强大如东方宁心也发现不了。

两位神王脸上闪过一丝尴尬，不过很快就消失了，一脸正色道："宁心神王，我们的任务没有必要告诉你，将神魂珠交出来，不然就是与天地规则为敌。"

他们总不能说是自己见财起意，看到神魂珠就产生了贪念吧？

"不给神魂珠就是与天地规则为敌？我一直以为，天地规则是整个天下的主宰，最是公正无私，原来不是吗？"东方宁心讥讽道。这两人明显是自己想要，却冠冕堂皇地说什么天地规则。

她虽然不知天地规则到底是一个怎样的存在，但却明白，神魂珠虽好天地规则却看不上眼，就算看得上眼也不会强夺。

这吃相太难看了！

被东方宁心这么一说，两位神王脸色一阵青一阵白，矮个儿神王感觉以权压人无用，直接说道："大哥，何必与他们废话，凭我们兄弟二人，还打不过他们？只要不弄死他们就行了。"

高个儿神王一阵沉默，并没有接话。八阵图的残阵，他们两位神王都扛不住，东方宁心与雪天傲不仅破了阵，还毫发无伤，由此可见这两人的实力。

不过，真要动起手来，他们也不是没有胜算，毕竟他们二人都是神王。

"大哥，富贵险中求，再说我们要是打不过，还能把冰川十二神王找来。"矮个儿神王小声提议。

然而就算他再小声，东方宁心也能知道。看着贪心不足的两位神王，东方宁心握住雪天傲的手，轻轻地在他的手心写了一个字——杀！

雪天傲点了点头，见这两位神王商量了半天，也没商量出结果，索性先下手为强。

唰的一声，破天枪凭空出现在雪天傲手中，枪尖指向两位神王。雪天傲没有言语，但那冰冷的眼神却让两位神王大为不安。

"你们要干什么？"两位神王吓了一跳，他们没想到东方宁心与雪天傲敢在这里对他们出手。

"哼……"东方宁心冷笑一声，将柳云藤握在手上，"我东方宁心从不受威胁，给你们一个机会，现在就滚，留你们一命。"

"东方宁心，你好大的口气。"原本不怎么想动手的高位神王，被东方宁心这么一激，杀气十足，二话不说就拔出剑来。

天地规则的手下，不管是什么身份，拿出来的东西都绝非凡品。

"看样子我们在冰川丛林的收获不错。"还没开打，东方宁心就把对方的剑当成自己的囊中之物了。

高个儿神王气得大骂："东方宁心、雪天傲，别把客气当好欺，你真当我们怕你吗？"

"是你们把我的客气当好欺了，真以为你们是天地规则的人，我们就该任你们予取予求吗？"东方宁心严词厉色，不留半点情面。

既然打算杀了这二人，就没有必要和两个死人客气。更何况，东方宁心还要激怒这二人，让这二人先动手。

要是他们主动出招杀了天地规则的人，天地规则绝对不会放过他们。但要是天地规则的人先动了手，他们就没有必要顾忌了。杀了这二人，天地规则也不会为这两人出头，谁叫这两人先见财起意呢。

没让东方宁心等太久，两位神王没有任何预兆地猛然出招，强大的真气注入长剑之中，东方宁心与雪天傲被逼得后退数步。

"哼，不过如此。"看着完全没有抵抗能力的东方宁心与雪天傲，两位神王脸上有着掩不住的得意。

在两位神王的威压下，东方宁心与雪天傲的真气根本无法凝聚，但两人的脸色依旧平静，看不出半丝的焦急。

高个儿神王与矮个儿神王只当两人在逞强，越发不把东方宁心与雪天傲看在眼里。两位神王握剑冲上前，在真气的作用下，脚底的冰块掀起，四周的冰树亦连根拔起，全朝东方宁心与雪天傲飞来。

一时间，狂风肆虐、冰雪乱飞，天色暗得吓人，衬得两位神王的脸色更加阴鸷。

"风卷残雪！"高个儿神王与矮个儿神王配合默契，一前一后，剑光所到之处，冰块直接掀起，飞速朝东方宁心与雪天傲砸去。

东方宁心与雪天傲只是不停地后退，一副完全没有反击之力的样子。

"东方宁心、雪天傲，我要让你们生不如死！"高个儿神王大笑，似乎已经看到了东方宁心与雪天傲的惨样。

"生不如死？是说你自己呢吧？"东方宁心和雪天傲一直后退，直至退到一座大冰山前，退无可退，或者说两人不想再退了。

东方宁心右手一扬："火之魂，让他们看看你的厉害。"

火之魂没有回答，只是咻溜一声，从东方宁心的手心飞出。

轰！原本只有巴掌大小的火焰，瞬间蹿得比身后的冰山还要高，燃起的火焰似有灵性一般，猛地朝四周散开，直接将东方宁心与雪天傲面前的冰块、冰树全部吞噬。

嗤嗤……冰遇到火，瞬间融化，火焰却丝毫不受影响，反而越燃越旺。

"天火？"高个儿神王脸色一变，"真是小看你了，宁心神王。"

两人身形一闪，便退出了天火的包围圈。没有半刻的迟疑，两人同时将手中的剑抛向上空，再次凝聚真气，大喝："长虹贯日！"

只见两把剑在半空合二为一，化为长虹，穿越天火的屏障朝东方宁心与雪天傲刺去。

天火虽强，却无法挡住长虹贯日，融合后的利剑强势而来。

高个儿和矮个儿神王得意地大笑："东方宁心，雪天傲，除非你们会飞，不然死定了。"

"会飞吗？多谢提醒。"东方宁心的声音透过火焰传来，清冷中带着一丝嘲讽。

两位神王还没有反应过来，就见一只巨大的鸟背着雪天傲扶摇直上。

"鲲鹏真身？"两位神王脸色一沉，他们怎么忘了鲲鹏真身的存在。

轰！长剑失了目标，直接往冰山击去，只听一声巨响传来，整座冰山瞬间炸开。

长虹贯日的威力果然不小，冰山炸开的瞬间，在半空中的东方宁心和雪天傲都被凌空飞来的冰碴儿给打中了。

数不尽、看不清的冰碴儿倾泻而下，天火虽然强悍，面对如此多的冰块亦有些招架不住。

东方宁心在半空中看到这一幕，扬手唤道："火之魂，回来！"

火之魂毫不留恋地抽身飞走，两位金衣神王面对冰山崩离，还没来得及逃命，耳边就传来雪天傲死神般冰冷的声音："神王大人，现在轮到我们了。"

"我们是天地规则的人，你敢……"两位神王这才知道，他们低估了东方宁心和雪天傲。

"我们有什么不敢的，杀都杀了，天地规则还能拿我怎样？"雪天傲一改平日的沉稳，狂傲不羁地说道。

两位神王一时间六神无主，就在此时，冰山又轰的一声炸开，冰碴儿溅了两位神王一身，也让他们找回了理智。矮个儿神王咬牙切齿地说："想杀我们，也得看你们有没有那个本事，能在我手里活命，并不表示你有能力杀我。"

"是吗？就先试试我的冰阵。"雪天傲右手轻扬，数块巨大的冰块和冰树悬浮在半空，静静地一动不动。两位神王最初还紧张地防御，可看冰块和冰树半天不动，两人嗤笑：神者九阶，果然很逊。

雪天傲却如同没有听到一般，继续挑选着冰块与冰树，让它们悬浮在半空。两位神王一看这情况，二话不说，凌空而上，再次化被动为主动、变防御为攻击。

"自投罗网，怪不得别人。"雪天傲冷笑，示意鲲鹏再飞高一点儿。天空是鲲鹏的战场，这两人真是不自量力。

雪天傲有准备，两位神王也不是空手而来，两人再次凝气于剑："长虹噬星！"

这一次，剑气化为巨网，朝东方宁心和雪天傲兜去。

"没时间和你们玩了，神王大人！"鲲鹏真身一出，十二神王和冰帝就会发现他们的踪迹，他们必须尽快离开这里。雪天傲乘着鲲鹏，一路往云层深处飞去，手中的破天枪从天而降："破天奥义！"

当！破天枪与剑气相撞，被撞飞了，雪天傲却如同没看到一般，径直飞身离去。

"追！"两位神王的脸色异常难看。东方宁心和雪天傲一会儿强一会儿弱，害得他们都不知道，这两人到底是真强还是真弱。想到神魂珠，他们实在不甘心就这么放弃，反正都得罪了，索性赌了。

就在他们飞身准备追去时，被撞飞的破天枪又弹回来了，枪头和枪尾刚好一前一后扫向两位神王。这样的一击，他们二人当然不放在眼中，身形一闪就避开了，破天枪便直接撞向两人身侧的冰块与冰树，只听见啪的一声，冰块碎裂。

两位神王并没有在意，凝气提速，继续去追东方宁心与雪天傲。

就在此时，一阵轰隆隆的巨响传来，两位神王发现眼前的情况变了，突然间狂风大作、冰雪飞扬，满天的冰块与冰树，以闪电之速朝两人砸来。两位神王根本弄不明白发生了什么事情，只能本能地反击。他们还没将眼前的问题摆平，冰冷的箭头又悄无声息地从地底冒了出来……

"八阵图！大哥，这是八阵图！"矮个儿神王面如死灰地看着射至眼前的冰箭喊道。

扑哧一声，在矮个儿神王失神之际，一支冰箭刺入他的左眼。

"啊——"矮个儿神王惨叫一声，连忙捂住左眼，疯了一般在阵内乱窜。

高个儿神王原本还算镇定，听到矮个儿神王那句"这是八阵图"顿时慌了神。八阵图的威力，他们是领教过的，一个残阵就能让他们丢了半条命，完整的八阵图，他们要怎么破？

"破阵，破阵，快破阵！"高个儿神王双眼血红，拿着剑一阵狂砍。

受八阵图的影响，两人越战心越乱，身上的伤口也越来越多，此时他们却管不了这些小伤，只顾拼命地寻找破阵之法。

八阵图破不了，他们就会永无休止地与这些冰箭战斗，可八阵图岂是那么好破的。

在两位神王近乎疯狂之际，他们发现四周的空气好像冻结了，似有无穷的压力从天而降，抬头一看，整座冰山正以雷霆万钧之势朝两人压来，两位神王顿觉六神无主，站在原地一下也动不了，任由冰箭毫不留情地将他们射成刺猬。

"啊——"整座冰山压下，两位神王的惨叫声传来。

轰！待尘埃落定，一切归为平静，两位神王被冰山活活压死。

在冰山落下的那一霎，柳云藤嗖地从冰山后面飞了出去，冰山上留下一道被柳云藤束缚的痕迹。原来这冰山是柳云藤搬来的。

至于八阵图，别开玩笑了，八阵图要是这么容易布出来，就不叫天下第一奇阵了。雪天傲从头到尾都没说这是八阵图，只是个冰阵罢了。

冰阵看上去像八阵图，但伤杀力却不及八阵图的万分之一，里面的冰箭与冰树不过是随意乱飞，根本没有阵式可言。

雪天傲看到这二人出现在八阵图附近，又看两人身上有伤，便随手摆了个简陋的小阵吓吓他们。不料这二人一点也不禁吓，竟被这形似八阵图的冰阵给吓傻了，在冰山落下时也不反抗。

这两人要是知道，这座冰山不过是柳云藤从刚刚炸开的冰山中搬过来的，只要用真气一冲就能逃生，不知会不会气死？

可惜，这二人没机会了。不过东方宁心与雪天傲也没有脱身，只飞出万余米，就被冰帝大人发现了，属于绝世高手的气息，从四面八方逼近。

云层之上，化为鲲鹏的东方宁心被冰帝的威压阻挡，怎么也冲不出去。

"宁心神王，天傲神王。"冰帝的声音冷冽而孤傲，明明是尊称，却叫得漫不经心，一脸轻视。

既然跑不了，东方宁心与雪天傲便大大方方地从云层中落下，并肩而立。就这么随意一站，就有说不尽的高贵与优雅，丝毫没有被人追杀的不安与无措。

两人前脚落下，冰川十二神王后脚就到了，呈圆形将二人围住，一个个如临大敌，手第一时间放在剑柄上，只要东方宁心和雪天傲一动，他们就会出手。

"别紧张，我们没有走的意思。"见十二位神王紧张兮兮的样子，东方宁心与雪天傲不由得笑了。被冰帝和十二位神王包围，紧张的该是他们好不好，怎么情况完全相反？

"咳咳……"为首的白眉老头清了清嗓子，没有半丝情绪地说，"宁心神王、天傲神王，神魂珠是我冰川丛林的东西，你们要离开可以，先把神魂珠交出来。"

"冰川丛林的一切都属于冰帝大人吗？"东方宁心这话是对着白眉老头说的，双眼却直视远方，那个位置，就是冰帝本尊所在。

灿若星辰的眸子准确无误地看了过来，在看到东方宁心的那一刻，冰帝愣住了……

一阵寒风吹来，一道紫光闪现，下一秒，神龙见首不见尾的冰帝大人，突然出现在半空之中，瞬间吸引了所有人的目光，就连东方宁心和雪天傲也不例外。

一身紫衣，一头银发，只一个背影，就让人有无限遐想。冰帝转身的那一霎，东方宁心与雪天傲承认，他们惊艳到了。

不是这个男子有多么的倾城绝色，而是他的眼睛——一双纯粹到极致的紫眸，只一眼，就能让人沉醉。

神秘、高贵、优雅，却又略带忧郁，如此复杂，却又如此和谐。

"满意你们看到的吗？"冰帝微微仰头，神情孤傲而清冷。说话间，冰帝便从半空中一步一步走了下来，就如同脚下有台阶一般。

惊艳不过瞬间，东方宁心和雪天傲早就恢复了清明，见冰帝走来，两人默契地后退一步，拉开彼此的距离。

"冰帝大人和我想象中的不一样。"东方宁心实话实说，一双紫眸，一头银发，这样的男子，让人印象深刻。

"是吗？你想象中的我，该是怎样的？"冰帝看似随意地一问，目光却别有深意。

"无法想象，至少不是我眼前所见的样子。"东方宁心皱眉，总觉得冰帝话中有话。

冰帝认识她？或者说冰帝认识冰言？

冰帝，冰言……

东方宁心倒抽了一口冷气，瞪大眼睛看着眼前的冰帝："你……"

东方宁心吃惊的样子取悦了冰帝大人，这位冰川丛林的王者，冰雕般的容颜露出罕见的微笑："看样了你似乎记起了什么，宁心神王？"

"你认识我，冰帝大人？或者说，你认识冰言。"说到"冰言"二字时，东方宁心习惯性地看向雪天傲，雪天傲给了东方宁心一个他不在意的眼神，东方宁心这才安心地看向冰帝，等待答案。

看东方宁心与雪天傲之间的互动，冰帝的眼中闪过一抹担忧，快到让人无法捕捉。待到东方宁心与雪天傲看来时，他已恢复如常。冰帝没有否认，大方地点头，不仅如此，还抛出一个更加重磅的信息："我的名字还是你给起的，冰言。"

"什么？"东方宁心不自觉地提高了音量，在她想来，这是不可能的事情。如果冰帝的名字是她起的，他们应该是朋友，但冰帝这架势，可没有拿她当朋友。

"你没听错，我的名字——'冰帝'二字，就是你亲口起的。"话虽如此说，但冰帝面对东方宁心时，神情依旧透着一股疏离。

"不是我起的，是冰言起的。"这么一瞬间，东方宁心就想明白了，就算冰言和冰帝有关系又如何？那已是十万年前的事情了。

冰帝没有反驳，点了点头："没错，名字不是你起的，是冰言起的，当年与我有交情的也只是冰言。"

"所以呢？"东方宁心淡漠地问道。

"神魂珠，我要了！"冰帝直接将手伸到东方宁心面前，把这强取豪夺之举，做得理直气壮、自然无比。

"做梦。"东方宁心直接拍掉面前男子的手，一点也不客气。

东方宁心一愣，她怎么会做出这样的动作？还如此理所当然？

冰帝却毫不在意，收回手来，看着东方宁心，一脸认真地说："你们打不过我。"

"还没打呢，你怎么知道我们打不过你？"东方宁心以为，刚刚那个动作是冰言与冰帝相处时的习惯动作，她反射性地做了出来，并没有什么意义。

"明显的差距摆在眼前，你又何必逞强？"冰帝高傲地说道，紫色的眸子看向雪天傲，毫不掩饰自己的厌恶与鄙夷。

可惜，雪天傲不是什么毛头小伙，并没有被冰帝激怒。

"是不是逞强，只有打了才知道。"冰帝虽强，但她东方宁心也不是孬种。她的东西，除非她自愿给予，否则谁也别想抢走。

"为了一颗你用不上的珠子，值得吗？"冰帝看着东方宁心，似乎不解东方宁心为何如此固执，为何一直如此固执。

"值不值得，由我说了算。"东方宁心握着雪天傲的手，摆明自己的立场。原本不值得，但现在这神魂珠她却非要不可了。

很明显，她认识凌月洞府的主人，也认识冰帝。换言之，凌月洞府的主人有八成可能，也认识冰帝。

凌月洞府的主人将凌月洞府建在冰川丛林，却不让冰帝拿到神魂珠，就说明神魂珠是凌月洞府的主人为她准备的，对她一定有用。

如果冰帝知道，正是因为他对神魂珠不放手的态度，才坚定了东方宁心非要得到神魂珠不可的信念，不知会不会后悔。

冰帝会不会后悔，不知道，但千叶要是知道，一定会后悔。所谓"弄巧成拙"，大约就是如此了。

"这么说来，神魂珠你是要定了，哪怕以生命为代价？"冰帝脸色一凝，全身散发着"冻"人的气息，双眸中的紫色更加纯粹，一扫刚刚的闲适，透着森冷的杀意。

喜怒无常，这是高手的特权。

"就算以生命为代价，我也要定了。"东方宁心寸步不让，黑眸对上冰帝的紫眸，两人直接用精神力拼上了。

雪天傲没有说话，只是默默地握着东方宁心的手，无声地支持着她。冰川十二神王倒是想上前帮忙，却在三人之间强大气场的威压下，被逼后退。

紫眸越发深邃，黑眸越发平静。无声无息的精神力以两人的双眸为媒介，你压我一筹，我压你一筹。

时间，在这一刻变得分外漫长，不过半炷香工夫，东方宁心却感觉像是过了一万年那么漫长。拼精神力，东方宁心自认五界之内没有对手，但直到今天她才明白，人外有人，天外有天。

她的精神力强，冰帝比她更强。冰帝那双紫眸之中，似是蕴藏着无尽的力量，无论东方宁心将精神力提升几成，冰帝都能毫无压力地接下来，并且反击回去。

东方宁心看似平静，但只有她自己知道，她的头已经痛得快要炸掉了。但即便如此，她也不能收手。一旦收手，在冰帝那双紫眸的力量下，她的精神力十有八九会被摧毁，她会变成白痴。

东方宁心握着雪天傲的手不自觉地加紧，指甲嵌入雪天傲的手心处，整个人微微战抖。

"东方宁心……"雪天傲反握住东方宁心的手，却不敢打断她。

东方宁心没有回答，只是握着雪天傲的手稍微松了松，让雪天傲安心。但东方宁心的手一松，殷红的血便从她的双眸流了出来……

"东方宁心，你这个笨蛋！"冰川丛林的霸主——冰帝大人惊慌失措，闭眼，掩去紫眸中的光华，向前一步，伸手就要将东方宁心抱走。

东方宁心不能有事，她要是有事，那个人一定会伤心，甚至怨恨他。

可就在他上前的那一刻，东方宁心左手一扬，一道真气从衣袖中飞出，直击冰帝的胸膛。

嘭！堂堂冰帝大人，直接被东方宁心一拳打飞。冰帝一双紫眼瞪得老大，他不敢相信，东方宁心居然在这种情况下对他出手。

东方宁心闭上眼睛，歉疚地说："冰帝，对不起，我利用了你的在意。"

在两人以精神力相战时，东方宁心就明白，冰帝紫眸的力量比她的精神力强大得多，她根本没有胜算。东方宁心几番试探，发现她加强精神力，冰帝也会随着加强；她减弱，冰帝也会减弱。

她知道，冰帝根本不想伤她，只想压制她，最多让她受点小伤，以便顺利得到神魂珠。确定了这一点，东方宁心便暗暗决定用苦肉计了。

当然，她并不能肯定，苦肉计会成功，她只是赌一赌，要知道只有在乎你的人，才会在意你受苦。

不知是侥幸还是不幸，她的苦肉计成功了。但看到冰帝失控地冲上前，东方宁心才发现，苦肉计伤人伤己。

冰帝受伤的表情和不敢相信的眼神，让她觉得自己很卑劣。那一瞬间，她想收手，可理智战胜了情感。

东方宁心将冰帝打飞，说了一句没有任何用处的道歉后，便与雪天傲朝高空飞去……

冰帝捂着心口，看着半空中的二人，眼中既有庆幸又有伤心。庆幸他没有伤了东方宁心，伤心东方宁心竟用这种招数来对付他。

想到面前的女子只是冰言的转世，并不是冰言，冰帝心里才稍稍舒服一点儿，冷漠地下令："追！"

"不许伤她。"想了想，他又加上这么一句，若是千叶知道东方宁心受伤了，估计会直接拆了他的冰川丛林。

要知道，千叶最是护短，而千叶的"短"又只有东方宁心一个。

冰川十二神王虽然不明白冰帝为何不让伤了东方宁心，却不敢多问，只得乖乖领命而去。

然而，冰川十二神王不是冰帝，生死关头他们根本不会以东方宁心的生死为重。当冰川十二神王回来复命时，已是三天后。十二人面如菜色，齐刷刷地跪在冰帝面前，不敢言语。

"怎么回事？人没有找到，神魂珠也没带回来？"冰帝的脸色顿时黑了，什么也没有拿到，他拿什么跟千叶交代？

"冰帝大人，属下任务失败了。"白眉老头低着头，一脸的羞愧。十二位神王追两个人却以失败告终，这样的结果，拿出来不是一般的丢脸。

"自己去刑堂领罚。"冰帝闭上紫眸，掩去眼中的寒光。

"是。大人！"冰川十二神王齐齐松了口气，虽然很丢脸，但他们的小命算是保住了。

十二人飞快地朝刑堂奔去，第一次发现，去刑堂也是一件快乐的事情。可刚走到门口处，就听到冰帝开口："等等——"

"大人。"十二人连忙转身，恭敬地等着冰帝的命令。

"他们二人往哪个方向走了？"千叶要的人，他就是再不愿意，也得出手。

十二位神王心里咯噔一下，心跳直接停止，过了半晌，也没有人敢开口。

啪！冰帝重重地一拍桌子："说！"

十二位神王扑通一声跪下，白眉老头战抖着开口："冰帝大人，他们二人……掉到冰川地带了。"

冰川地带在丛林的后面，全是冰河，危险重重，没有生物，也没有人能在里面生存。那个地方的冰山随时都会移动，今天在东，明天就可以在北，完全没有方向可言。入了冰川地带，想要走出来，比登天还难。

除此之外，在冰川地带，山崩、冰裂如同家常便饭。进入冰川地带的人，就是神王也没有能力活着出来。

"什么？你们再说一遍！"如同一阵寒风，冰帝大人不知何时，已经站到十二位神王面前，紫眸中闪着想要杀人的火焰。

十二神王全身战抖，白眉老头咚咚地猛磕头，一边磕头一边解释："冰帝大人，宁心神王和天傲神王，虽只有天神和神者九阶，奇招却十分多，我们不敢杀他们，处处受制。最后一战，我们不得已才出重手，只想将二人重伤，不料他们二人宁为玉碎，不为瓦全，双双被打入冰川地带了。"

"这么说，是他们的错了？"冰帝直接将白眉老头拎了起来。

堂堂一个神王，在冰帝的手中，却如同一只小鸡一般。白眉老头常年无血色的脸瞬间涨红，不敢辩解，只是拼命地求饶："冰帝大人开恩……"

"开恩？"冰帝此时吃人的心都有了，还让他开恩。东方宁心与雪天傲可以死，但不应该死在这里，死在他的地方。

啪！冰帝随手一丢，惨叫声传来，白眉老头已惨死在墙角。

余下的十一位神王，一看这个情况，吓得更是一动也不敢动。

冰帝此时已怒火中烧，紫眸冰冷地扫向脚下的十一人，冷声问道："你们也要我开恩吗？"

"属下不敢！"十一人惊恐地说道。

"不敢？好一个不敢！既然不敢，就全部给我去死，去死……"冰帝像是疯了一般，朝着十一人踹去。

十一位神王痛得闷哼，却没有一个人敢动，任由冰帝发泄。

"去死，全部去死！你们居然敢把她打到冰川地带，你们该死！"冰帝痛苦地大叫，一滴晶莹的泪珠从紫眸中滑落……

千叶走进来，正好看到冰帝发飙："出什么事了？"

冰帝冷血无情，极少有情绪起伏，冰帝突然发飙，必是发生了超出他控制的事。千叶猛地上前，一把扯住冰帝的衣领："告诉我，发生了什么事？"

"千叶，对不起……"冰帝一愣，随即低头认错，飞扬的银发凌乱不堪，无声地诉说着他的狼狈。

"到底发生了什么事？"温润有礼的千叶厉声质问，眼中闪过一抹寒光。

冰帝深深地吸了口气，紫眸第一次失了光彩，粗哑地答道："千叶，东方宁心被打落到冰川地带了。"

"什么？"千叶踉跄地后退两步，不敢相信地摇头，他的宁心怎么会被人逼到冰川地带？

"不可能的，这里是冰川丛林，是你的地盘，你怎么可能护不了她？告诉我，是谁做的？"千叶双眼通红，一副要杀人的样子。

冰帝没有反抗，任千叶拉扯，闭上眼睛，掩去眼底的自责："是我的人做的。"

"你的人？"千叶的声音陡然拔高，"浑蛋！"

咚的一拳打在冰帝的脸上，巨大的冲击力下，冰帝直接倒在地上，嘴角青紫红肿。

冰帝要庆幸，盛怒之下千叶没有用真气，不然冰帝此时已是死尸一具。

"打得好……"冰帝没有生气，反倒再次冲到千叶面前，"打吧，只要你能出气，我任你打。"

"哼！"千叶冷笑，"打你？打你能让时光倒流吗？打你能让宁心从冰川地带走出来吗？冰帝，你太让我失望了！"

千叶的声音，有着强压的哽咽与惧意。世间最痛苦的事情莫过于生离死别，他和冰言历经生离死别，现在好不容易才遇到宁心，难道要再次上演吗？

他真的无法接受！

千叶冷冷地看着冰帝，没有言语，却惊得冰帝不敢动弹。在他的印象中，千叶一直是温润、骄傲的人，在他面前永远都带着浅浅的笑，哪怕再伤心、再痛苦，他也不会让人看到。

现在呢？千叶毫不掩饰他的痛苦和伤心。

千叶没有用厌恶与责怪的眼神看他，只是冰冷得没有任何情绪，就好像看陌生人一般。冰帝愣愣地看着千叶，紫眸中满是伤痛："千叶，对不起，对不起……"

冰帝的道歉，没有换来千叶的心软，千叶冰冷而尖锐地道："冰帝，不是每一句'对不起'，都能换来一句'没关系'。你应该很明白，宁心对我来说意味着什么，我将这么重要的人托付给你是信任你，你却将她逼至冰川地带，你辜负了我的信任。"

"千叶，你应该明白，我从没有杀她的心。这是意外，真的是意外。"冰帝一脸痛苦，眼中满是哀求。

他对冰言的感情很复杂，他最早认识的外人，便是冰言，冰言对他来说是特殊的存在，但后来，他认识了千叶，他的眼里只有千叶，他希望温柔的千叶眼中能有他的存在，而不是一直追逐冰言。

但就算如此，他也不曾想过要害死冰言，他很清楚冰言对千叶有多么重要。

一千个、一万个冰帝，也比不上一个冰言！

"千叶，原谅我一次好不好。我真的不是故意的，这只是一个意外，我从没想过让她出事，我只想逼她交出神魂珠。"此时的冰帝，就如同一个被人遗弃的孩子，哪里还有冰川丛林霸主的威风，哪里还有高贵优雅的气度？

千叶生性温和，却不是一个没有原则的滥好人，看向冰帝的眼神，冰冷得没有半丝情绪："冰帝，不管因为什么，你伤了宁心都是事实。我永远都不会原谅你，我们的交情到此为止，你最好祈祷宁心没事，要是宁心有事，我就拿你和整个冰川丛林为她陪葬。"

"千叶……"冰帝双眼空洞无神，瞬间失了生气。

千叶说出去的话，绝不会收回，千叶要和他绝交。

他一生之中，只有两个朋友，一个冰言，一个千叶，在同一天，他全部失去了。

"哼！"千叶冷冷地看了一眼冰帝，甩袖离去。

"千叶，你要去哪里？"冰帝连忙追了出去。

"冰川地带。"千叶只留下这句话和一个背影。

"千叶，不要去！"冰帝本能地追了上去。

那个地方，进去了就没有活着出来的可能，他看到过太多太多的人死在了那里。

为了传说中的灭天弩，或者为了证明自己的实力，一个个绝世高手踏入冰川地带，就再也没有出来过。他不能让千叶去，千叶不可以有事。

一白一紫两个身影，在冰川丛林中追逐，焦虑不安的冰帝在追出万余米后，终于追到了千叶。

"千叶，不要去！"冰帝伸手抓住千叶的肩膀，却被千叶甩开。

千叶头也不回地冷声说道："冰帝，别逼我动手杀你。"

"千叶，你疯了，那是冰川地带，进去后就没有活着出来的可能。"冰帝再次追了上去。

"宁心在里面。"这一次，他宁可共死也绝不独活，更不等待。死去的人，永远不知道活下来的那个人有多么痛苦与孤单。

"她很可能已经死在里面了。"冰帝知道这话对于千叶来说意味着什么，但他还是说了出来。

果然，冰帝这话一出口，千叶就停了下来，转身就给了冰帝一拳。冰帝重重地摔倒在地，血顺着冰帝的嘴角流出，他却不觉得痛……

"千叶，求你了，别去。"银发散乱，紫眸黯淡，这样的冰帝，哪怕是铁石心肠的人看到也会心软，但千叶没有："冰帝，没有人能够取代冰言在我心中的地位，为了冰言，我什么都可以做。"

"千叶——"冰帝想说，他从来没想过取代冰言，只希望千叶的眼中除了冰言，还能有别人的存在，但千叶完全不给冰帝说话的机会。

"冰帝，记住，从今天起我不认识你，别再跟着我，别让我厌恶你。"千叶说完，转身就朝冰川地带飞奔而去，留下冰帝一人，孤零零地跌坐在冰雪之中……

第十八章
只为你而来

冰川十二神王人多势众，但东方宁心和雪天傲也不是普通人，在十二人的联手攻击下，不仅游刃有余，还时不时地给他们制造一些麻烦。

这三天来，东方宁心和雪天傲边打边跑，几次交手皆小胜，十二神王被他们二人打得灰头土脸，而他们二人也被十二神王缠得精疲力竭。

半个时辰前，东方宁心和雪天傲再次被十二神王追上，又一次打了起来。

东方宁心与雪天傲实在不想与这十二人继续纠缠，所以当十二神王的攻击袭来时，东方宁心与雪天傲顺势跳下冰崖。他们本想乘机遁走，没想到却真掉下去了。

冰崖有多深，东方宁心与雪天傲也不知道，他们在落下的瞬间就失去了神志，等到他们醒来，就发现自己躺在冰块上，身下的冰块正在漂移。

放眼望去，全是刺眼的白，冰山、冰峰、冰层，随处可见。最为恐怖的是，这些冰山都在不断地漂移。

不用问，东方宁心与雪天傲也知道，他们掉进了冰川地带。但他们走的那条路跟冰川地带完全相反，他们怎么会落到这里来？

东方宁心的视线落在乖巧地坐在一旁的小冰鼠身上，问道："是你，对不对？"

"吱吱……"小冰鼠飞快点头，真诚地看着东方宁心，似要证明自己没有坏心。

"为什么？"东方宁心没有生气，只是不解。

小冰鼠见东方宁心不生气，哧溜一下跳到东方宁心的怀里，小爪子往前一伸，得意地指着四周的冰山，那样子仿佛在说："看到没有，这里就是冰川地带，我的地盘。"

"你让我们送你回来？"东方宁心低头看了看小冰鼠，又看了看雪天傲。

这个可能很小，如果真是这样的话，小冰鼠完全不需要算计他们。

果然，小冰鼠飞快摇头，小牙咬着东方宁心的手指磨来磨去，磨了半天也不见停下来。

东方宁心捏了捏小冰鼠的耳朵，威胁道："你不说，我们就走了。"

小冰鼠像是没听见一样，摇头晃脑，什么也不说。这下可把东方宁心和雪天傲弄糊涂了。

见小冰鼠不愿意说，东方宁心也不勉强："算了，我们走吧。"

抬头往上看，冰山高不可攀，放眼望去，冰原无边无际，这个地方恐怕只能飞出去了。

不过这可难不倒东方宁心，她凝气一喝："鲲鹏真身！"

但是鲲鹏并没有出现。东方宁心试了几次都失败了，不由得苦笑道："这个地方好像很特别。"

"难怪没人敢进入冰川地带，原来这个地方有来无回。"雪天傲了然地点头，然后若有所思地看着小冰鼠。

小冰鼠停下磨牙的动作，抬头朝雪天傲憨憨一笑，一副"我没使坏"的纯良模样。雪天傲无奈地摇头道："好了，既然我们出不去，在你的地盘，就由你带路吧。"

小冰鼠费尽心机把他们带到这里，不可能没有目的。

小冰鼠见东方宁心与雪天傲没有生气，双眼一亮，嗖地从东方宁心身上跳了下来，高兴地在冰层上跳来跳去，小尾巴翘得老高，示意东方宁心与雪天傲跟上。

"走吧，看看它要带我们去哪里。"雪天傲拉着东方宁心的手缓步跟上。

没有让东方宁心和雪天傲失望，在冰川地带小冰鼠的确够威风。冰川地带的冰山一直在不停地移动，经常有冰山相撞、崩塌，但东方宁心与雪天傲跟在小冰鼠身后走了大半天，却连一丝震动都没遇上。

东方宁心与雪天傲不认为这是意外，他们看到，当小冰鼠走近，前面的冰山要么停止漂移，要么就改道而行……

一次两次是意外，次次如此，还能称之为意外吗？

冰川神鼠果然不简单，难怪能成为冰川地带唯一活下来的生物。东方宁心与雪天傲看向小冰鼠的眼神，也多了份审视与防备。

两人一路跟着小冰鼠，穿过冰山，越过冰河，来到冰川深处的一个冰洞里。看到冰洞里的东西，东方宁心和雪天傲终于明白什么叫"命里有时终须有"了。

"这是灭天弩？"东方宁心指着挂在冰洞里的弩弓问道。传说中的灭天弩，就这么随意地挂在冰墙上，这真是对待神器的态度吗？

"吱吱。"小冰鼠不以为意地点头，不就是灭天弩嘛，挂墙上怎么了，没有它带路，就是天地规则也找不到这里。

就算找到了又如何？没有灭天弩的同意，就是天地规则也带不走它。

灭天弩是什么？

天地间唯一一把不受天地规则约束的神器。别说把它挂在墙上了，就是送到你手上，你也不一定能拿走。

冰鼠沿着冰墙往上爬，很快就立在灭天弩中间，小爪子指呀指，示意东方宁心和雪天傲上前来取。

小冰鼠看似平静，心里却紧张得要命。它知道东方宁心和雪天傲都可以契约灭天弩，但最终是谁，就不是它能决定的了。

而契约了灭天弩的人，不仅是灭天弩的新主人，同时也是它的新主人。作为灭天弩的守护神兽，既要守护灭天弩，也要守护灭天弩的新主人。

"雪天傲，这下我们不要也得要了。"东方宁心一脸无奈，灭天弩就在眼前，说不要就太矫情了。

雪天傲点了点头："先带走再说。"就算契约不了，也不能让这东西落到别人手里。

雪天傲上前就将灭天弩取了下来。小冰鼠的眼睛睁得老大，我未来的主人居然是雪天傲？

小冰鼠心里一阵纠结，面上依旧是一副憨厚的样子。事情都定了，它再纠结也没有用，和新主人搞好关系才是王道。

小冰鼠跳了下来，想往雪天傲身上蹿，却发现雪天傲身上根本没有它可以窝的位置。没有位置就要制造位置嘛，小冰鼠跳到雪天傲的身上，两只爪子扒着雪天傲的腰带，拿雪天傲的腰带当秋千晃来晃去。

东方宁心诧异地扬眉，小冰鼠怎么和雪天傲这么亲近了？

不过她也没多想，视线落在雪天傲手上的灭天弩上。黑漆漆的灭天弩上没有半丝光泽，死气沉沉的，让人倍感压抑。

弩身雕刻着复杂而古老的图案，具体是什么东方宁心和雪天傲也不知道，只知道这图案他们从来没有见过。

这世间，没有几个人能抗拒得了灭天弩的诱惑。拿到灭天弩之后，雪天傲便爱不释手。手指滑过灭天弩的每一寸地方，轻轻弹着弩身，听着沉稳的回声，雪天傲的眸子越来越亮："沉稳、冷静、高傲、尊贵，灭天弩不愧为绝世神器，只是握在手中，我就能感觉到灭天弩的孤傲与狂妄。这是一把不受任何人约束的神器，这是一把可以将天地踏在脚下的神器，它有这个本钱。"

从来没有一把兵器，能得雪天傲如此评价，由此可见，雪天傲是多么喜欢灭天弩。

"神器虽好，用起来却很麻烦。"东方宁心看着灭天弩，叹了口气。

沉稳大气、锋芒内敛，灭天弩的不凡之处不需要多说，但这样的神器，却不是拿到就能用的。

雪天傲低头，看着手中的龙剑，暗暗叹了口气，将心中的遗憾压下："算了，有生之年能见到灭天弩，我已经满足了。至于灭天弩的风采，静待有缘人吧。"

说不遗憾是骗人的，但他不会违背自己的原则去逼亚诺。

东方宁心点了点头，这样的事情，完全没有必要问亚诺。己所不欲，勿施于人。别说曾经是五界之主的神圣巨龙亚诺，就是任何一只神兽也不会甘愿成为器魂，哪怕那把神器叫灭天弩。

雪天傲握着灭天弩，朝东方宁心点点头，转身便朝外走去。

"吱吱？"小冰鼠看到雪天傲没让灭天弩认主就走了，一脸迷糊地看着两人：拿到灭天弩居然不契约，你们没傻吧？

"没有器魂。"东方宁心白了小冰鼠一眼，别以为她没听懂小冰鼠的话。

没有器魂？骗鬼呢。小冰鼠撇了撇嘴，指着雪天傲手中的指环。

小冰鼠朝东方宁心翻了个白眼，反正东方宁心不是它的主人，它不用讨好了，现在巴结雪天傲才是王道。

小冰鼠吊在雪天傲的腰带上，一脸谄媚地看着雪天傲，期待雪天傲将亚诺封印，契约了灭天弩。

雪天傲皱了皱眉，看在灭天弩的分上，没有将小冰鼠丢出去，却拎着它的尾巴，将它丢到东方宁心的手上："我和亚诺有过约定，我不能封印它。"

小冰鼠点了点头，雪天傲信守承诺是好事，它不能勉强，但随即一想，它堂堂圣兽都要认雪天傲为主，神圣巨龙亚诺凭什么不能被封印！

"吱！"小冰鼠怒了，猛地跳了起来，身上软趴趴的毛竖了起来，在东方宁心的手心一弹，就跃到了雪天傲的手背上。

东方宁心与雪天傲默默地看着，他们都知道接下来小冰鼠要做什么，却选择了沉默。

雪天傲有雪天傲的原则，同样也有自己的私心。他不会逼亚诺，也不会干涉亚诺的选择。

小冰鼠伸出爪子，猛地按向雪天傲的手指，属于神兽特有的灵气注入指环内，温养了亚诺受伤的灵魂。

很快，雪天傲就感觉到指环中亚诺的灵魂在恢复，不过是一盏茶的工夫，被创始之神重创的亚诺就恢复如初。

一缕白烟从指环中冒出，亚诺正想问雪天傲找到了什么灵丹妙药，让自己这么快恢复，就看到黑着脸的小冰鼠。

"圣鼠大人？"亚诺万分不解，圣鼠不是在冰川地带守护灭天弩吗？

"喀。"小冰鼠两只爪子背在身后，神情傲慢，一副爱理不理的样子。

亚诺迷糊了，自己没有得罪圣鼠吧？正准备询问雪天傲，便看到雪天傲手中的灭天弩。

亚诺呆滞地看着灭天弩，好半天才苦笑道："原来是灭天弩现世了？我就说圣鼠大人怎么会离开灭天弩。"

"你们想要将我封印，让我成为灭天弩的器魂？既然如此，何必救醒我。"看到灭天弩，一切就已经明白了。

"是，我们希望你能成为灭天弩的器魂，但你要不愿意，我也不会勉强你。"小冰鼠已经把亚诺逼出来了，再不说话就显得太矫情了。

"不勉强我？什么意思？"亚诺的声音，带着若有似无的嘲讽。

灭天弩现世，就必须要封印神圣巨龙的灵魂为器魂。不是自己，就是现任神圣巨龙。作为龙族一分子，亚诺很清楚，如果现任神圣巨龙被封印，龙族就完蛋了。

灭天弩可不是天地规则，会考虑到五界的平衡与共存。为了龙族，自己别无选择。

"如果你不愿意被封印，我们依旧会按照之前的承诺替你铸造躯体。东方宁心得到了火之魂，你又清醒了，我们有能力兑现这个承诺。"雪天傲的语气没有半丝起伏，但是亚诺知道，这个男人言出必行。

"你知道自己在说什么吗？这可是灭天弩！"面对灭天弩，还有人不动心？亚诺不信。

"我知道这是灭天弩，但我仍不会勉强你。亚诺，我尊重你的决定。"雪天傲承认，此时的自己很虚伪。小冰鼠出手了，亚诺根本没有选择。但人有时候就得如此，虚伪是一种不得已的选择。

亚诺沉默了，没有说话。灭天弩与圣鼠同时出现在面前，自己根本没的选，但依旧想知道雪天傲到底是真想兑现承诺，还是在虚伪地敷衍。

"雪天傲，玄兽最害怕没有自由，你说我怎么可能同意？我要你履行承诺，替我铸造身体。"亚诺一个字一个字，说得非常认真，同时亦表明决心。

"好，离开冰川丛林，我们就会做到。"雪天傲没有半分犹豫，爽快地点头同意。

虽有遗憾，但无不满。

"哈哈哈……"亚诺大笑，笑得欢快，"很好，我总算没有看错人，我改变主意了。"

雪天傲虽然有些诧异，但是随即就明白了亚诺是在试探，他没有说话。

"雪天傲，动手吧，能成为灭天弩的器魂，也是一种荣幸。"亚诺闭上双眼，认命地说。

"得罪了。"大家都心知肚明的事情，何必再矫情。

"嘿嘿，雪天傲，你可真是得了便宜又卖乖。"亚诺在笑，声音却很黯然。从五界之主沦落到神器器魂，这无疑是从天堂跌至地狱，却别无选择。

"放心，我们不会辱没了你，更不会辱没灭天弩。"雪天傲动手，凝聚真气，将亚诺的灵魂束缚住。

"没有人能辱没灭天弩的威名。"灭天弩永远都是灭天弩，但里面的器魂却换了一个又一个，选择被封印，也就选择了灭亡，永远消失在这个世间。

在亚诺的配合下，封印非常顺利。

"啊——"亚诺的灵魂被封印进去时，惨叫了一声，同一时刻，雪天傲手中的灭天弩一震，如墨般的黑光从灭天弩中流出，瞬间笼罩了整个冰川地带。

"好强势。"东方宁心与雪天傲心中同时一怔，只是封印了器魂，灭天弩便将整个冰川地带的光芒压下。

黑暗一闪而过，一切又恢复了正常，雪天傲手中的灭天弩，除了更加黑亮外，没有别的不同。但他们都明白，灭天弩不一样了，现在的灭天弩可以契约了。

"雪天傲，契约吧。"东方宁心开口提醒。

"好。"雪天傲点头，咬破食指。

小冰鼠和东方宁心眼也不眨地看着这一幕，生怕错过第一神器被契约的时刻。

血珠顺着雪天傲的指尖滑落，东方宁心和小冰鼠屏住呼吸，眼神落在血珠上……

血珠与灭天弩只余半寸的距离，眼看契约就要成功了，一道极光飞来，速度之快，让雪天傲和东方宁心猝不及防。

啪的一声，原本该滴在灭天弩上的血珠，被打到了冰墙上，溅起一朵血花，顺着冰面缓缓滑下，鲜艳的红在冰面的衬托下，显得妖冶艳丽。

"什么人？"东方宁心与雪天傲看向洞外。

洞外的人没有回答，只有一道极风飞入，朝雪天傲的面门击去，雪天傲不急不忙地将灭天弩丢给东方宁心，小冰鼠也相当机灵地往东方宁心身上一蹿。

它已经知道来者是何人了，毕竟能找到这里的都不是凡人，而它插不了手。

雪天傲飞快地召唤出昆吾剑，手一扬，剑光闪过，雪天傲将面前的攻势挡下，却因这一击带来的力量太强，而被迫后退了一步。

"怎么是他？"雪天傲看到来人，不由得拧眉。他出现，从来没好事。

"昆吾剑，好东西，没想到落到你手上了。"白衣男子如同谪仙一般步入冰洞，丝毫看不出刚刚那杀气十足的一招是他发出来的。

"千叶？你怎么会在这里？"东方宁心看到千叶，只是一怔，便平静下来。

"我来这里找你。"千叶离东方宁心五步远，优雅淡然，完全不复先前的紧张与慌乱。只是，放在身后紧握的双手，泄露了他此时的心情。

"你怎么知道我在这里？"不知是千叶伪装得太好，还是东方宁心没有仔细看千叶，总之东方宁心没有看出千叶的异常，平静地问道。

千叶眼中滑过一抹失落，强打精神，指着东方宁心手上的灭天弩说："灭天弩只会出现在这里，你们来冰川丛林，不就是为了找到它吗？"

冰帝的事情，千叶不想让东方宁心知道，他亦后悔让冰帝出手。他只想让冰帝阻止东方宁心得到神魂珠，不料冰帝却做得那么极端。

事已至此，千叶已不想解释，但也不想让东方宁心知晓，只能拿灭天弩说事。

"你是为灭天弩而来的？"东方宁心握着灭天弩的手不自觉地加重力道。他们已经将亚诺的灵魂封印在灭天弩中，只要完成契约就行了。要是灭天弩被千叶夺走，他们就白忙了。

千叶缓缓摇头，黯然说道："宁心，我为你而来。"在我心中，你比灭天弩重要得多。

这话，千叶没有说出口，但东方宁心却能感觉到，心中一酸，她本能地闭上眼睛，借此将千叶的影响压下。

千叶怔怔地看着她，眼中除了化不开的深情，还有融不了的悲伤。

雪天傲最讨厌千叶这个样子，明明是千叶插入他和东方宁心之间，却弄得像是东方宁心背弃了千叶、他雪天傲横刀夺爱一般。

雪天傲上前，刚好挡在东方宁心面前，语带不善地说："劳烦千叶大人记挂了，我们夫妻二人很好，如果没有别的事，我们就不留千叶大人了。"说完便摆出一副送客的架势，身上的寒气比这冰川地带还要冷上三分。

如果是平时，千叶确定东方宁心无事，也许会离开，但今天不会。千叶上前一步，视线越过雪天傲，落在东方宁心的身上："雪天傲，我不是为你而来，我只为宁心而来。"

"多谢千叶大人关心，我很好，如果没有别的事情，我们就不送了。"东方宁心没有回应千叶，她先是人妻、人母，然后才是一个普通的女人。

她很清楚灭天弩对她和雪天傲来说有多么重要，灭天弩绝对不能落到别人手上，哪怕那个人是千叶。

"宁心……"千叶声音一颤，似不敢相信。与千叶相反，雪天傲则心中狂喜，冰冷孤傲如他，此时也忍不住嘴角微扬。

雪天傲没有做出挑衅千叶的事情，但雪天傲这副得意的样子，足以让千叶愤怒。

放在身后的手握得越发紧了，千叶竭力克制着心中的妒火，苦笑道："宁心，我真的很羡慕雪天傲，能得到你全心的维护。"

"他是我的丈夫，也是我这一生唯一爱着的人。"东方宁心神色平静地看着千叶，情绪没有半丝起伏。

"东方宁心……"雪天傲握着东方宁心的手，力道不自觉地加重，转身看着东方宁心，双眼微红，一滴晶莹的泪珠从他的眼角滑落。

他以为这一生都听不到这句话了，没想到东方宁心会在千叶面前说给他听。

东方宁心转头，正好对上雪天傲的双眼，看着雪天傲眼中的激动与喜悦，鼻子一酸，轻嗔了一句："傻瓜……"真的很傻，比起你为我做的，这一句真的不算什么。

"东方宁心！"雪天傲的脸唰的一下就红了，他咬牙切齿地看着东方宁心，这个笨女人，他难得感动一回，居然敢说他傻瓜。

"雪天傲，我的心在你身上。"东方宁心紧紧握着雪天傲的手。这话是对雪天傲说的，也是对千叶说的。

她的心很小，只能容下一个人，而这个男人，值得！

"雪天傲，我的心在你身上。"

千叶站在原地一动不动，呆滞地看着面前深情款款的二人，耳边不停地回响着这句话。

他闭上眼，想着与冰言相处的画面。冰言从来没用这种眼神看过他，也没有和他说过这样的话。

"我的心在你身上。"

他多想听到这句话，宁心说了，却不是对他说的。

他嫉妒，深深地嫉妒雪天傲……

千叶终于压不住心中的妒火，尖锐地问道："宁心，如果有一天雪天傲辜负了你，你会怎么办？"

"千叶大人放心，永远不会有那么一天。"东方宁心还没开口，雪天傲就坚定地说道。

他这一生，就算负尽天下人，也不会负东方宁心。

"是吗？雪天傲，你凭什么这么自信？"千叶笑了，带着一丝戏谑与冷意，身后紧握的手也松了松。

雪天傲，你就放下豪言吧，现在你说得越高大，日后宁心对你的怨恨就越重。

雪天傲，这一次，哪怕你后悔也无济于事，我绝对不会给你机会。

千叶看着雪天傲，无声地朝雪天傲施压，眼中是无尽寒意。

强大的压力从天而降，要说不受影响是骗人的，但雪天傲面上却不表露半分。他可以在任何人面前认输，唯独不能输给千叶。

无视千叶带来的压力，雪天傲自信地回击："连这点自信都没有，还是男人吗？还值得东方宁心托付终身吗？千叶大人，不是每个男人都和你一样，只会在原地等待。"

雪天傲狂妄地挑衅，试图从千叶的话中捕捉到对自己有利的消息。到现在他还不知道神魔和千叶到底隐瞒了他们什么，看千叶一副自信十足的样子，雪天傲不得不提前防备。

雪天傲突然提起十万年前的事，千叶不由得心中一痛。

"雪天傲，十万年前的事情，不是你想的那么简单，你不知道就别在这里乱说。"嘭的一声，千叶朝洞外一击，一座冰山就这样消失在几人面前，由此可见千叶有多么愤怒。

"十万年前的事情，我和东方宁心是不知道，也不想知道，那些都过去了，也与我们无关。"雪天傲纯粹是站着说话不腰疼，他完全忘了，当年在黄河之下，他也曾丢下东方宁心，他和千叶，不过是半斤八两，只不过他的运气好些罢了。

"雪天傲，别逼我动手杀你！"千叶此时的心情极差。

"杀我？千叶大人能杀得了我吗？"雪天傲挑衅道。

"好大的口气，天傲神王不妨试试，看我能不能杀你！"千叶故意点明雪天傲的身份。

"千叶大人出招吧，反正早晚都有这么一出。"雪天傲上前一步，毫不胆怯。千叶都杀上门了，他怎么能避，避了就不是男人，更何况他未必会输。

"好，今天可是你自找的，我绝对不会手软。"十叶身形一动，朝雪天傲扑去。

雪天傲说得没错，他无论如何都要和雪天傲打一场。不打一场，他心中的怒火难消；不打一次，他的计划如何完成？

雪天傲早有防备，将东方宁心推到身后，亮出昆吾剑。

第一击，千叶顾着有东方宁心在，也不敢出杀招，让雪天傲轻易避了过去。接下来，千叶就不客气了，实力施展开来，招招凌厉，却不会致命……

雪天傲不差，但他和千叶的真气差距摆在那里。一个拥有五界之主的实力，一个才神者九阶，不过十招，雪天傲便处处受制，被千叶压得只能防御，无法反击。

东方宁心站在一旁，说不担心是骗人的，但她更清楚，这个时候她要是插手，雪天傲会不高兴，她再担心也只能忍着。

这个时候，她只希望千叶能够理智一点儿，下手别太重。至于雪天傲的生死，东方宁心是不担心的，雪天傲光明神王的身份，注定了千叶不能杀他。

千叶很愤怒、很嫉妒，却没有因为嫉妒而失去理智。他要杀雪天傲是很简单的事情，但他绝对不会在东方宁心面前杀了雪天傲，更何况杀了雪天傲，也太便宜雪天傲了。

千叶只用了三成真气，慢慢与雪天傲打着，一点一点地施加压力。

你雪天傲不肯升阶是吧？我现在就逼你升阶！

千叶衣袖一扬，咚的一声打在雪天傲的胸膛，逼得雪天傲连连后退，直接撞在冰墙上。

"雪天傲，神者九阶不过如此。"

"神者九阶的确没办法和千叶大人比，千叶大人毕竟是活了几十万年的老人家。"雪天傲擦了擦嘴角的血迹，傲慢地看了一眼千叶，再次冲上前。

千叶不杀他，也不重伤他，到底是为什么？过招间，雪天傲的心思已是百转千回，他知道，千叶出现在这里，不单单是为了东方宁心。

"老，也是一种资本。"千叶并不生气，在雪天傲站稳的那一刻，手腕一动，又一道真气朝雪天傲的左侧击去。

雪天傲反应极快，躲开了。千叶笑了一声，下手更快更猛，完全不给雪天傲反击的机会。

千叶太了解雪天傲了，一招接一招，逼得雪天傲根本没有喘息之机。这个时候，雪天傲就是有千般手段、万般能耐，也没机会施展出来。

而千叶的目的不在于伤雪天傲，在于折辱雪天傲，在于逼迫雪天傲升阶。雪天傲的真气早就达到了天神的级别却强压着不升阶，千叶就是要逼雪天傲升阶。

咚！雪天傲再次撞向冰墙，刚一站起来，千叶继续出招，雪天傲不停地在站起来与倒下中挣扎。

"雪天傲，这就是你的本事？就你这样，也敢说不负宁心？这样的你，别说保护宁心了，连自保都难，这样的你，有什么资格站在宁心身边？"千叶越打越解气，索性只用一成真气，慢慢打，反正打不死。

"有没有资格，你说了不算。我再没有资格也比你强，千叶大人。"雪天傲再次从地上爬了起来，一脸青紫，好不狼狈。

但他的神情依旧高傲，他的眼神依旧坚定，他的背依旧挺得笔直，眼中依旧带着属于胜利者的笑意。

"雪天傲，你找死！"千叶怒喝，再次将雪天傲摔飞。

咚！雪天傲撞在冰墙上，将冰墙撞塌，他却像是没有感觉一般，再次爬了起来："我死了，东方宁心也不会看你一眼。"

咚！他刚站好，又被千叶撞飞。

"是吗？那你就睁大眼睛看着吧！"不能杀雪天傲，千叶就用这种办法出气。

一次又一次，只要雪天傲站起来，千叶就摔，摔倒后，雪天傲再站起来，如此反复。

一有机会，雪天傲就会给东方宁心一个"放心"的眼神。他雪天傲，从来不是一个打不还手的人，这时候挨打，并不表示他会一直处于挨打的状态。他雪天傲不欠千叶什么，没有必要手软。

雪天傲的眼中闪过一抹精光，转瞬即逝，让人无法捕捉。东方宁心站在一边看得直皱眉，雪天傲身上的伤不严重，但这种打法太欺负人了。

千叶仗着自己的真气高，一再折辱雪天傲，着实过分了。此时的东方宁心，无比心疼雪天傲，骄傲如雪天傲，何时受过这样的羞辱？

千叶折辱的不仅仅是雪天傲的骄傲，还有她东方宁心的骄傲。而千叶正忙着出气，完全没注意到东方宁心的不满。

雪天傲再次从地上爬了起来，这一次他的破天枪也出现在手中，人还未站稳，手中的破天枪就嗖的一下朝千叶飞去。

千叶不慌不忙，身形一侧，避了过去。神者九阶，想要杀千叶这种顶级高手，无疑是妄想。

"看不出来，你还有反击的能力。"千叶嘲讽地笑着，侧身的那一刻，他看到了东方宁心眼中的心疼，知道再打下去吃亏的就是他自己了，于是不再继续折腾雪天傲，凝气于掌，杀气十足。

怎么回事？千叶居然下杀手？这怎么可能？

东方宁心抬头看着千叶，看到千叶没有半丝感情的眸子，心中一寒，不好的预感袭向心头：千叶这一次是认真的。

雪天傲不在意地冷哼一声，千叶有多想杀他，他是知道的。雪天傲不慌不忙地凝聚真气，准备防御，同时继续不着痕迹地凝聚着星空之力。

千叶，今天就让你见识一下，神者九阶的厉害。

雪天傲与千叶同时上前，两个男人如同猛虎一般飞快地冲向对方，大有不死不休之势。

这一刻，东方宁心没办法冷静了，这两个男人之间的杀气太明显了，他们就如同失控的野兽，完全没有理智可言。东方宁心知道，高手对战，突然插手，十有八九死的就是自己，但她没有办法眼睁睁地看着雪天傲出事。

东方宁心相信，千叶要杀雪天傲，雪天傲也不会让千叶好过。最终结果，一定是两败俱伤，这不是东方宁心想看到的。

电光石火间，东方宁心顾不得危险，提步向前，挡在雪天傲与千叶之间。真气一前一后打向东方宁心，东方宁心却不闪不避："够了，都给我住手。"

"宁心！"千叶脸色大变，连忙强行收回攻势。真气逆转，千叶喷出一口血。

"东方宁心你这个笨蛋。"雪天傲的剑生生拐了个弯，刺入一旁的冰柱，震得他虎口裂开，血一滴一滴地落下。

两个男人谁也没有伤到谁，却是两败俱伤，但不得不说，这是最好的结果。

真正交手，盛怒之下，哪里还有理智可言，这一击要打在对方身后，最后的结果非死即残。而无论谁杀了谁，最痛苦的莫过于东方宁心。

"现在你满意了吗，千叶大人？"东方宁心看着脸色惨白的千叶，没有一丝表情。

"你护着他？"千叶捂着心口，喘着粗气，不知是因为真气逆转伤了心脉，还是被东方宁心的话而刺痛。

"千叶大人，我不是冰言，你执着的人是十万年前的冰言，她已经死了。时隔万年，英雄美人都归了尘土，你何必再痴恋？"这一点，她早就明白，却不知如何去说。

东方宁心是冰言的转世，并不表示她们是同一个人；东方宁心是东方宁心，冰言是冰言。东方宁心没有冰言的仁慈与圣洁，千叶透过她看冰言，这是她不能接受的，也是对冰言的侮辱。

"你不是东方宁心，你是墨言。"千叶不接受这样的拒绝，东方宁心就是冰言，这一点毋庸置疑！

"的确，我是墨言，但无论我是谁，在雪天傲的眼中我都是他执着的那个女子。对雪天傲来说，姓东方和姓墨并不重要，因为都是我——"

"宁心！"千叶踉跄一步，打断了东方宁心的话，后面的话，他不想听。

"喀喀……"一时激动，气血翻滚，千叶感觉自己的五脏六腑都痛得难受。

"你……"东方宁心顿了顿，关心的话到了舌尖，终是没有说出口。

这对千叶来说，已经足够。一个眼神，一个细微的动作，千叶已经满足。为了不让东方宁心担心，千叶连忙平复体内翻涌的真气，脸上露出一抹温柔的笑容。

东方宁心见千叶无事，摇了摇头，继续道："千叶，你何必自欺欺人，我不是冰言，过了十万年，我身上已经没有半丝冰言的影子。放过我，亦放过你自己吧。"

"放过？宁心，如果可以，我也想放过你，放过我自己，但我真的做不到。天意可违，心意难违。"千叶苦涩地笑着，原本就没有血色的脸，此时更加惨白。

放过？多么简单的两个字，可是他做不到。

看着站在一边的雪天傲，千叶眼中又有了神采，是该有人"放过"，但那人绝对不是他。

黑眸闪过一抹精光，千叶莞尔一笑，他知道怎么逼雪天傲了。

一扫刚刚的低落与黯然，千叶的脸上扬起一抹自信的笑容："宁心，你说的放过我做不到，无论你是谁，你都是我执着的那个女子，都是与我倾心相恋的那个女子。你说的英雄美人都归了尘土，我也不能接受，我还活着，你也还在，我们之间并不是前尘往事。你说无论你变成谁，雪天傲执着的都是你，我相信。同样，也请你相信，无论你变成谁，在我眼中你都是你。宁心，虽说我做不到'放过'，但请你相信，我绝对没有为难你的意思。我今天来冰川丛林，只想确定你是否安好。看你安好，我便满足了。"

说到这里，略一停顿，千叶又道："另外……宁心，请你给我一个机会，如果有一天，雪天傲背弃、伤害了你，请你记得有一个叫千叶的男人，永远在等你。无论何时何地、何种境况，只要你回头，千叶就在；只要你需要，千叶就会出现。"

千叶说完，意有所指地扫了雪天傲一眼，便不再停留，转身离去。

这一眼，让东方宁心不解，让雪天傲越发不安，千叶的自信，不是源自东方宁心对他的不舍，而是他雪天傲。

到底在他身上发生了什么？

雪天傲克制住心中的惧意，握紧拳头朝千叶大声吼道："千叶，你死心吧，永远都不会有那么一天！"哪怕是死，我也不会给你机会！

"是吗？我也希望不会有那么一天。但你认为，我会相信一个站在女人身后的男人所说的话吗？"千叶没有停下脚步，依旧慢悠悠地走着。

那副胜券在握的样子，别说雪天傲了，就连小冰鼠也讨厌他，小冰鼠朝千叶张牙舞爪，一副要为雪天傲出气的样子。

为了刺激雪天傲，千叶又道："雪天傲，别忘了你是光明神王，你和东方宁心注定敌对，不管你愿意与否，你这一生都注定会辜负东方宁心。我倒要看看，东方宁心能原谅你一次，还能原谅你第二次吗？"

说话间，千叶放缓脚步，他知道，这话一出，一定会引得东方宁心和雪天傲重视。

一步、两步、三步……九步！

"千叶，等一等——"果然，当他迈出第十步时，声音响起。只是让千叶没想到的是，开口叫住他的会是东方宁心，他以为最不安的人应该是雪天傲。

不过没关系，东方宁心现在越在乎，到时候越伤心。

顿了顿，将心中的苦涩压下，千叶停步，转身："宁心……"

"告诉我，为什么？"东方宁心直接问道。

"宁心，你应该知道，他们不能说的事，我也不能说。"千叶摇了摇头，苦笑。

"我知道了。"东方宁心点头，不再追问。

"其实，你们想知道原因也很容易，只要雪天傲踏入天神境界，得到光明神王的传承，一切就真相大白了。"当然，也晚了。

踏入天神境界？

"不行！"东方宁心想都不想就拒绝了。上次雪天傲即将踏入天神境界时，她就很是不安。那种不安源自灵魂深处，她相信自己的直觉不会有假。在没有弄清事情的真相时，雪天傲绝不能踏入天神境界。

原来雪天傲上次没有踏入天神境界，是因为东方宁心……

千叶看着雪天傲，又看看东方宁心，不得不说，雪天傲这家伙的运气好到让他嫉妒。

"既然雪天傲不想踏入天神境界，那就没什么好说的了。"千叶不再多言，大家都是聪明人，多说多错，他已经错了。

千叶的视线落在东方宁心手中的灭天弩上，神色淡漠地开口："宁心，我虽不是为灭天弩而来，但真正看到灭天弩，没有几个人可以放下，我也不例外。灭天弩在你手上我不会动，一旦它落到别人手中，我第一个便抢。"

他绝对不能让雪天傲和灭天弩有牵扯，他要将一切可能全部扼杀在萌芽状态。神魔想要借着灭天弩逆天的能量来对抗忘情，他偏不如神魔的愿！

"什么意思？"东方宁心手中一紧，小冰鼠也全身一僵。千叶不是别人，他是白泽选定的主人，如果千叶要让灭天弩认主，就是小冰鼠也无法左右。

"宁心，灭天弩要么认你为主，要么我拿走。你应该明白，我有这个能力。"千叶这是威胁，第一次威胁东方宁心，也不会是最后一次。

这一次，他不会妥协，哪怕是东方宁心开口！

第十九章
战斗由此拉开序幕

千叶不肯妥协，妥协的人就只有东方宁心了。

看着手中的灭天弩，东方宁心无比委屈、愤怒。这就是身为弱者的悲哀，他们连半丝自由都没有。灭天弩明明在他们手中，是他们找到的，但最终归谁所有，却不能由他们自己说了算。

其实，她和雪天傲谁契约这把灭天弩都一样，但这事应该由他们自己决定，而不是被人指定。

紧紧地握着灭天弩，东方宁心低头，她不想朝千叶发火，千叶不欠她什么，她只是不甘心。也许，也许她不应该阻止雪天傲踏入天神境界，雪天傲一踏入天神境界，便能拥有神王的实力。如果雪天傲是神王，今日与千叶一战，就不会败得如此狼狈，她也不需要受千叶威胁。

千叶眼中闪过一丝无奈，他何尝不知宁心心中的愤怒，只是有些事情，他绝对不能退缩，他已经错过太多了，宁心是他的，他绝不放手。

"宁心，契约吧。你不契约，我便将灭天弩带走。"千叶说得轻松，但东方宁心听在耳中，却有一种刀架在脖子上的感觉。

"东方宁心，契约吧，灭天弩在我们手中就行了。"雪天傲收起昆吾剑，丝毫不在意。

灭天弩，得之我幸，不得我命。他们原本就不是冲着灭天弩来的，机缘巧合拿到灭天弩也是他们运气好，他和东方宁心谁契约并不重要。

当然，千叶指手画脚的样子，让雪天傲极度厌恶，但他有什么办法呢？千叶的实力摆在那里，除非他成为神王，否则他们根本没有与千叶一战的实力。

"好，我来契约灭天弩。"东方宁心点头，不再拒绝。

千叶满意地点了点头，小冰鼠则万分惊讶地张大嘴巴，它换主人了，它先前讨好错人了……

小冰鼠震惊地看着东方宁心，可惜，东方宁心没有看到，她的眼神落在千叶身上，冷漠而疏离。

千叶心中一痛，放弃的话到了嘴边，却又咽了回去，这是他唯一的机会了，他绝对不能心软。

东方宁心咬破食指，血珠顺着指尖滑落，在千叶和雪天傲的注视下，啪嗒一声落在灭天弩上，灭天弩颤动，嗖的一声飞向半空，黑暗再次笼罩整个冰川地带。

契约开始了！

千叶脸上有着掩不住的喜悦，雪天傲，就算宁心为你保住了神魂珠，也没有用了。

黑暗之中，雪天傲一直盯着千叶，他怕千叶会借机做出什么事来。

果不其然，在黑暗降临的那一刻，千叶突然朝东方宁心扑去："宁心，对不起了！"

"千叶，你要做什么？！"雪天傲想也不想便冲上前去。

千叶对他动手，他还能保留三分理智去想原因，千叶对东方宁心动手，雪天傲却什么也不会想，他脑中唯一的想法便是：绝对不能让千叶伤害宁心！

虽然他明知千叶不会伤害宁心，但本能地就冲了过去……

"灭天弩，没有人不想要。"千叶离东方宁心不远，偏偏他缓了一步，等雪天傲上前。

"千叶，你到底有什么目的？"昆吾剑在黑暗中寒光幽幽，阻挡着千叶的脚步。

"我的目的？得到东方宁心的心算不算？"千叶完全不把雪天傲当成东方宁心的丈夫，霸道地宣告。

"永远没有可能。"

"没有可能吗？你就睁大眼睛看着吧。"千叶凌空一跃，避开了雪天傲的攻击，凝聚真气打向东方宁心。

"分花拂柳！"真气在半空中突然分散，在黑暗中飞快地闪烁，如同星辰在天空闪耀。紧接着，分散的真气又像是飘零的花朵，纷纷从半空落下，好像有狂风吹来一般……

漫天飞舞的零星真气，划破黑暗，朝东方宁心扑去，那冰冷的寒光，告诉雪天傲，千叶是认真的。

"千叶，你这个疯子，居然不顾东方宁心的安危！"雪天傲明知他不出手千叶也会收回，但他做不到眼睁睁看着这些真气打向东方宁心。

"雪天傲，你可以选择不出手，你应该明白，我绝对不会伤宁心。"千叶明白地告诉雪天傲，这一招虽然攻向东方宁心，针对的却是雪天傲。

雪天傲明知这是千叶的阴谋，却不得不上前："千叶大人的好意我心领了，我雪天傲的妻子，我自会保护。"

雪天傲右手一挥，只见黑暗中，似有一股无形的力量从地底飞起。

"星空之力果然不凡。"千叶双眼一亮，不得不承认，雪天傲确实不同凡响。

可惜，他们是敌人！

"雪天傲，你别乱来，我不会有事。"契约已行至一半，东方宁心正在与灭天弩中的器魂较量，试图将器魂压制。

灭天弩中的器魂虽是亚诺，但是按照规则，她要是压制不了亚诺，就会被亚诺反仆为主。这个时候，她能抽出一部分精神力，关注雪天傲和千叶的事情，已经不容易了。

"我不会有事。"雪天傲没有回头，星空之力越凝越大，直至，星空之力将千叶发出来的攻击全部挡下。

雪天傲双手握剑，从上往下劈去："星空斩！"

轰！一剑击下，光芒四射，瞬间将笼罩在冰川地带的黑暗划破，白色的世界再次出现在三人面前。

"神者九阶就能使出星空斩，难怪创始之神舍不得抛弃你，你的确值得……"千叶在面前设下一个屏障，同时凝聚真气朝雪天傲击去，"可惜，今天你逃不掉了，也没有人能救你。"

轰！真气凝聚成球，直接飞向雪天傲。强大的力量让整个空间都扭曲了。冰川地带再次失色，瞬间变得灰蒙蒙一片，小冰鼠在东方宁心的怀中瑟瑟发抖。

神兽之首白泽选定的主人，果然是妖孽，这样的人，不是它能动的。

此时，东方宁心已成功驯服亚诺，契约了灭天弩，还来不及去想小冰鼠怎么也受契约限制，就看到了这一幕。

东方宁心脸色大变，将小冰鼠和灭天弩朝身后一抛，玉足轻点，朝雪天傲飞去，同时失控地大叫："千叶，别让我恨你！"

"宁心，这是唯一一次，请你原谅我！"千叶不仅没有收手，反倒加大真气。

"东方宁心，别过来！"雪天傲双手握剑，剑指苍穹，"星空闪电!"

轰隆隆……以剑为引，闪电之力从天而降，似要将万物毁灭。

"完蛋了，完蛋了，冰川地带完蛋了。"小冰鼠抱着灭天弩窝在角落，身上的绒毛全部竖了起来，愤怒地看着千叶：都是这个罪魁祸首，毁了它的冰川地带！

轰隆隆……从天而降的雷电与千叶的真气球相撞。

轰……咔嚓……冰川地带猛地爆出一团团绚丽的白光，巨大的白光在千叶和雪天傲中间炸开，强大的冲击力将四周万物全部炸毁，东方宁心还未靠近白光，就被这股力量震得飞了出去。

"啊——"东方宁心大叫一声，身形在半空中翻转，试图稳住自己。小冰鼠见状，抱着灭天弩飞来，将东方宁心稳稳接住。

"吱吱……"半空中，小冰鼠神色肃穆，朝着东方宁心叫个不停。

"闭嘴，再吵就把你的嘴巴缝起来！"东方宁心借助灭天弩站稳，瞪了一眼小冰鼠。

雪天傲与千叶站在原地一动不动，他们四周除了层层激起的白柱再无其他。整个冰川地带遭到了毁灭性的攻击，一座座冰山从上到下瞬间炸开，飘移的冰层全部飞向天空，在半空中炸开，落下……

无数冰碴儿从天而降，哗啦啦直响。东方宁心几次想要冲进去，都被爆炸生成的气流给弹了出来。绚丽的白光刺眼至极，东方宁心站在外围，根本看不清战斗圈中的两个男人此时到底是什么情况。

心急的东方宁心，想也不想就拿起脚下的灭天弩。她并不是为了杀人，没有箭也没关系，以灭天弩的能力，她就是不用箭也有威力。

才摆出射击的架势，灭天弩就嗡嗡直响，似乎很兴奋。

"宁心，别乱来！"战斗中的千叶听到这声音，脸色大变。灭天弩不能轻易使用，灭天弩每次出手，必有绝世高手陨落。

"东方宁心，我没事，灭天弩不能随便用，别忘了神魔的话。"雪天傲比千叶晚一步开口，声音也没有那么急切。

千叶的提醒，东方宁心可以忽视，雪天傲的提醒，东方宁心就不得不在意。

"好。"默默地收起灭天弩，东方宁心准备用鲲鹏真身，试着冲入战斗圈。

她没有别的想法，她只想把雪天傲带出来。冰川地带爆炸，对千叶来说没有影响，对她和雪天傲来说，却是致命的攻击，但东方宁心忘了，这冰川地带，鲲鹏真身根本无法用。

雪天傲似乎早就明了她的想法，在她还未动手之际，雪天傲的声音再次从战斗圈中传来："东方宁心，别担心，在外面等着!"

听到雪天傲的声音，东方宁心稍稍安心。然而她不知道，在雪天傲说完这话之后，他手中的剑便战抖起来，周身的防御越来越弱。

雪天傲的爆发力很强，但拼真气，神者九阶岂是千叶的对手？

轰隆隆！巨大的爆炸声再次响起，雪天傲噗地吐出一口血，踉跄一步，手中的剑垂落在地，失了光泽。

千叶远远地看着，嘴角微扬，没有就此收手，反倒再次加大攻击的力度。

除了千叶和雪天傲脚下，整个冰川地带没有一处完好的地方，漫天的冰块阻挡了东方宁心的视线，她只能在半空中干着急。

冰山爆炸持续了整整一刻钟，半空中的冰块才一一落下，漫天的冰雾亦缓缓散去。东方宁心连忙寻找雪天傲的身影，想确定他是否无恙，却发现雪天傲不见了。整个冰川地带空空荡荡，一眼就能看到尽头，东方宁心凝聚精神力搜索，依旧找不到雪天傲的踪迹。

"千叶，雪天傲在哪里？"半空中，东方宁心朝千叶大喊，她不敢想象，失去雪天傲的东方宁心会怎样。

"宁心，你只在乎他的生死吗？我呢？"千叶站在那里一动不动，任冰碴儿打在他的身上。

冰碴儿融化，千叶整个人就如同从水里捞出来的一般，湿漉漉的，看上去有几分阴郁与冷酷。

"千叶，告诉我雪天傲在哪里？"东方宁心急切地大喊。

"不说。"千叶一动不动，神情冷漠。

宁心，不过一刻钟的时间，你就等不及了，我呢？

我找了你整整十万年，你有没有想过我的不安、我的愤怒？

泪，从千叶的眼角滑落，一滴一滴，与身上的水珠交汇，顺着脸颊往下滑落。

千叶别过眼，不去看东方宁心。

他有他的骄傲。

"千叶，别逼我动手。"东方宁心飞身落下，站在千叶的面前。

"你因为他，要对我动手？"千叶猛地看向东方宁心，眼中满是不信与震惊。

他的冰言，居然要为了另一个男人对他动手，这还是他的冰言吗？

面对千叶灼热的目光，东方宁心别过脸，冷傲地说："千叶，告诉我雪天傲在哪里，你伤雪天傲的事，我可以不计较。"

"计较？宁心，你拿什么和我计较？"千叶这话虽然尖锐，却没有错。如果不是因为东方宁心的身份，他们二人根本入不了千叶的眼。这一点东方宁心很清楚，但这并不代表她就会妄自菲薄，认为自己不值得。

东方宁心召唤出凤剑，直指千叶："千叶，你应该清楚我的性格，告诉我，雪天傲在哪里？"

"当年也没见你这么关心我。"千叶苦涩地说。

"所以，在你眼中我永远是当年的那个冰言，你叫着我的名字，却没有把我当东方宁心看。"千叶没有变，但她变了，她不仅仅是冰言。

"我……"千叶想辩解，却发现到了嘴边的话，怎么也说不出来。

在他眼中，东方宁心就是冰言，为什么要把东方宁心与冰言分开看？

千叶没有跟东方宁心争辩这个问题，他道："宁心，我可以告诉你雪天傲在哪里，但我有一个条件。"

"什么条件？"如果是以前，东方宁心会因为这样的千叶而难过，但现在不会。

她永远都无法变成千叶心中的冰言，也不想做冰言。她和千叶的牵绊，不过就是十万年前的冰言罢了。

"我告诉你雪天傲在哪里，你必须让他踏入天神级别。"千叶绝对不允许这种人为的阻碍存在。

"为什么？"东方宁心没有直接同意，千叶绝对没安好心，至少对雪天傲没有好心。

"不为什么，雪天傲不是说，他这一生绝不负你吗？就让我们拭目以待，踏入至尊巅峰、手握大权的他到底会不会负你。"千叶自信满满地说。

东方宁心一双凤眸看着千叶，想从他身上看出什么，千叶大大方方地任她打量。

一个活了十万年，一个活了二十年，千叶不想说的事情，东方宁心怎么也看不出来。无奈，东方宁心只得放弃打量，用力地点了点头："可以，你告诉我雪天傲在哪里，我会遵守自己的承诺。但他要是无法踏入天神级别，便与我无关了。"

"可以。"如果不是人为原因，雪天傲早就能踏入天神境界了，哪里需要他出手。

"还有，就算雪天傲负了我，我们之间的关系依旧不会变。我永远都不可能成为冰言。"东方宁心再次郑重说道。不是她不信雪天傲，而是这世间有太多的事情不由他们掌控，她信雪天傲，却不信这天意。

千叶一顿，好半晌才道："宁心，我只希望你给我一个机会，正视我，而不是将我排除在外。除了比雪天傲晚认识你，无论哪一方面，我和雪天傲相比只强不弱。"

"我不想听这些。"东方宁心打断了千叶的话，"我只希望你不要对雪天傲使什么手段。和你相比我们太过稚嫩，你要算计我和雪天傲，我们根本没有还手的能力。"

"宁心，我并没有算计你们什么，我只是让你们正视自己的命运，顺应规则罢了。要知道，如果不是你人为阻止，雪天傲早就踏入了天神级别。我现在所做的一切，不过是将一切导回正轨。"千叶一脸坦荡，忘情是雪天傲的命运，这并不是谁能决定的。

东方宁心稍稍安心，只要千叶不在背后算计他们，她就信雪天傲。雪天傲踏入天神是早晚的事情，她任性地阻止了一次，却不能再阻止第二次。真气存于体内得不到释放，对雪天傲来说也不是好事。

千叶见东方宁心放松下来，就知道她已想明白了，双手轻拍："白泽，把人带出来。"

原来雪天傲被白泽藏了起来，难怪自己找不到，东方宁心看千叶的眼神又多了几分防备。

现在的千叶，不再是她记忆中那个风轻云淡、凡事都不计较的千叶了，现在的千叶为达目的什么事都可以做，现在的千叶已经具备了一个霸主该有的强势与手段。

东方宁心后退三步，拉开自己与千叶之间的距离，这样的千叶，让她害怕。

千叶心中微痛，只能自我安慰：这是暂时的，待到雪天傲伤透宁心的心，宁心就会明白，谁才是她的归宿。

白泽从天而降，目中无人，神情傲慢。小冰鼠在白泽出现的那一刻，全身的白毛就竖了起来，恶狠狠地盯着白泽，白泽却从始至终都没有看它一眼，冷漠地朝左侧的冰碴儿轰出一拳。

轰隆隆！刚刚沉静下来的冰川地带再次震动，碎冰四处飞溅，雪天傲躺在碎冰中一动不动。千叶将雪天傲活埋在冰山之下，如果东方宁心不开口求千叶，雪天傲将永远被埋在这里，不死不活！

"千叶，你够狠!"东方宁心唰的一下收起手中的剑，朝雪天傲飞奔而去。

狠吗？也许吧，哪怕他不受幽冥之神的限制，他骨子里的阴暗依然是存在的。抬头看着焦急的东方宁心，千叶薄唇轻启："宁心，既然你说我狠，我便狠到底。"

当东方宁心弯下腰，欲将雪天傲扶起时，千叶飞身而至，出手阻挡。他狠，狠到不让东方宁心碰雪天傲。

"千叶!"东方宁心抬头，责怪地看着千叶。

"让他先升阶。"千叶挡着东方宁心的手，半步不退，神情冷峻。以后，东方宁心都没有机会再碰雪天傲。

东方宁心弯着腰，不肯起来："让我先救醒他。"

"不用，你直接用金针刺穴，引导他体内的真气运行就可以了，我保他不死。"千叶温和，但他骨子里却极为大男人，他的意识里，无论是冰言还是宁心，都应该听他的。

东方宁心无法靠近雪天傲，只得站起来："千叶，你知道你在做什么吗？"

一次又一次地插手她和雪天傲之间的事情，只会让她越来越讨厌他；一次又一次地把她当成冰言的替身，只会让她心中的愧疚消散。

千叶，你知道自己在做什么吗？你知不知道，你把我们之间唯一的羁绊斩断了？

心里抽痛，东方宁心咬着唇，血腥味在唇齿间回转，东方宁心却像感觉不到痛一般，就这样看着千叶，等着千叶的回答。

千叶心疼地上前，却被东方宁心冷硬地拒绝，千叶闭上眼睛，深吸了口气，压下刺骨的痛："宁心，我一直都知道自己在做什么。"

"是吗？"东方宁心冷笑，"既然你知道自己在做什么，我也没什么好说的了。千叶，我只希望你别后悔。"

"不，我不会后悔。"

"不会后悔就好。千叶，我不知道你的目的是什么，但我知道你现在所做的一切，已经将我越推越远，我心中属于你的身影越来越淡，淡到我都怀疑十万年前的事情真的存在吗？"现在，她已不会受冰言的感情影响。

"宁心……"千叶伸手想拉住东方宁心，东方宁心却不给他这个机会，侧身避开。

千叶的心瞬间冰凉，宁心就在眼前，他却怎么也无法靠近。

东方宁心没有抬头，双眼依旧落在雪天傲身上，神情温柔，哪怕在这寒冷的冰川地带，也掩不住她身上的暖意。

但是，她对千叶所说的话却冰冷至极："千叶，你应该明白，我们之间的问题不仅仅是雪天傲，就算没有雪天傲，我和你之间也没有可能。你知道我是冰言转世后就一直把我当成冰言，可是你有没有想过我愿不愿意做冰言？"

这话，东方宁心一直想对千叶说，却没有机会，今天终于可以说出来了："千叶，我不愿意。我不想成为任何人，我只想做我自己，做东方宁心。你透过我去看冰言，你把我当成冰言的替身，这是我不能接受的。千叶，你清醒一点儿，你和冰言已成过去，别让过去的种种影响你现在的生活。"

"宁心，不是这样的。"千叶摇头，急切地解释，"宁心，我从来没有把你当成冰言，在我心中你永远是你自己，是那个清冷绝色的东方宁心，我从来没有把你当成冰言的替身。无论我做什么，我都不会伤害你，逼雪天傲踏入天神级别，只是因为我需要一个机会，一个证明我自己和让你正视我的机会。"

千叶双眼泛红："宁心，你是一个理智大于感情的人，只要雪天傲在你身边，你的眼中便不会有我，哪怕你心中有我也会无视。我只想要一个机会，一个让你看清自己的心的机会，这样有错吗？"

东方宁心人为地阻止忘情的发作，他只不过将一切导回正轨，这么做何错之有？雪天傲的忘情不是他种下的，就算没有他，忘情一样会发作，他不过是利用这个机会罢了。

"千叶，我不想再和你多说什么，让雪天傲成为天神是你的要求，现在我就完成。"东方宁心取出金针，金黄色的光芒，在这片冰天雪地中显得特别耀眼。

小冰鼠和白泽都看到了金针，两只神兽中的皇者同时在心中叹了口气。

从此天涯陌路，相见不相识。

千叶，你终于要死心了！

两只神兽，两种期待，却默契地选择不说话，站在一旁冷眼看着东方宁心将金针刺入雪天傲的穴道中。

死寂般的安静，整个冰川地带，除了金针划过空气的声音，再无其他动静。

金针一一没入穴道之中，雪天傲体内的真气开始运转。在场的都是高手，雪天傲身上哪怕是最细微的变化，他们也能看得清清楚楚。

被封印的真气在体内运行一周天后回归丹田。片刻之后，雪天傲的面前出现了升阶的纹路。

"我……"东方宁心莫名地一慌，脑中有一个声音响起：一定要阻止雪天傲升阶，不然你会后悔的。

千叶将东方宁心拦住，不让她靠近雪天傲："宁心，别乱来，雪天傲已经开始升阶，你不能破坏。"

他也绝不允许任何人破坏，雪天傲必须升阶，必须激发忘情，只有这样东方宁心才会死心。

"放开我！"东方宁心往后重重一击，打在千叶的心口，千叶痛得直抽气，却没有松手。

"千叶，放手！"

"宁心，让雪天傲踏入天神级别，这是我们的约定，你要违约吗？"千叶死死地抱着东方宁心，不肯松手。

"我便是违约了又如何？"东方宁心转身，手中的凤剑刺向千叶。

"宁心，来不及了，升阶结束了。"千叶笑着松手，指着雪天傲身上那团金色的光晕说道。

光明神王传承？

"来不及了，一切都晚了。"东方宁心身子一软，整个人就往后倒去，莫名的悲伤笼罩着东方宁心，眼泪不停地往下掉。她不知道原因，却本能地害怕，害怕接下来发生的事情。

千叶连忙将人抱起："宁心，这是他的命运，谁也不能更改。你能阻止一次，不能阻止第二次。"

东方宁心接受了黑暗传承，雪天傲就无法再避，除非东方宁心能有冥的气魄，杀了雪天傲，把雪天傲封印在神器中。

很明显，东方宁心做不到，杀人封印灵魂这种事，只要出一点差错就永远无法挽回。东方宁心不是冥，她没有冥的魄力与狠劲。

"千叶，现在可以告诉我，为什么你要逼雪天傲接受光明传承了吗？"东方宁心推开千叶，勉强站稳身形。

雪天傲体内真气大涨，他的周围被金色光芒笼罩，东方宁心根本无法靠近，只能远远地看着。

"你很快就知道了，创始之神来了。"千叶指着天边，那里有一个金色的圆点出现。圆点越来越大，越来越近，创始之神就站在圆点之中，踏着金光走来。

"创始之神？"东方宁心脸色大变。她想起来了，她体内的黑暗传承需要幽冥之神出手才能完成，同样，雪天傲的光明传承，肯定也需要创始之神出手。

"千叶，你和创始之神联手算计我们？"东方宁心转身看向千叶，千叶却一脸坦荡："没有，要算计你们，我需要和他联手吗？"

"千叶，多谢了。"创始之神走近，朝东方宁心和千叶点了点头，神情安详，就好像他们之间什么也不曾发生过一般。

东方宁心做不到这一点，冷着脸看着千叶："千叶，你和创始之神谁在骗我？"

她知道，创始之神没有骗她，因为没有必要。

"宁心，我和创始之神根本不存在合作的关系，我要和创始之神合作，你认为幽冥之神和神魔他们还能坐得住？我和创始之神不过是各取所需罢了。"千叶不急不缓道，他不认为这有什么问题，他和创始之神只是有共同的目的罢了。

"那么，你们所需的是什么？"能让白泽认主的男人，怎么会是无能之辈，又怎么会心慈手软，果然是她天真了。

"宁心，雪天傲的光明传承已经被激发，让创始之神完成接下来的传承，至于我们的目的，待到雪天傲成为光明神王，你就会明白。"千叶将东方宁心拉开，示意创始之神出手。

创始之神撩起衣袖，朝东方宁心浅笑："宁心神王，六月十六光明神殿有庆典，如若宁心神王有空，请务必前去观礼。"

"光明神殿？不是被我炸了吗？新址在哪里？"东方宁心故意挑衅，创始之神眉头都不皱一下，淡定地解释："光明神殿年久失修，宁心神王上次将神殿炸了，神界正好借机翻新主殿。"

"是吗？六月十六，如无意外，我一定到。"东方宁心也不是小孩子，既然创始之神能将炸殿一事放下，她又怎么会在意，反正被炸的又不是她的地方。

"宁心神王，你一定会到的。"创始之神笃定地说。

六月十六，雪天傲与执凤大婚，东方宁心怎能不到？

东方宁心想要问一句，创始之神凭什么这么笃定，千叶却上前一步，挡在她的面前："创始之神，你该动手了。"

"十万年都等了，何必急于这一刻？"创始之神看着千叶，双眼凌厉而锋芒。

千叶毫不示弱，反击回去，整个冰川地带的空气都为之凝结，东方宁心顿时脸色潮红，额头有大滴的汗珠滑落。

两股不同的力量暗暗较劲，东方宁心只感觉自己好像被撕裂了一般，连呼吸都是奢望。东方宁心眼前一黑，就在她快要倒下时，小冰鼠从角落蹿到东方宁心的怀里，吱吱地叫了起来，声音尖锐刺耳。

随着这一声，千叶与创始之神之间的较量戛然而止，两人各退半步，视线同时落在小冰鼠身上。

"看样子，灭天弩有主了。"创始之神的眼神瞟在东方宁心身上，带着一丝遗憾与戒备。

"别打灭天弩的主意，你应该明白我的个性。"千叶厉声警告，他千叶要护的人，谁也不能动。

创始之神笑了一声，没有说话。千叶这话太天真了，灭天弩这种东西，没有人抗拒得了它的诱惑，如果有机会，他一定会出手。

不过，他首先要做的，是替雪天傲完成光明传承。

随着真气的凝聚，一个拳头大小的真气球出现在创始之神的手心，嗖的一声，真气球飞入雪天傲的脑中。

嗯！真气散开，金色的光芒笼罩大地，整个冰川地带处处金光闪闪，雪天傲身上的光芒更盛。

雪天傲静坐在冰川中，身上被神圣的金光包裹，整个人就如同怒放的金莲一般，正中间光芒最盛，往外一层一层减弱。

冰川地带的异样让五界为之沸腾，最先发现这异样的便是冰帝。站在高高的冰殿上，冰帝全身上下都散发着闲人勿近的气息，当光明传承的光芒传来，冰帝的脸上扬起一抹冷酷狠厉的笑容：千叶，别来求我，别让我有机会向你提条件！

一直关注着冰川丛林情况的神魔等人，也将这一幕尽收眼底，几人神色肃穆，脸上没有半点笑意。

光明神王传承开启，忘情亦已激发，属于东方宁心和雪天傲的战斗，开始了！

十天十夜，金光不曾散去，引来大批高手，不过这些人全都不敢踏入冰川地带。

第十一天的清晨，神圣耀眼的金光、不停流动的真气瞬间爆发，夺目的金光洒向大地。

冰川地带外，众人纷纷舒服地叹息，感觉自己好像踩在云端，整个世界都被神圣的光芒笼罩，暖暖的让人不愿意醒来。

这样的感觉仅仅维持了十秒，十秒过后金光消失，阴冷的风和冰寒之气呼啸而至，众人冻得直哆嗦。

金光正中心，雪天傲紧闭的双眼突然睁开，四周的光芒如同找到入口一般，飞速涌入雪天傲的双眼之中。金色的光芒在眼中一闪即逝，雪天傲的双眼如同黑钻一般熠熠生辉，让人不敢直视，似乎多看一眼，自己也会化为金光，被吸入其中。

雪天傲起身，四周的空气随他而动，千叶与创始之神周身的光芒，在这一刻显得暗了许多。

光明神王是受天地宠爱的人，果然不假。看似随意的一个动作，却透着让人不敢直视的威严，轻轻一个挥手，冰山便应声而碎，给他让出一条道来。

"这就是光明神王，好强大的力量，也许我当初不该阻止他。"东方宁心一脸骄傲地看着雪天傲。

千叶，雪天傲不比你差，给雪天傲十万年，他会做得比你更好。

东方宁心的脸上，有着抑制不住的喜悦，嘴角微微上扬，但下一秒，她嘴角的笑容就僵住了——

雪天傲站起身来，如同没看到东方宁心一般，径直朝创始之神走去，停在距离创始之神三步处，神情恭敬地行礼："大人。"

"恭喜你，我的光明神王。"创始之神的眼中，流露出淡淡的欣赏之色，就好像真心为雪天傲高兴一般。

最让人意外的还是雪天傲的态度，雪天傲眼中除了创始之神，再也没有其他人，他周身散发出来的气息也和创始之神一样，神圣而缥缈。

听到创始之神的话，雪天傲优雅地行礼："多谢大人栽培。"

东方宁心突然发现，雪天傲的世界没有她了，她也走不进去。看着相处融洽的创始之神与雪天傲，东方宁心战抖地问道："谁来告诉我，这到底是怎么回事？"

雪天傲怎么会对创始之神如此恭敬，又怎么会彻底无视她？

"惊慌失措"已不足以形容东方宁心此时的心情，她整个人都蒙了，僵硬地站在那里，一动不动。她一次又一次地阻止雪天傲成为天神，难道就是因为潜意识里，她知道雪天傲成为天神后，对她来说并不是什么好事吗？

可结果怎么会坏到这个地步？

雪天傲好像忘了她，完全忘了她。

"宁心，如你所见，这才是光明神王，他的心中只有光明神殿和创始之神。"千叶虽然心疼，却不敢上前。

"不，不可能，你骗我，雪天傲怎么会变成这个样子？千叶，是你做的，对不对？"东方宁心泪流满面地指责千叶，同时满怀期待地看着雪天傲，"雪天傲，你看我一眼呀！"

然而，东方宁心失望了，雪天傲就如同没有听到一般，静静地站在创始之神身边，冷硬的面容多了一分神圣的气息，看上去更加平易近人，但东方宁心却觉得他离自己越来越远了。

"宁心，这一切与我无关，神魔应该早就告诉过你，光明神王与黑暗神王注定对立，雪天傲注定会辜负你，而这只是开始。"

"我不信，我要问清楚！"东方宁心擦掉脸上的泪，朝雪天傲走去。

嘭！人还未近身，便被打飞出去，东方宁心撞入冰山之中，被埋在冰碴儿之下。

冰碴儿下，东方宁心一动不动，眼泪不停地落下。刚刚，毫不留情地朝她出手的人就是雪天傲。

"雪天傲，你怎么可以这样对我？"

"雪天傲，你到底怎么了？"

……

雪天傲站在原地不为所动，眼中闪过一抹嫌恶之色。忘情被激发，他本能地讨厌冥界之人，身为黑暗神王的东方宁心什么都不用做，就足够让他讨厌了。

"你不去救她？"创始之神看到这一幕，满意地点了点头。

果然，忘情的力量，任何人都无法抗拒，雪天傲再强也要受忘情的束缚，忠于他，与东方宁心为敌。

"没有必要，东方宁心不被伤彻底，便不会放弃。"千叶同情地看了雪天傲一眼。

忘情并不表示失忆，雪天傲依旧记得他们，只不过感情完全不一样了，而其中影响最大的，就是东方宁心。

雪天傲爱东方宁心有多深，这个时候他就有多么厌恶东方宁心。此时此刻，站在他们面前的雪天傲，不是东方宁心的雪天傲，而是为光明神殿而生的天傲神王。

他今后做任何事都只会为光明神殿着想，凡是不利于光明神殿和创始之神的人，他都会铲除，东方宁心，是第一个。

"我以为，你无法对东方宁心狠心。现在看来，是我低估了你，能让白泽选中的人果然不简单。"创始之神摇了摇头，他其实是同情东方宁心的。

雪天傲已忘情，无论他对东方宁心做什么，他都不会心痛。但东方宁心是清醒的，她清醒地看着雪天傲一次又一次地伤她，最后为了自保，不得不拔剑相向，与雪天傲为敌。

曾经相濡以沫的爱人，如今却无法共存，而活下来的那个人，必然要沾满对方的血。

千叶别过脸，没有理会创始之神。创始之神也不愿意多留，看了一眼丝毫不比自己逊色的雪天傲，朝他和善地一笑："我们走吧。"

他会善待每一个忠于他的人，哪怕那个人曾经炸了他的神殿。

雪天傲点了点头，在转身的那一霎，脚步一顿，眼神不由自主地落到被冰碴儿活埋的东方宁心身上。

"怎么了？"创始之神发现了雪天傲的异样，停下来询问。

他有百分之百的把握，忘情不会出问题，但雪天傲和东方宁心创造了太多奇迹，他不得不防。

"不知道，只感觉这个宁心神王，给我的感觉很……诡异。"雪天傲神色淡漠地开口。

刚刚那一瞬间，他居然对宁心神王有一种莫名的熟悉，又有一种莫名的厌恶，再加上一点点心悸。如此矛盾的感觉，让雪天傲一度怀疑自己是不是想多了。

雪天傲摇了摇头，将这些乱七八糟的情绪压下，不由自主地摸着自己手指上的指环，沉静的眸子里透着丝丝迷茫。

雪天傲在脑中寻找东方宁心的影子，却发现什么也没有，唯一有印象的便是东方宁心是黑暗神殿的神王，与他注定敌对。

这样的一个人，怎么会让他熟悉，又让他心悸呢？

"诡异？"创始之神了然地点了点头，暗暗松了口气，看样子忘情没有问题。

感情突然转变，总是会有些不适应，这种状况在以前的光明神王身上也出现过。

"是的，很诡异，我应该没有见过她，却莫名地讨厌她。"不知为何，雪天傲只将这个原因说了出来。

忘情只是将他的感情推翻了，并不表示他的智商也会下降，性格也会改变。他骨子里，仍旧是那个骄傲的雪天傲。

只可惜，创始之神并没有发现这一点。在他眼中，被忘情束缚的光明神王都不会有二心，是可以放心用的人。听到雪天傲如是说，创始之神高深莫测地一笑："天傲，神界与冥界誓不两立，你厌恶她是应该的。不过，现在不是动手的时候，若没有杀死她的把握，就不要轻易去动她。"

这话是说给雪天傲听的，也是说给东方宁心听的，雪天傲点头，万分别扭地说了一个"好"字。

他原本是想说"是"的，但那个字到了舌尖，却怎么也说不出口。

"我们走吧，以后有的是机会。"创始之神以胜利者之姿，踩着神圣的光环，迈着从容的步子离开。

刚走了不到十步，身后就传来一阵哗啦啦的巨响。

"慢着！"东方宁心从冰碴儿里飞了出来，万分狼狈地站在创始之神与雪天傲身后，双眼鲜红似血。

"宁心神王还有事吗？"如果是平时，创始之神压根儿不会理会，今天吗？能看到东方宁心痛苦不堪的样子，值得。

"告诉我，他到底怎么了？"东方宁心手中的剑指向创始之神。大有你不说，我便与你同归于尽的架势。

"我凭什么告诉你？你算什么东西？"创始之神一脸微笑地说着尖酸刻薄的话。

"不告诉我没关系，把雪天傲留下，你不能带他走。"

"宁心神王，雪天傲是我光明神殿的人。再说了，你确定他愿意留在你身边吗？"为了证明自己的话，创始之神转身问雪天傲："你不回光明神殿？"

"不，我回光明神殿。"雪天傲想也不想就回答，他对光明神殿，有一种很特别的感觉，就像那里才是他该待的地方。

"宁心神王，你看，不是我不同意，而是他不愿意，你不能强人所难。"创始之神一副无奈的样子，前提是不去看他眼中讥讽的笑意。

"创始之神，你从我手上把人抢走，至少得告诉我一个原因吧，他为什么会变得这样？"东方宁心倨傲地看着创始之神。

她东方宁心，不需要任何人的同情与怜悯。还有，她不是白痴，雪天傲看她的眼神那么陌生，这里面肯定发生了什么她不知道的事情，她必须问清楚。

"东方宁心，你应该明白，雪天傲依旧是雪天傲，并没有改变什么，他只是担负起了光明神王的责任与义务。从这一刻起，他会成为光明神殿最出色的神王。至于原因嘛，我想千叶会告诉你。"说完，创始之神再次招呼沉默不语的雪天傲离去。

"不许走！"东方宁心冲上前去，手中的凤剑刺向创始之神的背部，柳云藤也在第一时间飞了出去。

创始之神如同没有看到一般，照常前行。

千叶，这一次我就帮你，让东方宁心真正死心。

当！凤剑被挡了回来，东方宁心看着面前熟悉而又陌生的人，既无力又愤怒："雪天傲，你到底怎么了？跟我走，跟我走好不好？！"

这些人到底在雪天傲身上做了什么手脚？雪天傲还是原来那个雪天傲，却不认识她了，不再爱她，甚至恨她。

"疯女人！"雪天傲嫌恶地说道，手中的破天枪一转，将柳云藤挥向东方宁心。柳云藤绷得笔直，朝东方宁心的脸甩去。

"雪天傲，你浑蛋！"东方宁心侧身避开，伸手将失控的柳云藤握住。

"哼！"雪天傲冷哼，破天枪再次变化方向，打向柳云藤。柳云藤受力，再次打向东方宁心。

啪！藤尾划破脸颊，留下一条极深的伤痕。东方宁心睁大眼睛，任眼泪和血水流下。

她不敢相信，有一天雪天傲会对她下杀手。

"真丑！"雪天傲皱了皱眉，不自觉地吐出这两个字。

"雪天傲，你死定了！"眼中的泪不受控制地落下，东方宁心握着柳云藤，朝雪天傲发起攻击。她不知道雪天傲的身上发生了什么，她只知道，自己必须把雪天傲留下来，只有把雪天傲留下来，她才能弄明白他身上的秘密。

东方宁心知道，以她的实力，根本不是雪天傲的对手。是以一出手便招招致命，逼得雪天傲无法脱身。

她不能让雪天傲回光明神殿，六月十六光明神殿庆典，对她来说绝对不是什么好事……

第二十章
六月十六光明神殿

凤剑飞舞，冰雪漫天，遮住了天，也遮住了众人的眼。

创始之神看着不顾真气耗尽、疯狂攻击雪天傲的东方宁心，笑了……

黑暗神王与光明神王是不死不休的宿敌，他们的战斗才刚刚开始。日后，相同的情况会不断上演，希望东方宁心能受得住这个打击。

千叶站在一旁，几次想要出手，终是忍住了。天地规则不可逆，他必须让东方宁心看明白，只有看明白了，才会认命，才会死心。

东方宁心疯了似的发起攻击，雪天傲越打越烦，心里有一股说不出来的烦躁。

这个女人很烦，很惹人厌，但他却下不了狠手。没有理由、没有原因，哪怕他很讨厌这个叫东方宁心的女人，他也不想伤她。

尤其是她脸上的血，让他觉得特别刺眼，心里空空的，总感觉有什么东西从心中流了出来。

宁心神王——这个女人在他的记忆中出现过，感觉却完全不一样。

阴森！冷血！无情！和记忆完全吻合，但怎么就感觉不对劲呢？

对了，眼神！记忆中，宁心神王的眼神总是冰冷无波，可眼前这个女人的眼中尽是疯狂，哪儿有半点冰冷无情，哪里还有黑暗神王的气度。

只是，她为什么而疯狂？为他吗？

雪天傲神情恍惚，总觉得他似乎忘了什么重要的东西……

创始之神站在一边直皱眉，雪天傲这是怎么了？居然对东方宁心手下留情？还在交手的时候失神？他嫌命太长了吗？

创始之神深觉不对劲，用精神力问向千叶："你做了什么？"

"忘情失效了？"千叶正好也看向创始之神，两人眼神交会，却又同时摇头移开。

既然没有问题，雪天傲的失神应该只是一个意外——刚成为神王，真气不稳产生的意外。

东方宁心借着雪天傲失神之际，再次猛烈进攻，手中的金针一根接一根地飞射出去。

"雪天傲，你今天必须留下。"就是拼了这条命不要，她也要将雪天傲留下。

"凭你也想留下我？天真！我最讨厌被人命令，我雪天傲决定的事情，任何人都无法更改，我今天走定了！"东方宁心这种拼命的打法，彻底激起了雪天傲的战意，原本还算手下留情的雪天傲，此刻完全放开，招招压制东方宁心。

他们是最熟悉的陌生人，雪天傲知道东方宁心的招式，一旦雪天傲尽全力，东方宁心完全没有还手之力。最主要的是，东方宁心就算再不要命，也不会对雪天傲下杀手，但雪天傲不一样，现在他对东方宁心没有一丝感情。

雪天傲手中的破天枪直击东方宁心的心口。东方宁心躲避不及，生生受了这一枪，再次被撞入破碎的冰块之中。

雪天傲并没有就此罢手，提枪追了过去，右手轻扬，一颗真气球凝聚在他的手上。

"天傲，别杀她！"创始之神脸色大变，连忙出声阻止。

雪天傲的变化也太快了，刚刚还手下留情，这一刻怎么就要赶尽杀绝了？

不过，创始之神并不意外，忘情的威力有多大，没有人比他清楚，这才是雪天傲正常的反应。

雪天傲脚步一顿，并没有因为创始之神的话而停下来，他本来就没打算杀东方宁心，他只是想靠近那个女人……

雪天傲纵身一跃，来到东方宁心面前，手中的长枪挑向东方宁心，眼见长枪就要碰到东方宁心，却被一股外力推开。

"千叶？"雪天傲的脸色黑沉下来，他很讨厌这个男人，比讨厌东方宁心更甚。

"别碰她！"千叶蹲下去，小心地将东方宁心扶起来。

东方宁心刚刚站稳，便将千叶推开："不用你管。"

雪天傲站在一旁，不知为何，看到这一幕，他心里很高兴。

"喀喀……"黑发染血，脸上的伤口毫无美感可言，右手捂着心口，未语先咳，一副病态的样子。这样的东方宁心，除了一身傲骨，再也没有什么入得了雪天傲的眼，但就是这样一个女子，让雪天傲看得眼也不眨。

东方宁心身上的悲伤之气，让人窒息。

只是一个男人罢了，东方宁心至于这样吗？她身边不是有一个更好的千叶在吗？

创始之神不懂，也不想懂；千叶懂，却不想改变——只有被伤到极致，宁心才能对雪天傲绝望。

东方宁心连正眼都不看创始之神和千叶，此刻她的眼中只有雪天傲："雪天傲，你知道我是谁吗？"

雪天傲点头："黑暗神殿，宁心神王。"我的敌人。

最后四个字，雪天傲没有说，眼前这个女子眼中的伤痛太过明显，他不想再伤她。

雪天傲把这一点，归结为光明神王的仁慈。

"除此之外呢？"东方宁心又问。

"除此之外，你还有什么身份？"雪天傲反问。

"你是失忆了，还是忘了我？"东方宁心鼻子一酸，眼中的泪怎么也止不住。

雪天傲果然不记得她了……

"我没失忆，也没有忘了你，是你自己搞不清状况。"这一点，雪天傲很肯定，"宁心神王，珍惜眼前人，别再为你无法拥有的而悲伤。"

雪天傲意有所指地看向千叶，眼含嘲讽。

"珍惜眼前人？雪天傲，你让我珍惜眼前人？"东方宁心明知现在的雪天傲很不对劲，可是听到这话，她依旧忍不住生气。

"哈哈哈……"东方宁心笑了，笑着流泪，"好一个珍惜眼前人，我懂了。雪天傲，你走，永远不要在我面前出现。"

东方宁心用衣袖擦了擦脸上的血与泪，脸上的伤口血肉模糊，看上去很吓人。

"宁心……"千叶心痛了，伸手拉着东方宁心的衣袖，眼里闪过一抹愧疚与自责。

东方宁心停下脚步，转身看着千叶，一句话也不说，双眼如同死水。

千叶吓了一大跳，忍不住开口解释："宁心，在雪天傲的事情上，我唯一做的就是让他踏入天神境界。除此之外，我什么也没有做。"

"千叶，你在说什么？"出声阻止的不是别人，而是创始之神。

这话，不是明摆着让雪天傲多想吗？

好在雪天傲依旧是一副淡漠的样子，似乎并没有将这句话放在心上。

东方宁心抬头看向创始之神，眼神冰冷蚀骨，眼中的恨意浓到化不开。创始之神为之一震，随即不在意地笑了笑。事已至此，东方宁心再强，也没有能力力挽狂澜。

天道不可违！

四目相对，东方宁心在创始之神的眼中，看到了狼狈不堪的自己，苦涩一笑，再次甩开千叶的手，转身离去……

她没有办法将雪天傲留下，别说雪天傲不同意，就算雪天傲同意，有创始之神和千叶在，她也没有那个能力。

迈着沉重的步子，东方宁心抱着小冰鼠，一步一步朝冰川地带外围走去。

小冰鼠知趣地窝在东方宁心的怀中，小心地在她怀里蹭着，无声地安慰着她。

天边翻滚着一片乌云，正悄然迅速地扩张，耳边隐隐有雷声传来，东方宁心却像感觉不到一般，只是无声地垂泪，如同木偶一般机械地迈着步子……

孤傲而倔强，只是一个背影，就让人莫名心疼。雪天傲站在原地，看着那个渐行渐远的身影，眼中闪过一抹不舍，随即又被冷漠与疏离取代。

雪天傲干净利落地转身，朝与东方宁心相反的方向走去。创始之神与千叶看到这个情况，皆暗暗松了口气，很好，一切都如他们预想的那般。

千叶与创始之神警告地看了对方一眼，一前一后追随雪天傲与东方宁心离开。

在小冰鼠的指引下，东方宁心一步一步朝冰川丛林走去，脚步下的冰块被踩得嘎吱作响。原本最多一日便可走出去的冰川地带，东方宁心却生生走了十天。

十天十夜不曾停歇，东方宁心整个人都瘦了一圈，原本合身的白衫挂在身上，空空荡荡。

千叶一步一步跟着，看着日渐憔悴的东方宁心，心中的痛无法言表。冰川丛林对他来说并不陌生，十万年前他就和冰言来过此地。

那时候的冰川丛林很是热闹，许多玄兽在冰川丛林求生，它们占地为王，在冰川丛林横行。他和冰言初到此处，没少得罪这些冰川丛林的王者。当然，也和不少玄兽交情不错，毕竟不打不相识嘛。

除了玄兽外，他们还在这里认识了两个人。一个就是冰川丛林现在的霸主冰帝大人，还有一个就是冰川丛林的隐世高手凌月大人。

当时的冰帝只是一个野孩子，因为一双紫眸被家人遗弃在冰川丛林，却被一只黑虎所救，由黑虎养大。冰言在冰川丛林迷路，遇上冰帝，冰帝给她带路，她教会了冰帝人类该有的行为。

当时，冰川丛林有八大霸主，这黑虎就是其中之一。不过，冰川丛林弱肉强食，玄兽并不会因为你是霸主，就对你恭敬忠诚。在玄兽的世界里，更讲究实力，只有实力才是一切。

冰帝带着冰言来到黑虎的地盘，正好看到黑虎被众兽围攻而死，那些玄兽看到冰帝出现，不肯放过冰帝。

在那种情况下，冰言当然不会丢下冰帝一个人走，冰言打退了玄兽，并对冰川丛林的玄兽宣布："这个男人，从今天起就是我冰言的弟弟，单名一个帝字。从这一刻起，冰川丛林再无八大霸主，冰川丛林唯一的霸主，便是我弟弟——冰帝。"

他们与凌月是不打不相识，冰言与凌月更是因此而结为忘年之交。凌月是天机宫传人，上知天文，下知地理，五行八卦无所不精，最主要的是他早已勘破天机。

作为天机宫传人，凌月一生有三卦，算完三卦必死。他第一卦是给幽冥之神算的，算其人居高位，却时运不济，终究达不成平生所求。

第二卦则是给冰言所算，说冰言福泽深厚，是被人厚爱的女子。同时他亦算出冰言是早死之相，但凌月没有告诉冰言，而是折损自己的修为，默默地替冰言逆天改命，让她得以重生。

第三卦是给千叶算的，说他此生求不得，却又有所得。

三卦算完，还不待千叶问清楚，凌月便死了，留下一个除了东方宁心之外，再也没有人能够进去的凌月洞府。

凌月前算十万年，后算十万年，临死前还违背天地规则，留下了一些不该存在的东西给冰言身边的人，甚至替冰言炼了那颗神魂珠。

走在冰川丛林，走在他们当日战斗过的地方，千叶感慨万千，无数次想将过往的一切与宁心分享，可宁心拒绝他靠近，完全不给他机会。

看着眼前离他十步之远、身形瘦削的东方宁心，千叶心中一阵一阵揪痛。

往事历历在目，却只有他一个人记得。冰言忘了冰川丛林，忘了他们在这里许下的三世情缘，忘了她在这里对他说过："千叶，我喜欢你。"

上一次，他们来冰川丛林是携手共进，这一次却形同陌路，这让他情何以堪？

凌月说他求不得，他偏要信那句"有所得"，他千叶一定会得到冰言的心！

千叶的心思，东方宁心无暇去管，此时的她还沉浸在雪天傲冷漠的眼神中。雪天傲看她的眼神冰冷厌恶，让她如坠冰窟，全身冷得没有半丝暖意。

千叶站在东方宁心的身后，看不到东方宁心没有血色的唇，还有早已冻得发白的伤口，但站在她面前的神魔看到了。

当神魔站在冰川丛林外，看到被薄冰包裹的东方宁心，脸色大变，连忙冲了上来。

"宁心，你受苦了。"在光明神王传承出现的那一刻，神魔就知道，一切都无法改变了。

东方宁心听到这声音，脚步一顿，木然抬头，看到熟悉的身影，再也撑不住，身子一软，直接倒地。

"宁心！"神魔吓了一大跳，连忙将东方宁心抱住。

熟悉的人，温暖的怀抱，让东方宁心放下了骄傲与坚持，无助地往神魔的怀里靠："神魔，我的心好痛……"

一句话，道尽了所有的委屈；一句话，让神魔的心也跟着痛了起来。他认识的东方宁心是骄傲的，是狂妄的。她什么时候会在人前如此软弱？什么时候会如此依赖他了？

"宁心，乖，有我在呢。"神魔将东方宁心抱起，右手紧紧地贴在东方宁心的背后，将真气缓缓地输入东方宁心体内，将她冰冷的身体慢慢焐热。

东方宁心没有拒绝，软软地靠在神魔的怀里，空洞的双眼没有一丝神采。

神魔心中一痛，轻轻地拍着东方宁心的背，用哄雪少的方式哄着东方宁心："乖，别怕，有我在没人敢欺负你。好好睡一觉，其他的交给我，我帮你把坏人打跑。"

东方宁心眨着空洞的眸子看着神魔，在神魔的坚持下，默默地闭上眼，沉沉地睡去。

她好累，她好想倒下。但雪天傲走了，她不知道还有谁会无条件地护着她、宠着她，她不敢合眼，她不敢倒下。

直到看到神魔出现，听到神魔的话，东方宁心才知道，她身边还有一个会在她需要的时候让她依靠的神魔。

放下心中的戒备，紧紧地拽着神魔的衣角，东方宁心沉沉睡去。

她再也撑不住了。

低头看着怀中瘦了一圈的东方宁心，神魔怒火中烧，却强压了下去。他知道忘情不是千叶可以控制的，他不能怪千叶。但当他看到东方宁心脸上那道深可见骨的伤口，神魔终于忍不住了，朝千叶大声咆哮道："千叶，这就是你的爱吗？你就是这样照顾宁心的？好好的一个人，却被你照顾成这样，你还真是本事了。"

连宁心都保护不了，千叶他还有什么资格说给宁心幸福？

"我……"千叶站在原地，一脸的自责，他没有照顾好宁心。

"千叶，我看不起你，你没有一个男人该有的担当。雪天傲他再怎么样，这点也比你强，他宁可自己受伤，也不会让东方宁心受伤。可是你呢？你为了自己的私心，任东方宁心伤痕累累，我看不起你！"神魔抱着东方宁心大步离去，留下千叶一人，任冰雪覆盖。

冰川丛林深处，冰帝站得远远的，冷眼看着，什么也没说，默默地转身离去。

宁心没事就好，反正还有再见的机会。东方宁心再不愿意，也得再回冰川丛林一趟……

抱着东方宁心走出冰川丛林，神魔直接把人带到了黑暗神殿。这个地方，千叶轻易进不来，这个地方，距离光明神殿最近。

他不知道东方宁心和千叶之间究竟发生了什么，但他可以确定，宁心不想见到千叶。

东方宁心的出现，让黑暗神殿的人欢喜不已，沉寂已久的黑暗神殿，因东方宁心的到来热闹起来，每天都有人忙进忙出，唯一安静的便是东方宁心的寝殿。

神魔衣不解带地亲自照顾东方宁心，东方宁心睡多久，他就陪多久。

黑暗神殿上上下下议论纷纷，众人都在猜测，冥界和魔界是不是要合作了？不然魔界的神魔大人，怎么会一直待在这里不回去？

除了神魔外，陪着东方宁心的还有千叶。

在黑暗神殿，除了几位大长老，没有人知晓千叶的真实身份，只知他的实力比神魔还强。这个男人在东方宁心踏入黑暗神殿后，就一直站在殿外，三天三夜一动不动，如同雕像一般。

这三人的到来，足够让黑暗神殿的长老们猜到发生了什么事。是以，当他们收到六月十六日光明神王雪天傲与圣女执凤大婚的消息时，一点儿也不震惊。

黑暗神殿的人第一时间把这个消息告诉神魔，神魔轻轻地点了点头，将人打发了出去。

人一走，神魔便对躺在床上一动不动的宁心道："宁心，还要装睡吗？醒来吧，你就是睡一辈子，也改变不了这个事实。"

"神魔，我……"躺在床上的东方宁心终于睁开了眼，但一睁眼眼泪就流了出来。

神魔连连叹息，他早就知道会是这样的结局，可是看到东方宁心这么伤心，依旧不忍心。神魔将东方宁心抱在怀里，轻拍着东方宁心的背。

东方宁心窝在神魔怀里，像是受了欺负的小媳妇一般，委屈地哭泣："神魔，他们欺负我，雪天傲他欺负我……"

摸着脸上已上了药的伤口，东方宁心刚刚止住的泪又掉了下来。那个曾经将她捧在手心宠着的男人，居然眼也不眨地就毁了她的脸。

"宁心，你脸上的伤是雪天傲弄的？"神魔低头，不敢相信。居然是雪天傲下的手，雪天傲他疯了吗？

"嗯。"东方宁心点头。

神魔心里一酸，眼眶红红的，更加用力地抱紧东方宁心："宁心，别怨雪天傲，他不是有心的。如果他知道了，肯定会后悔死的。"

那个叫雪天傲的男人，有多宠东方宁心，他是知道的。

"神魔，你告诉我，雪天傲为什么会变成这个样子？现在的他，陌生得叫我害怕。"东方宁心知道，如果这世界上还有人会将雪天傲失常的原因告诉她，这个人必定是神魔。

"唉……"神魔长长地叹了口气，"宁心，这一切都是你和雪天傲的命，我很早就提醒过你们，命中注定的事，谁也无法更改。"

"命？什么是命？神魔，我从不认命，我要认命我早就死了。神魔，你要我认命，眼睁睁地看着雪天傲娶执凤吗？我做不到。"东方宁心伏在神魔的怀里，险些哭岔气。

"我的宁心，不哭！"抱着瘦骨嶙峋的东方宁心，神魔心痛死了，在心里将创始之神和千叶骂了数百遍。

让骄傲的东方宁心变得如此脆弱，两个人可真是本事了，活了几十万年的人，居然联手欺负一个弱女子，丢不丢人。

"我心里难受。神魔，今天你就让我哭吧，哭过后的东方宁心还是东方宁心，再也不会为这件事而流泪。"东方宁心趴在神魔的肩膀上哽咽着。

神魔的那句"我的宁心，不哭"触动了她心中最柔软的那根弦。

曾经，她母亲也如此安慰过她。

我的宁心，不哭。

我的宁心，不痛。

我的宁心……这么一句话，让她有种被人珍宠的感觉。

听到东方宁心这么说，神魔便不再劝，他知道东方宁心哭完后，一切就会好了。

哭累了，东方宁心再次沉沉地睡去，待到她醒来时，已是第二天的早晨。

醒来时，东方宁心神色平静，双眼沉静如水，身上散发着拒人于千里之外的寒气。

在侍女的服侍下，东方宁心沐浴更衣，一扫昨日的悲伤，看上去精神了许多，只是一身黑衣衬得她的脸色有些苍白，整个人看上去更加清冷孤傲。

这样的她，和冥很像。

四名侍女小心翼翼地服侍着她，生怕出半点差错。大长老有交代，千万不能让宁心神王在明面上揪到错。

东方宁心全程没有说半句话，只是寒着一张脸，待到侍女替她整理好衣着，东方宁心淡漠地开口："神魔大人在哪里？"

离六月十六还有十天，创始之神想让雪天傲娶执凤，也得看她同不同意。

"回宁心姑娘的话，神魔大人在幽情殿。宁心姑娘要见神魔大人，属下这就去通报。"侍女说完，屈膝行礼后便准备出去。

东方宁心摆了摆手："不用了，带我去幽情殿。"

神魔对她的恩情，她这辈子都忘不掉。如果说五界之主有哪个值得她尊重，那便是神魔了。神魔在她最需要时出现了，带给她温暖，让她从悲伤中走出来。

"是，宁心姑娘。"四人簇拥着东方宁心往外走去，刚走出院门，就看到一身黑色劲装疾行而来的黑暗神殿圣女黑媚。

黑媚看到东方宁心，单膝跪下，宣示忠诚："见过宁心神王。"

"起来吧。"东方宁心神色淡漠地点了点头，"陪我去幽情殿。"

"是。"黑媚什么话也没说，起身站在东方宁心身后，取代了四名侍女的位置。

四名侍女脸色惨白，扑通一声跪了下去："宁心神王饶命！"

"饶命？黑暗神殿不留无用之人，你们连行礼都不会，我留你们何用？"东方宁心没有回头，亦没有停下脚步。

从凌子楚口中，她知道黑暗神王在黑暗神殿的地位，同时也知道黑暗神王不好做。黑暗神王在神殿就是皇者，黑暗神殿一切都以神王为尊，但并不表示黑暗神王能得到神殿上上下下的尊重与认可。

对外，黑暗神殿抱成一团，处处以黑暗神王为尊，维护黑暗神王的面子，但对内并不表示也会如此。在黑暗神殿中，权势最大、实力最强的是长老会，几乎每一任神王都会与长老会争权，长老会也会打压每一任神王。

没办法，有人的地方就有争斗，争权是永恒的主题，无论在哪里都无法避开。

无论是光明神殿还是黑暗神殿，神王与长老会之间的斗争从未停歇过。无论她愿不愿意，她都必须与大长老斗。先不说黑暗神殿权势的问题，单说她父母的事情，就注定了她与大长老势不两立。

这四个侍女是大长老派来的人，言行有礼，但从始至终都唤她"宁心姑娘"。她没有立刻动手杀了对方，是因为她在黑暗神殿还没有找到一个可用之人。

现在黑媚出现了，并且毫不掩饰她的忠诚。有人可用，她东方宁心又何必再忍。从今天起，黑媚就是她在黑暗神殿的一把利剑，用来扫平黑暗神殿所有的障碍。

没有让东方宁心失望，当她的话音落下，身后四个侍女便再也没有声音了。黑媚很识趣，恭敬地将东方宁心迎至幽情殿。

幽情殿外有侍卫把守，这些人并非为了监视神魔，只是想让神魔明白，黑暗神殿不是东方宁心说了算的，就算他与东方宁心交好，也不会被黑暗神殿信任与重视。

东方宁心看到这些人，微微皱眉，黑媚见状，不待东方宁心开口便直接解决了。从小在黑暗神殿长大，黑媚很清楚黑暗神殿的内部斗争。

身为圣女的她，除非有能力撑起第三方势力，不然她只能选择依附一方。在大长老与东方宁心之间，黑媚选择了东方宁心。

她在上古战场可是见识过东方宁心的实力与手段。现在是她唯一能取得东方宁心信任的机会，她不会放过。

当神魔看到恢复如常的东方宁心，颠倒众生的笑容再次出现在脸上。看到宁心身后的黑媚，不待东方宁心开口，神魔直接笑道："你果然在哪里都能活得很好。"

身为魔界之主，他很清楚各界内部的斗争。天材地宝、神器神兽都是有限的，只有站在巅峰的人，才有资格拥有这些资源，有能力保护这些资源。

只有拥有更多的天材地宝、神器神兽，才能成为强者中的强者，才能不受人威胁与摆布。

东方宁心回到黑暗神殿，就必须跟长老会的人争权，不然她的下场会很惨。

"神魔，对你我就不说'谢'字了。"东方宁心眼神微软，不复先前的冰冷。

一个"谢"字，不足以表达她对神魔的感激，是神魔给了她新生。

"你我之间，何必言谢。"神魔大手一挥，潇洒至极，他的命还是东方宁心和雪天傲续的，他们的命运早已缠在一起分不开了。

东方宁心轻轻点头应了一声，以眼神示意黑媚出去。

黑媚出去了，室内只剩东方宁心与神魔二人。神魔知道东方宁心想问什么，也不再拐弯抹角，直接说道："你是来问我，雪天傲为什么会变成这样的吧？"

东方宁心忍住悲伤与心痛，点了点头："是，我想知道为什么。"

"原因很简单，我很早就告诉过你，黑暗神王与光明神王注定敌对，这是谁也改变不了的宿命。宁心，认命吧。"神魔说得风轻云淡，可眼中的伤痛却不比东方宁心少。

那么多任光明神王与黑暗神王，没有一个有好下场。以前神魔并不认为这有什么不对，毕竟神冥—界的对立，不会因为某个人而改变，两殿神王的下场也是注定了的，要怪就怪他们自己，明知不可为却偏要为之，自以为人定胜天。

可是冥与琴然、东方宁心和雪天傲，这四个人的痛苦，他都看在眼中。咫尺天涯，明明相爱却要举剑相向，这种痛没有经历过，永远不知。

他们努力地在夹缝中求取一线生机，不是妄想改变天命，只是不想被上天摆布，这也有错吗？

"原因呢？雪天傲身上到底发生了什么？为什么千叶执意要他踏入天神级别？"提到千叶，东方宁心顿了顿，千叶的狠，她见识到了。

"千叶执意让雪天傲踏入天神级别，是因为踏入了天神的雪天傲才是真正的光明神王。宁心，别怨千叶，这事与千叶无关，千叶最多就是加快了雪天傲与你的对立罢了。"神魔叹了口气，情字伤人，他今天总算见识到了。

温文尔雅的千叶，为了情也会做出违背心意的事情。

"好，我不怨他，你告诉我，雪天傲身上到底发生了什么？"东方宁心将整件事情厘清后，也明白千叶最多就是顺水推舟。

以千叶的势力和谨慎，这件事他完全不用亲自出面，既然亲自出现在她面前，就表示雪天傲身上发生的事情与他无关，他无惧。

神魔没有回答东方宁心的话，而是劝道："宁心，你就不能忘了雪天傲吗？就算不能与千叶重新开始也没有关系。只要忘了雪天傲就行。现在的雪天傲，不值得你付出。"

东方宁心想也不想便摇头拒绝："神魔，我忘不了，也不想忘，他是我的丈夫，是我孩子的父亲，你让我怎么忘？要是能忘，我何必来找你。更何况，我什么都不做就这么放手，我不甘心。"

"可是他忘了，已经将你彻底忘干净了。"神魔心疼地看着东方宁心。短短半个月的时间，东方宁心便瘦了许多，整个人都被忧伤给包裹着，眉目间不复往日的淡然从容。

还有她脸上那道一指余长的伤口，因为没有得到及时的医治，留了一道丑陋的疤，这道疤将伴随东方宁心一生。

"那我就让他记起来。当初我也忘了他，他却逼我去记。这一次换我去找他，让他记起来。"东方宁心坚定地看着神魔。

她放不了手，她已经习惯有雪天傲相伴，她无法想象，没有雪天傲的东方宁心会变成什么样；她更无法想象，有一天她与雪天傲为敌，杀了雪天傲，或者死在雪天傲手上。

"宁心，不一样的……"神魔不想将东方宁心最后的希望也毁掉，但不毁掉，东方宁心根本不会放弃，"宁心，雪天傲永生都不会记起你，因为忘情无解。"

"忘情？忘情是什么东西？"终于问出了眉目，东方宁心说不出来是高兴还是难过。

"忘情是什么我也不知道，我只知道忘情是一种束缚，有忘情在，光明神殿的神王便会永远忠心不贰。忘情的种子种在光明神王体内，每一任光明神王在得到神王传承时，也会将体内的忘情种子激发。忘情种子一旦激发，光明神王才是真正的光明神王，他以后只会效忠光明神殿，忠于创始之神，并且没有任何理由与原因地与黑暗神王为敌。"

"所以说，雪天傲是被忘情所制，我只要找出解开忘情的办法，雪天傲就能恢复如初，对不对？"东方宁心激动地问神魔，她不信这世间有无解的东西，无解她也要解了。

"宁心，你还没有听明白吗？忘情无解，千百万年过去了，世人连忘情的种子是什么都不知道，怎么解？"神魔无情地宣判，"宁心，忘情真的无解。不然冥为什么要杀琴然，将琴然封印于凤凰琴中？宁心，你知不知道，两殿数十任光明神王，没有一个人能解开忘情。我知道你和雪天傲不一样，但你别忘了，能成两殿神王的人有哪个是普通的。远的不说，单说冥与琴然，他们两个就不比你和雪天傲差，可依旧逃不脱忘情的束缚。"

"我不信。"东方宁心起身，"神魔，我绝不接受这样的命运，我没办法与雪天傲为敌。忘情是创始之神种下的，我就去找创始之神。事在人为，既然有忘情这种东西存在，就一定会有解法。"

说完，东方宁心大步就往外冲去。

神魔一把拉住东方宁心："宁心，你冷静一点儿，别这么冲动。"

东方宁心停下脚步，转身看着神魔："我一直很冷静。"至少，现在是冷静的。

"你要是冷静，就应该明白，创始之神就算知道也不会告诉你。"这是创始之神最大的倚仗，打死创始之神也不会说。

"我会打到他说为止！"东方宁心不依不饶。

神魔叹了口气："宁心，今非昔比，雪天傲在创始之神手上，你要怎么打？要打创始之神，就得先杀了雪天傲。"

东方宁心一怔，眼中闪过一抹无力感，随即又坚定地说："神魔，如果我有灭天弩呢？能改变现在的局面吗？"

"什么？灭天弩被你契约了？"神魔惊得跳了起来，拉着东方宁心询问。

东方宁心重重地点头："是，灭天弩被我契约了。神魔，你让我们去冰川丛林找灭天弩，不是为了杀创始之神吗？"

"这事……"神魔看着东方宁心，脸上的笑容不变，心里却把千叶骂了个半死。

不用想也知道，宁心契约灭天弩肯定是千叶的主意。

用灭天弩杀创始之神？他可没有这个想法，灭天弩除了器魂难找、箭难找外，还有更特别的一点，就是常人拉不开。

灭天弩乃天地奇兵，就算它认东方宁心为主，也不表示她就能用灭天弩杀人。他原本是想借灭天弩中的圣鼠和亚诺，将忘情带给雪天傲的伤害降至最低，不想……

千叶呀千叶，这就是你和创始之神之间的交易吧？

有圣鼠在，雪天傲就有可能得知忘情的存在，现在呢？你连这细微的可能都抹杀了。

事已至此，神魔也不敢将这话说出来，只能苦着脸对东方宁心道："宁心，你试试看，你能拉开灭天弩吗？"

如果能拉开也许有机会，如果拉不开，灭天弩的存在就没有什么意义了。

东方宁心一脸疑惑，在神魔的坚持下，召唤出灭天弩与小冰鼠。

"吱吱……"小冰鼠趴在灭天弩上，耷拉着小脑袋。它知道这几天东方宁心心情不好，也不敢多说话。

"圣鼠，到我这来。"神魔朝小冰鼠招了招手，示意东方宁心拉开灭天弩。

小冰鼠也不认生，看到漂亮如妖孽的神魔，嗖地跳到神魔怀里，一脸的陶醉。

东方宁心此时无心去管小冰鼠的情绪与爱好，拿起灭天弩，凝聚真气，却怎么也拉不开。

"怎么会这样？它不是认我为主了吗？"东方宁心看着灭天弩，与灭天弩中的亚诺沟通，亚诺却摇了摇头，没有多说。

"宁心，灭天弩只有信仰之力才能拉开，你真气再强也无法让它动半分。"神魔替小冰鼠顺了顺身上的白毛，小冰鼠舒服得直打哈欠，同时不忘点头，证明神魔说的是对的。

"什么是信仰之力？"东方宁心看着手中的灭天弩，无力地闭上眼。

"一般来说，大量的人对你发自内心地爱戴、拥护与敬佩就是信仰之力。要拉开灭天弩，需要很强大的信仰之力，具体多少我也不知，毕竟我没有用过灭天弩。创始之神这些年来，一直以圣洁、仁爱的面貌示人，就是希望借此得到信仰之力，可惜收效甚微。"神魔嘴角微微上扬，嘲讽地一笑。

创始之神费尽心机，依旧得不到信仰之力，由此可见，想得到信仰之力有多么艰难。

他当初不说，是怕东方宁心与雪天傲知道后，更不愿意去找灭天弩。没想到灭天弩他们是找到了，却在宁心手上。

"这么说灭天弩对我来说，一点用处也没有了？"东方宁心看着手中的灭天弩，笑得有些凄凉。

这一件件、一桩桩的事情，无一不在告诉她，她再努力也于事无补。

"也不能这么说，你不是得到圣鼠了吗？圣鼠是灭天弩的守护神兽，你契约了灭天弩，也就等于契约了圣鼠，这小东西也会认你为主。"神魔捏着小冰鼠的耳朵，将它提了起来，"宁心，别小看这东西，虽然它拿我们没有办法，但在神兽面前却有不容置疑的威严。有它在，即使你不能契约神兽，那些神兽都能为你所用。"

"你让我们去找灭天弩就是为了它？"东方宁心指了指小冰鼠。

原本不是，但这个时候不是也得说是。灭天弩有没有效果还是一个未知数，他不能再给东方宁心希望又让她失望，现在的东方宁心经不起打击。

神魔一脸诚恳地点头："是呀，这样就可以弥补你无法契约神兽的遗憾了。"

"神魔，谢谢你，一直这么为我们着想。"东方宁心不疑有他，朝神魔一福身，感谢他的良苦用心。

神魔受之有愧，连忙把东方宁心扶了起来："别谢来谢去了，我也没帮上你什么。"

好不容易想出个法子，却被千叶给破坏了，神魔哪里好意思受东方宁心一谢。

看神魔眼神闪躲，东方宁心也没有多想，只是叹了口气："看样子，我们还是不能与创始之神正面开战。"

"是的，不能。"神魔用力点头，一脸凝重地说："宁心，今时不同往日。创始之神手上有雪天傲，一旦我们对光明神殿发起攻击，第一个冲出来阻挡我们的就是雪天傲。有忘情在，雪天傲对光明神殿的忠诚不容怀疑。雪天傲忘了我们，可以毫无顾忌地对我们下杀手。但我们能对雪天傲下杀手吗？你能眼睁睁地看着雪天傲死在我们手上吗？而天傲死了，我们从创始之神手上，拿到忘情的解法还有意义吗？"

创始之神扣住了他们的命门，让他们动弹不得，除非东方宁心能放下雪天傲，不顾雪天傲的生死，不然他们就会一直受制于创始之神。

东方宁心低头，沉默地收起灭天弩："神魔，我知道了，你放心，我不会乱来。"

她现在想杀创始之神也做不到，灭天弩没法用，邪神至尊手上的五帝峰还差水之魂。要取得水之魂，必须她和雪天傲一同前往冥界解除封印，放幽冥之神出来。

现在的情况，雪天傲会和她合作，把创始之神最大的敌人放出来吗？

答案是不可能的！

创始之神还真是算无遗策，用忘情束缚雪天傲，把她的优势变成劣势，将她困在死局之中，把她所有的路都堵死了。

她现在只能再想想，有没有其他可以制约创始之神的办法，不然她和雪天傲，必然会重蹈历任黑暗神王与光明神王的覆辙。

看东方宁心一脸深思，神魔就知道，东方宁心还打着从创始之神下手的主意。神魔担心东方宁心在创始之神手上吃亏，再次开口提醒："宁心，在没有完全的把握前，别轻易去挑衅创始之神，他不是一个有风度的人。"

神魔没有明说，但是东方宁心明白，上次袭了光明神殿的事情，创始之神远没有表面上那么大方。那笔账他一直记着，不然也不会邀请她六月十六去光明神殿观礼了。

"我知道了。"东方宁心神色落寞，刚刚燃起的斗志，瞬间消失得无影无踪。

她无法对雪天傲下手，这局就破不了。千叶早就知道这一点，所以才会逼雪天傲踏入天神境界吧。

千叶呀千叶，我要说你什么才好呢？

东方宁心转过头，看着殿外，她知道，千叶就在外面，可她不想见！

明知她与雪天傲的悲剧不是千叶造成的，但她还是忍不住怨他。

千叶执着，认定的事情便义无反顾地往前冲。她亦执着，认定的人便永不放手！

神魔不忍东方宁心难过，轻拍着东方宁心的肩膀安慰道："虽说我们暂时不能和创始之神正面对上，但是让创始之神那家伙添添堵却是没有问题的。他不是邀请你参加六月十六雪天傲和执凤的大婚嘛，咱们就好好准备，把六月十六变成他们永生难忘的日子。"

打人不打脸，创始之神让雪天傲娶执凤，还让东方宁心观礼，这明显就是打东方宁心的脸，这口气他们怎么也忍不下去。

提到六月十六，东方宁心总算有几分精神了。无论如何，她绝不允许雪天傲娶别的女人。

东方宁心右手按着椅子的扶手，脸上闪过一抹狠厉："六月十六，我要他们终生难忘。不管我和雪天傲最后会怎样，我绝不允许他娶别的女人为妻，他娶谁我便杀谁！"

"这个好，创始之神要雪天傲娶，咱就偏偏让他娶不成。"神魔听了东方宁心的话，大大地松了口气。

东方宁心能说不管以后如何的话，就表示她已经慢慢接受忘情无解的事实。希望时间长了，东方宁心能放下雪天傲，有忘情的束缚，他和东方宁心没有以后了。

至于东方宁心和千叶，神魔绝不插手，千叶能不能抱得美人归，他不想管，也管不着。他现在只管他徒弟和他徒弟的娘就行了，其他人有多远滚多远，他很忙。

问到了自己想知道的，东方宁心便不再打扰神魔。看小冰鼠与神魔相处甚欢，东方宁心便将小冰鼠留下。

神魔知道东方宁心初来黑暗神殿，有很多事情要做，也没有多留，只希望时间能治愈东方宁心的伤。

东方宁心走后，神魔看到椅子扶手上深深的指印，叹了口气：看样子他太乐观了，东方宁心的固执与千叶不相上下。东方宁心就算冷静下来，也没有放弃心中的坚持。

解忘情无疑是痴人说梦，他现在只希望，东方宁心在撞得头破血流后会回头。

东方宁心情绪稳定下来后，神魔并没有立刻离开，他担心东方宁心对付不了大长老，便在黑暗神殿多待了两天。

但，当神魔看到东方宁心不受雪天傲的影响，以雷霆手段血腥打压黑暗神殿的长老，从他们手中夺权，心中的最后一丝担忧也放下了。

东方宁心就是东方宁心，能被幽冥之神那个阴险的家伙选中，果然不简单。

神魔也不再多说，眼见六月十六就要到了，他们要做的事情还有很多，留下一句"六月十六光明神殿见"便走了。

东方宁心知道千叶就在外面，没有亲自送神魔，而是吩咐黑媚代为相送。

神魔刚刚走出黑暗神殿，就看到站在殿前如同木桩一样的千叶。神魔本想假装没看到，转念一想，还是朝千叶走去。

千叶转动了一下眼睛，看了一眼神魔，又继续看向黑暗神殿。他知道宁心在里面，他希望宁心能原谅他。

"唉……"神魔无力地摇头，"千叶，你这是何苦？你在这里站一辈子，宁心也不会出来，到现在你还不明白吗？宁心不是那个对你一见钟情的冰言，她不会因为你的等待而心软。"

"不……她是冰言。"千叶声音嘶哑，看也不看神魔。

宁心就是他的冰言，这是谁也无法否定的事实。

"你这样，只会让东方宁心离你越来越远。"这就是千叶最可悲的地方，他认定宁心是冰言的转世，便认定宁心会和冰言一样爱他，便认定宁心和冰言拥有相同的性格。

千叶像是没有听到一般，看着远方，眼中有着淡淡的思念："神魔，宁心就是冰言，她们本身就是一个人，这一点不用怀疑。在雪天傲的事情上，我并没有做错，宁心她那么聪明，她会明白的。"

"确实，雪天傲的事情上你是没有做错，你只不过是将一切导回正轨。但雪天傲的事任何人都可以插手，唯独你不可以，你明白吗？"神魔看着固执的千叶，不知道是应该同情呢，还是生气。

他一直用对待冰言的方式来对待宁心，这就注定他永远得不到宁心的心。

"我不想让别人伤害宁心，同时亦希望宁心受伤时，第一个出现在她面前的人是我。"千叶收回视线，看着面前的神魔，面露不解。

神魔不像是一个多管闲事的人，当年神魔并不喜欢冰言，神魔为什么会管他与宁心的事？

"千叶，你对宁心的感情太纯粹，纯粹到不屑去骗宁心，可是你忽略了一个大前提。"神魔不想管千叶，但他怕千叶做错，再次伤害东方宁心。

"什么前提？"千叶这才正视神魔。

"千叶，宁心是冰言的转世，这一点你知我知，宁心自己也知。但宁心她忘了你，你推动雪天傲的忘情发作，在宁心的眼中等于将她推向痛苦的深渊，用雪天傲的忘情来惩罚她对你的遗忘。"还是那句话，千叶必须正视东方宁心不是冰言这个事实。

东方宁心只是冰言的转世，不是冰言的复制品，千叶太固执了。

千叶一震，连连后退几步，脸上闪过一抹不安与后悔："不是的，我没有这样想，我只是，我只是……"

是，也许他不是有心的，但潜意识里却有这样的想法。他要让宁心看到，被遗忘的那个人是多么的痛苦，被遗忘的他站在人群外，看着她与雪天傲心心相印是多么的痛苦。

想到这一点，千叶这才明白自己伤宁心太重，想也不想就朝黑暗神殿冲去："我要去找宁心，我去求她原谅，我不是有心的，我只是希望她能给我一个机会，一个正视我的机会。有雪天傲在，以宁心的性子，她就是心中有我也会选择无视。"

"千叶，你冷静一点儿。"神魔连忙拦住千叶。

"神魔，放开我，我要去找宁心说清楚，我不想让宁心恨我。"千叶抬起手，最终没有对神魔出手。宁心对神魔是不一样的，他要是伤了神魔，宁心会不高兴。

神魔猛地用力，把千叶往后推："千叶，你到现在还不明白吗？宁心和冰言是不同的。"

"怎么不同了？她们本身就是一个人，习惯、性情都一样。"千叶跌坐在地，看着神魔，眼神已经没有之前的笃定。

神魔见千叶有软化的迹象，趁热打铁道："千叶，当年的冰言是集万千宠爱于一身的圣女，她出身高贵，一出生便什么都拥有了，世人对她非敬则爱，这世间她想要的东西，不需要开口就有人奉上。她不需要与人争、与人抢，她的身份注定她这一生都活得高高在上，体会不到人间冷暖。

"当年的冰言虽然清冷孤傲，心思却极其单纯。在她的世界里，对就是对，错就是错，黑与白有着明显的界限。她有一颗善良的心，善良到可以为了他人而牺牲自己。但东方宁心不一样，东方宁心是从底层一步一步爬上来的。一路走来受尽欺凌，九死一生才有了今天的成就。

"东方宁心能有今天，受尽磨难，成长的魔力让她的心性更加坚韧，视野也更加开阔。东方宁心的世界很大，大到你我无法想象。在东方宁心的世界里，并不是只有简单的黑与白，更多的是灰色。东方宁心她同样善良，但看尽人间冷暖的她，没有办法和冰言一样善良到为不相干的人牺牲自己，东方宁心她比冰言自私，却比冰言真实。冰言是不食人间烟火的仙女，东方宁心是有血有肉的小女子，她们不是一个人。"

"她们……"千叶迷茫地看着神魔，眼中闪着泪光。神魔的话，让他无从辩驳。

他想到白泽曾对他说过："冰言不属于千叶，她属于世人。东方宁心同样不属于千叶，她属于自己。"

正是因为白泽这句话，他才毫不犹豫地与创始之神合作，将雪天傲所有的后路都封死，他不甘心，他想为自己争取一回。

神魔朝千叶伸出手："好了，起来吧。堂堂千叶大人，怎么能这般失态。"

千叶凄凉一笑，握着神魔的手，借着神魔的力道站了起来，他根本不在乎什么"千叶大人"的称呼，他在乎的只有东方宁心。

"我想见一见宁心。"他知道，他要见宁心，就只能指望神魔帮他。

神魔看了一眼身后被黑暗与血腥笼罩的黑暗神殿，朝千叶摇了摇头："千叶，宁心此时怒火中烧，这个时候你和她说什么都没用。先让她在黑暗神殿的人身上发泄一下心中的愤怒，待到她冷静下来，再去找她吧。"

"我知道了。"千叶闭上眼，重重地点头。

神魔说得没错，宁心此时正在气头上，就算见了他，也不一定会听他解释。

"走吧，以后有的是机会。"神魔拍了拍千叶的肩膀，把千叶带走了。

两人渐行渐远，回头望去，身后的黑暗神殿成了一个小黑点，什么都看不到。

黑暗神殿外，圣女黑媚恭敬地站在东方宁心身后："宁心神王，回去吧。"

人已经走了，看不到了……

阿彩
著

⑤
逆命阴阳华发生

凤凰错

Fenghuang
Cuo

下册

青岛出版社
QINGDAO PUBLISHING HOUSE

第二十一章
婚礼上的闹剧

六月十六，光明神殿。

雪天傲站在庭院外，看着布置一新、喜庆热闹的光明神殿，眼里闪过一抹烦躁。今天是他与圣女执凤大婚的日子，他却迫切地想要逃离。他知道娶执凤是他的责任，他却打心底厌恶这件事情。

光明神殿的侍女走进来，看到一身银色锦衣的雪天傲独自站在庭院，顿时屏住了呼吸，站在原地一动不动，忘了她们此行的目的。

天傲神王不愧为大人亲自挑中的光明神王。只是随意一站，便有一种将天地万物都踏在脚下的傲气，好似天间只有他一人，任何人都入不了他的眼。

雪天傲早已发现有人进来了，却懒得理会，见侍女半天没有反应，冷冷地扫了侍女一眼，目光如同冬日的寒风一般冷冽，光明神殿的侍女脸色瞬间变得惨白。

在光明神殿，她们习惯了每一位主子都温和仁慈的模样，遇到雪天傲这种就算是圣光也掩不住冷漠的人，她们根本不知所措。

雪天傲本就心情不佳，见侍女这般，冰冷地命令道："没事不要打扰我，滚！"

"天，天傲神王，时辰快到了，您的喜服……"侍女也想滚，但她们是带着任务来的。侍女双手捧着大红的喜服，战抖地呈到雪天傲的面前。

大红的颜色，就如同那天那个女子，在冰川丛林流出的鲜血，凄美、绝望。雪天傲的脑中，闪过东方宁心那双悲痛欲绝的眸子，还有血流不止的伤口，手不自觉地摸着自己的脸，心中暗想：当时她一定很痛吧？

雪天傲全身一颤，他这是怎么了？怎么会关心黑暗神王的死活？雪天傲懊恼至极。

侍女见雪天傲半天没有反应，大着胆子再次开口："天——"

"没听到我的话吗？滚！"这一次，雪天傲不等她说完，便呵斥道。

"可，可礼……"侍女双脚发软，要不是心中想着执夙圣女的交代，此时怕是直接瘫倒在地了。

天傲神王好可怕，如果她们不识趣，她相信天傲神王一定会杀了她们。可是，执夙圣女的命令怎么办？清丽无双的侍女惨白着脸，双眼微红，泫然欲泣，一举一动皆惹人怜惜。可惜她们遇到的是雪天傲，哪怕受了光明传承的影响，雪天傲骨子里的冷酷与无情依旧不变。

挥手，将侍女手中的喜服抛向天空，凝气为冰，朝天空挥去，崭新的喜服瞬间化为碎片，如飞舞的蝴蝶，纷纷落下。四个侍女吓得花容失色，扑通一声跪了下来："天傲神王，饶命呀！"

"滚出去，别让本王再说一次。"雪天傲极其不耐烦，一甩衣袖就朝院外走去。成婚非他所愿，这是他身为光明神王的责任，但他有权选择不穿喜服。

"天傲神王，婚服，婚服呀……"四个侍女跪在原地，大声地哭喊，却没有一个人敢上前阻拦。

执夙一直让人关注着雪天傲的举动，雪天傲前脚一走，执夙后脚就到了。看到散落一地的红色碎片，执夙眉眼间的喜意凝固。

"怎么回事？"温和却不失威严，不需要刻意装腔作势，身为圣女的执夙不怒自威。

四个侍女停止抽泣，委屈地将事情描述了一遍。执夙听到这喜服是雪天傲毁的，俏脸闪过一抹黯然，哪怕是厚厚的脂粉，也遮不住她惨白的脸色。

雪天傲这件喜服是她亲手缝制的，从不碰针线的圣女执夙，第一次拿起针线，却得到这个结果。这还不是让执夙最伤心的，执夙最伤心的是，雪天傲的心中依旧没有她。

明明答应娶她了，为什么还要伤心？眼眶泛酸，执夙连忙抬头看天，不让眼中的泪水掉下。今天是她大婚的日子，她不能哭……即使雪天傲不爱她也没有关系，雪天傲答应娶她，她便是雪天傲明媒正娶的妻子，以后陪在雪天傲身边的只有她。

"圣女？"侍女见执夙不言不语，呆滞不动，不安地唤了一句。

执夙回神，将眼中的酸涩掩去，朝侍女挥了挥手："再去找一件天傲神王能穿的喜服，我去找天傲神王。"说完，提起裙摆就朝神殿正中央走去。她知道雪天傲在哪里，或者说只那有个地方，才能让雪天傲停下脚步，因为那里有冰言的画像！

果不其然，当执夙来到光明神殿历任圣女的画室中，就看到雪天傲站在冰言的画像前。冰言虽然背叛了创始之神，但创始之神却没有将她的画像取下，她的画像仍旧挂在光明神殿。

此时，雪天傲就站在画像前，看着画中的冰言。画中的冰言，身穿一袭白衣，站在神殿正中，身后似有神圣的光芒，浅浅一笑，却给人一种圣洁不容侵犯的高贵感觉。

执夙知道冰言很美，很不一般，不然也不会引得千叶为她痴等十万年。但雪天傲为什么也会盯着冰言的画像看？

就算东方宁心是冰言的转世，也不是冰言，这一点雪天傲应该很明白，他为什么还要痴痴地站在冰言的画像前？

执夙很无力，她不仅要和活着的东方宁心争，还要和死了十万年的冰言争。最让她无力的是，她还不能在雪天傲面前表现出来。

离雪天傲十余米远，执夙就停下了脚步，脸上挤出一抹温柔的笑容，柔声唤了一句："天傲……"

雪天傲皱了皱眉，强压下心中的不耐烦，应了一声："嗯。"

这么一个回应，让执夙信心大增。大人没有骗她，她和天傲会越来越好，总有一天，她会取代东方宁心在雪天傲心中的地位，成为那个被雪天傲捧在手心宠着的女子。到那时候，她便不需要再羡慕东方宁心了。

"天傲，吉时快到了，侍女到处都找不到你，急得快哭了，我就知道，你一定会在这里。"执夙一副"我最了解你"的样子，边说边朝他走去。

她知道，雪天傲讨厌与人碰触，雪天傲对她的容忍是十步，只要她站在离雪天傲十步远的距离，雪天傲便不会拂袖离开。

"我会准时出席，你先出去。"雪天傲看着冰言的画像，没有回头。执夙的话，让他刚刚平静下来的心，再次烦躁起来。他自认不是一个轻易动怒的人，但听到"婚礼"他就有想杀人的冲动，现在能让他冷静下来的，只有冰言圣女的这幅画像。

执夙咬了咬唇，脸色一阵青一阵白，却不得不笑："好，你别误了吉时，今天五界之主都会来。"

"放心，我一定会准时出现，不会让婚礼出事。"雪天傲全身绷紧，一副不愿意再说的样子。

执夙虽不情愿，但不得不离去。站在玄关处，回头看了一眼冰言的画像：画中的冰言笑得神圣高贵，但在执夙看来，这笑容却是嘲讽，嘲讽她不自量力……

光明神殿的神王与圣女大婚，别说收到了请柬，就是没收到请柬，不少人也会不请自来。能收到光明神殿邀请的人，大多出身不凡，至少也得是天神以上的实力，才有资格踏入光明神殿的主殿。不请自来的人也不弱，比如战神宫宫主无涯、魔宗宗主秦羿风、开罗城城主君无量与倾似也。

这四人联袂而来，光明神殿的护卫本想拦上一拦，却被四人眼中毫不掩饰的杀气给骇住了，屁都不敢放一个，恭敬地将人引进主殿。

无涯四人，气宇轩昂，英武不凡，一出场便引得众人瞩目。能被光明神殿邀请的人，都不是什么无名之辈，他们不是一宗之主，就是隐世高手。虽然那些隐世高手不将四人放在眼中，但是在五界混的宗派和大家族，却不敢对这四人不敬。

"见过无涯宫主。"

"见过宗主大人。"

"无量太子……"

"倾城主！"

当这四人同时踏入主殿时，有不少人前来见礼，一时间竟将这四人给团团围住了。

婚礼还未开始，就已热闹非凡，熟悉的人纷纷聚在一起闲聊。无涯四人却阴沉着脸，面对众人殷勤的问候，别说回应了，连个笑脸都没有。前来行礼的人面面相觑，一时想不明白自己哪里得罪了这四人，后面的人见状也不敢上前，老实地站在一旁。

与光明神殿的喜庆相反，无涯几人周围安静得连针掉在地上的声音都能听到，围着无涯几人的宗主们退也不是、进也不是，一时间好不尴尬。

无涯四人却不管不顾，径直往前走着，身上的冷意让四周的人自动退避。受这四人的低气压影响，四人所到之处皆是鸦雀无声。异界的精灵族与人族看到气场十足的倾似也和君无量，说不出是羡慕还是嫉妒。

这两人明明一无所有，却让众多高手忌惮。他们明明大权在握，在真正的高手面前，却连个下人都不如，唉……

他们的哀怨，君无量和倾似也没有听到，就算听到了也不会放在心上。各人有各人的命，那些人既然选择了做走狗，就要有做狗的觉悟。

四人一路行至主位，看着面前大红的喜烛，不约而同地将手放在了剑柄上，无涯更是忍不住大骂："浑蛋雪天傲，这么大张旗鼓地娶别的女人，你将东方宁心置于何地？"

全场的人脸色一变，上百双眼睛齐齐地盯着这四人：这是要砸光明神殿的场子？胆子可真大！

果然没让众人失望，无涯拔剑了，场中的人眼前一亮，纷纷在心中呐喊："砸，快砸！"

秦羿风却在这时开口了："无涯，少安毋躁，我们等神魔来了再说，神魔叫我们不要轻举妄动，肯定是有所准备。"

"可我看着碍眼。"无涯的战神令在手心跳跃着，可见此时的无涯有多么愤怒。

"的确，这片红太让人讨厌，以后我成婚绝不用红色。"君无量掸了掸衣袖上不存在的灰尘，动作慢条斯理，却隐含杀机。

哐当一声，最沉不住气的倾似也，大力拉开主位上的椅子，一屁股坐了下去："坐，咱们等，等那个负心薄幸的雪天傲出来再说。要不是神魔提前告诉我，我早就杀上光明神殿了。浑蛋雪天傲，居然敢负宁心娶执凤，是嫌活得太长了吧？"

秦羿风虽然同样愤怒，但是听到倾似也的话，还是替雪天傲出头道："倾似也，事情不是你想的那么简单。我们认识天傲不是一天两天了，天傲的为人，我们比谁都清楚，他是不可能背弃宁心而娶那个圣女的。宁心对于天傲来说，比性命还重要，天傲弃宁心一次就后悔至今，他又怎么舍得让宁心再次难过。"

"哼，说得好听，雪天傲能弃宁心一次，当然也会弃她第二次。事实摆在面前，你再替雪天傲说话也没有用。我真是为宁心不值，一大堆好男人等着她挑，她怎么就看上雪天傲这个浑蛋了。"无涯气呼呼地拉开椅子，一屁股坐下，将辟邪剑抱在怀中，一副生人勿近的冷傲模样。

宁心和雪天傲最初的那些事情，君无量和倾似也不知道，无涯可是知道得一清二楚。

"当初，天傲是有苦衷的。"秦羿风说这话时明显底气不足。当初雪天傲就是为了救他，才牺牲了宁心。但当时的情况，除了牺牲宁心别无选择，雪天傲要救宁心，就得跟着一起死。

无涯没好气地白了一眼秦羿风，阴阳怪气道："是哦，雪天傲有天大的苦衷，我们都知道他不得已。但你以为一句有苦衷，就可以抹杀你们害死宁心的事实吗？要不是宁心命大，她还能有今天吗？

"雪天傲当日有苦衷、不得已，今天又有什么苦衷，让他非娶执凤不可？秦羿风，是兄弟就别再为雪天傲说话了，今天这事雪天傲做得太过分了，无论他有什么苦衷，都不该这样。他在这里大张旗鼓地娶圣女，置宁心和雪少于何地？苦衷？狗屁苦衷！他今天就是有天大的苦衷，我也不会放过他！"

啪！无涯将手中的辟邪剑重重地拍在桌上，桌上的杯盏震动起来。全场众人的心也跟着一颤，他们看着霸气十足的无涯，连大气都不敢喘。他们总算明白了，这四人是替东方宁心讨公道来的。

战神宫宫主什么时候这么强势了？不，这不是重点，重点是——这四人明显来者不善，光明神殿的人怎么还不出来？

众人齐齐看向殿外那些站得笔直的侍卫，却发现他们就像什么也没看到似的，如同木桩一样站在殿外，直视前方。

明显，光明神殿的人不会对无涯四人出手。

无涯四人如同煞星一般，高坐首位，让大殿中的人都不敢吱声，一个个闷头喝酒，心中暗想，今天这婚礼真是热闹，也不知道等会儿打起来会怎样？

在场的人不敢轻易招惹无涯四人，并不表示刚入场的人不敢。按不成文的规矩，先到场的都是实力相对较弱的人，晚到的人物，绝对是高手中的高手。他们自恃实力强悍，绝对不会早早到场，他们习惯等所有人到场后再踩着点进来，享受众人的恭敬与膜拜。

比如，五界之主现在就一个都没到，而无涯四人算是来得晚的，比他们更晚的，就说明实力不能小觑。

这不，光明神殿的侍卫就高喊道："渊明老祖到！阙明老祖到！恃明老祖到！"

一般被称为"老祖"的人物，其实力都在大神之上神主以卜，一般的大神不是他们的对手。除了个人实力不可小觑，他们的势力也不容小觑。能被称为"老祖"的人，手下至少有十个天神供他们差遣。

这样的人物，也只会在五界之主面前恭敬些，在其他人面前都是傲慢得要死，自认凌驾于众生之上，众人如果没有对他们顶礼膜拜，就是不将他们看在眼里。

"渊明老祖请！"

"不不，阙明老祖先请。"

"还是恃明老祖先吧。"

三位老祖联袂而来，在门口相让半天，最终谁也不肯落在后面，便一同走了进来。这样的场合，要是走在别人后面，就显得自己弱了。他们不像五界之主那般高高在上，可以无视这些虚名，像他们这种不上不下的人物，更在意虚名。

三人整了整衣襟，挺了挺身子，大步流星地走了进来。在场的人早就听到了名号，但当这三人走进来时，还是有不少人被震慑住了。有几个气场弱的当即站起来想去行礼，却被身边的人拉住了，指了指无涯几人的方向："不想活了吗？没看到那几个在，你上前一步，说不定就要血溅大殿了。"

有起身打算的人，听到这话悄悄往首位上一看，老实地坐了回去。那些用眼神膜拜三位老祖的人也含蓄了许多。大多都低头看着手中的杯子，假装认真地研究着杯子上的花纹。

三位老祖走进来，脸上已经摆出威严却不失风度的笑容，正准备享受众人的讨好与奉承，却不料一路无声，别说讨好了，就是膜拜的眼神也没有几个。

气氛异常尴尬，三位老祖隐隐不安，难道他们来晚了，有更强大的人物到了？

这不可能呀，他们的徒子徒孙一直在外面等着，他们可以肯定五界之主一个没到。

三位老祖内心波涛汹涌，表面上却不动声色，稳步向前走着。以他们的身份，他们的座位仅次于主位。抬头望去，发现主位上坐着四个人。这四人背对着他们，看不出是谁，三位老祖见对方坐在主位，下意识地以为他们是了不起的人物，对着四人的背影恭敬地行了个大礼："渊明、阙明、恃明见过四位大人，不知四位大人——"

"滚，别吵我。"无涯故意挑衅，准备跟三位老祖打一场，最好能破坏婚礼。

"是，是，是。"三位老祖全身一颤，赶紧退至角落里。

挑衅失败，无涯一脸不解地看了看秦羿风、君无量和倾似也："这世界怎么了？连这种老祖级别的人物都对我卑躬屈膝？难道我们又错过了什么？"

秦羿风三人无语了，他们显然知道原因："他们不是怕你，而是怕你坐的位置。他们要是知道你是谁，肯定会气得出手杀了你。"

"是吗？我倒要试试。"无涯抓起剑就要起身。秦羿风脸色一变，及时摁住无涯："无涯，别闹事。神魔说了，一切他都安排好了，我们等他来了再说。雪天傲娶执凤这么大的事，宁心到现在都没露面，就说明这事不是我们想的那么简单。你先别闹了，那三个人我们打不过。"

无涯双眼一瞪：不闹？凭什么不闹？不闹事，他怎么破坏婚礼？

无涯不顾场合，拍桌而起，怒吼："秦羿风，到这个时候你还替雪天傲说话，你什么意思呀？什么叫宁心没有出现？没说什么？这样的情况，你让宁心怎么出现呀？雪天傲去娶别的女人，宁心来这里干吗？来这里大方地祝雪天傲与执夙百年好合，永结同心？还是以弃妇的形象，来这里大哭大闹博取同情？你觉得，宁心会做这样的事吗？"

无涯的话音刚落，窝在角落的三个老祖腾地站了起来，脸色一阵青一阵白，用杀人的眼神看向无涯四人所在的地方："混账小儿，你们是何人？"

几个无名小辈，居然大大咧咧地坐在首位，还受他们的礼，简直是找死。

"羿风，来不及了。"无涯轻轻地拨开秦羿风的手，双手抱剑，转身看向三位老祖。

"你是什么人？"渊明老祖第一个跳了出来，看到一张年轻而陌生的脸，那叫一个气呀。

三位老祖隐世而居，他们眼中除了五界之主再也没有其他人，就算无涯几人最近名声大噪，依旧没入他们的眼。

"你又是什么人？"无涯很拽地顶了回去。

"你，你，你……无知小儿，谁给了你胆子，这么和我说话？"三位老祖眼中闪着怒火，瞪着无涯，恨不得把他给吃了。

他们今天的脸丢大了！

"哈哈哈……"无涯大笑一阵，"不就是三个老东西吗？和你们说话是看得起你们！"

"不知天高地厚的小杂碎，你们活腻了吗？"渊明老祖一拍桌子，杀气十足地看向无涯。

高手的气势震惊全场，众人纷纷噤声，朝里缩去。光明神殿侍卫在外猛擦冷汗，想要进来维持秩序，但想到这几人炸了光明神殿的威风，又不敢进来。

"活腻了？谁活腻了还不好说。"无涯抽出辟邪剑，双眼闪着精光，丝毫不将三位老祖的杀气放在眼中，身上的气势与三位老祖不相上下。

秦羿风和君无量、倾似也一看这个情况，也站了起来，给无涯助威。

七人，隔着两张桌子，无声地交锋，真气在半空剧烈波动。

嗡嗡嗡……大殿的桌子不停地战抖，喜烛上的火苗被吹得左右摇摆，说不准什么时候就要熄了。

无涯四人和三位老祖脸色都不怎么好看，额头上都冒出了汗珠。交战中，三位老祖用眼神询问四周的人，这四人是什么身份？

看戏的人见状，纷纷避开三位老祖的眼神，假装什么也没有看到。

三位老祖一看这个情况，眉头紧皱，在场的人宁可驳了他们三人的面子，也不敢得罪这四个少年，这四人到底是谁？难道他们有和五界之主相提并论的实力？

但不对呀，他们只出了五成的力量，就完全将对方压制下来。如果不是考虑到今天是光明神王与圣女大婚的日子，他们早就下杀手了。

事实上，三位老祖不知，在场的人不是不敢得罪这四个人，而是不敢得罪雪天傲和东方宁心。消息稍微灵通一点的人都知道，这四人是雪天傲和东方宁心的兄弟。东方宁心和雪天傲这两个人极其护短，根本不讲理，得罪无涯四人就等于得罪东方宁心和雪天傲。

东方宁心与雪天傲是什么身份？那是光明神殿与黑暗神殿的神王，而且他们与魔界、龙族的交情极好，甚至人界新任主人李漠远，和东方宁心、雪天傲之间也是亦敌亦友。

得罪这四人，就等于得罪了五界。三位老祖只能自求多福了。

大殿的气氛瞬间诡异起来，三位老祖站在那里莫名地不安，不知是要继续与这四人对峙，还是坐下去呢？

坐下去，他们丢不起这个人；继续对峙，又怕得罪了大人物而不自知。三人面面相觑，一时不知如何是好。

"想退？做梦吧。"无涯在心中冷哼，就在三位老祖犹豫不决时，无涯抽出辟邪剑，自报家门，"老东西，不是想知道我是谁吗？听着，我就是战神宫宫主君无涯。"

"什么？战神宫，也敢在我等面前大呼小叫。"三位老祖一听，顿时安心了，"战神宫是天下第一宫不假，但别人怕你，我可不怕。"

三位老祖恼羞成怒，不顾身份同时出手击向无涯，准备一击将无涯杀了。

"三打一？什么狗屁老祖，你无涯爷爷连光明神殿都敢炸，还怕你不成。"无涯将倾似也与君无量往后一带，右手一扬。

"住手！"光明神殿的侍卫发现里面的气氛不对，冲了进来，可是来不及了。

"战神令！"一块赤红的令牌，从无涯的手心飞出，半空中出现一个血红色的"战"字。

"战"字光芒所扫之处，众人皆无法动弹，明明坐在大殿上，却有一种置身沙场面对千军万马的感觉。

"战神令？"居然是失传已久的战神令！三位老祖脸色大变，改攻为守。

他们倒是不怕战神令，战神令虽强却要不了他们的命。他们怕的是为了抵御战神令，他们必须得出杀招，而杀招一出，光明大殿还能完好如初吗？

毁了大殿，光明神殿的人会放过他们吗？

"战神令已出，有本事你们别还手，任战神令将你们榨干。"无涯得意地大笑，正好借这三个老东西的手，把光明神殿给毁了。

"战神，杀！"金戈铁马，杀气腾腾。此时三位老祖就是不想打也必须打了，除非他们不想活了。

"破！"匆忙间，三位老祖实在想不出好办法，三人联手，各出三成力量，试图挡下战神令的攻击。

无涯早有防备，在三人反击时，朝战神令命令道："战神，攻城。"

战神令在半空中飞速地旋转起来，火红色的光芒朝三人飞去。

"该死！"老祖们瞳孔放大，双手紧握成拳，轰的一声，朝战神令击去。

两股力量在半空中交锋，发出一声巨响，整个神殿都为之震颤，前一秒还热闹喜庆的大殿，瞬间变得满目疮痍。

众人争先恐后地往外冲，不是担心受伤，而是担心被无涯和渊明老祖七人牵连。

"完了完了，这下完了，大殿被毁，婚礼怎么办呀？"侍卫急得团团转，他们一直认为，会毁大殿的只有东方宁心，没想到却是三位老祖把大殿给毁了。

"快去禀报神王和圣女殿下。渊明老祖三人好大的胆子，居然敢毁我光明神殿。"大殿外的护卫飞快地朝执夙与雪天傲所在的方向飞去。

"轰隆隆……"在三位老祖与战神令的威力下，大殿瞬间变成废墟，别说举行婚礼了，就是坐人都难。

无涯满意地扬起一抹笑容，创始之神，光明神殿我敢炸一次，就敢炸第二次。

"君无涯，你该死！"三位老祖白着脸立在大殿正中，愤怒地咆哮。

大殿被毁，这婚礼怎么办？他们可担不起"破坏光明神殿神王与圣女大婚"的罪名。

"哈哈哈……"无涯得意地大笑，"我该死什么呀，大殿是你毁的，我的战神令可是没有发出一点攻击。三位老祖，我等着你们跟光明神殿的人解释，要知道破坏圣女大婚可不是小事。"

无涯说完，四人就朝殿外飞去。

"我杀了你们！"三位老祖紧紧追了出去，显然不打算放过四人。

眼看就要追上，秦羿风丢出一团血雾，将三人挡住，待到三人解决了血雾冲出来，光明神殿的神卫队已在执夙的带领下冲了过来。

执夙身穿大红的嫁衣，脸上却没有半点笑意，看着变成废墟的大殿，执夙气得直咬牙，问道："什么人，胆敢毁我神殿？"

执夙的声音一出，前来观礼的人皆闭上嘴，没有人敢发出一点声响。执夙圣女亲自出来，可想而知她有多在意今天的婚礼。

能被光明神殿邀请的，都是颇有权势的人物，见无人回答，执夙也不好朝众人发火。眼神一扫，没发现东方宁心的身影，却看到无涯四人。

"是你们？"执夙手一扬，神卫队就将无涯四人团团包围。

"执夙圣女可有证据？"无涯从容不迫地问道。

执夙皱了皱眉，问身边的侍卫，侍卫将刚刚发生的事情详细地讲述了一遍，重点说明是三位老祖先出的手，神殿也毁在三位老祖的联手攻击下。当然，无涯的战神令功不可没。

"执夙侄女，误会，误会，如果不是这几个小子生事，我们三人也不会与他们大打出手，这四人实在是狂妄至极。"三位老祖万分尴尬地走了出来，一脸歉意地对执夙说道。

执夙深深地吸了口气，不停地告诉自己，别生气，别生气，今天是她和雪天傲大婚的日子，她盼了么久才盼到的。东方宁心没脸出面，无涯四人是见不得她好，别和这群手下败将计较。

执夙朝三位老祖和气地一笑："没关系，执夙知道三位老祖定不是有心的。某人输不起，以为用这样的手段就可以阻止婚礼，却不知今天的婚礼乃天傲神王亲口允下的，别说派几个跳梁小丑来这里闹事，就是某人亲自到场，也不会让天傲神王改变心意。"

"无耻的女人，抢了别人的丈夫还如此理直气壮，你就这么急着自荐枕席吗？"无涯大骂，手放在剑柄上。

神卫队严阵以待，虎视眈眈地看着无涯，只要无涯一动手，他们就会冲上前。

"无涯，再等等。"秦羿风和君无量连忙拦住无涯，发生这么大的事情，雪天傲都没有出现，可见今天的婚礼并不是雪天傲的本意。

无涯也想到了这一点，咬了咬牙，退了下来。

执夙看到无涯四人吃瘪，笑得越发从容，以高高在上的姿态看着无涯四人："不管你们怎么说，笑到最后的是我。今天过后，世人皆知雪天傲的妻子是我执夙。"

执夙轻轻击掌，从容下令："来人，在大殿外摆好桌椅，请各位大人入座。今天，谁也无法阻止婚礼的进行，我执夙今天嫁定雪天傲了！"

"是！"光明神殿众人行动起来，但就在这时，一道清亮的声音从天边传来："没想到，执夙圣女这么恨嫁。"

众人抬头望去，只见一道火红的身影从天而降……

"东方宁心？"执夙看着从天边飞落下来的人，不敢相信地揉了揉眼睛。她明明下了命令，不让东方宁心进入光明神殿，东方宁心是怎么进来的？

"很高兴见到你，执夙圣女。"东方宁心身穿红衣，手抱古琴，脚步轻盈，姿态优雅，缓步朝众人走来。

脸上淡然的笑和雍容的气度，完全看不出一个"弃妇"该有的样子，让全场的人怀疑：到底是雪天傲抛弃了东方宁心，还是东方宁心不要雪天傲了？

"东方宁心，我一点也不高兴在今天见到你，尤其是见到你光彩照人、艳光四射，丝毫不受影响。"执夙非常想说出这句话，可是她不能。

这里是光明神殿，今天是她执夙大婚的日子，她得端起女主人的架子，让人看到圣女执夙的风采。

执夙看着东方宁心，想要大方地一笑，却怎么也笑不出来，死死地瞪着东方宁心。执夙真不明白，东方宁心怎么可以笑得如此明媚？笑得如此美丽？

东方宁心不应该是哭哭啼啼，一副被人抛弃的样子吗？她都做好了看东方宁心笑话的准备，却不料……

执夙紧紧握拳，强压下冲上前撕碎东方宁心脸上笑容的冲动。

明明她才是最大的赢家，明明今天是她和雪天傲大婚的日子，为什么东方宁心还能以胜利者的姿态来光明神殿？

红衣墨发，神采飞扬，每往前一步，鲜艳的红裙，便在脚边划出一道美丽的弧度。同样是一身红衣，东方宁心潇洒大方，执夙原本该是高贵神圣的，却在东方宁心出现的一刻失了风度，整个人都变得呆板僵硬。

不怕不识货，就怕货比货。东方宁心的明艳动人衬得执夙黯然失色，如果不是已知内情，在场的人都会认为今天的新娘是东方宁心，执夙才是被抛弃的那个。

这便是东方宁心想要的效果。她的泪，只流给亲近的人看，面对敌人她是骄傲又强大的东方宁心，这天下没有什么可以难倒她，哪怕是忘情也不行！

"居然是东方宁心，她怎么会来？雪天傲娶别的女人，她来干吗？看这个样子，不像抢婚呀！"

"她这是来叫板的吗？身上的红衣虽不是嫁衣却鲜艳夺目，比执夙圣女身上的嫁衣还要夺人视线。"

"只可惜脸被毁了，不然就凭她的长相与气度，绝对是五界第一美人。看她这个样子，一点也不像是被人抛弃呀，反倒是执夙圣女……"

后面的话，在执夙杀人般的眼神下咽回去了，但是众人的议论却没有停下。两女争一男，这样的戏码永远看不腻。

一般人的感情戏，他们根本不放在眼里，但光明神王与黑暗神王的好戏，不看就可惜了。

众人的眼神在东方宁心和执夙两人的身上来回扫视——一个落落大方，一个笑容僵硬，高下立见。

这时，三位老祖也弄清了事情的始末，渊明老祖的目光在东方宁心、无涯几人身上来来回回，眼里闪过一抹杀意……

无涯四人发现了，却没心思管这二个老家伙。东方宁心一落下，无涯四人就朝她飞奔而去。

"宁心，你没事就好。"无涯第一个冲上前，这孩子总是冲动。

"宁心，你受委屈了。"秦羿风一如既往地稳重，不前不后，站在宁心的面前。

"宁心，我帮你把婚宴的大殿给砸了，你高兴吗？"倾似也气愤地挥着拳头，事实上他刚刚只是站在一边看热闹罢了。

"宁心，别怕，有我们在呢，雪天傲欺负不了你。"君无量走在最后，脸上常年不变的笑容收了起来，取而代之的是凝重与担心。

"宁心，你的脸……该死的，谁弄的？那只小呆鼠呢？它怎么不帮你把伤口治愈？"无涯看到东方宁心脸上的伤，顿时气得大骂，其他三人亦出声询问。

他们默契地没有提雪天傲的事，就怕东方宁心伤心。面对四人关心的眼神，东方宁心心里暖暖的："别担心，我没事。"

"没事，怎么可能没事呀，雪天傲他……该死的，要不是神魔千叮咛万嘱咐，让我不要冲动行事，我肯定把光明神殿再炸一次。"无涯没忍住，还是把雪天傲的名字说了出来。

秦羿风、君无量和倾似也担心地看着东方宁心，生怕东方宁心失控，没想到东方宁心脸上笑容不变，甚至还出言安抚无涯："无涯，别这样，神魔说得没错，我们今天是来恭祝光明神王与圣女大婚的，不是来闹事的。"

"宁……"这下不要说无涯了，就是秦羿风也慌了：宁心这是什么意思？她和雪天傲玩完了吗？

东方宁心不待秦羿风说完，便打断道："羿风、无涯，我们别站在这里了，误了执凤圣女的吉时可就不好了。"

东方宁心言毕，也不管秦羿风与无涯在想什么，转头对执凤道："执凤圣女，这可不是待客之道。我们受邀来参加光明神王与圣女的婚礼，光明神殿难道连个座位都不给我们安排吗？"

"东方宁心，你到底要做什么？"执凤站在一边，看得云里雾里，美目里满是防备与疑虑。她不信东方宁心大方到真心祝福她和雪天傲，可看东方宁心的样子，又找不出半丝异常。

"做什么？"东方宁心微微挑眉，一副不解的样子，"执凤圣女这话问得真让人不解，我能做什么？我不是受你们邀请，来参加神王与圣女大婚的吗？怎么，执凤圣女不欢迎我？既然不欢迎我，当初又何必给我发请柬？"

"你是来观礼的？贺礼呢，宁心神王？"执凤也不是吃素的，从东方宁心带来的打击中回神后，便开口反击。

只说光明神王与圣女执凤的婚礼，绝口不提雪天傲的名字。东方宁心，我就知道你是在乎的。装吧，我看你能装到几时。

"贺礼不是在手上吗？以琴代情意，这琴就是我的贺礼，不知执凤圣女还满意吗？"东方宁心扬了扬手中的古琴。

东方宁心手中的琴，是冥特意送来的凤凰琴，她相信执凤会明白。

"这把琴？宁心神王，你有资格送吗？"这琴，是上任黑暗神王冥的命，给东方宁心一千个胆子，她也不敢送出去。

“执夙圣女别误会，这把琴你还没有资格收。世人皆知我是黑暗神王，实力非凡，却不知我更擅长的其实是琴。今日执夙圣女大婚，我便借凤凰琴弹上一曲，祝执夙圣女新婚快乐，与光明神王永浴爱河。”最后四个字，东方宁心咬得特别重。

别人不知，她却知道雪天傲不爱执夙，哪怕有忘情，也改变不了这个事实。

“你……”执夙气得双眼泛红，却无力辩驳。哪怕雪天傲答应娶她，也无法改变雪天傲不爱她的事实。

新婚快乐，她怎么快乐得起来？婚礼用的大殿被毁，只有她这个新娘子现身处理，而雪天傲这个新郎却不知在哪里。

永浴爱河？这更是天大的讽刺，如果雪天傲爱她，怎么会让她一个人站在这里面对东方宁心！

想到这里，执夙嫁给雪天傲的喜悦也淡了许多——嫁给一个眼中没有自己的人，她会幸福吗？淡淡的悲伤袭上心头，执夙双眼泛起薄薄的雾气。褪去圣女的光环，她只是一个普通的女子，她想嫁一个会宠她、护她的男子，这也有错吗？

现场的人噤声，看着东方宁心与执夙，心中暗暗猜测婚礼还要举行吗？他们是不是找个借口先行离开？就见东方宁心大手一挥，反客为主地说：“你们还愣着干吗？执夙圣女不是说了婚礼改在大殿外举行嘛，还不快去把桌椅摆好。还有，请你们的神王出来，别误了吉时。”

“这……”光明神殿的侍卫与侍女全都看向执夙。

这种情况，他们怎么办呀？是听东方宁心的话，还是不听？好像听与不听都不是办法呀，这不是里外不是人吗？

执夙脸上没有半丝喜悦，狠狠瞪了一眼众人：“还不快动手，误了吉时，我唯你们是问。”

“是。”光明神殿的侍卫散去，很快就将桌椅搬了过来，就连红烛、红布都有备用的，很快就将殿外布置得如同喜堂。

看光明神殿的人迅速将东西摆好，众人暗中猜测光明神殿到底准备了多少桌椅？这是防着东方宁心来砸的吗？

不过，看执夙冷着一张脸，并没有人敢上前询问。在神殿侍女的引导下，前来观礼的人纷纷落座，最后就剩下东方宁心与无涯四人站着。

执夙亲自上前：“宁心神王，请入席。”

“多谢执夙圣女，吉时快到了，不知新郎何时来？”东方宁心在主位上坐下，看似随意地一问。

“来人，去请天傲神王。”执夙脸色不变，扬声朝身后的人吩咐。

凤凰错

⑤
逆命阴阳华发生

下册

　　侍卫略一犹豫，在东方宁心的逼视下勉强应道："是，执夙圣女。"

　　"原来还要新娘请，新郎才肯出来。今天这婚礼倒是有趣——大方的新娘，害羞的新郎。"东方宁心将凤凰琴摆在桌上，轻拨琴弦，借此掩饰自己的伤怀。

　　这世间，没有哪个女子，能笑着祝福自己倾心相恋的男子另娶他人……

第二十二章
我是你的谁

没有让众人久等，身着银色常服的雪天傲出来了。

圣洁优雅，高贵不凡，雪天傲一出来便吸引了所有人的目光，观礼之人赞不绝口。

东方宁心抬头，看着由远及近的雪天傲，笑了，手指轻抚琴弦：琴然，你看……哪怕是忘情，雪天傲也不忍伤我。

天知道，她有多么害怕看到雪天傲穿着吉服出现。雪天傲都不曾为她穿过吉服，要是他为别的女人穿上吉服，东方宁心不敢保证自己还能控制住情绪。

"宁心，你要相信自己，当年你能让雪天傲爱上你，为你放下一切，现在亦然。"琴中传来琴然淡然自信的声音。

他相信，东方宁心有这个能耐，当年雪天傲那般厌恶她，都能爱上她，现在亦然。人心最是无法控制，忘情可以抹杀雪天傲对宁心的爱，却抹杀不了宁心身上吸引雪天傲的特质。

"琴然，你放心，我知道该怎么做了。"雪天傲的出现，让她多了一份自信。

哪怕有忘情在，雪天傲也是她东方宁心的！

"天傲，你怎么……还穿着这身衣服？"和东方宁心的喜悦相反，执夙看到雪天傲，脸上的笑容僵住了。

她明明让侍女去取另一套喜服给雪天傲换上，为什么雪天傲还穿着原来的衣服？

执夙不敢对雪天傲发脾气，只能狠狠地瞪着雪天傲身后的侍女，四个侍女站在雪天傲的身后，吓得瑟瑟发抖，却不敢吱声。

众人亦愣住，一身银衣的雪天傲和一身红衣的执夙站在一起，怎么看怎么不搭。众人看看执夙，又看看雪天傲，发现雪天傲根本没看执夙，他的眼中只有坐在首位的东方宁心。

顺着雪天傲的视线，众人看到东方宁心优雅地朝雪天傲轻轻点头致意，然后淡定地别开眼，轻触着琴弦，神情看不出半丝异样。

"这是怎么回事？"无涯一脸不解。

雪天傲怎么一副没看到他们的样子？四个大活人坐在宁心身边，他也能忽视？还有，雪天傲看宁心的神情，怎么怪怪的？

无涯有一种不好的预感，为了否定自己脑中的想法，无涯紧紧地握着秦羿风的胳膊，急切地问道："羿风，你和雪天傲熟，你快说说雪天傲这是怎么了？"

"雪天傲好像失忆了，他似乎不记得我们了，他看我们的眼神很冷，冷到骨子里。"秦羿风的声音不大，但足够无涯、君无量和倾似也三人听到。

"怎么会？他可是雪天傲呀，怎么可能失忆？"君无量当场愣住，不知道如何反应，整个人如同木桩一般。

"就是呀，雪天傲怎么可能会失忆，这可是雪天傲呀？"倾似也的嘴巴可以塞得下一个鸭蛋，"宁心，这到底是怎么回事？雪天傲真的不记得我们了？"

"就是你们看到的这样，现在的雪天傲已经不是以前的雪天傲了。现在的雪天傲是光明神殿的神王，受——"后面的话没来得及说，执夙便指着光明神殿的一干侍卫喝道："你们还愣着干吗，还不快给天傲神王行礼。"

宁心几人说话的声音并不大，但在场的人谁都听得到，雪天傲自然也能听到。执夙相信忘情的力量，有忘情在，雪天傲这一生都不会背叛光明神殿和她，但她仍不想让雪天傲听到这些。

创始之神交代过，雪天傲和以往的光明神王不一样，以往的光明神王从小在神殿长大，他们的生活圈子很小，眼中只有光明神殿。但雪天傲不一样，雪天傲的世界太大太杂，与他有牵连的人太多了，忘情强行改变了雪天傲情感的归属，但总归存在一些缺陷。

忘情影响的只是雪天傲的感情与忠诚，并不会影响他的脑子和判断。过往的人与事在雪天傲面前出现得越多，破绽也就越多，雪天傲就算忠于光明神殿，也会忍不住怀疑，而这不是创始之神与执夙乐意看到的。

众侍卫被执夙如此一呵斥，虽然不解，但纷纷跪下行礼："参见天傲神王！"

整齐划一的声音，响彻光明神殿上空，将东方宁心几人的声音给盖住了。东方宁心没有多言，只是静静地看着执夙，眼神清澈透亮，好像将一切都看透了一般。

面对东方宁心洞悉一切的眼神，执夙狼狈地别开眼，看了一眼她身边的雪天傲，执夙这才平静下来。

东方宁心，无论如何，站在雪天傲身边的女人是我。日后，与雪天傲共享天下的也只有我！

一想到未来，执夙的眼中就散发着耀眼的光彩，与雪天傲站在一起也有几分相配。

渊明老祖看到眼前的情况，朝另外两个老祖使了个眼色，上前对雪天傲与执夙说道："天傲神王、执夙圣女，恭喜恭喜！"

阙明老祖也连忙上前恭贺，一张老脸笑得如同盛开的菊花："天傲神王、执夙圣女，你们二人站在一起真是金童玉女、天生一对。"

"男才女貌，天生一对，你们二人联手，光明神殿定会大放异彩。"恃明老祖不甘落后，连连夸道，说话间不忘以眼神挑衅东方宁心。

东方宁心却如同没有看到一般，静坐不语，无涯几度想起身把三位老祖的嘴给撕碎，却在东方宁心的警告下忍住了。

无涯气鼓鼓地坐在椅子上，把桌上的杯盏弄得叮当作响，孩子气十足。东方宁心的心情，因为无涯的举动而好了几分。

其他人见三位老祖上前恭贺，东方宁心没有翻脸，才一一上前道贺，但声音并不大，话也不敢多说。

执夙笑着接受，雪天傲却像没听到一般，死死地看着东方宁心，眼中跳动着愤怒的火焰……

这个女人，在冰川丛林哭着喊着求他留下，现在看他娶别的女人，却无动于衷，她到底是什么意思？

"初次"相见，这个女人眼中只有他，现在却看都不看，难道在这个女人眼中，他还比不上一把破琴？

一股名为"嫉妒"的情绪袭上心头，雪天傲瞪着东方宁心，想从东方宁心的脸上看到她的在乎，但是没有……

执夙扭头，发现不对劲，不着痕迹地上前一步，挡在雪天傲与东方宁心中间，强撑着笑脸问道："天傲，吉时快到了，我让她们把喜服送来可好？"

雪天傲眼神一变，冷冷地瞪了执夙一眼，正欲拒绝，却见东方宁心的手在战抖，当即改变主意，冷傲地点了点头："好！"

东方宁心神色一变，瞪向雪天傲，眼中突然燃起熊熊怒火。

不知为何，看到气狠了的东方宁心，雪天傲却心情大好，挑衅地朝东方宁心仰了仰下颌，很淡定地移开视线，笑意在眼中一闪而过。

雪天傲自己也不明白，为什么看到东方宁心为他紧张、为他生气，他就高兴。

执夙半点不知雪天傲与东方宁心之间的交锋，得到雪天傲的回答，自以为胜利地看向东方宁心，无声地告诉东方宁心：她才是赢家。

"哼……"东方宁心轻哼一声，别过眼去，压根不将执夙放在眼中。

雪天傲心情越发好了，冰冷的脸上难得露出一抹笑意，淡淡地与四周的人寒暄。

世人皆知雪天傲冷得不近人情，此时面对"热情"的雪天傲，众人都有一种受宠若惊的感觉，争相与雪天傲攀谈起来。

身份、实力差一点的，挤不到雪天傲面前，便与执夙攀谈起来，纷纷夸执夙是个有福气的，雪天傲竟为她做出如此巨大的改变。执凤笑着点头，一副谦虚的模样，但眉眼之中不经意间流露出来的幸福样子，却让人明白她心中的欢喜。

看着站在雪天傲身边、以雪天傲的女人自居、越笑越灿烂的执凤，无涯气得快吐血了："宁心，你说雪天傲失忆了，我看他哪像是失忆呀，明明是移情别恋嘛！"

东方宁心不以为意，安慰了无涯一句："无涯，别往心里去，你没发现雪天傲的眼中没有执凤吗？她的幸福不过是一个气泡，一戳就破。"

冷静下来，反倒能看得更明白。忘情虽然抹杀了雪天傲对她的情，但雪天傲依旧在意她。雪天傲这是在和她置气呢，借执凤来气她。

她承认，雪天傲这一招成功了，她生气了、嫉妒了，恨不得将执凤拍飞，取而代之。雪天傲既然让她不舒服，她也不会让雪天傲太好过。

谁说先爱先输，谁说男人与女人之间的战斗，输的便是爱得深的？现在雪天傲不记得她了，但她绝对不会输。

东方宁心轻拨琴弦，铮的一声，尖锐刺耳。一直默默关注东方宁心的雪天傲，第一时间看向东方宁心。正好东方宁心也朝雪天傲看来，两人的视线在半空中交会，雪天傲久久移不开眼睛。

这个女人真是他的敌人吗？既然是敌人，为什么她的眼中没有敌意，只有悲伤和深情？

雪天傲百思不得其解，双腿不受控制地朝东方宁心走去。

"天傲……"执凤连忙上前挽住雪天傲的胳膊，一副小女人模样。

东方宁心别过脸，敛去脸上的笑容。雪天傲停下脚步，厌恶地看了一眼被执凤挽住的地方，以眼神示意执凤松手。

执凤却如同没有看到一般，笑逐颜开道："天傲，吉时快到了，我们得准备拜堂成亲了。"

执凤紧紧地抱着雪天傲的胳膊，她绝不允许雪天傲走到东方宁心的面前，她丢不起这个脸。

"放手。"雪天傲却丝毫不顾执凤的脸面，冷声呵斥。对他来说，执凤只是他不得不娶的女人，除此之外没有任何意义。

"天傲……"执凤半是撒娇、半是恳求地唤道，眼中隐隐带着泪水。

可惜，雪天傲这种人怎么会将执凤的泪放在眼中？雪天傲一把将执凤扯开，径直朝东方宁心走去，见东方宁心没有看他，雪天傲冷着脸唤了一句："宁心神王。"

"天傲神王。"东方宁心略一顿才起身，抬头看着雪天傲，眼中是浓浓的深情与眷恋。

"你……"心口微痛，雪天傲的手不自觉地放在自己的心口，觉得心里空空的，好像有什么很重要的东西被人生生剜去一般。

众人再次噤声，齐刷刷地看向东方宁心与雪天傲。昔日情侣、今日死敌，这两人碰到一起，要做什么？

东方宁心与雪天傲什么也没做，四目相对，不言不语，就好像时间定格了一般。东方宁心与雪天傲的眼中只有彼此，他们之间再也插不进去第三人。

执夙站在一边，几次想上前打断两人之间敌对却又暧昧的气氛，却被无涯和秦羿风挡住。

开玩笑，这么"有爱"的氛围，怎么能容执夙破坏。天傲失忆又怎样，失忆的天傲眼中也只有东方宁心！

然而，东方宁心与雪天傲之间的对视没有维持太久，侍女捧着雪天傲的喜服匆匆赶来："神王殿下、圣女殿下，喜服来了。"

一句话，将雪天傲与东方宁心之间的暧昧打破。

"好，拿过来。"执夙脸上一喜，接过侍女手上的喜服，欲亲自替雪天傲穿上。然而不等雪天傲拒绝，耳边就传来侍卫的声音："人界少主——李漠远到！龙族族长——神圣银龙到！凤族族长——黑凤凰到！"

语毕，就见一男一女外加一少年，并排走来。男的是李漠远，风度翩翩，脸上带着高贵而不失亲和的笑容。女的是黑凤凰，一身黑色劲装，身材火辣性感，一副不将所有人放在眼中的狂傲表情。少年则是小神龙，沉着一张脸，通身散发着冰冷的杀意。

在神圣银龙的巨大龙威下，执夙站在原地一动不动。在场的其他人，也因这一龙一凤一少主的出现而不敢放肆，纷纷迎上前行礼。

李漠远适时回以一个浅笑，尽显人界少主的风度；黑凤凰直接走了过去，狂妄地不把任何人放在眼里。

至于小神龙，他根本不给众人开口的机会，快步上前，强势地挤在东方宁心与雪天傲之间，对着东方宁心一通大骂："东方宁心，你怎么这么笨，到现在还被人欺负。被人欺负了不打回去就算了，居然不告诉我们。要不是雪天傲和这个丑鬼圣女大婚，你是不是准备一辈子都不说？"

小神龙骂完东方宁心，转身又去骂站在雪天傲身旁的执夙："不就是一个小小的圣女吗？癞蛤蟆想吃天鹅肉，居然妄想嫁给雪天傲为妻，也不拿镜子照照，一副尖酸刻薄的样子，别说嫁给雪天傲了，就是给雪天傲提鞋都不配！再说，自古只有追着女人跑的男人，哪有你这么没脸没皮追着男人跑的女人，搞得好像八辈子没见过男人一般！圣女？什么圣女呀，我看是妓女还差不多！"

小神龙说得又快又急，再加上他身份非凡，在场的人也不敢制止，只能眼睁睁地看着他把执夙骂得狗血淋头。

执夙站在原地，紧紧地攥着手中的喜服，脸色难看至极。她想过今天会遇到难堪的事，却没想到这难堪是龙族族长给的。身为龙族族长，怎么可以只凭心意行事，难道龙族就不怕光明神殿的报复吗？

执凤恨恨地看着小神龙，却换来小神龙不屑的冷哼。他转身握着东方宁心的手，大声朝众人说道："我倒要看看，我龙族护着的人，谁敢动？"

观礼的人一怔，纷纷后退一步，只留下光明神殿的人与渊明老祖三人站在原地。

众人默默地看向东方宁心与雪天傲，希望这两个当事人出来说句缓和的话，毕竟真正动起手来，光明神殿不一定会输。不料这两人极有默契，同时抬头看天，一副他们什么都不知道的样子。

李漠远上前一步，礼节性地朝执凤恭贺一番。只是，此时的恭贺怎么听都有些嘲讽的意味。执凤虽然不高兴，却不得不回应一下。

李漠远表面功夫做足后，才对东方宁心说："宁心，别生气了，雪天傲错过你是他的损失。雪天傲要娶执凤，你也可以考虑一下嫁人的事情嘛。你看看，我如何？我保证永生永世只娶你一个，永不负心。"

李漠远说得轻佻，但是东方宁心明白，李漠远是认真的，她在李漠远的眼中，看到了忐忑与期待。这些日子以来，她和李漠远一直互相利用、互相防备，但不得不说，李漠远从来没有对她真正下过杀手。

东方宁心挑衅地看了一眼雪天傲，点了点头："好，我想嫁人时，第一个考虑你。"

"宁心，说话要算话！"明知东方宁心在敷衍他，但李漠远还是很高兴。

"你敢！"雪天傲当即变脸，想也不想，紧紧握住东方宁心的手，"东方宁心，除非我死了，不然的话，你嫁谁我杀谁！"

说完这话，雪天傲就愣住了，眉头紧皱，一脸不解。

东方宁心原本异常高兴，看到雪天傲迷茫的样子，才知道这不过是他本能的反应。说不出来是高兴还是失落，只感觉心里酸酸的。哪怕是忘情了，雪天傲还在意她，但不够……

"雪天傲，你凭什么说不许？你是我的谁，你有什么资格在我面前说不许？"雪天傲一边在意她，一边娶别的女人，这让她情何以堪！

"我是……"雪天傲脑中一片混乱，明明万分肯定，话到嘴边却忘了。

"我是你的谁？"雪天傲反问。

"你说呀？你是我的谁？你有什么资格管我嫁给谁？就如同，我没有资格管你娶谁一样。"东方宁心嘲讽地一笑，用力抽出自己的手。

白皙的手腕，此时青紫一片。雪天傲的眼中闪过一抹心疼，伸手想替东方宁心揉一揉，东方宁心轻巧一闪，来到执凤面前，将执凤手中的喜服接了过来。

"我的衣服！"执凤想上前去抢，黑凤凰却挡在她的面前，不屑地说："不是你的，抢到手也不是你的。执凤圣女，别把女人的脸都丢尽了。"

"我……"执凤看着近在咫尺却怎么也碰不到的雪天傲，突然心慌起来。

就是这种感觉，明明雪天傲就在她面前，她却怎么也走不进雪天傲的心。忘情抹去了雪天傲对东方宁心的感情，却抹不掉东方宁心对雪天傲的吸引。

在众人的注视下，东方宁心将手中的喜服展开、抚平，巧笑倩兮地上前："天傲神王，你和执凤圣女的吉时就快到了，这喜服也得换上了，不如就由我来替你换这喜服如何？"

想借这件衣服来打击我？执凤，我会让你明白，什么叫作"搬起石头砸自己的脚"。有我在，喜服、婚礼都是浮云，我绝不允许这婚礼进行下去！

"东方宁心，你要做什么？"雪天傲发现自己看不懂面前这个女人，她明明不想让他穿喜服，为什么还要亲自替他穿？

"如果说，我想看你穿喜服的样子，你会不会穿给我看？"东方宁心问得很随意，如果不是眼中淡淡的期待，雪天傲都怀疑他听错了。

看着东方宁心那双如有魔力的黑眸，雪天傲不由自主地点头应道："好。"

下一秒，雪天傲的脑中闪过一句很熟悉却又很陌生的话：只要东方宁心要的，而雪天傲又拥有的，不问原因、不问理由，雪天傲都给！

雪天傲当场就愣住了，待到他回神时，就看到东方宁心熟练地替他换衣服，就好像演练了千万遍一般……

"虽然不是最适合你的，但依旧很好看。"东方宁心一边替雪天傲整理喜服，一边说道。

雪天傲低下头，看着站在自己面前、熟悉而又陌生的东方宁心："东方宁心，我们到底是什么关系？"为什么我感觉我们很熟悉？

"怎么？不叫我'宁心神王'了？"东方宁心手上的动作一顿，默默地收回手，后退一步，与雪天傲平视。

"东方宁心，回答我的话！"雪天傲有几分难堪，却用更加狂妄的语气来掩饰。

"我说我们是夫妻，你信吗？"

"不可能。"雪天傲想也不想就否认道，"我并没有成亲。"至少，他的记忆里没有。

东方宁心无奈地一笑："你看，我说了你又不信。要知道，我还没有说你是我孩子的父亲呢。"

东方宁心步步逼近，雪天傲一听，低头看着东方宁心的小腹："你怀了我的孩子？"

这怎么可能？如果是的话，他怎么会一点印象也没有？不过，这倒是可以解释东方宁心为何在冰川丛林失态了。

他始乱终弃？不，他绝对不是这样的人，就算他会始乱终弃，也不会对面前这个女人始乱终弃，别问他为什么，他就是知道自己不会这么做。

"我们的孩子都已经会叫你'父亲'了。"东方宁心轻轻叹了口气，看了一眼站在一旁焦急万分的执凤，东方宁心笑了一声，话锋一转，说道，"天傲神王，今天是你大婚的日子，一般的贺礼我拿不出手，太好的贺礼我又不舍得给，送你一首琴曲可好？"

不待雪天傲说话，东方宁心潇洒地坐下，十指一扫琴弦，琴音响彻上空。

她要替神魔争取时间，而能弹三天三夜的《情心》是最好的选择！

"好琴！"人群中，有人不禁赞了一声。

"确实是好琴，配得上宁心的琴艺。"李漠远毫不掩饰自己眼中的欣赏与爱慕，衣袍一撩，便坐了下来，"能再次听见宁心抚琴，就是这一刻死去也值了。"

李漠远给出了极高的评价，让众人更加期待东方宁心所弹的曲子。不需人说，观礼的人一一坐好，洗耳恭听。

雪天傲、执夙与黑凤凰三人却站在原地一动不动……

东方宁心闭上双眼，十指轻拂琴弦，此时的她完全沉浸在自己的世界里，看也不看雪天傲。

悠扬悦耳的琴声倾泻而出，随着琴音响起，众人似乎看到了一个美丽多才的女子，认识了一个英俊优秀的少年，而后情窦初开……

东方宁心双眼微闭，回想着与雪天傲一路走来的种种，脸上时而痛苦，时而忧伤，时而又变成甜蜜与幸福……

她用声音重现过往的一切，引得众人沉醉其中，就是骄傲如黑凤凰，此时也忍不住赞了一声："好美！"

她从没见过一个女子在弹琴的时候会这么美好——冰清玉洁，傲骨不凡，好像整个人都因为琴声而发光发亮。

在东方宁心的第一道琴音响起时，执夙眼中的光芒瞬间黯淡下来。不过是一把琴，不过是一首曲，东方宁心就将她比下去了。明明她才是今天婚礼的主角，东方宁心却喧宾夺主、大出风头。

此时，东方宁心已经完全沉浸在《情心》之中，眼前出现的全是雪天傲的影子。她与雪天傲相见、相知、相伴、相惜、相爱……

众人沉醉在东方宁心用琴音构造的世界中，琴声悠扬、悦耳、处处是情。

一天一夜过去了，东方宁心十指挥舞的速度越来越快，在场的人没有一分的不耐烦，甚至连呼吸都是小心翼翼的，众人都不忍打断这天籁般的琴音。

事实上，有几个不长眼的想要出声打断，却被李漠远和小神龙给压了下去。

又是一个日升日落，已是两天两夜，曲子从原来的暧昧、欢快变得炽热而甜蜜。听琴的众人似乎看到了东方宁心与雪天傲情浓时的样子。

两天两夜，雪天傲的视线就没有从东方宁心的身上移开过，当琴曲到达情浓时，雪天傲的脑中突然闪过他与东方宁心在山洞中相拥而吻的画面。

雪天傲震惊了，难道他真的和东方宁心有过孩子？为什么他一点印象也没有？

雪天傲迫切地想问东方宁心，这到底是怎么回事，话到嘴边，却怎么也说不出来。他舍不得打断这琴音，因为这琴声，他的脑中闪过无数画面，那些画面让他忍不住想要珍藏。

就在此时，琴音急转而下，情到深处却不得不分离。痛苦、悲伤成了主旋律，两个相爱至极的人，被迫分开，咫尺天涯，相见不相识……

"泪轻落，一点一点消融。遥望中，一丝一丝心痛。花落花开开不休，上善若水水自流。红颜远，相思苦，几番意，难相付。情难舍，心难留，花朝月夜，转眼便成指间沙。一刻，繁花落尽君辞去。一刻，韶华远去无处寻。一刻，孤影成形泪湿衣。"

三天三夜，《情心》至尾声，东方宁心此时已是泪流满面。泪水落在凤凰琴上，发出滴答的声响，悲伤的情绪在空气中蔓延，如同会传染一般，让在场的人皆沉浸其中。

第三天，《情心》的故事也到了最后，转身、另娶、泪流……

最后一个琴音还未敲下，执凤突然大喊道："不要再弹了，东方宁心，你不要再弹了！"

泪，湿了衣襟，执凤跌坐在地，不顾身份与形象，大声哭了起来："东方宁心，求你了，不要再弹了！我求你了，雪天傲是我的，他是我的！"

"停下来？凭什么要停下来？执凤圣女，你当自己是谁？"东方宁心抬头，睁开双眼，目光凌厉地扫向执凤。

双眼经过泪水的洗礼，明亮清澈得如同能看透人心一般。执凤面对这双眼，一句话也说不出来，只能无助地摇头，卑微地祈求东方宁心不要再弹了。

十指以闪电般的速度在凤凰琴琴弦上扫过，东方宁心弹出最后一个音符，琴音瞬间由悲伤转化为杀气——另娶，心碎，共死！

众人只感觉心口一痛，不由自主地伸手捂着心口。

东方宁心琴艺高超，一曲《情心》将所有人都带到了曲境之中，再加上凤凰琴本身的实力，神王以下，谁都逃不出琴音的影响。

这曲《情心》，不是她母亲的，而是她东方宁心的。一曲《情心》将她东方宁心一生的爱恋诉尽。雪天傲"忘情"，她东方宁心就用"琴"来唤"情"。

如果今天雪天傲还执意要娶执凤，她东方宁心宁可拉着雪天傲一起下地狱！

雪天傲的双眸熠熠生辉。最后一个音符，真是弹到他的心坎里去了。如果他的心上人另嫁，他绝对不会祝福，他宁可拉着对方一起去死。他雪天傲的女人，任何男人都不能染指。

一曲弹完，东方宁心站了起来，气势十足地看着执凤，眼中散发出噬人的光芒："执凤圣女，记住，雪天傲从来都不是你的，无论过去、现在还是未来，他都是我东方宁心的。"

"你这个女人，未免太狂妄了。"执凤一言不发，说话的是雪天傲。他的骄傲，让他无法接受一个女人不经过他的同意，就宣示所有权。他雪天傲绝不是东方宁心可以摆布的。

东方宁心笑了笑，没有理会雪天傲，以她对雪天傲的了解，她知道雪天傲只是生气，并没有愤怒。如若雪天傲愤怒了，她东方宁心根本不可能站在这里说话。

莲步轻移，东方宁心朝执凤走去，路过黑凤凰身边，黑凤凰朝东方宁心竖起大拇指，表达自己的欣赏之意。

东方宁心朝黑凤凰轻轻点头致谢。她和黑凤凰没什么交集，唯一的交集也不是什么好事，这个女人能不计前嫌地站在她这边，东方宁心很感激。

站在执凤面前，看着被泪水糊花了脸的执凤，东方宁心毫不同情，冷漠地说："执凤圣女，你敢当着雪天傲的面说我和雪天傲什么关系都没有吗？你敢直视雪天傲的眼睛说你没有用任何手段让雪天傲娶你吗？你敢告诉雪天傲，你说雪天傲是你的之时，你没有心虚吗？"

"东方宁心，别欺人太甚。"执凤跌跌撞撞地起身，身后的侍女上前替她整理衣服，将她脸上的泪水擦干净，却被她挥开了。

"执凤圣女，你是不敢吧？"东方宁心嘲讽一声，转头对雪天傲道："天傲神王，你听到了没有？你即将迎娶的妻子不敢说，不敢回答我的问题，她在心虚。"

"东方宁心，你说谁在心虚？"

"执凤圣女，你还要自欺欺人吗？如果不是心虚，你回答我的三个问题。"东方宁心上前一步，凌厉的气势将执凤压得动弹不得。

执凤脸色惨白，一头大汗，不自觉地后退，在东方宁心的威逼下，愤怒地大吼："东方宁心，你有什么资格问我？我是光明神殿的圣女，是天傲神王命定的妻子，这一点谁也无法否定。"

"圣女？雪天傲命定的妻子？"东方宁心一脸嘲讽，"执凤，你是天真还是无知？把你当回事才叫你圣女，你真以为自己不可取代吗？连光明神王都能换，光明圣女又有什么不能换的。光明圣女是雪天傲命定的妻子，身为圣女冰言转世的我，是不是更有资格嫁给雪天傲？"

"你，你在说什么？我不懂……"执凤万分惊恐，连连后退，如果不是身后的侍卫挡着，她怕是又要跌坐在地。

东方宁心说得没错，雪天傲命定的妻子不是执凤，而是光明圣女，只要是光明圣女就可以嫁给雪天傲，是不是她执凤并不重要。

"执凤，你应该比任何人都明白我在说什么，你也比任何人都清楚，雪天傲不喜欢你，甚至厌恶你。"话到这里，东方宁心不再逼执凤，而是坐回自己的位子。

她就不信，雪天傲还能坐得住。

执凤的脸色一阵青一阵白，几次张口，却发不出一点声音。

"执凤圣女，告诉我，这是怎么回事？"雪天傲不是愚笨之人。

虽有忘情的牵制，但他的脑子会思考，他的眼睛会看。他可以肯定，东方宁心和他的关系绝对不一般。至少，不是简单的敌对关系。

"天傲，我……"执凤委屈地看着雪天傲，眼中闪着泪花。

梨花带雨、柔弱无助，大大的眼中满是信任与期待。这样的执凤，让在场的大部分男人恨不得冲上前去，将她搂在怀里，好声安慰。

当然，小部分男人是谁，大家肯定是明白的。以小神龙为首的小部分男人，心硬似铁，别说执凤梨花带雨，就是带血倒在他们脚下，他们也无动于衷。

但，这小部分男人中没有包括雪天傲。东方宁心落泪，雪天傲站在原地一动不动，执凤落泪，雪天傲却是脸色一变，缓步朝执凤走去……

雪天傲，你要干什么？

秦羿风和无涯看着走向执凤的雪天傲，瞬间就石化了，这个男人，不会是想替执凤擦去泪水吧？

东方宁心坐在椅子上一动不动，双眼紧随着雪天傲，双手按在扶手上，青筋凸起，抚琴的指尖渗出了血丝。

不是东方宁心不相信雪天傲，她担心忘情，她害怕忘情后的雪天傲，会受执凤眼泪的影响。毕竟，执凤不是一个弱女子，她这般不顾形象地流泪，不可能没有别的用心。

"不……"东方宁心整个人都僵住了，雪天傲的动作看上去很是僵硬与不情愿，但真的伸出右手，朝执凤的脸颊抚去。

不，她不允许，她绝对不允许雪天傲当着她的面，"温柔"地替另一个女人擦泪。

东方宁心噌的一下站了起来："雪天傲，你敢碰她的脸，我就敢把她脸上的皮揭下来。"

全场的人齐刷刷地看着东方宁心。东方宁心果然不知天高地厚，在光明神殿的地盘上说，要把光明圣女脸上的皮揭下来，她就不怕引起创始之神的不满吗？

雪天傲的手顿在执凤的面前，侧身看向东方宁心："你以为我会怕吗？"执凤的脸被毁，与他何干？

"天傲？"执凤含泪叫了一句。

"不怕最好。雪天傲，收回你的手，不然我废了你的手，看你以后还拿什么碰别的女人。"漆黑的长发随风飞扬，这一刻东方宁心不再隐忍，张狂、自信，好似天地间只有她一人一般。

"废了我的手？凭你吗，宁心神王？"话虽如此说，但雪天傲却真的收回了自己的手。

执凤的泪，让他的脑袋隐隐发痛，因为《情心》而出现在脑海中的画面变得模糊起来，因《情心》而偏向东方宁心的心，似乎又回归了原来的轨道。

无论他与东方宁心的牵连有多深，都无法改变他们对立的局面——光明神王与黑暗神王，注定是敌人！

"凭我的命，够不够！"东方宁心走到雪天傲的面前，直视雪天傲的双眼对视，不容雪天傲有半点退缩。

她看到了执凤眼中一闪而过的懊恼，也看到了雪天傲眼中的感情消失，雪天傲又变回那个冷冰冰的男人。

如果不是场合不对，东方宁心真想对天大骂：忘情，你到底有多诡异，我费尽心血营造出来的一切就这么消失了吗？我好不容易才让雪天傲的眼中有我，因为执凤的一滴泪，就全没了吗？

东方宁心的手放在身后，握得紧紧的，血珠顺着指缝流出……

"你的命？早晚是我的。"雪天傲一甩衣袖，后退一步。

两女一男，三个人同着红衣，却鼎足而立。

"雪天傲，你真想取我的命？"

"你的命……"雪天傲略一迟疑，执凤立刻慌了："天傲，别忘了，她是黑暗神王，是我们光明神殿的敌人。这些年来，黑暗神殿的人处处打压我们光明神殿。前不久还联合龙凤二族、人魔二界，将光明神殿炸毁。创始之神大人也因此受伤。天傲，东方宁心是黑暗神殿的妖女，你不能对她心软。"

雪天傲没有理会执凤，定定地看着东方宁心，他的眼睛此时却没有焦距，似是透过东方宁心，看向不知名的远方……

东方宁心担心执凤的话会加剧忘情的作用，急切地开口："雪天傲，创始之神要杀我们的儿子，难道我要坐以待毙吗？"

"天傲，想想创始之神大人，要不是这个妖女，大人又怎么会受伤？还有我们的婚礼，如果不是这个妖女，我们的婚礼早在三天前就完成了。天傲，这个妖女居心叵测，最擅长迷惑人，她没安好心。"执凤也跟着劝说。她知道，此时在雪天傲心中地位最高的便是创始之神，他绝对不会违背创始之神的命令，更不会做出不利于创始之神大人的事情。

东方宁心和她比，必败！

"妖女？没安好心？执凤圣女颠倒是非的能力，果然尽得创始之神真传。"东方宁心一边冷笑，一边克制着自己杀人的冲动。

有雪天傲在，执凤也不甘示弱，瞪了回去，两人的视线在半空中交锋，火药味十足。

此时，雪天傲什么都听不到，他的脑中不停地闪过创始之神殷切、期盼的面孔。

婚礼、创始之神大人的伤、光明神殿被毁的耻辱……

睫毛轻颤，雪天傲缥缈的眼神终于收回，冰冷地看着东方宁心，无情地说："宁心神王，炸神殿、伤创始之神，这两笔账我早晚会和你算。今天是我大婚的日子，我不想动手，宁心神王的贺礼送了，我也收了，请你坐回去继续观礼。"

雪天傲摆出一个"请"的手势，不待东方宁心坐回去，便转身朝光明神殿的侍卫说道："婚礼继续！"这是他身为光明神王的责任。

"天傲，我就知道，我就知道你不会丢下我。"执凤一脸幸福，泪光闪烁，这一次却是幸福的泪。

"雪天傲，你敢！"东方宁心愣住片刻，在雪天傲转身的那一霎，伸手拉住他的衣袖。

"放手！"雪天傲停下脚步，回头。看着悲伤欲绝的东方宁心，雪天傲的眼中闪过一抹心痛，却被光明神王的责任压下。

"不放，死也不放。"东方宁心咬牙道。

"是吗？我就废了你的手，看你放不放。"雪天傲低头，视线落在东方宁心拉着他衣袖的手上。白皙修长，很美的一双手，可惜手的主人太过执着，执着于一份不属于她的感情。

"你试一试。"东方宁心敛去一身真气，无声地告诉雪天傲，这个时候他下手，她东方宁心绝对不还手。

"笨女人，你找死吗？"雪天傲怒吼，却没有出手，"宁心神王，放手！"

"不放。"东方宁心仰起头，直视雪天傲冰冷的眸子，眼中没有丝毫畏惧之色。

"信不信，我真的废了你的手！"雪天傲威胁道。

"不信。"连这点自信都没有，她就不是东方宁心了。

"不信？谁给了你这个自信。"雪天傲咬牙切齿地说，这个胆大包天的女人一再挑衅他的容忍底线，偏偏他舍不得对她出手。

"你，是你给了我这个自信，你舍不得伤我。"东方宁心很了解雪天傲，以雪天傲的个性，他真想毁了自己的手，根本不会说这么多话。

"不舍得？你还真是天真，宁心神王，别忘了我们是敌人。"雪天傲想甩开东方宁心，东方宁心却越抓越紧。

这个该死的女人，她猜对了，他就是舍不得，舍不得让这个女人死了。哪怕有光明神王的责任在，他依旧无法对东方宁心下狠手。

"既然我们是敌人，你就动手，你废我一只手，我就拿整个光明神殿来陪葬。"东方宁心知道，现在的雪天傲很在乎光明神殿。

"你威胁我？"雪天傲双眼微眯，眸子闪过危险的光芒。

"威胁你又怎样，有本事你动手试试，你敢废我的手，我就再炸一次光明神殿，我倒要看看光明神殿丢得起这个脸吗？"东方宁心毫不服输，她本就是个骄傲的女子，以前的雪天傲处处让着她，她根本无须这般蛮不讲理。现在的雪天傲不仅不让着她，还把她当成敌人，这让她怎么能接受？

雪天傲气她，她也要气回去。光明神王了不起吗？她还是黑暗神王呢，她会怕？

东方宁心此时下颌微仰，挑衅意味十足。

"宁心神王，你以为我会怕吗？"雪天傲身上的寒气越发重了，四周的温度骤降，瞬间从夏天变成冬天。

光明神王与黑暗神王之间火药味十足，战斗一触即发……

第二十三章
怀疑的种子

现场一片死寂，观礼的天神们大多不知内情，一脸不解地看着东方宁心与雪天傲：这两人以前那么恩爱，现在怎么变成这样了？

不说以前，就说刚刚，他们二人之间还透出一股说不清、道不明的暧昧情愫，这才一盏茶的工夫，这两人怎么就摆出一副不死不休的架势呢？

这世界变得也太快了，难道光明神王与黑暗神王真的是天生敌对吗？哪怕他们之间的感情再深也没用？

众人纷纷感到不安，有机灵谨慎的开始暗暗凝聚真气，准备在东方宁心与雪天傲出手时，第一时间开启防御保护好自己。

这个时候，小神龙、无涯、秦羿风、君无量与倾似也同时上前，站在东方宁心与雪天傲之间，脸上尽是无奈与伤痛。

"宁心，你别这样，雪天傲伤你不是有心的，你应该明白，这世间最舍不得伤你的就是雪天傲了。"小神龙开口劝说东方宁心。

他们气，气雪天傲的忘情，气雪天傲让东方宁心心碎，但他们明白，这不是雪天傲的本意。忘情后的雪天傲，只是光明神殿的傀儡，无论他多么强大、狂妄、霸道，都跳不出忘情的束缚。

雪天傲忘情了，把他们都当成了敌人，东方宁心更是雪天傲的头号敌人，但雪天傲并没有对东方宁心下杀手。要知道，现在的东方宁心根本不是雪天傲的对手。雪天傲能做到这一步，已经很不容易了。

"要我放手，除非我死！"东方宁心拽着雪天傲衣摆的手，不仅不松开，反而越拽越紧，眼神也越发坚定。

雪天傲的心为之一动，脸上冷硬的线条不自觉地柔和下来，看东方宁心的眼神也多了几许温情……

　　执夙全部的注意力都放在雪天傲的身上，别说雪天傲如此大的情绪波动，就是轻微的波动，执夙也不会放过。

　　见雪天傲神色松动，执夙赶紧出言提醒："天傲，你别被这个妖女迷惑了，她可不是什么善男信女，死在她手上的冤魂无数，她手上沾的血怕是怎么也洗不干净。创始之神大人不让我告诉你是谁伤了他，但我今天必须要说——当日就是这个妖女伤了创始之神大人！"

　　"她说的是真的？"雪天傲的身子微微一动，伤了创始之神的人，就是光明神殿的死敌，也是他雪天傲的敌人。

　　"是又如何？不是又如何？"忘情果然很强，雪天傲的心里只有创始之神。

　　"是，你就去死；不是，就滚开。"鬼使神差的，雪天傲希望东方宁心说不是。哪怕真是东方宁心伤了创始之神，只要东方宁心说不是，他就选择信东方宁心的话。

　　但东方宁心却没有如雪天傲的愿，坦然说道："没错，当日就是我伤了创始之神。"

　　"真是你？"雪天傲一脸挣扎，"为什么是你？为什么要是你，东方宁心？"

　　"为什么不能是我？我很后悔当初只是伤了他，而不是杀了他。"雪天傲眼中的杀气与痛苦，东方宁心看到了。

　　"东方宁心，我绝不放过伤害创始之神的人。"雪天傲强压下心中的痛，扬手便朝东方宁心的手劈去。

　　他不能放过伤了创始之神的东方宁心，也无法朝东方宁心下杀手，他出手了，但更希望东方宁心能避开……

　　"雪天傲，不要！"小神龙惊叫，想要出手，却又怕打伤雪天傲。

　　雪天傲忘情了，把他们当成敌人，他们却没办法对雪天傲下杀手，面前这个一身喜服、朝东方宁心下杀手的男人是雪天傲呀！

　　一直以来，雪天傲都是一张冰山脸，从来没给过他们好脸色，但他们遇到危险，雪天傲的身影总是会挡在他们的身前。

　　他们气雪天傲，更多的是为雪天傲担心。他们比任何人都清楚，在雪天傲心中，东方宁心是多么重要。如果有一天雪天傲知道，他曾这般伤害东方宁心，雪天傲该有多么痛苦？

　　"天傲，住手！"秦羿风冲上前，却被雪天傲一掌震开。

　　"宁心，退开！"无涯上前，想将东方宁心拉开，却被东方宁心的精神力挡住了，定在原地，动弹不得。

　　"你不出手？"黑凤凰站在一边，斜眼看向身侧的李漠远。这个男人双手都握成拳头了，明明很担心东方宁心，却还能不动如山，这份忍耐力果真不简单。

　　"出手？为什么要出手？只有被雪天傲伤到心神俱碎，东方宁心才会忘了雪天傲，才能接受另一个男人的感情。"李漠远的脸上一直都带着笑，让人看不出他的情绪起伏。

李漠远可以瞒过所有人，唯独瞒不了与他契约的黑凤凰。黑凤凰冷笑一声："这不是雪天傲的本意，他只是忘情了，东方宁心会明白。"

"忘情又如何？就算雪天傲受忘情所制，但他伤了东方宁心也是事实。别说雪天傲的忘情无解，就算雪天傲的忘情能解，今天发生的事情，雪天傲也无法抹杀。"情人眼里容不得沙子，今天的事情就算东方宁心不会在意，雪天傲也会在意。

李漠远很清楚，当年在黄河之上雪天傲对东方宁心所做的事情，他还知道东方宁心死前对雪天傲说过，祝你永不识后悔的滋味。

今天，虽然雪天傲要不了东方宁心的命，但对东方宁心的伤害比当年更重。当年的雪天傲丢了东方宁心的命，今日的雪天傲丢了东方宁心的情。无论是重生前的东方宁心，还是重生后的东方宁心，雪天傲都伤了，这一点哪怕是神也无法抹杀。

"你的心真狠，看到自己心爱的女子受伤，你居然还能想这么多。"黑凤凰心里发凉，李漠远这个笑面虎太可怕了，他的世界里永远都只有他自己，他永远都只会为他自己着想。被这种人契约还真是倒了十辈子的霉，黑凤凰磨了磨牙，考虑着要不要把李漠远杀了。

"天傲，你怎么可以……"就在此时，一声娇喝打断了黑凤凰的想法，将黑凤凰的视线再次引向东方宁心与雪天傲。

"雪天傲，我就知道，哪怕中了忘情，你也不会伤我。"东方宁心暗暗松了口气，心里隐隐有几分期待，也许忘情并不像她想的那么可怕。

"太好了，吓死我们了，我就知道雪天傲不会伤宁心。"无涯看到这情况，往心口重重拍了两下。

原来，雪天傲看到东方宁心没有避开，也没有还手，生生停了下来。

他，终究舍不得伤东方宁心。

"你输了。"看到这个情况，不知为何，黑凤凰也松了口气。天意不可违，但这两人就在她面前违背了天意。

在黑凤凰的记忆中，光明神王与黑暗神王从来都是不死不休的，哪怕他们以前再友好，也敌不过忘情。

"能让东方宁心动心的男人，的确不简单。"李漠远的语气有着淡淡的失望，不过又暗暗松了口气，侧脸看着身边的黑凤凰笑了笑。

看样子，他要对东方宁心死心了。东方宁心这种人，就是他费尽心机也得不到。

对自己没有狠下心来伤东方宁心，雪天傲有着说不出的烦躁，对上东方宁心那双明亮带笑的黑眸，雪天傲看到了狼狈的自己。为了扳回一局，雪天傲收回手，冷嘲道："东方宁心，你以为我真不舍得伤你吗？你错了，我只是不想在我的婚礼上见血罢了。"

"你的婚礼？你和执凤的吗？"东方宁心脸上的笑瞬间消失。

雪天傲想说是，但在他内心深处，他并不想把自己的名字和执凤扯在一块。

不过，这些并不需要告诉东方宁心，雪天傲一脸冷傲地说："是又如何？不是又如何？"

　　"不管是不是，今天的婚礼都必须给我取消。"东方宁心加重力道，紧紧地拽着雪天傲，不容他动。

　　指甲刺入手臂中，手臂上传来丝丝痛意，雪天傲淡淡地看了一眼，却没有凝聚真气将东方宁心的手弹开，也没有再将手抽出来，而是悄悄放松紧绷的肌肉。

　　他担心自己的铜皮铁骨，会伤了东方宁心的指甲。

　　雪天傲的小心思，盛怒中的东方宁心并没有察觉到，雪天傲也是本能的反应，也没有多想什么。只是雪天傲的动作再怎么隐蔽，也逃不过在场这些高手的眼睛。

　　众人看到东方宁心与雪天傲之间诡异的气氛，不由得面面相觑，他们总觉得这两人很奇怪，但又说不上到底哪里奇怪了。

　　"天傲神王，婚礼还要继续吗？如果不继续，我们就先行告辞了。"渊明老祖看情况不对，犹豫了许久，还是开口了。

　　他是在帮执凤，全场的人都明白，雪天傲扭头，冷冷地看着他，没有开口。

　　"当然继续了，渊明老祖请入座，婚礼继续。"执凤上前说道，与渊明老祖配合起来。

　　"继续就好，这杯喜酒老夫可是等了三天，要是没喝到，真是人生一大遗憾。"渊明老祖笑呵呵地招呼众人入座，但刚一动就被小神龙挡住了去路。

　　小神龙冷冷地瞪向渊明老祖，在神圣巨龙的威压下，渊明老祖整个人都战抖起来，高大威武的身体不由自主地蜷缩起来，狼狈地退开几步。

　　小神龙满意地收回视线，走到执凤的面前，质问道："婚礼继不继续与你何干，有人问你吗，执凤圣女？"

　　"这是我和天傲的婚礼，我当然有这个权利。神圣银龙大人，你今天若是来观礼的，我光明神殿欢迎，但你要想破坏婚礼，我们光明神殿也不是好欺负的。"

　　"不好欺负？怎么个不好欺负法？"小神龙小脸一绷，嘲讽道。

　　这话要是创始之神说的他也就认了，执凤一个小小的圣女，居然敢用这种语气和他说话，真是活得不耐烦了。

　　"你……别逼我们动手。"执凤一顿，一时间不知如何接话。

　　"你当我怕呀。"小神龙不退反进，无涯四人同时上前一步，站在小神龙的身后，意思很明显，他们共进退。

　　"你们是来破坏婚礼的？"执凤后退一步，一脸的凝重。

　　"现在才知道，你是白痴呀。"小神龙一点也不客气，"像你这么白痴的女人，还妄想嫁给雪天傲，真是做梦。"

　　"你们……天傲是不会允许你们这样做的。"执凤心中一恼，却没有针锋相对，而是看向雪天傲。这场婚礼，是大人对雪天傲下的命令，雪天傲就是再不满，也得遵照大人的意思办。

"雪天傲，我要破坏你的婚礼，你不允许吗？"东方宁心收回手，抬头与雪天傲四目相对。既然无法"唤醒"雪天傲，那就按神魔所说的办——用暴力破坏一切。

她果然太天真了，低估了忘情的厉害。她所做的一切，对雪天傲来说一点效果也没有。

"你问的这个问题真白痴。"手臂上的温度骤然失去，雪天傲有种怅然若失的感觉，却强压了下来。

"白痴吗？如果我告诉你，我不仅要破坏你的婚礼，还要借你的新娘一用，你会不会把我当成疯子？"说话间，东方宁心身上的衣袍鼓起，整个人后退数步，飞快地扑向执凤。

前后不过一眨眼的工夫，谁都没有想到，东方宁心会突然朝执凤出手。

"东方宁心，你疯了，这里是光明神殿。"执凤吓了一跳，急忙后退。

"光明神殿又怎样，就是九天玄宫，我也敢动手。"东方宁心左手一晃，柳云藤从衣袖中飞了出来，朝执凤狠狠地抽去。

执凤心中慌乱，脚下不稳跌倒在地。眼见柳云藤就要抽到她身上，雪天傲又没有出手的打算，执凤只能借势原地一滚，堪堪避开。

啪！柳云藤抽在地上，抽出一条十寸余深的长痕，接着柳云藤从原地弹起，再次朝执凤抽去，但此时已失了先机，光明神殿众侍卫反应过来，围了上来："保护圣女殿下。"

"快，保护圣女。"数百名侍卫将执凤护在中间，柳云藤再次抽来，却只抽在这些侍卫的身上。被抽中的侍卫连惨叫都来不及发出，身体便已分成两半。

"快，鸣钟示警，让各殿长老与弟子出来。"执凤回过神来，指挥众人迎战，同时吩咐侍卫发出警报。

这里是光明神殿，上一次他们没有准备，才被东方宁心打了个措手不及，今天他们有万全的准备，一旦东方宁心在光明神殿出手，哪怕是天地规则也保护不了她。

这一点，雪天傲亦是清楚的，当执凤的命令一下达，原本不打算出手的雪天傲上前拦住那个去鸣钟的侍卫，以不容置疑的口气下令："通通都退下，这是我和宁心神王的事情。"

说话时，纵身一跃，鲜红的身影飞向半空，伸手一抓，柳云藤便被雪天傲牢牢握紧。藤条一软，缠在雪天傲的拳头上。雪天傲没将柳云藤放在眼中，顺着柳云藤的力道落在东方宁心的面前："宁心神王，我的容忍是有限度的，你别太过分了。"

啪！柳云藤被雪天傲甩在地上，委屈地抽了抽，然后默默地爬回东方宁心的手臂上。

"过分？比这更过分的事情我都做过，你都没对我说过狠话。"她不过是阻止雪天傲娶妻，这过分吗？

"更过分的事？什么事？"不知为何，雪天傲很在意东方宁心口中那件"更过分的事情"。

"我为什么要告诉你？"东方宁心冷哼一声，一脸傲气。

这时，执凤已经回过神来，身上的嫁衣虽有些脏污，但不影响穿，清理好身上的血迹，执凤手一摆，光明神殿的侍卫冲上前来，将东方宁心团团围住。

"执凤，你这是什么意思？"东方宁心还没说话，雪天傲先表达了他的不满。

执凤深深地看了一眼雪天傲，眼中闪过一抹挣扎与痛苦。她不想让雪天傲不高兴，所以一再退让，但雪天傲不仅不感动，反倒一次又一次地伤她。

雪天傲不领她的情，她只能公事公办："天傲神王，我们的婚礼早在三天前就该完成，因为宁心神王的捣乱，致使婚礼一再延期。今天，无论如何我们都要将婚礼完成，别忘了，这是创始之神大人交代的，也是你身为光明神王的责任。"

"执凤圣女，别一再提醒我光明神王的责任，我知道身为光明神王，我的责任是什么。"雪天傲的不高兴是显而易见的，执凤却像没有看到一般，板着一张脸道："既然如此，就请天傲神王完成婚礼吧。"

说完后，又朝东方宁心道："宁心神王，得罪了，婚礼结束后，我再来向你赔罪。"

此时的执凤，言行举止，完全就是光明神殿圣女的派头。不得不说，执凤这个女人一旦理智起来，也是很可怕的。

东方宁心冷冷地看向执凤，执凤不闪不避，眼中没有挑衅与胜利的喜悦，只有死一般的平静。但是，东方宁心却从执凤紧抿的双唇中，看出执凤的紧张和对雪天傲的在意。

"自欺欺人。"东方宁心嘴角扬起一抹冷笑，嘲讽地看着执凤。

"东方宁心，别逼我！"执凤脸色一变，手心朝外，召唤出她惯用的兵器，"光——"

执凤刚说出一个字，天上突然出现一股强大的力量，这股力量让全场的人脸色大变。

执凤突然噤声，脚下一个不稳，踉跄几步，脸色大变，抬头看向天空："怎么回事？"

"来了。"东方宁心亦是心神一动，眼中闪过一抹光亮。

高手的气息，危险的气息，只是一丝气息，却让全场的人有种如临大敌的感觉。

万米高空上，出现一红一白两个小点，很快两个小点就放大了，从身形隐约能看出是两个男子，红衣男子胸前鼓鼓的，好像抱了一个大罐子一般。

当这一红一白两个身影出现时，雪天傲的脸色变得凝重起来。这两人如此强大，个经通报直闯光明神殿，怕是来者不善。

一个呼吸间，一红一白两个身影便从天而降，站在众人的面前。此时，众人才看清，红衣男子手中抱的是个孩子。

红衣男子邪魅无双，妖气横生，白衣男子温润如玉，如同谪仙下凡。两人站在一起，说不出来的养眼，但众人却没胆子打量。这两人一落下，包括三位老祖在内，前来观礼的人纷纷恭敬地行礼："见过千叶大人，见过神魔大人。"声音整齐划一，如同训练好的一般。

"嗯。"神魔高傲地应了一声，千叶根本没将这些人放在眼里，他一来，视线便落在东方宁心的身上，眼中满是怜惜与愧疚。宁心那日所受的伤，有一半是因他而起。

可惜，东方宁心的眼中却没有他，当神魔与千叶同时落地，东方宁心就一直盯着神魔手中的孩子，眼中闪着泪光和身为人母的慈爱光芒。

"我的孩子。"东方宁心在心中默默地唤着，想上前却不敢靠近。

如同有感应一般，一直趴在神魔怀中昏睡的雪少悠悠醒来，小小的身子一动，神魔就紧张得脸色大变，连忙低头查看，那副关切的样子，哪里还有魔界之主的风华。

雪少从睡梦中慢慢地睁开眼睛，懒洋洋地打了个哈欠，伸出小手揉了揉眼睛，然后睁着大眼睛静静地看着神魔，一副娇憨、迷糊的样子，好像还没睡醒一般。

"宝贝徒儿，你终于醒了。"神魔在雪少脸上亲了一下，留下一个口水印。

雪少歪着小脑袋，盯着神魔看了两三秒，确定自己没有看错人，朝神魔咧开小嘴笑道："师父，我好想你，你终于来接我了。"

雪少伸出小手搂住神魔的脖子，熟悉的味道，熟悉的师父，真好。

"师父也很想你。"神魔一脸笑意，忍不住又亲了亲雪少。

雪天傲远远地看着，在雪少醒来的那一刻，他的心亦跟着一动，看到雪少在神魔怀里撒娇，雪天傲的心头涌上一股名为"嫉妒"的情绪。

师徒二人不顾场合，好一阵腻烦后，雪少才不解地问道："师父，这是哪里呀？我怎么会在这里？"

雪少扭了扭小身子，打量四周的环境。看着完全陌生的地方，雪少不悦地吸了吸小鼻子，正想问神魔发生了什么事，却看到一身红衣的东方宁心和雪天傲。

雪少整个人都愣住了，大眼睛拼命地眨啊眨，小手紧紧地拽着自己的衣服，漂亮的眼中闪着雾水，似不敢相信一般。

东方宁心双眼含泪，雪天傲的眼中也多了几分暖意。就在东方宁心准备上前时，雪少却哇的一声哭了："呜呜呜……师父、爹、娘，宝宝好想你们，你们什么时候来接宝宝？宝宝每次见你们，都只能在梦里。呜呜呜……人家不要做梦了，每次醒来后，你们都不在，你们都不要宝宝了，呜呜呜……宝宝好想你们呀……"

此时的雪少，哪里还有中州雪少的风采呀，哭得就像一个泪人儿。神魔的心瞬间揪痛，根本没心思去管东方宁心和雪天傲的事。

天大地大，他的徒弟最大，他徒弟一流泪，天大的事也得靠边站。

"宝贝徒弟，乖，不哭，不哭，你这么一哭，师父的心都碎了。这不是做梦，这是真的，师父接你来了。"神魔后悔死了，早知道就不该听千叶的，让宝贝徒弟一直昏睡。

雪少哭得上气不接下气，听到神魔的话，连忙止住泪水，哽咽道："师父，你说这不是做梦？他们真是我娘和我爹？"

雪少指着东方宁心和雪天傲，胖嘟嘟的手指忽上忽下。

看到这样的雪少，东方宁心的心都碎了，提步就朝雪少飞奔而去。

执夙知道，这是杀东方宁心的最好机会。在东方宁心朝雪少飞奔过去之际，执夙转身拔出身后侍卫的佩剑，唰的一声朝东方宁心的心口刺去。

"东方宁心，一切都结束了！"这世间最希望东方宁心死的人，就是她了。

冰冷的剑气袭来，东方宁心脸色一变，却没有惊慌。一切都来得太突然了，想要反击是不可能的，现在她能做的就是将伤害降到最低。

脚尖一点，身形拔高，东方宁心尽力避开要害。

"宁心，小心！"无涯和秦羿风大惊，连忙冲上前去。

"执夙你个贱人，找死。"小神龙黑着脸朝执夙扑去。

在执夙的剑挥起的那一刻，千叶便到了宁心的身边，打算将东方宁心拉开。

不过他们的速度再快，也快不过那个男人，在执夙转身时，雪天傲就有了一种不好的预感，为了阻止执夙伤害东方宁心，他破天荒地做了一件连自己都感觉不可思议的事——施展光明神王特有的技能，时间静止！

时间静止，五秒的时间可以做很多事，雪天傲上前将东方宁心抱住，同时推开了千叶。

在冰川丛林见到千叶时，雪天傲就没来由地讨厌他，现在有这个机会，他当然不会放过。

千叶不受时间静止的影响，但千叶全副心思都在东方宁心身上，根本没有防备雪天傲，被雪天傲一推便跌了出去。

千叶跌出去的那一霎，时间静止的效果也结束了，执夙一剑刺空，小神龙发出的攻击全部打在她的身上，执夙如同被抛出的石子一般，在半空中划出一道弧线，重重地跌在地上。

咔嚓咔嚓，骨头断裂的声音在静寂的大殿外，显得特别响亮。执夙在落地的那一刻，正好看到东方宁心与雪天傲相拥的画面。

执夙张嘴吐出一大口血，歇斯底里地朝雪天傲大喊："天傲神王，别忘了你的责任，你怀中抱的那个人是你的敌人，你的死敌。天傲神王，别忘了创始之神大人的话，你必须杀了东方宁心！"

然而，雪天傲却像没听到一般，专注地看着怀中的东方宁心，眼中闪过迷惑与不解：生死关头，他为什么会出手救自己的死敌？东方宁心对他来说，到底是什么人？还有那个孩子，只看了一眼，他就发自内心地喜欢，想要宠爱那个孩子。

这一切，究竟是怎么回事？

雪天傲发现自己陷入迷宫之中，怎么也走不出来。今天所发生的一切，和他一直以来坚持的事情完全相反。

到底是谁骗了他？

雪天傲看着东方宁心的眼睛，想从里面找出自己想要的答案。东方宁心没有说话，就这样看着雪天傲，眼中盛满柔情与包容的笑。

千叶站稳后，本想上前，却被两人相拥的画面刺痛了眼，愣愣地站在原地，一动不动。

千叶不明白，雪天傲已经忘情了，东方宁心还这么执着于雪天傲做什么？

"宁心，雪天傲不要你了，有忘情在，他不会要你，也要不起你。你就不能放开心中的执着，看一眼你身边的人吗？"千叶在心中一遍一遍地咆哮，却不敢说出来，只能站在原地，一动不动地看着眼前这让自己心碎的画面。

东方宁心与雪天傲静静地相拥，谁也不想开口，不想打破两人之间难得的温馨与幸福。雪天傲抱着东方宁心的手越来越紧，东方宁心也越靠越近，两人之间没有半分缝隙……

小神龙、无涯和秦羿风站在一旁，眼中闪着泪花。也许，忘情并没有他们想象中的那么可怕，东方宁心和雪天傲之间并不是只有爱情，还有雪少这个无法割舍的牵挂。

有雪少在，哪怕雪天傲真的忘情，也不会对东方宁心下杀手。这世间也只有东方宁心，才配得上雪天傲。

没有人舍得，也没有人敢上前打断东方宁心与雪天傲相拥的画面。小神龙一行人静静地看着，耐心十足地等待东方宁心与雪天傲，从他们的二人世界中醒过来。

但是，有一个人却没有这样的耐心。在东方宁心的危险解除后，雪少矫健地从神魔身上滑了下来，迈着小短腿朝东方宁心与雪天傲走去。

爹娘不来抱他，他就主动过去，这段时间发生了太多太多的事情，他迫切需要父母的安慰。

雪少一出现，所有人的注意力，就从雪天傲与东方宁心身上转移到雪少身上。

雪少没有理会众人，专心致志地往前走，路过黑凤凰与李漠远身边，雪少停了一下，朝黑凤凰露出一个甜甜的笑。

雪少这无心的一笑，瞬间将黑凤凰的冷漠融化了，孤傲的凤族族长，破天荒地回了一个友善的微笑。

黑凤凰居然笑了？众人猛擦眼睛，以为自己看错了。如果黑凤凰的笑是他们看错了，那么李漠远半蹲下来，准备抱雪少的姿势，就只能在梦里了。

人界少主，居然放下身段去哄一个孩子？就算那个孩子是东方宁心与雪天傲的儿子又怎么样？

更让他们震惊的是，雪少无视李漠远伸出来的双手，淡定地往前走，李漠远居然没有生气，只是尴尬地摸了摸鼻子，无奈地站了起来。

小神龙、无涯和秦羿风看到雪少走来，早早做好准备，一个个摆出自认为最亲切的笑容，等着雪少上前朝他们一笑。

他们没有李漠远那么自恋，只要雪少朝他们轻轻一笑，他们就满足了。

至于君无量和倾似也，不知道是受倾似也的霉运影响还是怎么了，他们二人正好被千叶给挡住了，千叶全身上下都散发着恨不得杀人的怒气。君无量和倾似也的全部精力，都用在抵抗千叶的杀气上了，根本无暇去看雪少。

没有让小神龙、无涯和秦羿风失望，雪少从他们身边走过时，同样朝他们笑了一下。但也只是笑了一下，雪少的目标很坚定，那就是走到他父母身边去。

雪少好不容易到了东方宁心和雪天傲身边，却久久没有等到拥抱，雪少顿时委屈了，猛地一扑，抱住东方宁心的腿："娘，你不要宝宝了吗？"

"儿子，"东方宁心推开雪天傲，蹲了下来，一把将雪少抱住，"宝宝，对不起，对不起，娘不是故意的。"

雪少被东方宁心抱了个满怀，闻着母亲身上特有的味道，咧嘴一笑，将小脑袋埋在东方宁心的颈间，用力地闻着发间传来的香气："娘，宝宝好想你，好想你们哦。冥干爹太坏了，上次宝宝求他带宝宝来看你们，冥干爹却把宝宝弄睡着了，害得宝宝都没有看到爹和娘，还是神魔师父好。"

雪少一扫刚刚的委屈，笑得欢快，东方宁心也一扫心中的烦闷，露出明媚的笑容，紧紧抱着雪少说道："娘也想你，很想很想。"

母子俩亲热了好一阵，雪少才心满意足地从东方宁心的怀中抬起头，摇晃着小脑袋寻找雪天傲的身影。

看到雪天傲站在一旁，黑着一张脸，用陌生与审视的眼光看他，雪少不安地收回视线，小心翼翼地问东方宁心："娘，爹这是怎么了？他不喜欢宝宝了吗？不要宝宝了吗？"

说话时，雪少的身子忍不住抖了一下。离父母太久的孩子总是敏感得很，雪少天资聪颖，但他终归是个孩子，一个依赖父母的孩子，一个期盼被父母宠爱的孩子。

东方宁心的回应让他稍稍安心，但雪天傲的回应却吓坏了他。

雪少再次看向雪天傲，抿着唇，无声地哀求着：爹，不要用这种眼神看宝宝，宝宝害怕！

雪少哀伤与悲戚的眼神，让神魔看得心都碎了，细长的桃花眼中闪过一抹杀意，他恨不得现在就冲入创始之神的老窝，把创始之神揪出来，打到他解开忘情为止。

东方宁心眼睛一酸，险些哭出来，脸颊紧紧贴着雪少的小脸，安慰他道："宝宝，你爹怎么可能不要你？你是我们的宝贝，我们疼你还来不及，哪会不要你。为了你，我和你爹可以和天下人为敌，可以和天去斗，我们此生最大的希望，就是你平安幸福。宝宝，你爹他不是故意的，他只是生了病，然后忘了我们……"

说到最后，东方宁心渐渐消音，她一点也不希望，她的儿子卷入这些是非之中，这些本不该由他承受。但她没有选择，只有儿子的存在才能证明她和雪天傲之间的一切，才能证明她没有骗雪天傲，才能让雪天傲相信忘情的存在。

如果不是这样，她怎么舍得，在这种情况下，把儿子抱出来。她的孩子年纪虽小，却什么都懂，不仅如此，还因为长期不在父母身边，极度缺乏安全感。

她猜到，今天的情况会让儿子受伤，却没有想到会把儿子伤得这么深。更不知道，在儿子内心深处，一直有被他们抛弃的恐惧。

愧疚、不安袭上心头，东方宁心紧紧地抱着雪少，无声地在心中许诺：宝宝，相信娘亲，一切都会过去的，娘一定会给你一个安定幸福的童年，这世间再也没有人能伤害你。

雪少是个敏感的孩子，察觉到东方宁心的愧疚，又听到东方宁心的安慰，乖巧地点头，心中的委屈与伤心也消失了大半。

雪少看了看东方宁心，又看了看雪天傲，在确定东方宁心没有骗他后，担心地看着雪天傲："爹，你生了什么病？告诉宝宝好不好？宝宝和你们一起想办法。爹，你这个样子宝宝害怕，要是爹一直不好，宝宝怎么办？宝宝不要变成没有爹的孩子。"

雪少声音委屈，却倔强地没有落泪。他不哭，娘亲已经没有爹的保护，他不能哭，不能让娘亲伤心。

"我……"雪天傲站在原地，身子微微向前一倾，想将雪少抱在怀中，刚一迈步，脑中就闪过创始之神说过的话：

"天傲，东方宁心及她所在的黑暗神殿，是我们光明神殿最大的敌人，身为光明神王，你不仅要将黑暗神殿毁了，还必须杀了东方宁心。"

"天傲，东方宁心和你是死敌，你不杀她，她也会想尽办法来杀你。"

"你们二人交战，凭实力我不担心你。东方宁心不是你的对手，但真正要斗起来，死的却不一定是东方宁心。"

"天傲，记住，东方宁心是黑暗神殿的人，他们天生就擅长骗人。"

"天傲，如果你对我的话还有怀疑，可以去查历任光明神王的生平，他们有七成以上，都死在了黑暗神王的算计之中。"

"天傲，为了你自己的性命，为了光明神殿的未来，别轻易相信东方宁心的话。"

创始之神的话不断地提醒他，东方宁心是骗他的，但看到和他如同一个模子里出来的雪少，还有血脉相连的熟悉感，他怎么也无法相信东方宁心在骗他。

雪天傲看着雪少，眼中满是酸楚。他可以肯定，面前这个孩子就是他的儿子，他和东方宁心的儿子，但为什么他一点印象也没有呢？

难道他真的失忆了？

雪天傲迷惑了，第一次开始怀疑创始之神的话，而怀疑的种子一旦种下，日后就会生根发芽，不断地成长……

东方宁心见雪天傲站在原地半天不动，不抱也不开口哄雪少一句，心里又怒又恨："雪天傲，你真的冷血到这个地步了吗？就算我会骗你，可是这么小的孩子会吗？我能平白抱出一个这么大的孩子来骗你吗？雪天傲，睁大你的眼睛看清楚，这到底是不是你的儿子？你要不要认他？”

　　说到最后，东方宁心已是泣不成声，她默默地闭上眼睛，掩去眼中的伤痛与自责。

　　她错了，她原本想用儿子的存在，让雪天傲相信她的话，相信忘情的存在。但看到雪天傲的反应，她才知道自己错得多么离谱，忘情的力量太强大了，儿子的出现不仅没让雪天傲相信她的话，反倒伤了儿子的心。

　　东方宁心的悲伤让雪天傲动容，让千叶心碎，两个男人都想上前安慰，却没有一个敢迈步。雪少坚强地吸了吸鼻子，奶声奶气道：“娘，不哭，宝宝乖。”

　　雪少伸出小手，吃力地替东方宁心擦眼泪，不料东方宁心眼中的泪却越擦越多。

　　小神龙和无涯看到雪少这么懂事，一个个红着眼睛，黑凤凰和李漠远亦悄悄叹了口气：创始之神，害人不浅。

　　“孩子，娘亲对不起你……”东方宁心抱着雪少痛哭。

　　为自己，也为她的孩子……

第二十四章
世人皆棋子

东方宁心哭得撕心裂肺，哭得毫无美感，哭得神魔和千叶心都碎了，但他们什么都不能做，只能看着雪天傲，等雪天傲去安慰东方宁心。

但是雪天傲没有动，安慰东方宁心的人是雪少。

"娘，宝宝不难过，宝宝知道爹不是故意的。爹生病了，不记得我们了，我们记得他就好。爹以后会好的，娘亲不要难过了，现在爹不能保护娘，宝宝来保护娘。"雪少白嫩的小手，在东方宁心的背后轻拍，像个大人一样安慰着东方宁心，"娘，我偷偷告诉你哦，神魔师父说，等到我七岁时，我就可以把青鸾火凤召唤出来，到时候我让它们帮你打坏人。娘，你别伤心了，有宝宝在，宝宝保护你……"

东方宁心看着怀中的雪少，眼泪戛然而止，有一个这么乖巧懂事的孩子，她还有什么好伤心的？

"好，好，娘的好孩子，娘不伤心，娘不难过，以后就由宝宝来保护娘亲。"东方宁心抬头，含泪看着与雪天傲极像的雪少。

既然孩子的存在，也无法让雪天傲信她，她再说下去，雪天傲也不会信她。雪天傲伤她的心就够了，她绝对不允许雪天傲再伤他们儿子的心。

现在，她只能将希望寄托在冥的身上，希望冥的办法可行。

有了决定，东方宁心半刻也不想待在这个让她心碎的地方，随手擦去眼泪，东方宁心抱着雪少看向雪天傲，语气平静地说："天傲神王，该做的我都做了，无论你信不信，我都要告诉你，我东方宁心才是你雪天傲的妻子，而这个孩子就是你的亲生儿子。"

"你受忘情影响忘了我们，我不怪你，但有一点你必须记住，无论如何，你都不能娶执凤为妻。为了保证我身为妻子的权利，执凤圣女我先借走了，三个月后，我定会将执凤圣女完整地送回光明神殿。"

说完，东方宁心转身朝小神龙和无涯道："请执凤圣女去黑暗神殿做客。"

　　"好。"小神龙和无涯将跌倒在地的执凤拿下。光明神殿的侍卫将三人团团围住，却没有一个人敢上前。三位老祖倒是想出手，但看到神魔和千叶杀人的眼神，全都默默地后退。

　　"天傲神王，你的责任，别忘了……"执凤全身是伤，已经没了光明圣女应有的威严，像条死狗一样被秦羿风和无涯拖了起来。

　　此刻的雪天傲哪有心思管执凤的死活，雪少的出现动摇了他那些"根深蒂固"的想法，整个人都乱了。听到东方宁心要离开，雪天傲想也不想就抓住了东方宁心的手："宁心神王，事情还没说清楚，你不能走！"

　　东方宁心停下脚步，却没有回头，背对着雪天傲，冷冷地道了一句："放手！"

　　"东方宁心，我不放，不把事情说清楚，我绝不放你离开。"事情颠倒了，现在换雪天傲缠着东方宁心不放了。

　　"说清楚？我们还有什么好说的？怎么？你担心我这个妖女吃了你的执凤圣女吗？放心，我没有那么坏，也没那个胆子。"东方宁心转身，冷笑着望向雪天傲。

　　雪天傲，晚了！

　　你伤了我，我可以不在意，但你伤了我儿子，必须付出代价，哪怕是因为忘情，我也绝对不原谅。

　　"东方宁心，别说自己是妖女，你不是。"他不喜欢用"妖女"二字来形容东方宁心。

　　在他心中，东方宁心是独一无二、举世无双的存在。红衣飘飘，墨发飞扬，这样的东方宁心，比执凤那个所谓的圣女，更加高贵圣洁。

　　东方宁心的美，无法用语言来描述，只一眼就能让人惊艳，只一眼就能让人动心。即使她的脸上有一道难看的疤，也丝毫影响不了她的美。

　　东方宁心的美无关外貌，气质使然，只是站在那里，就能让天地间的光芒，全部聚在她的身上。这样一个得天独厚的女子，怎么可能是"妖女"？

　　在雪天傲的眼中，无论经过多少年，东方宁心在他眼中都是这么美，美得令人窒息，美得让他下不了杀手。

　　如果他和东方宁心之间，一定要死一个人，他宁可死的是他自己！

　　"哈哈哈……"东方宁心大笑，笑声悲怆。先前执凤对着她大骂"妖女"时，雪天傲能站出来，她定会高兴，可是现在呢？

　　看着怀中明明不安却强装开心的儿子，东方宁心实在高兴不起来。

　　东方宁心强硬地甩开雪天傲的手，毫不留情地说："天傲神王，你说这些干吗？是为了救下执凤圣女吗？我告诉你，不可能，执凤我借定了。"

　　"执凤的死活，与我何干。东方宁心，别扯些无关的事情，今天你不把话说清楚，就别想离开这里。"雪天傲被东方宁心甩开后，又再次上前，挡住了东方宁心的去路。

"说清楚，你还想让找说什么？该说的我都说了，是你自己不信，我说再多又有什么用？其他的我们三个月后再说。你在光明神殿等我三个月，三个月后，我将执凤圣女带来，到时候你想知道什么尽管问，我全部告诉你。至于现在吗？很抱歉，我没心情和你说话。"东方宁心后退一步，拉开两人的距离，绕过雪天傲，继续往外走去。

雪天傲想跟过去，却被东方宁心身上散发的冷漠气息给镇住了，只能眼睁睁地看着东方宁心抱着雪少从他身边走过。

他知道，今天他留不住这个一脸悲伤却骄傲至极的女子。或者说，除非她愿意，这天下没有哪个人，能留得住这个骄傲狂妄的女子。

雪天傲默默地后退一步，他能做的就是按这个女人的要求办，让她把执凤带走。

东方宁心抱着雪少，嚣张地往大殿外走去，沿路没有一个人敢拦她。无涯和秦羿风见状，拖着执凤跟在东方宁心身后。

光明神殿的侍卫见状，不得不硬着头皮开口："天傲神王，圣女她……"

"让他们带走。"雪天傲摆手，根本不将执凤的死活放在心上。现在他最关心的是他和东方宁心之间的关系，还有东方宁心口中的"忘情"是什么？

"可……"众侍卫一脸难堪，眼睁睁地看着东方宁心一行人，大摇大摆地往外走去。

就在东方宁心快要走出光明神殿之际，一道介于天地之间与五界之主的力量从天而降，压得人无法行走。

"什么人？居然这么强！"千叶和神魔反应最为敏锐。这股力量压得他们无法动，隐隐在他们之上，却又不是天地规则。

"创始之神？"东方宁心抱着雪少，回头看向光明神殿主殿。

一束神圣的光芒从主殿中射了出来，朝四周扩散，整个光明神殿都被一层神圣的光芒笼罩。创始之神温和却不失威严的声音，从主殿中传了出来："东方宁心，我们又见面了。"

创始之神的声音平静，但气势十足，隐隐凌驾于千叶和神魔等人之上。

光明神殿的侍卫眼前一亮，一脸狂热地看向主殿，虔诚地跪了下来。雪天傲的身形动了动，却强自忍住，紧紧地握着拳头，背对着主殿。

他，不想跪。

"真是你？怎么可能？"东方宁心后退一步，不敢相信地看着主殿方向。一个月不到的时间，创始之神怎么就变得这么强大了？

在冰川丛林见面时，创始之神身上的伤还没有好，今天却强大到让她恐惧，创始之神遇到了什么？

东方宁心暗暗吸了口气，压下心中的惧意，挺着背脊，默默地抵御创始之神带来的威压。

千叶、神魔、小神龙、黑凤凰和李漠远五人同时皱眉，脸色格外难看。天地间能让这五人同时变脸的可不多，由此可见，现在的创始之神实力有多么可怕。

"日之焰？创始之神，你炼化了日之焰？"千叶不愧为众人当中实力最高、见识最广的人，当创始之神的气息传来，他就明白了关键所在。

大家都是聪明人，完全没有隐瞒的必要，创始之神大方地承认："没错，就是日之焰的力量。说到这里，我还要多谢东方宁心，要不是她将我重伤，我也没有机会炼化日之焰。"

置之死地而后生，他一直想炼化日之焰，却不得其门，没想到在重伤之际，竟然催动了日之焰，这也算是造化了。

"日之焰？"东方宁心疑惑地看向神魔。

千叶略有失望，他多么希望东方宁心看的是他……

神魔脸色凝重，上前欲将雪少接过来。东方宁心摇头拒绝，她不想放过任何一个与儿子相处的机会。

神魔却不容东方宁心拒绝，强硬地将雪少抱进自己的怀里："宁心，你们母子以后多的是机会相处，现在对付创始之神才是最重要的。抱着孩子，你不是他的对手，而且你也保护不了孩子。"

神魔将雪少护好，才开口为东方宁心解释什么叫日之焰："日之焰就是太阳之光，是光明的源泉。有日之焰，才有神界的存在，日之焰是神界的守护之魂。创始之神将日之焰炼化，就是将整个神界的力量与自己融为一体，从此神界消失，神界的力量全部集中在创始之神一个人身上。"

五界都有自己的守护之魂，但五界之主却没有一个人有能力将其炼化。这一次，创始之神炼化了日之焰，让他瞬间成为五界之主中实力最强的一个人。

依创始之神的野心，他变强后绝对不会轻易放过其他四界，五界必将大乱！

"创始之神要做什么？"东方宁心倒抽了一口冷气。

毁掉整个神界，这要多么狠才能做到这一步，东方宁心不能理解。

神魔看东方宁心的样子，就知道她想错了："宁心，这没有什么好震惊的。我们几人的真气修为，已经到了无法自然增长的地步。想要更进一步，就只能炼化各界的守护之魂。只不过炼化不是那么容易的事情，要真容易的话，我们早就去做了。

"神界消失又如何，以创始之神现在的能力，他完全可以占领人界，重新开始。五界之主什么的只是个虚名，自身的实力才是根本，只要自己强大起来，哪怕只有一个人，也能开辟出一方大地。再说五界之中，神、冥、魔、兽四界加起来，也不如一个人界富饶与辽阔，他怎么可能放弃得到人界的机会。对五界之主来说，除了人界，没有什么是不可以牺牲的，人界是必争之地，不然你以为三皇传人李漠远为什么会选择人界？"

说话间，神魔那双妖孽的桃花眼，扫向大殿外的其他人，尤其是三个老祖。当千叶一说出创始之神炼化了日之焰，三个老家伙就和光明神殿的侍卫一起跪了下去，膜拜创始之神。

无论世事如何变迁，唯有一点不变，那就是：实力是横行世间的唯一办法，只要拥有至高无上的实力，就能拥有至高无上的权力。

神魔说了一大堆，但东方宁心还是不能理解，创始之神就是占领了人界，又能如何？

看东方宁心不解的样子，神魔叹了口气。果然，无论多强大的女人，都无法理解男人的野心。别说一个神界了，就是这天下苍生挡了创始之神的路，创始之神照样可以眼也不眨地毁了。

真当创始之神是想占据人界吗？真当李漠远只是想一统天下这么简单吗？

一统天下只不过是实现野心的开始，他们要的是……

神魔无声地朝东方宁心吐出三个字："灭天弩！"

"你是说……"东方宁心脸色一变，震惊地看着神魔。

神魔很肯定地朝东方宁心点头，除了这个原因，还能有别的吗？

"果然，我的格局不够。"东方宁心终于明白，为什么神、冥、魔、异界对人界虎视眈眈了，原来是因为信仰之力。

也是，对五界之主来说，一般的东西怎么入得了他们的眼呢？他们已经拥有了至高无上的权力，现在要的当然是与天斗的实力，毁灭天地规则，开辟新天地。

而能毁灭天地规则的只有灭天弩，能催动灭天弩的只有信仰之力。创始之神戴着神圣的面具欺骗世人，不就是为了得到百姓的信仰吗？

幽冥之神得不到人界后，野蛮地毁掉人界原有的百姓，不就是担心信仰之力被创始之神得到吗？

这两人不择手段地争夺人界，只是为了信仰之力，可是信仰之力真的能用这种铁血的手段来掠夺吗？

东方宁心怀疑地看向主殿，无声地询问创始之神，信仰之力真的可以用这种铁血的手段来掠夺吗？

创始之神给东方宁心的答案是肯定的，他拥有无穷的生命，而人界有无尽的百姓。

一代不行，就下一代，下一代不行，就下下一代。一代一代下去，创始之神相信，凭他的手段，绝对可以得到百姓发自内心的敬佩与膜拜。

在这一点上，幽冥之神的想法和创始之神一样。他们拥有无尽的生命，无论他曾做过多么残忍的事情，随着时光的流逝，都会被世人遗忘。

铁血得到人界后，他就可以将自己塑造成救世主，让天下百姓都相信，正是因为有了他，才会有这太平盛世。

天下百姓，在这些高高在上的神眼中，只不过是一群蝼蚁罢了，如果不是为了信仰之力，他们根本不在乎这群蝼蚁的生死。

只要夺得人界，得到信仰之力只是时间问题，而他们最不缺的就是时间。

"你们是我夺得天下、踏上巅峰的棋子，棋子就应该听从执棋人的安排。东方宁心，别妄想跳出棋盘，我不允许！"这句话，创始之神并没有让东方宁心知道，棋子不需要知道太多。

创始之神没有说话，但这股意识却借着天地间的力量，传达到东方宁心的脑中，逼迫东方宁心乖乖听话。

但，东方宁心就是不想听话。

"创始之神，你要做什么我干涉不了，这天下之争，我也没有兴趣。我唯一在意的只有雪天傲，你用忘情束缚雪天傲，逼他娶执凤，这些我无法接受，今天我必须将执凤带走。"

她知道，在创始之神眼中，她和雪天傲不过是创始之神和幽冥之神争夺天下的棋子，但她和雪天傲绝不会甘愿成为一颗棋子。

"东方宁心，你有资格在我面前说这样的话吗？带走执凤？就凭你吗？"创始之神轻蔑地开口，根本不将东方宁心的话放在心上。

话音刚落，东方宁心只感觉面前金光一闪，待到她能再度视物时，就看到身着洁白长袍的创始之神被金色光芒笼罩，从主殿最高处踏着风走了出来。

缥缈出尘，不属于人间。这样的人物自然不凡，但在东方宁心眼中，创始之神就是一个戴着伪善面具的刽子手，她从心底厌恶。

"参见大人。"创始之神一出，除了东方宁心一行人和雪天傲外，整个光明神殿没有一个人是站着的。

众人匍匐在创始之神的脚下，虔诚地膜拜。

执凤看到创始之神出来，苍白的脸上终于有了一点血色，无声无息地看了一眼雪天傲，眸中是浓浓的担心。

她太了解大人了，天傲神王今天所做的事情让大人失望了，大人绝对不会放过他。可她又能为雪天傲做什么呢？即使做了，雪天傲又会领情吗？

执凤心中一痛，察觉到创始之神若有似无的警告，执凤惶恐地低下头，敛去心中所想。

"起来吧。"创始之神背对着众人，脸上带着和善的笑容，但是东方宁心明白，创始之神根本没将这些人放在眼中。

创始之神来到雪天傲的身边，停下了脚步。雪天傲全身一震，整个人僵硬地站在原地，脸上血色褪尽，呼吸加重，额头上隐隐有汗珠冒出……

执凤担忧的事情发生了，创始之神对雪天傲很不满。

"天傲神王——"创始之神开口，看似不经意的一句话，却隐含威胁与不满。

雪天傲身子一僵，低下头："大人。"

恭敬有余，诚心不足，如果不是忘情的束缚，如果不是创始之神强大的威压，雪天傲也许会直接问创始之神，东方宁心与雪少到底是怎么回事？

不得不说，神魔和东方宁心的计划还是起了作用的，哪怕雪天傲再忠于创始之神，雪少的存在还是让他开始怀疑创始之神了。

雪天傲和东方宁心，比以前的光明神王和黑暗神王之间的牵扯更深，想要这两人反目成仇，不是那么容易的事情。

"天傲，今天的事情你做得很对，我很满意。"话虽如此说，但创始之神全身却透着不满与指责，"你说，我要怎么奖赏你才好？"

创始之神用这种方式告诉东方宁心，今时不同往日，雪天傲的生死、荣辱全在他的一念之间。他要雪天傲生，雪天傲便生；他要雪天傲死，雪天傲就活不了。

他创始之神，才是掌握主动权的那个人。

东方宁心气得浑身发抖，却不得不克制住怒火。

雪天傲明知创始之神借此折辱他，却不得不低头请罪："天傲感情用事，请大人责罚。"

向他人低头，雪天傲是从骨子里厌恶的，但面对创始之神，他却不得不将这股厌恶压下。他是光明神王，他必须忠于创始之神、忠于光明神殿。

"雪天傲！"东方宁心闭上眼睛，掩去眼中的心疼。生性骄傲的雪天傲，面对天地规则都不曾低头，今天却被创始之神一而再、再而三地羞辱。

创始之神，我们之间的仇越结越深了，东方宁心咬着唇，压下杀人的冲动。

创始之神满意地点了点头，那双看似仁慈实则无情的眸子看向东方宁心，对雪天傲命令道："既然知道错了，就动手杀了东方宁心，将功补过。"

创始之神的话，如同巨石落入大海一般，把众人都震得不敢说话，小神龙几人更是气得快要疯了。

东方宁心张了张嘴，全身紧绷，最终沉默下来，什么也没说，她想知道雪天傲的回答。

没让东方宁心失望，雪天傲连犹豫都没有就低头请罪："请大人责罚，天傲做不到。"

别说他杀不了东方宁心，就算能杀，他也不会动手。东方宁心有九成以上的可能是他孩子的母亲，就算不是这个原因，他也没有办法对东方宁心下杀手。

紧绷的心弦一松，东方宁心高悬的心终于落了下来，雪天傲，值得她拼命。

"天傲神王，你这是要违背我的命令吗？"创始之神的眼中闪过一抹冷意，无穷的威压落在雪天傲身上。

"天傲不敢。"强大的压力从四面八方袭来，雪天傲动弹不得，全身战抖，在强大的压力下，双膝不由自主地弯曲……

雪天傲的眼中闪过一抹悲愤，却死死地撑着。他绝对不会跪下，这是身为男人的骄傲。

看着创始之神再次对雪天傲下手，东方宁心气得全身直抖，创始之神这是要逼雪天傲当众跪下？

尊贵如雪天傲，他能接受自己跪在创始之神的脚边吗？

答案是不能。

在创始之神的威压下，雪天傲的整张脸都皱成一团，四肢不停地战抖，双唇紧抿。五脏六腑挤成一团，气血翻涌，一股腥甜涌来，雪天傲感觉嘴里满是血腥味。雪天傲反应极快，紧紧地闭上嘴，生生将这口血压下。

压力越来越大，雪天傲终于支撑不住，血顺着嘴角，一滴一滴往下流……

创始之神笑盈盈地看着东方宁心，根本不顾雪天傲的死活。

东方宁心心疼至极，秀眉紧皱，双眼闪着泪光。

雪天傲见了，心里一暖，顾不得创始之神的警告，朝她摇了摇头，眉间稍稍舒展了几许。

如利刃剜心一般，雪天傲痛，东方宁心更痛。她愤恨地看向创始之神，暗暗凝聚真气，准备反击。

对创始之神这种人，跪在他脚下求饶没用，要让他妥协，就只有比他更强。

"创始之神，我不会放过你的。"东方宁心身形一侧，双脚微移，双手交叠，红衣鼓起，墨发飞扬。在真气的作用下，东方宁心身上的衣服，慢慢由红变黑。

地底突然涌现出丝丝黑色的死气，这些死气如同有意识一般，全都聚在东方宁心的脚下，越聚越多，越聚越浓，从下到上，渐渐将东方宁心包裹起来。

很快，东方宁心全身都被死气包裹住，整个人就同死尸一般，看上去非常骇人。

东方宁心在做什么？

全场的人，包括创始之神，同时被镇住了：这个女人疯了吗？

"宁心，你疯了吗？你知不知道你在做什么？"千叶惊呼，想上前阻止，却被黑色的死气挡住。

"疯？我早就疯了，被你们联手逼疯的。"透着死气，东方宁心的声音传来，有别于以往的清冷和淡然，而是透着阴森与恐怖。

这下，无涯和秦羿风也不淡定了，想要上前，却被神魔挡住："别去，这是死亡召唤，东方宁心在召唤冥界死灵，借冥界死灵之气，来对付创始之神的日之焰。"

"有危险吗？"无涯吓得脸色发白，死灵召唤，一听就不是什么好事。

"危险？怎么可能没危险，任死灵之气占据自己的身体，你说危不危险？"神魔冷笑，时刻上挑的桃花眼，此时也耷拉下来。

神魔没有告诉无涯，这世间，能任死灵占据身体还保有理智的，只有幽冥之神一人。

"宁心会不会有事？"

有事？何止有事这么简单？神魔本想说九死一生，不死也要丢掉半条命，可看到雪少，神魔便咬牙改口道："别打扰她，就不会有事。"

东方宁心是个有分寸的人，她既然敢召唤死灵，就应该有驾驭死灵的能力。

地底涌出的死灵越来越多，神魔知道，这是东方宁心第一次召唤死灵，能不能驾驭这些死灵，就要看运气了。

不过，不管东方宁心能否驾驭死灵之气，创始之神今日必受大创。死灵之气与日之焰天生敌对。

黑色的气息，在这光明神殿中显得格格不入，却又让人无法忽视。雪天傲双眼微红，不敢相信地摇头：东方宁心，你真是一个不折不扣的笨蛋，为我牺牲这么多，值得吗？

一滴泪珠，从雪天傲的眼角滑出，很快就消失不见，谁也没有发现。当下一滴泪珠涌出，雪天傲已经将它掩了回去。

他不能让东方宁心分心。旁人不知，身为光明神王，他很清楚死灵之气有多么可怕。

创始之神原本还很惊讶，东方宁心居然拥有召唤和驾驭死灵的能力，但看到东方宁心周身的死亡之气越来越浓，创始之神笑了："东方宁心，你的胆子真大，你根本没有控制死灵的能力，就敢召唤它们出来，天真！"

但不得不说，东方宁心要的效果达到了，这个时候的创始之神，还真没有闲心去管雪天傲。死灵之气是日之焰的死敌，哪怕是现在的创始之神也不敢小觑。

"宁心，停下来，求求你停下来！"千叶站在死灵之外，焦急地大喊，却不敢出手制止，他怕自己一出手就会害了东方宁心。

东方宁心没有说话，脸上的死气越发凝重，整个人已经没有一点生命气息，她这副样子吓坏了众人。

"师父，我娘她……"雪少听到创始之神的话，心中万分不安。

"别担心，相信你娘。"神魔安慰道，尽量不让雪少发现他的不安，只在心里默默念道：宁心，你可千万不要有事呀。除了雪天傲，你还有一个儿子，你不能为了男人不要儿子。

大量的死灵之气涌来，创始之神不得不将真气用来抵御死气，无暇去管雪天傲。雪天傲获得自由，并没有阻止东方宁心召唤死灵，而是站在原地一动不动。

透过阴森的死气，雪天傲的眸中浮现出一身红衣、倾城绝色的东方宁心。无论何时何地，在雪天傲的眼中，东方宁心永远是那个风华无双的女子。

这一刻，雪天傲亦在心中许下他对东方宁心的承诺：东方宁心，如若不能同生，宁共死！

大殿外静悄悄的，众人看着被死灵之气笼罩的东方宁心，心中既期待又不安。他们期待东方宁心控制住死灵对抗创始之神，又害怕东方宁心控制不住死灵，伤了自己。

随着时间的流逝，众人眼中的期待被担忧取代。越来越多的死灵之气从地底涌出，事情不仅没有朝好的一面发展，反倒越来越坏，照这样下去，东方宁心根本控制不住这些死灵……

千叶心如刀割，想出手制止死灵之气的蔓延，却被神魔给拦住了："千叶，死灵召唤一旦被打断，东方宁心就会变成白痴，你想让东方宁心变成一具没有意识的人偶吗？"

"那样的她，至少还活着。"千叶凝聚真气，随时准备出手。

"活着？变成白痴和死了有什么区别？我知道你是为了东方宁心好，但别把你认为的好强加在东方宁心身上。你认为对她最好的选择，不一定是她想要的。千叶，你已经伤了东方宁心一次，还要再伤她一次吗？"与其让东方宁心变成白痴，还不如让东方宁心骄傲地死去。

"宁心……"千叶低低地唤了一句，终是收手了。

神魔刚刚打消了千叶出手的念头，东方宁心那里就出了状况。突然之间，大量死灵之气从地底喷涌而出，飞快地聚在东方宁心周围，很快就把她的身影彻底吞没了。

"不好，死灵越来越多，东方宁心控制不住了。"神魔全身一颤。

"怎么会这样？"李漠远和黑凤凰同时惊呼。死灵之气占据了东方宁心的身体，东方宁心败了？

"这是怎么回事？东方宁心她……"无涯拉着神魔的手，惊慌失措地问道。

"死灵太多，东方宁心控制不住。死灵在反噬，它们吞噬了东方宁心。"神魔险些把雪少给摔下去，他低估了死灵之气的厉害。

"吞噬是什么意思？"无涯脸色发白，连话都说不清了。

"就是数以亿计的死灵寄居在东方宁心的体内，占据东方宁心的身体，从此东方宁心不复存在。"神魔一字一字解释道。

"怎么会这样？神魔，你快想办法救救宁心！"无涯将所有的希望都寄托在神魔的身上。秦羿风虽然没有和无涯一样大吼大叫，但同样期待地看着神魔。

"救不了，要救她就得杀了她，你们谁下得了手？"神魔抽出自己的手，熠熠生辉的桃花眼黯淡无光。

历任光明神王与黑暗神王都没有好下场，东方宁心和雪天傲也打不破这个魔咒。

只是，他万万没想到，宁心的悲剧会来得这么快。

神魔看着面前的死气，有些讨厌这样的东方宁心。为了维护雪天傲的尊严与骄傲，将自己的生死置之不顾，她将雪少置于何地？将他们这群担心她的人置于何地？

宁心，这天底下最自私的人，其实是你。

可现在说这些，又有什么用？再多责怪的话，说出来也没有人能听到。

"杀了宁心？只有这个办法吗？这算什么办法？"无涯后退两步，空洞的眼神落在那团死气上，又收回来，落在雪天傲的身上。

他不想怪雪天傲，但事实摆在面前。忘情了又如何，忘情了就可以一次又一次地伤害宁心？忘情了就可以让宁心为他白白牺牲吗？

"雪天傲，都是你不好，你这个浑蛋，不仅抛妻弃子，还抛妻另娶。忘情？忘情就是理由了吗？就可以不负责任了吗？雪天傲，东方宁心是为了你才铤而走险的，为了你，东方宁心吃尽苦头，现在连命都快没了。

"雪天傲，是你害了东方宁心。如果不是为了你，东方宁心根本不会这么做。为了你的尊严，为了你的骄傲，为了你的自由，东方宁心毫不犹豫地牺牲了自己。雪天傲，你这个浑蛋，你凭什么让东方宁心为你做这么多，你凭什么让东方宁心为你死，你凭什么呀……

"天地规则，你出来呀，东方宁心不是受天地眷顾的女子吗？现在她都要死了，你在哪里呀？天地规则，你出来呀，出来呀……"

无涯骂完雪天傲又开始骂天地规则，骂天地规则虚伪无能，骂天地规则自私自利，骂天地规则小人。

"哈哈哈……"无涯大笑，笑得无比凄苦，"东方宁心到底做错了什么？你们要这么对待她？"

面对无涯的指责，雪天傲一句话也说不出来，他也想像无涯一样，指着天地大骂，可是他不能。他现在唯一能做的，就是死死地看着那团死气，想从里面搜寻东方宁心的影子，期待东方宁心能创造奇迹。

东方宁心，活下来！只要你活下来，我愿相信你说的话，我愿意去求证你说的话。东方宁心，求你活下来，求你，不要对我这么残忍……

雪天傲捂着心口，随着死灵之气的加强，雪天傲感觉心里空空的。

然而，东方宁心并没有听到雪天傲的话，上天也没有在意无涯的辱骂，而死灵之气却涌得越来越多、越来越急……

"来不及了，一切都来不及了，宁心，宁心……"千叶悲痛欲绝，噗的一声，生生吐出一口血来。

事情发展到这个地步，他不知道是该怪自己，还是怪雪天傲。不，他还有一个人可以怪，就是——创始之神。

看到千叶吐血，创始之神心神一震，抬头看向千叶，正好与千叶目光相交。

创始之神来不及说什么，千叶便朝创始之神宣战："创始之神，你害死了冰言，现在又害死了东方宁心，我千叶绝不放过你。我千叶在此立誓，凡是你要的，我通通都要毁去。"

第一次，千叶有了除冰言以外的追求。

"创始之神，你一心想要这天下是吗？做梦去吧，这天下，我千叶要了。"

创始之神，你想要得到信仰之力，达到与天地规则抗衡的力量是吗？做梦去吧，有我千叶在，你永远没有这个机会。创始之神，我要让你生不如死，看着你拥有的一切，一点一点被我夺来，最后是你的生命。

千叶深情地凝望着那团死气："宁心，你为雪天傲而死，我千叶为你而战。我以千叶之名发誓，定将这天地间伤害过你的人一一毁灭，哪怕是天地亦不饶恕！"

千叶说罢，挥拳朝光明神殿的主殿轰去……

第二十五章
圣光神剑

光明神殿的主殿是神界信仰，千万年来屹立不倒，上一次东方宁心一群人轰炸光明神殿，都无法撼动主殿半分，现在呢？

千叶一击，居然就让主殿震动，这足以证明千叶的实力，同时亦让创始之神难堪。

当着创始之神的面直轰主殿，这是在打创始之神的脸。

原本一脸笑意、自以为胜券在握的创始之神，这个时候再也绷不住了。如果不是有强大的自制力，如果不是理智占了上风，创始之神绝对会朝千叶出手。

他怎么也没有想到，东方宁心召唤死灵失败，激起了千叶争夺天下的决心。

"千叶，东方宁心自寻死路，怪不得旁人。"创始之神咬着牙解释，冰言和东方宁心并不是死在他的手上。

"自寻死路？你这话就是三岁孩子也不相信，冰言和宁心不是死在你的手上，却都是因你而死。因为你的野心，冰言死了，现在宁心也活不了。创始之神，你害死我等了十万年的女子，不是一句怪不得旁人就可以抹除的。"一扫之前的温和有礼，此时的千叶傲然而立，王者威严让他变得璀璨耀眼，天地都为之黯然失色。

众人看向他的眼神，不由自主地带上一份恭敬与谦卑。千叶却没有将这一切放在眼中，他冷酷地看着创始之神："因为你的野心，造就了无数悲剧，杀你太便宜你了，我要让你眼睁睁地看着，看我千叶怎么毁掉你最在乎的一切。"

"就凭你吗？你还没有那个能力。"创始之神衣袍一甩，显示自己此时的怒气，和不容挑战的威严。

炼化日之焰后，千叶亦不是他的对手。他不出手，是因为死灵之气还未散去，待到死灵之气散去，就是千叶的死期。

"我现在不是你的对手，但现在的你也没能力杀我。你害死宁心，这笔账我一定会找你算清。创始之神，你不会笑太久，我千叶从来不说大话。"谦谦君子千叶已不复存在，现在的千叶是以复仇之名争战天下的王者，他不会放过创始之神。

"我等着。千叶，我们就看看，谁能笑到最后。"不论内心多么在意与世无争的千叶突然参与天地之争，但表面上创始之神却不表露半分。

眼见自己一天之内先后"失去"父母，雪少承受不住打击，挣脱神魔的怀抱朝那团死气跑去："娘亲，宝宝只有你了，你不要丢下宝宝，宝宝会怕……"

小小的身子如同离弦的箭，迅速冲入死灵之气当中。

"不，不，我的儿子——"在雪少冲向死气的那一刻，雪天傲手心冰凉，此时在他脑中，什么狗屁责任通通都不顾了，他唯一的想法就是，他的儿子绝对不能有事。

他可以和东方宁心共死，但是他们的孩子不能，他们的孩子这么小……

雪天傲如同发狂的野兽，挣开创始之神的压制，朝雪少奔去。

"宝贝徒弟！"神魔脸色大变，脑中似有一根弦断了，明知眼前这团黑色的死气会将他也吞噬，却毫不犹豫地飞奔过去。

这世间，谁都可以死，唯有他的徒弟不能有事。要是他的徒弟死在这里，他拼着命不要了，也要把这光明神殿给毁了！

"雪少！"小神龙将执凤丢下，和无涯几人同时飞奔过去，"不要有事，千万不要有事。"

黑凤凰脸色一变，瞬间现出真身，展翅朝雪少飞去。雪天傲的速度最快，当雪少接近那团死气时，他已经伸手抓住了雪少的衣角。

"宝宝！"雪天傲心下大安，不由自主地叫出了东方宁心对雪少的称呼。

但就在此时，东方宁心身上的死灵之气突然蔓延，瞬间将雪少罩住。雪少往前一冲，只听哗啦一声，雪少整个人已冲入死气之中，雪天傲的手上只有一片衣角。

"不，我的孩子！"在死灵之气将雪少笼罩的刹那，铁骨铮铮的雪天傲撕心裂肺地大喊，毫不犹豫地冲入死气中。

"雪天傲……"神魔慢了一步，伸手想抓住雪天傲，却来不及了。

"怎么会这样？"泪，从神魔和无涯几人眼中滑落……

"我不相信，我不相信这是真的。"小神龙连连后退，呆滞得不知如何反应。

死灵之气将雪少吞没后开始收缩，当雪天傲扑进去时，只听到嘭的一声，紧接着一道刺眼的金光闪过，雪天傲被死灵之气弹了出来，摔在地上。

身上的衣服污了，束发的发簪断了，雪天傲披头散发跌坐在地，双眼失神地盯着那团死灵之气："我的宁心！"

雪天傲情不自禁地说出这句话，当即喷出一口鲜血。

神魔、无涯几人和雪天傲一样，一一被死气弹开。死灵之气吞没雪少后不停地朝内收缩，外围形成一道黑色的屏障，阻挡了神魔等人。

千叶对雪少实在说不上喜欢，也说不上讨厌，但在雪少被死灵之气吞没的那一刻，千叶立刻凝聚真气打向那团死气，但挥出的真气如同泥牛入海，一点效果也没有。

众人绝望了，如果千叶都无法打散这团死灵之气，这世间就没有人能做到了。

"宁心……宝宝……"

这一刻，神魔与无涯几人，终于明白了什么叫"连呼吸都痛"。这些跺一跺脚就能让天地抖三抖的大人物，此时一个个泪流满面。

全场都被悲伤气氛笼罩，创始之神看着眼前的情况，不知该笑还是该恼。东方宁心死了，但事情失控了，他不仅树下了千叶这个强敌，还引起魔界、龙族、魔宗与战神宫的仇恨之火。

虽然他不怕，但这些人的存在却是一股不小的阻力。在众人悲伤欲绝之际，创始之神凝聚真气，准备朝神魔等人下杀手。

这世间，只有死人最安全。

但就在创始之神出手的那一霎，李漠远与黑凤凰一前一后站在创始之神的面前，李漠远脸上依旧带笑，目光却冰冷刺骨，盯着创始之神，一言不发。

黑凤凰就不客气多了，黑沉着一张脸，高傲地说："想要连人界、凤族一起得罪，你就动手，不然就站在一边，别乱动。"

"不动手，我也得罪你们了。"创始之神试探地说。

"我是凤族族长，我有我的原则。"黑凤凰回答得很不客气，却让创始之神稍稍安心。

黑凤凰的意思很明显，只要创始之神不动到凤族头上，她便不会因为欣赏东方宁心，而插手他们之间的事情。

毕竟，欣赏东方宁心的是黑凤凰，而不是凤族族长，凤族族长得对凤族负责。

创始之神点了点头，收回真气："既然如此，我就给你们一个面子。"

真动起手来，这些人不一定是他的对手。但他有他的顾忌，在没有得到信仰之力前，他不想与天地规则正面冲突。

东方宁心已死，他的目的已经达成，没必要继续和这些人纠缠下去。

创始之神转身看向雪天傲，见雪天傲失魂落魄，创始之神眼中闪过一丝不满，却没有责备。

东方宁心已死，这世间再也没有人能让雪天傲动摇。从此，雪天傲便是一把最完美的剑，这把剑可不能出事。

创始之神随手一扬，一颗拳头大小的金色真气球，出现在他的手心。

"光明祝福术。"金色的真气球朝雪天傲心口飞去。

雪天傲一动不动，任真气球击来，整个人处在一种半痴呆的状态。

嘭！真气球在雪天傲心口炸开，化为一道道金色真气，没入雪天傲的体内。

雪天傲依旧如同木偶一般，不反抗也不配合，任金色真气在他体内流转。

"天傲……"第一个发现雪天傲异样的是秦羿风，秦羿风来不及擦干脸上的泪水，就朝雪天傲奔来，但离雪天傲三步远时，秦羿风停下了脚步。

他看到一团团死灵之气，从雪天傲的身体里散发出来，雪天傲的衣裳很快就恢复整洁。

秦羿风心中一痛，他怎么忘了，雪天傲现在是创始之神最忠诚的属下，创始之神怎么会伤害雪天傲？

很快，雪天傲身上的死灵之气便消散了，雪天傲也恢复了原样，只是整个人死气沉沉的，双眼亦是空洞无神。

"天傲，你没事吧？"秦羿风这才上前，将雪天傲扶了起来。

因他的话，沉浸在悲伤中的神魔、无涯、小神龙、千叶、倾似也和无量太子几人也恢复了理智。

看到像疯子一般披头散发、要人搀扶才能起身的雪天傲，众人心中一痛：这样的雪天傲，哪里还有那副高傲尊贵、睥睨天下的样子？

"雪天傲，你振作一点儿。"神魔上前劝慰，通红的双眼和身上是掩不住的悲伤，让众人明白，神魔心中的苦不比雪天傲少。

这天地间，最疼爱雪少的人不是他的父母，而是神魔。他如珠如宝、捧在手心的人却在他的面前出事了，神魔怎么可能不伤心？

"他们……"雪天傲开口了却说不出一句完整的话，只有泪珠无声垂落。

神魔伸出自己战抖的双手，用力地按在雪天傲的肩膀上，眼神异常坚定："雪天傲，听着，东方宁心是你的妻子，我徒弟是你儿子，现在他们就在你的面前，被创始之神活活逼死了。这样的人，值得你交付忠诚吗？这样的人，值得你追随吗？骄傲如你，甘愿屈居人下吗？"

东方宁心拼死也要维护雪天傲的尊严与骄傲。东方宁心死了，他会替东方宁心完成这个心愿，无论如何，都要让雪天傲脱离创始之神的掌控。

"我……"

"不"字还没有说出来，创始之神就打断了他的话："天傲，你要让我失望吗？你忘了你的身份吗？你忘了自己曾经说过的话吗？天傲，你别忘了，东方宁心是黑暗神王，她是你的敌人，是光明神殿的宿敌。

"天傲，记住你的身份，你是光明神殿的神王，你身上肩负着光明神殿的未来，你绝对不能被这个妖女所骗。东方宁心本是冥界中人，这些死灵与她本来就是一体的，你真的相信她会为你而死吗？你真的相信她就这样死了吗？

"还有那个孩子，他是不折不扣的神之子，他死了，天地都会为之变色，可是他被死灵之气吞没这么久，天地都平静如初。大傲，东方宁心处心积虑、步步算计，这样的人值得你相信吗？"

创始之神一脸慈爱，雪天傲却没有一丝动容，他在想创始之神说的话。

东方宁心真的死了吗？东方宁心是冥界的人，她是黑暗神王，她怎么可能被死灵吞噬？

还有，他的儿子，东方宁心怎么可能任死灵之气将他的儿子吞噬？

他们会活着吗？他能抱有希望吗？

雪天傲的眼神落在那团死气中，目光微动……

听到创始之神的话，神魔和小神龙几人气得直咬牙。

小神龙指着创始之神大骂："创始之神，你这无耻小人，这种话你也说得出口，你当雪天傲是傻子吗？随便就可以糊弄过去？东方宁心怎么不是为雪天傲而死的？如果不是你逼雪天傲，东方宁心怎么会冒险召唤死灵？还有，雪天傲的儿子虽然是神之子，但他是自己冲进去的，这么做等于自杀，天地岂会认可一个自杀的神之子？"

雪天傲身形一颤，看着面前的死灵之气缓缓落泪。他多么希望自己傻了，这样他就会相信创始之神的话，相信东方宁心和他儿子没有死。

雪天傲闭上眼睛，任汹涌的泪水从眼中滑出。他是顶天立地的男子汉，他信奉流血不流泪的原则，但此时此刻，唯有眼泪才能宣泄他心中的痛。

东方宁心与儿子之死带来的痛，被创始之神欺骗带来的痛，叠加起来，哪怕是铁骨铮铮的雪天傲也承受不住。

他再冷血，再无情，再傲骨，可他终究是人！

"天傲。"秦羿风紧紧握住雪天傲的胳膊，他真担心雪天傲会崩溃，担心雪天傲就这样追随宁心和雪少去了。

"我没事。"雪天傲闭上眼睛，摇了摇头。

许久之后，雪天傲睁开眼睛，冷漠地看着创始之神："大人，这是我……"最后一次这么叫你。

后面的话，雪天傲还没来得及说出口，意外就发生了。

轰的一声，巨大的火焰从死灵之气中爆发出来。赤红的火焰在一片深黑之中，显得耀眼而夺目，瞬间吸引了全场人的注意。

全场的人被这突如其来的一幕，惊得不知如何反应，神魔和小神龙几人一扫刚刚的黯然，眼中闪着刺人的光芒。

召唤死灵出现意外，不应该存在的火焰冲出死气，是不是证明东方宁心没有死、雪少也没有死？

神魔、千叶和小神龙几人再也顾不得雪天傲，眼也不眨地盯着那团火焰，想从中搜寻东方宁心与雪少的身影。

"怎么会这样？"千叶和神魔高兴了，创始之神却愤怒了。他从来没有一刻，像现在这般想将东方宁心碎尸万段。

没有让众人久等，火焰中出现了东方宁心与雪少的身影，初时只有一个淡淡的影子，但很快就越来越清晰了。

"是宁心，是宁心和宝宝。我看到他们了，他们没事。真好，真的太好了。"无涯像个孩子似的，抱着神魔又哭又叫。

"是，我也看到了，是他们。我就知道，他们母子二人不是一般人，命大得很。"神魔也激动，但他没有像无涯一样大喊大叫，他只是默默地擦掉脸上的泪。

"宁心，你没事就好，没事就好。"千叶大笑，笑出了泪光。

所有的坚持，在东方宁心的生死面前，都变得不重要了，只要宁心活着，他怎样都好。

看到东方宁心与雪少的身影浮现，雪天傲紧绷的身子亦是一松，正准备朝东方宁心走去，耳边响起创始之神的声音："天傲，到现在你还没有看明白吗？东方宁心她怎么会死，她不过是演了一出戏，让你以为她是情深义重之人罢了。天傲，到现在你还看不清吗？东方宁心这个女人阴险卑鄙，为达目的不择手段，连自己的儿子都可以利用，这样的女人，真的是你想要的吗？"

创始之神的话，成功地阻止了雪天傲前行的脚步。

见雪天傲犹豫，创始之神以退为进："天傲，我不逼你，只不过希望你静观其变，不要做出让你自己后悔的事情。东方宁心和她的儿子，很快就可以出来，这么久的时间都等了，也不差这一刻。"

雪天傲没有说话，却如创始之神所愿，站在原地没有上前。

雪天傲不动，神魔和千叶几人却在第一时间冲上前，他们知道隔着火海，他们碰不到东方宁心与雪少，但他们想离东方宁心与雪少近一点儿。

轰！神魔和千叶一靠近，火焰又往天空蹿了数米，以毁天灭地之姿将死灵之气吞噬，地底冒出来的死灵之气，还来不及聚到东方宁心的脚边，就被火焰吞噬。

随着吞噬的死灵之气越来越多，东方宁心周身的火焰也变色了，由赤红渐渐转为黑色。

"东方宁心，你不是吧？"神魔张大嘴巴，双眼瞪得溜圆。这样的情况下，你没死就很妖孽了，居然还……

"死亡火焰？"创始之神惊呼，当东方宁心周身的火焰化为妖冶、诡异的黑火时，创始之神不淡定地后退两步。

死亡火焰——可以燃尽一切的邪恶之火，可以跟日之焰对抗的暗之焰。

创始之神悲怆大笑，抬头看天，眼神满是不甘：天地规则，你果然无所不能，无处不在，我自以为逃出了天地掌控，到头来却发现，一切都在你的掌握之中。

死亡火焰出现，无疑是在告诉创始之神，他不再是独一无二的那一个，他仍旧跳不出天地规则为他画的牢笼。

黑火之中，东方宁心双眼缓缓睁开，与创始之神视线相交……

东方宁心幽暗的眸中闪过一抹寒光，左手抱着雪少，右手突然张开，嗖的一声，她周身的黑火如同找到入口一般，疯狂地朝她的掌心凝聚。

很快，东方宁心的手心就出现了一簇黑色的火苗，刚开始只有米粒那么大，眨眼工夫，就变成拳头般大小。

那簇黑色的火焰极度诡异，似有一双眼睛藏在火焰中，每每看到那团黑火，就好像被最邪恶的恶魂盯着一般。

东方宁心冷着脸，抱着雪少朝创始之神走去。她脚步沉稳有力，一举一动从容霸气，完全不将创始之神放在眼里。

雪少则和东方宁心相反，一张脸笑得如同盛开的花朵，大大的眼睛此时也变成了月牙形。

对于雪少来说，这世间没有什么比他娘没死更高兴的事情了。雪少永远不会忘记，被死灵之气吞没时的绝望与害怕。

冲进死灵之气的那一刻，雪少就绝望了，死灵之气中没有娘的身影，他亦被死灵缠身，无法动弹。那一刻，他无助极了。不过，想到能与娘亲共死，他也就满足了，任自己坠入无边的黑暗之中。

就在这个时候，冰冷的死灵之气中传来一抹暖意，将他紧紧包裹，替他驱散死灵，把他从死亡的边缘拉了回来。

雪少不用睁眼就知道，那是娘亲的气息，不过他没有高兴太久，他明显能感觉到身上的温度在慢慢下降，他知道娘亲撑不住了。

救母心切的他，在黑暗之中与青鸾火凤联系上了，借助青鸾火凤的力量，他们母子二人不仅活着出来了，娘亲还炼化了死灵，得到了死亡火焰。

这世间，真的没有比这更好的事情了。

东方宁心抱着雪少，径直朝创始之神走去。得到死亡火焰，东方宁心面对创始之神底气十足："创始之神，现在的我，有资格站在你面前说话了吗？"

"资格？东方宁心，你很早就有这个资格了，我从来没有小看你。能把天火炼化成死亡火焰，东方宁心，你很不错。"创始之神很快就冷静下来，面上的表情一如既往地温和圣洁。

东方宁心的运气不是一般的好，死灵召唤失败，她不仅化险为夷，还顺利得到克制他的攻击技能。要说这里面没有天地规则的手笔，创始之神一点儿也不信。

但，天地规则插手又如何，他什么时候按天地的要求行事了？

无论世事如何变迁，东方宁心和雪天傲都是他手中的棋子。东方宁心这颗棋子要想从他的手上跳出，就用另一颗棋子来毁了她。

不要怪他狠心，东方宁心这个女人真的留不得。短短一年时间，这个女人做出来的事情，一件比一件轰动。

东方宁心这样的女人，外表柔弱，内里却是百折不弯。她的坚韧与刚强比男子更甚，给她一个空间，她就能打造一片天地。

这样的人，太可怕了！

这是创始之神第一次感觉到对手的可怕，哪怕是幽冥之神，也没法让他生出可怕的念头。

"天傲，这样的女人不值得你维护，动手吧。"创始之神淡淡地开口，看东方宁心的眼神却满是恶意。

这世间，还有什么比曾经相爱的两人大打出手来得有趣？

"大人……"雪天傲没应下，亦没有拒绝，而是朝创始之神拱了拱手。

不同于之前的傲然，此时的雪天傲多了一份稳重与深沉。此时的他，就好像雪天傲与光明神王的完美融合，没有了迷茫与慌乱，浑身上下散发着让人信服的沉稳。

"怎么？为难了？既然为难，就算了。"创始之神虽然不满，但也没有表现出来，反倒处处体谅雪天傲。

对付雪天傲这种硬骨头，一味的强硬是没有用的，以退为进，适当地示弱更容易取得雪天傲的信任。这一招，创始之神运用得炉火纯青。

果不其然，雪天傲坚定地摇了摇头，诚恳地朝创始之神道："不，大人，我没有为难，身为光明神王，我知道什么是自己该做的。只不过，现在的宁心神王拥有死亡火焰，我不是她的对手。"

这话倒是不假，只是听着让人觉得怪异，骄傲的雪天傲会服软？

但要说哪里有错，他们又说不上来，雪天傲说的是事实。现在，别说是雪天傲了，就是创始之神想要和东方宁心一战，也得仔细盘算。

神魔、无涯一个个不解，东方宁心却是若有所思，眼瞳深处闪过一抹光亮。

她隐约知道雪天傲在做什么了。

"你说得没错，光明神殿有这么一个强敌，你说我们该怎么办？"雪天傲一句话把创始之神噎了个半死。他总不能告诉雪天傲：别怕，你尽管出杀招、死招、狠招，东方宁心对你深情不悔，她不会对你下杀手的。

这话一说出去，就算有忘情在，雪天傲也不会再忠于他了。

"天傲不知，请大人示下。"雪天傲一脸恭敬，比以往任何一个光明神王都要听话，都要合格。他明明没有执行创始之神的命令，却让人挑不出一丝错来。

神魔和无涯站在一旁，见雪天傲把创始之神堵得无话可说，顿时乐了。

东方宁心看着雪天傲，表面不动声色，心中却暗暗发笑，她总算明白雪天傲哪里不对劲了。现在的雪天傲，就如同她初见时那般，被天耀皇上打压，表面上恭敬，暗中却徐徐图之，寻找反击的机会。

现在的雪天傲谁都不信，他不信创始之神，也不相信她，雪天傲现在只相信自己，相信自己的判断。

这样的雪天傲，对东方宁心来说无疑是有利的，但对创始之神来说，这样的雪天傲是个麻烦。

能用，但要用起来却不会像之前那般顺手。要创始之神放弃雪天傲不用，创始之神又舍不得。没有雪天傲这颗棋子，他去哪里找第二个可以克制东方宁心的棋子？

就在创始之神头痛之际，执夙突然上前，开口道："大人，天傲神王所言甚是。东方宁心有死亡火焰在，天傲神王与她交手，一定会吃亏的。大人，您不是有一把圣光神剑吗？我想以圣光神剑的威力，定能抵抗东方宁心的死亡火焰。"

执夙此言一出，神魔和千叶脸皮颤动，看雪天傲的眼神又多了几分欣赏。

雪天傲的胆子真大，居然打圣光神剑的主意，创始之神的东西，是那么好拿的吗？

"圣光神剑？"创始之神也愣了一下，回过神后，他冷冷地扫了执夙一眼，眼中闪过一抹不满，执夙坏了他的事。

圣光神剑是五界第一神器，给了雪天傲必能让雪天傲实力大增，但现在的雪天傲不够听话，雪天傲实力大增，对他来说不一定是好事。

但执夙现在提了出来，他要是不给，如何取得雪天傲的信任？又怎么能让雪天傲对东方宁心出手？

"你想得很周到，确实只有圣光神剑，才能压制东方宁心的死亡火焰。"不管内心多么反感执夙的提议，创始之神面上都没有表现出来，甚至还得赞执夙办得好。

执夙不知创始之神心中所想，以为创始之神真的在夸她，苍白的脸上露出一抹得意的笑容，挑衅地看着东方宁心。

创始之神懒得去看愚蠢的执夙，双手交叠，金色光芒随即出现在他的两手之间，双手微微移开，剑身浮现："圣光神剑，现身！"

嗤的一声，一束太阳光突然从天空射下，照在圣光神剑上，原本还只是一道虚影的圣光神剑，瞬间变成了实体。

圣光神剑一出，无涯和秦羿风感觉自己身上的神器在战抖，似喜悦，似崇拜，又似羡慕。

圣光神剑，虽没有天下第一器之名，但要说它是天下第一器也没有人会反驳。

"这就是圣光神剑，果然不凡。"神魔在心中暗赞。

圣光神剑的来历他隐约知道一些，只是不知道是不是真的。创始之神很看重这把剑，关于这把剑的信息和来源，他早就抹杀干净了。

创始之神骄傲地看着手中的圣光神剑，随手一划，剑尖直指苍穹："天傲，这把圣光神剑是天地规则用过的兵器。圣光神剑的前身是一把普通的桃木剑。天地规则为了提高它的战斗力，引太阳之光再次铸造。被太阳之光铸造过后的桃木剑，全身散发着神圣的金光，被天地规则赐名为圣光神剑。希望得此剑者，能够扫除世间一切黑暗。"

天地规则用过的剑？众人除了呆滞，完全不知如何反应，东方宁心侧脸看向神魔，神魔朝她点了点头，创始之神说的和他查到的消息一样。

"多谢大人。"雪天傲一点也不客气，接过剑就让圣光神剑认主，完全不给创始之神反悔的机会。

东方宁心看到这一幕，嘴角微抽……

她可以肯定，雪天傲早就在打圣光神剑的主意了，执凤会开口，也许是雪天傲算计的结果。

这个男人果然厉害，不管在什么处境下，都能迅速打开局面、站稳脚跟。

雪天傲没让创始之神失望，圣光神剑认主后，雪天傲不作停留，剑指东方宁心："宁心神王，出手吧！"

"一定要战吗？"东方宁心知道，这一战不可避免。

雪天傲点了点头："非战不可。"

不战，他怎么取得创始之神的信任？不战，他怎么能让创始之神对他放心？不战，他怎么有机会查清过往的一切？

他和东方宁心不仅要战，还要战得轰轰烈烈，战得你死我活，只有这样才能给天下人一个交代，给创始之神和幽冥之神一个交代。

"好，出招吧。雪天傲，这一次，我不会手下留情。"东方宁心深深地吸了口气，将雪少递到神魔怀中。

"雪天傲、宁心，你们两个发什么疯？雪天傲忘情，你也忘情了吗，居然要对雪天傲动手？"无涯和小神龙想要制止，却被神魔和千叶给扯住了。

神魔一脸凝重道："这一战无法避免，相信东方宁心，放心吧。"

"可是……"这样的情况，让他们怎么放心？东方宁心与雪天傲之间弥漫着一股森冷的杀气，彼此对视，眼神中没有一丝温情。

"你们别担心，我很早就想和雪天傲打一场了，可惜一直没有机会。今天机会来了，我不会放过。"东方宁心轻轻按向手中的指环，亮出了凤剑。

凤剑出来的那一刻，明显地抖了一下。东方宁心暗暗注入一丝精神力，强行控制着凤剑，才让它拥有了面对圣光神剑的勇气。

"雪天傲，你是光明神王，我是黑暗神王；你有时间静止术，我有空间静止术；你有圣光神剑，我有死亡火焰；你有星空之力，我有精神之力；你有破天枪、昆吾剑、龙剑，而我有柳云藤、凤凰琴和凤剑。你我二人的综合实力相差不大，今天就看谁技高一筹了。"说话间，东方宁心将外衣脱下，里面赫然是黑神套装。

显然，东方宁心早有准备。东方宁心勾唇一笑，手中的凤剑轻佻地指向雪天傲的外衣："我不介意你也换上，你这件红衣我看着碍眼。"

"不换。"他身上的衣服，是东方宁心亲手穿上的，要他换可以，除非东方宁心亲手替他脱下，不然他绝对不换。

啪的一声，雪天傲的圣光神剑将东方宁心的凤剑格开，眼中跳动着愤怒的火焰。

这个女人，居然当着这么多人的面挑逗他，真是太……不会挑时机了。

嗡……凤剑颤动，闪着惧意，剑中的凤凰直接被打了出来，五彩凤凰浮现在众人的眼前。

"不换，我就亲手把它毁了。"东方宁心缓缓收剑，注入一丝精神力，安慰凤剑中的器魂。

待到凤剑安稳下来，东方宁心不客气地率先出手，凤剑朝雪天傲的面门刺去。雪天傲将圣光神剑竖起，剑尖刺在圣光神剑上，直接被削平了，五彩凤凰再次被打了出来。

"圣光神剑，经天地规则之手的东西，果然不凡。"东方宁心后退，手心向外，死亡火焰在她手心燃烧，"雪天傲，别怪我用死亡火焰。你的剑太强了，只有死亡火焰才能克制它。"

东方宁心手持死亡火焰，在凤剑上一抹，剑身一黑，萦绕着浓郁的死气，随手一舞，便带出一片黑色火焰。

"居然在战斗中升级神器，东方宁心，你的胆子真大，你是算好了雪天傲不会乘人之危吗？"创始之神眼眸轻扫，他倒要看看雪天傲如何应对。

令他诧异的是，雪天傲居然将星空之力覆在圣光神剑上，挥动圣光神剑，无穷的星空之力随之而起……

"好！"创始之神忍不住叫好。

以彼之道，还施彼身，好一个雪天傲，这一招学得漂亮。

最让创始之神佩服的就是，雪天傲的速度与反应力。东方宁心提升完凤剑，他亦提升完了圣光神剑，完全没让东方宁心占便宜。

升级完神器后，雪天傲根本不给东方宁心机会，提气一剑刺去。

金光闪烁，杀气凛凛，狂风肆虐，众人只感觉脸颊两边似有刀子飞来，脸皮被割得生痛。

处在战斗中心的东方宁心就更加不好受了，凤剑堪堪挡住了圣光神剑，却挡不住圣光神剑带来的剑刃。

剑刃从东方宁心的身上飞过，哪怕是隔着黑神战甲，东方宁心也感觉到了火辣辣的痛。

此时，东方宁心无比庆幸，她没穿普通衣服。黑神战甲至少挡住了这一剑的八成力道，不然她现在就见血了。

雪天傲毫不留情，一剑不中又刺一剑，直击东方宁心的脑门。东方宁心将凤剑横在眼前，堪堪挡住雪天傲的攻势。

雪天傲没有收剑，他双手握剑，加重力道，将圣光神剑往下压，意图一剑击碎东方宁心的脑袋。东方宁心当然不肯让，但如创始之神所说的那般，真正拼真气，东方宁心不是雪天傲的对手。

在雪天傲的威压下，东方宁心渐渐不敌，圣光神剑离她的脑门越来越近，雪天傲完全没有收手的意思，再次加重力道。

东方宁心的脸憋得通红，双手亦在发软，渐渐使不上力。此时，圣光神剑离她的脑门只余一寸，雪天傲再往下压，她就死定了。

双眼定定地看着雪天傲，东方宁心从雪天傲的眸中看到了痛苦与挣扎。

东方宁心松了口气，看到雪天傲的眼神她就明白了，紧要关头，雪天傲肯定是宁可前功尽弃，也不会真正杀她，但是……

她不想给雪天傲添麻烦。

圣光神剑越压越低，雪天傲与东方宁心之间的距离也越来越近，雪天傲整个人都快贴在东方宁心的身上了。

如果不是两把剑横在二人之间，众人都要怀疑，他们是在假借打斗之机卿卿我我了。

靠得越近，东方宁心越能明白雪天傲此时有多么紧张。

沉重紊乱的呼吸、越来越快的心跳，无不说明此时的雪天傲根本不如表面那么冷静。

面对东方宁心的打量，雪天傲重重地吸气、呼气，灼热的气息扑面而来，东方宁心双颊跟着通红，双眼闪着动人的波光。

闻着雪天傲身上那熟悉又带着几分陌生的气息，东方宁心差点流出眼泪……

有多久，她和雪天傲没有靠得这般近了。近到，能看到对方脸上细细的绒毛；近到，能看到对方眼皮的轻颤；近到，将对方最细微的动作也收入眼中。

对上雪天傲表面平静、实则忧心的眸子，东方宁心收敛心神，眼中一片澄明，无声地告诉雪天傲，她不会让他为难。

无论何时何地、何种境况，他们处在何种位置，在东方宁心心中最重要的就是雪天傲，哪怕是他们的儿子也无法取代。

曾经，雪天傲替她挡去一切风雨，舍下一切，陪她远走天涯。现在身份对换，雪天傲为东方宁心做的，东方宁心也可以为雪天傲做到，并且只多不少。

东方宁心深深地呼了口气，收敛心思，将儿女情长压下。今天，她必须拼尽全力，就算她败在雪天傲的手中，也要败得漂亮，让创始之神挑不出半丝错。

只有这样，雪天傲才能安下心来做他该做的事情；只有这样，创始之神才能将光明神殿完全交给雪天傲。

要输，但不能输得太惨，这就是东方宁心今天要做的事情。只一眼，雪天傲就明白了东方宁心的想法，但他却不认同，此时，最好是东方宁心重伤他。

东方宁心当然知道，她要能伤雪天傲最好，但她绝对不会这么做。她在黑暗神殿有很多助力，雪天傲在光明神殿只有一个人，他们这些人帮不上他半分，她要替雪天傲争取更多的机会与时间。

况且她的实力远不如雪天傲，她要是重伤了雪天傲，创始之神必会怀疑。

雪天傲不满，再次加重手中的力道，无声却坚定地告诉东方宁心："重伤我，不然我杀了你。"

东方宁心是个固执的人，一旦认定了，就不会轻易更改。她别过眼，双手狠狠朝上一抬，试图将雪天傲的剑格开："起——"

东方宁心全力一抬，只将雪天傲的剑顶开半寸。下一秒，雪天傲又使力，不仅找回了东方宁心格开的半寸，还有着越来越往下的趋势。

"重伤我，用你的死亡火焰。"雪天傲再次用眼神示意。

见雪天傲没有放水，创始之神心情大好，嘲讽地看向千叶："你以命相护又如何？东方宁心依旧不领你的情。看看，东方宁心宁可死在雪天傲的剑下，也不向你求助。这样的女人，值得你为她付出那么多吗？"

千叶一语不发，甚至连看都不看创始之神。像创始之神这种心中只有权力的人，永远都不会懂他的心情。

雪天傲与东方宁心之间的抗衡还在继续，雪天傲的圣光神剑一寸一寸地往下压，东方宁心渐渐不支，整个人往后仰去。

咔吧一声，东方宁心脚下的地面裂开，裂缝越来越大，东方宁心的身子也渐渐不稳。

东方宁心被圣光神剑压得整个人都往后倒去，头与腰齐平，双腿深陷地底，小腿整个扎根地底，地面裂缝越来越大。

"宁心，反击呀，别手软！"秦羿风实在忍不住了。

他绝对不能让东方宁心死在雪天傲的手中，这对雪天傲来说太残忍了。

雪天傲冷冷地瞪了秦羿风一眼，手中的力道没有减弱半分，坚定地执行杀死东方宁心的命令。

这一刻，雪天傲就是杀神，如果东方宁心没有能力反击，一定会死在雪天傲的手上。这是所有人的想法。

但，真正交战的两人都明白，雪天傲没有杀东方宁心的想法。不仅如此，他还在给东方宁心制造机会，让东方宁心重伤他。因为，这是他们二人交手最好的结局。

在接过圣光神剑的那一刻，雪天傲就明白，圣光神剑不是那么好拿的，他必须要付出代价，而这个代价他也想好了：他被东方宁心重伤，背上不敌东方宁心的名声。

输给东方宁心，打不过一个女人，对雪天傲来说是耻辱，但在东方宁心的生命面前，这根本不值一提。

在东方宁心的命和他自己的面子中间，哪怕忘情了，雪天傲依旧选择保全东方宁心的性命。就像东方宁心为了他的尊严，可以不顾生命一般，他为了东方宁心的生命，也可以放下尊严与骄傲。

当然，他也不是纯粹的感情用事。如果他重伤东方宁心却不杀东方宁心，创始之神一定会怀疑他放水。但反过来，就没有任何问题了，东方宁心不杀他，很正常。

雪天傲将一切都看清楚，他算准了每一个人的反应，他相信东方宁心懂他的意思，但千算万算，他没有算到东方宁心连下手重伤他都舍不得。

雪天傲心里说不出来是什么滋味，他虽然怀疑创始之神别有用心，但也没有完全相信东方宁心。他和东方宁心是敌对的，这个事实无法改变，他不可能完全相信敌人。

但，到现在他才明白，有一种人，哪怕是你的敌人，也不会对你下手，东方宁心就是这样的人。

他隐约明白了，为什么那么多光明神王，会心甘情愿死在黑暗神王的手中。不是他们实力不济，而是自愿的。他们自愿死在黑暗神王的手中，只有这样才能减轻自己的痛苦，才能结束心灵的折磨。

但他不是那些光明神王，他是雪天傲，只要有一线生机，他就会付出百分百的努力，他绝对不允许自己懦弱地寻死。

想到这里，雪天傲的眼神更加坚定，施加在圣光神剑上的力道再次加重。谁都不可以破坏他的计划，哪怕是东方宁心也不行。他一定要凌驾于众人之上，主宰自己的命运。

东方宁心越来越吃力，整个人都快倒在地上了，豆大的汗珠顺着额头，一滴一滴地落在地面上。

咔咔……地面的裂缝越来越大，周围的人后退几步，暗暗忧心。

"动手，东方宁心！"雪天傲在心中呐喊，东方宁心再不反击，他就功亏一篑了。

圣光神剑与东方宁心的额头相触，剑刃处炽热的高温让东方宁心厌恶地皱了皱眉。

"雪天傲，不要逼我，不要逼我。"东方宁心双手越发无力，整个人快与地面齐平。

"逼你？宁心神王，你太看得起自己了，我要取你性命。"雪天傲冰冷地呵斥道，却没有其他的动作。

创始之神眉头微皱，雪天傲现在有足够的力量杀死东方宁心，但雪天傲没有下杀手，是不想杀，还是杀不了？

执凤不愧为创始之神的爱将，见创始之神面露不满，立刻开口道："天傲神王，你还在等什么？赶快杀了这个妖女！"

"杀我？也要看他有没有这个本事！"执凤的话，让东方宁心瞬间清醒过来，战意十足。

创始之神暗叫不好，想开口提醒雪天傲小心，却迎上千叶戏谑的眼神，到嘴边的话生生憋住。

东方宁心保持着与雪天傲对抗的姿势不变，双眼微眯，似有一道光从眼中飞出……

下一秒，那团如同黑雾的火焰从她手中飞了出来，落在她面前。

死亡火焰在东方宁心眼前跳动，圣光神剑身上的光芒为之一暗，全身战抖，散发着强烈的战意，不受雪天傲的控制，朝死亡火焰所在的方向跃动。

"原来，在圣光神剑眼中，死亡火焰才够格成为它的对手。"东方宁心嘲讽地看向创始之神，"创始之神，真抱歉，又让你失望了，你最得力的爱将不是我的对手，你最得意的神器，也没有那么听你的话。"

创始之神眼睑轻颤，却改变不了这个事实。从死亡火焰出现的那一刻起，雪天傲就失去了优势，东方宁心推开雪天傲，缓缓站直。

没有给雪天傲喘息的机会，东方宁心还没有站稳，就用精神力控制那团死亡火焰："死亡火焰，毁灭燃烧。"

黑色的火焰瞬间分成三簇，扑向雪天傲，将雪天傲逼得连连后退。

黑色的火焰点到即止，并没有伤雪天傲。

"凤凰琴，出来。"右手在琴弦上一拨，琴声鸣动，漫天金针裹挟着黑色的死亡之气，从凤凰琴中发了出来。

雪天傲不敢小视，将圣光神剑随手一抛，任它去追逐死亡火焰。

"昆吾剑！"昆吾剑现身，剑光飞转，将第一波金针攻击挡去。

雪天傲一边抵挡东方宁心的金针，一边不着痕迹地拉近他与东方宁心之间的距离。

东方宁心的凤凰琴适合远距离攻击，他要是靠近的话，东方宁心应对起来就会异常吃力，东方宁心拨弄琴弦的速度也会受到限制。

雪天傲知道这一点，东方宁心又怎会不明白。看到雪天傲没有召唤出破天枪，而是用昆吾剑，东方宁心就明白，雪天傲想要近身作战。

但东方宁心没有给雪天傲机会，雪天傲前进一步，她便后退两步，两人之间的距离越拉越远。

不知不觉中，两人已从地面打到半空，从光明神殿广场打到殿外，再到光明神殿所在岛屿的外面，渐渐有打出光明神殿范围的趋势。

"不好。有诈！"当创始之神反应过来时，东方宁心与雪天傲已成为天边的两个黑点，不受他的控制了。

他被雪天傲算计了。一想到这个可能，创始之神就感觉气血逆流、脑子发蒙，自负如他，怎么能接受雪天傲的背叛？

不过，很快的，创始之神就发现他多心了，东方宁心与雪天傲又打回来了。

确切地说，是东方宁心回来。

东方宁心立在半空，死亡火焰将她团团包围起来，浓郁的死亡之气，从东方宁心身上散发出来。

东方宁心再次召唤死灵，无穷无尽的死灵再次聚到她的脚下。这一次，死灵不敢越雷池半步，卑微地匍匐在东方宁心脚下，任东方宁心差遣。

当被东方宁心耍了一圈的雪天傲赶回来时，就看到了这一幕。雪天傲的脑子瞬间就蒙了，顾不得自己靠近不了死灵之气，提起昆吾剑就朝东方宁心冲去。

东方宁心召唤死灵险些丧命的画面还在脑中，看到东方宁心再次使用这招，雪天傲来不及多想，第一反应就是阻止，拼尽一切也要阻止。

嘭！雪天傲刚刚撞上死灵之气，就被死灵之气弹开，从半空跌落下来。

他这一击，看在创始之神的眼中，却是不放过任何一个杀东方宁心的机会。这一击，打消了创始之神对雪天傲的怀疑，心中暗道自己多心了。光明神殿那么多位神王，除了死亡没有一个能逃出他的掌控，创始之神百分百确定，雪天傲也不会例外。

创始之神出手相助，减缓雪天傲的降势，让他平稳落地。

在雪天傲落地的那一刻，东方宁心已将死灵召唤出来。强大的黑暗气息萦绕在东方宁心四周，此时的东方宁心就如同从黑暗中走出的杀神，全身上下都被黑色包裹。

神秘的黑，阴冷的黑，在一片光明之中，却显得诡异而独特。这一刻，她的对手不是雪天傲，而是创始之神，乃至整个光明神殿。

在创始之神的注视下，东方宁心用精神力控制着死灵之气。死灵之气一点一点凝聚成形，很快就成为一支弩箭的形状。

用死灵之气打造弩箭，东方宁心这是要干什么？

弩箭？灭天弩？

创始之神后退半步，随即又摇了摇头，大步上前。他想太多了，东方宁心根本没能力拉开灭天弩，用死亡之气凝聚而成的弩箭，灭天弩也无法发射。

但，创始之神很快就发现，他小瞧东方宁心了，灭天弩不能用，但是……

死灵之气来自冥界，东方宁心疯狂地炼化死灵之气，幽冥之神怎么可能不知？如果没有幽冥之神的允许，东方宁心又怎么可能，源源不断地取得冥界的死灵之气？

东方宁心这哪里是召唤死灵，她是在召唤幽冥之神。

不出创始之神所料，当东方宁心的死灵之箭炼成，幽冥之神的气息出现在光明神殿。紧接着，一把纯黑色的弩从地底冒了出来，缓缓上升，直接落在东方宁心的手中。

"创始之神，我没想到你会把圣光神剑给雪天傲，你对他的期望很高嘛。"幽冥之神的声音响起，如同从四面八方传来。

创始之神明白，这不过是幽冥之神故弄玄虚罢了，现在的他根本没能力脱离幽冥之水的封印，哪怕一秒也不行。

"我也没有想到，你会把暗之弩送给东方宁心，看样子你对她的期望也不低。"两个人的话中充满了火药味。

当然，创始之神怎么可能只用言语来打击幽冥之神，当他的话音落下，纯正的金光从天而降，如同泰山压顶一般，朝光明神殿四面八方轰去。众人耳边响起一道极度轻微的闷哼声，随即幽冥之神的气息从光明神殿消失。

"东方宁心，你的主子似乎不太行，我看你还是早早改投他人为主，免得到时候连怎么死的都不知道。"

"改投他人为主？你吗？就凭你，有这个资格吗？"东方宁心用力将暗之弩拉开，箭尖直指创始之神……

第二十六章
这天不由你左右

"创始之神，尝尝被死亡火焰淬炼后的暗之弩是什么滋味吧！"东方宁心将暗之弩完全拉开，瞄准创始之神射出死灵之箭。

死灵之箭所到之处，整个光明神殿瞬间从白昼与圣洁，化为了黑夜与阴冷。

幽冥之神杀创始之神的决心极大，这支死灵之箭，耗尽了冥界九成的死灵，杀伤力史无前例地强大，别说被箭射中，就是被箭气所伤，一般人也承受不住。

无涯等人早已退到光明神殿外面。殿内除了光明神殿的人和观礼的普通人，只有千叶与东方宁心。

东方宁心射出死灵之箭，随即冲入黑暗之中，凤剑直指执凤。

"执凤圣女，跟我走。"东方宁心连番大动作，真气所剩不多，但对付执凤却绰绰有余。

"不，天傲神王，救我！"执凤有伤在身，根本不是东方宁心的对手，很快就落了下风。

东方宁心一剑挑来，执凤的剑应声落地。东方宁心一把扯住执凤的衣领，拖着她就往外走。

面对暗之弩和千叶的双重攻击，创始之神衣袖一扬，浩瀚的光明之气以他为中心，压向死灵之箭，同时凌空跃起，朝千叶的死穴拍去。

"千叶，你不是我的对手。"创始之神一动，金光闪耀，生生将黑暗撕裂。

千叶不急不缓，整个人如同行走在云端，身形飘忽，手一扬，居然生生开辟出一个空间。千叶站在空间之中，嘴角含笑："创始之神，小辈的事，就让他们自己动手吧，我们看戏就好。"

隔着一层透明的墙，创始之神一时半会儿拿千叶没有办法。他有撕碎空间的力量，然而死灵之箭就在眼前，他哪有工夫去管旁人的死活。

创始之神不再理会千叶，旋身跃入无尽的黑暗之中，全身闪着神圣的光芒："日之焰，重临大地。"

轰……光明从天而降，将黑暗粉碎。被黑暗束缚的观礼人群和光明神殿的侍卫，终于从无比的绝望与痛苦中清醒过来。

"通通退下。"创始之神随手一拂，神圣之光朝众人扑面而去。

呆滞的众人一个激灵，反应过来，纷纷避入光明神殿的大殿中。众人危机解除，第一反应就是匍匐在地，跪谢创始之神。

这一刻，创始之神身上的光芒越发明亮，死灵之箭在他面前也失色许多。但，即便如此，死灵之箭也没有减缓速度，对准创始之神的心脏狰狞而至。

创始之神脸色凝重、神情严肃，整个人如同陀螺一般，飞速在半空中旋转。随着他的旋转，半空中浮现出一块金色的盾牌。

东方宁心结死灵之气为利箭，他便凝光明之气为盾牌。他倒要看看，光明与黑暗，谁胜谁负？

死灵之箭固然可怕，创始之神还没有将它放在眼中，在凝光明之气为盾时，创始之神的眼角扫向东方宁心，看到东方宁心要带执凤走，眼中寒光一闪，杀气顿现。

此时创始之神没工夫和东方宁心讲什么道义与正义，手指往上一挑，金光化为利刃，向东方宁心射去。

此时，创始之神的身形越拔越高，旋转的速度越来越快，整个人与光融为一体，他的小动作根本无人发现，唯有雪天傲。

一直盯着创始之神与东方宁心的雪天傲，看到了创始之神暗算东方宁心，连思考都来不及，提剑就朝东方宁心冲去，口中却喊道："东方宁心，放下光明圣女！"

杀气直击而来，东方宁心一愣，整个人忘了反应，侧过脸，呆呆地看着杀气腾腾的雪天傲朝她冲来，立在原地，无法动弹。

与之相反，执凤整个人瞬间充满了活力与希望，如果不是被东方宁心制住，她一定会扑向雪天傲，告诉雪天傲她多么高兴。

可惜，她的心情，无人理会。那片细小的光刃，距离东方宁心只有半个身子的距离，雪天傲再次提气加速，朝东方宁心飞去。

站在空间中的千叶，看到雪天傲像是发狂一样刺向东方宁心，脸色大变，身形一动，空间碎裂，千叶飞身而出："宁心，快闪开！"

"我……"东方宁心也想闪开，却发现她竟被人用精神力锁定，双脚如同扎根一般，无法移动半步，全身上下除了脑袋以外，再没有一个地方可以动。

这是怎么回事？谁动的手脚？

雪天傲？是雪天傲，除了他再也没有别人了。

东方宁心的双眼猛地睁大，这个念头如同扎根一般，烙在她的脑海，怎么也挥不去。这时，雪天傲也发现了东方宁心的异常，知道她被人算计了。

该死的，来不及了。雪天傲凝聚真气，凌空一脚，踢在东方宁心的腰间。

"啊——"东方宁心被踢得飞了出去，半空中东方宁心松开执凤，自己则往后摔去，眼中是不敢置信与受伤。

这一定是她的错觉，一定是的。雪天傲不会伤她的，不会的……

她明明在雪天傲的眼中，看到了心动与信任，为什么又变成这样？

忘情，你折磨的到底是雪天傲，还是我？

东方宁心无声地呐喊，体内气血翻涌，却被她生生压下。

在东方宁心悲伤欲绝、口吐鲜血时，雪天傲也不好受，他只来得及踢开东方宁心，自己却无法躲开。

扑哧一声，金光利刃没入雪天傲的体内，雪天傲脸上血色褪尽，整个人僵在半空，高举的剑随着惯性挥向东方宁心。

"雪天傲，今天这一剑，是我还你的！"杀气直击面门，东方宁心本能地出手反击。

被死亡火焰淬炼过的凤剑出现在手中，东方宁心猛地扑向雪天傲，凤剑从下到上一划，想挡住雪天傲这一击，不料剑锋从雪天傲的左脚一直划到心口，划出一条一米多长的口子，伤口的血肉瞬间变成黑色，散发着腐臭。

"不……"凤剑从手中滑落，东方宁心大敢置信地大喊。她只是想反击，没打算伤雪天傲，事情怎么会变成这个样子，雪天傲为什么不还手？

回答她的，是雪天傲笔直坠落的身影。东方宁心脸色一变，飞快地扑了上去，在雪天傲落地前，堪堪接住了他。

东方宁心将雪天傲护在怀中，迫不及待地将真气、精神力注入他的体内。

雪天傲倒在东方宁心怀里，身体一会儿如同被太阳照射一般，闪着圣洁的光芒；一会儿又如中毒的人一般，全身发黑。

光明与黑暗的力量在雪天傲的体内激荡，以雪天傲的身体为战场，互相厮杀着。

而无论光明与黑暗如何交锋，雪天傲都一动不动，如同死人一般。如果不是确定雪天傲还有微弱的呼吸，东方宁心一定会崩溃。

东方宁心不是一个悲观的人，此时，她的脑中却闪过神魔的话："光明神王与黑暗神王注定没有好下场，你和雪天傲注定不会有好结果。"

注定不会有好结果！

神魔这话一点儿也没有说错，雪天傲半死不活地倒在她怀里，就是最好的证明。就算雪天傲对她手软，没有对她下杀手，但种种意外，却将他们逼到了你死我活的境地。

她一直不信命，却一直被命运捉弄："雪天傲，我该怎么办？我们该怎么办？为什么我是黑暗神王，你是光明神王，我们该怎么办呀？"

真气灌入雪天傲体内，如同泥牛入海，惊不起半点涟漪，东方宁心收起真气，抱着雪天傲默默垂泪。

千叶赶来，看到这一幕，正想安慰东方宁心，耳边就传来一阵巨大的爆炸声。

轰！光明盾牌与死灵之箭相撞，产生巨大的冲击力，顿时地动山摇，除主殿外，其他侧殿全部倒塌，光明神殿再次被毁。

东方宁心与雪天傲跌坐在大殿上，身上一半光明一半黑暗，乍一看就如同阴阳人一般。

"宁心，快走。"千叶伸手想将东方宁心拉起来，却怎么也拉不动。

"走？怎么走？雪天傲还在这里呢。"东方宁心甩开千叶的手，一脸的绝望。雪天傲的身体越来越冰冷，气息越来越微弱，恐怕撑不了多久。

她要救雪天傲，无论付出什么代价，都必须救雪天傲。

东方宁心的脑子一片混乱，一个个办法浮现在脑海，又一一被否决。突然东方宁心双眼一亮，低头朝雪天傲一笑，也不管雪天傲能不能听到，朗声说道："雪天傲，你等等我，我知道如何救你了。"

金针——那套可以逆天的针法一定可以救雪天傲，一定可以！

东方宁心要做什么，千叶只须一眼就明白了，东方宁心的金针还没来得及取出来，千叶就出声打断："宁心，别天真了，你以为凭你的金针就可以救回雪天傲吗？雪天傲同时承受日之焰与死亡火焰的重击，除了创始之神和幽冥之神，谁都救不了他。你那套随心针法，不仅对他没有半点效果，说不定还会加速他的死亡。"

"不可能，你骗我，怎么会没用？"东方宁心站起来，朝千叶怒吼，却没有半点底气。她知道千叶没有骗她，正因如此她才生气，千叶将她心中最后的希望也打破了。

"宁心，你理智一点儿，雪天傲还活着，你别这样。"千叶按住东方宁心的双肩，心疼地说。如果可以，他宁可刚刚受伤的是自己，而不是雪天傲。

"理智？千叶，我没办法理智，雪天傲出事了，是我下的手。"东方宁心格开千叶的双手，后退一步，拉开两人的距离，"千叶，别阻止我，那套针法的厉害我很明白，它既然可以逆天，就一定能救雪天傲，我绝不放过任何可能。为了雪天傲，无论付出什么代价，我都在所不惜。"

东方宁心取出金针，食指轻捻，正准备施针，却被千叶一掌扫飞："宁心，别做无谓的努力，你明知道，我没有骗你。"

啪！金针被拍飞，也将东方宁心最后的一丝希望给打掉。

东方宁心看着地上的金针，先是一言不发，随即大笑起来。笑着笑着，东方宁心又哭了，她缓缓蹲下去，整个人蜷成一团，如同被人遗弃的小狗，无助而悲凉。

"我知道你没骗我，可那又如何？这是我的事，与你何干？千叶，我再说一次，我不是冰言，我是东方宁心。我永远都不会变成你的冰言，别在我身上浪费时间，我的事情也不用你管。"东方宁心觉得好累，好累，这三天比三年还要漫长。

短短三天，生离别、求不得、爱不能，她全都经历了一遍。

"与我无关，的确，的确与我无关。"千叶深深地看了一眼东方宁心，踉跄一步。

爆炸的余波袭来，卷起脚下的石板，巨大的石板朝东方宁心与雪天傲砸去。千叶正想出手替东方宁心将石板挥开，东方宁心已迅速朝雪天傲扑去，替雪天傲挡住了石板。

石板砸在东方宁心的背上，又被爆炸的力量给弹飞了。东方宁心闷哼一声，趴在雪天傲的身上，一动不动。

东方宁心静静地靠着雪天傲，碰触着雪天傲越来越冰冷的身体，听着雪天傲越来越微弱的呼吸，默默地擦干脸上的泪，她会想到办法，她一定会想到办法的，她一定能救雪天傲。

东方宁心吸了吸鼻子，起身将雪天傲抱了起来："雪天傲，从现在开始，换我保护你；从现在开始，换我朝你走去。这一次，我们之间隔着数万步的距离，不过没有关系，你已经迈出了第一步，剩下的就交给我吧。雪天傲，幽冥之神会救你，可我找不到他，我也不放心把你交给创始之神。所以我们走吧，我带你离开，离开这个地方，如果注定要死，我陪你。"

东方宁心抱着雪天傲，跌跌撞撞地往前走。

"东方宁心，你别天真了。"千叶就这么看着，看着东方宁心抱着雪天傲，从他身边走过，"东方宁心，站在旁观者的立场上，我告诉你，你所想的一切都不会成真。你当自己是什么人？带雪天傲离开？凭什么？凭你那些雕虫小技，就妄想走出光明神殿？你在做梦。

"想要一起死？东方宁心，我告诉你，那是奢望。凭你和雪天傲两个人，就想摆脱天地规则的控制？东方宁心，你是太天真了，还是太愚蠢了？到现在你还不明白，你和雪天傲的处境吗？你们两个人已经是两殿的神王，除非创始之神同意，不然雪天傲就是死，也只能死在光明神殿。

"还有，你以为幽冥之神需要雪天傲去救，他就会放过雪天傲吗？不，不会的，幽冥之神得到自由后，一定会杀尽光明神殿的人，雪天傲绝对首当其冲。宁心，你和雪天傲是不可能的，别说雪天傲现在忘情了，就是他没有忘情又如何？雪天傲是创始之神的人，你是幽冥之神的人，无论是创始之神还是幽冥之神，都不会允许你们在一起，如果你们执意要在一起，下场就是死。

"宁心，为了你好，为了雪天傲好，把雪天傲留下。创始之神会救他的，你带他离开这里，也帮不了他。"

千叶苦口婆心地劝道，东方宁心却一句也不听，固执地往前走。这个道理，她不是不知道，无论是创始之神，还是幽冥之神，都不会允许他们两人在一起。

然而，知道又如何？她知道了，就要按照幽冥之神的意愿而活吗？知道了，就要放弃雪天傲吗？

对不起，她东方宁心做不到。

忘情前，雪天傲对她许诺，绝对不会丢下她，哪怕是死。这话对她来说也是一样的，她绝对不会丢下雪天傲。

背对着千叶，东方宁心发出无情的声音："千叶，我的事情，你没有资格管。哪怕死在这里，也是我的选择！"

千叶一脸痛苦地闭上眼："东方宁心，我怎么可能眼睁睁地看着你死在这里，你把我当成什么人了？在你心中，我到底有多坏、多无耻、多卑鄙、多冷血、多无情，才能眼睁睁地看着你死在这里而无动于衷？东方宁心，你不觉得你对我太残忍了吗？比起我，雪天傲对你比我过分一百倍、一千倍，你能原谅他，为什么不能原谅我呢？难道雪天傲犯错可以被谅解，我就不可以吗？"

千叶很无力，无论他如何做，东方宁心都离他远远的，一点机会也不肯给他。

"千叶，对不起。雪天傲他不仅仅是我的丈夫，还是我孩子的父亲，我们之间除了感情还有责任。雪天傲忘情了，他对我并没有动心，但他依旧舍身救我，不是因为他爱我，而是因为我是他孩子的母亲，救我是他的责任。在这一点上，我和雪天傲一样，我们都会担起自己应负的责任。

"至于我和雪天傲之间的事情，就不劳烦千叶大人费心了。雪天傲会对我残忍，会利用我，是因为他忘情了，而不是他的本意。面对这样的雪天傲，我没办法一巴掌拍死，只要他不触及我的底线，我都可以给他改正的机会。"

东方宁心没有说，今天雪天傲所做的一切，她全部记在了心里，待到雪天傲醒来，她会一一讨回。

至于千叶，东方宁心只能说抱歉了，不是千叶不够好，而是她东方宁心不是千叶要的那个人，而千叶也不是她东方宁心要的那个人。

她和雪天傲一路走来，相扶相持，他们两人之间的感情，不是一个男人或者一个女人就能破坏的。

东方宁心看着雪天傲的眉眼，唇角轻扬：雪天傲纵然有千般不好，也是她东方宁心选定的男人；千叶纵然有万般好，也不是她东方宁心的男人。

有些人，错过就是错过了……

千叶眼睁睁地看着东方宁心抱着雪天傲踏入爆炸中央，心疼被担忧取代，恨不得冲上前去，将东方宁心打晕带走，但神魔的话在脑中响起——你认为对宁心好的，并不是宁心想要的。

千叶深深吸了口气，按下冲上前的冲动。他了解冰言却不了解宁心，他不能像先前那般擅自做主，让东方宁心更厌恶他。

千叶压下心中的担忧，指着头顶上一半光明一半黑暗的天空，说道："宁心，你抬头看看，看看天地的力量是多么强大，你又是多么渺小！你再看看创始之神，他会放过你吗？他会让雪天傲从这里走出去吗？宁心，别妄想逃避，你和雪天傲注定是尘世中人，你们逃不掉。把雪天傲留下来，创始之神不会让他死的，你带他走，他反倒必死无疑。"

"不，绝不。"东方宁心机械地往前走着，一步一步朝爆炸中心走去。穿越爆炸中心，她就能带着雪天傲离开光明神殿了。

要她把雪天傲丢给创始之神这个小人，她办不到。雪天傲现在完全没有自保的能力，创始之神能在雪天傲的体内种下忘情，难保不会再下"绝情""无情"之类的东西。

"东方宁心，你给我站住！"再好脾气的人，面对东方宁心这样固执的女人也会疯掉，千叶终是没有忍住，挡住了东方宁心的去路。

视线落在毫无生气的雪天傲身上，千叶心里有说不出来的嫉妒。这个男人处处不如他，唯一能赢过他的就是运气好，比他早一步遇到了宁心，然后和宁心有了一个儿子。

最重要的就是那个孩子，如果没有那个孩子，宁心对他的依恋也不会这么深。

如果没有那个儿子，就凭他答应了婆执凤，凭他今天的反复无常，凭他对宁心的利用，就足以让宁心怨恨他、放弃他了。

可惜，没有如果。因为那个孩子的存在，在东方宁心眼中，即使他们无媒无聘，雪天傲依旧是她的丈夫，是她此生唯一的爱人。

千叶压下心中的失落，不顾东方宁心的意愿，强行抬起她的下颌，逼她往上看："东方宁心，抬头看看这天，这天不由你左右。"

头顶上空，光明与黑暗争辉，两股力量互相抗拒，又互相融合。黑暗与光明碰撞的地方，很快就相交在一起，相交处形成一个巨大的旋涡，黑白两道光芒如同找到了入口一般往里涌去。东方宁心与千叶站在旋涡外，就能感觉到那股能量有多么强大，强大到他们也不敢轻易靠近。

创始之神就处在那股力量的正中心，他站在旋涡之上，一点一点将死灵之气消弭，将光明之力收拢。

此时的创始之神，拥有将万物踏在脚下的霸气，又拥有凌驾于众生之上的威严。

当东方宁心抬头往上看时，正好对上创始之神凌厉而戏谑的眼神，东方宁心一惊，连连后退。

创始之神居然将死灵之箭给化解了，幽冥之神根本不是他的对手。现在的创始之神，确实有骄傲自负的资本，雪天傲在这样的人手下，能有自由可言吗？

"东方宁心，把雪天傲放下，带着执凤，我们走。"千叶再次劝说。

"我……不！"东方宁心略一犹豫，又拒绝了。

此时，死灵之气流失得越来越快，光明占据了上风。千叶知道，再不走，他们一个人都走不掉，他们第二次毁了光明神殿，创始之神不会放过他们。

"宁心，对不起，哪怕你会恨我，我也要将你带走。"话音落下，千叶朝东方宁心发出一道攻击，东方宁心眼前一黑，整个人就倒了下去。

千叶上前抱起东方宁心，提起执凤，朝神殿外飞去……

"想走？把东方宁心和执凤留下！"创始之神脸色不善，不顾死亡之气再次失控，纵身一跃，寒着一张脸挡在千叶面前。

创始之神向来温和如春风，突然冷着脸，着实吓人，如果是一般的天神站在他面前，估计会直接吓得腿软，完全不用谈反击的问题。

千叶却无视创始之神的怒火，用着比他更冷更傲慢的语气道："让开。"

千叶抱一个、拎一个，真正和创始之神动手，肯定会吃大亏。不过，在气势上却不输于创始之神。

有一种人，得天独厚，无论他做了多么下里巴人的事情，依旧是一副阳春白雪的样子。千叶就是这种人，抱一个，拎一个，不仅不显得粗鲁野蛮，反倒显得雍容恬淡，一副凡事都在掌控中的样子。

却不知，创始之神最厌恶千叶这副凡事都风轻云淡的样子。在创始之神眼中，这世间能拥有如此气度与自信的人，天地间只有他创始之神一人。

目光微闪，创始之神收敛心神道："千叶，你刚刚说东方宁心天真，现在我倒觉得是你天真了。东方宁心毁我神殿、伤我光明神王，我能这么轻易放过她吗？"

创始之神的眼神扫向脚下失控的日之焰与死亡火焰，眼中闪着杀人的怒火。刚刚重建的光明神殿被毁，新任光明神王重伤，这笔账他不找东方宁心找谁算？

千叶也没让创始之神失望，高傲地讥讽："技不如人，怨得了谁。"

"技不如人？千叶，别以为有白泽撑腰，你就可以无法无天。这世间万物不是你想的那般简单，你是白泽的主人没错，但是你别忘了，你只有一个白泽，白泽的主人却有千千万万，你死了，白泽自然会选择新的主人。千叶，这世间没有谁是不可取代的，从三皇五帝到我们五界之主，这天一直在变，没有人能与天地共存，没有人能永远主宰这片天地。千叶，别托大，我再说一次，把东方宁心和执凤留下，你自己走。"创始之神凝聚真气，只见整个空间都扭曲起来，神殿下隐隐有哀嚎声传来。

千叶知道创始之神动真格的了，不再多说，像是丢包袱一般，把执凤往下一扔。

创始之神眼皮一抬，如千叶所想，根本不在意执凤的生死。对于创始之神这种人，千叶就没指望过他有人性。

自负、轻狂、冷血、无情、骄傲、自大，在创始之神身上表现得淋漓尽致，这样的创始之神，你能奢望他有正常人的情感吗？

计算着执凤下落的地点和速度，千叶朝底下说道："无涯，接着，和秦羿风一起把人带走，此地不宜久留。"

"柔情似水，千叶大人果然名不虚传，面对女人永远温文有礼，哪怕对敌人也是照顾有加，难怪当年能倾倒无数少女，甚至能让帝国第一公主为你终身不嫁。"创始之神一副闲聊的口吻，手上的动作却没有停下，当他的话音落下，千叶只觉得头顶上有股巨大的力量压下，身体不受控制地下沉一步。

"操纵星空之力？你居然做到了？"千叶脸上血色尽褪，呼吸加重。

巨大的压力朝他袭来，头上的天似要塌了一般，被天地规则选中的人果然不简单。

"雪天傲会的，我又怎么可能不会。所以你可以放心，雪天傲暂时死不了。"创始之神轻蔑地看向昏迷不醒的东方宁心，"千叶，如果有机会，记得告诉东方宁心，让她别自作多情，雪天傲对她手下留情，有九成九是看在那个孩子的分上。如果那个孩子没了，她和雪天傲之间再无半点关系。无数年来，没有哪一任黑暗神王能让光明神王背叛。光明神王宁可选择死，也不会背叛光明神殿，这就是忘情的力量。当然，我想东方宁心没有机会听到我的这个忠告了。"

上一秒还说得风轻云淡，下一秒创始之神就变得杀气腾腾："千叶，见识一下星空之力在我手上的力量吧。"

轰的一声巨响，整个天空好似要炸开一般，密密麻麻的雷电从天而降，如同千军万马，排布整齐地朝千叶砸去。

千叶面色凝重，将东方宁心护在心口，以一种极度诡异、飘忽的步伐，穿梭在雷电之中。只是，千叶的步伐再怎么精妙绝伦，也无法避开多如牛毛的雷电，更不用提他手上还带着东方宁心这个累赘了。

创始之神看到千叶狼狈的样子，眼中的笑意越来越浓。

白泽选定的主人又怎样？在自己面前同样不堪一击。

白泽选定的主人，便是治世明君？可笑，这世间拥有治世能力的不止千叶一人，千叶只是比他幸运罢了。

轰！千叶被一道雷电击中，痛得闷哼一声，脚下一个趔趄，走错一步。

一步错，步步错。千叶只慢了一步，便身陷雷电之中，数百、数千道雷电同时打在千叶的背后，千叶痛叫一声，险些从空中摔下去。

"千叶，把东方宁心扔了，这样你才有反击的可能。"创始之神好心地建议道。

他最喜欢看的戏，就是这些痴情种为了利益和生命，举剑朝自己所谓的"爱人"刺去。

冥亲手杀了琴然；东方宁心亲手伤了雪天傲；现在，千叶为了性命而将东方宁心扔下，也不是没有可能。

感情是什么东西？

在创始之神眼中，感情是这世间最不可靠的东西，在自己的生命与无上的权势面前，感情脆弱得不堪一击。

可惜，让创始之神失望了，千叶不仅没有丢下东方宁心，反倒护得更紧。这一步走错后，他很快就改变了策略，且战且退，忽上忽下，穿行于雷电之间。

创始之神饶有兴致地点了点头，千叶倒是个对手，可惜遇上了他。今天他就要将千叶的骄傲打碎，让这个男人明白，这世界只属于真正的强者。

一个沉迷于女色的男人，没有资格和他争夺天下，更没有资格毁灭天地、取而代之。

创始之神衣袖一扬，风云骤变，整个天地似乎都在他的掌控之中，创始之神眉眼间尽是傲气。

凌驾于万万人之上，这种感觉只要享受一次，就再也舍不得放下："千叶，我今天就看看，你这个痴情种能撑到几时？我想，你为了一个女人和我交手，白泽肯定不会出手帮你。"

创始之神一动，雷电瞬间变换方向，不再朝千叶飞去，而是互相撞击，碰撞出耀眼的火花。火花闪耀后，半空中出现了无数利箭。这些利箭由星空之力凝聚而成，经雷电淬炼后，威力惊人。

很快，利箭就布成一个方阵，从千叶的角度看去，黑压压的一片，竟然看不到头。

千叶心里虽然担心，面上却不表露半分，只是护着东方宁心的身子又压低几分。

这细微的动作没有逃过创始之神的眼睛，创始之神冷笑一声，一挥手，万箭齐发，杀气腾腾地朝千叶射去，天色陡然一暗，千叶一边后退，一边竖起保护屏障。

啪啪啪……雷电之箭很快就将保护屏障击了个粉碎，千叶也不意外，碎了再建，如此反复。

创始之神却不打算跟千叶耗下去，在千叶再次竖立屏障之际，创始之神突然伸手，朝光明神殿的方向一抓。只见千叶身后，一股气流突然涌向天空，如同喷泉一般，创始之神手腕一动，喷泉似的气流，就朝千叶的背后击去。

千叶来不及喘口气，再次竖起一个保护屏障，抱着东方宁心朝左侧倒去，创始之神就如同算好了一般，几乎在千叶刚倒下时，就朝千叶飞奔而去。

"千叶，小心。"神魔和小神龙冲上来时，就看到了这惊险的一幕。

来不及多言，神魔红衣飞舞，魔云骤起，朝创始之神击去。区区魔云自然伤不了创始之神，却减缓了他的速度，给了千叶喘息之机。

小神龙纵身一跃，将千叶护在身后，一拳便将那股气流打散。千叶的危机暂时解除，三人还来不及庆幸，创始之神的攻击再次袭来。

神魔和小神龙正准备出手，千叶一个快步上前，将东方宁心往神魔手上一塞："你们，带着宁心先走。"

话音刚落，千叶气势一变，改守为攻，手一扬，半空中出现了一个古老而复杂的结印，结印内，万物无存。

　　千叶的双手没有停留，飞快地打着一个个他们看不懂的古老手印。

　　"千叶——"神魔不赞同地叫了一声，创始之神已经今非昔比，千叶要是死在这里，东方宁心这辈子都会良心不安。

　　"这里交给我，你们带宁心回黑暗神殿，趁她昏迷不醒，把她脸上的伤治好。另外，在我没有回去之前，别让她醒来。"千叶飞快地说完，便不再理会神魔与小神龙，手上的动作越来越快，快到只有一片虚影。

　　随着千叶的动作加快，四周萦绕起一层淡淡的气流，随着他的手势流转。小神龙与神魔知道自己留在这里也帮不上忙，抱着东方宁心朝黑暗神殿奔去。

　　至于千叶，不用他们担心，雪天傲就更不需要他们担心了，创始之神不会让他死了。

　　在落地的那一刻，神魔与小神龙的耳朵里，传来千叶骄傲与自信的声音："创始之神，你以为这世间只有一个人在变强吗？我今天就让你见识一下洪荒神印的厉害。"

　　接下来发生了什么，神魔与小神龙也不知道，他们只知道无穷的爆炸声在空中响起，除了创始之神与千叶，光明神殿无一活物……

第二十七章
再相见

明媚的阳光射入房内，照在东方宁心细腻光滑、完美如初的脸上。阳光刺得眼睛酸胀，东方宁心拧着眉，迷迷糊糊地伸手挡在眼前。

下一秒，东方宁心唰地睁开眼，眼中闪过一抹精光，完全不似刚醒来的样子，飞速从床上弹了起来。

"千叶，我昏迷多久了？"看着站在自己房内的男子，东方宁心问得急切。

千叶身形瘦削，背对着光，看不到他脸上的表情，只听到依旧清柔温润的声音："三天。"

三天？东方宁心的身子晃了晃，不安地问道："雪天傲呢？"

"完好如初，我确定了雪天傲没事，才回来的。"千叶依旧没有转身，背对着东方宁心。

"没事就好，他现在在哪里？"东方宁心并没有完全放心，把雪天傲留在光明神殿，她之前所做的努力就白费了，一切又回到了原点。

"宁心，他是光明神王，只能留在光明神殿。不是我要把雪天傲丢下，这世间只有创始之神，才能让雪天傲恢复如初。你知道，雪天傲身上最重的伤并不是你造成的，你带他回来也没有用。至于你儿子，李漠远和黑凤凰把他带走了，有他们二人保护，你不需要担心。"千叶的声音渐渐低沉下来，一副有气无力的样子。

东方宁心沉默了，她知道千叶说得对，但她没办法对千叶道谢。当然，她也不怪千叶，冷静下来，她知道千叶做得对。

轻轻叹了口气，看着千叶瘦削的身影，东方宁心话到嘴边，却又不知如何开口。她不想跟千叶有联系，却又不得不联系。

阳光从窗口射入，将两人的影子拉得老长，一前一后却没有交叠，就好像他们今生的命运一般，无论走得多近，两人之间都有一道无形的屏障，怎么也跨越不了。

东方宁心不知如何开口，千叶则是舍不得开口。他不想打破两人独处的机会，直到一阵轻咳声传来。

"喀喀……"千叶伸手捂住嘴巴闷咳，待到咳声止住，千叶低头，发现自己的手心已是一片猩红。千叶若无其事地笑了一声，镇定自若地垂下手，悄悄缩在衣袖中，紧握成拳，防止手中的血丝流出。

"你……"

"我没事。"千叶急切地打断东方宁心的话。为了转移东方宁心的注意力，千叶从袖中取出一个锦盒，小心翼翼地将其放在桌上，依旧背对着宁心道："宁心，这个东西是给你的，希望对你有帮助。"说完迈步就走，一副不想多待的样子。

"这是……"东方宁心目光轻闪，心里说不出是什么滋味。

"你要的东西……不要拒绝，这本就是为你准备的，你要怎么用由你说了算。"留下锦盒，千叶半刻不停留，大步走了出去。

嘭嘭两声巨响，门开了又关，急切暴躁得不似平日的千叶。东方宁心知道千叶不对劲，却没有追上去的打算。看向微微震动的门梁，东方宁心告诉自己，她和千叶之间所有的恩恩怨怨，到这一刻全部结束了。

千叶不欠她的，她也不欠千叶的，从此陌路。东方宁心将锦盒拿在手中，颤抖地将盒子打开……

"生命种子，果然是你。"拿到自己想要的东西，东方宁心却无法高兴，啪的一声将锦盒关上，整个人无力地下滑，蹲在地上，双手抱膝，头埋在双腿间，低声地抽泣。

"雪天傲，我该怎么办？琴然要这颗种子才能活，我娘有这颗种子也能活，可是生命种子只有一颗。"东方宁心紧紧地握着锦盒，一脸的挣扎，"雪天傲，你在哪里？为什么在我最需要你的时候，你总是不在我的身边？我好想你，我好想你，你知不知道？

"雪天傲，我好害怕，我怕我们会变成冥和琴然那样。我怕我们会变成我爹和我娘那样，我更怕我们会和历任光明神王与黑暗神王一样，惨死在对方手上。

"雪天傲，你永远不明白，我的剑划伤你时，我的心有多痛；雪天傲，你永远不明白，被留在原地，只能等待的人有多么痛苦。

"雪天傲，你知道吗？我爹等了我娘大半辈子，他这一生最大的愿望，就是与我娘长相厮守。你知道我多么希望能替他完成心愿吗？你知道我多么希望他们这一生能幸福吗？可是我不能，我什么都不能做，因为我要用生命种子去交换压制忘情的办法，我只能眼睁睁地看着我爹孤零零一个人，抱着一块玉过一生。

"雪天傲，我恨你，我恨你呀，为什么要把我逼到这个地步，你知不知道我有多痛苦。"泪水浸透双手，装着生命种子的锦盒掉在地上，东方宁心却没有去捡。

生命种子只有一颗，却有两个人需要。她知道把生命种子拿出去，她爹和娘将天人永隔，再无相见之日，可是她不能任雪天傲被忘情束缚。

深深地吸了口气，压下心中的自责与内疚，东方宁心抬头擦干净脸上的泪水，捡起锦盒就往外冲去。

嘭的一声，推开门，地上鲜红的血花在阳光的照射下异常刺目，东方宁心想忽视都不行。

定定地看着那片血红，东方宁心眼神一黯，无情地别过脸去，抬头看向天空的白云，带着哭音道："爹、娘，原谅女儿的不孝，原谅女儿的自私。没有他，就没有女儿的现在；没有他，女儿真的没办法活下去；为了他，我只能选择对不起你们。"

咬了咬唇，再次扫向地上的血花，东方宁心的眼神坚定而平静，为了雪天傲，她可以负尽天下人。

"千叶，你这是何苦呢？给了她，也只是让她更痛苦罢了。除了死，忘情是无法解除的。"暗处，神魔扶着一脸苍白的千叶，不认同地摇头。

千叶虚弱地一笑，深情而专注地看着东方宁心的背影："你不是说，爱她就得尊重她的选择吗？你不是说，我给她的是最好的，却不是她想要的吗？现在我就给她想要的，任她自己选择。三个月，我用一半的真气替她争取了三个月的时间。三个月内，创始之神无法动她半分。"

神魔无力地摇头："算了，我不说你了，感情这种东西，如人饮水，冷暖自知，你要痴情我也没有办法。"

千叶轻笑一声，没有理会神魔的话，专注地看着宁心的背影。以他受的伤，估计大半年都无法出现在宁心的面前，现在他要看个够。

宁心，我祝福你，无论你选择放弃还是和雪天傲继续痴缠下去，我都祝福你……

啪！东方宁心将锦盒拍在冥的面前："这是生命种子，现在把压制忘情的办法告诉我。"

冥看了一眼，眼中闪过一抹急切，却没有接过来，而是默默收回视线，看着东方宁心："你不后悔？"

"不后悔。"东方宁心回答得迅速果断，那样子就好像晚一秒便会后悔一般。

后悔？她怎么可能不后悔，一边是爱人，一边是父母，冥却残忍地逼她选择。而她不管怎么选择，都注定要负一方，一辈子都受良心的谴责。

后悔？后悔又能如何？明知会后悔，她也得做。

"你母亲也需要它。"冥喃喃道，声音有一点儿无力。琴然也需要它，他并不想乘人之危，可他等得太久了，久到他一想到琴然，心就揪痛。

现在，就算他能继续等，琴然也不能再等了。凤凰琴中的灵气已经被琴然的灵魂吸尽，他必须尽快让琴然重生，而这世间能让琴然重生的，只有生命种子。

东方宁心深深吸了口气，压下心中的痛苦："这个不用你提醒，我知道自己在做什么。我母亲的事情，就不劳你担心了，现在把压制忘情的办法告诉我吧。"

冥叹了口气，摇头道："宁心，忘情只能压制，无法解除，就算你找到了压制的办法，雪天傲也不会记起你，更不会爱你。他对你手下留情，并不是因为爱你，很大一部分原因是因为他的责任心。"

"这个不用你说，我知道。"东方宁心不快地打断他的话。她不需要这些人来提醒她"现在的雪天傲不爱她"这个事实。

冥很想要生命种子，但有些事情他必须说清楚："宁心，一旦创始之神发现忘情束缚不了雪天傲，一定会在第一时间对雪天傲下毒手。创始之神虽然自大，但不是愚蠢的人，他绝对不会允许自己手中的棋子脱离掌控。这样，你还确定要用生命种子来交换吗？而且生命种子只有一颗，你给了我，你娘她……"后面的话，冥没有说，但他知道东方宁心明白。

"冥大人，这个问题超出了我们的交易范围，生命种子我给了你，你把办法告诉我便行，我们银货两讫，其他的事情就不劳你费心了，我也没有第二颗生命种子给你。"最后两个字，东方宁心咬得特别重，由此可见，她对冥的怨恨有多深。

"宁心，我只是不希望你后悔，毕竟我……"乘人之危。

冥绝美的脸上闪过一抹黯然，要是琴然知道，他用这种手段拿到了生命种子，一定会不高兴，但他实在想不出更好的办法。

"哼……"东方宁心冷笑一声，清冷的眸子嘲讽地看着冥，直到冥狼狈地别开眼去才放过冥，"冥大人，这时候你就别摆出一副左右为难、处处为我着想的样子了。如果你真的为我着想，就不会提出这个交易。你很清楚生命种子对我的重要性，更清楚我比你更需要它，毕竟我父亲的寿命没有你长。"

"宁心，对不起，我别无选择。"骄傲的冥，清高的冥，桀骜的冥，此时却像失去了全部的精力一般，肩膀耷拉下来，低着头。

宁心，真的对不起，我不想拿这个和你做交易，但生命种子在千叶手上，这世间除了你，再也没有第二人可以从千叶的手上将之取出来。

凡是和冰言有关的东西都是千叶的逆鳞，就算千叶拿着生命种子没有半点用处，他也不会允许生命种子落在别人的手里。

别说他没有能力从千叶的手中抢到生命种子，就算他抢到了，最终也不一定有命用。千叶一怒，能让炼化了日之焰的创始之神重伤，更别说他了。

千叶的怒火和天地规则的怒火，都是冥忌惮的，除非必要，他绝对不会去招惹千叶这尊杀神。这世间，能从千叶手中拿到生命种子，又不会激发千叶怒火的人，只有东方宁心一人。

"别无选择，就不要选择，我已经做了选择。"东方宁心深深地看了冥一眼，咬牙将锦盒推到冥面前，"冥大人，把压制忘情的办法留下，拿着生命种子走，走得越远越好，从此不要出现在我面前，我不想再看到你。看到你，我就会想起自己的不孝，我就会想起，我为了一个男人不顾父母的生死。"

语毕，东方宁心别过脸去，不再看冥，似乎多看一眼，就会污了自己的眼睛一般。

冥张口欲言，最终却是默默地低头，如同星辰一般明亮的黑眸，此时黯淡无光。他知道现在说什么都没有用，有些人一旦伤了就再也无法弥补。他和东方宁心的关系本就脆弱，这次过后，他们连陌生人都不如了。

不过，冥不后悔。东方宁心为了雪天傲可以负她父母，他为了琴然，亦可以负尽天下人。

冥拿起锦盒贴着心口放好："宁心，我知道我和琴然对不起你，我也不敢请求你的原谅，毕竟是我们自私在先。不过，请你相信我，哪怕穷尽一生，我和琴然都会去寻找让你母亲重生的办法。"

他真心想替东方宁心做点什么，这样他的心里会好受些。

"寻找让我母亲重生的办法？冥大人，你要能找到，琴然早就重生了。这种话连三岁的小孩子都不信，你觉得我会信吗？"东方宁心完全不给冥面子。

"宁心，我只是想要替你做点什么，我真的不想伤害你。你的儿子叫我和琴然一声干爹，我们也是真心喜欢他，如果不是不得已，我又怎会……"冥同样痛苦与挣扎。

"你们和我儿子的事情，我无法干涉，我尊重他的任何选择，你们是他的干爹，这一点不会改变。至于其他的，就没有必要让冥大人插手了。你和琴然从我的世界消失，就是对我最好的帮助，我真的不想再见到你们。"想到冥和琴然对儿子的疼爱，东方宁心没有把话说绝。

在此之前，冥和琴然对她来说，介于朋友与陌生人之间，现在他们连陌生人都不是。

东方宁心从来没有一刻，像现在这般后悔遇上冥。要不是冥，她和雪天傲怎么会有今天的悲剧？

可以说，她和雪天傲会走到今天这一步，全是冥造成的。冥与琴然从光明神王与黑暗神王的宿命中脱离，她和雪天傲却代替他们二人，深陷泥潭之中。

原谅？冥有什么资格让她原谅？她没有杀了冥与琴然，冥就该庆幸了。

不同于东方宁心的痛苦与挣扎，雪天傲此时在光明神殿却是如鱼得水。创始之神与千叶一战，身受重伤，至少有三个月的时间无法再动手。

为了保证光明神殿的威信和正常运转，创始之神第一时间替雪天傲医治，并且将整个光明神殿都交给雪天傲了，一切事宜由雪天傲说了算。

在圣女失踪、创始之神重伤之际，雪天傲在光明神殿的地位空前高涨，一时间无人能及，权力之大，历任光明神王都望尘莫及。

雪天傲也没让创始之神失望，不过七天的时间，便将光明神殿打理得井井有条，并且吸收了不少外面的高手，将光明神殿座下日月星辰四大殿填满。

雪天傲的能力创始之神看到了，但对雪天傲这个人他仍旧无法信任，他只是相信忘情的力量，有忘情在，雪天傲就算有二心也不会背叛他。

在雪天傲面前，创始之神没有隐瞒自己的伤势，并且告诉雪天傲，若有神魂珠与冰川莲蕊相助，他的伤很快就能恢复。神魂珠在东方宁心的手上，冰川莲蕊在冰川丛林的千雪山上，都需要雪天傲亲自去取。

雪天傲听到后，毫不迟疑地带人前往冰川丛林，寻找冰川莲蕊，然后再去黑暗神殿抢神魂珠。

雪天傲不是没有想过，趁创始之神身受重伤时杀了他，取而代之。但这个念头刚刚生出，他的脑中就传来一波强过一波的疼痛，就如有锥子在搅他的脑浆一般，别说杀人了，能站稳身形已属不易。

如果不是他心性坚强，恐怕会直接在创始之神的面前表现出来。雪天傲不知，当他脸色如常地走出主殿，创始之神的嘴角扬起一抹狰狞的笑容，"仁慈"的眸子里闪过一抹狠厉。

确定雪天傲走出主殿后，创始之神轻拂耳边的碎发，轻启薄唇，喃喃说道："雪天傲呀雪天傲，你说我该拿你怎么办才好？我欣赏你的野心，可惜你的野心用错了地方。你不过是我手中的一条狗，居然想咬主人，看样子你是嫌命太长了。"

语毕，创始之神闭上眼睛，整个人如同雕像一般，沉浸在自己的世界里。而他认为已经离去的雪天傲，此时却站在暗处冷眼看着创始之神……

有些事情，他必须得加快！

在雪天傲带人前往冰川丛林之际，东方宁心将黑暗神殿的事情安排妥当后，也选择前往冰川丛林。

压制忘情需要神魂珠、冰川莲蕊和圣兽血，除了冰川莲蕊，东方宁心都有了，而冰川莲蕊在哪里，她也知道了。

临走之前，除了神魔，东方宁心没有告诉任何人她要去哪里。同时亦让神魔保密，不要让无涯等人知道她的去向，尤其是千叶。

一是不想让他们担心，二是不想泄露自己的行踪，以免引起不必要的麻烦。毕竟现在的她不仅是东方宁心，还是黑暗神王。

神魔虽然担心，但想到冰川丛林是冰帝的地盘，以冰帝和千叶、冰言的交情，宁心在那里绝对不会有危险。

神魔不知，就因为冰川丛林是冰帝的地盘，东方宁心一个人前往，才会有危险。

走出黑暗神殿，看着蔚蓝的天空，东方宁心一扫之前的颓废与落寞。她坚信，她一定能帮雪天傲脱离忘情的束缚，哪怕雪天傲忘了她、不再爱她，也没有关系。

至少创始之神没办法再束缚雪天傲，没办法再逼雪天傲做他不愿意做的事情。

雪天傲，等我！

东方宁心凝聚真气飞向高空，身影逐渐化为一颗流星，眼看就要消失在天际。

"宁心，你去哪里？等等我，我也要去！"身后传来无涯的声音，东方宁心身形一顿，立在半空。

无涯一喜，以为宁心在等他，正准备追上去，不料东方宁心身形一变，化为鲲鹏，直接飞入云霄没了踪影。无涯一愣，不甘心地追出数千米，实在追不上了，只得折回。

东方宁心懒得理会，拍了拍翅膀，朝冰川丛林飞去……

又回到了这个地方！

看着眼前晶莹剔透的冰川世界，东方宁心感慨万千。在这里，她伤心过、痛苦过、失望过，但是这个地方又承载了她唯一的希望。

数万年来，冥遍寻不到的神魂珠、圣兽血和冰川莲蕊都在这个地方，而且机缘巧合之下，她在冰川丛林无意中得到了前两样，她不信命，可走到这一步，却不得不说，冥冥之中自有定数，命这种东西，还真不能完全不信。

当然，东方宁心更明白，命这种东西并不是天定的。所谓的命，不过是由一群实力更强的人掌控罢了，当你达到一定的高度时，命便无法掌控你，而是由你去掌控命。

她和雪天傲一直都在为此而努力奋斗，虽然他们用的手段各不相同，但想要的结果都一样，那就是：他们相信定数，但更相信"我命由我不由天"。

对于冰川丛林，东方宁心一点也不担心，这个地方在外人眼中，是很危险的地方，但这点危险她丝毫不放在眼中，尤其是她身边还有小冰鼠这种神兽。

一踏入冰川丛林，小冰鼠一改懒散和迷糊的样子，不再懒懒地趴在她身上，而是直立起来，全身的毛都竖着，黑亮的眼中满是惊恐，两只前爪塞在嘴巴里，一边咬着爪子一边打战，好像吓着了一般。

小冰鼠的紧张，让东方宁心跟着紧张起来，谨慎地走在冰川丛林之中。

嘎吱……嘎吱……

耳边除了脚踏雪枝的声音，再也没有其他的声响，整个冰川丛林还是和以前一般，死寂得可怕，东方宁心不敢掉以轻心。

越往里走，小冰鼠越紧张，整个身子都僵硬起来。

"冰川丛林怎么了？"东方宁心万分不解。她没有察觉冰川丛林有什么异样，可小冰鼠的反应却让她不敢放松警惕。

"吱吱……"回答东方宁心的是小冰鼠刺耳的尖叫声。

见问不出一个所以然，东方宁心便按着自己的记忆，继续往冰川丛林深处走去。

一路平静，东方宁心渐渐放下心来。冰川丛林何时没有危险了，只要小心一点儿就好了，冰川丛林中都是低等玄兽，实力最强的应该是他们遇上的冰帝。

只不过，冰帝那种人物，应该不会时刻关注她的行动。

看着眼前熟悉而陌生的景色，东方宁心的心里有点堵。

上一次，她和雪天傲几乎把半个冰川丛林都给毁了，可这一次来，却找不到半点打斗的痕迹，那些被血染红的冰块已全部埋在地底，那些残枝碎冰也全部与冰川丛林融为一体。

一个人孤零零走在冰天雪地之中，东方宁心的心情也跟着低落起来，神情难免有些恍惚，一恍惚就出事了。

咔嚓！脚下的冰块突然裂开，东方宁心还没反应过来，就从地底蹿出一只只凶猛的白色巨兽，很快就将她团团包围。

白色巨兽朝东方宁心发起攻击，东方宁心正准备反击，脚下一晃，一只巨兽从她脚底蹿上来，将东方宁心顶开。

东方宁心一个不稳，只见一道黑色的光芒从眼前飞过，火辣辣的痛从左手臂上传来。

嗤——伤口冒起黑烟，东方宁心痛得直咧嘴。

"这是怎么回事？"东方宁心看着伤口，脸色一沉。

伤口已经腐烂，完全看不出被什么所伤，看上去和死灵之气造成的伤口一样。不，这伤口比死灵之气更加恐怖，因为她的左臂已经失去了知觉。

这些白色巨兽是什么东西？冰川丛林怎么会有这种凶兽，她上次来怎么没有遇上？难道有人知道她要来，故意的？东方宁心百思不得其解。

这么一个思索间，左臂的伤势蔓延得更快了，烂肉掉了下来，露出白骨。东方宁心不敢多想，拿出凤剑，唰的一下将胳膊上的腐肉全部切了下来，直到伤口流出鲜红的血，东方宁心才停下这近乎自残的动作，而伤口也没有继续恶化。

东方宁心痛得直抽气，却不敢停滞，脚下的冰路已经变成碎冰碴，根本没有立足之地，近二十只巨兽将她团团围住，她连脱身的机会都没有。这些巨兽外形似猿，体形高大，东方宁心站在它们面前，就如同兔子站在大象面前一样。这些巨兽一脚下来，就可以将东方宁心踩成肉泥。

除了体形外，它们身上的毛发也非常恐怖，它们身上的白毛少说也有数十米长，这些白毛将它们全身都覆盖住，没有半丝肌肉露在外面。

最为恐怖的就是，它们身上的白毛与冰川丛林的颜色完全一样，这些巨兽要是站着一动不动，东方宁心还以为它们是一座小冰山。

好在这些巨兽的眼睛是绿色的，它们每一次飞速移动，东方宁心凭着它们眼睛的颜色，就能准确地捕捉到它们的存在，第一时间避开它们的攻击。

除了眼睛外，还有一处很明显的地方，就是让东方宁心受伤的"利器"。

白色巨兽将它们的"利器"藏得很深，直到与这些巨兽近身搏杀，东方宁心才发现，原来划伤她胳膊的那道黑光，并不是什么神兵利器，而是巨兽的爪子。

这些巨兽的爪子，不攻击的时候，都隐藏在厚厚的白毛之中，巨兽全身都是白毛，移动的时候，身上的长毛也会跟着飘起来，如果它们不主动将爪子亮出来，根本看不出它们将爪子藏在哪里。

别看这些巨兽身形高大，动起来速度却飞快，如果不是东方宁心之前被它们的爪子所伤，还真发现不了它们居然拥有这般锋利的黑爪。

它们的爪子和婴儿的胳膊一样长，如成年人的手指一般粗，通体发黑，散发着森冷的光芒，只是看着就让人发寒。

这些巨兽来势凶猛，完全不给东方宁心喘息的时间，再加上毛皮厚实，一时半刻，东方宁心也伤不了它们。

东方宁心匆忙挥剑应战，一道道剑光朝四周飞去，将巨兽们逼得连连后退。

东方宁心将身形隐藏在剑光之中，从远处看去，只见一连串似真似幻的剑光朝四周飞散，剑气所到之处，冰树皆断，冰层被削。明明只有一把剑，此时却处处是剑，处处是杀气。

巨兽被剑气所阻，瞬间暴躁起来，朝天空发出巨吼，声音听起来像鬼哭声一般刺耳。

巨兽发狂后，勇猛地扑向东方宁心，凤凰的威压对它们没有丝毫影响。剑气划在它们身上，削去大片白色的长毛，而除了长毛被削，它们没有一丝损伤。

"这是什么东西，连凤凰的气息都不惧，连凤凰的剑气都伤不了？"东方宁心震惊至极。这些巨兽，一看就知道是没有灵智的凶兽，而这群最低等的凶物，居然可以无视凤凰的威压，实在是太奇怪了。

"吱吱吱……"回答东方宁心的是小冰鼠越来越恐怖的尖叫声。

东方宁心的剑柄，朝小冰鼠的脑袋一击："小呆鼠，既然知道就告诉我，这是什么东西？为什么这么厉害？"

小冰鼠伸出又胖又短的小爪子指着东方宁心，水灵灵的眸子里全是怨念："这些凶兽是你弄来的，能不厉害吗？要不是你的话，这些凶兽怎么会出现在冰川丛林？要不是担心会引出这些凶兽，上次我也不会在冰川丛林被玄兽追得那么惨。"

"我？这些东西我都不认识，怎么可能是我弄来的？"小冰鼠虽然没有与东方宁心契约，但是以灭天弩为媒介，只要小冰鼠愿意，东方宁心就能知道小冰鼠脑中所想。

"哼，就是你。十万年前你还是冰言的时候，你和千叶带进来的，也是现在赫赫有名的冰川四大凶兽之一的鬼面白猿。这些鬼东西原本也是神兽，但在上古时代被人打残了，变成现在这群完全没有灵智的牲畜。它们的战斗力非常强悍，它们根本不懂得害怕，别说龙凤，就是天地规则的威压，在它们面前也无用。面对威压，它们只会更加狂躁、更加凶猛，简单点说，这就是一群杀人机器。"

冰言带来的？冰言和千叶来过冰川丛林？

东方宁心皱了皱眉，没有继续这个话题，而是问道："鬼面白猿，它们由谁控制？"

"紫眸冰帝。"小冰鼠没好气地翻着白眼，看东方宁心在鬼面白猿的围攻下渐渐占了上风，心下大安。

没办法，它的攻击力并不强，这些鬼面白猿完全没有灵智，就算它是圣兽也没用，这些鬼面白猿根本不买它的面子呀。

就好像，创始之神这样的人去对一个什么都不懂、只会啼哭的婴儿说，我是神，你要再哭，我就杀了你。换来的绝对不是婴儿不哭，反倒是更加凄厉的哭声。

"冰帝？我和他有仇吗？"东方宁心不解。

小冰鼠翻了翻白眼，一副"我怎么知道"的样子。东方宁心知道再问下去也没有收获，专心应付起面前的鬼面白猿。

她不知道冰帝和她有什么仇，但她知道，既然冰帝出手了，她想拿到冰川莲蕊就不是那么容易的事。

东方宁心气势一提，改守为攻，手腕一转，五彩凤凰从剑中飞了出来，穿梭在白色的巨兽和冰川丛林之间，在冰山的照射下，五彩光芒直冲天空。

雪天傲一踏入冰川丛林，就看到天上耀眼的五彩光芒，而封印了巨龙的龙剑也兴奋地动了起来。

雪天傲脚步一滞，站在冰川丛林的入口，看着远处那片耀眼的光芒……

第二十八章
女人真是麻烦

　　五彩凤凰之光笼罩在冰川上空，衬得整个冰川丛林美不胜收，然而雪天傲却无暇多看眼前的美景。

　　能发出凤凰之光，能让龙剑共鸣的，只有东方宁心手上的凤剑，看到眼前的光，雪天傲就知道那人是东方宁心。

　　只是，东方宁心怎么会出现在冰川丛林？她来这里干什么呢？

　　雪天傲踌躇，一时间不知该不该去找东方宁心，和那个女人见面后说什么、做什么？

　　就算他和那个女人是敌人，也改变不了那个女人是他孩子母亲的事实，他根本不可能对她下手，也不可能对她说狠话。

　　雪天傲望着光芒所在，向来果断的他，第一次犹豫不决……

　　雪天傲身后的护卫一脸震惊，他们七人是雪天傲亲自挑选出来的，不属于光明神殿，他们只对雪天傲忠诚。他们跟在雪天傲身边的时间虽然不长，但自认是与天傲神王最亲近的人，这些日子相处以来，他们从来没见过雪天傲这副优柔寡断的样子。

　　他们见过英明的、冷静的、睿智的、果断的天傲神王，独独没有见过失神的雪天傲。在他们眼中，世间所有形容强者的最美好词汇，都是为天傲神王量身定做的，像"失神"这种词，不应该出现在他们英明伟大的天傲神王身上。

　　七人当中，年龄最长的那个大着胆子上前询问："天傲神王？我们进不进冰川丛林？"

　　"进。"雪天傲收回视线，长长的睫毛轻眨，掩去眼中的情绪。

　　"走。"朝身后的护卫打了个手势，雪天傲率先踏入冰川丛林，尽量忽视心中的那丝不安。

　　避开五彩光芒所在，雪天傲故意与东方宁心错过。身后的护卫不清楚真相，只当雪天傲是为了避开危险。

前行不过千余米，雪天傲的速度却越来越慢，眼神时不时地瞟向东方宁心所在之处，只不过雪天傲掩饰得很好，身后的七个护卫全都没有发现。

在与鬼面白猿的厮杀中，东方宁心渐占上风，只是一时难以冲出重围。直到这个时候，她才明白小冰鼠为何那么害怕这些白色巨兽。

这些巨兽的战斗力与爆发力都十分惊人，不过最恐怖的还是它们诡异的特性。东方宁心一剑将其劈开，本以为巨兽会血溅五尺、倒地不起，不料它们的伤口瞬间就愈合了，就如同不曾受伤一般。

剑尖落在地上，刚被东方宁心劈成两半的白色巨兽再次朝她进攻。东方宁心连喘气的时间都没有，脚尖一点，一个后空翻，堪堪避开。

身形一闪，东方宁心化为鲲鹏展翅而去，打不过，还跑不过吗？

不料，飞至云层却发现，一张白色巨网将整个冰川丛林罩住了。巨网的颜色与冰川的颜色一样，如果不是飞身而起，相隔数万米，哪怕是神王，也无法看清这细微的存在。

东方宁心脸色一变，在半空中褪去鲲鹏真身，白衣飘飘，面色如霜，凌空而立。

"死亡火焰。"手一扬，黑色的火焰在手心跳跃，整个冰川丛林骤然黯淡了三分，底下的白色巨兽越发暴躁起来。

东方宁心不是一个心软的人，眼神一冷，闪过一抹杀意，死亡火焰一分为二，一簇朝天空飞去，另一簇则朝底下的鬼面白猿飞去。

轰！火焰冲天而起，白色巨网瞬间被烧毁，丛林中传来鬼面白猿鬼哭狼嚎般的声音。

机不可失，东方宁心正欲离开，整个冰川丛林突然一震，从四面八方传来强大的威压。

东方宁心身形一顿，正要寻找威压的来源，半空中便传来冰帝略带戏谑的声音："想走？东方宁心，你忘了这里是什么地方吗？你的死亡火焰很可怕，别人怕你，我可不惧。东方宁心，低头看看你的脚下，会有意外的惊喜。"

伴着这道声音，传来一股扭曲空间的力量。

"冰帝？"东方宁心停下脚步，低头一看，只见鬼面白猿不仅没被烧死，反而变得更加诡异。

身上的白毛被烧个精光，露出黑壮的身子，背后居然生出了三对黑色的翅膀。它们的肌肉很发达，全身上下无一处不是坚硬的肌肉，看上去硬得像石头一般。

撑破肌肉，生生从背后长出翅膀，据说这种痛比生孩子更痛。这些巨兽被凤剑砍成两半，都不曾哼一声，现在东方宁心却看到它们痛得满地打滚，嘴里发出痛呼，尖锐的黑爪拼命在身上抓挠，想借此减轻痛苦。

东方宁心没空同情它们，这些巨兽的翅膀一旦长成，她的空中优势就没有了，冰帝想困住她就更容易了。

她不知道冰帝为什么处处针对她，她可没空陪冰帝玩。在与鬼面巨猿战斗时，她就发现有人踏入冰川丛林了，无论对方是谁、有何目的，她都必须防备。

东方宁心收回视线，冷笑一声，开始凝聚真气，准备施展空间静止术。就在这时，一道紫光从天而降，径直射入她的双眸之中。

"啊——"东方宁心痛呼一声，真气消散，空间静止再也发不出来。

待到东方宁心平复下来，冰帝的身影出现在她的面前，一如既往地孤傲，冷峻得让人不敢靠近。

紫色的眸子对上东方宁心，不带一丝情绪地说："东方宁心，别再做无谓的挣扎了，我太了解你了，你的空间静止术在我面前完全没有机会发出来。我知道你炼化了死亡火焰，特意将仅存的鬼面白猿放了出来。这些鬼面白猿看似普通，但它们历经上古战场都死不了，你知道是因为什么吗？"

冰帝指着脚下那些被火焰焚烧仍旧不死的鬼面白猿，自问自答道："这些鬼面白猿的体内有凤凰血，每一次死亡对它们来说不过是一次蜕变罢了，就如同蛹变蝴蝶一般，就算你拥有十八般武艺，也弄不死它们。"

不给东方宁心说话的机会，冰帝再次道："东方宁心，我知道你来冰川丛林的目的，我也没有想过，这些鬼面白猿可以伤得了你。但是你知不知道，在你与鬼面白猿纠缠时，雪天傲也来了。他的目的和你一样，你说你要的东西落到雪天傲手上会怎么样？想来应该会很好玩，你们夫妻二人，没有在光明神殿反目成仇，却要在我的冰川丛林反目成仇。"

"冰帝，你想怎样？"东方宁心怒视冰帝，柳云藤已经握在手中，精神力也在第一时间开启。

雪天傲居然也来冰川丛林了，而且也要找冰川莲蕊，这会是巧合吗？

东方宁心不相信，她知道必是创始之神知道了什么。

"我想怎样？我能怎样？你们五界的斗争与我无关，我也不屑去管，你们一次两次不经我的同意，擅自闯入我的冰川丛林，难道我这个主人不能表示一下愤怒和谴责吗？这里是冰川丛林，我是这里的帝王，你们擅闯冰川丛林我管不了，但不经我同意想把冰川丛林里的东西带出去，就是痴心妄想。别说你和雪天傲做不到，就是创始之神亲临，没有我的同意，也不能将冰川丛林里的东西带走。你想得到冰川丛林里的东西，除非叫千叶来见我，不然我就将它拱手送给雪天傲，让他带去给创始之神。"

冰帝淡然而自信的态度，无声地告诉东方宁心，他说得出就做得到。

"冰帝，冰川莲蕊我东方宁心要定了，你想找千叶大可以自己去，我和千叶没有半点关系。你乘人之危，拿冰川莲蕊来威胁我，未免太过下作与无耻了。"东方宁心早就猜到冰帝与千叶是旧识，现在听到冰帝这么说，也没有多么惊讶。

她唯一惊讶的就是，冰帝和千叶似乎出了问题。当然，看冰帝的样子，东方宁心就知道冰帝很在乎千叶，但这与她何干？

"无耻？我再无耻也比你的男人好，至少我明白自己要谁、该保护谁。看看你的男人，一个无用的懦夫，小小的忘情就让他把你忘得一干二净，明知你深陷危险之中却避而不见。东方宁心，这样的男人，值得你为他做这么多吗？这样的男人，值得你为他而伤害千叶吗？你和千叶没有半点关系？东方宁心，千叶有什么不好？他等了你十万年。十万年的时间，就是一块冰，也该焐热了，可是你呢？一次又一次地伤害他。千叶为你做了那么多，你居然说自己和他没关系，你怎么对得起千叶？"说到最后，冰帝的话已变成了责怪。

面前的这个女子，十万年前亲昵地拥着他叫他弟弟。与世无争的她，为了他大开杀戒，将他捧到今天的高度，现在呢？

他连一句冰言姐姐都叫不出来。十万年的时间太长了，他们一直记得她，一直活在她的影子下，她却将所有人都忘记了，只记得一个雪天傲。

无论他们多爱她，他的冰言姐姐都不要他了，也不要千叶了。而千叶，也不要他了……

冰帝的身子微微一动，脸上的寒霜更浓，冷冷地看着东方宁心，眼神凌厉而狠辣。他不能让东方宁心毁了千叶，更不能让东方宁心抢走千叶。东方宁心不是冰言，不是他的冰言姐姐。

东方宁心不知道冰帝为何突然起了杀心，手上的柳云藤一扬，毫不畏惧地说："冰帝，我和千叶的事情与你无关，别摆出一副替千叶讨公道的样子，你的心思我多少明白，你真的希望我接受千叶吗？你真的希望我和千叶在一起吗？"

东方宁心嘲弄地看向冰帝，见过冥与琴然之间的感情，她或多或少也能明白冰帝此时的心情。也许，冰帝对千叶只是一种依赖，但不管怎样，在冰帝心中千叶是最重要的。

冰帝为了见千叶，不一定会将冰川莲蕊给雪天傲，但一定不会让她带走，冰帝一定会逼她将千叶带来。

想到这里，东方宁心更不敢掉以轻心，全副注意力都放在冰帝的身上。不将冰帝打败，她绝对无法带着冰川莲蕊离开这里，但她孤身一人，要打赢冰帝很难。

冰帝没有被说破心事的难堪，一脸坦荡地回视东方宁心，璀璨的紫眸流转着醉人的波光："的确，我一点儿也不希望你接受千叶，因为你不配。这十万年是我在陪着千叶，他的痛苦、他的悲伤、他的思念，我全部看在眼中。他为你舍弃了至高无上的权势，又为你卷入他最厌恶的五界之争。可是你呢？嫁人、生子，和另一个男人卿卿我我，这样的你，怎么配得上千叶？！"

"你冰清玉洁，配得上千叶，可惜，千叶却不要你。"东方宁心恶毒地加重"冰清玉洁"这四个字，提醒冰帝，他和千叶永远都不可能。

这世间，也只有一个冥、一个琴然，他们是无可取代的，他们的幸福是无法复制的，千叶与冰帝注定没有可能。

虽然，她依旧气冥逼她做选择，但在冥带着琴然离开时，她依旧将自己的祝福送上。那样纯粹的两个人，应该得到幸福。

"东方宁心，你找死！"冰帝大声吼道，东方宁心说出了他心中的痛——千叶不要他。

冰帝脸色发青，双手握紧又松开，松开又握紧，紧紧地放在身侧，不敢动弹半分，生怕自己一动，就会杀了东方宁心。

"我是不是找死，动过手才知道。"东方宁心随手甩出柳云藤，一鞭抽在巨兽刚刚长出来的翅膀上，却无法阻止它们的翅膀长出来。

看着即将成形的翅膀，东方宁心眼中闪过一抹焦急，她必须在这些巨兽的翅膀成形之前，将面前的冰帝摆平，不然就麻烦了。

冰川莲蕊，绝对不能落在雪天傲的手上。

冰帝早就知晓东方宁心的用心，本想拖上一拖，被东方宁心这么一激，气得失去理智。千叶是冰帝的逆鳞，碰不得，一碰他就毫无理智可言。

冰帝眼中紫光飞射，朝东方宁心扑去。右手朝半空一挥，万余米外的一座冰山轰然倒塌："东方宁心，明年的今天就是你的忌日，放心，我不会让千叶知道你死在了这里。"

"是吗？明年的今天是谁的忌日还不好说。"东方宁心无惧，拎着柳云藤就冲了上去，当然她没有忘了将眼睛闭上。

冰帝的紫眸很可怕，比当初的妖瞳还要可怕。

"哈哈哈……狂妄无知的女人，今天没人能救你。"

"是吗？"

"是吗？"

一前一后，两道声音同时响起，前一道是东方宁心的，后一道则是低沉的男声："冰帝，就凭你也敢动我的女人，真是活得不耐烦了！"

"雪天傲？"东方宁心抬头，惊喜地唤道。这个男人还是来了，没有让她失望。

雪天傲面无表情地轻轻点头，眼神越过东方宁心看向冰帝，眼中弥漫着杀意："忘恩负义的家伙，居然想杀东方宁心。你是不是忘了，你能有今天是谁给你的？"

"你知道我的事？"冰帝一怔，随即朝底下的巨兽扫了一眼，只见前一秒还满地打滚哀嚎的巨兽居然忍痛站了起来，扑腾着刚刚成形的翅膀飞至半空，堵在了东方宁心与雪天傲身后。

原来这些巨兽是用精神力控制的，东方宁心将这一幕看在眼底，心中有了计较。

冰帝那双紫眸的力量她比不上，但要操控这群没有灵智的巨兽却不是什么难事。刚才只有她一个人，她不敢分心，现在雪天傲就在她的面前，她完全不用担心。

嘴角轻扬，东方宁心看向站在自己面前的雪天傲，心里暖暖的。这个男人，在她需要的时候出现了，总算没有让她失望。

雪天傲冷冷地瞥了冰帝一眼，没有回答冰帝的问题，而是问道："冰川莲蕊是不是在你手上？"

"你去了千雪山？"冰帝一脸震惊。雪天傲居然放下东方宁心的安危，先去千雪山，忘情的力量果然强大。

"需要吗？你出现在这里，笃定地威胁东方宁心，不就说明冰川莲蕊在你手上吗？我不管你是怎么知道我和东方宁心来冰川丛林的目的的，现在把冰川莲蕊交给我们，过往一笔勾销。"雪天傲伸出右手，不容拒绝地说。

"交给你们？给你还是东方宁心？我记得你们分属不同的阵营，不是吗？"在雪天傲的威压下，冰帝暗暗后退。

现在的雪天傲是神王了，凭借星空之力，完全可以和冰帝打成平手。

"把冰川莲蕊给我们，至于其他的，就不劳你操心了。"雪天傲向前一步，以绝对的强势压制着冰帝。

光明是一切黑暗与阴冷的克星，很不幸，雪天傲刚好能压制冰帝。

"想从冰川丛林抢东西，凭你还不够格。杀了他们！"眸中紫光一闪，冰帝朝巨兽下令。

"嗷呜——"巨兽咆哮一声，展翅朝东方宁心与雪天傲扑去。

东方宁心正准备反击，雪天傲突然伸手揽住她的腰："别管它们，跟我走。"

说话间，圣光神剑已经出现在雪天傲的手上。

唰……圣光神剑在冰帝面前一扫，出现一道扇形的波光，将冰帝眼中的紫光完全挡住，借这个机会，雪天傲带着东方宁心与冰帝擦身而过。

长出翅膀的巨兽从身后扑来，就在此时，半空中突然出现七个银色的身影。

"孽畜，受死吧。"七人一身光明铠甲，正气凛然，一副为天下苍生而战的模样。

他们虽是雪天傲的护卫，但受光明神殿的影响，认为世间只应该有光明和仁爱，像鬼面白猿这种妖兽，不应该存在于世间。七人忘了雪天傲的命令，将原本拖住这些巨兽的任务，自动变成杀死这些巨兽。

雪天傲带着东方宁心一路朝南飞去，在东方宁心与鬼面白猿战斗时，他也没有闲着，将冰川丛林的情报小小地收集了一下。

是人就有弱点，冰帝最在乎的就是那座冰殿，用冰殿来威胁冰帝，雪天傲有九成的把握拿到冰川莲蕊。

"东方宁心、雪天傲，站住！"身后传来冰帝急切的吼声。

雪天傲不仅没有站住，反而加快了速度。低头看着依偎在自己怀里、褪去冰冷的东方宁心，冷声道："东方宁心，凭你一人，无法和冰帝对抗。"

冰冷的声音，将东方宁心心中的旖旎打破，她没有忘记，雪天傲忘情了，不再是那个处处为她着想的雪天傲。

抬头与雪天傲的眼神交会，东方宁心用同样的语调说道："你一个人也不行。"

"所以，我们合作。"雪天傲没有否认。的确，他和东方宁心分开行动，谁都没有办法从冰川丛林带东西出去。

"合作？你知道我要什么吗？"东方宁心笑了，只是眼中蓄着泪水。

雪天傲别过头去，不再看东方宁心，而是盯着远处的冰殿："我不管你要什么，我只要冰川莲蕊，除了冰川莲蕊，你什么都可以带走，包括冰帝的命。"

"我和你一样，除了冰川莲蕊，我什么都不要，这样我们还怎么合作？"东方宁心伸手挡在两人之间，拉开两人的距离。

身体靠得再近，也改变不了他们对立的事实，雪天傲能忘，她不能。

雪天傲沉默，半响后道："我们先联手对付冰帝，至于冰川莲蕊，就看谁技高一筹了。"

"可以。"东方宁心应得爽快，但只有她明白，她的心有多么酸楚。

这么一瞬间，冰帝与他们两人之间的距离再次拉近。冰帝在后，冰殿就在他们眼前。

与雪天傲达成约定后，东方宁心不再沉迷于儿女私情中，手一扬，身形一侧。不需要东方宁心说，雪天傲就知道她要做什么，放在东方宁心腰间的手一松，任东方宁心沿着他的手臂飞转，又再次按原路回到他的怀中。

一团黑色火焰飞出，轰的一声变成熊熊烈火，挡住了冰帝的路，她就不信冰帝不怕死亡火焰。

"东方宁心，你找死！"火焰后面传来冰帝不安的怒吼。

"东方宁心、雪天傲，想要冰川莲蕊可以，但是你们若敢毁我冰殿，我要你们不得好死！"冰帝急切地大喊，却因为死亡火焰就在眼前而不敢妄动。

"毁了又怎样？你不说我还没有这个打算呢，现在嘛……冰殿必毁！"东方宁心冷声道。

"东方宁心，你敢！"冰帝咬牙切齿，语气带着愤怒与不安。

"睁大眼睛看着吧，冰帝大人！"东方宁心与雪天傲一个跳跃，人已至冰殿前。

东方宁心的话让冰帝不复之前的冷静，如同发狂一般，他不顾一切地冲破死亡火焰的阻挡。

冰天雪地中，紫光翻飞、杀气满天，下一秒，惨叫声传来。

东方宁心脸色大变，伸手拽着雪天傲的衣摆："雪天傲，你的护卫。"

"无用之人，留之何用。"雪天傲冷酷地答道，无视他的命令，该死。

低头看着抵在自己心口的手，向来讨厌与人接触的他，没有将东方宁心的手挪开的意思。

来到冰殿前，雪天傲松开东方宁心，改搂为拉，两人手牵手朝冰殿走去，完全没有敌对的样子："走，去冰殿。"

当当当……他们刚踏上一个台阶，城墙上就响起一连串急促的钟声。

"有敌袭，有敌袭，敌人已至冰殿脚下。"以冰筑成的城墙上，护卫一边敲着警钟，一边大声喊道。

一听到钟声，数十个天神以上的高手相继涌出冰殿，飞上城墙，对底下的东方宁心与雪天傲喝道："何方宵小，竟敢擅闯冰殿，速速离去，既往不咎。"

东方宁心与雪天傲没有理会，身形一闪，几个起落，就来到冰殿的城墙下。

"东方宁心、雪天傲，是你们？好大的胆子，你们二人胆敢闯我冰殿，太不把冰殿放在眼里了。"冰殿大护法怒道。

"把冰川莲蕊交出来。"东方宁心与雪天傲丝毫不将对方的怒火放在眼中，手一扬，一道真气飞出，城墙震动，警钟嗡鸣。

这时，冰殿正门大开，看不到尽头的护卫涌了出来，手持大刀与盾牌，将东方宁心与雪天傲团团围住。

两人紧握双手，完全没有松开的意思，同时召唤出龙凤双剑，就这样提剑往前冲去。剑光飞射，所到之处尸体成堆，每个都是一剑毙命。

冰殿众人士气大降，大护法眼看情况不妙，下令道："你，速唤冰川七老，告诉他们冰帝大人被困，冰殿即将被毁。"

"是。"一个护卫应声而去。

一连串命令吩咐下去之后，大护法大吼一声，朝东方宁心与雪天傲扑去。

东方宁心与雪天傲互看一眼，同时点了点头，手中的动作再次加快。龙凤双剑一左一右，在大护法扑下来的那一刻重叠在一起。

轰！龙凤虚影从剑身飞出，以闪电般的速度朝冰殿大护法扑去。

"龙凤和鸣？"大护法脸色一变，脚尖点地，连连向后退去。

大护法身后的人见了，自知不敌，不敢再往前凑，愣在原地，一时不知如何是好。冰帝不在，他们就失了主心骨，面对强敌，他们虽有一套应对措施，但多少年来都没有用过，早已生疏。

在冰殿众人不知所措之际，冰川七老现身了。这七人是冰殿中仅次于冰帝的存在，个个都是神王，他们身后带来一支千人大军，这千人着装整齐，手持弯刀与盾牌，整齐一致。

"杀！"千人大军冲过来的那一刻，以刀击盾牌，齐喊杀字，惊天动地，远处的死亡火焰一下就被冲开了。

东方宁心与雪天傲顿时感受到一股猛烈的彪悍之气，同时脚步一顿："精神攻击？"

"好强的力量！就是创始之神，恐怕也会心神不宁。至于其他人，只怕会当场崩溃。"东方宁心与雪天傲见到冰殿的威力，心中暗暗称赞。

冰殿的确不是好闯的，他们捅了马蜂窝。

这时，被死亡火焰阻住的冰帝在这千人的助威下，从死亡火焰中脱身，一个旋身，如同

365

大鹏展翅，掠过台阶，来到东方宁心与雪天傲面前。

"东方宁心，雪天傲，想要冰川莲蕊？想要毁我冰殿？我倒要看看你们有什么能耐，竟敢在我面前嚣张。"冰帝身上的紫衣被烧黑，让他整个人看上去更加阴冷。

"杀了他们！"冰帝一声令下，冰川七老和他们身后的一千士兵朝左右散开，以两翼之阵，将东方宁心与雪天傲围困在中间，同一时刻，那些长出翅膀的鬼面白猿也纷纷飞来，立在半空，虎视眈眈。

显然，冰帝早有杀他们之心，这个局就是为他们布的。

"原来冰帝大人大费周章，是为了杀我。"雪天傲知道自己上当了，却没有一丝惧意。冰川莲蕊在冰帝手上，就是刀山火海他也要闯。

创始之神已经对他起了疑心，无法从冰川丛林拿到冰川莲蕊，创始之神一定不会放过他。

冰帝将东方宁心与雪天傲的反应尽收眼底，漂亮的紫眸流转着一抹笑意："宁心，松开他的手，我只想杀他。"杀了雪天傲，你和千叶就永远不会有可能了。

这话冰帝没有说，但他眸子中的笑意，泄露了他的心思。

"冰帝，我本无心杀你，但你对雪天傲动了杀心，那我就不能放过你了，今天你必死。"如冰帝所愿，东方宁心松开了雪天傲的手，手朝地底一抓，"暗之弩，出来。"

阴冷幽森的暗之弩稳稳地落在东方宁心的手上，散发着强大的杀意。

"暗之弩？你怎么会有这种东西？"冰帝脸色微变，他身后的人就没有这么冷静了，一个个连连后退。

"没打听清楚我的底牌，就敢对我下杀手，冰帝，你还是一如既往地天真。"话音刚落，东方宁心皱眉，她怎么会说出这样的话来？

"你记起我了，冰言姐姐？"冰帝脸上闪过一抹欢喜，随即又被痛苦与为难取代。

"别叫我冰言，也别叫我姐姐，我没有你这样的弟弟，冰帝大人。"东方宁心反射性地拒绝，拒绝一切和冰言有关的事情。

刚刚那一霎，对冰帝的怜爱不受控制地宣泄而出，让她有一瞬间的心慌意乱。

"别担心，一切有我。"雪天傲察觉到东方宁心的情绪波动，手按在东方宁心的肩膀上，坚定地说道。

"你？"东方宁心眼前一亮，小心翼翼又满怀期望地问道，"雪天傲，你记起我了？"

雪天傲心头一动，在东方宁心期待的眼神下，他很想点头，可事实却是："东方宁心，你在想什么？我们现在可是合作关系，你这个样子怎么与冰帝一战？难道你奢望我会放弃冰川莲蕊来救你？"

雪天傲冰冷得不带一丝感情，最后还补上一句："女人真是麻烦的东西，你再分神，我们的合作就到此结束了。"

"是呀，女人真麻烦。"东方宁心应了一声，眼中的温度褪去，面如寒霜，再加上暗之弩的存在，让她看上去就如同从冥界走出来的活死人一般。

"雪天傲，你放心，我不会给你添麻烦。冰帝的命我要了，其他的交给你。"东方宁心说完，也不管雪天傲应付冰殿众人会不会吃力，拿起暗之弩就朝冰帝射去。

"东方宁心，你这个疯女人，有没有脑子呀。"雪天傲气极，想将东方宁心拉回来，却来不及了。

冰川七老和头顶上的鬼面白猿，在冰帝的命令下，齐齐朝他发起攻击，雪天傲不得不召唤出圣光神剑。

"圣光神剑？创始之神真舍得啊。"冰川七老看到雪天傲手中的剑，眼中闪过一抹贪婪与惧意。

人为财死，鸟为食亡。不需要冰帝下令，冰川七老就朝身后的千人大军命令道："迎战，击杀雪天傲，夺圣剑。"

"是！"千人大军整齐划一的声音响彻整个冰川丛林。

"击杀雪天傲！"刀击盾牌的声音再次响起，一波高过一波的喊叫声，似乎要将人淹没。

雪天傲的心神为之一震，勉强稳定心神，他再次看向冰川七老身后的千人大军，眼神变得沉稳而深邃。

冰帝确实很不简单，将精神攻击发挥到了极致。这也就是他雪天傲，意志坚硬如铁，如果换成另一个人，在铺天盖地的喊杀声下，十有八九会受影响，战斗力也会大大下降。

暗暗运气，雪天傲敛声屏气，提剑朝冰川七老身后的千人大军击去。

冰川七老与鬼面白猿也不客气，提气迎上。一高空、一平地，两批人马同时出手，不让雪天傲越雷池半步。

东方宁心凌空而立，张弓拉箭，只听嗖的一声，利箭以流星之速朝冰帝射去。

冰帝双臂张开，如同大鹏展翅，掠身而起，不知何时，手中出现了一个紫色的真气球，在飞身而起的那一霎，用力朝东方宁心抛去。

"想杀我？东方宁心，十万年了，我的实力不是你可以想象的。你以为你是冰言的转世，就拥有冰言的实力吗？做梦！"冰帝旋身一侧，纯粹的紫光从他的眸子中射出，弩箭的速度很快，但紫光的速度更快，一个瞬息间，紫光已经捕捉住弩箭。

紫光与弩箭相击，发出尖锐刺耳的声音。

黑色的弩箭与紫色的精神力在半空中碰撞，前者想冲破紫光射向冰殿，后者强力阻挡。

"东方宁心，我的冰殿除了千叶，任何人都不可以动。谁动冰殿半分，我就要他九族陪葬，你也不例外。"在东方宁心准备射出第二支弩箭时，冰帝凌空一拍，飘浮在空中的紫色真气球飞到东方宁心的面前，轰然炸开……

第二十九章
从此不相欠

　　紫光炸开，璀璨夺目，笼罩了整个冰川丛林，也照亮了半边天。

　　爆炸的力量太大，整个冰川丛林都在震动，天空上的云朵也因这股强大的力量而扭曲，东方宁心手中的暗之弩不受控制地颤动起来。

　　东方宁心拥有堪比幽冥之神的精神力，这一刻却连暗之弩都握不住，被紫色的目光一扫，手上的暗之弩便歪到一旁。

　　"你……"东方宁心的眼中布满惊恐之色。冰帝的精神力居然强到可以扭转风云、扭曲星空。

　　如果说她的精神力是江河，冰帝的就是海洋。在精神力层面的对战，她完全没有优势。

　　就这么一个瞬间，东方宁心就感觉自己被天地间无形的网罩住了。此刻别说拉开暗之弩了，就连再次瞄准冰帝都异常困难。

　　"东方宁心，你以为得天独厚的人只有你一个吗？我的紫眸是上天特赐的，遇弱强，遇强更强。东方宁心，杀了你，千叶不会原谅我，所以我废了你，让你永远留在冰川丛林。这样你就永远不会离开千叶，千叶也不会离开我了。"冰帝陷入疯狂之中，紫眸闪着迷离的光芒。

　　"真是一个任性的、没有长大的、被人宠坏的孩子。"这一刻，东方宁心的脑中，闪过这样一个念头。

　　她不知道，正是因为她和千叶，才将冰帝宠成今天这副模样。

　　拼精神力不是人家的对手，可是要东方宁心就此束手就擒也是不可能的，她没兴趣陪这个心理扭曲的人一辈子。

　　东方宁心正欲召唤柳云藤缠住冰帝，以便给自己一个脱困的机会，耳边却传来刺啦一声。

"打不过不会躲吗，死撑着就能显得自己很强吗？笨女人！"雪天傲的圣光神剑，一下就撕裂了冰帝的精神束缚。东方宁心乘机脱身出来，心中暗叹，幸亏有雪天傲，不然今天真要吃大亏了。

"要废了东方宁心？你得问我愿不愿意，冰帝大人！"虽然很不满东方宁心给他添麻烦，雪天傲还是以保护者自居，执剑跃至东方宁心身前。

"女人真麻烦，跟你合作我好像很吃亏。东方宁心，那些人交给你了，冰帝我会解决。"雪天傲霸道地将东方宁心踢出战局，完全不给东方宁心拒绝的机会。

面对这个男人别扭的保护，东方宁心哭笑不得，却没有拒绝他的好意。雪天傲的实力在她之上，她的精神力又完全被冰帝压制，她的确不适合与冰帝交战。雪天傲的圣光神剑，也不适合群战，两人交换一下战场，胜算更大。

没有了冰帝的压制，东方宁心如同鱼入大海，头顶的鬼面白猿被雪天傲杀了一次后，在地上痛苦地哀嚎，等待新生。

东方宁心没有理会那些巨兽，凌空一跃，手中的柳云藤如同游龙，在冰殿大护法和冰川七老面前飞转，逼得八人连连后退。借此空当，东方宁心立至半空，先设下一重黑暗守护，紧接着拉开了暗之弩。

嗖——阴冷的弩箭划破长空，朝冰川七老射去。

呼——在暗之弩面前，任何防御都是无用之功，弩箭以乘风破浪之姿，狂啸而至。

冰川七老连连后退，最慢的一个，便只能眼睁睁地看着利箭划破长空朝自己射来。

噗——利箭直穿胸膛。

"啊——"凄厉的惨叫声响起，尸体迅速化作一团黑烟，在半空中消失。这就是暗之弩的力量，一旦被射中，就毫无活命的机会。

一箭就轻易射杀一个神王，让东方宁心对暗之弩极为满意。她再次拉弓，这次居然三箭齐发。

"三箭齐发，这是什么女人呀？"冰川七老余下的六人愣在原地，半天不知如何反应。

传闻暗之弩重百万石，寻常的天神甚至无法拉动弩弓，神王最多也只能射万余米远。东方宁心一介女子，能拉开暗之弩已是强悍，现在居然要三箭齐发，这怎么可能？

"别相信这个女人，她是唬我们的，这世间除了幽冥之神，没有人能一次发三箭，我们一起冲上去杀了她。就算她三箭齐发也杀不了我们七人。"大护法一马当先冲了过去。

不是你死就是我亡，这个时候没有公平、没有心软之说，一切只为杀死对手。

"对，大护法说得没错，她一个女人，怎么可能一次射出三箭，冲上去，杀了她。"

"杀！"一千将士再次以刀击盾牌，试图扰乱东方宁心的心神，可惜东方宁心早有准备。

小冰鼠嗖地蹿到东方宁心脑后，最大限度地将自己胖乎乎的小身子拉开，一左一右捂住东方宁心的耳朵。

就在大护法一行人冲过来时，东方宁心搭在弦上的手指一松，三支黑箭已离弦而去。

"很抱歉，让你们失望了，我就是天地间第二个可以拉开暗之弩，并且连射三箭的人。"东方宁心傲气十足，隐含一丝讥讽。

黑箭破空而至，强大的冲击力直冲上前来的七人站都站不稳，更别说攻击东方宁心了。

黑箭所到之处，冰层裂开，尸体乱飞，一时间眯了众人的眼，让人看不清发生了什么，直到扑通一声响起，众人才发现，冰殿大护法和冰川六老像串糖葫芦一样，被三支黑箭射穿了。

实力仅次于冰帝的冰殿八大高手瞬间陨落，让冰殿众人目瞪口呆，连话都不会说了。

东方宁心满意地点了点头，手中的暗之弩散发着妖冶的光芒，冥界的神器喜杀戮，沾的鲜血越多，神器的色泽越亮。东方宁心瞥向正与冰帝交手的雪天傲，看到雪天傲以星空之力对抗冰帝的精神力稳占上风，这才暗暗松了口气。

雪天傲双眼紧闭，四周被星空之力包裹，看样子冰帝的紫眸影响不到他。

没了大护法和冰川七老，冰殿的人群龙无首，一个个悄悄后退，根本没有战意。

东方宁心勾起一抹冷笑，将暗之弩收了起来，淡淡地扫了他们一眼。这一眼，让冰殿众人背脊发凉，那些以刀击盾牌的方式将精神力注入声波中的护卫，依旧在喊着"杀"，声音却已绵软无力。

东方宁心失望地摇了摇头，人太少了，仅剩千余人，这点人也不知道能提炼出多少真气，够不够与冰帝一战。此时东方宁心倒是有点后悔，让冰川七老和冰殿大护法死得太快了。

要是能将那八个神王的真气提炼出来，肯定能击杀冰帝。

轰！一簇黑色的火焰在东方宁心的手心跳跃，散发着噬血的幽光。

"不，不要……冰帝大人，救命呀！"冰殿护卫惊恐地大喊，东方宁心却像没听到一般。

"死亡火焰，燃烧吧！"手微微抬起，以圣洁之姿，行杀人之实，"冰帝，我现在就将你的冰殿，毁给你看。"

东方宁心手心向下，黑色火焰如同瀑布一般倾泻而下，眼看就要落到冰殿上方，冰帝脸色大变，顾不得与雪天傲交战，连忙抽身。

雪天傲却不给他机会，向前一步，圣光神剑一扫，冰帝如同断线的风筝一般朝冰殿撞去。

冰帝却不顾自己的生死，惨白着一张脸，急切地朝东方宁心大吼："东方宁心，你给我住手！你敢毁了冰殿，我就将冰川莲蕊毁了，让你后悔一辈子！"

冰帝的话逼得东方宁心止住了手上的动作，手心向上，火焰逆流而上，如同龙吸水一般，全部汇入东方宁心手心。

但是，东方宁心要是这么好说话，她就不叫东方宁心了。在收回死亡火焰的同时，东方宁心随手撒出一把金针。

细小的金针与暗之弩相比毫无威力，却在冰殿众人毫无所觉时悄然没入了他们体内。待到他们反应过来时，只见东方宁心厉声吼道："爆！"

砰砰砰……如同放鞭炮一般，爆炸声此起彼伏，冰殿众人的心口全被炸出一个血窟窿，纷纷倒地身亡，到死都没明白自己是怎么死的。

"你……够狠！"冰帝撞塌冰殿一角，华贵的紫衣沾满鲜血，整个人狼狈不堪。

"彼此彼此，斩草不除根，春风吹又生。"东方宁心说得冷酷，但只有她自己明白，如果可以兵不血刃地拿到冰川莲蕊，她哪里愿意双手染血？

"好了，冰帝，不要再说了，把冰川莲蕊交出来。"雪天傲朝东方宁心递了个眼神，示意她把那些鬼面白猿处理了，这是冰帝最后的底牌，既然要清，就清得干干净净。

东方宁心犹豫了一下，在雪天傲的坚持下，凝聚精神力对付鬼面白猿，以免它们再次捣乱。

冰帝跌坐在地上，完全没有起身的意思，睫毛轻眨，掩去眼中神秘的紫光："雪天傲，冰川莲蕊于公于私，我都不能给你。"

"不给也得给，是人都有弱点，你的弱点便是冰殿。东方宁心能毁，我同样可以毁了它。只要把冰川莲蕊给我，我保你冰殿不毁。"雪天傲看了一眼正全神贯注驯服鬼面白猿的东方宁心，默默在心中说道：东方宁心，很抱歉，冰川莲蕊对我来说太重要了，我一定要拿到手。别怪我，要怪就怪你太相信我了，始终不肯面对我们是敌对的事实。

"哈哈哈……雪天傲，你说我会相信你的话吗？"

"不信也得信，你别无选择。"雪天傲步步逼近。

"你说得没错，我别无选择。想要冰川莲蕊是吗？好，自己动手取。"冰帝将自己的上衣撕碎，露出雪白的胸膛，指着自己的心口说道，"冰川莲蕊就在这里，我用心头血养着它，想要冰川莲蕊，就剜了我的心吧。"

随着冰帝的呼吸，隐隐能看到莲蕊的影子浮现在心口处。

"你以为我不敢吗？"雪天傲嗤笑，冰帝以为人人都是千叶和冰言，舍不得伤他？

"从没怀疑过，动手吧。"冰帝没有反击，一副等死的样子，只是他眼中的妖邪之色，怎么看怎么让人觉得诡异。

雪天傲心知有诈，脚步一顿。

"怎么？不敢出手吗？你支开东方宁心，不就是想要冰川莲蕊吗？动手呀，再不动手就晚了。"冰帝笑道，墨色长发垂于胸前，看上去妖娆无比、媚色无边。

"激将法对我不管用，我可以先杀了你，再取冰川莲蕊。"冰帝狠，雪天傲比他更狠，

371

雪天傲说罢，凝气于剑。

冰帝脸色大变，心神一颤，看雪天傲的神色就知道他是玩真的。

该死的，他下了这么大的本钱，也没办法诱雪天傲近身吗？

既然如此，他只有拼了。

冰帝将眼睛睁至最大，眼中的紫光一点一点朝瞳孔深处汇聚，很快就形成一个紫色实心圆点，眼睛其他地方则全是白色。

雪天傲知道冰帝不是个善茬，见此景再次加速真气的凝聚，手腕一转，一道金光从剑中流出："星空轮回斩。"

"你很厉害！"生死关头，冰帝也顾不得那么多了，原地腾空而起，只见冰帝的身影化为紫光，朝四面八方飞散。

星空轮回斩落空，所有攻击力都打在了冰殿上，一声巨响之后，冰殿塌了三分之一。

"雪天傲，你该死！"冰帝的声音传来，只见刚刚飞射而去的紫光分为九道，再次飞回，落在雪天傲的四周，紫光再次凝聚，每一道紫光，都凝聚出一个冰帝的身影。

雪天傲旋身一看，就发现自己被九个冰帝给包围了。

"雪天傲，这九个分身中，只有一个是真的，你只有一次出招的机会，要是没有刺中我，死的就是你。"九个身影在雪天傲身边转来转去，完全是从一个模子里出来的，别说是雪天傲了，就是冰帝自己，也不一定能认出哪个是真、哪个是假。

"神魂分身术？冰帝，你不怕死吗？"雪天傲屏住呼吸，他知道，一旦失手，自己必死无疑。

冰帝将自己的灵魂一分为九，全部寄于精神力之上，以强大的精神力塑造了九个完全相同的身影，而他真正的身体并不在这九个分身之中。

雪天傲知道，今天估计要白忙一场了，就算自己一举灭了冰帝的九个分身，也不一定能拿到冰川莲蕊，冰帝有足够的时间逃遁，就算冰帝没逃，东方宁心也杀回来了。

想到这里，雪天傲怒不可遏，全身散发着森冷的杀意。雪天傲无视冰帝九个分身带来的压力，念头一动，一片星光涌起，星光之中现出了手持圣光神剑的雪天傲。

轰隆！整个冰川丛林好似掉了下去，瞬间陷入无尽的星空之中，雪天傲就站在星空的正中央，手持圣光神剑。

圣光神剑一指，一道星光倾泻而出，星光流向哪里，哪里就开始崩塌、瓦解。

"星辰空间？雪天傲，你居然用星空之力开辟空间，果然不凡。"星光之中，传来冰帝尖锐的叫声。

"哼！"雪天傲不屑地冷哼，待他从星光之中走出，冰帝的神魂分身术已不战而破。

就在这时，一直凝聚精神力的东方宁心突然睁开双眼，冷声说道："你还愣着干吗？热闹还没有看够吗？快去取冰川莲蕊，这冰川丛林你不想要了吗？"

"什么？还有别人？"雪天傲和冰帝同时一惊，齐齐看向东方宁心，这个女人好狡诈……

东方宁心勾起一抹浅笑，螳螂捕蝉，黄雀在后，很不巧她就是那只黄雀。

衣袂飘飘、相貌堂堂，端的是一个世家贵公子。只是这位贵公子一出现，冰川丛林的气氛就陡然一变。

"李漠远？"雪天傲的圣光神剑连忙收起，星光消失，冰川丛林又恢复原样，但冰帝的分身术被打散了，李漠远一剑架在他的脖子上。

"好久不见，天傲神王，你还是一如既往地俊帅。"李漠远笑容可掬，整个一好好先生的模样。

不怪他笑得这么灿烂，能与东方宁心联手对付雪天傲，这种事放在往常，他连想都不敢想。现在他不仅想了，还办成了，这得多么叫人欢喜呀。

"把冰帝交给我。"雪天傲不屑与李漠远斗嘴，收回圣光神剑，手腕一动，破天枪横空出世，雪天傲稳稳抓住，枪尖直指李漠远。

一寸长来一寸强，雪天傲是兵器行家，他很清楚，这个时候用什么兵器最称手。

"天傲神王，你这样会吓到我的。你可别乱动，刀剑不长眼，一不小心伤着谁就不好了。"李漠远嘴里说着害怕，却一动不动，笑眯眯地看着雪天傲，一副得意的模样。

这时，在东方宁心的精神力压制下，鬼面白猿动弹不得，东方宁心没有赶尽杀绝，而是抽身而退，站到李漠远的身边，与雪天傲对视。

"雪天傲，一人一次，公平了。"东方宁心神情淡然，眼眸深处隐有一丝伤感。

"东方宁心，我小瞧了你，能成为黑暗神王，你果然不是那种会被儿女私情左右的女人，你很好。"最后三个字，雪天傲说得咬牙切齿。

东方宁心！这个女人，口口声声说爱他，口口声声说为他可以付出一切，利用起他来却毫不手软。

算来算去，他雪天傲依旧被人利用了。果然，他对东方宁心还是不够狠，才会被这个女人一而再、再而三地算计。

"雪天傲，这最后一步，我并不想走。我请李漠远来并不是针对你，我原本以为……"后面的话，东方宁心没有说。

李漠远这步暗棋是用来牵制千叶的，而不是针对雪天傲的，她根本没想到雪天傲会出现在这里。

不怪东方宁心小心谨慎，实在是冰川莲蕊对她来说太重要了，她绝对不允许有一点意外出现，所以才会去找李漠远，让李漠远在暗处守着，一旦千叶出手，李漠远就负责牵制千叶。

"宁心，你现在跟他说这些一点儿用也没有。冰帝给你，快把冰川莲蕊取出来，我们好离开。"李漠远将冰帝丢给东方宁心。

这世间，谁都可以说东方宁心不好，唯独雪天傲不可以，他没有资格。

"多谢，今天的事，算我欠你一个人情，雪天傲就交给你了。"东方宁心接住冰帝，朝李漠远轻轻点头。

雪天傲站在原地没有出手，李漠远更是不想主动出手。他很明白，和东方宁心联手是一回事，但他要真的伤了雪天傲，东方宁心一定不会放过他。

相反，他要是被雪天傲打了也是白打，东方宁心一定不会为他出头。他只要助东方宁心得到冰川莲蕊就好了，其他的少管。

两个男人之间的剑拔弩张，并不影响东方宁心，此时此刻，最重要的就是拿到冰川莲蕊，让雪天傲脱离创始之神的掌控。

"冰帝，是你自己把冰川莲蕊交出来，还是等我动手？"东方宁心一点儿也不客气，冰冷的匕首抵在冰帝的心口。

"冰言姐姐，你能下得了手吗？"冰帝侧脸，笑着反问。如果仔细看的话，会发现他眼中的紫光散尽，眼瞳一片空白。

上天恩赐的紫眸已不复存在，他现在只能任人宰割，而他并不后悔。

十万年前的恩情，这一刻全部还尽，用他的命和至高无上的权势。冰言给他的一切，他全部还给了东方宁心，他不欠冰言什么了。

"我不是你的冰言姐姐，你说我能不能下手？"东方宁心强压下心中的不忍，刀尖往下一压，血珠顺着胸膛滑落。

冰帝面无表情地闭上眼睛："动手吧，死在你的手上，千叶就不会忘了我。"

"就算我取出冰川莲蕊，你也不会死，放心，我不会让你如愿的。"东方宁心飞快地取出数根金针刺入冰帝体内，让冰帝动弹不得。

"没想到冰言姐姐还会这手。"冰帝显然被吓到了，但没有慌。

他想，千叶应该快来了。他给千叶传了消息，说东方宁心踏入冰川丛林之日，就是她死亡之时，以千叶对东方宁心的在意，只要千叶有一口气在，就会赶来。

让千叶看到东方宁心杀他，足够让千叶记他一辈子了。

"你不肯交，我只好自己动手了。"东方宁心没有去看冰帝的脸，低着头，看着隐隐浮现的冰川莲蕊，呼吸也跟着急促起来。

冰川莲蕊就在她的面前，拿到了，她和雪天傲才有明天。

谁都不能阻止她夺得冰川莲蕊，为了冰川莲蕊，她连雪天傲都可以出卖，连良知都可以不要，一个小小的冰帝算什么。

挡她者，杀无赦。

在雪天傲、李漠远和冰帝的注视下，东方宁心没有任何犹豫，手腕一用力，刀尖没入冰帝的心口。

"啊——"冰帝惨叫一声，血从他的心口涌出，如同水晶一般透明的冰川莲蕊也在同一时刻飞出，不染半丝尘埃，干净清澈得似乎不属于凡间。

冰川莲蕊，天地间至纯至净的存在，可以净化一切，果然不假。

东方宁心心神一动，飞身去接。

"冰言姐姐，我欠你的都还了，现在我什么都不欠你了。"冰帝的脸上露出一抹放松的笑容，在倒下的那一刻手指一弹，"冰言姐姐，千叶不希望冰川莲蕊落在你手上，我要替他做到。"

冰帝手指轻动，原本该落入东方宁心手中的冰川莲蕊突然一闪，朝雪天傲飞去。

"冰帝，你该死！"东方宁心脸色一变，气得大骂，凌空一个旋转，朝雪天傲扑去。

她后悔了，刚刚就不应该心慈手软，她应该一刀将冰帝的心也剜出来。可是，一句"冰言姐姐"让她怎么也下不了狠手。

东方宁心在心中唾弃自己：早已手染鲜血，何必还要摆出清高圣洁的样子。

"冰言姐姐，我知道你向来心善，我知道你舍不得杀我。"冰帝所有的力气都用尽了，倒在血泊之中，一动不动，身体渐渐冰冷。

在无人看到的时候，一颗晶莹的泪珠，从他的眼角缓缓滑落。

"千叶，你说我伤了冰言姐姐，我对不起冰言姐姐，我现在全还给她了，什么都还了。"

"千叶，我什么都没有了，冰殿没了，冰川丛林没了，紫眸没了，真气没了，冰言姐姐也没了，连你也没了……"

雪天傲似是早有准备，在冰帝弹指的那一刻，手中的破天枪朝李漠远的腰间直击而去。李漠远虽有防备，但还是被雪天傲逼得退了一步，急忙召唤出三皇战车。

"雪天傲，你什么时候变得这么狡猾了，以前你不是想打就打、想杀就杀，从不审时度势的吗？现在居然会等。"仓促间，李漠远站在三皇战车上，没有了平日的高贵与雍容。

他真的不想和雪天傲交手，不论是胜是败，最后倒霉的都是他。

雪天傲冷哼一声，看了一眼朝自己飞扑而来的东方宁心，凝气一喝："神王领域。"

己强彼弱！在神王领域中，他的实力增三分，李漠远和东方宁心减三分，他以一挑二也没有问题。

"神王领域？"东方宁心的身形不受控制地缓了下来。她从来没有想到，雪天傲的神王领域有朝一日会用在她的身上，真是可笑至极，又可悲至极。

难怪神魔当初用种怜悯的眼神看她，这天底下，没有比她更悲哀的女人了。

不给李漠远喘息的机会，雪天傲双手抡起破天枪："破碎星空。"

破天枪一击落下，整个领域扭曲起来，如同一块布被人从中一扯，除了雪天傲外，整个空间的人和物都为之震动，李漠远即使站在三皇战车上，也是摇摇晃晃。

"天啊，这个男人越来越强了，成了神王果然不一样。"李漠远心中暗惊，同时亦庆幸有东方宁心在，雪天傲不会参与和他争夺天下的这盘棋局，不然他又多了一个强劲的对手。

心神一定，李漠远屏除杂念，正准备出手还击，哪知雪天傲一个闪身，越过他朝东方宁心飞去。

"东方宁心，别逼我动杀你，把冰川莲蕊给我。"破天枪飞出，直击东方宁心的手腕，逼得东方宁心只能缩手。

"想要冰川莲蕊？可以，除非踏着我的尸体。"东方宁心冷酷地说道，手中的柳云藤啪地一抽，就将破天枪给缠住了。

"你以为我不敢杀你吗？"雪天傲用力一扯，借着柳云藤的力量飞至东方宁心面前，两人同时伸手去抢空中的冰川莲蕊。

"想杀就杀，没人拦你。"东方宁心手握成拳，朝雪天傲的心口打去。

雪天傲鬼使神差地握住了东方宁心的手腕："东方宁心，别无理取闹，没人会无条件地宠着你。"

"谁无理取闹了，雪天傲，冰川莲蕊是我的。"手腕被雪天傲握紧，怎么也挣不开，东方宁心抬腿就朝雪天傲的小腿踢去，雪天傲连忙闪身。

半空中，两人大打出手，拳脚齐齐招呼上，完全不考虑这种打法纯粹是吃力不讨好。

"笑到最后的才是赢家。"雪天傲不甘示弱，一一反击回去，同时亦忘了，用真气比用拳脚的效果好。

当千叶拖着病弱的身体赶来时，就看到了这么一幕：看热闹的李漠远，躺在血泊里等死的冰帝，还有把打架打成打情骂俏的东方宁心与雪天傲。

"千叶！"倒在血泊中的冰帝，在看到千叶的那一霎，如有神助一般爬了起来，被东方宁心剜出来的伤口，也因冰川丛林的温度太低而凝固。

东方宁心说他死不了，果然死不了。

"果然来了。"东方宁心虽有准备，看到千叶来了，心里还是很烦躁。千叶来了，冰川莲蕊就更不好拿到了。

心一急，手就乱了，雪天傲没有放过这个机会，脚朝东方宁心的小腿处一踹，手朝肩膀一劈，东方宁心实实在在地中了两招，身子一歪就往下掉。

雪天傲低头看了一眼，确定这点儿高度摔不死东方宁心后，脚尖轻点，向上一跃，轻松地将冰川莲蕊握在手中。

"东方宁心，冰川莲蕊是我的了，后会无期。"雪天傲握着冰川莲蕊，心情大好。

不仅是拿到了冰川莲蕊，最主要的是他赢了东方宁心。

东方宁心没有如雪天傲所料落在地上，而是被千叶抱了个满怀。幸亏雪天傲没看到，不然说不定会捧醋狂饮。

"雪天傲，你给我站住！"东方宁心从千叶的双臂间翻身而下，不理会千叶，提气就追。

"宁心。"千叶连忙拉住她的手，就这么一个动作，却引来一连串咳嗽。

"千叶，放手！"东方宁心一脸急切，幸亏她还有点理智，不然早就对千叶出手了。

"别追了，现在的雪天傲不是你能应对的。"千叶劝道，他是有私心，但说的却是事实。

"冰川莲蕊对我来说很重要，我绝对不能让它落到创始之神的手上。"东方宁心甩开千叶的手，朝雪天傲消失的方向追去。

"宁心——喀喀……"千叶想去追，却有些力不从心。

"别担心，我去。"李漠远连忙冲上前去。

就在此时，东方宁心的声音传来："谁都不许跟上来，这是我和雪天傲的事情，我们自己会解决。"说完，白色的身影就消失在冰川丛林中，留下三个男人。

雪天傲的速度很快，如果不是有强大的精神力可以搜索雪天傲的身影，东方宁心早就将人追丢了。

为了拿到冰川莲蕊，东方宁心不惜血本，一路开启精神力，不仅用精神力搜索雪天傲的下落，还试着用精神力控制雪天傲的速度。

"女人真是麻烦！"受到东方宁心的精神力影响，雪天傲的速度不得不放缓。

"雪天傲，不把冰川莲蕊交出来，就别想走。"东方宁心用精神力将这句话传给雪天傲，雪天傲却充耳不闻，继续前行。

一万米、八千米、五千米……

东方宁心和雪天傲在冰川丛林追逐了一天一夜，两人之间的距离也越来越近。

距离越近，东方宁心就越容易锁定雪天傲的方位。精准地锁定雪天傲的方位后，东方宁心化身为鲲鹏，展翅一飞，不过三五个起落，就看到了雪天傲的身影。

雪天傲察觉到东方宁心与他之间的距离越来越近，索性不走了，原地一个旋转，凝聚出一片星空屏障。

东方宁心不慌不忙，鲲鹏的身影在半空一颤，东方宁心又恢复了原样："暗之弩，出来。"

"雪天傲，别逼我。"东方宁心张开弓，却没有上箭。

"东方宁心，是你在逼我。我说过，冰川莲蕊我一定要拿到。"雪天傲说话间，手也没有停，很快一层薄薄的、透着金光的屏障便立在他的面前。

"雪天傲，难道你想被创始之神压制一生吗？"东方宁心气极。

如果不是冥提醒她，最好不要将压制忘情的办法泄露出去，以免创始之神得到消息再给雪天傲下其他乱七八糟的东西，让他们更加被动，她早就告诉雪天傲冰川莲蕊的重要性了。

"我的事不需要你担心，我是光明神王，理应听从创始之神的话。"雪天傲小心地将自己的心思掩下。

"虽然我最喜欢的就是你的执着，但我今天才发现，在你的执着没有用在我身上时，我真的很讨厌这样的你。"东方宁心气得眼泪都快流出来了，见雪天傲不为所动，一气之下拉开暗之弩对准雪天傲，"雪天傲，你要是死了，我会看不起你。"

东方宁心知她射不死雪天傲，顶多将他的保护屏障射破而已。

"雕虫小技。"雪天傲也知道这一点，丝毫不将暗之弩放在眼里。

可即便如此，东方宁心也不想朝雪天傲射出这一箭："雪天傲，真的不可以商量吗？"

"不可以。"语毕，见星空屏障足以抵挡暗之弩，雪天傲转身就走。

"雪天傲，我讨厌你！"东方宁心大声吼道，用力将暗之弩拉至极限。

就在这时，意外发生了，东方宁心突然凄厉地大喊："怎么会这样？不！不要，不要！"

雪天傲回头一看，脸色大变："九箭一射？这怎么可能！"

以东方宁心的实力，三箭齐发已是极限，她根本没能力做到九箭一射。

"幽冥之神，求你不要杀他，你不是还需要我们去开启封印吗？求你放过他吧，我很快就可以说服他去开启封印了……"东方宁心无助地哀求着。

"放心，他死不了。"幽冥之神的声音借着暗之弩传了出来。

"不，不行……"变成废人的雪天傲，还是雪天傲吗？

东方宁心搭在暗之弩上的手指，已经被勒出鲜血，她却怎么也不肯松手。九箭一射，就是神也躲不开，躲开了也不会有好果子吃。

"不行？东方宁心，别忘了你的身份，你有什么资格在我面前说不行？"幽冥之神掌控着暗之弩，完全不在乎九箭一射会透支东方宁心的力量，"东方宁心，他重伤后，你立刻将他带到中州开启封印。记住，违背我的命令，你们都不会有好下场，我不是创始之神，真的惹怒了我，你会后悔活在这世上。"

话音刚落，嘣的一声，九箭同时射出！

"噗——"东方宁心喷出一口鲜血，双手软绵绵地垂下，再也没有一丝力量，人也瘫软下去。

"我恨你们！"一滴血泪从东方宁心的眼角滑落，"雪天傲，对不起，对不起……"

在创始之神和幽冥之神的眼中，她和雪天傲只是任他们摆布的棋子，死了、废了都无所谓，只要能用就行。

九支箭如同游龙一般穿出，从四面八方直射雪天傲，最后一支箭没入地底不见了。

雪天傲把破天枪一横，挑飞四箭；衣摆一扫，又避开了四箭；最后一箭从地底冒出来，雪天傲后退两步，抬脚向下一踩，硬生生把这支箭踩入地底。

　　箭尖刺破了他的脚底，但相比起来，这已算是轻伤了。

　　"太好了，你没事。"东方宁心大大地松了口气，好像死里逃生的那个人是她一般。

　　可是，她高兴得太早了。幽冥之神的秘技——九箭一射，怎么可能这么容易就被破了？

　　九箭一射，并不单是九支箭同时射出，它还会九箭合一。九箭一射，最后会合成一股力量，此时这股力量正合成一支利箭，以雷霆之势朝雪天傲的下半身射去。

　　幽冥之神没想杀雪天傲，只是想废了雪天傲罢了，对他来说，雪天傲废了更好用。

　　"雪天傲，小心！"耗尽力气的东方宁心挣扎着爬了起来，跌跌撞撞地朝雪天傲扑去，可是来不及了。

　　雪天傲虽然避开了九箭，却避不开箭气带来的强大真气，此时他的五脏六腑都在剧痛，如果不是强压着，恐怕已经倒下去了，哪里还有力气格开那支箭。

　　"雪天傲——"东方宁心悲痛欲绝，脸上布满泪水。

　　"吱……"就在此时，小冰鼠如同炮弹一样撞向东方宁心，将东方宁心撞入雪天傲的怀里。

　　雪天傲抱住东方宁心，强大的冲击力将二人撞得飞了出去，让雪天傲堪堪避开了那支箭。但是那支箭却像长了眼睛一般，没有射中目标的它，没有掉落在地，而是不依不饶射向雪天傲与东方宁心。

　　"吱……"小冰鼠看到这一幕，将速度发挥到极致，扑到东方宁心的背上。

　　扑哧一声，箭射入小冰鼠的后爪。

　　"吱——"尖锐刺耳的惨叫声响起，小冰鼠摔在东方宁心背上，利箭带来的强大冲击力，将东方宁心与雪天傲狠狠推向身后的山里……

第三十章
愿一切回到从前

躺在山洞里的草堆上，看着对面生火烤鱼、一副居家好男人模样的雪天傲，东方宁心感觉一切都那么不真实。

他们两人居然直接飞出冰川丛林，来到一个四面都是深山的地方。他们也不知道这到底是怎么回事，他们醒来时人就在山里了。

两人伤得不轻，真气全都耗尽，东方宁心更严重，躺在地上一动不能动。

"鱼烤好了，吃吧。"火光给雪天傲的脸蒙上一层暖意，让他整个人柔和了几分。

"我手疼。"东方宁心没有伸手去接，而是清清淡淡地说了一句。

没有委屈，没有柔媚，却让人听了从骨子里心疼。雪天傲目光一怔，垂下眸："饿死你最好。"

雪天傲强压下给东方宁心喂食的冲动，坐在原地没动。有一种女人，是毒药，沾不得。雪天傲在东方宁心身上深切体会到了这一点——和东方宁心相处越久，他的心就越乱。

东方宁心什么话都没说，只是默默地闭着眼。她的手虽然无力，但还没弱到不能拿食物的地步，她只是想借这个机会做点什么。

在雪天傲烤鱼时，她就在想了，她要怎样才能从雪天傲手上，把冰川莲蕊弄回来？

用武力肯定是不行的，现在的她根本不是雪天傲的对手，不用武力，她还能用什么？

这时，东方宁心的脑中闪过神魔曾打趣她的话："宁心，你的性子太好强了，这样和雪天傲对上很容易吃亏，以后你遇上雪天傲不一定要和他来硬的，你要懂得善用女人的武器。男人都是靠下半身思考的动物，别的女人在雪天傲面前也许没有吸引力，但你不同。以后遇上雪天傲，有机会千万得试试，也许忘情可解也说不定。毕竟以前两殿的神王都是男的，你和雪天傲一男一女，非常之人就得用非常之法。"

她原先只当神魔是逗她玩的，现在却越想越觉得有道理。人动情时防御最弱，就算不能解忘情，她也可以借机将雪天傲身上的冰川莲蕊拿到手。她就不信把雪天傲剥光了，还找不到冰川莲蕊。

而要实施这一步，就得让雪天傲靠近她，隔着火光，她就算再有魅力也没用。

东方宁心闭上眼睛，忍着饥饿，心里隐隐有几分期待，同时亦有几分害羞与不知所措。

她和雪天傲两人，看似雪天傲处处配合她，实际上处在主导地位的一直都是雪天傲。雪天傲是个强势的人，她一直都是被动的一方，包括房事……

东方宁心从不曾主动，也不懂如何主动，她所接受的教育，根本就没有这一条。

虽说那个男人是她的丈夫，他们之间也不是第一次，但一想到接下来可能发生的事情，东方宁心还是忍不住脸红。

雪天傲坐在东方宁心的对面，第一时间就发现了东方宁心的不对劲：呼吸不稳，心跳加速，面色潮红。

没有受重伤呀？雪天傲不解，试探地唤了一句："东方宁心？"

东方宁心此时有点小心虚，闭着眼睛没有回答，事实上，她此时的确有点儿头昏脑涨，也不知道是怎么回事。

不会真出事了吧？雪天傲再也坐不住了，不停地朝东方宁心看去，最终叹了口气，站了起来，这个女人就是吃定了、算准了他放不下她。

"东方宁心，你没事吧？"山洞不高，雪天傲俯身站在东方宁心身边，东方宁心依旧没有出声，只是呼吸更加紊乱。

雪天傲一慌，脑海里闪过婚礼上东方宁心差点死掉的画面，不由自主地蹲了下去："东方宁心，你怎么了，说话呀？"

伸手摸了摸东方宁心的脸颊，发现她的脸颊烫得吓人。

"怎么烧成这样？"脑子一蒙，雪天傲旋风一般冲出山洞，凭着白天的记忆找到水源，撕了一块布条打湿，想给东方宁心装点水，却没有找到可以装水的容器，咬咬牙用嘴含了一口水……

多年以后，每当雪天傲回忆起今天发生的事情，都无比郁闷与后悔。

他怎么会那么呆呢？东方宁心发烧缺水，直接把东方宁心抱出来就行了，再不行直接将东方宁心冰封了也能降温。

有那么多又好又简单的办法他不用，却用了这种极其原始而古老的办法，以至于给了东方宁心诱惑他的机会，也给了东方宁心伤害他的机会。

雪天傲回来时，东方宁心已经处于半昏迷状态，雪天傲没空去想两人是不是敌人，直接解开东方宁心的衣服，用湿布替她擦拭身体。

东方宁心嘤咛一声，雪天傲正想问东方宁心怎么了，却发现嘴里有水，想也不想，吻住东方宁心的唇，将水喂到她嘴里。本以为就是喂一口水的问题，哪知东方宁心乘机搂上雪天傲的脖子，伸出舌头，将好好一个喂水的动作变成了亲吻。

雪天傲整个人一僵，下意识地想将东方宁心推开，不料他不仅没有将人推开，反倒让东方宁心越缠越紧："雪天傲，不要……不要走，不要丢下我……"平时总是清冷无欲的眸子，此时却带着迷茫与情欲，在火光的映衬下分外诱人。

雪天傲不禁呼吸加快、喉结滑动，冰冷的目光渐渐融化了……

当雪天傲醒来时，发现自己身上的衣服穿得整整齐齐，身边的火早已熄灭，整个山洞里只有他一个人。如果不是空气中还弥留着欢爱后的气息，雪天傲都要怀疑昨晚发生的一切只是一场梦。

"东方宁心，你真懂得如何践踏一个男人的自尊。"雪天傲翻身而起，随着他的动作，有三根金针从他的体内飞出。

拾起金针，雪天傲深邃的眸子一黯，原来这就是他昏迷不醒的原因。可是，东方宁心到底是什么时候朝他下手的呢？他自认戒心很重，警觉性也很高，哪怕是创始之神，想对他下黑手都不容易，偏偏他就着了东方宁心的道儿。

雪天傲仔细回想起昨天发生的事情，发现昨天那种情况，别说东方宁心只是将他弄昏了，就是取他的首级也易如反掌。雪天傲不知道自己是不是要庆幸，东方宁心没有杀他。

雪天傲轻抚着被东方宁心咬破的下颌，眼神一黯："东方宁心，昨天晚上，你到底是真心的，还是为了冰川莲蕊？"

"为了冰川莲蕊，值得你牺牲这么多吗？冰川莲蕊是在我手上，如果落到别人的手上，你是不是也会用同样的办法？"

一想到这个可能，雪天傲就有一种想杀人的冲动，甚至庆幸创始之神派他来执行这个任务，冰川莲蕊落到了他的手上，不然的话……

深深地吸了口气，空气中欢爱过后特有的气息让他烦躁，让他冰冷的心开始浮动，他一刻也不想多待。

既然东方宁心走得潇洒，他一个大男人又何必矫情。他们连孩子都有了，一场欢爱又算什么？

只是，心里依旧不悦——他认为美好的事情，到头来却是人家的一场算计。

强压下心中的留恋，雪天傲朝洞外走去，刚到洞口，就发现李漠远和他那辆骚包的三皇战车停在不远处。

"李少主？"雪天傲的语气不怎么好，见到这个人，十有八九都没有好事，尤其是他现在心情极差。

"天傲神王，我们又见面了。"李漠远笑着开口，双眼带着审视的光芒，将雪天傲上下扫视了一个遍，心中越发不解。

看雪天傲的样子没受伤呀，东方宁心怎么会那么紧张，非要他在千米外等雪天傲醒来，甚至说出再欠他一个人情的话？

"李少主，你等我？"

"对，我等你。"

"杀我？"如果是的话，就不会等到他醒来了。

"不……"李漠远摇头，"我等你，只因东方宁心开口相求，让我替她转达一句话。"

"东方宁心，什么话？"提到"东方宁心"这个四字，雪天傲冷若冰霜的表情开始龟裂。没有哪个男人，面对这样的事情还能冷静。如果东方宁心不是他孩子的母亲，他真想将那个女人好好地教训一顿。当然，是男人教训女人的办法。欢爱过后，那女人还有力气对他下黑手，这说明什么？说明他昨天晚上不够努力，他的怜惜，对方一点也不领情。

"她让我告诉你，倾我所有，只愿一切回到从前。"李漠远说得极轻极轻。

这世间除了雪天傲，他们都明白这句话的意思，同时亦为这个女子心痛。雪天傲的忘情，将她折磨得快疯了，如果不是有一个神魔还能劝上两句，也许东方宁心从此就入了魔，和前几任黑暗神王一般，不是死在光明神王的手里，就是郁郁而终。

"告诉她，永远都回不到从前了。"经过昨天晚上的事情，雪天傲不认为两人还能回到从前。

"这是你的回答？你自己去和她说吧，我又不是传声筒，在你们两人之间传来传去的。"李漠远挑眉，有点儿意外，"哦，对了，东方宁心还让我告诉你一声，想拿回你的东西，就去黑暗神殿找她，她在那里恭候你的大驾。"

"我知道了，你可以滚了。"饶是雪天傲脾气再好，也受不了李漠远的唠叨与打量的眼神，更何况他的脾气从来就不好。

东方宁心那个没脑子的女人，到底想做什么？用那种手段抢走他的东西，还让另一个男人来传话。

"行行行，我滚。雪天傲，滚之前，我能不能问一下，东方宁心到底对你做了什么，让你这座万年冰山发火了？"

轰！回答李漠远的，是圣光剑的剑光和雪天傲冰冷的杀气。

"好好好，我不问了，我走还不行吗？"李漠远钻入三皇战车，飞一般地逃离，"雪天傲，要不要我送你一程呀？东方宁心说你可能体力不支，需要人保护。"

东方宁心发誓，她没有说过这话，李漠远绝对是假传圣旨。

"东方宁心……"雪天傲大声咆哮，四周的高山在雪天傲的怒火下轰然倒塌，雪天傲后面的话，也淹没在一阵巨响之中。

等到尘埃落定时，已不见雪天傲的影子，四周的高山被夷为平地，唯有一个山洞被厚重的冰块给包裹住了，远远看去，如同冰雕的堡垒。

山洞外的冰块，若非神王级以上的高手，没有人可以破冰而入。

"宁心，走吧，小冰鼠的伤等不了。"在极远处的山峰上，一男一女两个身影站在那里，远远地看着这一幕，脸上同时露出苦涩的笑容。

东方宁心没有说话，抱着一动不动的小冰鼠转身朝山下走去。

回到黑暗神殿，等她炼出压制忘情的解药，一切就可以回到从前了。

千叶没有言语，默默地跟在东方宁心的身后……

东方宁心马不停蹄地赶回黑暗神殿，发现神魔、无涯、小神龙和秦羿风几个人，放下自己的正事不管，全部待在这里等她，心里有着说不出来的感动。

"宁心，你回来了？"

"事情办得怎么样？"

"冰川莲蕊呢？到手了没有？我们听说雪天傲也去冰川丛林找冰川莲蕊了，你没遇上他吧？"

"冰帝呢？有没有为难你？那个浑蛋居然说要杀你，真是找死。"

众人围着东方宁心，一脸关切。面对众人无私的关心，东方宁心鼻子一酸："我……"

话刚开头，却被神魔打断："好了，大家都少说两句，人平安回来就好了，没看到宁心的气色不好吗？"

"呵呵……"无涯几个尴尬一笑，侧身让东方宁心与千叶一同进去。

神魔看千叶面色不对，让他下去休息，千叶不肯，在神魔的坚持下才独自离开。他的确需要休息一下，同时冰帝的事情，他也需要处理一下。

待千叶走后，神魔才问东方宁心，在冰川丛林发生了什么事。

除了山洞里发生的事情，其他的东方宁心没有半丝隐瞒，一一告诉众人。

冰帝疯狂的举动、幽冥之神的狠厉，把无涯几个气得不轻，说到小冰鼠为了她和雪天傲受伤，众人转为担心。

"小冰鼠没事吧？"神魔接过小冰鼠，小心翼翼地护在怀里，看着平日憨厚可爱的小冰鼠此时一动不动，那叫一个心疼呀。

神魔觉得，他的心越来越软了。都怪他徒弟，要不是他徒弟，他哪里会从杀伐果断的魔界之主，变成全能好男人。

"可怜的小东西，别怕别怕，我们早晚会替你报仇，把冥界给毁了。"霸气十足的话，神魔却说得温情脉脉。

"喀喀……"东方宁心出声打断，"神魔，这是黑暗神殿。"多少顾忌一点呀。

"怎么？我说错了？神界已毁，冥界的末日还会远吗？"神魔丝毫不以为意，细长的丹凤眼往上一挑，满室风情。

"没错，但有些事情，不需要说出来，我们埋头做就好了。"想到神魔话中的意思，东方宁心心情大好，试探地问道，"神魔，你是不是有对付创始之神和幽冥之神的法子？"

神魔神秘地一笑，将小冰鼠丢给小神龙："小东西就交给你了，我知道你们龙族有能力救它。我也知道你们龙族出了名地小气，但在救小冰鼠的事上千万别小气，怎么说这小东西也是大功臣，咱们不能亏待了它。"小冰鼠的用处还大着呢。

这话，神魔没有说，说了伤感情，但在场的众人都知道，于公于私，他们都不能让小冰鼠有事。

"放心。"小神龙硬邦邦地应了一句，手上的动作却异常温柔，"龙族再小气，也没你小气，堂堂一界之主居然穷成这样，难怪魔界在五界之中实力最差。你这个魔界之主，也不觉得丢人。"

恶狠狠地剜了神魔一眼，小神龙一脸鄙夷。说他龙族小气，他龙族随便从指缝里漏一点，都比他神魔倾魔界之力准备的东西好。

"唉……"说到这个，神魔一脸哀怨，无限委屈，"我能和你们比吗？我这不是靠天吃饭嘛，天不让我富裕，我又能如何。"

"是天不让你富裕，还是你太懒了？"东方宁心笑了笑，她知道神魔并不在意这个，神魔本性淡薄，行事全凭喜好，并不热衷于权势。

神魔虽出身魔界，没有什么是非观念，本性却是不坏，他不忍见世人抛弃本性，化身为魔，出卖灵魂。是以，这几十万年，根本没有用心经营魔界，以至于魔界的魔化森林都要枯竭了。

在这样的情况下，魔族能有多少实力？要不是魔界势力太弱，上一次神、冥两界又怎么有胆子联手围攻魔界，把魔殿毁得连渣都不剩呢。

"我那真不是懒，我那地方小没有办法。你们几个都是大户，要不要支援我一点儿？怎么说我也是有徒弟要养的，以后压力越来越大呀。"神魔看大家一脸认真，越发卖力地哭起穷来。

东方宁心知道神魔是故意的，也不着急，坐在那里看热闹。比耐心，这世间除了雪天傲，没几个人能赢过她。

果然，神魔说了半天，东方宁心也不上道，无涯等不及了，第一个跳出来，打断神魔的哀怨："宁心，你别听神魔这家伙的话，他就是在哭穷，好博取同情。真是的，堂堂五界之主，在我们几个面前哭穷，也不想想除了小神龙外，我们几个比他还穷呢。宁心，咱们别理神魔，他就是个大疯子，你儿子最好也别给他教，万一教成小疯子就惨了。"

"无涯……"神魔面色一正，再不复之前的委屈样，霸气外露。

臭小子，光明正大地说他坏话，找打不是？

要是以前，无涯铁定双腿发抖了，和神魔混熟了，他深知神魔刀子嘴、豆腐心，就是只纸老虎，完全不用怕，无涯给了神魔一个白眼，拉着宁心的手说道："宁心，别理他，咱们说正事。你去冰川丛林的这几天，我们也没闲着，将五界的情况重新摸排了一遍，发现除了被封印的冥界外，其他的都发生了变化。最明显的就是神界，神界已经彻底消失；其次就是异界，你看小神龙这呆样，他完全就没有掌管异界的想法，现在只想着灭尽凤岛的凤凰呢。"

"你说谁呆呢？无涯呆子。"小神龙不干了，黑着一张脸，瞪向无涯。

神魔一看这情况，乐了。得，他一大把年纪了，不和小孩子计较，看戏就好。

"谁应谁就呆呀。"无涯眉眼弯弯，笑得开怀。

"你……"

"我怎么了？放龙咬我？怕你呀，战神令灭了你。"无涯挥了挥手，显摆他的战神令。

"战神令？我好怕哦，一个光杆宫主，你有什么好得意的？狗屁天下第一宫，你看有人稀罕你吗？战神令出万宗臣服，你看你的战神令出了，也没看到有几个人来抱你的大腿。哦，我错了，你小胳膊、小腿的不能叫大腿，抱也没用。"小神龙的眼神扫向无涯的下半身，轻蔑一瞥。

"我小胳膊小腿怎么了，没人来抱我的大腿又怎么了，有人去抱东方宁心和雪天傲的大腿就好了，他们俩的大腿够粗。"无涯不以为耻，反以为荣，嘚瑟地抖着自己的腿，哪有一宫之主的范儿呀。

看小神龙和无涯像以前一般，没心没肺地闹腾，东方宁心脸带笑意。好像一切又回到了从前，他们谁都没有变。

若是平时，东方宁心也就任他们吵了，可现在不行，谈正事要紧。

东方宁心开口打圆场："好了，无涯、小神龙，各退一步，咱们说正事要紧，你们发现了什么？"

"我们还在赌你会不会急，果然，你还是沉不住气。"秦羿风的笑如同春风一般，将人心中的烦恼全部吹散。

看众人一个个轻松、欢乐的样子，东方宁心就知道，这些人定是有重大发现，不然不会如此。既然这些人想看自己着急的样子，她当然要配合了："快说吧，我真的着急了。"

"好了，别逗宁心了，看把她急的。"神魔收起笑容，脸上的表情也严肃起来，衣袖一扬，一片红光闪过，室外形成一道保护屏障，将外人的窥听全部阻挡在外。

东方宁心面色一沉，也严肃了几分。

"宁心，有些事情，越少人知道越安全。"这也是神魔把千叶打发走的原因，他不是不相信千叶，他是没办法相信白泽。

"我明白。"东方宁心点了点头，黑暗神殿并不全在她的掌控之中，大长老一派的势力，不是轻易就能扫除的。

黑暗神殿要是完全掌控在她手上的话，她早就将大长老凌迟处死了，以慰她父亲墨子砚的在天之灵。

"你们发现了什么？"东方宁心双眼熠熠生辉，等待着神魔解惑。

"事实上，不是我们发现的，而是邪神至尊发现的，他带回来一个很有用的消息。"邪神至尊和创始之神一样，活着的目的就是为了毁灭天地规则。

只不过，创始之神是为了得到天地规则的权势，邪神至尊只是单纯地想为他的侍女复仇。邪神至尊的两个侍女全都为他而死，也可以说是死在了天地规则之手，没有天地规则插手，他的两个侍女也不会死。

"邪神至尊？他终于回来了？他在哪里？我怎么没有发现。"东方宁心连声追问。这个男人再不出现，她都要怀疑他是不是死在外面了。

她记得，上一次与雪天傲联系，他就遇到了麻烦，后来一点消息也没有了。

东方宁心的话音刚落，就看到五帝峰飘浮在半空，邪神至尊的声音从五帝峰中传了出来："我在这里呢，怎么？宁心，你想我了？"

想？当然想了，她想死邪神至尊了。

要和创始之神斗，要和幽冥之神斗，多一个人就多一分胜算，尤其是邪神至尊这种实力高强、完全不用担心会背叛的人。

"邪神，你发现了什么？"这才是东方宁心关心的问题。

五帝峰在半空中一晃，邪神的身影凭空出现。邪神至尊没有回答东方宁心的话，而是说了另一件事："不好意思，一不小心，把五帝峰给炼化了。"

话虽如此，神情中却没有一点不好意思，反倒隐隐透着一股得意劲儿。邪神至尊将五帝峰炼化，就意味着他不用担心五帝峰会被毁，或者被别人抢走。

从此，邪神至尊就是五帝峰，除非邪神至尊死了，不然任何人都毁不掉五帝峰。

"恭喜。这是不是意味着，我以后见到你得绕道走，免得你一个不高兴，就把我给灭了？"神魔半开玩笑半认真地问道。

小神龙的脸上，也透着一股凝重，看邪神至尊的眼神，多了一抹防备。

五帝峰关系他们的生死和命脉，这种生命被人掌控的感觉，真不好受。

邪神至尊爽朗一笑："这个你们就别担心了，五帝峰还缺水之魂，而且火之魂被东方宁心收服了，我要用五帝峰杀人，还得先跟东方宁心借火之魂。你说，我能想灭就把你灭了吗？要是能的话，我早就灭了你，看到你这张勾人的脸，我就不爽。"

邪神至尊同样半开玩笑半认真地答道。这个时候，大家还处在磨合期，就算是联手也互相防备、互相试探，他需要神魔和小神龙的信任。

"你这是嫉妒我，长得比你好看，不是我的错。"神魔自恋地一笑。攸关生死的严肃问题，就在神魔与邪神至尊互相打趣中给带过了，同时也证明了大家的合作是有诚意的。

"就你这长相，我会嫉妒？长得比女人还妖娆，算什么好看，有什么可得意的。"邪神故作轻佻地伸手勾住神魔的下巴。

神魔也不恼，眼珠滴溜一转，眼角向上一挑，霎时间妖媚动人，邪气冲天。这还不够，神魔上半身朝前一倾，修长如玉的手指轻轻捏着邪神的鼻子："怎么？爱上我了？可惜你这个长相，入不了我的眼。"

邪神全身一寒，本想调戏人结果反被调戏，慌忙后退，故作平静地说："少自恋了，我就算是看上阿猫阿狗，也看不上你。"

只是，微红的耳根泄露了他此时的心情，与暧昧无关，纯粹是神魔的魅力太大了。

无涯和秦羿风两人鬼头鬼脑地一笑，看不出来，邪神至尊这么纯情呀，被神魔调戏一下，居然脸红了。

"喀喀……"东方宁心轻咳一声，笑闹够了，该谈正事了，"邪神，现在可以说了吗？"

"我一直在说。"邪神至尊一脸认真地说，"刚刚无涯已经说了，五界早已不是原来的五界，现在五界名存实亡，魔界衰败，异界混乱，神界消失，冥界被封，人界战乱。"

"这说明什么？"神魔问道。

"这就说明，所谓的'五界之争'，其实只有两个地方可以争——人界和异界。或者说，从今往后，这天下只有人界和异界了。"邪神至尊说得笃定。

东方宁心点点头，若有所思道："你的意思是说，随着神界的消失，五界共存的规则已经被打破了？"

邪神至尊用力点头："没错，很快这天下就不会再有五界，而是只有人类居住的地方和非人类居住的地方。"

"天下大乱？天地规则不管吗？"东方宁心不相信，那个讲究平衡的天地规则，会允许这样的事情发生。

"不是他不管，而是他管不了。"邪神至尊一脸的轻蔑与鄙夷。

虽然，他从来就没有尊重过天地规则，但从不曾表现得如此明显。毕竟，没有人能不对天地规则心存敬畏，哪怕是他也不例外。

"怎么可能？天地的力量无人能抗衡，天地规则怎么会管不了？"这一点东方宁心深有体会，她和雪天傲不就是一次又一次地被天地摆弄吗？

"天地的力量无法抗衡？"邪神冷笑，"东方宁心，你以前太高看自己了，现在又太高看天地规则了。"

"是呀，以前的我太天真了，太高看我自己了，以为这天下事只要肯拼命，就没有解决不了的，没想到却栽了个这么大的跟头。"东方宁心手指一顿，长长的睫毛轻轻垂下，敛去眼中的自责与害怕。

忘情的出现将她的自信摧毁，让她明白，天地规则的权威不是什么人都可以挑战的。至少她远远没有与天地抗衡的能力。

天地规则，才是真正的翻手为云、覆手为雨，他们连反抗的力量都没有。

"东方宁心，你别自责了，那不是你的错，我和神魔他们几个人哪个不是和你一样，栽了跟头才明白自己的渺小。"邪神至尊一脸苦涩地说道，"年轻时，我们凭借过人的天赋，在同龄人中脱颖而出，之后一路走来，秒杀一切所谓的高手。那个时候我以为自己天下无敌，根本不将任何人放在眼中，包括天地规则。天地规则也听之任之，任我们纵横红尘，任我们越来越强大，就在我们以为天地也会臣服在我脚下时，他给了我迎头一击。"

"待到我真正见识过天地规则的雷霆手段后，我才发现自己居然如此弱小、如此无力。那个时候虽然还有与天斗的勇气，心里却不是那么肯定了。天地之威已深深地刻在我们的灵魂中，一次又一次，将我们的斗志磨毁。"

邪神看着远方，眼神空洞，没有焦距……

他们都是被天地愚弄的人，他们是世人眼中的幸运儿，但在他们自己眼中，他们不过是个可悲的人。

邪神至尊陡然低落的情绪感染了众人。他们都知道，邪神是在为十万年前那场人界浩劫悲伤，在为他的两个侍女而痛苦。可是时光无法倒流，已经发生的悲剧，就是天地规则也无法逆转。

神魔长长地叹了口气，斜靠在椅子上，双眸紧闭："邪神说得没错，天地规则的力量不可小觑。天地规则看似放任我们，任我们为所欲为，到最后我们却会发现，所有的事情都在他的掌控之中。"

"这天下，就是他在下的一盘棋，如果事情超出他的掌控，他只需要轻轻一覆手，就可以将我们的努力全部摧毁，让一切又回到从前。当我们被天地规则一次又一次地摆布时，我们就会害怕，渐渐地对他生出敬畏之心，再也不敢轻易挑衅他。"

说到后面，神魔带着一点自嘲的味道。无论是野心勃勃的创始之神，还是无欲无求的他，其实都很怕天地规则，害怕触怒天地规则，害怕自己的努力白费。

"可是……"神魔猛地睁开眼，一扫刚刚的低迷与慵懒，浑身散发着斗志，双眼闪着熊熊的火焰，"我们已不是当年那个年幼无知的少年，经过岁月的磨炼与沉淀，我们对天地规则越来越了解，我们不会自高自大，也不会鲁莽出手。以前的我们，放不下身段与人合作，现在我们能。我相信，只要我们齐心，终能与天斗。别忘了，在成为主宰天地的规则前，他也是一个人。"

"神魔说得没错，只要我们通力合作，我们就有与天斗的能力。这一次去寻找土之魂的时候，遇上了一点意外，也因此让我窥到浩瀚宇宙。"邪神至尊收拾好自己的情绪，神采奕奕地说。

"浩瀚宇宙？你的发现？"东方宁心屏住呼吸，等待着邪神开口。

"是，我的发现。这是我这些年来最大的收获，很多以前不明白的事情，这一次也都想明白了。天地自有规则，规则不仅束缚我们，哪怕是天地规则本身，也要受到规则的束缚，他也不能为所欲为。而且，并不是所有的事情都在天地规则的掌控之中。"

"从现在的情况来看，天地规则已经无法轻松驾驭五界，为了保持五界平衡，为了天地规则的无上权威，天地规则已经出手了。如果我没有猜错，五界很快就会消失在世间。"邪神至尊的眼中闪过一抹嘲讽之色。

天地规则亲手扶持他们取代三皇五帝，又要亲手毁了他们，天地规则这么做不是为了摆布他们，而是怕了他们。

东方宁心嘴巴张得老大，不敢相信地说："你的意思是说，天地规则控制不了这个世界。为了保持世界的平衡会把五界之主给抹杀，就如同当年抹杀三皇五帝一般？"

如果是这样的话，神魔、小神龙他们就麻烦了，天地规则这是在逼他们出手。

"没错，就是这样。我想天地规则很早就有这个打算了。不然的话，五帝峰不会现世。凭天地规则的能力，毁了五帝峰只是弹指间的事情。"

"可是，天地规则为什么要这么做呢？他要抹杀五界之主是很容易的事情，根本不需要这么大费周折。"天地规则想杀五界之主，这一点东方宁心可以理解，毕竟五界之主一个比一个狂，一个比一个不受束缚，天地规则不除他们，日后会越来越控制不住他们。

东方宁心想不明白的就是，只需要轻轻一个抬手就可以做到的事情，何必大费周折地布局？

"呵……"邪神至尊嗤笑，"这就是我所说的天地规则也会受规则束缚的原因。从三皇五帝的事情，我们可以推测出，哪怕天地规则对我们再不满，也不能动手杀我们，他只能利用所谓的规则让我们自相残杀。"

"当年三皇五帝被灭，天地规则并没有出手，或者说从始至终他都保持沉默，这根本不符合规则。要知道，三皇五帝和我们一样，都是受天地规则保护的人，可最后三皇五帝还是死了，天地规则也没有出手阻止。由此可以证明，三皇五帝的死要么是天地规则亲手布的局，要么就是事情脱离了天地规则的掌控。不过我相信，前者的可能性更大。"

"你的意思是说，不是天地规则不出手，而是他不能？"东方宁心黑亮的眸子看着邪神，隐隐明白了什么。

邪神至尊点头："没错，我仔细分析了三皇五帝的事情，发现他们和我们五界之主的情况很相似，最开始都是受天地厚爱的人，天地规则不允许他们死。到后面他们越来越强，甚至拥有威胁天地规则的力量，渐渐有不被天地规则掌控的倾向。这个时候，天地规则就开始下手了，不是他亲自动手，而是利用规则抹杀三皇五帝。"

"现在，创始之神也拥有了威胁天地规则的力量，如果我的推断没错的话，天地规则已经无法容忍我们五界之主的存在。他早就对我们起了杀心，只不过先前时机尚未成熟罢了。"

现在时机已至，如果我没有猜错的话，他第一个要抹杀的人就是创始之神，不过不是用他的手，而是用我们的手，或者说用宁心你的手。"邪神至尊看着东方宁心，双眼发亮。

"天地规则要杀创始之神？借我的手？这怎么可能？"东方宁心无法相信，她曾有过杀创始之神的机会，却被天地规则阻止了。

天地规则真要借她之手杀创始之神，当时就不会压制她。

"这有什么不可能？此一时彼一时。那时候的创始之神还在天地规则的掌控中，现在却不同了，如果你不信，我们可以试试。"邪神至尊知道东方宁心想起了什么，却毫不担心。

"试？怎么试？杀创始之神吗？"东方宁心默默盘算着，有了邪神至尊加入，再说动李漠远和黑凤凰，他们会有多大的胜算……

"没错，就是杀创始之神。如果天地规则没有阻止我们杀创始之神，就说明我的推测是对的。天地规则能利用规则抹杀我们，我们也能利用规则达到我们的目的，甚至毁了天地规则。"这一次，邪神至尊不是年少轻狂的妄语，而是胸有成竹。

"利用规则毁灭天地规则，这怎么可能？"神魔的桃花眼一亮，随即又黯淡下去。

规则本就是由天地规则所制，他们拿什么去毁灭天地规则？

"当然可能，我说过天地规则亦被规则所制，再说我们这群人当中，有两个人早已跳出了天地规则的掌控，他们本身就拥有毁灭天地的力量。"邪神至尊一脸笃定地看着东方宁心。

"我？"东方宁心指着自己，她什么时候跳出天地规则的掌控了，她不是一直被天地规则摆布吗？

"没错，就是你，还有……千叶。"说到千叶的名字，邪神至尊的眼中闪过一抹同情。

原本世间最相配的两人，却阴差阳错地就此错过。神魔说得没错，过去的事情，神也无法改变，失去的人天也无法挽回。

"千叶我可以理解，他是白泽选定的主人，就是天地规则也不能拿他怎样，不过我有什么特别的？"不是东方宁心妄自菲薄，而是事实就是如此。

邪神至尊不认同地摇了摇头："你有什么特别的？没有什么特别的，你能借壳重生？没有什么特别的，你能让灭天弩认你为主？你以为重生那么容易吗？要是容易的话，创始之神怎么会打你儿子的主意？你以为灭天弩很好找吗？灭天弩要是好找，早就落到创始之神的手里了。

"宁心，灭天弩是可以毁天灭地的神器，是连天地规则也会恐惧的东西，你以为凭什么会落到你的手上？如果我没有猜错的话，在天地规则的计划中，灭天弩的主人应该是雪天傲，而不是你。"

"为什么？"灭天弩在她和雪天傲手中，有区别吗？

"很简单呀，灭天弩在雪天傲的手上用不了，在你的手上才能用。"邪神至尊摇了摇头，就差没说"东方宁心，原来你这么笨"了。

"灭天弩不是需要信仰之力才能拉开吗？我哪有？"东方宁心没有生气，反倒虚心询问。

"你还知道信仰之力，神魔告诉你的？"邪神至尊挑眉，邪气外露。

东方宁心点了点头，就听到邪神至尊又问："神魔没告诉你，信仰之力是什么吗？"

"有，是百姓发自内心的爱戴与敬重，是创始之神费尽心机想要得到的东西。拥有强大的信仰之力就有拉开灭天弩的能力，就有毁灭天地的力量。"东方宁心回答得很认真。

她比创始之神更迫切地想要得到信仰之力，可是好难呀。

东方宁心一边说，邪神至尊一边点头："嗯，既然你知道什么是信仰之力，还有什么好担心的，这天下间，能拥有强大信仰之力的就只有你了。"

"我？我什么时候拥有信仰之力了？"东方宁心疑惑地看着邪神至尊，她好像什么也没有做。

"你有。宁心，你忘了十万年前你是怎么死的？信仰之力是天地间最为玄妙的力量，不是你想就有的，信仰之力强求不得。"说到这里，邪神至尊的眼中，难得地流露出一丝尊敬与佩服。

当年，冰言为人界百姓所做的牺牲，他全都看在眼里。那样的大无畏，那样的不求回报，换作是他，他绝对做不到。

他没有办法，为了一群陌生人的安危，牺牲自己的生命和幸福。

冰言很伟大！

"为救天下苍生而死，天下苍生发自内心的、最真诚的感恩，没有半丝的强求。对，这就是信仰的力量，我怎么忘了这一桩事，我真是笨死了。"神魔一拍大腿，笑得得意。

信仰之力有了，灭天弩可用了，天地规则也就没有那么可怕了。

一切都明朗了，他们不用再跌跌撞撞地摸索了，只要朝这个方向走就行了。

但，还有一个很大的问题。东方宁心看着自己的双手，不解地问："我拥有信仰之力，为什么拉不开灭天弩？"

邪神至尊没好气地翻了个白眼，一副恨铁不成钢的样子："东方宁心，你当灭天弩是你想拉就能拉开的吗？灭天弩出强者灭，你要拉开灭天弩可以，首先你得有灭天弩专用的弩箭，其次你要有能引起灭天弩杀气的强者。你什么都不做，光拿着灭天弩就希望它为你所用，你当灭天弩和你手上的那把破暗之弩一样，想射就射呀？"

说到这里，邪神至尊强烈不满："东方宁心，机会是留给有准备的人的，你有这么好的条件，居然什么都没有做好。我都不知道你们这群人到底做什么去了，灭天弩到手这么久，你们居然把它放在一边，等它长虫？又或者要我亲自动手，去抄龙族老窝。"

邪神至尊满脸怒容地看着小神龙，嚣张地说："是等我去抄你的龙窝，还是自己拿出来？两条路，自己选。"

小神龙没好气地瞪了一眼邪神至尊，虽然不怎么爽，但还是乖乖点头配合，朝东方宁心承诺道："龙族会尽最大的力量帮你，龙族圣地你随时可以进去。"

"不说谢了。"东方宁心起身，看着快和自己差不多高的小神龙，眼中透着些许暖意。

直到这一刻，东方宁心才真正相信，小神龙长大了，可以和五界之主相抗衡了。

"行了，事情就这么定了。"大方向定了，接下来就是一些细节和执行的问题，这些事情邪神至尊就不管了，说了一句"我累了"，就丢下众人找地方睡去了。

东方宁心也不勉强，邪神至尊的到来和他的话，让他们有种拨云见日的感觉。邪神至尊把他们最大的难关都攻克了，剩下的就是具体操作的问题。

现在，首要任务就是在雪天傲来之前，把压制忘情的药给炼出来。没有忘情的束缚，雪天傲就不会为创始之神出生入死，在对付创始之神时，也能出一份力。

创始之神可不是一个人，他手上拥有一股强大的势力，这股势力要是控制不好，也是一个大麻烦。

细节上面的事情，东方宁心和小神龙、无涯、秦羿风几人很快就敲定了。神魔没有任何意见，论权谋布局，他还真不如秦羿风等人。再说了，现在的他无兵无卒，能做的事情并不多，也没兴趣参与这些事情，有空还不如去陪陪他家小徒弟。

一天一夜的商讨，让众人都有几分疲倦，正准备去休息，黑暗神殿大长老突然求见。

"大长老求见？他要做什么？"众人询问东方宁心是否需要帮忙。

东方宁心摇了摇头，自从神魔和小神龙进驻黑暗神殿后，大长老就安分了许多，就算不安分，她也不放在眼里："不用担心，他不是我的对手。"

如果不是幽冥之神要保大长老，东方宁心早就将他从这个世界抹杀了，毁了她父母一生的人没有存在的必要。

"好的，有事叫我们。"神魔干脆地走人，无涯和秦羿风虽然担心，但毕竟是黑暗神殿内部的事情，两人朝东方宁心点了点头，也跟着走了。

走到一半，神魔又回头，让东方宁心把神魂珠和冰川莲蕊交给他保管。东方宁心点了点头，没有多问一句，就将自己千辛万苦得到的东西交给了神魔。

神魔先是一愣，随即笑了笑，拿着东西潇洒走人。亏他还想了一堆理由，却没想到东方宁心信任他到了这个地步。当然，他亦不会辜负东方宁心的信任。

神魔等人刚走，大长老就阴沉着脸走了进来，硬邦邦地朝东方宁心行了个礼道："宁心神王，光明神殿天傲神王求见。"

东方宁心皱眉，雪天傲怎么来得这么快？东西还没有准备好呢。

而且，大长老亲自前来，绝对不是通报一声这么简单。

"不见。"东方宁心衣袖一甩，在主位上坐了下去。

冰冷、阴森的黑色石椅，衬得东方宁心有些娇小瘦弱。黑暗神王的座椅是用幽冥之水浸泡过的万年海青石打造而成，海青石没有什么用处，但坚硬程度只比深海秘银差一点。

这张石椅阴冷刺骨，除了幽冥之神和黑暗神王外，没有人能承受这张椅子的阴冷。

幽冥之神和冥这种人，一身黑衣坐在这石椅上，整个人与石椅融为一体，浑身透着神秘与高贵，但是东方宁心不一样。

一身白衣的她，坐在冷冽的黑石椅上，虽然没有违和感，却有一种说不出来的羸弱，没来由地让人产生一种保护的欲望。可惜，她面前只有一个把她当敌人的大长老。

听到东方宁心的拒绝，大长老身上的寒气又重了几分："宁心神王，这是一个极好的机会，你不能错过。"

冰冷的语气，没有半丝恭敬。在大长老眼中，东方宁心即使是黑暗神王也是他徒弟的女儿，大长老的骄傲让他没办法在东方宁心面前摆出谦卑的样子。

"你在质疑我的话，大长老？"可惜，东方宁心不是他能拿捏的，她绝对不允许黑暗神殿的人伤害雪天傲。

"不敢。"

"既然不敢，就滚。告诉雪天傲，我不见他。另外，把你的心思收起来，别让我有机会杀了你。"东方宁心重重一拍石椅。

啪的一声，千万年来没有动过半分的黑石椅裂开一条缝，由此可见东方宁心下手有多重。

这是警告！

大长老皱了皱眉，并没有退下，而是以教训的口吻道："宁心神王，请你不要感情用事，别忘了你的身份。这是一个很好的机会，凭我们黑暗神殿的实力，只要雪天傲进入黑暗神殿，我们就能将他制服，逼他去中州解开封印。宁心神王，请你别忘了，你有今天全是大人给的，大人能将你捧上天，亦能将你踩下凡尘。宁心神王，我劝你还是见见雪天傲，毕竟大人的事情，是黑暗神殿最重要的事情。"

"你这是在教训我？"

"不敢。"

"既然不敢，就按我的意思办，别忘了，我才是黑暗神殿的主人。大长老，别质疑我的话，不然你会后悔的。"东方宁心看到大长老那张皱巴巴的死人脸就生气。

大长老不提幽冥之神还好，一提她就想起冰川丛林那九箭一射，要不是小冰鼠挡了一下，她和雪天傲就惨了。

"宁心神王，你是黑暗神殿的主人不错，但当你做的事有损幽冥之神大人的利益时，我便有不从的权利。宁心神王不肯动手，我只能自己动手了，还请宁心神王记住自己的身份，不要胡乱出手。"说完，大长老转身就走。

他本就不奢望东方宁心对雪天傲出手，他只要东方宁心不破坏就好了。

"你敢！"一道白影掠过，东方宁心飞身挡在大长老的面前。

"我有什么不敢的，宁心神王？"大长老阴恻恻地一笑，"宁心神王，你受伤了，以你现在的状况不是我的对手，而神魔他们一时半会儿也来不了。"

"不是你的对手？你可以试试，受伤的我是不是你的对手。"东方宁心二话不说，抬手一扬，柳云藤啪一下朝大长老抽去。

在这个实力至上的地方，对付大长老这种违背自己命令的人，唯一能做的，就是打到他听从为止。

一鞭抽下去，没伤大长老半分。

"果然，伤得很重。"大长老看着明显力气不足的鞭痕，脸上闪过一抹阴毒的笑。他就知道，这是一个夺权的好机会。今天，他要让东方宁心明白，什么叫铁打的神殿流水的神王。

这黑暗神殿，从来都不由黑暗神王说了算。

大长老衣袍一扬，毫不客气地反击回去，不过他下手也是有分寸的，就是绝对不会杀了东方宁心。

这一点，东方宁心又何尝不知。是以，当大长老朝她攻击时，她站在原地一动不动。

"你想死？我成全你。"大长老毫不手软。

砰！东方宁心被打得直接撞在梁柱上，整个黑暗神殿都为之一震。

"噗——"东方宁心倒在地上，生生吐了口血，脸上血色全无。

"东方宁心，不过如此。"大长老不屑地冷哼，"我以为你有多大的本事，能一而再、再而三地摧毁光明神殿，原来就是这样的实力。"

大长老不给东方宁心喘息的机会，上前欲拿住东方宁心。他相信，只要东方宁心在他手上，神魔、邪神至尊等人的联盟定会解散，至于千叶的怒火吗？

千叶受伤了，他会怕吗？就算千叶没受伤又如何，只要东方宁心在他手上，那些人通通都得受制于他。

大长老的如意算盘打得很好，但他忘了东方宁心从来不是一个吃亏的主，站在那里任他打一招，已是东方宁心的极限了。

当大长老跃至东方宁心身边，伸手想抓住她时，东方宁心一个翻身避开："大长老，我给了你机会，是你自己放过了，准备受死吧。"

"大预言术——空间静止！"东方宁心凝聚全身的真气，大喝一声。

"什么？"大长老脸色瞬间惨白，不敢置信地看着东方宁心。东方宁心这个时候还能发出大预言术，怎么可能？

什么？东方宁心用空间静止了？

神魔和无涯几人也听到了，差点没跳起来，不过很快就冷静了，空间静止术一出，东方宁心就没有危险了。

"大长老，你真笨，我怎么会白白被你打？"明知大长老听不到，东方宁心还是摇头晃脑地说着，一副惋惜样。

"喀喀……"可惜，没说两句，又再次咳血，血丝顺着嘴角往下流。

东方宁心脸色苍白，但步伐坚定，本想好好"招待"一下大长老，奈何力不从心。东方宁心只能放过这个机会，取出金针，将大长老的真气封住，再用柳云藤将人绑起来。

做好这一切，空间静止的效果也结束了。

"东方宁心！"大长老倒在地上不停地挣扎，想挣开柳云藤的束缚，可柳云藤哪是他能挣开的，反倒是越挣扎捆得越紧。

东方宁心看都不看大长老一眼，整个人背对着大门而站。

她不能让黑暗神殿的人看到她受伤了。

"来人……"威严十足的声音，传遍黑暗神殿的每一个角落。

神魔、小神龙和无涯几人一听，就知道东方宁心大胜，又坐了回去。黑暗神殿内部的事情他们不能插手，他们一插手，反倒会让东方宁心失了威信。

"宁心神王……"黑媚带着四个护卫第一时间赶到，一进来就看到被绑成粽子似的大长老，黑媚几人的眼珠子差点掉出来。

"大长老以下犯上，拖下去，按殿规处罚。"东方宁心的声音冷得没有一丝情绪，周身散发着强大的阴冷之气。

"啊？"黑媚愣在当场，以下犯上，按殿规可以凌迟处死，宁心神王这是要杀大长老？

"怎么？有问题？"东方宁心不咸不淡地问道，却让黑媚几个人冷汗淋漓。

神王的威压，如同巨石一般压在头顶，让他们生不出半点反抗之心，尤其是大长老。没有真气护身，大长老的脸涨得紫红，却因为面子而强忍着，没有痛呼出声。

"没，没，属下这就去办。"黑媚不敢忤逆，扬手示意身后的护卫将大长老抬出去。

"呼……"应下后，黑媚感觉到，周身的压力消失了，大大吸了口气。

身后的护卫一看这情况，无视大长老杀人的眼神，利落地将大长老架了起来。

大长老从来没有这么丢人过，恨恨地瞪了四个护卫一眼，扭头看向东方宁心，双眼通红，就如同吃人的野兽。

黑媚察觉到东方宁心收起威压，小心地问道："宁心神王，以下犯上按律当凌迟，大长老他……"杀了大长老，会很麻烦。

先不说幽冥之神不会同意，就是其他长老也不会允许这样的事情发生。

这个道理，东方宁心又怎么会不明白，听到黑媚的话，东方宁心顺坡而下："念在大长老平日劳苦功高，一心为神殿着想的分上，改为鞭刑。"

"是，宁心神王。"不用两头为难，黑媚非常爽快地应了下来，拖着大长老就走。

为了让东方宁心高兴，黑媚还交代下去，要求全殿上下都去观刑。黑媚要借此机会，树立东方宁心至高无上、不容轻视的地位。

事后，神魔等人知道后，纷纷夸黑媚实诚，做事漂亮，比执凤什么的好多了。

黑媚带着人走后，东方宁心挥手示意四周的护卫通通退下，待到人全部走后，东方宁心才收起伪装的坚强，脚步一软，整个人险些跌倒在地。

"喀喀……"东方宁心拖着疲累的身子，一步一步朝黑色石椅走去。

那把巨石椅，被幽冥之水浸泡过，里面的阴寒之气，对于别人来说是致命的毒药，但对东方宁心来说却是最好的养伤之地。

白衣染血，脸色苍白，瘦小的身子蜷缩在巨大的黑石椅上，看上去分外惹人怜爱，让人有一种很想将她抱在怀里狠狠怜爱的冲动……

当雪天傲避开黑暗神殿的护卫，悄悄来到大殿时，正好看到这一幕。

雪天傲心口一热，瞬间生出一股责任感和保护欲，恨不得冲上前去，将那个娇弱的女子护在怀里，一辈子……

"谁？出来。"东方宁心早就察觉到有人来了，暗暗凝聚真气，不料等了半天也不见人现身。

雪天傲不是黑媚等人，只这么一句，他就知道东方宁心身子很虚。雪天傲突然想起，那天晚上东方宁心倒在他怀里的样子，也是这般的娇弱与无力。

当然，那时的她脸色红润，比现在好看百倍。

唇角上扬，雪天傲挂着一抹邪笑，从暗处走了出来：东方宁心，我雪天傲的便宜不是那么好占的，今天，我要连本带利要回来。

"雪天傲，是你？"东方宁心紧绷的身子，在看到来人后又放松下去，微微调整了一个姿势，让自己坐得更舒服一些。

斜躺在巨石椅上，长发垂于眼前，乌黑的眼里满是信任的神色，这个样子不是诱人犯罪吗？

至少在雪天傲眼中就是这样。

"东方宁心，我们又见面了。"雪天傲朝东方宁心走去，站在她面前，居高临下地看着，眼中有着无法掩饰的惊艳。

他知道东方宁心很美，平时，众人被东方宁心身上清冷孤傲的气息给镇住了，根本不会多看她的脸。今天的东方宁心，收起所有的刺，整个人如同娇艳的花朵一般，散发着惹人怜爱的甜香。

又一次，雪天傲庆幸自己来了，东方宁心姣美的一面，没有被别的男人看到。

"我不想见你。"东方宁心察觉到雪天傲越来越火热的视线，小心地坐正，她现在的身子，可经不起雪天傲折腾。

"没关系，我想见你就行了。"雪天傲一点也不见外，话音刚落，长臂一伸就将东方宁心抱了个满怀。

"雪天傲，放手。"东方宁心惊叫，她有一种不好的预感，今天估计要栽在雪天傲的手里。

"放手？那天怎么不叫我放手？"雪天傲低下头，东方宁心只感觉一片温热之气袭来，身边全是雪天傲的气息。

"雪天傲，算我求你了，放开我好不好？"雪天傲的手，在东方宁心的腰间来回摩挲，东方宁心整个人都软了，根本兴不起半点反抗之力。

"放开你？好呀，把冰川莲蕊给我。"雪天傲不仅没有停下，反倒更进一步，大手滑入东方宁心的衣内，抱着东方宁心旋身一转，坐在黑色的大石椅上。

"这么阴冷的椅子，你也敢坐？"坐下去的那一刻，雪天傲微微皱眉，暗暗运起真气，与石椅的阴寒之气抗衡。

"我是黑暗神王。"语气隐隐有几分撒娇的味道。

雪天傲心软了，但嘴上仍旧强硬地说："是黑暗神王也不能坐这么阴冷的椅子，久了会损伤你的身体。"

东方宁心闭眼，无声地抗议，雪天傲当即沉下脸，在东方宁心腰间一按。这女人，给点阳光就灿烂，敢反抗他了。

"啊……痛，雪天傲你放手。"东方宁心痛叫一声，想推开雪天傲，却发现自己变得全身无力，"你封住了我的真气？"

"是又怎样？"雪天傲的手滑至东方宁心身后，一手将她托起，两人靠得更近了，鼻间相碰，气息交缠，说不出来地暧昧，前提是忽略两人眼中的冷静和愤怒。

"雪天傲，你到底想怎样？"东方宁心别开脸，在雪天傲灼热的目光下，她很难保持冷静。

"你说我想干什么？"雪天傲轻轻一笑，舌尖轻轻扫过东方宁心鼻间，东方宁心全身一颤，身子不由自主地僵硬起来，这样的雪天傲好危险。

雪天傲很满意东方宁心的表现，大掌在她腰间来回揉搓："东方宁心，你当初用什么办法得到冰川莲蕊的，现在我就用同样的办法拿回来，你说好不好？"

这话看似询问，实则却是告知，雪天傲手上的动作一点也不慢，东方宁心顿时黑了脸："雪天傲，放开我。"她现在的身体，禁不起一点儿折腾。

"放开？凭什么？你是什么东西？要我听你的话？"只许这个女人调戏他，就不许他调戏回去？

"我是什么东西和你有什么关系，你不就是要冰川莲蕊吗？好，我给你。"东方宁心压下心头的烦躁，恨恨地说。

却不知，这一句话，让雪天傲更加愤怒：宁可将冰川莲蕊给他，也不让他碰吗？这个女人的心就变得这么快吗？

他要只是为了冰川莲蕊，就不会孤身来黑暗神殿了，难道他不知道黑暗神殿的危险吗？

第三十一章
骄傲又爱面子

东方宁心，你好样的，一而再、再而三地将我的骄傲踩在脚底。

你当我雪天傲是什么人？招之即来，挥之即去的小白脸吗？

高兴了就来招惹我，不高兴了就把我踢到一边。

雪天傲真的很想问一句：东方宁心，你到底把我当成什么人了？既然不能许我永生，又何必来招惹我！

可是，他的骄傲，让他问不出口，只能死死地瞪着东方宁心，恨不得将这个女人的心剖开看看，她的心里到底想着什么。

明明是光明神王，此时雪天傲的双眼却比幽冥之水更阴冷，他周身散发的气息，比身下那张黑石椅的煞气还要重。

"雪天傲，冰川莲蕊我给你，你放开我好不好？"东方宁心察觉到雪天傲的不对劲，颇为担心，急切地说道。

"放开你？"雪天傲略略移头，与东方宁心的视线相对，眼神冷得能将人冻死。

东方宁心心头一惊，双手不自觉地挡在胸前："放开我，冰川莲蕊我给你，你还要什么，我都给你。"

"什么都给是吗？好，东方宁心，我现在就告诉你我要什么——冰川莲蕊我不要，今天，我就要你。"说完用力一扯，将东方宁心的衣裙扯掉，一个翻身将东方宁心压在了身下。

"东方宁心，记住，你的男人是我雪天傲。"雪天傲双眼满是厉色，好在他还有理智，手上的动作虽急切却不粗鲁。

"雪天傲，不要，不要碰我……你疯了，你知道自己在做什么吗？"东方宁心吓得大叫，双手不停地捶打雪天傲。失去冷静的雪天傲，好可怕。

"不要？你说不要就不要，你当我雪天傲是什么人？"雪天傲根本不理会东方宁心的哀求。东方宁心越是拒绝，他越是愤怒。

这个女人，居然抗拒他的碰触，不让他碰，想让谁碰？

不顾东方宁心的挣扎，雪天傲只顾着宣泄自己的怒火，完全不管东方宁心的心情。

"雪天傲，我求你，不要这样，至少不要在这里……"东方宁心想死的心都有了，她从来没有想过，有一天雪天傲会不顾她的意愿，勉强她。

雪天傲没有发现，她的身体不适吗？

雪天傲没有发现，她的挣扎多么无力吗？

雪天傲什么都没发现，他根本不在意她……

"东方宁心，你没有拒绝的资格，现在由我说了算。"雪天傲无视东方宁心的拒绝，在黑暗神殿，在石椅上，将东方宁心当日在山洞里对他所做的一切，全部还给了东方宁心，而且只多不少。

"你浑蛋……"泪，不停地往下流，黑石椅刺骨的寒冷，却比不上她心中的冷意……

"雪天傲，你满意了吗？"东方宁心看着身上的男人，没有一丝情绪波动，心，好似一瞬间冰冷了。

神魔说得没错，她和雪天傲注定悲剧，光明神王和黑暗神王永远都不会有好下场。

"东方宁心……"雪天傲有些心慌，小心翼翼地将东方宁心抱在怀里，神情就如同捧着绝世珍宝一般。

若是往常，东方宁心一定会因此而暗暗高兴，但现在她真的高兴不起来。

"既然满意了，就放过我，替我把黑媚圣女叫来。"她不想被人看到这么糟糕的一面，可现在她连穿衣服的力气都没有。

雪天傲原本有些后悔，但东方宁心把他推开的举动深深激怒了他，也加深了他心中的不安。

东方宁心这是要和他撇清关系吗？做梦！

雪天傲没有理会东方宁心，而是捡起脚边的衣服，一件一件替东方宁心穿好。

东方宁心没有拒绝，一丝不挂被雪天傲抱在怀里的难堪，她受够了。她更受够了因为忘情而变得冷酷的雪天傲。

东方宁心的柔顺与配合，让雪天傲心情大好，一扫刚刚的郁郁："东方宁心，记住，你是我的女人，下次不许对我说不。"

雪天傲不忘趁这个机会，再次对东方宁心宣示自己的主权，东方宁心没有说话，只是闭上眼睛，无声地抗议。

这小小的举动，没有逃过雪天傲的眼睛，雪天傲就不明白了，刚刚还好好的，怎么又变成这个样子？

"东方宁心，你闹够了没有？"雪天傲知道自己脾气不好，更不懂女人的心思，索性抱着东方宁心坐在椅子上，直接问道。

"闹？我没闹。"东方宁心连眼皮都没抬，就好像雪天傲是什么脏东西一般，连看一眼都嫌弃。

"既然没闹，就乖乖听话，我先找个安全的地方安置你，你好好休养一段时间，等我把外面的事情解决了再去接你。"雪天傲抱着东方宁心就往外走。

雪天傲是个大男人，他既然认定东方宁心是他的女人，当然要替她撑起一片天地。

他知道东方宁心目前最想做的是什么，但他不想让东方宁心冒险。东方宁心安静地待在家里就行，外面那些争权算计的事，让男人来做就好了。

"雪天傲，你要带我去哪里？放我下来，我不走。"东方宁心猛地睁开眼睛，瞪着雪天傲，一脸的控诉与不满。

虽然不高兴，但雪天傲还是停下了脚步，耐心地解释："听话，外面的事情我会解决，不会让你和儿子有事。我会保护好你们，不会让你们再受伤害。"

雪天傲低头，想要亲亲东方宁心的额头，好让她安心，不料东方宁心却别开了脸。雪天傲有些不爽，但想到女人都这样，一旦觉得这个男人在乎你了，就开始蹬鼻子上脸、使小性子，也就忍了。

"别任性了，相信你的男人，不会让你等太久。"雪天傲无可奈何地摇了摇头，语气里有着自己也没有发觉的包容与宠溺。

自以为是的臭男人，你把我东方宁心当成什么女人了，东方宁心怒喝："雪天傲，放我下来，我自己的事情我自己会办，不需要你管。"

"不需要我管，你想要谁管？"女人可以宠，但绝对不能没有原则地宠，这是雪天傲的原则。

见东方宁心"不识好歹"，雪天傲直接威胁道："东方宁心，不听话是要受惩罚的，刚刚的事情，我不介意再来一次，只要你的身体受得了。"

雪天傲，你堕落了！

威胁的话变成了调戏，东方宁心身子一僵，一脸的羞愤："无耻！"

"嗯，只对你一个无耻。"雪天傲说得一本正经。

"你……这个无赖。"东方宁心的满腔怒火顿时化为委屈。这个男人总是这样，在她想放弃他、对他失望时，又给她希望。

"好了，别难过了，我承认刚刚是我不好，可你就没有错吗？在山洞里你对我做的事情，可是有过之而无不及。"雪天傲知道东方宁心在纠结什么，颇为无力地开口劝说。

既然决定将这个女人纳入自己的羽翼之下，就不希望她不高兴。

"雪天傲……"东方宁心咬了咬唇，无力地闭上眼。

雪天傲，我该拿你怎么办才好？我的喜怒哀乐全在你身上了。

前一秒恨不得杀了你，恨不得不认识你，恨不得从此天各一方，下一秒你一句话，却又让我心动，让我心软。

"我在……"雪天傲低头，两人额头相碰，四目相对，"东方宁心，我不知道我们之间曾经发生过什么，但相信我，从这一刻起我会保护你，我会为你撑起一片天地，挡去所有的风雨，因为你是我雪天傲的女人。东方宁心，我知道我们两人要在一起困难重重，但相信我，无论我们之间有多少障碍，你都不需要担心，你只要向前迈一步，我雪天傲就会扫除眼前所有的障碍，走到你的身边。"

如果说，之前还有迟疑的话，那么雪天傲这话一出，东方宁心就彻底心软了。

类似的话，雪天傲曾说过，却没有此刻来得震撼。

"我……"东方宁心心中一暖，正想告诉雪天傲：我原谅你刚刚对我做的事情了，毕竟我也诱惑过你一次，咱们一人一次，扯平了。

可是，只吐出一个字，东方宁心就感觉眼前一黑，昏了过去。

闭上眼睛之前，东方宁心不敢置信地看着雪天傲……

她怎么也没有想到，雪天傲居然可以一边深情告白，一边对她下黑手。这个男人真的变坏了，她就不该相信他的鬼话。

她落到雪天傲的手里，冰川莲蕊还能保住吗？

雪天傲说了，要用同样的办法夺回冰川莲蕊，她怎么就忘了呢？

第一个发现东方宁心失踪的人，是黑媚。黑媚按东方宁心的命令处置了大长老后，便回来复命，同时请东方宁心将大长老身上的柳云藤解开。

毕竟大长老不是一个人，他身后有一批追随者，大长老被柳云藤绑着，是打大长老的脸没错，但时间长了只会激怒大长老和他的追随者，对他们不利。

黑媚一路上在想怎么跟东方宁心说，才不会引起东方宁心的怒火。好不容易想好了说辞，迎接她的却是空荡荡的大殿。

地上有一张刺眼的白纸，纸上只有八个字：人，我带走了。雪天傲。

黑媚的脸当场就白了，连忙捂住自己的嘴，将尖叫声压下。

雪天傲居然突破了黑暗神殿的防守，在众目睽睽之下，把宁心神王劫走了，这怎么可能？

先不说宁心神王的实力，这里可是黑暗神殿，只要东方宁心发出一点点声响，雪天傲就插翅难飞。

黑媚怎么也想不明白，雪天傲是怎么把东方宁心悄无声息地带走的？

黑媚快速调整好情绪，将纸条塞进怀里，镇定自若地走出大殿，在确定没有人跟踪后，火速朝神魔所在的院落走去。

有事找神魔，这是东方宁心去冰川丛林前，对黑媚的交代。现在，她只能找神魔了。

"雪天傲把东方宁心劫走了？怎么可能？这里是黑暗神殿，他怎么进来的不说，他又是怎么出去的呢？雪天傲什么时候变得这么厉害了？"小神龙听到黑媚的话，第一个不信。

他就在黑暗神殿，他完全没有发现雪天傲的气息，也没有发现雪天傲的动作。

"这是天傲的字，我不会认错，宁心的确是被他带走了。"秦羿风一脸担忧。

这两人的关系，好不容易才有点缓和，可别又出事了。雪天傲要是再伤了东方宁心，别说东方宁心不会原谅他，就是他自己也不会原谅自己呀。

秦羿风心情沉重，他为雪天傲担心。虽说忘情无解，但万一忘情解开了呢？

雪天傲记起自己曾经对东方宁心所做的事情，他要如何面对东方宁心？

"天傲要把宁心带走，还留字条干吗？多此一举呀。"无涯关心的总是众人都不会关心的事情，却偏偏能引起众人的关注。

"对呀，雪天傲为什么留字条？"小神龙和秦羿风同时问道，眼中闪着好奇的光芒。

"警告我们，也是让我们安心。"千叶轻敲着桌面，借此排解心中的烦闷。

直到今时今日他才明白，他一直都小看了雪天傲。能从黑暗神殿将人带走，能在他们这么多人的眼皮子底下将东方宁心劫走，无论是心计还是手段都属上乘。

小瞧他的后果，就是被他狠狠捅一刀……

唯有神魔和邪神至尊老神在在地坐着，一副没心没肺的样子。

黑媚看这几个人说了半天也没有说到重点，不得不出声提醒："宁心神王今天才刚整治了大长老，要是让大长老的人知道，宁心神王被光明神王带走了，黑暗神殿将会大乱，宁心神王将会威信全失。"

黑媚在心中呐喊，这才是重点好不好，这群人不想着怎么把宁心神王带回来，居然在这里研究纸条，不就是一张破纸吗？有什么好研究的？

黑媚气得快要冒火，同时在心中为东方宁心默哀，认识一群完全不着调的人，实在是……

神魔点了点头，依旧是那副不紧不慢的样子："黑暗神殿的事情就交给你了，对外就说宁心神王有事外出，一切事宜由你全权处理。"

"我？我不行。"黑媚一惊，摇头拒绝。她要是有这个本事，早就自成一派在黑暗神殿和大长老斗了，哪还需要依附东方宁心。

"有什么不行？有我们这么多人做你的后盾，你尽管放手去做，有谁阻拦就找无涯和秦羿风，这两人很闲。"神魔挥了挥手，示意这事就这么决定了，让黑媚退下，不要再多说。

"可……"黑媚一脸挣扎，要说不高兴是骗人的，但想着随之而来的压力，她又感觉头大。

"可什么可，还不快去办事，难道你想把东方宁心被雪天傲劫走的消息泄露出去？"神魔一怒，黑媚吓得闭嘴，转身就往外跑。

"这女人真是的，非得凶她才知道听话。"神魔嘀咕了一句，发现大家都盯着他看。

"看什么看，没看过美男呀？一个个把眼睛给我收回去，东方宁心还在雪天傲手上，也不知道出了什么事，东方宁心怎么会乖乖地跟雪天傲走？"神魔愁呀，这情况一看就知道东方宁心是自愿的，不然的话雪天傲根本不可能在他们的眼皮子底下把人带出去。

可是，到底是什么原因，让东方宁心自愿跟雪天傲走呢？

要知道，无论是铸造灭天弩用的箭，还是拉开灭天弩，都需要东方宁心在，她一消失，他们的计划该怎么办？

"东方宁心呀东方宁心，你真是不让人省心，你跟雪天傲走了，我们后面的事怎么办呀？"东方宁心这一走，所有的事都做不了，对付创始之神和天地规则的计划全得搁浅。

神魔愁得不行，把东方宁心好一通念叨，无涯和秦羿风也跟着附和，他们和神魔的想法一样，认为东方宁心是自愿跟雪天傲走的，唯有邪神至尊不认同神魔的话。

"神魔，东方宁心不是那种不知轻重的人，她绝对不是自愿跟雪天傲走的。她的个性你又不是不知道，她虽然重情，但在大是大非面前不会感情用事，更不会任性地去做一些不合时宜的事情。而且，压制忘情的解药还没有炼制出来，她怎么会连招呼都不打，就和雪天傲离开黑暗神殿呢？东方宁心悄无声息地跟雪天傲走了，一定是雪天傲说了什么或者做了什么，让东方宁心不得不配合。"

邪神至尊说得笃定，让众人刚刚放下的心又不安起来。

"雪天傲不会伤了东方宁心吧？"这世间能伤东方宁心的人，也只有雪天傲了。

"不会，雪天傲应该不舍得伤东方宁心，这一点我可以确定，雪天傲真要伤东方宁心，就不会留下这张纸条。"邪神至尊不客气地将无涯手中的纸条抢来，摊到众人面前，"雪天傲留下这张纸条，应该有三重用意——一是为了让我们安心，东方宁心在他手上，绝对不会有事；二是为了让某些人注意到。"

"做给创始之神看？"神魔一点就透。

"没错，雪天傲的确是做给创始之神看的，把东方宁心带走，黑暗神殿必会大乱，他就可以借机动手脚了。如果我没有猜错的话，他暗中肯定也在谋划什么……"邪神至尊不认为，区区一个忘情就能让雪天傲为创始之神卖命。

忘情确实很好用，但效果并没有创始之神以为的那么大。不然，光明神殿的历任神王，就不会死得那么惨了。

"雪天傲的第三重用意是什么？"无涯眼巴巴地看着邪神至尊，等其解答。

邪神至尊斜了无涯一眼，一副"你很蠢"的样子："还用问吗？雪天傲留下这张纸条，第三个用意就是提醒我们把冰川莲蕊给他，他在东方宁心身上应该没有找到冰川莲蕊。"

想到雪大傲的"找法"，邪神至尊的眼里闪过一抹邪笑。

这倒不是邪神至尊神机妙算，而是他和雪天傲有主从契约，所以他对雪天傲的情绪比较敏感。

平时，那个男人就像是一块冰，万年不化。半个时辰前，他却明显感觉那个男人的情绪不对，那个时间正是东方宁心失踪的时候，由此可见雪天傲应该做了什么坏事。

当然，这事邪神至尊不会说出来，他只会在心里偷着乐。

邪神至尊的笑让无涯几人感觉一阵恶寒，纷纷后退一步，生怕被这货给算计了。

"雪天傲要冰川莲蕊为什么不直接说，这么拐弯抹角的，谁知道他要什么？"无涯不爽地嚷嚷。

邪神至尊故作高深地为无涯解答："直接说多伤感情，这样做才不会让东方宁心生气。毕竟他什么都没说，是我们自己双手奉上冰川莲蕊的。这么大费周折，看样子东方宁心和雪天傲之间发生了比较好玩的事情，不然雪天傲根本不用在意东方宁心的想法。"

"好玩的事？什么事？快说来听听。"无涯再次忽视重点。

"不说……"邪神摆出一副洞悉所有的样子，却怎么也不肯说出来。

"不要这样嘛，说啦，说啦……"无涯郁闷了，小神龙、神魔、秦羿风也是一脸好奇，只是他们学不来无涯的无赖样。

邪神至尊双唇紧闭，一双电眼笑得那叫一个诡异，把众人的好奇心全勾出来了。

为了得到消息，无涯缠着邪神至尊撒娇，神魔更是风情万种地挑逗邪神至尊，可邪神至尊的嘴闭得比蚌壳还紧。

唯有千叶，一脸苦笑，什么也没说。

在冰川丛林，他知道东方宁心用什么办法拿到冰川莲蕊的，看邪神至尊的样子，他也能猜到，雪天傲是用什么办法将东方宁心带走的。

虽然无耻了一点儿，但不得不说，用来对付东方宁心刚刚好。

那个女人，骄傲又爱面子！

笑闹归笑闹，东方宁心失踪对众人来说是一件大事，没有东方宁心，所有计划都无法进行，他们必须尽快找到东方宁心。

在找到东方宁心之前，他们不介意先把黑暗神殿的问题解决了，以免留下后患。

神魔和邪神至尊、小神龙这三个五界大佬，毫不客气地插手黑暗神殿的事务，以雷霆手段，将不和谐的声音全部抹杀。

一时间，黑暗神殿人心惶惶，每天都有成堆成堆的尸体被拖去，地上的血冲了，又来了新的。

秦羿风和无涯一边大呼过瘾，一边假装好心地提醒他们，这手段是不是太狠辣了？

邪神至尊直接给两人抛去一个鄙视的眼神：狠辣？这算什么狠辣，他们不过杀了几千人，哪里狠了？

当初创始之神和幽冥之神随便一出手，就是数十万人惨死，而且那些人还是无辜的百姓。和两个杀人狂魔相比，他们善良得都可以立佛像了。

神魔则更加霸气："天下这盘棋现在由我们下，死几个人算什么。不想死，可以，乖乖地听话，听话的孩子我都不杀。"

黑暗神殿整顿好后，邪神至尊和神魔就开始联系雪天傲，用冰川莲蕊换人。

黑暗神殿一片腥风血雨，东方宁心与雪天傲两人之间也不那么和谐。

东方宁心被雪天傲掳到一个山谷中，醒来后她主动表示，只要放她回黑暗神殿，她一定会把冰川莲蕊双手奉上。

雪天傲不同意，东方宁心一再好言请求，雪天傲不仅不同意，还告诉东方宁心，让她死了离开这里的心，这辈子都别想离开他，东方宁心要办什么事，告诉他，他保证会办好。

两人大眼瞪小眼，谁都说服不了谁；两人都是骄傲的主，谁也不肯让谁。

两人都在想，就算真要让步，凭什么让步的是自己，而不是对方？

两人就么这僵持着，最后还是雪天傲心软了，主动询问到底有什么事，非要东方宁心亲自去做不可？只要东方宁心说出一个能说服他的理由，他就放东方宁心走。

但东方宁心什么都不说，不是她不相信雪天傲，有忘情在，创始之神太容易控制雪天傲了，她不敢冒这个险。

东方宁心这摆明了不信任的举动，让雪天傲的脸直接黑成炭了，再三逼问，只换来一句："雪天傲，你别逼我，我真的不能说，有些事情，你做不来。"

一个男人，被自己的女人说"做不来"，是什么打击？

雪天傲直接甩脸色给东方宁心看，交谈无果，两人冷战起来。

可要说冷战，这两人又……

雪天傲给东方宁心准备三餐，东方宁心吃；雪天傲抱着东方宁心去后山的温泉沐浴，东方宁心也听话地任他抱着，没有半分挣扎，任雪天傲给她穿衣、沐浴、洗发。

两人就像是老夫老妻一般，虽然一整天不说话，但并没有火药味。夜晚，面对雪天傲的求欢，东方宁心也不拒绝。

两人除了不说话以外，其他的一切都很美好，只是这份美好在三天后被打破了。

雪天傲收到一个消息，转身就告诉东方宁心，他要外出，让她在这里等他，至于办什么事，却不透露半分。

外出？东方宁心很清楚，应该是神魔他们联系上雪天傲，拿冰川莲蕊来交换她了。

雪天傲不说，东方宁心也就装作不知道。有些事情，说开了只会伤了彼此的感情。

东方宁心深深地看了一眼雪天傲，低声说道："你把我一个人留在这里，就不怕出事吗？我现在可是连跑的力气都没有，万一有人来了，我怎么办？"

东方宁心一脸苍白地坐在木椅上，绝美的脸上有着化不开的忧愁。

这样的表情真的不适合她，东方宁心就应该高傲，就应该张扬，但现在的她被雪天傲折去双翅，没有高傲的本钱。

"不用担心，这个地方很隐秘，不会有人发现，你的安全没有问题。"雪天傲担心，但他更清楚，只要给东方宁心一点儿机会，东方宁心就会从他身边逃走，而他再想把东方宁心劫来，几乎不可能。

"万一有人找到了呢？你确定你能赶回来吗？雪天傲，在你心中，我东方宁心到底是什么？你连我的生死都不在意吗？"素白的手指轻捏着桌上的杯子，东方宁心优雅地喝着杯中的水，姿态娴静，不带半丝怨恨。

此时此刻，东方宁心总算是看明白也认清了。忘情后的雪天傲哪怕再受她吸引，对她的防备依旧不减，也不会凡事为她着想。

她不怪雪天傲，因为她也没有办法和以前一样相信现在的雪天傲。

他们二人，想要互相信任，却又互相防备。这天下，没有比他们夫妻更可悲的人了。

"东方宁心，你别想那些有的没的。我说了，你是我的女人，我就会保护好你。你别担心这些，我很快就会回来，你不会有事的。"雪天傲头也不回地往外走去，他怕再待下去他会改变自己的决定。

"很快就回来？雪天傲，没有我，你永远都拿不到冰川莲蕊。"东方宁心饮尽杯中水，一副风轻云淡的样子。

雪天傲脚步匆忙，强压下心中的担忧，跃出山谷。东方宁心这个女人太招人了，只有放在身边，他才能安心。

雪天傲前脚刚走，创始之神后脚就踏着阳光走了进来，一脸审视地打量着东方宁心。

东方宁心似乎早就知道了，脸色平静地拿出一个干净的杯子，倒了杯茶，递到创始之神面前："粗茶一杯，希望你能喝得习惯。"

"对于我的到来，你似乎一点儿也不震惊。"创始之神坐了下来，脸上带着浅浅的笑，样子就如同前来叙旧的好友，但东方宁心知道，创始之神是来杀她的。

"早就料到了，也只有雪天傲才会相信这个地方是安全的。"东方宁心没有半丝的怒气，两人如同好友一般聊着。

"是吗？既然你知道，为什么不告诉他？"创始之神轻啜着杯中的茶。

"没必要，说了他也不信。"东方宁心垂眸掩去眼中的悲伤。现在的雪天傲，心里有她，但不会全心全意地护着她。

"看样子，你对忘情很了解。"创始之神打量着四周的环境，这地方还真是够隐蔽的，要不是有忘情存在，他还真找不着这个地方。

东方宁心摇头："不，我对忘情并不了解，至少我不知道，你到底是怎么控制雪天傲的，让他相信这个地方是安全的，让他相信你重伤将死，不会出现在这里。"

"想知道？"创始之神放下手中的杯子，抬头。

"想。"东方宁心干脆地点头，没有耍花招的意思。

创始之神轻笑，一脸的傲气："看在你将死的分上，我可以告诉你。"

"就请创始之神大人，让我死个明白。"东方宁心轻笑，脸色半点也没有面临死亡的恐惧与不安。

"东方宁心，看在你算是一个对手的分上，我会让你死得明白。忘情除了会斩断雪天傲对你的情爱，让他与你反目成仇，让他对光明神殿和我忠诚，还能让他接受精神暗示。我对雪天傲所下达的暗示，他不仅不会怀疑，还会从内心深处相信并接受。

"我曾对雪天傲暗示，你是一个阴险狡诈、为达目的不择手段的女人，他信了。但让我没想到的是，在我这般强烈的暗示下，他依旧对你动心了，并且因此对我产生怀疑。后来，我改变了策略，我暗示雪天傲，让他相信你有很多爱慕者，你是一个不安分的女人，一旦放你离开，你就会和别的男人在一起，将他抛弃。是以，即使他再担心你的安危，也不会放开你。"

"原来是精神暗示，难怪雪天傲最近做的事情，一点也不像平时的他。"东方宁心一副恍然大悟的样子。

这些，冥早就告诉过她，所以她才无法完全信任雪天傲。

只不过，有些话由她说出来，和创始之神说出来，效果是完全不一样的。

"东方宁心，该解答的我都解答了，你还有什么想知道的？一并问了。"创始之神抬头看了看天。

雪天傲和神魔的交易也快开始了，他也许该去凑凑热闹，在光明神殿待久了，外面的人只知道天傲神王，忘了他才是光明神殿真正的主人。

"没了。"东方宁心放下手中的杯子，脸上带着一抹浅浅的笑容。

创始之神的眉头，微不可察地一皱，随即又松开了："既然你想知道的都知道了，那就安息吧。这一次我会处理得干干净净，你绝对不会有再次转世的可能。"

创始之神起身，东方宁心一动不动，在创始之神抬手的那一霎诡异一笑："创始之神大人，多谢成全。"

"成全？"创始之神心神一震，担心事情有变，抬手就欲杀了东方宁心，但他的手却被人挡住了。看着眼前这三个突然出现的人，创始之神脸上的笑容挂不住了，"你们怎么会在这里？"

"我说路过，你信不信？"黑凤凰挡在东方宁心的面前，酷酷地说道，眼中透着不屑与鄙夷。

"对一个没有反抗能力的弱女子下手，创始之神，你还真是给我们五界之主长脸啊。"黑凤凰高傲、嚣张，哪怕面对创始之神也不服输。

创始之神不理黑凤凰，收回手，看向抱着雪少的李漠远："李少主，你这是要与我为敌了？"

李漠远一脸哀怨，心里那叫一个苦呀，正想说两句场面上的话，雪少却抓住他的手指用力一咬，小眼炯炯有神，无声地提醒他。

"嘶……"李漠远痛得直抽气。

"这事，你看……我也做不了主啊。"李漠远将手中的雪少往前一推，一副没办法的样子，他的手指被人绑架了，他不得不从呀。

创始之神含笑点头："我一直以为李少主是个聪明人，原来也会做出愚蠢的决定，你应该明白，现在这局势，东方宁心他们根本没有半分胜算。"

"确实，我们都不是你的对手。"这一点，李漠远不否认。

"既然明知结果，李少主还要与我为敌，真是勇气可嘉。"对于李漠远，创始之神采取"既不拉拢，也不打压"的态度，只要李漠远一直保持中立，他可以允许李漠远的存在。

可惜，他低估了李漠远的傲气，身为三皇传人，李漠远岂会甘愿居于人下？

创始之神要的是整个天下，他要的也是这天下，而天下只有一个，他们注定是敌人。

"没有勇气也得鼓起勇气，一旦这天下落入你之手，我还有活命的可能？与其最后被你诛杀，不如放手一搏。"李漠远收起自己的伪装，眼中的平静被霸气取代。

可惜，他的形象被雪少给毁了。雪少一双小眼滴溜一转，发现他娘亲很虚弱，雪少乖巧地没要东方宁心抱，而是扯着李漠远的衣服朝东方宁心挤眉弄眼，哄自家娘亲开心。

东方宁心也没让雪少失望，雪少一进来，东方宁心的全部注意就在他身上了。黑凤凰一拦住创始之神，东方宁心便走到李漠远身边，逗弄着雪少，想要抱雪少，却被雪少拒绝了。

母子二人旁若无人地玩闹，根本没将创始之神放在眼中。

黑凤凰看得满头黑线，这对母子也太自信了，创始之神可不好对付，十个李漠远也不是创始之神的对手。

察觉到黑凤凰的担心，东方宁心朝黑凤凰轻轻点头，示意她放心。创始之神今天不会对他们动手，因为创始之神真的受了伤。

果不其然，创始之神几番试探，确定李漠远和黑凤凰不会放任他杀东方宁心后，心里便多了几分犹豫，没有急着下手。

但这并不表示，他会就此罢手。而是还有一件事情，创始之神要弄明白："你们是什么时候来的？"有人来了，他却没有发现，这样的错误，他绝不能再犯。

"比你晚了半步。"一身锦衣被雪少扯得皱巴巴的，李漠远也不生气，反倒配合地给雪少调整一下方向，方便他和东方宁心交流。

创始之神没有说话，但身边浮动的气息却让李漠远明白，创始之神把他当强敌了。

李漠远万分无辜，他还真是倒霉，他要不要把实话告诉创始之神，他之所以能找到这里，纯粹是因为他怀中的这个小屁孩呢？

这小屁孩，也不知道哪来的本事，居然可以和东方宁心心意相通，在小屁孩的指引下，他们没怎么费力就找到了这里。

他们来得比创始之神还早，只是中途费了一点工夫把雪天傲给截了下来，一起躲在东皇钟里，等东方宁心和这只狐狸把话谈完才现身。

当然，现身的只有他们，雪天傲还在东皇钟里。

李漠远万分无奈，朝东方宁心使眼色：女人，我可是为了你，才得罪这个老怪物的，你可得保我不死呀。

"没出息，我都不怕，你怕什么？"黑凤凰孤傲地说道，那种骄傲与自信，不是一般人能有的。

"你当然不怕，你死了还能涅槃重生，凤凰是不死鸟，我又不是。"李漠远一脸哀怨地看着东方宁心。

创始之神是真的要杀他，他已经感受到了来自创始之神的威压。

"你想的话，我可以成全你，给你一个凤凰的不死之身。"黑凤凰看似随意，眼中却透着认真。

"别……我现在很好。"李漠远想都不想就拒绝了。

李漠远低头逗着雪少，无视黑凤凰吃人一般的眼神，他李漠远虽然野心勃勃，但也是有原则的，无论如何，他都没有办法接受自己变成一只鸟。

创始之神一再被人无视却不生气，就在此时，东方宁心说道："如果我没算错的话，千叶快到了，你要不要和他叙叙旧？上次在光明神殿没办法放开手脚，今天刚好，这是一个无人的山谷，就算全毁了也没有人心疼。"

创始之神眼皮一跳，身上的伤口隐隐作痛。想起上次交手两败俱伤的惨样，创始之神虽然万分不甘，还是将心中的想法收了回去。

现在的他不能再受重伤，他有太多的事情要做。

杀意骤消，创始之神与东方宁心寒暄了一句，表明自己没有和东方宁心动手的意思，便优雅地离去。

来得突然，走得更突然。

"这个男人，脸皮真厚，明明是怕了千叶，还装得挺像那么回事。"待到确定创始之神真的走了，李漠远才幽幽开口。

"和某人不相上下。"东方宁心上下打量了一眼李漠远，中肯地评价。

黑凤凰冷傲地附和，李漠远说了黑凤凰一句，黑凤凰难得没有接话。

东方宁心看了看黑凤凰，又看了看李漠远，什么也没有说，只是将雪少抱到怀中，边走边说："雪天傲，该听的你都听到了，该看的你也看到了，把我困住是创始之神强加在你身上的念头。另外，以你现在的状况，你保护不了我。"

说完这一句，东方宁心抱着雪少迈步离去……

雪天傲，对不起。我没想过用千叶来刺激你，也没想过打击你，但事实摆在面前，我们不得不面对现实。

我必须离开这里，你把我困在这里，只会令事情朝最糟糕的一面发展。

"这个女人好冷血。"李漠远叹了口气，也跟着往外走。

一出去，就遇到了拿着冰川莲蕊前来与雪天傲交换的神魔等人。

"宝贝徒弟，我想死你了，快快快，给师父瞧瞧，瘦了没有，那只死鸟虐待你了没有？"神魔衣袂飘飘地飘到东方宁心的面前，将雪少抱在怀里，转身就走。

至于孩子的母亲，对不起，他现在没空，也没有心情见。

"嘻嘻……"雪少重回到熟悉的人面前，小脸笑得如同盛开的桃花，眉眼弯弯，如同年画里的娃娃一般。

似乎知道神魔心情不好，雪少更加乖巧，任神魔逗弄。

"神魔……你说谁是死鸟？"黑凤凰脸拉得老长，十指咔咔作响。

神魔高傲地瞥了黑凤凰一眼，示意李漠远管好她，便不多言，专心哄着雪少。不停地问雪少，这段时间吃得好不好、睡得好不好、有没有偷懒，说了一堆没有营养的话，但师徒二人却聊得开心。

"给我抱抱！"无涯挤在师徒二人间，想在雪少心中占个位子。

秦羿风与小神龙也围着雪少转，众人通通将东方宁心给无视了。东方宁心先是一愣，随即明白了怎么回事，没有多言，只是朝邪神至尊点了点头，便朝黑暗神殿的大殿走去。

一进去，东方宁心还没有坐下，神魔脸上的笑容就凝结了："宁心，你做得太过分了，你知不知道这样很危险？"

东方宁心点了点头，看了一眼李漠远，李漠远尴尬地移开眼……

他现在跟神魔、邪神至尊他们合作，神魔问起，他自然要将事情的始末说出来。

"是有点过分，事情已经发生了，而且我不认为自己有错。"东方宁心淡淡地说道。

"宁心，你认为自己没错？"神魔难得语重心长地说。

"是他先不顾我的意愿，强迫我的。"

"所以，你就设计了这么一出，打击雪天傲的自信？"

东方宁心沉默不语。

神魔无力地叹气道："宁心，你和雪天傲现在所做的一切，就是在互相伤害，你们此时的行为和历任光明神王与黑暗神殿没有区别。你今天将雪天傲身为男人的骄傲与自信，踩在脚底践踏，别说是雪天傲了，换作任何一个男人，都没有办法接受。你这么做，只会把雪天傲越推越远，你明白吗？"

"我知道了，等我把压制忘情的解药炼出来，就去找他。"东方宁心还以为神魔在怪她冒险，没想到是在心疼雪天傲。

好吧，她承认今天这事对雪天傲来说太残忍了，但不残忍对雪天傲有效吗？

"你能这么想，我很高兴。至于压制忘情的解药，你就不用担心了，我已经替你准备好了，你只要说服雪天傲服下就行了。不过成功的概率只有五成，你自己看着办吧。"神魔将一个紫色小玉瓶递到东方宁心的面前。

"冥没有走？"东方宁心握着紫玉瓶，手指略略僵硬，眼中泛着水雾。

"现在走了。"神魔没有替冥多说，只这么一句，东方宁心就应该明白。

冥的确有些不厚道，但可以理解。换作是东方宁心，为了雪天傲，她会做得比冥更狠。

"如果遇上了，替我对他说一句谢谢，还有对不起。"东方宁心轻轻摩挲着紫玉瓶。她不怨冥了，只不过最近的事情太多了，再加上她以为冥和琴然走了，也就忘了说。

"以后有机会你自己碰上了再说，当务之急是让雪天傲把这药服下，还有就是尽快去龙族圣地，寻找能炼成弩箭的龙骨。我们的时间有限，别把精力和时间浪费在与雪天傲斗气上，大局为重。"东方宁心和雪天傲过了三天只羡鸳鸯不羡仙的生活，他们可是累惨了。

"我知道，给我两天时间，我调整一下再去找雪天傲。"东方宁心站了起来，脚步稍稍有几分虚浮。

"你受伤了？"小神龙连忙跑了过来，扶着东方宁心。

"没事，一点小伤，休息两天就好了。"东方宁心抽回手，朝小神龙淡淡一笑，转身就朝外走。

留下众人，莫名地心虚：他们一味地指责东方宁心伤害雪天傲，却没有想过雪天傲也做了伤害东方宁心的事情。不然的话，东方宁心也不会搬出千叶和李漠远来打击雪天傲。

"我们是不是管得太多了？"神魔有点儿不安，他不会好心办坏事吧？

"不是我们管得太多，而是我们对东方宁心的要求太高了，以至于忘了她也是人，还是个脆弱的女人。"邪神至尊逗了逗雪少，便起身走人。

有忘情在，雪天傲怎么伤害东方宁心他们都觉得理所当然，甚至还不许东方宁心怪罪雪天傲，因为雪天傲忘情了，不是出于本意的。

他们站在道德最高点要求东方宁心，却忘了东方宁心也是一个人，她也会受伤……

同一时间，光明神殿。

"天傲，你太令我失望了。我再给你三天时间，三天后，我没看到冰川莲蕊与神魂珠，你就去刑堂受罚吧。"创始之神看着脸上血色尽失、明显受伤的雪天傲，一副痛心疾首的样子。

　　"是，大人。"雪天傲应下，转身离去，和平日没有什么两样。

　　只是，隐在衣袖中指节泛白的十指，泄露了他此时的心情……

第三十二章
无论多久我都等你

　　雪天傲以为，这一辈子，他都不会再回到这个山谷了。

　　在这个山谷中，东方宁心将他的自信与骄傲全部踏在脚底，将他认定的一切摧毁，也让他明白，再完美的计划，也会有漏洞。

　　午夜梦回，他一次次想起。如果李漠远和黑凤凰没有及时赶到，事情会变成什么样？

　　东方宁心会死，虽不是他亲手所杀，却是因为他的大意而死。

　　每每想到这个可能，他就恨不得杀了自己。后悔、自责根本不足以形容他的心情。

　　在创始之神出现的那一刻，他就知道，他和东方宁心之间完了，他无颜去见东方宁心。

　　他口口声声说他会保护东方宁心，却将她置于险境，最后还要靠别的男人才能护住她。

　　但当东方宁心留信给他，说在山谷等他时，他连想都不想，就赶了过来。

　　他知道，如果东方宁心不主动说见他，他这一辈子都不会去见东方宁心，他真的不知道，自己该如何面对东方宁心。

　　山谷还是那个山谷，静得连鸟叫声都没有。木屋依旧是那座木屋，简单中透着大气，沐浴在阳光下，让人有种很想在此隐居一辈子的冲动。

　　雪天傲站在木屋外，看着前几天还居住过的木屋，久久不敢往前一步。

　　屋内，东方宁心一身白衣，优雅地泡着茶，高贵得如同公主，没有半丝肃杀之气。雪少则摇头晃脑地坐在她身边，一副小大人的模样，眼睛看着门外，一脸的希冀。

　　"既然来了，就进来吧，儿子很想你。"神魔说得没错，雪天傲有忘情在，他做错事可以理解，但她不行。她没受忘情的影响，她必须理智，不能这么一直互相伤害下去。

　　雪天傲吸了口气，恢复冰冷孤傲的样子，推门而入。

　　满室茶香，女子静坐在阳光下，素手托起青花瓷杯，很美！

　　视线侧移，看着如同大人一般坐在里面的儿子，雪天傲不由得脸上一热。每次伤害东方宁心时这个孩子都在，也不知儿子会不会认为他没用。

雪天傲刚这样想，雪少就张开小胳膊，一脸激动地喊着："爹，宝宝要抱。"

粉嘟嘟的小脸红得喜人，眼里是满满的崇拜和对父亲的孺慕之情。

雪天傲刚才的担心完全是多余的，在雪少眼中，他父亲是天下最厉害的人，是顶天立地的男子汉大丈夫。

"爹抱你。"雪天傲激动地将雪少抱在怀里，搂得紧紧的。

"嘻嘻……"雪少笑得开怀，在雪天傲的脸上涂着口水。

如果是以前，雪天傲一定会生气，觉得这孩子太过顽皮，不懂事，现在他只有欢喜。

一大一小两张如同从一个模子里出来的脸靠在一起，你挤来我挤去。父子两人，不仅仅是身体，就连心也靠近了。

雪天傲被雪少涂了一脸的口水，不仅没有生气，反倒一脸愧疚地亲着雪少："儿子，爹对不起你。"

其实，这话是对东方宁心说的，只是他开不了口，只好借儿子来说事。

"吧唧……"雪少在雪天傲的脸上用力亲了一口，一副小大人的样子，"宝宝不生爹的气，是娘太笨了，不关爹的事。"

"是，你娘太笨了。"什么都自己扛，什么事都埋在心底不肯说出来。

雪天傲顺势说道，眼角的余光扫向东方宁心，却发现东方宁心如同没有听到一般，依旧慢悠悠地品茶。

雪天傲眼神一黯，他们再也回不到从前了。

东方宁心说，倾尽所有，只愿一切回到从前，现在他也想说这句话，可惜这样的话说起来容易，做起来很难。

时光无法倒流，做过的事、犯过的错，怎么也掩盖不了。

雪少发现爹和娘之间气氛不太对，眨了眨眼睛，一脸纯真与敬佩地看着雪天傲："爹，宝宝有好多话想和你说，还有好多问题想问你，宝宝可以问吗？"

"可以。"面对这么天真可爱的儿子，雪天傲就算再提不起兴趣，也无法拒绝。

"太好了。爹你最棒了，宝宝最爱爹了。"雪少欢呼起来，开始问着各种天真可爱的问题，从花为什么有颜色、蝴蝶什么会飞，问到太阳为什么会出来。

雪天傲抱着雪少坐在东方宁心的对面，一改平日的高傲，耐心地为雪少解答那些看似天真却别有趣味的问题。

雪少越问越欢乐，平时问师父，师父都不理，还是爹好，问什么都会回答，不像师父那样，永远都是那句"你长大后就明白了"。

"爹，你说天上为什么会有星星？而且它们一直朝宝宝眨眼睛哦。"

雪天傲想起他也曾问过母后类似的问题，雪天傲还记得母后说过："天傲，天上的星星都是死后放不下自己孩子的父母所化。以后娘亲死了，就会化为天上的星星，在天上看着你，保护你。"

雪天傲想不出别的答案，就说出这个答案。

雪少一听，脸上的笑容淡了几分，很认真地点头道："原来外公和墨子叔叔他们在天上保护着宝宝，宝宝知道了，宝宝以后都会乖的。爹……天上已经有很多星星在看宝宝了，你和娘还是陪着宝宝，不要变成星星好不好？"

孩子总是敏感的，大人间出了什么事他不懂，但东方宁心与雪天傲之间的疏离他却知道。

雪少一脸期待地看着雪天傲，想要雪天傲点头。他知道，爹和娘答应他的事情，就一定会做到。

看着雪少纯真的眸子中满是小心翼翼与不安，雪天傲觉得自己特别没用。他多么希望自己能抱紧雪少，对他说："宝宝别怕，爹和娘会一直陪着你。"

但他不能这么做，经过上次的事情，雪天傲明白，绝不能轻易许下自己未必能够做到的承诺。

他已经伤害了东方宁心一次，绝对不能再伤害儿子，他也不能确定他和东方宁心还有没有未来。

不过有一点可以肯定，那就是："宝宝别怕，无论发生什么事，爹都会保护好宝宝，不会让宝宝再经历中州的惨事。"

他能答应的，就是倾他所有，给雪少最好的。

虽然失望，但雪少懂事，他明白雪天傲没有胡乱应下的原因。

雪少收起失落，没有继续追问，而是问起其他问题："爹，为什么神魔师父是魔？什么是魔呀？师父为什么要叫魔呢？他和我们有什么区别吗？李叔叔说魔都是坏人，坠入魔道天地不容，可是师父不是坏人，为什么师父是魔呢？还有，师父说我是魔界少主，是小魔头，宝宝也是坏人吗？"

这个问题，困扰了雪少很久，他不敢问神魔，只好问雪天傲了。

雪少忐忑不安，一张小脸快皱成包子了。

雪天傲看着雪少的包子脸，实在忍不住，伸手捏了捏："别听你李叔叔胡说，以后他的话你都不要信。什么是人？什么是神？什么是魔？只要心正魔亦能成神，心术不正神亦是魔。宝宝，能舍弃人间繁华坠入魔道，需要很大的勇气，能从众多魔物中脱颖而出，成为魔界之主，也需要付出很多的心血和努力。你师父值得世人敬佩。以后别说你师父是坏人，就算他对全天下人都坏，也不会对你坏，你师父很喜欢你。"

"师父喜欢我，我也喜欢师父。"雪少一脸骄傲，"我是小魔头，我不是坏人。"

腻在父亲身边，雪少化身好奇宝宝，问个不停："爹，我是怎么出来的？师父说我是从娘肚子里爬出来的，娘肚子里还会爬出别的宝宝吗？为什么神魔师父和你的肚子里没有宝宝爬出来呢？"

"爹，我们为什么要吃饭呢？"

"爹，男女授受不亲，男男是不是授受就亲了呀？我看到冥干爹抱琴然干爹了哦。"

"爹……"

解决了小魔头不是坏人的问题，雪少热情高涨，难得遇上一个会给他回答问题的人，这个人还是自己的亲爹，这个机会当然不能放过。

可怜的雪天傲，刚开始还能勉强回答出来，到后面就直接无话可说，额头都皱出一个"川"字。

养个孩子，怎么就这么难呢？

幸亏这孩子平时不用他养，不然一直这么折腾，他得疯了。以后要是再有孩子，他绝对不自己养，太恐怖了。他记得他小时候，好像没有这么多问题呀！

雪天傲求助地看向东方宁心，他快被儿子的问题弄疯了。

东方宁心没有出声，只是温柔地看着这对聚少离多的父子。

夫妻没有隔夜仇，父子之间同样如此。她的儿子聪慧又早熟，不着痕迹地就将岌岌可危的父子关系修复好了。

她儿子比她强太多了，要知道，她和雪天傲的关系可是越来越僵了。

雪少问个不停，东方宁心又不肯伸出援手，雪天傲只得绞尽脑汁为雪少解答。直到雪天傲满头大汗，直到雪少犯困了，东方宁心才起身，将雪少接了过来，抱在怀里。

孩子被抱走，雪天傲只觉得心里空落落的，还来不及多想，就见东方宁心指了指桌上的紫玉瓶道："雪天傲，里面的东西服下后，你有五成的机会活下来。当然，你可以选择不吃。"

说完，东方宁心就抱着雪少往外走。路过雪天傲身边时，东方宁心停了下来，低头道："雪天傲，你活下来，我等你。无论多久我都等你，等你找回失去的自我。如果你死了，我和儿子便忘了你，我们母子二人也可以活得很好。"

东方宁心说完，俯身在雪天傲的眉心轻轻一吻，从雪天傲身边走了过去，两人的衣摆轻轻相碰，又飞快地分开。

雪天傲起身，想拉住东方宁心，却又将手缩了回来。

现在还不是时候，他必须先摆脱创始之神的掌控，让创始之神的精神暗示影响不到他。只有这样他才是完整的自己，才能保护东方宁心和儿子，才能兑现自己许下的承诺。

看向桌上的小紫瓶，雪天傲对身后的女子轻声道："东方宁心，别说有五成的机会，哪怕是砒霜，只要是你奉上的，我也会含笑吃下。"

东方宁心抱着熟睡的雪少站在屋外，看着雪天傲将紫瓶中的药丸吞下，看着雪天傲痛苦地蜷缩在地上，看着雪天傲满头汗水、脸色惨白，却哼都不哼一声，东方宁心缓缓落泪：雪天傲，就算我们回不到从前，但请相信我，你至少会幸福。

如果我们两人当中，只有一个人能获得幸福，我希望是你。忘记过往的你，比我更容易得到幸福。

雪天傲痛得直哼哼，却担心屋外的东方宁心和雪少听到他呼痛的声音，一直强忍着。

此时的他就好像处在烈火之中，受烈火煎熬，喉咙痛得冒烟，全身上下每一处都在痛，好像下一秒就会死去，却偏偏死不了……

雪天傲不知，东方宁心将一切都看在了眼里。五成的机会不是生与死，却胜似生与死。

熬过来了，雪天傲就是雪天傲；失败了，雪天傲就是创始之神手中的一颗棋子，她和雪天傲也不会有未来了。

东方宁心站在屋外，心中忐忑，她不知道等待她和雪天傲的会是什么结果。

"雪天傲怎么样了？"

"忘情压制住了吗？"

"雪天傲怎么没和你们一起回来？"

东方宁心与雪少一出现，秦羿风和无涯就迎了上来，急切地询问。

"嗯？"雪少睡眼惺忪，一脸迷糊，仰着小脑袋看看这个、看看那个。

他怎么不明白大家在说什么，他爹不是好好的吗？为什么要跟他们一起回来呢？

雪少歪着小脑袋，一副好奇宝宝的模样。

要是平时，秦羿风和无涯肯定会被雪少这个样子给萌翻，但今天这两人直接无视："宁心，天傲的忘情压制住了吧？以后创始之神不能再给天傲下精神暗示了吧？以后天傲不会再与我们为敌了吧？"秦羿风一连串的问题，问得又快又急，由此也可以看出，他有多担心雪天傲。

"我不知道。"东方宁心抱着雪少，推开众人往前走。

"什么？你不知道？"秦羿风和无涯尖叫，连忙追上去，"你怎么可以不知道？东方宁心你在干什么，压制忘情的解药不是你给雪天傲的吗？你怎么会不知道？"

"他服了解药，只是我没有等到结果出来。"东方宁心拨开无涯的手，抱着雪少继续往主殿走去。

她很累，也很担心，正是因为担心，她才不敢去看最后的结果，她害怕自己无法接受。

来到主殿，将雪少塞给神魔，东方宁心半句不提雪天傲的事情。神魔和邪神至尊不是无涯与秦羿风，他们多少能理解东方宁心的心情。

况且，冥也说了能压制忘情的可能性只有五成，这五成的可能还有很多变数，比如雪天傲承受不了药性发作时的痛苦。

当然，他们都相信雪天傲一定可以熬过解药的药性，但能熬过药性并不表示就能压制住忘情。

"接下来要做什么？按原计划进行吗？"神魔抱着雪少，状似无意地询问。

"按原计划，去龙族圣地。"东方宁心收起担心，扫向小神龙。

"放心吧，灭天弩里面有神圣巨龙亚诺的灵魂，你去龙族圣地绝不会有危险，那些骨龙绝不敢攻击你。"小神龙连忙点头，他和神魔一样，虽然急，却不敢逼东方宁心。

有些事情，尽了人事，只能听天命。

"不知道龙族圣地的那些龙骨能打造几支弩箭？万年龙骨并不难找，但要铸成弩箭却不是么容易的。"邪神至尊的担心并不是多余的，龙族圣地的存在就是为了灭天弩，但并不是所有的龙骨都能打成弩箭。

"有天火在，浪费应该不大，箭的事我不担心，我担心的是我拉不开灭天弩。"万一到了紧要关头，发现灭天弩拉不开，这该如何是好？

"我说过，你拥有信仰之力，这个你完全不用担心。"邪神至尊冷声说道，语气有着不容置疑的威严。

然而只有他自己才明白，他也不是那么确定。信仰之力太过虚幻了，比星空之力更加缥缈。

只是，这个时候他必须自信，如果连他都不相信信仰之力的存在，他们还有战斗的勇气吗？

众人沉默，拉开灭天弩和解除忘情的压制一样，只有五成的概率。

"拥有信仰之力的是冰言，不是东方宁心。"千叶突然出现，站在门口，温和却不失威严地说。

众人齐齐看向千叶，邪神至尊眉眼一挑："冰言就是宁心，宁心也拥有信仰的力量。"

"不……"千叶摇了摇头，"有些事情别说得太肯定，万一宁心没有怎么办？"

"不可能没有，宁心一定会有信仰之力。"邪神至尊用力说道。

"一定会有吗？邪神，你连自己都说服不了。你知不知道，万一宁心拉不开灭天弩，她就死定了。你更应该明白，创始之神有多想杀东方宁心，这么好的机会送到创始之神面前，创始之神能放过吗？到时候宁心出事了，这个责任谁背？"千叶一边说一边往里走，一扫之前的病弱，整个人好似蕴含着强大的力量。

"我背。"邪神至尊也站了起来，脸上隐隐有红晕，这是急的。

"你背？你拿什么背？"千叶嗤笑。

"我拿我自己的命背，行不行？"邪神至尊沉着脸严肃地说，他绝不允许这样的意外发生。

"你的命？你的命能比得上东方宁心的命吗？邪神，你太把自己当回事了，你的命我还不看在眼里。"千叶狂妄地说，而他的确有这个本钱。

　　邪神至尊瞪着千叶，千叶不甘示弱地回视，只不过千叶的眼神平静，邪神则是暴怒。

　　两人视线相交，一个不想放过杀创始之神的机会，一个不想让东方宁心冒险，两人谁也说服不了谁。

　　神魔和小神龙一听，沉默了，他们的确太过急切了，以至于忽视了这个问题。

　　东方宁心轻叹了口气，站了起来："不用多说了，按原计划办。"

　　"宁心，太冒险了。"千叶不认同地摇头，他能理解邪神至尊的急切，但是他不赞同拿宁心的命去冒险。

　　邪神至尊想了想，也拉下面子说道："东方宁心，千叶说得没错，你毕竟不是冰言，信仰之力……万一出事了就没有重来的机会，我们再缓缓吧，杀创始之神也不急于一时。不如我们先去把幽冥之神的封印解除，这样我们还能拿到五帝峰，多一层安全保障。"

　　东方宁心想都不想就拒绝了："不用，按原计划行事，就算我拉不开灭天弩，还有雪天傲呢。我相信他一定可以脱离忘情的束缚，有他在我不会有事，而且你们也不会让我有事，不是吗？"

　　神魔和邪神至尊点了点头，尤其是邪神至尊，他宁可自己死，也不会让东方宁心死。

　　不是他伟大，而是只有东方宁心活着，才有可能打破天地规则的统治。

　　"有你们在，我怕什么。时间紧迫，小神龙，我们赶紧带小冰鼠去龙族圣地。"东方宁心也不想拿自己的命冒险，但是解除幽冥之神的封印后，他们的对手就不止创始之神一人了，而是创始之神和幽冥之神二人。

　　幽冥之神被放出来后，她和雪天傲在幽冥之神眼中就一点利用价值也没有了，那时幽冥之神还会留他们吗？

　　肯定不会，他会和创始之神联手杀了他们。她一点也不怀疑创始之神与幽冥之神有联手的可能。

　　这世间，没有永远的敌人，只有永远的利益，在共同的利益面前，创始之神与幽冥之神联手杀了他们是很正常的事情。

　　"宁心，不用这么冒险，我们还有别的办法。"千叶不赞同地说，东方宁心面临的风险太大了。

　　再说雪天傲能不能脱离忘情的束缚还是个问题。只是这话千叶不敢说出来，他怕宁心不高兴。

　　"羿风、无涯，你们相信雪天傲吗？"东方宁心没有回答，而是询问这两人。

　　"当然信。"秦羿风和无涯异口同声。

　　"儿子，你呢？相信你爹吗？"东方宁心满意地点头，又问雪少。

雪少憨态可掬地点头："爹是天下最好的爹，爹可厉害了，什么都懂，什么都会，宝宝当然信。"

那副理所当然的样子，让众人明白，雪天傲在雪少心目中的地位无人能及。

东方宁心一脸笑意，掷地有声地说："我也信。雪天傲是神之子，他不是凡人。"

东方宁心朝千叶深深地鞠了一躬："千叶，谢谢你的关心，我不会有事的。我是冰言的转世，冰言拥有的信仰之力，我也会拥有。更何况不到最后，我们不一定用上灭天弩，毕竟我们有这么多人联手，要杀创始之神不是太难。"

说完，东方宁心就拉着小神龙的手朝外走去。有些事情，一旦决定了就要去做，不然她的勇气会慢慢消失。

创始之神不死，天地规则不灭，她永远都得不到想要的幸福。

诚如小神龙所说的那样，东方宁心在龙族圣地没有遇到一丝阻拦，灭天弩一出，神圣巨龙亚诺的气息弥漫在整个龙族圣地，那些骨龙根本不敢妄动，全都乖乖地匍匐在东方宁心的脚下。

"能享受整个龙族跪拜的人，也只有你了。"小神龙羡慕地说。在龙族，连他都享受不到这么高的待遇。

虽然他将整个龙族握在手中，但族中仍有一些庞大的旧势力，那些老资格的神龙根本不将他放在眼中。

"有什么好嫉妒的，如果可以，我宁愿和你换。"东方宁心难得露出疲倦和厌烦。

站得越高，身上的责任越大，她真的很累。

小神龙撇撇嘴，没有出声。

"好了，你把小冰鼠带走，这里交给我。这么多的龙骨，我也不可能带出去，我直接在这里铸造。"

小神龙点了点头："行，我先离开，这块龙鳞你拿着，有事的话就捏碎它，我会在第一时间出现。"

东方宁心将龙鳞收好，然后拿出炉鼎，唤出黑色火焰，准备锻造弩箭。

骨龙察觉到危险，空洞的眼眶里流露出深切的惧意，如同疯了一般四下奔逃。

"想走？"东方宁心冷笑一声，"天火，燃烧！"

咻的一声，通红的火焰从黑火之中跃出，朝四面八方飞去，瞬间蔓延到整个龙族圣地。一具具龙骨在烈火下变成白色颗粒，在东方宁心的引导下纷纷飞入炉鼎之中。

东方宁心以精神力控制着炉鼎，将这些白色颗粒融为一体。经过一天一夜的铸造，透过火光，已隐隐能看到弩箭的样子。

没让东方宁心等太久，一支纯白色的弩箭飞出炉鼎，箭身萦绕着纯正的灵气。

东方宁心大喜，飞身跃起拿箭，不料弩箭冲破龙族圣地的屏障，朝浩瀚的天空飞去。

"怎么回事？"东方宁心脸色大变，追随弩箭而去，却见弩箭刺破苍穹消失了。随即天空中出现了一个黑洞，无数星空之力从黑洞中倾泻而下。

像是天塌地陷一般，东方宁心只感觉心口被一块无形的巨石压着，连呼吸都痛。整个空间都扭曲了，无形的力量碰撞着、挤压着，全身的骨头似乎都错位了。

"发生了什么？"小神龙带着小冰鼠去而复返，看着处在火海中的龙族圣地，小神龙眼神一黯，故作不在意地别过头去。

小冰鼠本就有伤在身，面对浩瀚的星空之力根本没有抵抗的能力，小身子扭成一团，亮晶晶的白毛此时全部灰蒙蒙的，无力地贴在它胖乎乎的身子上。

东方宁心原本还想问小冰鼠发生了什么，看这个情况，小冰鼠知道的也不会比她多："破天箭一飞冲天，好像把天给捅破了，星空之力倾泻而下，也不知道会不会出事。"

"怎么会这样？"小神龙惊得嘴都合不拢了。

"这就是灭天弩的力量。"东方宁心神情肃穆，看着如同天河一般倾泻而下的星空之力，眼中闪烁着兴奋的光芒。

"小神龙，我们上去看看。"东方宁心化为鲲鹏，抓起小神龙就飞上云霄。

只不过，她只能离得远远的，星空的力量辐射极远，万里之内东方宁心根本无法靠近，稍稍一靠近，就会被星空之力弹飞。

飞入云霄，东方宁心才看到天上的黑洞有万丈宽，黑洞里无一生物，星空之力倾泻而下的那一刻已将所有的活物吞噬，而星空之力降落之处，正好是她和雪天傲先前居住的那个山洞……

"雪天傲还在那里！"东方宁心惊叫，翅膀一动，朝黑洞扑去。

"东方宁心，别去！"小神龙连忙伸手，一把抓住鲲鹏的翅膀。

"放开我！"东方宁心急切地大喊。

"这是星空之力，你去送死吗？你用眼睛看看，星空之力所到之处还有活物吗？"小神龙一脸凝重，眉头紧锁。

东方宁心冷静下来，深深地吸了口气："我要去看看。"

"你根本接近不了黑洞，能看到什么？不过是一个大概的方向罢了。你理智点儿，现在我们要做的就是去炼灭天箭，别让灭天箭再次刺破苍穹，不然后果不堪设想。"小神龙指着黑洞大声说道。

"不行，如果雪天傲在那里……"

"如果雪天傲在那里，他已经死了，你去了也没用。"

啪！东方宁心将小神龙挥开："下次别再说这样的话，我不想听。"

东方宁心的脸如同黑洞一般，杀气凛凛。小冰鼠吓得直抖，连忙伸出粉色小舌头，轻轻舔着东方宁心的手心，借着两人意识相通，告诉东方宁心："雪天傲不会有事的，他是神之子，亦是能控制星空之力的人，你别担心。我们先回龙族圣地吧，已经毁了一支灭天箭，要是再浪费一支，可就不够用了。"

"你确定？"东方宁心双眼一亮，满怀希望地看着小冰鼠。

小冰鼠用力点头，软软的小身子立了起来，举起右爪，一副"我发誓"的样子。

"好，姑且信你一次，另一支灭天箭也要炼成了，我不能让它再把天捅破了。"东方宁心咬了咬牙，飞身朝龙族圣地飞去。

雪天傲，宁共死！

你等我，在陪你共死之前，我必须把我该做的事情做完……

冰川莲蕊、圣兽血，再加上神魂珠，压制忘情的解药可以说是这天下药效最强的一味药。雪天傲在一波强过一波的药性下早已痛得昏死过去。

待到他从昏死中醒过来时，还没来得及体会死而重生的幸福，就被上空让人窒息的压力给压得趴在了地上。

"星空之力？"雪天傲抬头，看到星空之力从天而降，居然朝他涌来，本能地想要避开，却发现无论他如何做，星空之力都停在他的头顶百余米处，避不开，挥不去，但也不再继续落下来……

"难道这些星空之力，不是为杀我而来？"雪天傲索性盘腿而坐，看着在自己头顶上空盘旋的星空之力，脑中突然闪过一个念头："当初，只是一块小小的星空陨石，就能让我掌握星空之力，如果我把这浩瀚如海的星空之力全部吸收，结果又会如何？"

如果神魔和邪神至尊在这里，一定会说："不用想了，你肯定会爆体而亡。人的承受能力是有限的，当你无法将这些星空之力消化时，它们就会将你的身体撑爆。"

但他们不在，再加上雪天傲本就是一个冒险主义者，这么好的机会就在面前，他怎么可能放弃？

雪天傲运行真气，开始凝聚星空之力。

轰！磅礴的星空之力如同找到缺口一般，一股脑地朝雪天傲涌去，化为一根根细丝没入雪天傲体内。

雪天傲痛得闷哼一声，紧接着就看到他的身体不断膨胀，皮肉裂开，墨黑的血从他的体内流出……

整个过程虽然极痛，但雪天傲却没有刚才那种痛到昏死的感觉，痛过之后反倒有种说不出来的舒畅感觉。

越来越多的星空之力涌入他的体内，雪天傲感觉自己的身体已经达到了极限，正准备切断自己与星空之力的联系，丹田中突然有一股热流涌出，将体内多余的星空之力全部接收了。

"神魂珠？"身体极痛，心里却极度高兴。

东方宁心给他服下的药里居然有神魂珠，有神魂珠在，就算再吸收千万倍的星空之力，他的身体也不会被撑爆了。

机不可失，雪天傲强忍着肉体的剧痛，拼命地吸收星空之力。这些星空之力，对别人来说是灭顶之灾，对他来说却是大补之物，他绝不能放过这个机会。

星空的力量一直被天地规则掌控，他平时能用的星空之力也只是一块小小的星空陨石上的力量，但过了今天就不一样了——这浩瀚无垠的星空之力，将全部为他所用。

星空之力吸收越快，雪天傲体内的神魂珠接收就越快。很快，雪天傲往外渗的血，从黑色变成暗红，最后变成鲜红。

当鲜红色的血液流出后，伤口就开始愈合，雪天傲胀得像球一般的身体也恢复如常。

至此，雪天傲体内的杂质全部混在血液中排出，雪天傲体内已经纯净无垢。

雪天傲大喜，他今天遇到了大造化，只是不知是什么人将星空击碎了？

这世间，什么时候出现了这么强的人物？

据他所知，就是创始之神也做不到。

想到这里，雪天傲的心不由得一沉，可随即他又想开了，现在担心这些也是多余，不如利用这个机会，将这从天而降的星空之力，全部转化为自己的力量。

雪天傲屏除一切杂念，专心地消化着体内的星空之力，借着神魂珠的力量，最大限度地将所有天外之力转化为自己的力量。

就在这时，天色突然一暗，紧接着响起了九天玄雷，雪天傲对此却浑然不觉，他已完全沉浸在自己的世界里……

"天地规则，你也不过如此，你操纵了我的人生，有人却跳出了你的掌控！"创始之神站在光明神殿的主殿上，看着破了个口子的天空，脸上的笑容被狰狞取代，"将天捅破的那个人为什么不是我？为什么？！"

光明神殿中回荡着创始之神不甘的怒吼，这份不甘，在九天玄雷响起的那一刻达到了极致。

"哈哈哈……居然出现了星空之神，这个人到底是谁，居然能跳出规则成就神通？"创始之神癫狂地大喊，吓得一千信徒不敢出声。

黑暗神殿里，神魔、邪神至尊和千叶一同来到广场正中央，看着破了一个洞的天空，看着轰隆隆的九天玄雷，脸上喜忧参半。

喜的是，星空之神诞生了，这说明天地规则对天地的掌控力度越来越弱；忧的是，那个成为星空之神的人到底是谁，是敌是友？

完全沉浸在修炼中的雪天傲，根本不知界之事。此时的他，已将星空之力吸收殆尽。有了星空之力的庇护，九天玄雷根本近不了他的身。直到天上的黑洞封闭，直到九天玄雷的声音消失，他还不知道自己已经渡劫，成了星空之神。

把星空之力全部转化为自己的力量，雪天傲心满意足地站了起来，随手一扬，完全不需要凝聚真气，便有一股柔和的力量呼之欲出。随着他的动作，一层淡淡的光芒罩在他的四周，就好像他的另一个身影，虽没有实体，却有着无穷的威严。

"缩影成神？"雪天傲呆在当场。

这是成就神通后才有的技能，等于再造第二个自己，这样的话即使面临生死大劫，也能夺舍他人的身体继续活下去。

这怎么可能？雪天傲看着自己的双手，曾经布满伤口与老茧的双手变得白皙细嫩，连身上的气息也内敛了许多，根本看不出实力的深浅。

"真气修炼的最高境界就是返璞归真，让人看不出你是真气修炼者，这话果然不假。"雪天傲发现自己气质上的变化，眼神越发平静。

真正的高手，就是任何人也看不出来他有多强，外表越无害其实越强悍。这才是真气修炼的最高境界。

雪天傲吐了口气，冷峻的脸上闪过一丝笑意："我成了星空之神！"

一挥手，巨山轰然崩塌，这是神的力量，亦是身为男人守护亲人的力量……

第三十三章
诛杀创始之神

能杀创始之神的灭天弩、能捅破天的灭天箭、能把创始之神引来的人与物，他们全都准备好了，只等创始之神到来。

"创始之神会来吗？这明显就是个陷阱，正常人都不会来。"无涯站在东方宁心身边，看似漫不经心，实则紧张得手心冒汗。

"会，他一定会来。"东方宁心万分肯定地点头，双眼落在场中央的执夙身上。

执夙对创始之神还有用，而且创始之神那么自信，怎么会把他们放在眼里？

"可是，时间快到了，他还没有出现。"无涯嘀咕道。

创始之神要来就是傻子。谁都知道，半个月前有人成了星空之神。最初大家以为那人是东方宁心，后来种种迹象表明，成就神通的人是雪天傲。

成了星空之神，雪天傲的精神力与创始之神不相上下，再加上忘情的束缚已解，创始之神已无法控制雪天傲了，创始之神失了一个得力助手不说，还多了一个强敌。

只可惜，雪天傲在成为星空之神的那天就离奇失踪了，上天入地都找不到雪天傲的下落。

东方宁心炼成灭天箭，从龙族圣地回来，第一件事不是诛杀创始之神，而是寻找雪天傲。

找了整整半个月，却遍寻无果，东方宁心虽然失落，却没有就此消沉下去，而是着手布局对付创始之神。

这半个月，东方宁心在找雪天傲，创始之神也在找雪天傲。他知道东方宁心炼出了灭天箭，他必须先杀了雪天傲这个会给他带来麻烦的人。

可惜东方宁心给他的时间并不多，半个月后，东方宁心昭告天下，要在黑暗神殿斩杀光明圣女执夙。消息一出，天下哗然。

此时，光明圣女执凤被绑在黑暗神殿广场的中央，等待着死亡的降临。

黑媚站在一边，看着渐渐西落的太阳，犹豫再三，还是上前询问："宁心神王，时辰到了，还要等吗？"

"宁心，我看创始之神不会来了。"秦羿风说不出此时是失落还是庆幸。创始之神不来，他们不用现在就面临生死大战，但这一战只是推迟了，并不能避免。

"会，他一定会来。"东方宁心说得万分肯定。

今天的情况，就如同当日创始之神宣布雪天傲要娶执凤一样，哪怕明知是陷阱，她东方宁心也会出现。

"我们是继续等，还是处死执凤？"黑媚看了一眼执凤，无声地叹息。

她以前很羡慕执凤，执凤是真正的天之骄女，一生平顺，耀眼夺目，不像她永远活在黑暗中，但现在她一点儿也不羡慕执凤了，至少她能活着，不是吗？

"等，为什么不等，创始之神那个老家伙不在乎执凤的生死，但他在乎自己的面子，他一定会出现的。"红衣飘飘，神魔潇洒而立，勾魂的桃花眼里全是笑意，只有他自己才知道，他很紧张，同时亦很期待。

等了大半辈子，终于等到了今天，是生是死，就在这一天了。

杀了创始之神，他们离自由就更近一步；如果被创始之神杀了，那也是解脱。

邪神至尊与千叶同时点头，当雪天傲成为星空之神时，创始之神就该明白，诸神的末日到了。

天地规则对天地的掌控渐弱，天地规则现在最希望的，就是他们五界之主全部死干净，只有这样，天地规则才能拥有绝对的控制权。

黑媚点了点头，正准备退下，东方宁心突然开口："等一等。"

"宁心神王？"见识过东方宁心的手段和她身后的势力，黑媚对东方宁心越发恭敬。

东方宁心侧过身子，对神魔等人道："我猜创始之神就在某处看着我们，除非我们出手杀了执凤，不然他一定不会出现。"

"宁心说得对，创始之神那人一向阴险卑鄙，他知道我们是拿执凤引他上钩，便认为我们不会杀执凤，但今天我还偏杀了……"神魔一挥衣袖，一道细长的真气朝执凤飞去。

"神魔你……"怎么说动手就动手呀，万一创始之神没来，我们的诱饵就白死了呀。

后面的话，无涯还没有说出来，就看到天空中出现一片金光，紧接着创始之神的身影浮现出来。

来了！

周遭气氛陡然一变，无涯悄悄后退两步。创始之神的威压太强了，压得他不得不退。

"神魔，对一个小辈出手，你落下乘了。"创始之神飞身而至。身形一晃，一个光明印将执凤护在身后，温和的眸中迸发出森冷的杀意。

明明是纯正的光明之力，此时却透着阴冷与狠厉。被创始之神的双眼盯着，比被毒蛇盯上还要瘆人。

在场的人当中，除了邪神、千叶与神魔外，其他人或多或少都受了一些影响。

神魔嘲讽一笑："能把你逼出来就好，至于下不下乘就要看和什么人比了。你背地里可没少对东方宁心和雪天傲下黑手，甚至连他们的儿子都不放过，难道你就是上乘吗？"

轻轻一挥手，只见红光闪耀，妖气满天，将创始之神营造出来的杀气打破。

"不愧为融合了日之焰的人，这杀气真不是一般的有震慑力。"神魔不怎么诚心地说。

创始之神轻轻一笑，暗暗使力将空气中妖艳的红色真气打散，面上却是一副风轻云淡的样子："神魔，别拿执夙和东方宁心、雪天傲比。执夙不过是个普通人，东方宁心是灭天弩的主人，就是天地规则也要忌惮；雪天傲跳出天地规则的掌控，成就了大神通。这样的人，你让我怎么把他们当小辈来看？而且，他们一个个地挑衅我的权威，他们把自己当小辈吗？"

和神魔一来一往的较量中，他明显地感觉到，他比神魔强大数百倍。神魔的实力和邪神至尊相差无几，这说明神魔与邪神至尊加起来也不是他的对手。

而千叶，他没有猜错的话，千叶的伤并没有痊愈，就这样一群人，也想杀他？

就凭灭天弩？

他倒要看看，东方宁心怎么拉开灭天弩，又怎么对准他。他又不是死人，岂会站在原地让东方宁心射杀。

不自觉地，创始之神流露出优越感，面带讥讽地看向神魔。

神魔一点儿也不在意，他就没有想过，凭他可以杀了创始之神，他要是有这个本事，早就动手了。

神魔傲然回视，嘲讽道："创始之神，你只怪东方宁心与雪天傲挑衅你的权威，可有想过你对他们做了什么吗？"

"那是他们的命。"创始之神斩钉截铁道。

"命？什么是命？你不认命，却要让东方宁心和雪天傲认命，你这明显就是双重标准。"他最讨厌创始之神这一点，创始之神自己厌恶命运被天地规则掌控，却又想和天地规则一样掌控他人的命运。

他不认命，却要别人认命，创始之神凭什么？

"不认命，就要有不认命的本钱。神魔，没有人天生可以跳出命运的束缚，我能有今天，也是花费了无数血汗才换来的。"创始之神并不认为自己有错。

他是什么人？

五界之主中第一个踏入神境、成就神通的人，居然拿东方宁心、雪天傲和他比，神魔真是越活越回去了。

神魔摇头："算了，我和你没有什么好说的，你毁我魔殿、断我魔界生路，今日我们就把前账旧怨一并清算了。"

神魔凌空跃起，衣袖如同翻滚的红云，每一次拂动都有无数魔魂从衣袖中飞出。这些魔魂如同饿鬼一般，扑向创始之神，以极阴之气折损创始之神的光明之气。

魔魂一出，整个天地都为之变色，血腥的红，杀戮的红，成了天地的主色调。

"万魔轮回！神魔，我一直以为这些年你堕落了，无争权之心，没想到你居然暗中将万魔轮回练成了，魔界天才果然不是浪得虚名。"创始之神被魔魂包围，脸上却没有半分惊慌。

"可惜，你这万魔轮回来得太晚了，要是一年前，我也许会怕，现在的我，不是你一个万魔轮回就能打伤的。看我怎么破你的万魔轮回，毁你魔界基石。"创始之神衣袍鼓胀，整个人都变得扭曲起来，俊美温和的五官被挤压得变了形。

"神念？"邪神至尊和千叶心头一震，看向对方，视线交会，两人同时点头，凌空飞去，"创始之神，我也来会会你。我倒要看看，你的神念能召唤出什么神来。"

踏入神境得到大神通，就能凭借强大的精神力，将神魂凝聚成实体，逼出体内，与自己同时战斗。

神念凝聚出来的实体并不是灵魂本身，而是来自灵魂的力量。这世间能做到这一步的，曾经只有创始之神、幽冥之神和千叶三人。

神魔是魔，邪神至尊在上古战场就将自己的神念毁了。龙与凤本就得天独厚，龙魂凤魄死后自有归属，他们无法凝聚神形。

不过，现在又多了一个人，就是雪天傲，可惜雪天傲失踪了。

"夜叉王？"创始之神的神念成形，只见丑陋凶恶、以吃鬼魂为生的夜叉王从创始之神的体内飞了出来。

"呜呼……"夜叉王手持战戟，双眼如同铜珠一般凸起，凶恶地扑向神魔。

战戟一扫，血盆大口一张，魔魂尽入其腹。血色减淡，魔魂乱窜，天地又恢复原本的色彩。

神魔的万魔轮回，破！

"哈哈哈……"夜叉王心满意足地伸出舌头舔了舔嘴角，一副餍足的模样。

"神魔，你十万年的积攒也不过如此。"创始之神不屑地说道。

神魔半点不恼："创始之神，你的对手不是我而是他们。"

神魔笑嘻嘻地退下，换邪神与千叶出战。他们要做的就是用车轮战消耗创始之神的力量，最后再用灭天弩发出致命一击。

邪神一出手就是杀招，诸神印、邪神诀，就连只差水之魂的五帝峰也被拿出来了。

邪神至尊丝毫不顾真气的消耗，一个接一个的大招朝创始之神丢去，不让创始之神有喘息的机会。他要让创始之神不死也得脱层皮。

而千叶则更狠："你有神念凝成的夜叉王，我就让你见识一下由神念而成的修罗王。创始之神，你并不是独一无二的存在，也不是这世间最强的存在。今天就是你的末日。"

气宇轩昂的修罗王，从千叶的体内蹿出，猩红的眸子里闪着嗜血的狂热。修罗王一出现，来自地狱的煞气便将夜叉王给镇住了。

千叶神念形成的修罗王，亦是一个狠绝好斗的主。修罗王对上夜叉王，谁强谁弱，就看凝成他们的人，谁的真气更强。

杀气四溢，整个黑暗神殿陷入极其压抑与血腥的气氛之中，此时别说是人，就连高耸入云的主殿都在强大的压力下渐渐扭曲。

创始之神与千叶、邪神至尊一正一反两股力量，将黑暗神殿一推一挤，勉强将黑暗神殿撑住了，但当这两股力量消失，整个黑暗神殿也会跟着毁灭，而这正是东方宁心想要的结果。

黑媚等人已经在东方宁心的示意下退了出去。诸神间的战斗不是他们这些人可以参与的，他们在这里也只是多添一具白骨罢了。

创始之神以一对二，虽然吃力却没有败势。面对邪神与千叶的联手，创始之神最初还很有耐心地对付，渐渐发现这两人不为杀他，而是在消耗他的战斗力，顿时明白了他们的目的，冰冷如毒蛇的目光扫向等在一边的李漠远、黑凤凰和小神龙——先用实力最强的削弱他的战斗力，再用实力较差的，一个接一个地消耗他的真气。最后，他十有八九会重伤在一个无名小卒手中……

创始之神眼神一寒，正准备快速出招，将千叶与邪神打趴下，神魔的魔魂再次出现。

魔魂对夜叉王有致命的吸引力，与修罗王斗得难舍难分的夜叉王，闻到魔魂的气味，不顾修罗王的杀招，转身朝魔魂飞去，被修罗王一剑劈为两半。

噗的一声，夜叉王消失了。神念被毁，创始之神脸色一变，脚下一个踉跄。

"机会来了。"千叶和邪神心中一喜，默契地联袂而上。

"想杀我？做梦！"创始之神不避反上，双手交握，直接苍穹，"烈焰轮回。"

一道道太阳之光化为利刃从天而降，直击千叶与邪神，光刃所过之处，魔魂尽灭。

"啊——"随着一声凄厉的惨叫，修罗王被灭。

千叶与邪神的两股真气在空中融合，与炽烈的太阳之光交击，产生巨大的爆炸，除了主殿，整个黑暗神殿化为 片废墟。

翻涌的真气直冲云霄，炽烈的白光让人无法视物，东方宁心等人被震得连连后退。处于爆炸中心的千叶与邪神被炸得直接摔向主殿，倒在地上，口中喷血，面无血色。

相比之下，创始之神就强了许多，他只是嘴角溢出一丝血，发丝有些凌乱，整个人还站在光芒的正中心，在白光的衬托下显得无比高大。

"这老怪物，越来越逆天了，居然把神界的力量用得这么彻底。"李漠远暗暗心惊。

不过震惊归震惊，李漠远可没忘了自己该做的事，该他上场了。

"三皇战车。"身着皇衣、手握圣剑，李漠远冲向创始之神。

"凤凰真身。"

"神龙遨天。"黑凤凰与小神龙，一左一右，随着李漠远冲向创始之神。

又一场大战开始，创始之神连喘息的机会都没有，再次提起真气，应对李漠远和黑凤凰、小神龙的进攻。

若是平时，创始之神根本不将这三人放在眼中，但现在不行。他刚刚与千叶、邪神一战，所耗的真气还没来得及恢复，又陷入恶战之中。没准今天真要阴沟里翻船，创始之神想到这里，脸色又难看了几分，手上的动作也越发狠辣。

"一群跳梁小丑也想杀我，我今天就将你们的神魂全部绞碎，让你们永无翻身的可能。"创始之神双手变化诡异，在半空中打着古老而复杂的手印，操纵着烈焰轮回产生的蘑菇云，将李漠远三人困在其中。

东方宁心万分焦急，握着灭天弩的手紧了又松、松了又紧。

"宁心，别着急，创始之神撑不了多久。我们只有两支箭，其中一支要用来对付天地规则，绝不能浪费在创始之神身上。我们必须把创始之神击败，让他没有反击之力，才能用灭天弩毁他神魂。"神魔发现这个情况，赶紧出声提醒。

身为魔，魔魂是他立世的根本。万魔轮回被创始之神击破，表面上看不出他受伤了，但此时他的五脏六腑却像是被烈火烤着一般。

"我知道，我会等！"东方宁心重重地承诺。

创始之神的强大远远超出了众人的预料，战况之惨烈也远远超出了众人的想象。

创始之神说他是这世间第一人，这话一点儿也不夸大。融合了日之焰后的创始之神，别说是三皇传人了，就是三皇亲临，也未必是他的对手。

"李漠远，今日就让你这三皇传人，见识一下我的纯阳之力。三皇已死，三皇的象征也该成为历史了。"创始之神脚踏白云，朝李漠远一挥右臂。随着创始之神的动作，整个空间都跟着翻涌起来，半空中的黑凤凰与小神龙，在真气的撞击、挤压下，身体被拧成了麻花，天下间最为珍贵的龙凤之血，像是不要钱一般，飞快地往下流着。

黑凤凰与小神龙奋力挣扎，却抵抗不了那股蛮横的力量。

"龙子凤孙，得天独厚。哈哈哈……你们等着，收拾了三皇传人，我就抽龙筋、剥凤皮。"创始之神一拳击向三皇战车。

李漠远一看情况不妙，立刻召唤出东皇钟。然而创始之神的速度太快了，李漠远来不及将三皇战车收入东皇钟内，仓促之下只能自己躲进去。

创始之神一拳下去，真气迸发，只听见一声巨响，号称"攻防皆备，天下之最"的三皇战车轰然倒下，战马口吐白沫、肚破肠流。

今天，是新纪元的开始，三皇战车，从今天起成为历史。

东皇钟内，李漠远的心跟着一紧，眼睛泛红。他对三皇战车极有感情，三皇战车是他新生的象征。没有三皇就没有今天的李漠远，创始之神却把象征三皇威严的三皇战车给毁了。

没让李漠远伤感太久，创始之神不依不饶地追了过来。创始之神修长挺拔的身形，在纯正的光明之力照耀下显得异常高大，给人一种强大的压迫感。

东方宁心将灭天弩举了起来，却在神魔不赞同的眼神下收了回去。

"有东皇钟在，李漠远不会有事。"神魔手心直冒汗，这话说出来，连他自己都不信。

"是吗？"东方宁心不怎么确定，却隐含期待。

"东皇钟吗？今天我就将上古神器全部毁尽。从今天起，这世间的一切将由我来书写。"创始之神斜眼看向东方宁心，手握成拳，直击东皇钟。

嗡嗡嗡……钟身晃动，没有破碎。

东方宁心暗暗松了口气。

"东皇钟果然堪比龟壳。"创始之神狂妄一笑，原地一跃，飞至半空，双手如同利爪，在半空一抓，一左一右，握住黑凤凰与小神龙的尾巴。

"你——"东方宁心的话还没来得及说出口，就见创始之神拎起小神龙与黑凤凰的真身，朝东皇钟撞去。

每撞一次，东皇钟就晃动一下，小神龙与黑凤凰就惨叫一声，很快就被撞得皮开肉绽、血肉模糊。

"战神宫宫主、魔宗宗主，现在是不是轮到你们出手了？今天你们来一个，我杀一个，来两个，我灭一双。"创始之神拎着一龙一凤，就像玩儿似的，仿佛完全没有压力。

但是千叶与邪神至尊、神魔却明白，一旦日之焰的力量耗尽，创始之神就会虚软无力，但前提是，他们能撑到日之焰的力量耗尽。

东皇钟内，李漠远坐立难安：出去，多死一个；不出去，黑凤凰与小神龙十有八九会被活活撞死。

他要怎么办？李漠远闭上眼，双手抱头，痛苦地撞向东皇钟壁："啊——怎么会变成这样？"李漠远痛苦地大喊，他的喊声，被小神龙与黑凤凰撞击东皇钟的声音给淹没了。

小神龙与黑凤凰已经奄奄一息，全身上下体无完肤。

"宁心，我忍不住了，我不能让小神龙以这种方式死去，这太辱没他神圣银龙的威名了。"无涯双眼血红，看也不看神魔与东方宁心，大喝一声，"战神令，杀——"

"我来帮你。"秦羿风也不顾原定的计划，"黄泉玄武，你给我出来。"

"呜呜呜……"黄泉玄武不情不愿地现身，看到创始之神那炽热的光明之力后，又胆怯地后退两步。

"黄泉玄武，今天你要是敢躲，我就杀了你。"秦羿风抽出魔云圣剑。

在一片光明之力下，小小一片血红的魔力显得异常渺小，但是再渺小也是一股可以牵制创始之神的力量。

"日之焰，化剑。"创始之神右手在半空中一摸，一把由光明之力凝聚而成的剑凭空出现在他的手上，左手一甩，将小神龙与黑凤凰丢向黑暗神殿的主殿。

咚咚两声，主殿被撞塌一角，小神龙与黑凤凰从高空摔落。

"杀！"创始之神双手握剑，直击而下，一阵剑光扫来，处处是杀气，处处是剑招，整个天地都被光明之力给笼罩了。

第一次，东方宁心感觉死亡离她这么近，笼罩天地的光明之力，不仅让人感觉不到温暖，还让人全身发寒。

"今日一战，不是你死就是我活，东方宁心、千叶，我赢了！哈哈哈……"创始之神猖狂地大笑，"东方宁心，带着灭天弩去死吧！"

剑尖直指东方宁心，东方宁心没有退开，反而上前一步，张开双臂，凝聚真气，竖起保护屏障。

"黑暗守护？你真是傻得可爱，日之焰的力量，是你一个小小的神王可以抵抗的吗？螳臂当车，不自量力。"

"那就试试，看你的日之焰能不能冲破我的黑暗守护。"东方宁心毫不退缩，她面前的黑色屏障越发浓厚。

原来，东方宁心将死灵之气附在了黑暗守护上，就算黑暗守护被破，神魔几人也有逃命之机，因为黑暗守护后面还有第二道屏障，就是东方宁心的身体。

"东方宁心，快走！"

"宁心，别管我们，留得青山在，不怕没柴烧，以后你还有机会杀他。"

"东方宁心，走呀。"

……

身后，千叶与神魔纷纷劝说，东方宁心却如同没有听到一般，固执地坚守。

这么多人的命，她背不起。

就在这时，身后传来雪少的声音："娘，娘……"

被安置在安全处的雪少被外面的动静惊到了，敏感的他知道他娘有危险，不顾黑媚等人的劝说，执意前来。

东方宁心全身一僵，手上的动作顿住，回头就看到跌跌撞撞朝她跑来的雪少。

这时创始之神只要一剑扫过来，东方宁心就死定了，但在雪少出现的那一刻，创始之神的眼睛亮了起来："神之子，天堂有路你不走，地狱无门你偏要闯，今天你撞到我手上，就别怪我不客气了。"

"执夙，把那个孩子抓起来，我要活的。"创始之神冷酷地下令。

"大人……"执夙略有犹豫，那个孩子是雪天傲的儿子，她下不了手。

"还不快动手。"创始之神才不管执夙是否愿意，有神之子在手，执夙的价值越来越小了。

执夙是纯净的光明真体，同样适合夺舍，但有神之子在，执夙可有可无。

"是。"执夙压下心中的不忍，朝雪少冲去。

"你们敢！"雪少在东方宁心心中的地位，无人可以取代。

她可以死，雪天傲可以死，这天下人都可以死，唯独她儿子不行。在创始之神一剑击下之际，东方宁心却抽身朝执夙扑去："执夙，敢碰我儿子，我要你不得好死。"

这个时候，她什么都顾不上了，她只要她的儿子没事。

"碰了又怎样，东方宁心，到黄泉去等你的儿子吧。"执夙心中的最后一丝犹豫也没有了，这是雪天傲的儿子，也是东方宁心的儿子。

这个孩子不死，雪天傲就永远放不下东方宁心。

执夙伸手就朝雪少抓去，哪知雪少人虽小，却不是那么好欺负的。

"丑女人，别碰我！"雪少一巴掌拍在了执夙的手背上。

"你找死！"手背火辣辣地疼，执夙怒极，一把将雪少拎了起来，勒住他的脖子。

"找死的是你，丑女人，快放我下来！"雪少不停地挣扎，却无力挣脱执夙的钳制。

"千叶、邪神、神魔、龙主、凤主，今天你们就等着神魂俱灭吧！"一剑斩下，剑光瞬间将黑暗守护击碎，创始之神得意地大笑。

"创始之神，我和你拼了！"李漠远终于待不住了，从东皇钟里冲了出来。

他无法苟活。

"我也跟你拼了！"黄泉玄武知道，在这种情况下，它不拼也是一死。

黄泉玄武的头和四肢都缩入壳中，整个身子如同陀螺一般旋转，将四周的光明之气全部打散。

"不自量力。"创始之神连个眼神都没有给黄泉玄武和李漠远，随手抛出一个真气球，就把李漠远和黄泉玄武撞入攻击圈中。

人都齐了，该死的活不了，创始之神便不再犹豫，将日之焰所有的力量聚于一点。

众人屏住呼吸，咬牙坚持。哪怕到了最后一刻，他们也不放弃。

创始之神露出淡定自若的笑容，右手一握一松，化为白点的日之焰落下。

"永别了，众位！天地规则，我会替你们杀了。"创始之神笑得张狂而得意，然而这时一股强大的星空之力，以强悍之姿从半空插入，阻挡了日之焰爆炸。

"别高兴得太早了，创始之神大人！杀天地规则这种事，怎么好借他人之手。"一道玉光从天而降，直接将创始之神的日之焰击回。

两股力量相交，玉光明显压制了日之焰。

没死！众人全身虚脱，瘫倒在地，绝望之中遇到希望的感觉真好。

"雪天傲，我就知道你会回来。"东方宁心没有回头，但刚刚那道声音她却熟到不能再熟。

雪天傲来了，创始之神，你死定了！

"雪天傲，你不是消失了吗，怎么会在这里？"创始之神的脸色很难看，身体也跟着轻轻一晃。

雪天傲的出现对他来说是致命的打击，就在刚刚他将全部的力量都用在这一击上，此刻他的真气已经耗得差不多了。

"我为什么不能在这里？"雪天傲一身朱红蟒袍，头束金冠，昭显尊贵之气。

"怎么可能？这天地间完全没有你的气息，你不是得到大神通去了更广阔的空间吗？"创始之神无法接受自己的失败。

要不是再三确定雪天傲不在这片空间，他也不会贸然对千叶他们出手。

"没有杀你我怎么会走，别忘了，我是星空之神，在这无垠的星空中，只要我雪天傲想躲，就没有人可以找到我。"完全不给创始之神反应的机会，雪天傲手举圣光神剑轻轻一划，无穷无尽的星空之力，随着剑身流动，瞬间就将日之焰的光芒给遮住了。

"创始之神，今天就是你的末日。"雪天傲挥剑，身形跟着跃动。

创始之神匆忙之下，连忙应对。

"晚了！"雪天傲面色如常，双眼散发着冰冷的杀意，"星空彼岸！"

哐当一声，圣光神剑与日之焰相交，火光四射。

这一击两人都尽了全力，圣光神剑的光芒一点点压向日之焰。

日之焰的气息突然一变，收起凌厉的光芒，如同大海一般包裹着圣光神剑，一点一点地将圣光神剑吞噬。

"星空之神不过如此，拿我的圣光神剑对付我，雪天傲，你真是越来越蠢了。你以为成了星空之神就有能力杀了我吗？做梦去吧！"创始之神往后一退，不再与雪天傲纠缠。

这个时候的他不是雪天傲的对手。

"想走？创始之神，你太天真了。"手中的圣光神剑已经融化，雪天傲半丝也不心疼，站在原处一动不动，"创始之神，星空彼岸真正的神奇之处，在这里！"

雪天傲的话音刚落，只见创始之神的身后，突然出现一个由星空之力凝成的人形，手握昆吾剑，以雷霆万钧之势朝创始之神冲来。

"不——"创始之神瞳孔放大，彼岸星空，雪天傲居然将力量一分为二。

速度太快，杀气太强，创始之神刚一侧转，那人就来到他的身后。

扑哧一声，昆吾剑连同那个人形一同刺入创始之神体内，消失不见，创始之神的胸前出现了一个手掌大的血窟窿。

"雪天傲……"创始之神仰天大叫，长发飞散，疯狂如魔，"我要杀了你。"

不顾自己身上的伤，创始之神凝起仅剩的日之焰，扑向雪天傲。

"星空防御。"同一时刻，雪天傲召唤出龙剑，在创始之神垂死一击之下，星空防御应声而碎。

"一起去死！"创始之神双眼通红，嘴唇发黑，整个人如同死尸一般，手中的剑朝雪天傲劈头刺下。

他拼着神魂俱灭，也要将雪天傲拖下水。

雪天傲脸色凝重，刚刚一招星空彼岸声东击西，耗费了不少星力，此刻他还没有恢复，又迎来创始之神这不要命的一击，还真是不走运。

"雪天傲，小心。"刚刚缓下一口气的无涯与秦羿风，还没来得及享受创始之神要死的喜悦，就看到雪天傲面临险境。奈何他们此时此刻没有半点儿战斗力，只能干着急。

雪天傲无暇理会，星空防御一破，他便用龙剑在四周形成一股真气流，阻挡创始之神的攻击。

奈何，此时此刻的创始之神根本不在意这些，直接以血肉之躯撞向真气流。

嘭嘭嘭……顷刻间，创始之神连破雪天傲数道防御。

"雪天傲，看样子天要收你。"创始之神露出狰狞的笑容。

东方宁心一掌拍飞执夙，抱着雪少，回头就看到这一幕："雪天傲！"

"爹……"雪少大喊。

东方宁心一咬牙，抱着孩子冲向雪天傲！

执夙看到创始之神撞向雪天傲，身形一转，不顾真气耗尽，冲了过去："大人，不要呀，执夙求你了！"

这个时候的创始之神哪里听得到执夙的话，就算听到又如何，创始之神的剑已朝雪天傲的心口刺去。

雪天傲脸上露出一抹嘲讽的笑，右手在半空一抓："黄泉玄武过来。"

被星空之力控制了的黄泉玄武闪电般挡在雪天傲的面前。

"你——"创始之神气得生生吐出一口血来，本以为会一剑刺在龟壳上，不料突生变故。

"执夙？"创始之神看着那个挡在雪天傲身前、被一剑刺穿的人，脸上的表情更加难看。

好！好！好！他的神王和圣女居然都背叛了他。

"大人……求你不要杀他。"执夙执着地看着创始之神，虚弱地哀求着。

雪天傲看着背对着自己的女子，眼里闪过一抹厌烦。自作多情的女人，他雪天傲什么时候需要一个女人来救了？有黄泉玄武在，他根本不会有事，执夙不过是找死。

"天傲神王，对不起，好像我没有帮上忙。"执夙虚弱地开口，脸上露出一抹极淡的笑意。

这对她来说是最好的结果，无论怎么说，她都是为雪天傲而死的，这一次，雪天傲永远都忘不了她。

"知道就好，多事。"雪天傲冷着一张脸，平静的眸中闪过一抹波动。

"对不起，总是给你添乱……"执夙苦笑一声，她不想给雪天傲添麻烦，她只是不想让雪天傲死，仅此而已。

"大人，执夙对不起你。"执夙看着面前状若疯魔的创始之神，无声垂泪。

"既然知道对不起我就好，我给你一个机会，你选择自爆。"创始之神冰冷地下令。

"大人？"执夙惊恐地看着创始之神，不敢相信自己听到的。

"还不快点，你想看着我被他们杀死吗，执夙圣女？"

"执夙圣女！"

雪天傲与创始之神同时开口，一个命令，一个劝阻……

第三十四章
天下最无情

光明圣女自爆的力量有多强？

当年，冰言凭一己之力，力挽狂澜，毁了创始之神与幽冥之神所有的算计，救了人界苍生。今天的执凤就算没有当年的冰言强，但只要有冰言的十分之一，后果也不是一般人可以承受的。

在创始之神的威压下，执凤将最后的一丝力量，都奉献给了创始之神。

轰！巨大的爆炸声响起，处在爆炸中心的雪天傲，以自己的身体挡住了大部分力量，重重地飞了出去。

这一举动，保住了其他人，却让雪天傲身受重伤。

屹立万年的黑暗神殿主殿轰然倒塌，千叶与神魔几个离主殿较近的人，直接被巨石给埋住了。

空气中满是血腥的气息，执凤以神魂俱灭的代价，换来一片废墟。

在这片废墟中，唯有两个人还站着。一个是流着血的创始之神，一个是抱着雪少的东方宁心。

东方宁心背对着创始之神，将嘴角的血飞快地擦去。在爆炸的那一刻，东方宁心的真气全部用来保护雪少，替雪少挡去所有余波，所有人都不知道，她不曾动手却已受伤。

转身，看到如同厉鬼一般的创始之神，东方宁心神色冷傲地说："这样都死不了，你的命真硬。"

东方宁心看了一眼被巨石埋了的千叶等人，知道这点小伤要不了他们的命，便抱着雪少朝雪天傲走去。

终于轮到她出手了。

"想让我死，除非天地皆灭！东方宁心、雪天傲，天不灭，我亦不会死。"创始之神狂妄地指向天空，"天地规则不会让我死，我是受天地眷顾的人。"

这一点，创始之神无比肯定。走到这一步，他信了，信命，信天地规则。有天地规则在，他就不会死。

"天地规则不会让你死？创始之神，现在的天地规则自身难保，哪里有空管你。上一次让你逃过一劫，这一次你在劫难逃。"东方宁心将雪少递给雪天傲。

"喀喀……"雪天傲挣扎了一下，站了起来，意味深长地看了东方宁心一眼。

东方宁心无视，一脸淡漠地看向创始之神："灭天弩，出来。"

"吱……"随着灭天弩的现身，小冰鼠也跟着跳了出来。

在小神龙的精心治疗下，它的伤早就全好了。

在万众期待下，东方宁心拉开了灭天弩。

太好了！众人双眼一亮，屏住呼吸，信心十足。

小冰鼠吸了吸鼻子，一副严肃的样子。

"不可能！你怎么拉得开灭天弩？"创始之神连连摇头，随着他的动作，伤口处的血流得更快。

创始之神迫切想逃，但以他现在的状况，根本逃不掉。

创始之神眼里闪过一抹惊恐之色，他不想死！

"我说过，我是东方宁心，也是冰言。"东方宁心表面平静，内心却激动不已。相信自己能拉开灭天弩，和真正拉开灭天弩是完全不一样的感觉。

心狂跳，手指战抖，握着灭天弩，东方宁心有一种主宰天地的感觉。

这种将天地掌控在手中的感觉，真不是一般的好。

有一瞬间，东方宁心甚至生出成为第二个天地规则的冲动，这样她就能永远拥有摆布他人的能力了。

不过这个念头只是一闪而过，很快就打消了。东方宁心不是一个重权势的人，在她心中，最重要的就是雪天傲和儿子，其他的一切都不在意。

现在，她要做的就是杀创始之神、灭天地规则！

东方宁心淡定地从背后取出灭天箭，装好，箭尖指向创始之神："创始之神，笑到最后才是赢家。"

东方宁心深深地吸了口气，努力平复激动的心情，然后手指一松。

可是，预想的事情没有发生，灭天箭没射出去。

"怎么会这样？"东方宁心呆愣地看着自己的双手，怎么也无法接受这个事实。

"哈哈哈……"创始之神一扫刚刚的恐惧，再度嚣张起来，"东方宁心，认命吧。走到这一步，你还没明白吗？我们这些人看似跳出了天地规则的掌控，实则是他手上的棋子，依旧在他的掌控之中。东方宁心，我死不了，你们也不会死，我们还是继续做棋子吧。"

临近死亡，创始之神终于明白，与手握大权相比，活着更重要。

"我不认命。"东方宁心凝聚真气，再次拉开灭天弩，松手，灭天箭却依旧射不出去。

"怎么会这样？什么灭天弩，全是骗人的！"东方宁心仰天怒吼，"天地规则，我恨你！我们有感情、有思想，我们是活生生的人，你凭什么把我们当成棋子？"她好恨呀，上天一次又一次愚弄她，给了她希望，又让她绝望。

"啊——"东方宁心痛苦地大吼，急怒攻心，一口血喷在了灭天弩上。

"东方宁心，你慢慢玩，我不陪你了，再见。"创始之神嚣张地转身走人。

"该死！"东方宁心高高举起灭天弩，准备将它砸了。

"吱吱吱！"小冰鼠惊恐地大叫，毁了灭天弩，它怎么办？

"娘亲！"每个人都是一副绝望至极的样子，雪少顿觉心中不安，大声呼唤东方宁心。

"宝宝，娘真的好不甘心……"东方宁心回过神来，举着灭天弩的手一松，灭天弩落在地上，发出一道沉闷的声音。

雪少看看东方宁心，再看看雪天傲，回想起在中州天墨皇宫，那些人为保护他而死的画面，脸上闪过一抹坚定。

雪少走到灭天弩前，咬了咬牙，双手握住灭天弩，想将它拿起来。不过灭天弩太重了，雪少使尽力气，也动不了半分。

"宝宝，你要干吗？"雪天傲与东方宁心同时惊呼。

"我帮娘亲杀坏人。"他要替太爷爷和叔叔们报仇。

"宝宝，把这东西丢了吧，它没用。"东方宁心亲了亲雪少的脸颊，指着灭天弩说。

小冰鼠一听，委屈地蹲在角落画圈圈：乱说，明明是你不会用，还怪灭天弩没用。

"不要！"雪少将灭天弩往怀里一搂，怎么也不肯放手，"娘，宝宝要替太爷爷和叔叔们报仇。"雪少的眼眶红红的，他这辈子都忘不了墨子叔叔他们死时的惨状。

"可是……"东方宁心难过地别开脸，她做不到。

"娘，我们再试试好不好？宝宝和娘一起射死那个坏人。"雪少一脸期待地看着东方宁心，那模样让人不忍拒绝。

"宝宝，没用的……"东方宁心不忍拒绝，但不得不拒绝。

"娘，求你了，让宝宝试一次好不好，你教宝宝拉弓。"雪少苦苦央求东方宁心。

见东方宁心不动，雪少急了："娘，快点儿，坏人要走了。"创始之神已经走远，再不射就来不及了。

"东方宁心，别让孩子失望。"雪天傲开口劝道，他无法拒绝儿子。

东方宁心重重地叹了口气："好，我教宝宝射箭。"就当教儿子骑射好了，虽然此时的她完全没有心情。

东方宁心握着雪少的手，再次把灭天弩拉开，雪天傲将地上的箭捡了起来，装好。

"娘，快瞄准。"雪少指挥着东方宁心。

虽然心中已不抱任何希望，东方宁心还是配合地将箭尖对准了创始之神。

雪少却一脸认真，包子脸上满是杀气，眼睛冒着亮光，脑海中闪过中州那些士兵唤他"雪少"时的画面。

他是雪少，是中州的雪少，是叔叔伯伯们心中的雪少，他要替太爷爷和叔叔们报仇了！

"娘，松手！"雪少一声令下，如同指挥千军万马的大将，气势十足。东方宁心暗暗震惊，不由自主地松开了手指。

嗖——灭天箭离弦而去，如同流星一般射向创始之神……

扑哧一声，灭天箭正中后心，箭尖透胸而出。创始之神连忙低头："怎么可能？"

创始之神想回头看看到底发生了什么，却来不及了，在弩箭贯穿心口的那一刻，他的身体就炸开了。

轰！创始之神与灭天箭一同消失在天地间。

众人全都难以置信地瞪大眼睛——创始之神死了，死在了灭天弩下！

创始之神的死，对别人来说是结束，对东方宁心与雪天傲来说却只是开始。

黑暗神殿成了废墟，东方宁心对这个地方没有一丝感情，索性将整个黑暗神殿包括大长老等人，一起交给了黑媚。至于黑媚该如何做，东方宁心并没有交代。她知道黑媚是聪明人，不会做出愚蠢的决定，更不会违背她的心意。

除了雪少，他们都受了重伤，其中又以小神龙、黑凤凰与黄泉玄武伤得最重，此时他们急需找地方养伤。

李漠远清醒后，便将黑凤凰送到了凤岛，无涯与秦羿风则护送小神龙与黄泉玄武去了龙岛，其他人全部留在大汉帝国的皇宫里。

对于这个决定，最高兴的莫过于大汉帝国的小皇帝了。

小皇帝一声令下，大汉帝国所有的灵草、灵药，源源不断地送到了东方宁心与雪天傲几人居住的宫殿。

创始之神的死，说明他们的推测是对的，这让他们在对付天地规则时更有信心了，只是有一点让他们百思不得其解。

"为什么我徒弟可以拉开灭天弩？"神魔问出一直想不明白的问题。

"谁知道呢，问它。"邪神至尊随手一丢，果核正好砸在小冰鼠头上。

小冰鼠正啃着松果，被砸得晕乎乎的，抬头看向众人，一副搞不清状况的样子。

"看这小呆鼠的样子，它肯定也不知道。"邪神至尊拿着帕子擦了擦手，翻身而下。

"别看它呆就欺负它。"神魔不赞同邪神至尊虐待动物的行为，将小冰鼠抱在怀中，拿新鲜的灵果喂它。

"欺负它？我可没兴趣。"邪神至尊明显没啥爱心，都不拿正眼看小冰鼠，脸色凝重地说，"真是搞不明白，那个小不点儿怎么会有信仰之力？他的信仰之力是哪来的？东方宁心能拉开灭天弩，为什么无法将箭射出去呢？"

神魔与邪神至尊同时陷入了沉思……

东方宁心与雪天傲也问过雪少这个问题，奈何雪少也是一副莫名其妙的样子。东方宁心与雪天傲见问不出个所以然，也就不再问了，抱着雪少去了异界。

创始之神死了，黑暗神殿灭了，异界和人界的布局也要做一些变动。东方宁心与雪天傲不希望在去中州前，洪荒这边出事，趁神魔、邪神和千叶几人养伤之际，抽空前往各地做好安排。雪少得知后，吵着要跟他们一起去，东方宁心自然不会拒绝。

一家三口第一次携手出游，刚开始气氛不是很好，主要是东方宁心与雪天傲之间显得不自然。

被雪天傲抱在怀中，雪少浑身不舒服，一副想要自己走的样子。

东方宁心用精神力搜索一番，确定四周不会有危险后，朝雪天傲点了点头。雪天傲也暗暗凝聚星空之力，尽量在四周设下保护屏障。

做好这一切之后，雪天傲终于如雪少所愿，将雪少放在地上："去吧，别走太远了。"

"可以吗？"雪少虽然爱玩，却不是不懂事的孩子，落地后不仅没撒腿就跑，反倒一脸惊喜地仰头看着东方宁心与雪天傲。

"可以，有爹在。"雪天傲点头，自信十足。

"好呀！爹、娘，你们真棒！"甜甜地一笑，雪少迈着小腿在林子里跑来跑去，一会儿踢踢石头，一会儿摘摘花草。

看着雪少纯真美好的笑容，东方宁心暗暗松了口气，她还担心雪少没办法从那天的杀戮中缓过来，没想到这个孩子根本没有放在心上。

想到那天的杀戮，东方宁心不可避免地想到了执凤，便问身边的雪天傲："雪天傲，那天执凤倒在你的怀里，求你叫她的名字，你为什么不肯？"

那一天，执凤并没有选择自爆，她为了雪天傲，违背了创始之神的命令。不过，在执凤被选为圣女的那天，创始之神就在她脑中下了暗示，一旦她背叛创始之神，创始之神就能让她自爆而死。

"我为什么要叫她的名字？"雪天傲停下脚步，盯着东方宁心。

东方宁心一愣，也停了下来，随即讷讷地说："她是为你而死。"

执凤的死是她的心结，那天她选择了救儿子，执凤选择为救雪天傲而死。

东方宁心不承认她这是嫉妒，只是心里隐隐有些不舒服。

"为我而死？她凭什么要为我而死，我需要吗？"雪天傲嘲讽地说，"在这世间，为我而死的人多了，难道我要满足他们每一个人的愿望吗？"

东方宁心愣在当场，随即点了点头："我明白了。"

原来，无论忘情与否，这个男人都无情至极。除了被他放在心坎里的人，其他人就是为他牺牲再多，他也不屑一顾。

以前她觉得这样的雪天傲很无情，但当他的无情用在另一个女人身上时，东方宁心却很庆幸。

"东方宁心，别把你的想法强加在我身上。我不管你之前是怎么想的，记住，从现在开始，我们之间的事情，由我说了算。"雪天傲丢下这句话和呆愣的东方宁心，便去追雪少。

东方宁心无奈地笑了笑，他们两人之间，一直都是雪天傲说了算的好不好。

忘情后，两人的第一次交谈不欢而散，东方宁心与雪天傲从此不再提起与执凤有关的事情。

两人一路磨合，渐渐恢复到最初的相处模式，看上去颇为融洽，但也只是看上去而已。

这一次，东方宁心与雪天傲在各处招摇过市，一是为了显示自己的实力，二是为了让天下人相信，雪天傲的忘情"解"了，他们夫妻二人已经和好如初。

不是他们虚伪，而是他们有不得不这么做的苦衷。

前一段时间，东方宁心与雪天傲反目成仇的事，在创始之神的有心渲染下，传得沸沸扬扬，让很多有心人起了小心思，想借这夫妻二人内斗发展自己的势力。

可惜他们还没有新的动作，这夫妻二人就冰释前嫌了。

东方宁心与雪天傲都是冷情的人，先前也不会在人前卿卿我我，这一次有雪少加入，一家三口看上去融洽极了，哪怕两人之间还有些不自在，外人也看不出来。

一路走来，两人都尽责地在人前扮演恩爱夫妻。此举既是为了稳定天下，也有交代后事之意。

与创始之神一战让他们明白，凡事都会有意外，他们不敢保证他们一定能从天地规则手上活下来，为了他们的朋友着想，他们必须在决战之前，把手上的势力梳理一遍。如此一来，万一他们夫妻战死，他们的朋友才不会受到牵连。

带着一个孩子，两人花了近一个月时间，才把精灵族、妖族、兽族，以及几个大的宗派走完。最后，三人来到猥琐会长和丹远容他们所在的开罗城。

东方宁心与雪天傲的到来，让整个开罗城沸腾起来，东方宁心与雪天傲确定开罗城尽在掌握之中，留下几个自己信任的天神级的高手，这才离去。

一切都很顺利，唯一的遗憾就是君无量和倾似也不在。

把开罗城的事务处理好后，东方宁心与雪天傲就带着雪少去人族皇宫见君无量，履行当年的约定，看雪少愿不愿意认君无量当干爹。

前后一个多月的时间，除了最初有些刻意外，雪天傲发现东宁心似乎将身上的尖刺收了起来，浑身上下都散发着一股名为"温柔"的气息。

雪天傲很清楚，这是东方宁心的让步。虽然东方宁心是看在雪少的面子上才这么做的，但雪天傲并不在意。他们之间有个儿子，这是无法抹杀的事实，既然儿子的作用这么大，他当然要物尽其用，让两人之间越发融洽。

这样的情况，是两人乐见的。东方宁心虽然有些遗憾雪天傲回不到忘情前的样子，但想到他们能如此和平地相处，心里还是高兴的，这总比他们自相残杀的好。

当两人将天下转了一圈，一家三口圆圆满满地回到大汉帝国时，邪神与神魔同时挑眉：这一家三口出去玩了一圈，看起来亲近多了，之前的矛盾似乎都消失了，尤其是雪少，变化最大，虽然黑了、瘦了，但脸上的笑容却灿烂得让太阳失色，眉眼间再不复先前的郁气。

"我的宝贝徒弟呀，你可想死师父了！"一如既往，这一家三口出现时，神魔的眼中只有他徒弟。

"师父，宝宝也想你。师父，我告诉你哦，爹带我去看了好大好大的老虎，宝宝还骑了老虎呢，还有会飞的漂亮姐姐、各种好吃的果子……"雪少欢乐地献宝。

"是吗？那里好玩吗？"

"好玩。"

"行，师父下次再带你去好不好？"

"好，爹和娘能一起去吗？"

"行，我们一起去。"

"太好了……"

听着这师徒二人毫无营养的对话，邪神没好气地翻了个白眼，直接和东方宁心与雪天傲往里走，将神魔与雪少丢在外面。

"你们和好了？"路上，邪神至尊假装随意地问了一句。

雪天傲没有回答，只是身上的气息隐隐有些浮躁。这事不是一个人说了算的，他们一家三口看上去很幸福，其实很脆弱，禁不起一点儿风雨。

东方宁心笑了笑，原本不想回答，见此情形还是开口了："无所谓和好与否，我们本来就是一家人，之前发生的事情，并非出于我们的本意。"

东方宁心也明白，她要是还想不开的话，这辈子都只能活在痛苦的深渊中。幸福来之不易，她真的不想错过。

"你能这么想就好了。"邪神至尊高兴地笑了一声。

这一家三口要是就此分道扬镳，他会觉得可惜的。

雪天傲也松了口气，他还真怕东方宁心不肯原谅他，东方宁心不计较先前的事，真是太好了。

"你们和好了，我们是不是按原计划行事？"邪神至尊话锋一转，脸上的笑容收了起来，一脸严肃地问道。

东方宁心脚步一顿，闭上眼，点了点头："三天后，去中州。"

现在的平静与幸福都是短暂的，他们的路，还长着呢……

第三十五章
冰言千叶总相依

中州。

对东方宁心来说，中州是她心中的净土，在这里，她和雪天傲有太多太多美好的回忆，只可惜这些记忆，只有东方宁心一个人知道。

对千叶来说，中州是他不愿意回来的伤心地，在这里他和冰言相识、相知、相爱却又分离，只是这些记忆，只有他一个人知道。

对雪天傲来说，这是一个熟悉的地方，让他有归属感，他却想不出原因。而对于想不出来的东西，雪天傲也尽量忽视。

毕竟有忘情存在，就算他是星空之神，也没办法说抵抗就抵抗。

中州，对于神魔、邪神、李漠远、黑凤凰和小神龙来说，也许不是什么有特别意义的地方，但过了今天就不一样了。

一切从这里开始，也要从这里结束，至于结果如何，在场的每一个人都不知道。

正因如此，东方宁心与雪天傲来中州没有大张旗鼓，他们不想让中州的亲人和朋友担心。

如果他们战死了，中州的人就当他们一直在外游历舍不得回来吧，这样还有一个念想。

如果他们胜了，自当衣锦还乡，与中州的亲人和好友相聚。

"准备好了吗？"邪神站在最前方，看着猩红的血海问道。

这个地方，时隔十万年他又来了，这片猩红的血海中，有他的血，也有轻浅与轻语的血。

血海——血海深仇！

"准备好了。"众人点头，神情肃穆，雪少骄傲地抬头，小脸满是认真。

今日一战，绝不是杀创始之神一战可比的，因为他们的对手是天地规则。

"既然如此，千叶，召唤出天动仪，让东方宁心、雪天傲开启天动仪，解除幽冥之神的封印。十万年了，我们这群人也该聚聚了，可惜少了创始之神。"神魔嘴上说着可惜，眼中却满是得意之色。

创始之神那么自负狂妄，最终还不是死在了他徒弟手上，以一个强者最憋屈的方式死去。

创始之神恐怕到死都不会相信，他死在了一个稚嫩的孩童手里。

"走吧。"千叶紧绷着脸朝东方宁心与雪天傲点了点头。

今天，什么情情爱爱都要放在后面，无论他如何厌恶雪天傲，都不能表现出来。

东方宁心与雪天傲点头配合，脸色凝重。今日一战，不仅事关他们的生死，还有他们儿子的命，出不得半丝差错。

千叶向前一步，凝聚真气，朝血海一击。只见刚刚还荡起波光的血海突然平静下来，无形无状的海水，以上宽下尖的漏斗状冲向天空。

血色的海水越冲越高，很快整个血海的水都凝成了漏斗，海底下的神殿废墟出现在众人面前，只不过，这一次他们要去的地方不是海底下的神殿，而是召唤出天动仪。

血海的颜色越来越淡，或者说最上面的颜色越来越淡，靠近海面的那部分却红得发黑。

东方宁心知道，千叶这是要将血海中的血提炼出来。这对中州人，或者说对天耀和天墨的百姓来说也是一件好事，以后这血海就不再是死海了。

海水两极分化严重，上面的水至清至净，在千叶的引导下化为一片汪洋飘浮在半空。

血海出了这么大的动静，中州的人怎么可能不知道。只不过，当公子苏与尼雅收到情报赶来时，已经来不及了。

很快，血海中的水已剥离干净，全部浮上天空，如同银河一般随波流转。留在海底的，则是一个红得发黑的圆球，散发着刺鼻的血腥味。

千叶站在海中央，墨发飞扬，虔诚圣洁。一瞬间，东方宁心似乎看到了站在高台上笑得温柔与疏离的大祭司。

这个念头一闪而过，东方宁心的注意力再次放在血海上。

千叶朝血球上方一抹，只见一道青光闪过，血球缓缓转动起来。随着它的旋转，血海下的神殿被搅成一团泥，泥团与血球飞快地融化，在血海下面形成一个八卦的印记，只不过，这个八卦图上有一黑一白两个大窟窿。

"这就是天动仪？"东方宁心显然不相信。

这明明就是太极八卦图。

"你以为天动仪应该什么样？"千叶宠溺地问道。

"至少不应该这样，太普通了。"就是这种东西封印了幽冥之神，这让东方宁心无法接受。

千叶笑了笑，没有反驳，而是说道："灭天弩也很普通，如果不是小冰鼠，你会相信它有毁灭天地的力量吗？"

"是我俗了，越是厉害的神器外观越普通，因为它们不需要靠华丽的外表来证明它们的强大。"此时此刻，东方宁心已经能感觉到天动仪上那强大而古老的气息。

千叶指着八卦图上一黑一白两个孔说道："把你们的真气注入两孔之中，光明神王的真气注入黑孔中，黑暗神王的真气注入白孔中，直到天动仪将你们体内的光明传承全部消化为止。"

"需要多少真气？"东方宁心皱眉。

"神王全部的力量。"千叶对上东方宁心的眼神，无声地让她放心。

就是死，我也不会让幽冥之神伤到你和你儿子，幽冥之神不是他的对手。

"神王全部的力量？"东方宁心倒吸了口气，看着天动仪，眼睛越睁越大，"幽冥之神根本就没想过让我们活着，对不对？"

这就是棋子的下场，悲哀得可怕。

"对，他没想过让你们活着离开。"千叶肯定地点头。

所以，十万年了，天动仪也没被开启。幽冥之神把别人当棋子，完全不给活路，让人如何忠诚？

东方宁心咬了咬唇："既然如此，我们就看到底鹿死谁手吧。"

只要能灭了天地规则，真气全无又何妨。

"雪天傲呢？他是星空之神，他也会真气全无吗？"东方宁心问起另一个问题。

"不知道，从来没有哪个光明神王能得到大神通，所以我也不清楚，但有一点可以肯定，就是雪天傲不会耗尽全部真气。"千叶看了雪天傲一眼，很快就收回了视线。

"我明白了，我们——"

一直没有开口的雪天傲突然打断东方宁心的话："既然如此，等东方宁心得到大神通后再来！"

雪天傲拒绝开启天动仪，等是一个最稳妥的办法，没有人知道真气耗尽，等待东方宁心的会是什么。但是，东方宁心什么时候才能得到大神通呢？

一年？百年？千年？还是万年？

要知道，不是每个人都有雪天傲这种运气，短短数年，就从一个尊者走到星空之神这种高度。

除了得天独厚的黑凤凰与小神龙外，神魔、邪神至尊、千叶、幽冥之神，甚至是创始之神，哪个不是花了数十万年才得到大神通，成就神境的。

等，等到何年何月？

这话，众人心里明白，却没人说出口，只是沉默地看着东方宁心与雪天傲。

一切由这两人决定。

千叶虽然没有开口，但他也不希望东方宁心冒险。他很清楚，缺少一魂一魄的东方宁心，永生永世都不可能成就大神通。

东方宁心看看天动仪，又看看头顶上被水幕挡住的天空，心里明白了——千叶明知她会真气耗尽却没有阻止，就说明她这一生能成就神境的可能性是零。

虽然不甘愿，东方宁心也只能认了："雪天傲，我们不能等。"

"我拒绝。"这事不是东方宁心一个人可以办到的。

"雪天傲，你知道我们要等待多久吗？"她到死都不可能成就大神通。

"无论多久我们都可以等。"等不及的是幽冥之神。

"万一我永远也无法成就神通呢？难道我们就这样等一辈子吗？幽冥之神会让我们等吗？"她也等不及。

"东方宁心，没有我的配合，天动仪无法开启。"这是威胁，雪天傲的威胁。

"好，你就等着我真气耗尽而死吧。"这样的雪天傲，真不可爱，非逼着她耍狠。

东方宁心也不多说，直接跃入血海，开始凝聚真气。

"东方宁心！"雪天傲连忙伸手，只抓住一片衣角。

"娘……"雪少见雪天傲与东方宁心吵架，本能地站到东方宁心那边。

"别担心，娘不会有事，不就是真气耗尽吗？最多变成普通人，有你们在，我哪会有事。"东方宁心高声安慰。

有些事情，等不了，因为等的结果也是这样。与其无止境地等下去，还不如趁斗志高昂时，奋力出击。

真气源源不断地从东方宁心体内涌入天动仪中。

"你……"雪天傲气得脸色发青，这个女人，总是知道如何激怒他。

"雪天傲，快，不能让东方宁心一个人输入真气，天动仪要平衡。"千叶见雪天傲不动，连忙出声提醒。

"你们……"雪天傲狠狠地瞪了众人一眼，一边凝聚真气，一边朝天动仪飞去。

天动仪的两个孔，如同不知餍足的野兽一般，拼命吸收着东方宁心与雪天傲的真气。

冥界地底，被束缚在幽冥之水中的幽冥之神突然一动："光明与黑暗的力量？天动仪开启了？"

幽冥之神突然从水中站了起来，脸上透着病态的白皙。

"哈哈哈……我终于自由了，十万年了，我终于可以离开这个鬼地方了。"创始之神，你等着，等我重见天日，我定要你永世不得超生。幽冥之神急切地看着越来越浓郁的光明与黑暗之气，脸上露出诡异的笑容。

冰言，我果然没有看错你。等着，等我出去后，我会让你知道背叛我的代价！

杀人不过头点地，而我要让你痛苦一生。

幽冥之神紧紧握拳，按捺住心中的急切，十万年都等了，还差这一时半刻吗？

与幽冥之神的高兴相反，随着时间的流逝，邪神与神魔等人的脸色越来越凝重。

东方宁心的真气已经耗了七七八八，再这么下去真的要耗尽真气才行了。相反，雪天傲却是一脸轻松，看他的样子，不过是耗了真气的十分之一罢了。

这差距也太大了，但事已至此，早就不能喊停了。

"师父，我娘不会有事吧？"雪少看着脸色惨白、越来越虚弱的东方宁心，担心地问道。

"不会，相信你娘。"神魔说得很肯定。

也许以后她会成为一个废人，但有他们这么多人在，绝对可以保证东方宁心不会有生命之忧。

得到神魔的保证，雪少的脸色总算好看了一点儿，只是担心并没有减少："可是——"

雪少的话还没说完，就看到一黑一白两个圆球，分别从东方宁心与雪天傲的体内飞出。

"光明传承？"

"黑暗传承？"

"天动仪要开启了！"

众人齐齐屏住呼吸，全神贯注地盯着血海，似要将血海看出一朵花来。千叶却担心地看着东方宁心，双手缩在衣袖里，悄悄地紧握成拳：宁心，将最后一魂一魄集齐，你会成为我的冰言吗？

可惜，此时的东方宁心什么都听不到。她已处于半昏迷的状态，整个人如同羽毛一般，飘了起来。

当代表光明与黑暗传承的真气球完全没入天动仪时，只听到啪嗒一声，东方宁心惊叫一声，便如同断线的风筝，软软地往下落。

"宁心！"

"东方宁心！"

千叶与雪天傲一前一后冲了过去。最终还是雪天傲快了一步，将人接住，抱了个满怀。

就在这时，无穷无尽的黑暗降临，雪天傲与东方宁心瞬间被黑暗之气给包裹住了。

刺骨的寒意朝两人袭来，雪天傲抱紧东方宁心，稳稳地立在满是邪恶与阴冷气息的地方。

"封印解除了，幽冥之神就要出来了，我们快跳进去，先收服水之魂，祭炼五帝峰。"邪神至尊跳入血海之中，李漠远、小神龙与黑凤凰紧随其后，只留下神魔抱着雪少与小冰鼠站在海边。

小小一个幽冥之神，还不需要他们这么多人出手。他们的任务，是等待天地规则出现，灭了天地规则。

在一片阴冷的黑暗中，忽然响起幽冥之神的声音："冰言、雪天傲，新账旧账，我们今天一并清算了。我倒要看看，耗尽真气的你们如何从我手中逃脱？"

幽冥之神是自信的，在幽冥之神的心中，这两人就是两颗棋子，之前不杀他们是因为有用，而现在嘛——身为弃子，留之何用？

然而，当他从幽冥之水中走出来，看到抱着东方宁心的雪天傲，这才发现事情也许不是他想的那么简单。

"你居然……"幽冥之神本想说，雪天傲你居然无事，看到雪天傲四周流转的星空之力，幽冥之神后退数步，"你居然成了星空之神，这怎么可能？"

太过震惊的幽冥之神，直接忽略了千叶等人的存在。此时此刻，他的眼中有震惊、不甘，还有深深的恐惧。

自认是绝世天才的幽冥之神，一辈子被创始之神压了一头。在他的认知中，这天下也只有创始之神可以暂时压他一头，但现在呢？

以雪天傲的年纪，这时就成了星空之神，可以说是压了这世间所有人一头。

骄傲如幽冥之神，怎么可以接受这个事实？

最为重要的是，在这样的情况下，他能将这两颗弃子处理掉吗？

雪天傲冷冷地瞥了一眼幽冥之神，一句话都没有说。

"有什么不可能的，幽冥之神，你在幽冥之水中封印太久了，雪天傲不仅成了星空之神，我们还把创始之神给杀了。"像是生怕刺激得不够一般，东方宁心柔声补了这么一句，顺势从雪天傲的怀里滑下，半靠着雪天傲而站。

"真气耗尽又如何？幽冥之神，你不是要跟我算账吗？现在我们就一一清算吧。"东方宁心话音刚落，千叶、李漠远、小神龙与黑凤凰同时向前一步。

"噗——"幽冥之神急怒攻心，嘴角溢出一丝血迹，"怎么可能？你们不过是我圈养的棋子，你们居然……"

幽冥之神阴柔的脸上满是狰狞之色，细小的血管一一暴出，幽冥之怒影响了整个冥界，东方宁心与雪天傲听到了来自冥界的鬼嚎声。

继神界消失之后，冥界的末日也快到了。

"有什么不可能的，事实就摆在面前。幽冥之神，你重获自由的这一天，就是你的死期。"东方宁心中气不足，却句句诛心。

幽冥之神不是没见过世面的小子，震怒过后很快就冷静下来，眼神在众人脸上扫了一圈，知道这些人没有骗他。

"想杀我？你当我是创始之神那个伪君子，会站在原地等你们下杀手？"幽冥之神冷笑，身形往后一退，黑色的水幕从他身后涌出，如同拉直的黑布一样罩在众人的头顶上，似要将人埋葬在水幕之下。

"幽冥之水？用来对付我们还差了一点儿。"千叶手握成拳，用力一击，只听见嘭的一声巨响，黑色的水幕应声而碎。

"千叶，你翅膀硬了，连你的主人都不放在眼里了？别忘了，没有我就没有你。"幽冥之神此生最恨的人是创始之神，其次就是千叶与冰言。

千叶与冰言，是他一手创造出来的人，可结果呢？

一个个背叛了他！

原本还想着，自己自由后，一个个把他们处理了，不想自己却成了丧家之犬，被这两人追杀，这天真是变了。

"大人，千叶从来就没把你放在眼里，千叶一直把你放在心里，所以哪怕你死了，也可以永远活在千叶的心中。"千叶向来平和，除了东方宁心，也只有幽冥之神能激起他的怒火。

没有幽冥之神，就没有他和冰言的惨剧。他和冰言是幽冥之神一手创造出来的，同时亦是他一手毁掉的。

"你好大的胆子！"幽冥之神脸色骤变，手一动，只见幽冥之水如同绫布，在他的手中飞舞。

无穷无尽的幽冥之水，就是他的武器，水柱如同游龙，朝千叶等人击去。

轰！真气与水柱相撞，水花溅射，如同烟花盛开，虽只有单一的黑色，却美得惊人，但这份美丽却是致命的。

挡下幽冥之水后，千叶纵身穿过水墙，直击幽冥之神，却发现幽冥之神消失了。

"不好，人跑了。"隔着水雾，千叶朝众人道。

"跑？他能跑哪里去，上天入地都跑不掉。"小神龙与黑凤凰轻蔑地说道，随即两人身形一变，化为银龙与凤凰，冲出水雾。

当日在创始之神身上所受的羞辱，今天他们要在幽冥之神身上讨回来。

呼——啪！幽冥之水直飞冲天又重重落下，龙头凤尾一甩，一连串水珠落下。雪天傲抱着东方宁心站在原地，水珠落下时，自动避开了二人。

雪天傲抱着东方宁心一直没有动，他知道杀幽冥之神这事不需要他们出手。幽冥之神不是创始之神，在场的人当中，神魔和邪神联手就可以制服他；千叶自己也能将他打趴下。

不过大家都很清楚，他们要的不是将幽冥之神杀了这么简单，而是要他神魂俱灭，让他永生永世都无法超生。

要做到这一步，就得看邪神至尊能不能将水之魂封印了。只是冥界阴魔鬼煞众多，他们也不知邪神至尊能不能降伏水之魂。

水之魂不是普通的东西，它是冥界的支柱，水之魂一旦被封印，冥界也会消失。

小神龙与黑凤凰一出手，就把幽冥之神找了出来，然后与李漠远、千叶联手，将幽冥之神堵在中间。

咚！一个神龙摆尾，幽冥之神被小神龙从半空扫下地，落下的一刻，千叶凌空一脚踩了下去，众人似乎看到幽冥之神的身子凹下去一块。

"啊——"幽冥之神痛呼一声，直接倒在地上，爬不起来了。

咔嚓！骨头碎裂的声音传来。

"不可能。"幽冥之神狠狠地捶地，他做梦都想不到，尊贵如他，会落得今天这般下场。

堂堂五界之主，何等的位高权重，何等的威风凛凛，他的人生应该是睥睨天下、指点江山，结果却被一群晚辈打得全无还手之力，从人人敬仰的天上云，变成谁都可以践踏的地上泥。

这样的落差，叫他如何接受？

"我不相信，这不是真的……天地规则，你在哪里？你不是说五界之主是受上天眷顾的人吗？为什么你眼睁睁地看着我们陨落？天地规则，你出来呀！"幽冥之神对着天空大喊，抬头看到的不是蔚蓝的天空，而是流动的清水。

"连天也被遮住了吗？连天也不可信了吗？"幽冥之神悲怆地大笑，"天地规则，你算什么东西，每次打压我时你都毫不手软，现在却躲了起来。怎么？你也怕了？天也会怕吗？"

幽冥之神的不甘，在场的每一个人都能理解，千叶和李漠远同情地看着幽冥之神。

这么狂妄的人，被封印了十万年，好不容易解除了封印，还没来得及享受自由，就遭遇了灭顶之灾，这事搁谁身上都受不了。

东方宁心与雪天傲对此也很理解，但理解并不代表同情。路是自己选的，幽冥之神会有今天，是他自己当年造的孽太多所致。

当年，幽冥之水倾覆人间，害死无数无辜百姓，幽冥之神必须为此负责。和那些死去的生命相比，被封印十万年根本不值一提。

不过在杀幽冥之神前，他们还要讨回一样东西。

"幽冥之神，把我的一魂一魄还给我。"东方宁心朝幽冥之神走了过来。

从来都是幽冥之神命令东方宁心，这一次却相反，发出命令的人是东方宁心。

"你命令我？"幽冥之神不屑地冷笑。

有东方宁心的一魂一魄在手，这些人不敢对他怎么样。

五帝峰是吗？

行，先封印水之魂再说，就算封印了水之魂，这些人又敢动手吗？

杀他？他不介意带着东方宁心的一魂一魄，一起去死。

幽冥之神自恃有底牌在手，姿态摆得高高的，然而东方宁心根本没把他当回事："你要认为我是在命令你，我也不反对。幽冥之神，别再做无谓的挣扎了，属于你的辉煌已经过去十万年了，现在已不是你的时代。"

东方宁心指着雪少手中的灭天弩问道："幽冥之神，你知道创始之神是怎么死的吗？"

"灭天弩？你居然能用信仰之力，难怪天地规则不敢出面。"幽冥之神苦笑一声，嘲讽地说，"这么说来，你还得感谢我，如果幽冥之水没有倾覆人间，你哪能获得信仰之力？"

"的确，我是该感谢你。"东方宁心笑了，就在幽冥之神不解之际，东方宁心指向血海，"感谢你给我机会，让我替天行道诛杀你这刽子手。幽冥之神，看看那是什么？"

只见邪神至尊踩着黄泉玄武的背，从水底浮了出来，看上去很虚弱，但双眼却闪着兴奋的光芒。

"幽冥，好久不见。"邪神至尊扬了扬手中的五帝峰。

"你收服了水之魂？"幽冥之神一脸铁青，"你倒是好本事，我倒要看看你的五帝峰能不能杀我。至于灭天弩，你们真信灭天弩能毁天灭地吗？天地规则既然允许灭天弩存在，就表示他不惧。"幽冥之神说得咬牙切齿，他相信，现在的情况绝对不是天地规则想要的结果。

"别奢望天地规则出手了，他已经自身难保。他要是能出手早就出手了，何必等到现在。"东方宁心再次指向灭天弩，"幽冥之神，看到灭天弩你就应该明白，哪怕是天，此时也无力扭转乾坤。属于你和创始之神的时代已经过去了，同样，属于天地规则的时代也过去了，不管你认不认命，都必须接受。就如同你当年对我所说的那样——哪怕再不情愿也要认，因为这是你的命。"

"命？东方宁心，凭你也想让我认命，你算什么东西？"幽冥之神从地上站了起来，风吹过，衣摆飘起。

幽冥之神看向邪神至尊，挑衅道："五帝峰是吗？今天我就见识一下上古三千宗派呕心沥血打造的神器，到底有什么用！"

"要试，我成全你，不过先把水之魂给我。幽冥之神，你可真狡诈，居然弄了个假的水之魂骗我。幸亏有黄泉玄武在，不然麻烦大了。"邪神至尊目光如剑，恨得不行。

要不是有黄泉玄武提醒，他差点就着了道儿。要是将假的水之魂封印在里面，不仅他得死，连五帝峰也会毁了。

"你居然发现了？"幽冥之神踉跄后退，脸色煞白。

邪神至尊从黄泉玄武的背上跳了下来，手托五帝峰，信步朝幽冥之神走来："幽冥，别再做无谓的挣扎了，你知道我们是不会放过你的。我们之间的仇恨，比这血海更深。"

轻浅、轻语的死，还有人界数十万百姓的仇，将邪神至尊压得喘不过气来。午夜梦回，他总是梦到那些百姓跪在他的脚边，不停地哭诉，说他们很痛、很冷。

除去在那颗巨蛋中的日子，他从来没睡过一天安稳觉。不是他怕，而是他无颜面对那些信任他的百姓，更无颜面对轻浅和轻语。

今天过后，他就可以好好睡一觉了，在梦里告诉他们，血海深仇已报，你们可以安息了。

"比这血海还深？哈哈哈……邪神，当年你没本事杀我，现在依旧没有。惹怒了我，我不介意让幽冥之水再次倾覆人间。"幽冥之神一撩衣袍，摆出一副不惜鱼死网破的架势。

邪神至尊没有上当又如何，他还有冰言的一魂一魄，他才不怕这些人："你们想杀我？可以，除非你们能眼睁睁看着东方宁心陪我一起去死。你们应该很清楚，我只要毁了东方宁心剩下的一魂一魄，她就没有活路了。"

"所以……"雪天傲冷声质问，手中的昆吾剑散发着清冷的玉光，直指幽冥之神心口。

这是威胁。不久前，幽冥之神还想用九箭一射来对付雪天傲，今天就被雪天傲的剑指着。

幽冥之神一震："雪天傲？你什么意思，不顾东方宁心的生死？哦……我忘了，你中了神界的忘情，东方宁心在你心中的地位，应该没以前那么高了。"

幽冥之神一脸嘲讽，眼中闪着恶毒的笑意："雪天傲，你说我要把属于冰言的一魂一魄还给她，她记起自己与千叶的事情，还会要你吗？"

"你可以试试。"雪天傲一副无所畏惧的样子。

东方宁心离他近，发现雪天傲握剑的手有些发抖。她知道，这个男人并不如他表现的那般强硬，至少在对待她的事情上。

她知道，这与忘情有关。如果是以前的雪天傲，他根本不在乎。在他的想法里，冰言又如何？东方宁心又如何？她注定是雪天傲的，哪怕她再不情不愿，他雪天傲一样会将她禁锢到死。

现在呢？雪天傲还是变了。或者说，他们都变了，只是她固执地不去承认。

雪天傲是个骄傲的男人，他将自己伪装得极好，除了东方宁心，根本没有人发现他的失常。幽冥之神最初以为雪天傲是在激他，仔细观察却是不像："你真的不在意？忘情已经强到这个地步了吗？"

"幽冥之神，把水之魂交出来，我们没空和你扯。"雪天傲见幽冥之神似乎在故意拖延，抬头发现上空的水流急促起来，当即冷笑道，"幽冥之神，你在等天地规则出手吗？别天真了，他是不会出现的。就算天地规则会出现，也只会在你快要死的时候。你不死，天地规则岂能插手这世间的事情。要知道，天地规则也要遵守规则的约束。"

"你说得没错，天地规则也要遵守规则，若是你们用灭天弩杀我，他一定会出手阻止你们，甚至毁灭你们。"幽冥之神眼珠一转，视线落到神魔与雪少的身上，"你说，要是我引天地规则出来，他会怎么对付你们？"

"这就不需要你操心了。"邪神至尊大步走到幽冥之神面前，手一扬，手心朝上，"你想引天地规则出来，我可以帮你。先把东方宁心的一魂一魄交出手，接着把水之魂交出来，我们一起来看看天地规则会不会为你出现。"

"你当我是傻子吗？"幽冥之神的脸色一阵青一阵紫。难道这些人以为，他会傻到拿自己的永生来证明天地规则在不在意他吗？

"你不傻，可是你别无选择。"邪神脸一侧："东方宁心，把你的柳云藤借我一用。"

"拿去。"东方宁心欣然同意。幽冥之神顿时有种不好的预感，连连后退，想要避开，可是为时已晚。

"柳云藤，束！"邪神一声令下，柳云藤脱手而去，堂堂冥界之主瞬间就被捆成粽子。

"放开我！"幽冥之神大叫，"邪神，你太卑鄙了。"

"卑鄙又如何，只要好用就行。光明磊落什么的是创始之神用的，我学不会也不想学。阴谋与阳谋对我来说没什么区别，我只要结果。"邪神不以为耻，反以为荣，指着幽冥之神对雪天傲道，"天傲大人，如果我没猜错，你的星空之力可以粉碎这世间的一切，我们就试试，在星空之力下幽冥之神能撑多久？"

雪天傲点了点头，却没有按邪神至尊的要求做，而是提出另一个方法："用星空之力太野蛮了，以我现在的实力，施展上古御魂术，可以控制幽冥之神的灵魂。时间不会太久，但足够让幽冥之神拿出东方宁心的魂魄。"

"上古御魂术不是魔宗的东西吗，你怎么会？"这玩意儿连神魔也不会，邪神至尊可以肯定，这不是神魔教的。

而且，他们五界之间有些特殊的技能是不能外传的，关系再好也不会互相传授。

比如上古御魂术，除了魔宗的真气，外人就算学了也用不来。

"你以为我拿什么收服神圣巨龙亚诺？"雪天傲没好气道。

他做这个决定多么不容易，这些人根本不了解。天知道他有多担心东方宁心得到冰言的记忆后会放弃他，而与千叶携手。

他中了忘情是不假，但有些事情不需要靠记忆，他只要去查一下就明白了。

成就大神通后，他消失了半个月，就是去查自己与东方宁心的事情了。

当结果出来时，雪天傲整整一天都没有说话，他无法面对，更不能接受他和东方宁心变成现在这个样子——曾经携手共进退、相濡以沫的夫妻，却成为陌路、互相伤害。

他不明白他和东方宁心怎么会走到这么一步，就因为忘情吗？

那一刻，雪天傲无法原谅自己，甚至不知如何去面对东方宁心，但他却舍不得离开东方宁心，他一直在暗处默默陪着东方宁心，自然知晓东方宁心要做什么、想要什么……

他虽然不希望东方宁心要回一魂一魄，但他明白灵魂不完整的东方宁心活不长，他自私了一辈子，这个时候绝不能再自私下去。不过，这些他自己明白就好了。

雪天傲的背挺得笔直，以一种强硬的姿态面对众人的打量。

"原来如此。"邪神至尊点头，表示他明白了。

就说嘛，以亚诺人界之主的身份，怎么可能轻易被雪天傲收为契约兽，原来这家伙会上古御魂术。这东西邪恶得很，算他亚诺倒霉，遇到雪天傲了。

不过有人会比他更倒霉，邪神得意地上下打量着幽冥之神，邪邪一笑："我们还能让幽冥之神学狗叫，这可是天下第一奇景，雪天傲你赶紧的，我都有些迫不及待了。"

"雪天傲，你敢用上古御魂术对付我，我就把东方宁心的一魂一魄给毁了。"幽冥之神一听，惊恐地威胁道。

"幽冥之神——"就在幽冥之神愤怒咆哮时，东方宁心悄悄凝聚精神力，只见东方宁心双眼亮得如同黑夜中的星辰。

"东……"幽冥之神习惯性地回视，正好与东方宁心的视线相对，在对上东方宁心的瞳孔时瞬间失神。

雪天傲上前一步，手指在半空飞快地画着一个复杂的上古图案。

"上古御魂术！有生之年，能见识星空之神施展上古御魂术，也算是大开眼界了。"神魔一脸惊艳，同时指着雪天傲对雪少道，"徒弟，好好学着，看看什么叫实力决定地位。你爹成了星空之神后，就连幽冥之神也得对他俯首称臣。要知道，以前幽冥之神和你父亲可是一个天一个地，现在你父亲却有着与他叫板，甚至摆布他的力量。"

"嗯，爹很厉害，宝宝喜欢。"雪少一脸骄傲地点头，一副以父为荣的样子。

神魔一看，心里那叫一个酸呀，这孩子怎么就这么实诚，他说什么就是什么，也不夸夸师父我："徒弟呀，你也得跟师父好好学学，看看师父，识人的本事多强。当年你爹和你娘还是两个小人物时，你师父我就与他们交好了，不然你师父我的下场，估计比幽冥之神还惨。"

神魔本来是想在徒弟面前显摆一下的，说到后面声音越来越小了。他最初与东方宁心和雪天傲打交道，可是为了要他宝贝徒弟的灵魂。这事要是成了，估计东方宁心与雪天傲得知真相后会将他大卸八块，一想到这里，神魔就是一身冷汗。

雪少正看雪天傲施展上古御魂术，看得眼也不眨，突然发现神魔不对劲，一心两用地问了一句："师父，你没事吧？"

"没，师父没事。"神魔有点心虚，偷偷地看了雪少一眼，发现雪少根本没有看他，雪少的眼里只有雪天傲。

雪天傲就这么往人前一站，手指在半空一画，就有种君临天下、指点江山的气势。就是神魔也不得不说，雪天傲是个人物，只要给他时间，他就能让你一次比一次惊艳。

当最后一笔形成，御魂图如同一张巨网朝幽冥之神兜头压下，幽冥之神顿时眼神涣散，眸中毫无光泽。

"把冰言的一魂一魄交出来。"雪天傲冷声命令道。

众人期待地看着幽冥之神，都想看看上古御魂术到底有多强。

"不……"幽冥之神眼神一闪，眼珠突起，就在此时，浮在天空的水面也跟着抖了一下。

天地规则在看着！

雪天傲闭上眼睛，手心向下一按，幽冥之神头顶上的图案又往下压了几分，幽冥之神的身子微微弯曲。

"交出来。"雪天傲霸气十足地命令。

"我……"

"交出来！"雪天傲再次施力。

幽冥之神的身体在扭动，邪神至尊一看就知道，在东方宁心与雪天傲的联手下，幽冥之神已经撑不住了，不需要再被束缚了，于是喝了一声："柳云藤，回来。"

柳去藤亲昵地缠在邪神至尊的胳膊上，蹭了蹭，一副讨好的样子。

在雪天傲一次又一次地强压下，幽冥之神终于臣服了，手指轻弹，一颗白色的珠子从指间飞出，啪一下正中东方宁心的眉心。

"啊——"东方宁心痛呼一声，下一秒便软软地倒下了。

"宁心！"千叶一把抱住东方宁心。

"千叶……"东方宁心缓缓开口，清冷中带着一股神圣与仁爱。

"冰言！"千叶大喜，抱着东方宁心的手越发紧了，"冰言，你终于回来了，你终于回来了。"

这不是东方宁心的声音！雪天傲心中一阵恐慌，手一抖，喷出一大口血，同一时刻，幽冥之神重获自由。

"不好！邪神你快出手，别给幽冥之神机会。"神魔抱着雪少后退一步，同时不忘借机教育雪少，"徒弟，记住你师父的话，情字伤人，以后你可以有女人，但千万别动情。看看你千叶叔叔，再看看你爹，这么强的人，都因为一个'情'字而自伤，真不值得。"

"我爹我娘，他们……"雪少害怕了，他们不会就此分开吧？

神魔没空理会雪少，因为幽冥之神刚获得自由，就朝雪少与神魔扑来了。

"不是吧，你看我们好欺负吗？"神魔一个旋身，一手抱起雪少，另一只手化为利爪朝幽冥之神的心口处抓去，竟然叭唧一声卡在了幽冥之神的心窝，"咦？我抓到了水之魂。"

幽冥之神痛哼一声，却无视这致命的一击，向前一步，一手掐住雪少的脖子："神魔，放手，不然我杀了他。"

"放手？要放手的人是你，敢动我徒弟，我灭你全家。"神魔的手在幽冥之神心口处一掏。

幽冥之神痛得直冒冷汗，掐着雪少脖子的手也加重了力道，雪少无法呼吸，小脸憋得通红，却没有哼一声。他很清楚，这个时候不能给师父添乱。

"幽冥之神，放了我儿子，你走。"雪天傲擦了擦嘴角的血，强打精神朝幽冥之神走去。

"我凭什么相信你的话？要我放你儿子可以，自废真气。"是人就有弱点，哪怕冷酷如雪天傲。

"幽冥之神，你别得寸进尺。"雪天傲朝雪少轻轻点头，示意他别担心，有爹在。

雪少嗯嗯两声，因为无法呼吸，脸色开始发青，神魔和雪天傲等人都急了。

"放了雪少。"小神龙气得直磨牙。

"幽冥之神，拿个小孩子来威胁我们，你算什么男人。"黑凤凰强压下心中的怒火。

"我是不是男人，不需要你们来评价。雪天傲，动手吧，不然我就毁了你儿子。"幽冥之神再次用力，雪少双眼翻白。

"徒弟！"神魔手指一松，眼里闪着泪光。

"幽冥之神，你松手，自废真气是吗？好，我废给你看。"雪天傲冷着脸，没有一丝的犹豫与勉强。

"好，动手。"幽冥之神松了松手，雪少的用处幽冥之神算是见识到了，他不会轻易弄死这个人质。

"呼呼呼……"雪少能呼吸了，贪婪地呼吸着新鲜的空气，脸上也渐渐恢复血色。

看雪天傲迟迟不动手，幽冥之神再次催促："快点儿！"

"好，我废。"雪天傲凝聚真气。

"哈哈哈……想杀我，你们也不看看自己是什么东西。"幽冥之神邪肆一笑，一脸的邪气。

雪天傲并没有说话，在幽冥之神的注视下，举起手重重地朝丹田击去。就在这时，三根银针嗖地飞了过来，同时扎在幽冥之神掐着雪少的手臂上。幽冥之神手一僵，雪天傲击向自己丹田的手掌突然朝幽冥之神打去，把幽冥之神打得飞了出去。

神魔赶上前去，噗的一声从幽冥之神的心窝掏出一颗散发着阴冷黑光的水珠。

"水之魂！邪神，快接着。"神魔脸上的喜悦，怎么也掩不住。

"五帝峰，起——"邪神至尊还没有回过神来，本能地抛出了五帝峰。

五帝峰飘浮在半空，慢慢变大。五帝峰的外形似五角宝塔，其中四个角分别闪着金光、银光、红光和绿光，唯一没有光芒的那个角就是缺少水之魂的位置。

"水之魂，封印。"邪神至尊双手齐动，开始祭炼五帝峰。

别看他一副稳重的样子，实际上他这会儿完全蒙了，一切都在凭本能行动。

事情变化得太快了，前一秒他们还被幽冥之神威胁，下一秒就翻盘了，而这一切都是因为东方宁心，或者说冰言。

东方宁心从千叶的怀里站了起来，缓步上前。此时此刻，她如同仙子一般，高贵、娴静、善良、仁慈，行走间衣袂飘飘、飘逸至极，脸上的神情也不如平时那么冷清，面容柔和了许多。

同一个人，在场的人却能轻易地区分出这是东方宁心还是冰言。

冰言先朝雪天傲和雪少几人轻轻点头："我很抱歉，东方宁心太累了，我只是暂时借用一下她的身体。我只是她七魂六魄中微不足道的一部分，我不会占据东方宁心的身体，更不会把属于冰言的一切留给东方宁心来扛。"

"呼……"冰言此言一出，众人大大地松了口气，他们还真的没有办法接受东方宁心变成冰言。

冰言是冰言，东方宁心是东方宁心，对他们来说冰言只是传说中的人物，尤其是雪天傲，紧张的神经在得到冰言的保证后终于放松了。

"冰言，"千叶向前一步，朝冰言摇了摇头，"别对我这么残忍，十万年了，难道我十万年的等待，就只换来这么一刻？"

"千叶……"冰言幽幽地叹了口气，"你应该明白，冰言早已是过去式了，忘了我吧。在大人手中待了十万年，我最多只能保持一炷香的时间。一炷香后，与冰言有关的一切将全部消失，一魂一魄也仅仅只是魂魄罢了。"

说完，冰言不再看千叶。因为他们都知道，这并不是最残忍的，还有更残忍的事情在等着他们。

这一魂一魄对于东方宁心来说是不得不要，又不能要的东西。没有这一魂一魄，东方宁心活不过三十；有了这一魂一魄，东方宁心将提前透支她的生命。

一日百年。今天过后，东方宁心就会瞬间苍老，一夜之间变成百岁老人。

这个信息，只有冰言、东方宁心和幽冥之神知道。不过冰言并没有说出来，她把选择的权利交给东方宁心，毕竟这是东方宁心的人生。

冰言一步一步朝幽冥之神走去，这个男人给了她生命，也毁了她一生，甚至把东方宁心的一生也毁了。

这世间，有哪个女人能接受自己一夜苍老，看着自己的丈夫如同祖母看着自己的孙儿一般？

"大人。"冰言低头看着幽冥之神，眼眸中流动着淡淡的暖意。

幽冥之神躺在血泊之中，面如死灰。在水之魂被神魔找到的那一刻，他就知道自己的死期到了，天地规则不会为他出手。

看着面前这个熟悉又陌生的人依旧如以前那般恭敬，幽冥之神身上的戾气也消了大半："你还叫我大人？"

"你永远都是我的大人，没有你就没有我。"冰言说得万分诚恳，没有半丝矫揉造作。

幽冥之神一笑："你还是这么善良，哪怕我如此待你。"

冰言笑了笑，没有回答，优雅地蹲了下来，身子往前一倾，附在幽冥之神的耳边，用只有两人才能听到的声音轻声说道："大人，冰言就要消失了，请您念在主仆一场的分上，给东方宁心一条活路吧。"

冰言就是冰言，善良得让人心疼。明明只有一炷香的时间，她不用来与千叶告别，而是替东方宁心求情。

"冰言，到现在你还不明白吗？要东方宁心变成这样的人不是我，而是天地规则，天地规则不过是借了我的手罢了。"幽冥之神摇了摇头。

"你是说……"冰言的目光一紧，心瞬间凉透。

幽冥之神点了点头："冰言，东方宁心灵魂受损，一日百年虽然是我一手造成的，但我没有能力解除，就如同创始之神可以在雪天傲身上种下忘情，却无法解除是一样的道理。我们所做的一切，其实都在天地规则的掌控之中。你以为创始之神为什么会死？你以为我为什么会死？冰言，这都是天地规则想要的，他要我们死，我们便活不了。"

说到这里，幽冥之神苦笑一声，又继续道："冰言，东方宁心和雪天傲看似跳出了天地的掌控，实则不然。我死了，创始之神死了，可还有一个千叶在，一个实力比五界之主还要强上那么一点儿的千叶。没有人能制衡千叶，于是就让雪天傲得到大神通，成了星空之神。有东方宁心在，这两人永远都不会成为敌人，但东方宁心在得到一魂一魄后会瞬间苍老，按她的真气修为最多百年就会死去。你说，东方宁心死后，千叶和雪天傲这两个男人会放过对方吗？他们都会认为是对方害死了东方宁心，于是这天下又如天地规则所想的那般，平衡了。"

冰言跌坐在地："原来，一切还在天地规则的掌控中。"

"哈哈哈……"冰言笑了，笑得让幽冥之神都心疼。

"灭天弩呢？"冰言的眼中泛着泪光，晶莹剔透。

"冰言，东方宁心可以拉开灭天弩，但绝对射不死天地规则。信仰之力是你的，百姓爱戴的人也是你。东方宁心没有一颗为天下百姓牺牲的心，这天下间再也没有第二人如你这般善良，能拥有无穷无尽的信仰之力。"被封印了十万年，有些事情幽冥之神看得更透。

"所以他们所做的一切努力全白费了，对吗？"冰言站了起来，摇摇晃晃，一副深受打击的样子。

"冰言，除非是你，可惜天地规则早就把一切都算好了。你只有一炷香的时间，这点时间根本不够你拉开灭天弩，所以认命吧！"幽冥之神说完，呈"大"字形平躺在地上，"邪神，动手吧。死在你手上，也不算辱没了我幽冥之神的名号。"

邪神至尊早已祭炼好五帝峰，之所以没有出手，是因为他尊重冰言。与冰言的实力和年龄无关，只因为冰言这个人值得他尊重。

听到幽冥之神的话，邪神至尊也就不再客气："幽冥之神，每个人都必须为自己所做的一切付出代价，你也不例外。"

五帝峰在邪神的手中闪着五彩的光芒，邪神向上一抛："五帝峰，杀。"

嗡……五帝峰内突然涌出无数人影，这些人影如同复仇使者一般朝幽冥之神扑去。

绚丽的真气，华丽的招式，在众人面前一一上演。

"这是……上古宗派中死去的高手？难怪五帝峰能拥有杀死五界之主的能力，原来是用上古宗派高手的灵魂炼出来的。"这是邪神至尊第一次见识五帝峰的实力，想来也是最后一次了。

上古三千宗派的人，为杀三皇五帝，还真是不惜血本。面对这么多高手的致命攻击，幽冥之神必死无疑，而他的灵魂也将被封印在五帝峰内，成为五帝峰的一部分。

FENG HUANG CUO

第三十六章
为美人弃江山

听到幽冥之神死前的话，冰言发现，无论是她还是东方宁心，都是一个悲剧式的存在。

千叶冰言总相依！

她和千叶注定了生死相隔，永远都无法相依。

东方宁心与雪天傲宁共死！

东方宁心怎么舍得雪天傲陪她一起去死？

东方宁心，苍天负我，苍天负我们！

冰言强压下心中的悲伤，一步一步朝神魔走去，眼中盈满泪水。

其实，在消失之前，她最想见的人是千叶，可是她不能。她已经毁了千叶的十万年，不能再毁了他的另一个十万年。但她又做不到当着千叶的面走向雪天傲，所以她只能走到神魔面前。

冰言看着雪少，脸上扬起一抹淡淡的笑容，在雪少不解的眼神下，轻轻地吻了吻他的脸颊："宝宝，无论如何，记得你娘她很爱很爱你。"

"娘亲？"雪少懵懂地看着面前熟悉的人，这明明就是娘呀，为什么要说"你娘"呢？

冰言没有说话，朝神魔点头一笑，悠悠转身，看了众人一眼，最后视线落在千叶身上。

"冰言……"千叶站在原地，一脸悲怆，一动不动。

咫尺却是天涯。冰言，我们为什么会变成这样？我们到底做错了什么？

"千叶，忘了我吧。"话音刚落，冰言闭上眼睛，掩去眼中的深情，掩去眼中的留恋。

永别了，千叶。

永别了，我曾爱的世界。

"冰言！"千叶跌坐在地，痛声大叫。他知道，这一刻他永远失去了他心爱的女人。

冰言变成东方宁心的一部分，而东方宁心却没有冰言的记忆。

一眼万年。原来，十万年的等待，就为了看冰言一眼。

值得吗？值得！

他愿意再花十万年，只为看冰言一眼。

冰言再次倒下，这一次雪天傲快千叶一步，紧紧地将东方宁心抱在怀里。

他知道，这回他永远都不会失去东方宁心了，永远都不用担心冰言的存在了。

同时一刻，只见五帝峰光芒一闪，咻的一声，五帝峰敛尽光芒，上古宗派高手的灵魂再次回到五帝峰内。

轰隆隆……如同泰山压顶，五帝峰朝地上的幽冥之神压去。

眼见五帝峰就要将幽冥之神毁灭，天空陡然暗了下来，一股无形的力量从天而降，只听见一声闷响，五帝峰停止下落，头顶上的水河哗啦一声往下倾泻，属于天地规则的声音从上空传来："头顶上空，自有规则，任何人都只能在规则内行走，谁破坏规则，规则就毁灭谁，邪神至尊，你无视天地规则，逆天而行，现在我以规则之名，毁灭你。"

伴随着天地规则的声音，是突然往下压的天，头顶上如同有万斤重，压得他们喘不过气来，而邪神至尊受到的压力最重。

咚的一声，曾经的人界之主邪神至尊跪在地上，背怎么也挺不起来，以一种臣服和屈辱的姿态，跪在了天地规则的面前。

在规则面前，天地万物都是蝼蚁，更别说一个小小的邪神至尊了。

"毁灭我？天地规则，我不服。"邪神至尊感觉自己处在一个密闭的空间内，巨大的压力从四面八方涌来，好像要将他压扁一样，全身上下的血液与真气，似乎都挤成了一团。

"不服？你有什么资格不服。"天地规则轻蔑地说。

轰隆！一道惊雷落下，邪神至尊的脚边出现了一个烧焦的大坑，坑里冒着黑烟。

这是威胁，同时亦说明，天地规则没有杀邪神至尊的意思。

这时，东方宁心终于醒了过来，她半躺在雪天傲的怀里，在巨大的压力下，雪天傲也无法挺直身躯，只能抱着东方宁心半跪在地上，上半身挡在东方宁心的身上，尽量替东方宁心减弱天地之威。

东方宁心醒来的那一刻，泪从她的眼中流出："雪天傲……"

这一声，是眷恋，是不舍，更是深切的爱。

一日百年，一夜白头。

他们费了这么多的心血，就是想从幽冥之神手中拿回一魂一魄，却发现这一魂一魄竟是催命符。

三十年和百年，早知这样，她宁可选择前者。

至少，她可以死在最灿烂的时候。后者呢？却只能一个人提前老去，变成一个白发苍苍、满脸褶子的老太婆。

她不怕变老，可她怕一个人孤独地变老。周围的每一个人，尤其是雪天傲，都年轻着，唯有她成了异类。

这要她如何接受？

悲伤袭上心头，东方宁心贪婪地看着雪天傲，似乎要将他的样子烙在脑海里一般。

雪天傲，今天过后，我还能这么近距离地看着你和我们的孩子吗？

东方宁心紧抿着唇，她怕自己会哭出来。

"怎么了？"察觉到东方宁心的不对劲，雪天傲低头询问。

"我……"话到嘴边，她却怎么也说不出口，"我没事。"

东方宁心紧紧地抱着雪天傲，过了今天，她就再也没有办法抱雪天傲了。

"没事就好，一切都会结束，只要我们战胜天地规则，这天下就再也没有人可以摆布我们了。"雪天傲察觉到东方宁心的不安，用力回抱着她。

东方宁心用力点头，什么话都说不出来。历经生死、忘情，他们本以为可以战胜这世间的一切，却没想到……

东方宁心深深地吸了口气，她只有一天的时间，没工夫在这里伤春悲秋。

和千叶与冰言相比，她和雪天傲幸福多了，至少他们还有一天的时间。

东方宁心推开雪天傲，顶着巨大的压力，颤颤巍巍地站了起来。

此时，天地规则与邪神至尊之间的较量也达到了巅峰。在天地之威下，邪神至尊整个人都趴在了地上，全身上下都是伤口，血管暴出，似乎下一秒血管就会破裂，喷出血来。

东方宁心看到这一幕，知道他们再不反击就死定了，顶着强大的压力说道："你们还愣着干吗？出手呀！天地规则就在上面，我们把这天给捅了，让天地规则无所遁形。"

"好，我就把这天给捅破了！"雪天傲顶着天地规则的压力往上冲去，"星空流星拳！"

雪天傲一拳击出，天空出现了无数虚幻的拳招，这些拳招一一砸向天地规则设下的保护屏障。

咚咚咚……如同击鼓一般，每一拳落下都发出重重的击打声，砸得那层将天地规则与他们隔开的屏障不停地颤动。

"雪天傲、东方宁心，你们竟敢挑战天地规则的威严！"上空传来天地规则气急败坏的声音。

"做都做了，居然还问我们敢不敢？天地规则，我真怀疑你的智商。愚蠢如你，有什么资格执掌这天下？"东方宁心讥讽道，不知何时，手中出现一把银针，"今天我们就要看看，你到底有多强！"

银针以诡异的弧度飞出，紧跟在雪天傲的流星拳后，当雪天傲的流量拳击在屏障上，银针就刺入被击中的位置。

一根根银针嵌入屏障，屏障出现了裂缝，天地规则的威压减弱，众人只觉心口一松，邪神至尊暴起的血管又渐渐恢复如常。

　　那层屏障，是一种阻隔，亦是天地规则施加的威压。

　　"什么东西？"天地规则质问。居然有东西可以击穿他的保护屏障，这不可能。

　　"炼灭天箭时多出来的一点儿材料，我看浪费了可惜，就炼成细针了，没想到今天派上了用场。"东方宁心脾气很好地解释道。

　　"哈哈哈……东方宁心，你实在太有才了。"李漠远笑得张狂，在压力减弱时也飞身而上，亮出三皇宝剑，"众人齐心，其利断金。这天也没有什么可怕的！"

　　"说得没错，天地规则也是人，没什么好怕的，今天我们就破了屏障，破了天地的威压。"黑凤凰与小神龙同时飞了上去。

　　"有什么是我们能做的吗？"黑凤凰与小神龙直接问道，丝毫不在意被东方宁心与雪天傲指挥。

　　"有。"东方宁心也不客气，眼神落在黑凤凰尾部最黑最亮的那根羽毛上。

　　"你要我的羽毛？"黑凤凰感觉自己战抖了一下。

　　东方宁心点了点头。

　　"会不会还给我？"黑凤凰犹豫了一下，黑凤凰的尾羽是王者的象征，拔了不会再长，没了尾羽，它不就成了秃尾巴凤凰了。

　　东方宁心指着钉满细针的屏障摇了摇头："没办法还。"

　　黑凤凰猛吸口气，看了一眼凤尾上的黑毛，果断转身："自己拔。"

　　"多谢。"东方宁心素手一扬，象征凤凰一族皇者标记的黑凤羽就落到了她的手上。

　　"黑凤凰，我佩服你，哪怕就此失去凤族族长的位子，你也不后悔吗？"小神龙看着黑凤凰，一时间不知怎么面对它。

　　他是讨厌黑凤凰的，当年龙凤二族诛杀他父母的事，黑凤凰也是知道并同意的。

　　"后悔？对于自己的决定，我从不后悔，包括当年杀你父母的事。关于那件事，我不会说抱歉。国有国法，族有族规，身为龙族族长，你应该明白，当时我只是做了凤族族长该做的事情。"黑凤凰孤傲地别过头，不理会小神龙。

　　它借这个机会解释，并不是因为怕了小神龙，它只是不希望两族因为这个恩怨而大打出手。

　　东方宁心极端护短，而且毫不讲理。如果小神龙要朝凤族下手，东方宁心一定会帮他，这一点毋庸置疑。而东方宁心出手了，就代表雪天傲、千叶、神魔与邪神至尊也会出手。

　　就算神魔与邪神不出手，他们也不会帮凤族，黑凤凰很清楚这一点。

　　若是真与东方宁心为敌，李漠远这个阴险的男人，为了自己的利益，到时候肯定不会帮它。创始之神与幽冥之神的例子就在眼前，它可不想把凤凰一族推向四面楚歌的境地。

东方宁心拿着黑凤羽摇了摇头，原来在不知不觉中，她东方宁心已经成了一个可怕的代名词。不过黑凤凰可以放心了，今天过后，"东方宁心"这四个字将成为历史。

"千叶，帮我一次。"东方宁心将黑凤羽抛向半空，"我记得你有一招千山千叶，你试试能不能将这根羽毛上的每一根细毛拉长，让它们绑在那些细针上。"

冰言的记忆没有与东方宁心融合，这对千叶来说是极大的打击，听到东方宁心的声音，他还有一些恍惚。

"千叶。"东方宁心再次开口。

冰言没有骗千叶，冰言的记忆的确消失了。但别忘了，记载着冰言记忆与感情的一魂一魄，已经与东方宁心的灵魂合二为一。

魂魄相融合，总会有一些痕迹存在。只是，东方宁心知道自己时日不多，无心去在意这些是是非非，她只想在今天，把天地规则给灭了。

"好。"看到东方宁心自然的样子，千叶说不出来是喜是悲。

他是在通过东方宁心看冰言，还是以冰言为掩饰在看东方宁心？

也许他自己也不明白，他一直都认为东方宁心就是冰言。但就在刚刚，冰言告诉他，有些人、有些事，不是他想的那样。

千叶闭上眼睛，将所有的悲伤与痛苦深深掩埋，朝着黑凤凰羽毛轻弹："千山千叶！"

唰的一声，如同孔雀开屏一般，黑凤羽在空中散开，细细的羽毛拉得极长，排列有序地朝银针飞去，绑在银针针尾。

"雪天傲，我的力量不够，剩下的就交给你了，我相信凭这些，完全可以将天地规则的屏障击碎。"东方宁心指着黑羽毛，示意雪天傲出手。

金针呈半圆形扎在屏障上，金针尾部又绑着凤凰细长的羽毛，羽毛的另一端，全部握在东方宁心手上。此时，天地规则的屏障就如同一把被撑开的伞，而控制这把"伞"的开关，就是东方宁心手中的那根黑羽毛，只要有足够的力量将"伞"收拢，就能将保护屏障击碎。

"这也行？"黑凤凰看着自己的羽毛完全废了，说不出来地心疼，但想到凭一根小小的羽毛，就能毁了这让人窒息的屏障，实在是太值得了。

"当然行，天地规则每一次都是靠这块屏障来压制我们的，我很想知道，如果这块屏障消失，天地威压没了，他还有什么办法。"与天地规则打的交道太多了，东方宁心自认对天地规则有一定程度的了解。

雪天傲一用力，羽毛绷紧，银针战抖，屏障上的裂痕越来越大，他们所受到的威压也就越来越小。

借此机会，邪神至尊双手在半空中舞动："五帝峰，杀！"

五帝峰咚的一声压在了幽冥之神身上。

"啊啊啊……"来自灵魂深处的惨叫声响起，直至消失。

惊世天才幽冥之神，最终也逃不过一死。

五帝峰没有就此罢手，而是在原地飞速转动，只见地底突然冒出一股黑色的水流，而这些黑色的水流全部涌入了五帝峰中。

"不是吧，五帝峰这么狠，直接吞噬了整个冥界？"邪神至尊吓了一跳，而让他更吃惊的还在后面。

雪天傲一次又一次加大力道，天地屏障也越来越脆弱。

"东方宁心、雪天傲、邪神至尊、黑凤凰，你们破坏天地规则，意图摧毁天地之威，我以天地规则之名，派遣圣使将你们屠尽。"天地规则终于发怒了，"八大圣使——现身！"

"天地震怒，犯天地者必诛！"八大圣使从天而降。

其中有一个东方宁心与雪天傲认识，就是在上古战场出现过的，认可他们的那位圣使，那位圣使曾凭一己之力，将幽冥之神制伏。

八大圣使齐临，东方宁心与雪天傲有一场硬仗要打了。

"东方宁心、雪天傲，你们罔顾天地之怒，犯下滔天大罪，如今天地也无法容忍你们。现在你们束手就擒，还可留个全尸，否则别怪我们不客气，让你们神魂俱灭。"曾在上古战场出现的那位圣使，向前一步放话。

"神魂俱灭吗？好呀，你们试试，看最终神魂俱灭的人是谁。"东方宁心轻按手中的指环，亮出凤剑。

千叶、李漠远、小神龙、黑凤凰齐齐向前一步，五对八，他们的胜算一样很大。

东方宁心一行人强硬的态度，让八大圣使震惊："你们也不将天地规则放在眼中了吗？"

"心系社稷何所惧，勇执慧剑斩天罡。天地规则又如何？我们今天就要让天明白，这世间百姓不是蝼蚁，在他逼向我们时，我们同样会执剑反击。"东方宁心向前一步，逼向八大圣使。强大的杀气，逼得八大圣使后退一步，八大圣使还没有出手，就感觉身边一阵气息浮动。

"雪天傲，我来帮你。"邪神至尊丢下五帝峰，以闪电之势穿过八大圣使，一个跳跃，来到雪天傲面前。

"用力！"两人双手紧握黑凤羽，同时凝聚真气，屏障上裂缝越来越大。

这层屏障就像天地规则的遮羞布，只有击碎了这块屏障，他们才能知道天地规则到底是什么东西。

"住手！"天地规则震怒。

"雪天傲，我数一二三，我们同时用力！"

"好。"雪天傲点头，深深地吸了口气，手微微放松，让天地间的星空之力慢慢凝聚。

邪神至尊黑发一甩，回头狠狠瞪了八大圣使一眼："八大圣使，有天地规则为你们撑腰，你们风光无限，我倒要看看，没了天地规则，你们这些人会变成什么样！"

"邪神至尊，你别乱来。别忘了，要不是天地规则出手，你早就神魂俱灭了。"八大圣使感觉自己手脚冰冷。他们的实力，有大半是天地规则赋予的，一旦天地规则毁了，他们也就不堪一击了。

说得好听他们是八大圣使，实际上他们不过是天地规则手中的打手罢了，一群依附天地规则而生存的普通人。毕竟，很多事情天地规则不会亲自动手。

"圣使大人，你这话骗三岁的孩子，他们都不信。"邪神至尊眼中的冷意更甚。

"今天就是拼了命不要，我邪神也要捅破这天，见一见天地规则本尊。就算是死，我也要死得明白，这么多年来，到底是什么东西在操控我们的一生。"

"一！二！三！"邪神至尊豪情万丈，似乎要将心中所有的愤怒与怨恨宣泄掉一般，"用力！"

"星空神力。"雪天傲拽着黑凤羽，朝东方宁心的方向纵身跃去，"天地，灭！"

哗啦啦……天地规则的保护屏障骤然碎裂，无数碎片落入血海之中。

"不！"伴着天地规则的咆哮，一束束金光从天空射了下来，又瞬间消失，"毁天地之威、亵渎天地规则，就是毁灭这世间的一切，我要让你们付出代价。"

"呜呜呜……"如同鬼嚎一般刺耳的声音从四面八方传来，下一秒，天地变色、风云变幻，整个世间都陷入无边的黑暗之中，天要塌了。

狂风吹来，东方宁心几人纷纷后退，八大圣使站在风中，眼中满是死寂，这下怎么办？

天地间的屏障消失了，天地规则能力挽狂澜吗？

"儿子，快射箭，把天地规则灭了。"东方宁心与雪天傲同时开口。

"不……东方宁心、雪天傲，你们冷静点儿，天地规则就算有万般不是，但你们别忘了，正因为有他，才有这世间万物，你们毁了他，就是毁了这世间的一切，你们要成为这天下的罪人吗？"八大圣使脸色骤然一变，再次后退数步。

"你们说的话，连三岁小孩都不信。圣使大人，难道你没听过'皇帝轮流坐，明年到我家'这个说法吗？别说我们不需要天地规则，就算需要，也不是非他不可。"

东方宁心这话说得没错，可是他们要怎么办呢？

八大圣使面面相觑，考虑着是不是叛变天地规则，赶紧抱东方宁心的大腿。别人不知道，他们却很清楚，这么多年来，天地规则从未出过手，他唯一利用的就是这天地屏障，借屏障之力惩罚不听话的人。

再不然，就是借助规则，扶持类似东方宁心与雪天傲这样的人物，借他们之手毁灭天地规则想要毁灭的人。

天地规则从来没有出过手，对天地规则的实力，八大圣使其实是很怀疑的。

八大圣使一时间也不知该不该动手，就在此时，天地规则的声音再次响起："八大圣使，还不快杀了这群人，日后五界改为八界，由你们八人担任主人！”

“真的吗？”八大圣使面色一喜，哪怕此刻乌云密布，也挡不住他们脸上的光芒。

“你们在质疑我的话？”

“不，属下不敢。”八大圣使低头。

“既然如此，动手吧。”天地规则毫不客气地命令。

“是！”八大圣使战意十足，双眼闪着精光，纷纷跃向半空，“圣剑，出！”

“东方宁心、雪天傲，今天我们代表天地规则毁灭你们。”剑光闪过，八大圣使默契十足地将东方宁心一行人团团围住。

“哼……就凭你们？五帝峰，杀！”邪神至尊纵身跃起，一脚踢向左侧的圣使，左侧圣使堪堪避开，却刚好与飞速而来的五帝峰撞上，后脑勺破了个大血口。

千叶化悲痛为力量，单挑两个圣使，将对天地规则的怒火，全部宣泄在圣使的身上。

“天啊，这八界之主的位子不好坐呀。”在千叶不要命的攻击下，两个圣使越打越憋屈。

千叶不要命，可他们要，想当八界之主，先得活下来。

“都动手了，我们都不好意思站着了。”李漠远看了一眼黑凤凰与小神龙，示意出手，他们三个打两个是没有问题，剩下的三个圣使，就交给东方宁心与雪天傲好了。

底下众人打得热闹，天地规则也没有闲着，只见屏障的碎片居然一一飞向天空，再次凝聚在一起……

“不好！东方宁心、雪天傲，你们看——”神魔正帮着雪少安装灭天弩，刚一抬头，就发现了天空的异象。

这层屏障一旦恢复，他们这群人就要再次承受天地的威压，在威压之下别说还手了，连活下来都不容易。

“一定要在屏障恢复之前杀了八大圣使、射杀天地规则，不然我们全得完蛋。”邪神至尊抽空看了一眼，心中暗暗着急。

天地规则最厉害的手段就是天地威压，一旦威压再次降临，天地规则肯定不会再给他们机会。

千叶与李漠远发出的招式更加狠厉，宁可自损八百，也要伤敌一千。

“疯了！”圣使在心中哀嚎，边打边退。他们在拖延时间，等天地规则将屏障恢复，东方宁心与雪天傲一行人就是笼中之鸟，可以任他们拿捏。

“准备射杀天地规则，别给天地规则机会，这八大圣使，我们尽快解决。”雪天傲霸气十足地说，手上的动作同样霸道。

“星空之力。”雪天傲扬手，从天上引来无穷的星空之力，手心在昆吾剑上一抹，玉色的昆吾剑被星空之力包裹，剑身轻轻一挥，便带起一片星空之力，直逼圣使的面门。

"暗之弩，出来！"暗之弩在手，东方宁心全身上下，散发出与暗之弩相同的阴冷死气，整个人就如同死神一般，准备收割众圣使的生命。

"邪神，你们几个联手把八大圣使逼到一个方向。"东方宁心一连抽出九支箭。

当日，幽冥之神一箭九射逼得雪天傲险些重伤，今日她东方宁心再次用上这一招，只为杀了这八大圣使。

"宁心，你要做什么？"无论是东方宁心还是冰言，千叶都是关心的。

"我不会有事。灵魂完整后，我的力量也恢复了，一箭九射并不是什么难事。"东方宁心出声安慰。

雪天傲看了她一眼，得到东方宁心肯定的答复后，便放下心来。他相信东方宁心不会乱来，他们的未来还很长，没有必要为了这八只耗子耗尽真气。

东方宁心将暗之弩拉开，对准八大圣使。

雪天傲、千叶、邪神、李漠远、小神龙与黑凤凰联手，将八大圣使当成猪，赶到一个圈子里。

八大圣使全身冰凉，眼中闪过惊恐之色。早知如此，他们就不该受天地规则的诱惑，直接抱东方宁心大腿，也许还有活路。

天地规则是厉害，但远水救不了近火。八大圣使想要突围，却发现空间越来越小，他们八个人被围堵在一个圈里，被人当成包子馅，直接包了。

抬头看天，发现屏障还有一半没恢复，想靠天地规则拯救已不可能。

"东方宁心，有话好商量，我们八人实力不俗，如果你要对付天地规则，我们也可以帮你的。"八大圣使厚颜提出合作。

"很诱人的条件，可惜晚了。"东方宁心想都不想就拒绝了。

八大圣使这才知道事情的严重性，连忙给自己加筹码："东方宁心，天地规则毁了，你取而代之也是需要人手的。没有天地之威的助力，我们也有神王的实力，八个神王听你差遣，可是一大助力。"

"八个没有忠诚度的神王，连蓝色闪电的十分之一都比不上。你们没有存在的价值，受死吧。"东方宁心拉开暗之弩，侧脸看着严阵以待的雪少，眼中满是身为人母的骄傲，"宝宝，准备好了吗？"

"嗯，娘，交给宝宝。"雪少挺了挺小胸膛，战意十足。

"好，娘先给你把这些讨厌的家伙清理了。"东方宁心的箭直指八大圣使："邪神，你们自己小心了，箭不长眼。"

东方宁心说罢，果断松开手指，九支箭从四面八方朝八大圣使射去，如有灵智一般，每支箭都盯着一个圣使，最后一支箭钻入地底，似乎在等哪支箭失手了它就补上去。

射完这一箭，东方宁心收起暗之弩，朝雪少与神魔走去，从神魔手中接过雪少，抱着他调整好灭天弩。

八大圣使想逃，但雪天傲、邪神、千叶与李漠远守住了前后左右，天空之中有黑凤凰与小神龙，甚至地底下还有五帝峰。

噗噗……一箭一个，箭箭不落空，最后一支箭从地底蹿出，嗖的一下朝八人射去，像穿糖葫芦一般，将八个圣使穿在了一起。

"天……"八个圣使抬头看天，怎么也不肯闭眼，他们在指责天地规则——连保护他们的能力都没有，天地规则算什么东西？

"东方宁心，你的箭法越来越准了。"邪神笑得灿烂，顺手将五帝峰收了起来，"宝宝，看你的了。"

邪神朝雪少抛了个飞吻。脱下仇恨的枷锁，邪神至尊看上去亮眼多了，神采飞扬得如同二十岁的少年。

"宝宝，加油！"即将战胜天地规则，李漠远也是一副高兴的样子。

能看到天地规则的毁灭，这一生足矣。

黑凤凰、小神龙也在半空中为雪少打气，雪天傲与千叶站在原地远远地看着。

终于要结束了！

"看我的！"小小的胳膊握着灭天弩，在东方宁心的帮助下直指苍穹，如同黑葡萄一般明亮的双眸，闪着自信与坚定的光芒。

他一定可以灭了天地规则。天地规则灭了，他们一家人就可以团聚了，爹和娘就有更多的时间陪他了。

众人信心满满，一脸期待。小冰鼠却蹲在一边连连摇头，全身战抖。

爪子塞进嘴里，两颗大门牙紧紧地咬着爪子，水汪汪的大眼看着雪少与东方宁心，在箭射出的那一刻飞快地闭上双眼。

它……不忍看呀！

啪！雪少松开弓，但箭并没有如预想的那般飞向天空，而是掉在了地上。

"怎么会这样？"众人失声，震惊地看着东方宁心与雪少。

雪少蒙了，呆呆地抱着灭天弩，看着地上的箭，完全不明白这是怎么回事。

"哈哈哈……天地不是你想毁就能毁的，东方宁心、雪天傲，等着受死吧，我要灭你十族。"天地规则的声音传来，代表天地威压的屏障恢复了近三分之二。

"天要亡我们吗？"东方宁心抬头看着天，泪水顺着脸颊滑落，他们终是逃不开天地的责罚吗？

东方宁心紧紧地抱着雪少，朝天空大声咆哮道："天地规则，我恨你，我恨你！为什么毁灭不掉你啊！"

"为什么呀？谁能告诉我。"东方宁心抱着雪少，脸颊蹭在雪少的脸上。

"娘……"雪少小心翼翼地叫着，眼里闪过害怕与自责。

"宝宝，不怪你，娘知道你尽力了，是这天太可恶了。"东方宁心强压下心中的失望，含泪安慰雪少。

她的孩子未来还很漫长，绝对不能让孩子因为这件事而失去信心。

是她太自私了，居然把毁灭天地的事情交给孩子来做。这样，成功了他的虚荣心会得到极大的满足，一旦失败，让孩子如何承受？

"娘，宝宝没用。"雪少撇着嘴，粉嫩的唇瓣咬出了血珠，两只眼睛红得像兔子。

"不，怎么会这样？我不接受，也不相信。"邪神至尊跌跌撞撞地跑了过来，捡起灭天弩的箭，不管东方宁心与雪天傲愿不愿意，径直塞到雪少的手里。

"宝宝，再试一次，我们相信你，这次一定可以毁灭天地规则。"邪神至尊看着雪少，眼中是期待，也是不容拒绝的威压。

这是他们最后的希望呀，怎么能放弃。

"我，我……"雪少呆呆地摇了摇头，黑亮的眸子失去光泽，一副深受打击的模样。

"宝宝，快射箭呀，再不射就来不及了，屏障一旦恢复，我们所做的努力就全部白费了。宝宝，我们死了没关系，但这天地规则不灭，日后还会有很多很多人被他摆布。"邪神至尊将灭天箭往雪少的手里塞。

雪少一动不动，啪的一声，灭天弩掉到了地上。

"不行的，不行的，宝宝拉不开。"雪少年纪小，但他却发现，他拉灭天弩杀创始之神时，和杀天地规则的感觉完全不一样。

灭天弩对着创始之神时，他有着强烈的仇恨与杀死对方的决心，当灭天弩对着天地规则时，他只有炫耀与显摆的心思。

他只想让爹和娘高兴，让他们以自己为荣，根本没有仇恨与必杀对方之心。而且他也感觉不到中州那些叔叔对他的信任。

射杀天地规则，他……做不到！

"宝宝，你这是怎么了？这点自信都没有了吗？再试试，邪神叔叔相信你，这次一定可以的。"邪神至尊就像是病急乱投医一般，拉着雪少的手怎么也不肯放。

"是呀，宝宝（徒弟）再试一次，我们相信你。"小神龙、神魔几人也劝说起来。

他们已经能感觉到越来越强大的威压了，在此之前毁不掉天地规则，他们就要被毁灭。

"我……"雪少呆呆地看着众人，双眼迷离。

"吱吱……"小冰鼠蹲在一边，看到这个情况，诚心为雪少叫屈。

雪少那点信仰之力，怎么可能灭得了天地规则？雪少的信仰之力就好比米粒之光，如何在天地规则这太阳之光面前争辉。

"闭嘴，再吵把你炖了！"邪神至尊很不客气地踢了小冰鼠一脚。

他讨厌这只圣鼠，成事不足，败事有余。除了装傻和吃，就没看到它做别的事情。

"吱吱……"小冰鼠在地上打了几个滚，雪白的毛发沾满血与灰，一脸委屈，小爪子朝雪少伸了伸，在半空画着圈圈，无力地摇了摇头。

"你是说，宝宝没有这么强大的信仰之力？"雪天傲上前一步，隔开众人，让大家不要再逼雪少。

"吱吱。"小冰鼠点头。

"谁可以？"小冰鼠摇头，一脸沉重。

"我呢？你不是说我也有资格成为灭天弩的主人吗？我可以做到吗？"雪天傲护着东方宁心与雪少，询问道。

身为天耀百战百胜的雪亲王，他拥有天耀百姓的爱戴，拥有天耀士兵的敬佩。在天耀，雪天傲就是神一样的存在，是天耀的守护神。这样的他，是否可以拉开灭天弩？

"吱……吱。"小冰鼠歪着脑袋，一副迷糊的样子。

凭雪天傲在天耀的威望，当然有资格拥有灭天弩，只是效果如何，它也不知道。

"你不能确定，对不对？"雪天傲拿过雪少与东方宁心手中的灭天弩，身为男人，他不能将这种压力丢给东方宁心与孩子。

"雪天傲，还是让宝宝再试试吧，也许可以，你……"李漠远有点儿担心。

现在屏障已经恢复五分之四了，整个天空似乎再次被天地威压给笼罩了。

他们禁不起失败，失败的代价就是他们全部死在这里。

"宝宝的力量太小了，他做不到。你们就不要逼他了，他只是一个不满三岁的孩子，这份压力对他来说太大了，别毁了他的一生。"雪天傲强硬地决定着。

邪神乖乖地闭嘴，他们忘了，雪少只是一个孩子。

吱……弩被拉开了！

有戏！众人一扫刚刚的郁闷，脸上闪着兴奋的光芒。

"雪天傲，真看不出来，就你这副冷冰冰的样子，居然还能得到百姓的爱戴。这天下百姓的眼神也太差了。我比你亲切友好多了，为什么他们就不来爱戴我呢？实在不行，千叶也比你强呀。"李漠远想说几句话打消这紧张的气氛，不想他的一句话，差点引起血案。

黑凤凰与小神龙第一个不干了："天下百姓不是瞎子，谁真心、谁假意，他们不说并不表示不知道。他们的爱戴只会给真心为他们好的人，雪天傲虽然冷冰冰的，但他是真的心有百姓、有天下。你算什么？自私自利，利益为上的家伙，你要是拥有信仰之力，百姓才是瞎了眼呢。"

至于千叶，小神龙与黑凤凰不予评价。他们不明白，雪天傲这样的人，白泽怎么不认他为主呢？

黑凤凰怎么也想不明白，以眼角瞥向千叶。千叶很好，但他不适合成为天下之主，他太温柔了。雪天傲则不同，这个男人强势、霸道，往那里一站，什么都不用做，什么都不用说，自然就有一股让人信服的权威，把生命和未来交到这样的人手里，他们放心。

"我并未想过成为天下之主，我想要的，从来都不是天下。"千叶一生所求，唯一人而已，偏偏求之不得。

后面那句，千叶没说，只是看向东方宁心的眼神泄露了这一点。可惜东方宁心并没有看他，她和其他人一样，把全部注意力都放在了雪天傲的身上，等待雪天傲射杀天地规则。

"命运弄人，半点不由人，白泽选择你肯定有它的理由。要知道不仅仅是白泽选择你，你也选择了白泽。"神魔拍了拍千叶的肩膀，安慰道。

也许，千叶内心深处也有着称霸天下的想法，不然他也不会认可白泽。又或者，千叶认为称霸天下后，他才能与冰言长相厮守，却不知现实如此残酷。

雪少从刚刚的打击中回过神来，听到神魔的话，不高兴地嘟了嘟嘴："我爹是最棒的！"

"好，我们相信，你爹是最棒的。"神魔宠溺地笑了笑。看着雪少眼中的疲倦，神魔很是心疼，从东方宁心怀中将雪少接了过来，"我来吧，宝宝累了。"

东方宁心没有拒绝，将孩子交给神魔，小冰鼠看这个情况，跳到雪少的怀里，用毛茸茸的脑袋蹭着雪少的手，无声地安慰着他。

小冰鼠的安慰，让雪少的脸色缓和了几分。

神魔看得高兴，正欲开口，就发现整个地面突然震动起来。

"怎么了？"神魔抬头看天，却看到天地威压已恢复了九成九，只余一个脸大的孔。

"雪天傲，快！"神魔、李漠远急切地催促道。

雪天傲点了点头，却没有急着将箭射出，而是闭上双眼，冥想着自己在战场上指挥天耀士兵作战，士兵对自己的信服；凯旋时，天耀百姓夹道欢迎的场面。

一想到这些场面，雪天傲就感觉自己全身的血液都在沸腾，灭天弩也在他手中散发着古朴而强悍的幽光。

"吱……"小冰鼠双眼猛然放亮，提高声音尖叫，声音中是无穷的喜悦。

"信仰的力量，这就是信仰的力量，我怎么感觉不到这股力量来自哪里？"上一次，雪少拉弓射箭，众人都没有看仔细，这一次他才明白。

原来注入信仰之力后，灭天弩会不一样，只有这样的灭天弩，才拥有毁天灭地的力量。

他们错怪小冰鼠了。不是灭天弩没有用，而是他们没有信仰之力。

"来自他的内心深处，你们看。"东方宁心指着雪天傲的心口。

他们能清楚地看到，雪天傲的胸腔有一颗红彤彤的心在跳动，这是一颗一心为天耀百姓的心，所以天耀的百姓便给予雪天傲充分的依赖与信任。

"天耀的骄傲""天耀的守护神"，这些称号是雪天傲的荣耀，亦是他信仰之力的来源。

"雪天傲，你实在是太了不起了，我佩服你，我以黑凤凰之名起誓，凤凰一族愿与雪氏家族世代交好，凡是雪天傲的直系血脉，凤岛的凤凰任他们选择。"骄傲的黑凤凰难得出言夸人，同时亦给雪天傲及其后人无限的荣耀。

"你说什么？黑凤凰，我听错了吗？"震惊的不是东方宁心与雪天傲，而是神魔、邪神与小神龙几人。黑凤凰能给雪天傲这个承诺，极其难得，要知道，凤凰绝不会轻易成为他人的契约兽。

"你们没有听错，我说出的话绝不收回。"黑凤凰再次肯定地说。

"咳咳……"李漠远激动地猛咳，一脸震惊地看着黑凤凰。

这绝对不是黑凤凰，黑凤凰肯定被人附身了，骄傲的凤凰，怎么会许下这样的承诺？

"熊样！"黑凤凰鄙夷一笑，傲慢地仰头，不理会众人。

小神龙不甘示弱，赶紧许下同样的承诺："凤凰一族能做到的，我龙族不仅全部做到，还加倍。"

此言一出，换来黑凤凰不屑的冷哼："跟屁虫。"

"死鸟！"小神龙也不客气，一龙一凤又吵了起来。

得到龙凤二族族长的承诺，众人都替东方宁心与雪天傲高兴，唯有东方宁心，却是怎么也高兴不起来。

东方宁心强颜一笑，随即一脸的黯然。小神龙与黑凤凰的许诺很有力道，可惜雪天傲不会再有别的直系了，她……

东方宁心暗暗叹了口气，压下心中的难过。不管怎么样，黑凤凰与小神龙的心意他们领了。

东方宁心郑重地向黑凤凰与小神龙道谢，同时告诉雪少，要记得黑凤凰与小神龙的恩情。

契约龙凤并不是容易的事情，黑凤凰与小神龙许下这份承诺，背负了极大的压力，这份恩情，她还不了，只能交给儿子了。

雪少满口答应。

东方宁心如此郑重，反倒把黑凤凰弄得不好意思："是你和雪天傲足够优秀，我相信你们的孩子也会很优秀，他们不会辱没凤凰一族的威名。"

黑凤凰承认自己是有私心的，要不是雪少优秀，她也不会动这个心思。

东方宁心没有谦虚，落落大方地点头："雪天傲一直都是最棒的。"

灭天弩身上的光芒越发明亮，众人脸上的笑容也越发灿烂，东方宁心双眼湿润。

她这一生，何其有幸，遇到这样的男人。

她这一生，又何不幸，遇到这样的男人，却不能陪他走到最后。

冰言负了千叶，她东方宁心负了雪天傲，这算不算天地规则口中的"公平"？

东方宁心轻轻低头，以免外人看到她的情绪。

"宁心，恭喜了，这次不仅可以把天地规则给灭了，还能让你们的孩子受惠，事情结束后，你可得和雪天傲多生几个。"邪神至尊就像大病初愈一般，声音有几分虚弱，却难掩喜悦之情。

"宝宝，亲一个，你邪神叔叔刚刚太急了，别怪我好不好？"没有负担了，他才记得自己做错的事。

"嗯，宝宝不怪，爹更厉害，宝宝长大后也会和爹一样厉害，保护娘和弟弟妹妹。"这一次，雪少是真的放下心结了，他没有爹厉害是正常的。

随着信仰之力的凝聚，雪天傲只觉满腔热血都在沸腾，他能感觉到自己的手心在发热，他能感觉到灭天弩中亚诺的灵魂，因为这股信仰之力的注入，迸发出前所未有的活力与强大的气息。

这一刻，雪天傲感觉自己凌驾在天地之上，凌驾在众生之上。雪天傲知道，这不是他的力量，而是百姓赋予他的力量。

这只是一个天耀，如果天下百姓都如此信任他，又该多强？

这一刻，雪天傲不禁佩服起冰言，也羡慕她。

这一刻，雪天傲终于明白，天地规则为什么想尽办法也要毁了冰言。

冰言是天地规则最害怕的人。

是的，害怕！

哪怕是天地规则，也会有害怕的人和事。

"天地规则，这一次我不会放过你。"雪天傲再三确定，灭天弩中的力道足够了，调整好位置，对准屏障上仅剩的那个孔。

不料就在这时，天地规则出手了："雪天傲，你太自以为是了。你的信仰之力不堪一击，想要毁灭天地规则，也得看你有没有这个本事。"

天地规则停下修复屏障的动作，就在雪天傲的弩箭即将发射之际，一束金光从天而降，直击雪天傲的头顶。

轰！血海翻腾，溅起无数水幕。

东方宁心、邪神、李漠远、黑凤凰与小神龙同时飞身而起，在第一时间凝聚真气，在雪天傲的头顶凝聚起一层保护屏障。

不料天地规则的这束光完全不受屏障的阻挡，直接与保护屏障融为一体，然后渗入五人与雪天傲的脑海里。

嗡……东方宁心五人只觉脑子一痛，接下来他们就看到，雪天傲丢下百万大军，丢下他守护的天耀百姓，朝一座死城奔去。

"不！"东方宁心心口一紧，她有一种不祥的预感，他们似乎依旧没有跳出天地规则的掌控。

果然，画面一转，众人看到被血染红的战场。天耀的士兵，因为没有主帅而被打得节节败退，无数士兵惨死，活下来的也默默垂泪，看向主帅营帐。

那里曾经坐着他们的"神"，可他们的"神"却在他们最需要的时候丢下他们走了……

他们失望，他们怨恨。

消极愤怒的情绪朝主帐涌去，雪天傲面露死灰，握着灭天弩的手松了松，刚刚升起的热血渐渐冰凉，他感觉到信仰的力量正在流失。

可是这还不够，画面再次转到天耀。

这一战，天耀战胜了，但带领他们胜利的不是天耀的守护神雪天傲，而是一个叫雪天寂的男人。

这一战，他们胜了，天耀百姓却没有以往的喜悦。

这一战，天耀损兵折将，无数年轻鲜活的生命死在了战场上，而造成这一切的，就是他们信仰的"神"——雪天傲。

天耀的骄傲，天耀的守护神，为了一个女人丢下天耀百姓，不顾战士的生死。

轰！就这么一瞬间，天耀百姓对雪天傲的信仰毁灭。

他们不再相信雪天傲，不再信任雪天傲。建立信仰需要一生，但毁灭信仰只要一刻。

铮铮铮……当这个信息渗入雪天傲的脑海时，他就发现灭天弩在战抖，弩上的光芒消失了，强大的力量也消失了。

画面结束，百姓失望的眼神烙在雪天傲的脑海里，雪天傲整个人就如同从水里捞出来的一般，全身的力量都荡然无存。

灭天弩恢复了死寂，就像不曾得到过信仰之力一般。

邪神几人一句话都说不出来，只是看着东方宁心与雪天傲：事情怎么会变成这样？信仰之力被毁灭了？

"雪天傲，别妄想与天斗，你还没那个能耐。你有信仰之力，今日我就毁了你的信仰之力。灭天弩？除了这把拉不开的弩，你们还有什么本事，都给我使出来，我倒要看看你们凭什么和我斗！"天地规则一副胜券在握的样子。

"你……"雪天傲额头青筋突起，双手死死地握着灭天弩。

"雪天傲，你别忘了，这一切都是你造成的。当年因为你的自私，造成无数人惨死沙场，他们本不用死，因为你，他们全部替东方宁心死了。像你这样自私自利的人，有什么资格得到信仰之力？"天地规则不屑地说，天地威压的屏障再次缓缓修复。

"怎么会这样？信仰之力也能被摧毁吗？"邪神失望地从半空中跌落下来，感觉自己快要疯了。

"当然可以，难道你们还不明白吗？这世间没有人能真正做到无私，所以你们的信仰之力都不堪一击。信仰之力？成也百姓，败也百姓。"天地规则的声音中隐隐透着一股得意。

虽然结局和他想要的有些不同，但没有关系，一切都在他的掌控之中。这些人，他原本不能动手杀，但他们毁了天地之威，凭这一条，他就可以用天地之威将其全部毁灭。

每一个人，包括他自己，都必须遵守规则。没有人可以在违反规则后不付出代价。

这就是规则的力量！

话音刚落，天地规则便不再说话，专心地修复天地之威的屏障。

"雪天傲，对不起。"东方宁心闭上双眼，此时她真恨不得杀了自己。

"与你无关。"雪天傲无法接受，但他知道一切无法挽回，便将灭天弩丢在地上，不再多看一眼。

这段记忆他有，但他并不清楚自己为什么丢下全军的战士。现在他终于明白了，原来是为了救东方宁心，原来东方宁心在他心中如此重要。

这段记忆一出，雪天傲也震惊了。忘情将他对东方宁心曾经的记忆和感情全部抹掉了，要不是这段记忆涌现，他都不知道他是那么爱东方宁心。

"当年……雪天傲去救的人是你？"李漠远看着这情况，不敢相信地问道。

"是。"东方宁心点头，一脸自责。

她毁了一切，如果不是她的话，雪天傲的信仰之力，一定可以毁灭天地。

"这事与你无关，别自责，这是雪天傲自己的选择。"千叶若有所思地看了一眼雪天傲，淡淡地开口。

雪天傲这个男人，也不是全无长处，至少他对东方宁心的爱并不少。

"怎么与我无关，如果不是我，雪天傲的信仰之力就不会被天地规则毁灭。"东方宁心是钻进了死胡同，认为这一切都是因为她。

"毁灭信仰之力的不是天地规则，是雪天傲自己，也许我们就不应该有毁灭天地规则的想法。"黑凤凰抬头看天。

她没有指责谁，只是将事实陈述出来，天地规则不是他们想象的那么简单，他们把一切都想得太容易了。

"没有信仰之力，我们还可以有别的办法，我们能毁天地屏障一次，就能毁第二次，我们再试试如何？"小神龙一脸希冀地看向众人，却换来众人的摇头："天地规则是不会给我们机会的。"

众人一阵沉默，脸色异常难看。

雪少人小，最先受不了这沉重的气氛，他看看东方宁心，又看看雪天傲，再看看地上的灭天弩，捅了捅小冰鼠的肚子，问它这到底是怎么回事。

小冰鼠耷拉着脑袋，一副有气无力的样子。

灭天弩选的两个主人，一个信仰之力随着冰言的消失而消失了，别一个亲手毁了自己的信仰之力，灭天弩已经没有办法再用了。

小冰鼠双手抱头，把自己蜷缩成一团，无声地告诉众人这个信息。

现场死一般安静，众人面面相觑，一句话也说不出来，天地之威已慢慢降临，这个时候，他们除了等死，什么也做不了。

"好了，都别一副要死不活的样子，死又如何，一将功成万骨枯，这天下本来就是由无数尸骨堆砌起来的，这血海也是用人血染红的，我们今天就是死在这里也不算窝囊。"到了这一步，邪神反倒想开了。

事已至此，他们能做的都做了。这个时候，他们不怕死，就怕天地规则不让他们死。

深深地吸了口气，雪天傲的眼中再次闪着战意，刚刚因为信仰之力毁灭而带来的打击已全部消失。他不后悔自己当初的决定，哪怕再来一次，他依旧会做出同样的选择。

"东方宁心，别一副失去所有的样子，只要我们还活着就有机会。没有灭天弩，我们还有双手，就是死我们也要拉着天地规则陪葬。邪神、神魔、千叶、黑凤凰与小神龙，我们都是成就了大神通的人，还有李漠远，你是三皇传人。我们一个人的能力与天地相比，也许不够强大，但我们一群人联手，就是天地规则也要战抖。"雪天傲指着空中那个还剩一个手印大小就要恢复的屏障，杀气十足地说。

"对，我们这么多人联手，就算是天地规则也别想好过，杀不死他，我们也要让他痛上个千百万年的。"众人一扫刚刚的消极，一个个摩拳擦掌。

雪天傲说得没错，既然活不了，大家就拼了，死之前也要拉天地规则陪葬，让他元气大伤。

神魔将雪少塞回东方宁心的手中："宁心，宝宝交给你。"

"不，我去，你留下。"东方宁心拒绝道，如果有一个人能活下来，她希望那个人是神魔。神魔一定会给她儿子最好的一切，而她无法陪儿子太久。

"宁心，别逞强，我们这群人当中你的实力最差，你去不仅帮不上忙，还会拖后腿。"神魔不容东方宁心拒绝，态度强硬地说。

其他几人亦是点头，东方宁心张口欲言，被雪天傲直接打断了："好了，就这么定了，我们走。"

雪天傲率先离去……

第三十七章
逆命阴阳华发生

在没有灭天弩的情况，凭肉体凡胎对天地规则发动进攻，这是什么行为？

别说在天地规则眼中，就是稍微有一点点常识的人都明白，这简直就是自杀。从古至今，还没有人可以赤手空拳地对上天地规则。

但雪天傲却毫无压力，这一战对他来说，非战不可。主动进攻，还有一丝活路，要是被动等着，就只有死路一条。

砰！雪天傲朝天地威压就是一拳，星空之力炸开，天地威压的屏障随之战抖，眼看就要恢复的屏障，因这一击而停了下来。

"雪天傲，好样的。"邪神至尊一看，立刻面露喜色。

"再来！"雪天傲没有就此罢休，刚刚一击，让他信心十足。

砰！砰！砰……一连击出数拳，雪天傲的双手在滴血，但收到的效果也是极大的，天地威压的屏障虽然没有因此裂开，但即将愈合的裂缝却越来越大。

天地规则感受着雪天傲的强悍，不禁有些惧意："雪天傲为什么这么强悍？不可能，天地间不可能有这么强大的人，如果他真这么强大，完全可以开辟一个空间，成为空间的主人，然后到更高的层次去，而不是留在这里。"

"好强！太强了！这就是星空的力量吗？"千叶看见这一切，也张大了嘴巴。

他和雪天傲一样，都是靠自己修炼成就了神通，他是流云之神，能将任何真气与技能化为流云，绵绵不断，威力极强，不过面对雪天傲野蛮的力量，他也感觉战抖。

轰隆！又是一拳。在千叶等人还没有冲上来时，雪天傲已经连发数十拳，拳拳都逼得天地规则停手。

天地规则气得直磨牙："好一个雪天傲，我倒要看看，你的真气还能维持多久，跟我耗是吗？我是天地规则我怕谁！"

"跟你耗？你当自己是什么东西。"雪天傲停了下来，微微调息，而这个时候，千叶几人也冲了上来。

千叶几人没有和雪天傲一样单枪匹马、赤手空拳地对天地威压屏障下手，而是将真气凝成一个真气球朝屏障击去。

轰轰轰……屏障震动，天地震怒。

天地规则彻底怒了："你们这群孽障，受天地之恩却不懂感恩，留你们何用？"

话音刚落，只见无数黑色风暴从四面八方涌来，比龙卷风更强大，比真气更有杀伤力，将千叶、邪神几人卷入其中。

黑色风暴如同利刃一般凌迟着他们的肉体，哪怕是凝聚真气也抵抗不了。

"这是什么？"黑色旋风中，每一个人都是血淋淋的，全身上下无一处完好。

"这就是星空之力。"雪天傲跃入黑色风暴中，一脚一个，将众人踢了出去。

星空的力量，这天下唯有天地规则和雪天傲可以运用。

几人摔倒在地，血淋淋的，身上的皮肉被削去大半，露出森森白骨。

"你们怎么会变成这样？"东方宁心抱着雪少冲了过来，看着一个个血人，连碰都不敢碰一下。

"天地规则突然运起星空之力，看他的样子似乎是不惜代价，也要将我们全杀了。"邪神坐了起来，抹了一把脸上的血，不想越抹越多。

"雪天傲他……"东方宁心抬头，看着被黑色旋风包裹的雪天傲。

抬头一看，只见黑色风暴中，雪天傲就如同石柱一般屹立在中央，他的身躯膨胀起来，无数星空之力飞入他的体内。

"雪天傲在吸收星空之力？"东方宁心惊呼。

这种情况不是第一次了，雪天傲第一次吸收的是那块星空陨石的力量，当时雪天傲险些暴体而亡。现在的雪天傲虽然不至于那么"脆弱"，但此时的星空之力却不是一小块星空陨石可比的。

天地规则动用的是整个星空的力量，这力量别说雪天傲了，就是天地规则也不一定能驾驭。

"东方宁心，快让雪天傲停下来，天地规则要将雪天傲活活撑爆。人的承受力是有限的，哪怕是星空之神，吸收这么多的星空之力无法转化，也会死的。"神魔疼得龇牙咧嘴，却顾不得自己身上的伤，连忙起身把雪少接过来，让东方宁心去劝雪天傲。

这个时候，只有东方宁心才能让雪天傲停下来。

雪天傲要做什么，他们这群人明白，但没有必要，他们也承受不起。

"我和你一起去。"千叶是众人当中受伤最轻的，只有手与胳膊被划伤了。

东方宁心没有拒绝，点了点头。现在的雪天傲不是以前那个雪天傲，哪怕是东方宁心没有把握让雪天傲改变主意。

信仰之力的毁灭，东方宁心自责，雪天傲更自责。

"雪天傲！"东方宁心与千叶站在黑色风暴外面，怎么也冲不进去。

"别过来。"雪天傲伸手阻止，他的手都快有东方宁心的腰那么粗了，手上的毛孔被撑开，而星空之力就借毛孔涌入体内。

"你的身体快到承受的极限了。"东方宁心焦急地说。

"我没事。"雪天傲的双眼，已经眯成了一条缝，他尽力睁开眼睛，想要看清东方宁心。

也许以后就再也没有机会了，天地规则的星空之力太强大了，一旦身体达到了承受的极限，他的身体就会炸开，而炸开的后果是什么，他也很清楚。

说话间，雪天傲的身体再次膨胀数倍，血管撑开突起，看上去就像树干一般，血液在血管中冻住，皮肉开始一点一点地裂开。

"雪天傲，停下来，求你停下来。"东方宁心一看情况不对，哭喊道。

现在这个情况，和雪天傲第一次吸收星空之力时一模一样，再不停下来，雪天傲就会被撑爆。

这是自爆，雪天傲选择了一种最极端的方式，来对付天地规则。

"对不起，东方宁心，我不能陪你到最后了。"这一刻，雪天傲连眼睛都睁不开了，也不敢说自己没事。

"不，不……雪天傲，不要这么对我，我们再想办法好不好，一定还有别的办法。就算不行，我们向天地规则臣服好不好。"

砰！砰！砰！……东方宁心一边哀求，一边撞向星空之力形成的风暴，可是风暴旋转得太快，星空之力太强，东方宁心撞得头破血流，依旧被拒在外。

"雪天傲，你敢这么对我，我永远都不原谅你，你听到没有？"东方宁心一身是血，再次往里闯。

"宁心，你别这样。"千叶看不过去，伸手拉住东方宁心。

"放开我，放开我！"东方宁心挣开千叶的手，再次朝雪天傲冲去。

"雪天傲，你听到没有，我不原谅你，我不原谅你……"东方宁心一边撞击，一边大吼。

"没关系，我想我也不需要你的原谅了。"雪天傲痛得直抽气，尽量吐字清晰。

神魂俱灭，这世间再也不会有雪天傲了，东方宁心原不原谅又有什么关系呢？

"不需要我的原谅？好好，雪天傲你真的很好……"东方宁心突然停了下来，一身是血地看着被星空之力包围的雪天傲，看着即将爆体的雪天傲，眼中闪过一丝精光。

"雪天傲，你不要我的原谅是吗？可以……你给我听着，我有了你的孩子，而我永远都不会让我肚子里的孩子知道他的父亲是谁。孩子出生后，我会告诉他，他没有父亲。"东方宁心的手捂在小腹处，一脸狠绝地说。

"你说什么？你有了我的孩子？"雪天傲整个人都愣住了，猛地运起星空之力，制止它们再次注入自己的体内，隔着黑色风暴，看着东方宁心的小腹。

"对，我有了你的孩子。"东方宁心吸了吸鼻子，一脸坚强地说。

"宁心，你疯了，有了身孕，你居然还做这么危险的事情。你知不知道，你刚刚的举动，很有可能把孩子害死。"一想到东方宁心刚刚撞击黑色风暴的动作，千叶就有种想要杀人的冲动，东方宁心也太不爱惜自己了。

"有什么关系，他的父亲都不要他了，我再怜惜他又能如何？生下来也不过是一个无父无母的孤儿罢了。"东方宁心泣不成声，这个孩子来得太不是时候了，注定得不到父母完整的爱。

"有孩子了？什么时候的事？"邪神至尊与神魔一听，看向对方，想从对方那里得到第一手资料。

"我怎么知道，问你呢？"神魔没好气地回了邪神至尊一句。

"我怎么可能知道，你这段时间不是一直陪着东方宁心吗？"邪神至尊没好气地反瞪神魔。

"你是雪天傲的契约兽，他发情你会不知道？"神魔丝毫不考虑雪少还是个孩子呢。

"我哪里是兽了？再说了，我和雪天傲有契约关系在又如何？雪天傲忘情了，创始之神早就切断了我和他的联系，以免我影响到他。"一提这事，邪神至尊就炸毛了。

"你真没用，创始之神和你同为五界之主，他能切断你和雪天傲的联系，你就不能再联系上去吗？"神魔不依不饶地反讽回去。

邪神至尊自是不认，两人就这么吵了起来，完全忘了雪天傲随时会自爆。

黑凤凰与小神龙听到邪神与神魔的对话，无力地摇头，在生死关头，这两人还有心情讨论东方宁心与雪天傲什么时候怀上孩子的问题，这心理素质和承受能力，实在是让人佩服。

这两人到底有没有搞清楚现在的状况呀？他们要是灭不掉天地规则，全部会死在这里，包括东方宁心肚子里那个未出世的孩子。

当然了，要是侥幸活下来的话，龙岛与凤岛的神龙与凤凰们就倒霉了，等着东方宁心与雪天傲的孩子去钦点。

黑凤凰与小神龙同时拉下脸，东方宁心太坏了，有孩子了都不早说，害得他们把话说得那么满，这下好了，想反悔都不行了。

李漠远哈哈大笑："宁心，你太阴险了，之前一直不说，刚得到黑凤凰与小神龙的承诺，你就把有孩子的事说出来了。"

也许，死也没什么可怕的，在这行人当中就他一个没有家累的，他们都不怕，他李漠远怕什么？

看看邪神至尊，雪天傲都要死了，他还一脸淡定，黑凤凰也是无所畏惧，他怕什么？

李漠远索性什么也不管了，呈"大"字形平躺在地上，反正他也管不了。

与天斗，这种事情，就算是三皇传人也没办法，三皇就是死在天地规则下的。

雪天傲整个人都呆住了："东方宁心，孩子……"的事，是真的吗？

"我没骗你，也不会拿这事来骗你。"东方宁心肯定地点头。

"雪天傲，别选择这么极端的办法，你曾说过宁共死。你死了，让我和孩子怎么办？"东方宁心知道，她唯一能打动雪天傲的就是两人的感情，还有孩子。

可惜，东方宁心的话，没有让雪天傲心软。

"东方宁心，好好照顾孩子，我一定会让孩子顺利诞生。"雪天傲动了动僵硬的手指，内心深处的痛苦，只有他自己才知道。

"你不要我和孩子了？"东方宁心惊骇，她不敢相信，这话会从雪天傲的嘴里说出来。

"对，不要，我要不起。千叶，把东方宁心带走，再不走就来不及了。"雪天傲急切道。

他已经感觉到天地规则的怒火了，如果不是他将这些星空之力给吸收了，光是这些星空之力，就足以让东方宁心和神魔等人全部死在这里。

"雪天傲，你居然说出这样的话？要不起？要不是你亲口对我说，我真的不敢相信这话出自你的嘴里。"东方宁心推开千叶，疯狂大笑，"对了，忘情！我又忘了，你受忘情的影响。但现在即使是因为忘情，我也不原谅你。雪天傲，是你说不要我和孩子的，你别后悔！"

"宁心，你别这样，就算不为自己着想，也要为孩子着想呀。"千叶紧紧地抱着东方宁心，不让她伤害自己。

东方宁心推开千叶："你放心，我一定会为孩子着想的。雪天傲，我要让你后悔说出这样的话。"

东方宁心看着雪天傲，眼中闪着疯狂与执着的光芒：她不能让雪天傲为他们牺牲。

"雪天傲，你伟大，你想牺牲自己来救我们吗？好……就让我看看，你到底有多么伟大。"说完，东方宁心纵身一跃，落在地上。

"东方宁心，你给我冷静一点儿。"此时的雪天傲，就如同一个被锁住的巨人，整个人都被束缚在星空之力中，根本无法移动。

"宁心，你别吓我，别吓我们。"千叶紧随而下。

神魔与邪神几人，也顾不得自己的伤，朝东方宁心奔来。

"走开，别碰我。"东方宁心甩开众人，捡起地上的灭天弩。

"啊——"东方宁心大声尖叫，似乎只有这样，才能宣泄她心中的愤怒与痛苦。

她毁了雪天傲的信仰之力，毁了雪天傲灭天地规则的最后希望，她已别无选择！

"天地规则，我东方宁心绝不放过你！"东方宁心握起灭天弩，再次指向上空。

"又是灭天弩？东方宁心，你忘了你根本就没有那个能力吗？"耳边传来天地规则轻蔑的声音。

"既然你们都抢着去死，我成全你们，今天你们一个也别想走。"天地规则的声音透着森冷的杀气，随着他的话音落下，代表星空之力的黑色风暴也越来越强大。

呼呼呼……黑色风暴朝众人席卷而来，而在雪天傲拼命吸收星空之力阻挡天地威压修复之际，一块黑色的石头挡在了天地威压屏障的漏洞处。

嗡……令人窒息的天地威压传来，众人发出痛苦的尖叫，纷纷跪了下来，雪天傲也被这强大的压力逼得往下坠落。

一瞬间，天地一片黑暗，众人倒在地上，全场唯有东方宁心一人站着。

"啊——"东方宁心尖叫一声，任真气在四周飞散，任黑发在黑暗中飞扬，双眼红得似血。

东方宁心的箭再次指向上空："天地规则，我东方宁心以命立誓，苍天负我，我宁成魔，以我之身，毁天地规则，复太平盛世，只求天下百姓与吾儿无病无灾，长寿、安康。"

话音刚落，只见血海一片翻涌，一块散发着金光的石碑从血海深处冒了出来，石碑上刻着鲜红的大字——苍天负，宁成魔，焚吾身，毁天地，灭不平，复世宁！

十八个血红的大字，如同活的一般在石碑上面闪烁。

"信仰的力量！"东方宁心手握灭天弩，感觉到灭天弩在震动。

"信仰石碑！"石碑散发出来的力量，雪天傲极其熟悉，"信仰的力量怎么会在这石碑之上？"

"冰言，是冰言……"千叶激动地解释道，"当年冰言就是在这里跳入幽冥之水中，阻止幽冥之水倾覆人间。在跃入幽冥之水时，冰言就说了石碑上的这十八个字。我想，这应该是后世百姓立的石碑，用来纪念冰言为天下百姓所做的事情。百姓并不知道冰言是谁，所以他们的信仰之力就无法给冰言，而是留在这块石碑上。这块石碑，不能容于天地，所以它才会被封印在地底，直到今天东方宁心在这里发下同样的宏愿，唤醒了这块石碑，也唤醒了石碑上的信仰之力。"

千叶的激动难以想象。看着石碑，他就想起当年那个一身白衣、决绝地跳入幽冥之水的女子。

当时的情况一如现在，他们无路可走。那时他和雪天傲一样，选择和幽冥之神同归于尽，但冰言却抢先一步跳入幽冥之水，对他说："千叶，等我！"

等我！

为了这两个字，千叶等了十万年而不悔。

一看到这块石碑出现，千叶就有种不好的预感。

很快，千叶的预感就成真了，石碑上的信仰之力正源源不断地涌入东方宁心的体内，再注入灭天弩中。

同一时间，东方宁心感觉自己全身充满了强大的杀气和力量。

"不，不可能，你不可能拥有信仰的力量。"天地规则惊慌失措，天地威压不停地战抖。

轰隆隆，轰隆隆……天崩地裂，如同末日降临。

"天地规则，你完蛋了，这一次我看你如何毁灭这强大的信仰之力。"东方宁心张弓搭箭，动作一气呵成。

嗖——东方宁心松开灭天弩，灭天箭飞了出去，化为金龙飞向天空。

啪！灭天弩掉在地上，东方宁心整个人都虚脱了。

"成功了！雪天傲，我做到了！"东方宁心看着自己的双手，高兴地大叫。

"是，你成功了。"雪天傲大大地松了口气，同一时刻，他身上的星空之力也随着天地规则的毁灭而消失了。

轰隆隆……轰隆隆……一阵响过一阵的巨响传来，众人连忙捂住耳朵，张嘴大叫。小冰鼠得意地看着东方宁心，眼中满是兴奋之色。

它果然没有选错人，东方宁心拥有毁灭天地规则的力量。天地规则灭了，它的使命就结束了，它也该去另一个地方了。

轰隆隆……就在众人以为这巨响会渐渐减弱时，却发现声音更加响亮，而且上空的气流也变得缓慢起来，天空似有一道巨大的压力压下。

泰山压顶？

众人抬头，只见一块黑压压的巨石，以闪电之速砸破天地威压的屏障，正朝他们砸来。

"快跑，有东西从天上掉下来了。"

众人连滚带爬地朝血海之外奔去。在一片混乱之中，没有人发现小冰鼠与灭天弩消失了，也没有人发现，小冰鼠离去前闪过一道解除契约的金光……

"东方宁心，快点儿。"雪天傲几乎是拖着东方宁心在跑。

"李漠远，你跑快点儿，你要是被压死了，我也跟着倒霉。"黑凤凰盘旋在李漠远的身后，急得吼道。

"不行，我跑不动了，没力气了。"李漠远喘着粗气，他的真气耗得差不多了，哪里跑得动，而上空那块黑色巨石离他们越来越近了。

"该死，我带你跑。"黑凤凰伸出爪子，抓起李漠远就往空中飞。

"还有我们！"神魔抱着雪少朝黑凤凰招手。

"你想累死我啊！"黑凤凰不满地抱怨，但还是带上了神魔和雪少。

"我带你们走。"小神龙也不管邪神与千叶是否同意，抓起两人就飞。

轰轰轰……巨石越落越低，将血海附近的高山都摧毁了，东方宁心知道，他们不加快速度就会被活活压死。

这块巨石，如果她没有猜错的话，就是被灭天弩射下来的"天地规则"。

当然，器魂已死，这只是一块死物。

东方宁心召唤出鲲鹏真身，抓起雪天傲飞身而起。

一龙一凤一鲲鹏飞在低空，在巨石的压力下越飞越低，好在他们已经能看到巨石的边缘了。

"快一点儿，再快一点儿。"东方宁心暗道。

眼看就要飞出巨石的范围，此时黑石已临近地面，逼得他们贴地而飞。

"小心！"小神龙一个翻身，龙背在地上摩擦起来，火花四射，龙鳞掉了一地。

黑凤凰与东方宁心也好不到哪里去，一一翻身，借着与地面摩擦的力量，退出黑石的范围。

咚！黑石压下。

最后一刻，三人飞身而出，脱离了危险。黑凤凰、小神龙与东方宁心一点也不客气，爪子一松，就把众人丢在地上。

"我们毁了天地规则？"众人都不敢相信地看向对方，得到对方点头后，才高兴地大笑。

狂笑过后，众人冷静下来，李漠远抬头看天，一脸迷惑地问道："对了，天地规则的遗骸呢？我怎么没有看到？"

宁心一箭射出后，除了有块大石头砸下来，就什么都没有了。

看李漠远一脸不解的样子，神魔与邪神不厚道地笑了起来，黑凤凰双手环抱，高傲地冷哼了一声："白痴。"

李漠远一头雾水，求救似的看向东方宁心，却发现东方宁心背对着众人看向远处，一副深思的模样。

"不就在这里嘛。"还是千叶好心提醒，眼神一扫，落在他们身边的巨石上。

坐在地上，从下往上看去，发现这巨石居然有万丈高，落在这里，将整个血海都挡住了。

"这不会就是天地规则吧？"李漠远看着面前的黑石，脸上很是精彩，各种表情变幻。

"只有它是从天上掉下来的。"邪神指着黑洞洞的天空说道。

整个天空黯淡无光，日月失色。毁了天地规则，亦毁了这个世界。

"不可能！一块破石头怎么可能是天地规则？如果这就是天地规则，我们这么多人难道一直都是被这块石头给摆布的吗？我一直以为，天地规则应该是一个极其强悍的人，不然它也没有能力成为天地的主宰。"李漠远气得全身发抖。

"这不是普通的石头，这是星空陨石，而且之前里面有器魂，器魂应该是被灭天弩给射杀了，你们看，这上面还刻了字。"雪天傲指着黑石说道。

"刻了什么？"众人齐齐围了上去。

对于天地规则，大家都很好奇，但在看到这块石头后却彻底失望了。

雪天傲细细看了一遍，说道："这是创造这个世界的人写下的，大意是说他创造了这个世界，是这个世界至高无上的存在，是这个世间所有人的天。这个世界的一切，都必须臣服在他的脚下，按他的意愿行事。然而，有一天他击碎星空，发现星空之外，还有很多比他更厉害的高手存在，他想达到更高的成就。于是，他以星空陨石制成石玺，以天地灵气炼成器魂，立下规则，由石玺主掌整个世界，按他立下的规则代天巡狩。毁了这块石玺，就会毁了这个世界。"

说完后，雪天傲也不去看东方宁心，而是继续观察石玺。

在天地规则毁灭的那一刻，忘情的束缚全部消失了，雪天傲还记得在受忘情控制期间，自己对东方宁心做了什么、说了什么，一时不知如何面对东方宁心，尤其是最后，他居然说出不要她和孩子的浑话。

第一次，雪天傲觉得心里闷得难受。这股难受劲儿，哪怕是毁了天地规则，亦无法宣泄。

创始之神那个老怪物，要不是他已经死了，雪天傲恨不得再杀他一百遍。如果不是那个老不死的，他和东方宁心怎会变成这样？只是，一切都回不去了……

东方宁心，你还能再原谅我一次吗？我保证这是最后一次。

这句话，雪天傲在心里说了无数遍，却怎么也开不了口。他看似在观察石玺，实则在想如何跟东方宁心解释。

而将天地规则射下来后，东方宁心就没有说话，她背对众人而站，一动不动，哪怕是雪少叫她也不理会。

她在倒数自己的生命！

两人明明近在咫尺，却发现怎么也无法靠近！

雪少一脸茫然，求救似的看向神魔，却换来神魔的摇头，情之一字，连他都弄不明白，怎么帮忙？

他相信，东方宁心与雪天傲最终还是会和好的。这两个人经历了大起大落，依旧坚信彼此是对方的唯一，哪能那么容易分开。现在东方宁心与雪天傲之间的障碍全部扫清，他们没有理由不和好。

东方宁心不是愚蠢小气的女人，当时雪天傲也是为了她和孩子好，所以他们并不担心。

神魔将注意力放在"天地规则"身上，看着巨大无比、材质特殊的石玺，再次赞叹：

"我只听过由和氏璧制成的玉玺，这还是第一次看到由星空陨石制成的石玺。能控制这么大一块星空陨石，能徒手开辟这么大的空间，那人得有多强大啊！而这么强大的人，居然遇到了比他更强的存在，这个世界可真可怕……"

神魔借机教导雪少："徒弟，看到没有，这才是真正的强者，他开创了一个世界，制定了一套规则，可惜他没有选好接班人来守护他的天下。这么一块冷硬死板的石玺，根本不懂得思考，它只懂得按规则办事，而规则是死的，人却是活的。徒弟，吃一堑，长一智，日后你可要明白，称霸天下不难，难的是守住天下，让天下人不造你的反。"

雪少一副似懂非懂的样子，乖巧地点头。

"这世界的确很可怕，强中更有强中手，一山还比一山高。不过这些都与我无关，我只想找个地方安度余生。我没有征战天下的雄心，也没有追求更高境界的勇气。就算有这样的雄心，也不是现在可以做的，现在摆在我们面前的首要问题是——天地规则已毁，这天……"邪神指着黑洞洞的天空，提醒众人。

这天，需要新的主人。此言一出，除了东方宁心外，所有人都看向千叶。

白泽选定的主人！

千叶连忙摇头："对不起，我也没有征战天下的雄心。"

"不需要你征战，这天下我们已经打下来了，你只要坐上去就行。"邪神指着黑漆漆的天空说道。

"千叶，这天下需要一个有感情、有理智的强者来执掌，而不是一套规则、一块石玺，没有人比你更适合了。你是白泽选定的主人，这天下百姓需要你，别忘了东方宁心和冰言许下的宏愿，我们必须替东方宁心和冰言实现那个承诺，只有这样，那块石碑上的信仰之力才不会枯竭。"

邪神软硬兼施，千叶依旧摇头："其实，有人比我更适合。"

千叶抬头，看着迎风而站的东方宁心，眼中满是醉人的宠溺。

在东方宁心射出灭天弩时，他就明白了——冰言就是宁心，宁心就是冰言。

哪怕宁心不承认也没有关系，他自己明白就好。东方宁心不能接受他也没有关系，他会站在远处，静静地守护她。

"你是说东方宁心？"

"没错，天地规则是东方宁心射下来的，她才是真正有资格取而代之的人。另外，除了东方宁心，还有雪天傲。从制造天地规则的那个强者身上，我们就可以看出，制造这个世界的神是星空之神，他拥有强大的星空之力，所以雪天傲也有资格成为这方天地的主人。"

千叶的话音一落，就换来东方宁心与雪天傲的同时拒绝。

"不要。"

"没兴趣。"

这天下，交给千叶就可以，他们要的从来都不是这天下！

东方宁心与雪天傲同时回头，两人的视线在半空交会，雪天傲没有避开，也不让东方宁心避开。在东方宁心想退缩时，雪天傲大步走到东方宁心面前："东方宁心，对不起，再原谅我一次，我保证这是最后一次。"

千言万语，只化为这么一句。

对不起，对不起……我许诺保护你一辈子，却没想到伤你最深的人是我。

雪天傲深邃的眸中溢满化不开的深情和歉疚。每一次都是他伤害东方宁心，给东方宁心带来无尽的痛苦。

我原谅你！这简单的四个字，东方宁心想说，却怎么也说不出来，或者说她不能说出来。

东方宁心泪流满面，别过脸去，吐出两个字："晚了。"

"晚了？不会的，东方宁心，永远都不晚。"雪天傲慌了，连忙伸手，想握住东方宁心的手，却被东方宁心躲开。

李漠远几人也是一脸不解：东方宁心这是要考验雪天傲吗？都老夫老妻了，有这个必要吗？

不过，既然东方宁心想玩，他们看热闹就是，反正被整的人是雪天傲。

众人默不作声，站在一边看着，一脸轻松。他们都相信，最后东方宁心一定会原谅雪天傲，这两人的感情，早已超越了男女之情。

然而接下来，东方宁心所说的话，却让他们都慌了。

东方宁心说："雪天傲，你说过不要我的原谅，而我也说过，我不会原谅你。"

心痛得无法呼吸，东方宁心告诉自己，一定要冷，冰冷地拒绝雪天傲，只有这样，在她离去后雪天傲才不会那么痛苦。

"东方宁心，你明知道我当时所说的话不是真心的，我没有不要你和孩子，我怎么可能不要你们？"雪天傲周身寒气加重，他不相信东方宁心会不明白他的意思。

两人不寻常的气氛，终于让千叶、神魔几人发现不对劲了，东方宁心是认真的，不是生气和考验这么简单。

"你们两个怎么了？没事吧？"天地规则刚刚毁灭，这两人可别又出事呀。

"宁心，你怎么了？"神魔看着东方宁心，一脸不解。守得云开见月明，她和雪天傲好不容易才走到现在，怎么这个时候还使性子？

"娘，你没事吧？"雪少也吓呆了，他感觉他娘好悲伤，就好像……

他也说不上来是什么感觉，就像是墨子叔叔他们离去时那样。

"娘没事，只不过娘要走了，以后……"说到最后，东方宁心已经说不出话来。

生离死别，他们先是生离，再是死别。

"东方宁心，你知道自己在说什么吗？"雪天傲脸色骤变，不敢相信自己听到的。

"东方宁心，你要去哪里？"神魔也慌了，这不像是东方宁心会说的话，东方宁心是中邪了，还是被天地规则附身了？

"去哪里？去一个没有你们的地方。"东方宁心说得绝情，闭上眼睛，不再看众人。

一夜苍老，这样的她要如何面对众人？

"东方宁心，你到底怎么了？"这一下，众人都蒙了。

"娘……你不要宝宝了吗？"雪少的眼睛瞪得像铜铃一样大。

"要，只是娘有一些事情，需要一个人想一想。"东方宁心找了一个蹩脚的理由。

"娘，宝宝陪你想。"雪少不依，从神魔的身上滑了下来，摇摇晃晃地朝东方宁心走去。

众人也都因为东方宁心的话而全部噤声，一个个看着东方宁心，实在想不明白，东方宁心这是怎么了？

天地规则已灭，他们再也不用担心所谓的天命了，以后他们就可以过自己想要的生活。一家三口幸福地在一起，一起等待腹中孩子的诞生。这样的生活，不是东方宁心一直想要的吗？如今终于达成所愿，东方宁心怎么就要放弃呢？

"笨女人，你知道自己在做什么吗？"小神龙更加不解。平定、安宁，这一直都是东方宁心想要的，现在这样的生活已经到手，东方宁心怎么就放手不要了呢？

他希望东方宁心幸福，如果离开是东方宁心想要的，那么他会帮她，只要东方宁心认为幸福就好。

"宁心，是不是发生了什么事情？你到底怎么了？你告诉我们，我们一起想办法？"千叶想起之前的预感，皱眉询问。

他可以肯定，东方宁心身上一定发生了什么，只不过以他的身份与立场，注定不能对东方宁心太过关心，只能以朋友的立场开口。

"没什么，是我自己的问题。"东方宁心一副不想多谈的样子，抬头看着千叶，"千叶，你是白泽选定的主人，这天下之主非你莫属，我衷心地希望你能成为那个执掌天下的人，能将冰言和我发下的宏愿完成，不辜负天下百姓的期待。"

"这话怎么像是交代后事？"李漠远讷讷说道，却被众人集体鄙视。

"不会说话，就给我闭嘴。"邪神和神魔同时开口斥责，吓得李漠远乖乖站到黑凤凰的身边，不再言语。

"东方宁心，你考虑清楚了吗？你能舍下儿子，舍下我们这群朋友？还有，你肚子里的孩子怎么办？"神魔知道，东方宁心这是下定了决心，但越是如此，神魔越是不安。他总感觉东方宁心身上发生了什么，不然她不会这样的。

"我考虑清楚了。"东方宁心说得肯定。

　　"非走不可？"邪神至尊想从东方宁心身上看出什么来，却发现东方宁心将自己的情绪控制得太好了，除了眼中的悲伤外，他什么也看不出来。

　　"非走不可。"东方宁心重重点头，"你们别逼我，也别留我，不然的话，我要是做出什么极端的事情，伤害的也是我自己。"

　　东方宁心的威胁，成功打消了众人准备用暴力将她留下来的念头。

　　"为什么？东方宁心你到底为什么做出这个决定？天地规则灭了，忘情解了，我们之间最大的问题都解决了！经历了这么多风雨，我们才有今天，这一切来之不易，你真的要这样放手吗？东方宁心，你能告诉我为什么吗？是因为我的话？如果是这样的话，你要我怎么做？或者我消失。"雪天傲红着双眼，声音嘶哑。

　　强硬如他，此时也无法抑制自己的悲伤，东方宁心太残忍了！

　　千叶一行人面面相觑，这个时候，他们说什么也没用，东方宁心去意已决。

　　"娘，不要走。如果你要走，带宝宝一起走好不好？宝宝会乖乖听话的。"雪少抱着东方宁心的脚哀求着。

　　东方宁心闭眼，掩去眼中的泪水，俯身将雪少抱了起来："宝宝，对不起，娘必须走。"

　　"娘，不要丢下宝宝，宝宝怕呀！"

　　"东方宁心，你到底要我怎样？你说呀！只要你说出来，我就一定会做到。"雪天傲也朝东方宁心吼道。

　　"到底出了什么事？你告诉我呀，你这样让我很担心，你知不知道？"雪天傲觉得自己快疯了。

　　为什么天地灭了、忘情解了，他却更痛苦了？

　　东方宁心摇头："你们让我走吧，有些事情，我想明白了就会回来。雪天傲，我说出来你就会做到吗？好，永远别去找我。"

　　说话间，东方宁心从怀中取出一根银针，趁雪少不备，刺入他的昏睡穴中。

　　"娘……"雪少感觉一痛，随即就软软地闭上了眼，眼中蓄着泪水。

　　"娘对不起你。"东方宁心在雪少的额头轻轻地吻了一下。

　　"宁心，你真的要走？你到底在想什么？非得一个人吗？或者这只是你的借口？"神魔与邪神至尊责怪地看向东方宁心。

　　东方宁心笑了笑，没有说话，将雪少递给雪天傲："雪天傲，孩子交给你了。"

　　"东方宁心……"雪天傲痛苦地闭上双眼，他有一千种手段，可以把东方宁心留下来，但他不想逼东方宁心，不想让东方宁心更恨他。

　　"雪天傲，等我！我一定会回来的！"东方宁心转身离去，不带走一片云彩，潇洒至极。

"东方宁心。"雪天傲追了上去，却突然停了下来，他看到，在东方宁心转身的那一霎，黑发变白，满头银发在空中飘散。

"东方宁心……"雪天傲知道，东方宁心身上一定发生了什么，只是她不想说，她选择一个人面对。

好，既然如此，我成全你。

"东方宁心，我不会去找你的，我等你，不管多久，我都等你！你一定要回来！"

第三十八章
没有你的日子

东方宁心走了，走得干脆利落，没有一丝犹豫。如果说之前众人还不明白她为何要走，在看到东方宁心的满头白发后，他们就明白了。

"笨女人，到底发生了什么，你偏要一个人走？我们都能战胜天地规则，这世间还有什么能难倒我们？"小神龙双眼红肿，强忍着热泪。

"也许东方宁心有她的难处，我们理解她吧。"女人总是比较了解女人，黑凤凰觉得，东方宁心肯定有她不说的理由。

"雪天傲，你应该高兴，当年冰言只丢下一句'等我'就走了，东方宁心至少还说了一句她一定会回来。相信她吧，她一定会回来的，她其实已经原谅你了。"千叶抽了口气，抬头看天。

雪天傲，你比我幸福多了。无论你做了什么，东方宁心都相信你，并且一如既往地爱你。

就算东方宁心离去了，她还是为你着想，她要我撑起这片天，这样我就没有精力去对付你。而你手中有一个孩子，也就没有心思与我斗了。

还有，东方宁心肚子里还有你的孩子，就算是为了肚子里的孩子，东方宁心也会回来的。雪天傲，娶到东方宁心，你真是三生有幸。

千叶叹了口气，无限留恋地看了一眼东方宁心消失的方向。

"我走了。这个地方我再也不会来了，来一次伤一次，这个地方我半刻都待不下去！"一甩衣袖，千叶御风而去。

宁心，你要我守着这天，我便守。你要我完成你和冰言许下的宏愿，那么即使耗尽此生，我也替你完成。

宁心，千叶此生已无所求，只求你早点回来，只求你回来后，记得去看一眼千叶。

"我也走了。黑凤凰，看在东方宁心的面子上，我有生之年绝不会进攻凤岛。"小神龙的泪终于忍不住了，啪嗒一声掉了下来，"雪天傲，你好好保重。"

　　嗖的一声，小神龙化为一条银龙，飞入黑暗的天空。

　　"笨女人，一定要回来呀！"小神龙的声音在空中回荡，经久不息。

　　李漠远拍了拍黑凤凰的肩膀："我们也走吧，去冰川丛林，那个地方虽然冷了点儿，却与世无争。这天下我争不了，也不想争了。与其争夺天下，我更想成就大神通，踏破星空，和创造这个世间的主人一样，创造出一个属于自己的世界，然后去更高的空间，追求更高的成就。"

　　"走吧。"黑凤凰回头看了一眼天地规则，又看了一眼东方宁心离去的方向，心里难受得要死：如果灭天的代价，是东方宁心离去，他们这些人宁可选择放弃。

　　走吧，走吧，东方宁心都走了，他们还留在这里干吗？

　　诚如千叶所说，这个地方，多待一刻，心就多痛一分。

　　"雪天傲，我们走吧，已经看不到宁心的影子了。"神魔和邪神至尊都知道，雪天傲的心里很难过，却不得不开口。

　　雪天傲紧紧地抱着雪少："你们走吧，我在这里等她。"

　　"雪——"神魔刚开口，就被雪天傲打断，"走吧，我求求你们，都走吧，让我静一静。"

　　雪天傲的声音有着很浓的鼻音，神魔与邪神都听出来了，不放心地开口："可是……"

　　"我不会有事的，在东方宁心回来之前，我不会允许自己有事。"雪天傲背对着两人挥了挥手。

　　"好，你自己好好保重，别忘了你还有个儿子等着你照顾。"神魔知道劝说无效，只好放弃。

　　最后众人都走了，只留下一块巨大的星空陨石。

　　血海只剩下雪天傲和雪少二人，雪天傲再也控制不住，大叫一声，随即抱头埋在雪少的身上："宝宝，陪爹在这里等你娘。"

　　"我们在这里等你娘回来。宝宝，幸亏有你，不然你让爹一个人怎么办？"

　　"宝宝……"雪少的衣服湿了一片。

　　天下平定，千叶正式取代天地规则，成为天下的主宰。千叶没有打压任何人，更没有像天地规则那样，制定一些死硬的规则，摆布他人的命运。

　　千叶只是引导，引导大家积极向上，引导天下人共建天下，开创太平盛世。

　　天下再也没有五界之分，中州与洪荒的界限也消除了。天下三分，天墨、天耀与大汉帝国的小皇帝，共同统治整个天下的百姓，却不是至高无上的存在。

在大汉帝国、中州等地，武风盛行，各大宗派一一从异界搬了出来，在人界开宗立派。这些宗派不归帝国管理，他们只听命于天下共主——千叶。

中州的人最初处在弱势，但时间一久他们就追了上来。公子苏的宁苏阁，更是一跃成为天下三大宗派之一，另两个分别是战神宫与魔宗。

精灵族、兽族、妖族，则乖乖地居住在异界，过着人不犯我、我不犯人的平静生活。

野心勃勃的李漠远与黑凤凰隐居在冰川丛林，一心修炼，希望有一天能开辟一个属于自己的世界。

小神龙窝在龙族，他没有兴趣统管万兽，他和李漠远一样天天修炼，希望有朝一日，凭他的力量找到东方宁心。

公子苏每天都在努力，努力达到神王级别，努力成就大神通，只有这样，他才能活着等到东方宁心回来。

墨泽每天都在努力，努力治理自己的国家，希望东方宁心回来时，看到一个太平盛世。

每个人都努力着，可是……

东方宁心整整消失了十个月，一点音信都没有，天下之大，却没有东方宁心的足迹。

"难道东方宁心会和冰言一样，要雪天傲等十万年？"神魔与邪神至尊满世界地跑，想去碰碰运气，也许能碰到东方宁心。

结果，东方宁心没遇上，却遇上了冥和琴然这对冤家。四人相谈甚欢，坐在原地聊了大半天，最后在琴然的劝说下，神魔与邪神放弃了寻找。

"走，我们一起去找雪天傲，看看他在血海过得好不好。"四个人说风就是雨，也不管此时天色正黑，就这样连夜朝血海的方向奔去……

中州血海。

天还没亮，雪少就起床了，手里握着一把小刀，在那块巨大的星空陨石上用力划着，小脸涨得通红，由此可见他用了多大的力气。

没过多久，一身朱红锦衣的雪天傲走了出来："宝宝，你又在划它？"

雪天傲看上去和以前没什么变化，但仔细看就会发现，他的眼神一片黯然，再也没有之前的精光，身上也没有了以往的冷酷与霸气，看上去颓废又苍老。

看着这样的雪天傲，公子苏和墨泽一句责怪的话都说不出来。虽然他们也怪雪天傲，但他们都明白，雪天傲比他们更痛苦。

"嗯，宝宝要把它打碎。要不是它，娘就不会走了，娘就不会丢下我们了，我讨厌它，讨厌它！"雪少双手握刀，拼命地在星空陨石上划着，将所有的痛苦与仇恨，都宣泄在这块石头上。

可是他的力道，又怎么能撼动星空陨石？

十个月，雪少一天也没有停下，即便如此，他也无法在这块巨大的星空陨石上划出一道痕迹。

不过，这块星空陨石上却有一个深陷的手印。这个手印是雪天傲在盛怒之下，用手击出来的。

雪天傲用尽全部真气，也只能在这块石头上留下一个手印罢了，想毁了这块石头，比灭了天地规则还难。

"宝宝，你娘她会回来的，我们在这里等她。"雪天傲蹲了下来，将雪少抱在怀里，看着雪少的双手被磨出一层一层的茧子，心里愧疚得不行。

这段日子，他疏忽了儿子。

"宝宝，别难过，你娘会回来的。"雪天傲不知道说这话是为了安慰雪少，还是在安慰自己。

"爹，宝宝好想娘呀。"雪少窝在雪天傲的怀里，克制着不让自己的泪水落下。

"你娘也很想你。"

"那娘为什么不带宝宝走，宝宝想陪着娘。"雪少一直忘不了东方宁心丢下他的那一幕。

"你娘有重要的事情要办，带着你不方便。"雪天傲只能这么说。直到现在，他依旧不明白东方宁心到底为何离开，他只知道，东方宁心有不得不离开的理由。

"宝宝很乖，不会吵娘的。"

"我知道。宝宝乖，宝宝别难过，你娘一定会回来的。"只有这样，雪天傲才有活下去的勇气。

他每一天都在数日子，每一刻都在盼东方宁心出现。整整十个月了，东方宁心连一点消息都没有。

雪天傲将雪少抱了起来："好了，我们回去吧，爹昨天抓了鱼，今天我们喝鱼汤。"

"啊？又是鱼汤呀，爹，你做的鱼汤好难喝呀。我想师父了，师父做的鱼汤更好喝。"雪少皱眉。

"臭小子，有的吃就不错了。"雪天傲没好气地拍着雪少的头，他堂堂雪亲王，什么时候会做饭了？

"好嘛好嘛，爹最好了。"雪少见好就收，反手抱住雪天傲，父子二人转身准备离去，耳边突然传来一阵婴儿的哭声。

"有人！"雪天傲抱着雪少，疯了似的朝声音的来源跑去。

"是娘吗？"雪少搂着雪天傲的脖子，感觉自己的心跳得飞快。

"不知道。"雪天傲的心跳得更快，抱着雪少跑得飞快，生怕晚一步就追不上人了。

绕着黑色的星空陨石，跑了大半圈，雪天傲与雪少来到声源处，那里有一个巨大的摇篮，里面躺着四个孩子，啼哭声就是他们发出来的。

"爹，他们是……"雪少一看就觉得他们很熟悉。

"过去看看。"雪天傲的心扑通扑通地狂跳，不会是他想的那样吧？东方宁心不会对他这么残忍的……

雪天傲冲上前去，蹲在四个孩子身边，每个孩子脚下都有一块小玉佩，玉佩上刻着不同的字，分别是：子琴、子棋、子书、子画。

子画的身边有一张信纸，只看了一眼，雪天傲就知道这字是东方宁心写的。

雪天傲，这是我们的孩子。为免神魔和无涯等人乱来，我按琴棋书画的顺序，从大到小为他们起名，子琴、子棋是哥哥，子书和子画是妹妹。好好照顾他们，我不在的日子，就由他们代替我来陪你和宝宝吧。

最后的落款，是雪天傲熟悉的名字——东方宁心。

信纸从手中滑落，雪天傲却没有去捡，而是疯了一般往外冲去："东方宁心，你在哪里？你出来呀！三百多个日日夜夜，就算要惩罚我也够了，如果不够的话，你用别的方法行不行？我求你了，快出来呀！"

"东方宁心，你出来呀！你把孩子们送来，自己却不出来，这是什么意思？"

"东方宁心，我怎么会喜欢上你这个狠心的女人，你这是惩罚我吗？"

雪天傲怒吼，就在他提气追出去时，雪少突然跑了过来："爹，妹妹们在哭，弟弟们也哭了，他们都哭了，宝宝不知道怎么办。"

像是为了印证雪少的话一般，四个小宝贝异口同声地放声大哭，让人听得心疼。

雪天傲脚步一顿，很想继续往前迈步，但终是忍住了，决然转身，朝四个孩子走去。

他知道东方宁心不在，这里没有东方宁心的气息。

雪天傲刚把四个孩子抱到木屋里，神魔、邪神、冥与琴然就到了。

"雪天傲，你去打劫了？"神魔一进来，就看到雪天傲提着一个大摇篮，险些没把眼珠掉出来。

"哇哇哇……"四个孩子感受到陌生人的气息，又哇哇大哭起来。

"孩子？哪个女人给你生的？好你个雪天傲呀，东方宁心才走多久，你就背着她和别的女人生了孩子，你不想活了，信不信我代表宁心灭了你！"

雪天傲本不想解释，但他一个人实在照顾不来四个孩子，将摇篮放在床上后，冷冷地说："孩子是东方宁心送来的。"

"什么？东方宁心送来的，人呢？她在哪里？"神魔连声追问东方宁心的下落。

雪天傲没有回答神魔的话，东方宁心要是在这里，他还会这样吗？

雪天傲小心地将孩子抱出来，轻轻抱着、哄着，可刚哄好这个，那个又哭了。

雪少上前帮忙，却被神魔给扯住了："徒弟，你娘呢？"

"没看到娘，只看到弟弟和妹妹。"雪少小脸臭臭的，明显情绪不高。本来因着弟弟妹妹的到来，雪少挺高兴的，被神魔这么一问他又郁闷了，咚的一声坐在床边生闷气。

神魔怜惜地看了一眼雪少，眉头紧皱，心里有些责怪东方宁心。

因为她一个人，整个天下的人，都在为她奔波；因为她一个人，大家都跟着伤心。东方宁心到底怎么了？这么躲着大家有意思吗？

神魔还想抱怨两句，四胞胎又哇哇地哭了起来。

雪天傲快被孩子给吵疯了，不由得朝神魔吼了一句："有什么事等会儿再说行不行？先帮我哄孩子，没看到他们在哭吗？"

以前雪少不怎么哭，现在看着四个孩子同时哭，雪天傲的心都快碎了。

这是他和宁心的孩子，四个历经磨难、最终还是平安活下来的孩子，他们的存在和他们的到来，证明东方宁心的心里还是有他的。

因为他们，雪天傲又有了继续等下去的勇气。千叶十万年都等了，他相信东方宁心绝不会让他等十万年。

"啊？"神魔、邪神、冥与琴然同时默契地后退一步。他们是来看雪天傲和雪少的，不是来当奶娘的，而且他们四个也不符合奶娘的标准，赶紧溜吧。

雪天傲半天等不到人帮忙，没好气地转身，瞪着这四个准备溜走的家伙，视线最终落在神魔与邪神的身上。

"看我干吗？"神魔与邪神同时后退一步，异口同声问道。

雪天傲的嘴角勾起一抹半是冷意、半是威胁的笑："神魔，记不记得你曾对我和东方宁心说过，如果我们生了女儿，要交给你养？"

"记，记，记得……"神魔在雪天傲的瞪视下，不得不点头。

"那好，子书和子画就交给你了。"雪天傲二话不说，就将摇篮中的两个女孩子抱了出来，塞到神魔的怀里。

"喂喂喂，不是这样的。"神魔不敢乱动，生怕把怀中的小宝贝给伤着。

"就是这样的，堂堂神魔，别说话不算话。"雪天傲不容拒绝地说道。

"可，可……我没想过一次养两个呀，我怎么照顾呀？"神魔快哭了，抱着两团小白肉一动不动。

这两团又不像他徒弟那么好玩，除了哭就是哭，他一点也不想养。

"错，东方宁心生的是四胞胎，别说错话了，还有两个，交给你了。"雪天傲二话不说，把子琴与子棋也抱了出来，不容邪神至尊拒绝，塞到邪神至尊手里。

"雪天傲，把他们给我抱走。"邪神至尊左右手各一个，整个人都僵住了，一动也不敢动。

他邪神这一辈子，什么都抱过，就是没抱过婴儿，这么小的东西，要是用错了力，那可怎么办？

雪天傲淡淡地扫了一眼冥与琴然，拉着雪少的手从两人身边走过："宝宝，我们抓鱼去。"

父子二人，脚步飞快地往外冲去，他们不是去抓鱼，而是去找东方宁心，他现在只希望还来得及。

邪神至尊与神魔抱着四个孩子，全身僵硬，好半天才想起身后的人，于是两人大叫。

"冥、琴然，你们两个在干吗？还不快过来帮把手，没看到我们正忙吗？"雪天傲吃定他们，他们就吃定琴然和冥。

琴然和冥相视一笑，两人都快退到门口了，没想到还是没有跑掉。看样子今天是跑不掉了，两人乖乖地上前，一人接过一个。

也不知道是怎么回事，四人一人抱一个孩子后，四胞胎同时不哭了，一个个都睁着眼睛看着面前的人。

四个宝宝居然一点儿也不认生，咯咯地笑了起来，胖乎乎的小手拽着他们的衣服，一副"我喜欢你"的样子。

这就是孩子，他们哭闹的时候就是魔鬼，可一旦笑起来，就变成了天使。只一个笑容，四胞胎瞬间就虏获了四人的心。

"冥，雪天傲不要他们，不如我们养他们吧。"琴然逗着小子画，一脸的笑意。

"好呀，我们养。"冥点头，他和琴然这一辈子都不会有孩子，帮东方宁心养当然好了。

"不行，这是我的。"神魔不干了，他的宝贝，凭什么拱手送人呀。

"你不是说不要吗？"琴然不依，抱着子画就是不肯松手。

神魔不干了，上前就抢，偏他手里还有一个，他也不敢有太大的动作。

"谁说不要了，没听到雪天傲说吗？我很早就说过，他们有女儿我养。"神魔一副"我就是霸道，你们能拿我怎样？"的架势。

琴然没好气地指着冥手中的孩子："那我们养子琴好了，刚好他名字里也有一个琴字。"

这下换邪神至尊不干了："琴然，你什么意思，当我好欺负是吗？神魔手中的孩子抢不到，就抢我的？得，把孩子还来，我不要你帮忙，那是雪天傲交给我的，我得负责。"

"你不是不想养吗？"琴然郁闷了，这两人什么意思嘛，刚刚一个个都说不要，现在又抱着不肯松手。

"谁说不养了，神魔都收徒弟了，我当然不能落后，这次我就直接收两个，这两个孩子根骨不错，日后的成就不亚于雪少。"

"收徒？你收子琴和子棋当徒弟？邪神，你忘了你是雪天傲的契约兽吗？你别以为雪天傲不拿契约关系约束你，你就可以改变这个事实。"冥为了替琴然争取子琴的抚养权，无所不用其极地打击邪神至尊。

"冥，你不想活了是不是？"邪神至尊磨牙，杀气腾腾。

"口误，口误……"冥抱着子琴连连后退，邪神至尊步步逼近。

他此生最恨的就是这些人提起他是雪天傲的契约兽之事。老天实在太坑人了，天地规则都没了，契约关系却怎么也解除不掉。

"冥，快跑，把子琴也带走。"琴然抱着子画，用力地大喊。

冥一听，原本不想跑的，可是邪神至尊却突然出手："跑，哪里跑？"

"邪神，你玩真的。"冥抱着子琴一闪，飞快地避开。

大家手中都有孩子，根本就不敢放开手脚，只是玩闹罢了。可是这么一个旋转，冥手中的子琴却咯咯大笑起来。

"哇，小宝贝，你喜欢玩飞飞呀。好，冥爹爹陪你玩，我们走了……"闪着闪着，冥就把子琴给抱出去了。

"你耍我！冥，把孩子放下，不然我跟你没完。"邪神抱着子棋连忙追了出去。

琴然一看这个情况，正犹豫要不要抱着孩子跑，哪知他还没有行动，神魔就过来抢子画了。

"神魔，这是我的。"琴然抱着孩子，怎么也不肯松手。

"你的？有本事你和冥自己生去，这是雪天傲交给我的。"神魔一抢落空，不甘心，再出手琴然也生气了，抱着子画就往外跑，神魔见状跟着追了出去。

当雪天傲与雪少拖着疲累的身子回来时，就看到房间里空空如也。他们不仅没把东方宁心找到，连她送来的孩子也弄丢了。

然而他们不知，在他们疯狂地寻找东方宁心之际，东方宁心就站在巨石后面看着他们……

"姐姐，你这又是何苦呢，伤他亦伤你。他不会在意你的样子，无论你变成什么样，只要在人海中，他就能认出你。"冰帝看着眼前这个一身黑衣、难掩老态的女子，心里酸楚得不行。这天，真是不公平。上一辈子得不到的幸福，这一辈子也得不到吗？

"我相信，这样的我站在他面前，他一样会用深情的眼神看着我；这样的我站在人群中，他一样可以找到我。他曾说过，无论我变成什么样子，他都能一眼将我从人群中找出来，可正因为这样，我才不能出现。"

说话的人每一个字都说得很慢很慢，每说一个字，脸上的皱纹都会跟着颤动："冰帝，你不懂女子的心，虽说红颜枯骨，美丑不过百年，我也不介意变老，但是我希望的是和雪天傲一起慢慢变老，而不是现在这种情况。我顶着一张老态龙钟的脸，看着依旧年轻的他，你叫我如何忍受？而且我能想象，他看到这样的我，深情依旧不会改，但他一定会自责与愧疚。

"冰帝，感情是两个人的事，雪天傲从来不欠我什么，我为他所做的一切，就如同他为我所做的一切一样，我们都是自愿的，我不想看到他的自责与愧疚。知道事情的始末，他一定会后悔，我宁可他恨我，也不希望他活在悔恨中。"

话音刚落，她便毅然转身，没有一丝留恋。

她满头银丝、满脸褶子，脸上甚至还长着老年斑，只不过她的身上没有历经岁月沉淀后的内敛，反倒透着一股少女的骄傲与清冷。

这是一个矛盾的老人，她的眼睛浑浊泛白却闪着精光。露在外面的双手，瘦得只剩下骨头，一层老皮如同蛇皮一般挂在身上，晃晃荡荡，青筋暴出，全身干枯，像是半只脚踩进棺材里一般。

但她全身都透着一股强大的力量，这股力量足以让世人忌惮。从她的身上，依稀能看出年轻时的美貌，也只是依稀罢了。

"姐姐，你看他多痛苦，还有你的孩子，他们那么小，你舍得吗？"冰帝闭上眼，不忍看雪天傲疯狂的样子。

雪天傲，他是天耀的骄傲，也是中州的骄傲，中州能这么快在这个天下占有一席之位，全是因为这个男人。因为雪天傲就来自中州，来自这个神秘的地方。

当中州初次融入这个世界时，洪荒的高手认为这是一个占领中州的好机会。三百天神同时出击，准备占领中州，本以为这是十拿九稳的事，不料雪天傲突然出现，一人单挑三百天神，只用了半个时辰，就将三百天神屠尽，而在杀了这批天神后，雪天傲击碎星空，从星空之中取得一块如同成人一般大小的星空陨石。

雪天傲徒手将这块星空陨石立在中州与洪荒的边境，以昆吾剑写下"中州"二字，同时放话："中州是我雪天傲和东方宁心的故乡，谁敢打中州的主意，我雪天傲必灭其九族；谁敢欺中州人，天涯海角，我雪天傲也要将其绞杀。"

此言一出，洪荒各门各派望而却步，中州有一个喘息的时间，雪天傲的名字也深深地烙在众人的心中。

这个男人，不是天下共主，却有着堪比天下共主的实力。

雪天傲，世人心中的天傲大人，他代表了一段传奇，他代表了一个奇迹。这个男人，打破成就神通的纪录，他不仅是史上最年轻的星空之神，也是史上最强大的星空之神。

他是一手推动天下更迭的人；他是天下共主千叶敬佩的人；他是大汉帝国皇帝开口承认的仲父；他是天耀皇帝的亲哥哥；他是天墨皇太女的丈夫、皇太孙的父亲。

他是战神宫宫主君无涯尊重的兄长；他是魔宗宗主秦羿风的好兄弟；他是宁苏阁阁主公子苏的盟友；他是龙族、凤族的座上宾；他同时亦是妖族、兽族、半兽族、精灵族心目中的神。

他受世人敬佩，受世人尊重。就是这么一个传奇般的男人，却因东方宁心而变得颓废，如同活死人一般日夜煎熬着……

看到像游魂一样的雪天傲，冰帝无法不动容，东方宁心又怎么可能无动于衷，但是……

"舍不得也要舍，就我这个样子，别说照顾他们了，就是照顾自己都难。舍不得又能如何？你舍得了千叶吗？你明明舍不得他却还是放手了。冰帝，这世间的一切，有时候不是我们所想的那般简单，也不是我们想要怎样就能怎样的，有太多太多的无奈充斥于我们的生活。连创造这个空间的人，都没有办法随心所欲，更何况是我们。"

说到这里，老人身上的力气似乎瞬间消失，身上的骄傲与清冷也被沧桑取代，身上没有半丝斗志，真的就如同一个迟暮的老人。

冰帝的眼里闪着泪光："姐姐，我和千叶不一样，千叶从来不属于任何人，他属于天下，可你们不同，你们从来就不属于天下，你们只属于彼此。"

冰帝对东方宁心充满歉疚与感恩。当初，在冰川丛林他是真的对东方宁心下了杀手，没想到，最后东方宁心居然放过了他。

后来，他在冰川丛林遇到了身怀六甲、苍老无力的东方宁心。那一刻，冰帝怎么也不相信自己的眼睛。

泪，当场从他的眼中飙出，他甚至不敢问为什么，只是跪在东方宁心的面前，无力地抱着她。

他想带她去找雪天傲或者千叶，但东方宁心对他只有一个要求："我原谅你，只要你不泄露我的行踪。"

那一瞬间，东方宁心的影子与冰言的影子重叠。冰帝知道，千叶正满世界地寻找东方宁心，但看到东方宁心眼中的悲伤，他同意了，只求东方宁心让他陪在身边。

这样的东方宁心，让他担心，很担心。事实证明，他的决定无比正确，如果不是他留下，东方宁心和她的孩子们会一起死在凌月洞府……

一胎四个，如果东方宁心的身体没出问题，绝对不会有太大的危险，毕竟东方宁心是神王级别的高手。

但此时的东方宁心，无论是生命力还是精神都大不如前。她的身体一天比一天虚弱，除了肚子越来越大，东方宁心全身都瘦得皮包骨头，而且衰老得极快，不过数十天，却像过了数百年一般。

为此，冰帝担心得快疯掉了，他害怕自己照顾不了东方宁心，他害怕自己会害死东方宁心。他不敢想象，如果东方宁心死了，外面那些找她的人会不会疯掉；他更不敢想象，千叶要是知道了会如何恨他。

他不止一次想去找千叶，告诉他东方宁心的下落，让千叶来照顾东方宁心。东方宁心似乎察觉到了他的想法，每当他这个念头冒起来时，东方宁心就静静地看着他。

那样子好像在说，一旦将她的下落泄露出去，他将永远见不到东方宁心。

东方宁心这个样子根本无法照顾自己，如果她再将自己赶走，那么东方宁心活下来的概率很小。

别无选择，冰帝不敢去找千叶，更不敢说出东方宁心的下落，为了调理东方宁心的身体，他想尽了办法，精灵族的灵果与圣泉水他可没少偷，甚至还特意去凤岛偷了两颗凤凰蛋，去龙岛偷了一颗龙蛋……

好在，东方宁心虽然情绪不佳，因为有孕在身，为了孩子着想，东方宁心一直很配合。在各种灵药的滋补下，东方宁心勉强生下孩子，母子均安。

生下孩子后，东方宁心别说照顾孩子了，她连动动手指的力气都没有。看着骄傲的东方宁心病恹恹地躺在床上，一天比一天衰老，冰帝真恨自己，恨自己无能，恨自己只能眼睁睁地看着她一天比一天老去。

看到苍老的东方宁心，冰帝告诉自己，如果东方宁心不想让别人知道，他就绝不说出去。他会替千叶守护好东方宁心，他会用一生来赎罪，他会用一生来陪伴东方宁心，直到她不需要他为止……

悲伤萦绕在东方宁心的四周，她什么话也没有说，只远远地看着，看着雪天傲与雪少将四个孩子抱回屋内。

万般留恋，万般不舍，但东方宁心知道，她没有选择。

毅然转身，在转身的刹那，她听到屋内孩子的哭声，哭得她心都碎了，泪从眼角滑落，渗入干枯的皮肤中……

她是一个失职的母亲，五个孩子，她只负责生，却从来没有尽到养育的责任。

"姐姐，你去哪儿？"冰帝连忙跟了上去。

这个时候的东方宁心，虽然拥有神王的真气，体力却如百岁老人一般，一个普通的天神也能将东方宁心杀死。

东方宁心背对着冰帝，没有伸手去擦脸上的泪，声音沙哑地说："去上古战场找那只兔子。凌月在石壁上记载，那只兔子得到了创造这个世界的强者精血，它是我唯一的希望。"

再度回到凌月洞府，东方宁心才发现，那个地方居然是一个宝库，四面墙壁上的石灰脱落，刻在上面的字也一一显露出来。

那里有凌月留下来的关于星象的推测，同时还有一些这个世间的秘密，比如灭天弩，比如上古战场，还有那颗活着的丹药。

那只兔子是一颗丹药，不仅可以提升真气、重塑筋脉，还有延年益寿、返老还童之效。

看到这些记载，东方宁心才知道，在上古战场他们错失了最大的宝贝。不过这样也好，如果那只兔子早早地被他们弄出来，她现在就没有机会了。

虽然现在依旧希望渺茫，但她绝不会放弃。只要有一线机会，东方宁心就会付出百分之百的努力。因为她太渴望回到雪天傲和孩子的身边了。

东方宁心坚定地往前走着，身后传来雪天傲与雪少撕心裂肺的叫声，她却如同没有听到一般，只是那双眼睛越发浑浊。

她的脚步看上去很轻松，但每一步都比常人慢了许多，除了心情沉重外，更多的是她的身体不允许。在冰川丛林那样恶劣的环境中生下四胞胎，就是冰帝弄来龙肝凤髓给她滋补也没用。

"姐，上古战场已经被封印了，我们进不去。"冰帝跟在东方宁心身边，注意着她的一举一动。

"进不去也要去。天能灭，地能毁，上古战场又怎么不能进？"这一刻，东方宁心再次充满斗志。人活着，需要一个希望，上古战场就是她最后的希望。

"可是凭我们……"冰帝还是很犹豫，他心里还是希望东方宁心能和千叶他们见面。

可惜，东方宁心一点儿也不想："如果你不想进去，我一个人也能进去。记住你的承诺，不得告诉任何人你见过我。冰帝，那只兔子我志在必得。"

冰帝重重地叹了口气，他知道劝说无效，只能跟在东方宁心的身后，只求保护她的安全。

同一时刻，上古战场的某只兔子，突然从睡梦中惊醒，一副惊恐万分的样子，好像受了什么虐待一般。

兔子连忙查看四周的环境，再看了看自己的情况，确定自己还是完好无损的，这才松了口气。

伸出前爪拍了拍自己的小心肝："吓死我了，原来是做梦，可我怎么会做这么奇怪的梦呢？每半个月放一碗血，这不是要兔大爷我的命嘛。幸亏是梦，不然死定了。"

兔子吓得全身一激灵，一想到是梦，又放松了，摇了摇头，困意再起，咚地往后一倒，继续睡。

直到多年以后，这只兔子才明白，什么叫噩梦成真……

第三十九章
你若安好，便是晴天

中州血海，太阳逐渐向西偏斜，在星空陨石的阻挡下，阳光被生生隔开，隐隐有种不真实的感觉。

远远的，在一群渔民中出现了几个年轻人，他们前行的速度比渔民要快很多。这些人是真气修炼者，看他们的衣着与武器应该是世家公子，身后还跟着护卫。

走在最前面的是一个女子，一身火红的战衣，手上握着一把玉色长剑，而她身侧则是一个银衣女子，两女身后有四个男子，一个着蓝衣，一个着青衣，两个穿灰衣。

蓝衣男子，似乎是学当年轰动一时的蓝衣剑客君无涯的装扮，手握长剑，一身蓝衫，脸上带着痞气的笑，远远看去颇为形似。

青衣男子身形高大，衣袖上绣着魔云，如果没有猜错，这身装扮是学秦羿风呢，这应该是魔宗宗主秦羿风喜欢的装扮。

以前，魔宗的人喜欢把魔云绣在衣摆处，但秦羿风不喜欢，他的魔云标志只绣在袖口。

不过，这青衣男子显然没有学到位，秦羿风秦宗主的魔云标志向来不显眼，如果不仔细看根本看不出来，青衣男子的魔云标志却故意显露出来。

至于那灰衣男子？一看就像是护卫，两个灰衣男子是这一行人当中实力最高的——神者八阶。

一行人风尘仆仆，看上去好像赶了好几天的路似的，红衣女子一边走，一边四处张望，一副很好奇的样子。

当他们来到血海的星空陨石下时，才停了下来，一脸神往。

"哇！这就是代表天地规则的石玺呀，好强大呀。"红衣女子夸张地大叫。

蓝衣男子一看，立马上前："依依，你太聪明了，是的，这就是千年前天傲大人与宁心大人联手射下来的天地规则。你不知道，千前年我们的祖先受尽天地规则的压迫，幸亏有宁心大人和天傲大人联手，才将它给打了下来。"

"天傲大人真是太厉害了。"红衣女子依依大叫。

"当然厉害了，你看到上面的掌印没有？这石玺可是用星空陨石制成的，坚硬程度非比寻常，这世间最厉害的神器，也伤不了它半分。每一年都有无数的高手，想要打碎这块石头，却连一丝痕迹都没有留下来。石玺上面唯一的痕迹就是天傲大人留下的手印。"蓝衣男子继续说道，看样子为了讨好这两个女子，蓝衣男子做了不少功课。

"天傲大人为什么要留下一个手印呀？"红衣女子显然很好奇。

蓝衣男子正准备开口，却被他身边的青衣男子抢了："依依，你听了可别哭。"

"哭？我怎么会哭，不信你问秋寒，我依依从小到大就没有哭过。"红衣女子骄傲地说。

银衣女子点了点头："我和依依可不是什么娇小姐，你快说。"

"那我就说了。千年前，天傲大人、宁心大人与千叶大人还有他们的朋友，联手在这里与天地规则开战。那一战可是相当惨烈，你们知道血海是因为什么得名的吗？"青衣男子停顿了一下，一副询问的样子。

"因为什么？快说！"两女显然等不及。

看两女着急，青衣男子很是得意，继续卖弄："因为呀，那一战血流成海。那一战，可谓是惊天地、泣鬼神、山河变色。你们不知道那一战有多么惨烈，而天地规则又有多么难缠。不过，天地规则再强，也强不过三位大人，三位大人联手，足以毁天灭地。天傲大人徒手碎星空，宁心大人一箭破苍穹，千叶大人一脚毁规则，这块代表天地规则的石玺就是被三位大人打下来的。"

"这有什么值得哭的呀？"二女不解。

"别急呀，后面还有呢。"青衣男子一看急了，赶紧说道，"你以为这就结束了？才不是呢。天地规则被打下来这天就毁了，那一刻天地变色、地动山摇，眼看天就要塌了，天地要毁了，宁心大人为了世间百姓耗尽全身真气，许下宏愿，坠入魔道以命补天。你们看到血海正中间的那块石碑了吗？"

两女点头："看到了。"

"我告诉你们，那块石碑上的字不是后人刻上去的。宁心大人耗尽真气后，这块石碑就从血海地底冒了出来，立在正中央，无论海水多高、多汹涌，石碑都屹立不倒，上面的字也绝不会被海水给遮挡。那上面的字是什么，就不用我多说了。

"我要告诉你们的就是，那一战之后，天傲大人本以为，从此可以和宁心大人过上平静而幸福的生活，不料战斗结束后，宁心大人一个人独自离开了，没有人知道她为什么离开，只知道她离去的刹那，满头银发。

"要知道，当时宁心大人还怀着孩子呢。而深爱她的天傲大人却不能阻止，因为宁心大人不准，只让他等……大傲大人只能眼睁睁地看着宁心大人离去。伤心至极的大傲大人，抱着雪少孤零零地站在血海边，这一站就是三天三夜。三天三夜之后，宁心大人还没有回来，盛怒下的天傲大人，一掌打向这块星空陨石，在星空陨石上留下一个掌印。"

"后来呢？宁心大人回来了吗？"两女心急。

青衣男子摇了摇头："没有，直到今天，宁心大人也没有回来。天傲大人和千叶大人一直都在寻找宁心大人的下落，却遍寻不到。有人传言，宁心大人已经为天下百姓而死了。不过天傲大人和千叶大人不信，还有宁心大人的孩子们也不信。宁心大人和天傲大人的孩子，你们应该知道，就是千年前风云天下的雪少和琴棋书画四少。

"那三位公子、两位小姐，上天入海地寻找宁心大人，为此不惜去寻找传说中的另一个世界，因为他们听到消息，宁心大人极有可能去了另一个世界。可惜，千年过去了，依旧没有任何消息显示宁心大人还活着，也没有任何消息显示天傲大人等到了宁心大人……"

"好惨呀……"红衣女子已经红了眼睛，"天傲大人好可怜呀，等了宁心大人一千年，呜呜呜……怎么可以这样，上天太不公平了。"

"就是呀，上天太不公平了。宁心大人为天下百姓牺牲了那么多，居然还不让他们一家人团聚。"

"雪少和四少也好可怜，这么说他们岂不是从小就没有母亲。"

"天傲大人好痴情呀，为了一个女人，等了千年。"

"宁心大人值得！"

"可是，一千年呀，好长呀！"

……

两女你一句、我一句地说着，青衣男子一看插不上嘴，便左右打量起来。

太阳都快下山了，渔民们都走得差不多了，却有一个中年人坐在血海边上，拿着鱼竿钓鱼。他的身边有一个空鱼篓，和一篮子让人垂涎欲滴的鲜果。

青衣男子走了半天，又说了半天，又累又渴，再加上那果子实在诱人，青衣男子直流口水。略一试探，确定那个中年人身上没有真气，便毫无压力地走了过去。

"这位大叔，你这果子卖不卖？"不是青衣男子这么客气，而是在中州，没有人敢嚣张。

天傲大人说过，中州归他保护。虽然天傲大人已经隐居了上千年，却没有人怀疑这句话。

因为，这期间有人不信邪找过中州的麻烦，被雪少和四少屠尽了，战神宫宫主与魔宗宗主也放话，挑衅天傲大人权威者，杀无赦。

中年男子没有说话，只是专心钓鱼。

蓝衣男子见状，立马冲上前去："不就是两个果子吗？拿着吃就行了，一个乡下人，和他说那么多干吗？吃完丢点银子给他就好了。"

说完，二话不说，就从篮子里拿出四个果子，给银衣男子和两女一人一个。

"好吃，真好吃。"两女吃着果子，也停止了伤感。

"这果子真不错，喂，这位大叔，你的果子我们全要了，这是一百两，够你买十篮了。"蓝衣男子丢下钱，就准备连篮子一起端走，却失手了。

中年男子站了起来，收起鱼竿，提着篮子与空鱼篓走了。男人脚步缓慢，那样子和刚刚离去的渔民没有什么两样。

蓝衣男子一看，不高兴了："老东西，叫你大叔是给你面子，你真以为有天傲大人护着，就可以不将人看在眼里吗？那篮果子，我们要定了。"

说完，他就冲上去抢，不料却扑空了。

蓝衣男子一看，恼了，对着身后两个灰衣人道："你们两个还愣着干吗？还不出手，只要不把人弄死就行，有事本公子负责。"

两个女子虽然不太赞同，但想到那果子的味道，就没有开口。

"是，公子。"两个灰衣男子没有任何犹豫，就朝中年男子走去。

他们感觉到了，对方就是一个普通人，身上根本没有真气流动。好巧不巧，就在他们准备出手时，天上传来一道龙吟，紧接着又有一道凤鸣响起……

"是龙和凤。"

"天啊，居然是龙与凤。"

"龙族和凤族来了，神兽。"

两女四男全部愣住了，呆呆地看着天空，等着他们心目中的神兽现身。龙与凤已经有一千年不曾在世间现身了，这一次他们的好运来了！

他们没想过契约龙凤啦，能看一眼，就足够他们去吹了。

中年男子如同没有听到一般，继续往前走，身形有些孤寂。

一条金龙、一只七彩凤凰出现在血海上空，在空中盘旋一刻后俯身而下，一男一女从龙凤背上走了下来。

"天啊，居然是千叶大人座下的两大圣使——黑媚大人与凌子楚凌大人。"两男和两女惊呼，想上前套近乎。

可惜，黑媚与凌子楚眼中根本没有他们，径直朝中年男子走去，在离中年男子三步远时，咚的一声跪了下来。

"啊……"六人惊呼，这是怎么回事？这两位大人，居然朝一个乡下人跪下？

"黑媚（子楚）见过天傲大人。"

"什，什么？天，天……天傲大人？"蓝衣男子一听，咚的一声倒下了。其他几人也没有好到哪里去，双腿发抖，就这么不受控制地跪了下去。

"别来烦我。"中年男子停了下来，没有回头。

"天傲大人，天下需要你。"黑媚一脸敬重地说。

"天傲大人，如果您要惩罚自己，一千年也够了。"凌子楚也跟着劝说。

"一千年，才等了一千年，等待的日子果然是漫长的，如今我才明白，千叶等了十万年是怎样的心情。"雪天傲依旧维持着原来的姿势不变，只是身上那孤寂的气息更浓了。

一千年，好漫长的一千年！

"天傲大人。"黑媚眼睛一酸。

宁心大人，您到底在哪里？如果您还活着，就请您快点出现吧，您看看现在的天傲大人，被您折磨成什么样了。

"别再叫我大人了，我不是什么大人，我只是一个普通的男人，一个等妻子回家的男人。"雪天傲摆了摆手，身上透着一股平和与宁静。

这是历经岁月沉淀下来的，这是久经岁月磨砺、磨去雄心壮志的平静。

"不，天傲大人，您永远都是这天下人的大人，只要你肯出世，天下人定会以你为尊，定会奉你为神，定会以你为傲。"黑媚急切地说道。

"以我为尊？成为天下人的神又怎样，能换回我的妻子吗？"雪天傲没有一丝心动。

"天傲大人，您不能再这样消沉下去了，宁心大人的宏愿还等着您去完成。"凌子楚虽然不想提起东方宁心的名字，但此时却不得不提。

"东方宁心的宏愿？完成了又如何？完成了东方宁心的宏愿，她就会回来吗？你们这是在骗我，还是在骗你们自己？"说完这话，雪天傲便继续往前走去。

黑媚与凌子楚连忙站了起来，想追上去，却被一道无形的屏障给挡住了。

"我不是什么天傲大人，别再来打扰我的生活，这天下与我无关，我只想静静地在这里等我的妻子回来。"雪天傲朝自己的小屋走去，身影越来越小，直至消失在黑媚与凌子楚的眼前。

远远地，雪天傲就发现屋内有人，一踏入，雪天傲就看到桌上散发着香气的饭菜，眼里闪过一抹暖意："子书、子画，你们回来了？"

没有人回答，雪天傲很奇怪，平时像小鸟一样的女儿们，居然不说话了？

雪天傲朝屋内走去，看到一个满头银发的女子，端着一碗鱼汤，从内室走了出来……

咚！手上的鱼篓与篮子掉在了地上。

"东方宁心！"泪，毫无预兆地从他的眼中流出。

"雪天傲，吃饭了。"东方宁心用力点头，泪水啪嗒啪嗒掉入鱼汤中，端着鱼汤的双手抖得不行。

雪天傲，我回来了！

一千年，我花了一千年，终于回来！

雪天傲紧紧抱着东方宁心，鱼汤洒了两人一身，碗直接掉在地上，这一刻却没有人管这些："东方宁心，我想你！"

"我也想你……"

宁心大人现身了！

这个消息迅速传遍整个大陆，整个大陆都为之震动。不对，只有少数几个人为之激动，其他人依旧该做什么做什么。

时隔千年，"东方宁心"这四个字只是一个名字、一个传奇，就算东方宁心重回大陆，这片大陆的形势也不会发生太大的改变。

东方宁心从不承认东方家族，这世间唯一与东方宁心有关系的便是东方玉，不过随着东方玉的离世，东方宁心已经和俗世间的任何一个家族、势力无关。

东方宁心就算现世，也影响不到他们，受影响的也就是大陆上最顶尖的那几个势力。对于这些大陆顶尖人物来说，这个消息的威力，绝对不亚于天地规则被毁灭。

爆出这个消息的当然不是雪天傲，而是凌子楚与黑媚。这两人也算是运气好，来找雪天傲，刚好遇到东方宁心回来。

两人第一时间赶回去，将消息报给千叶，而载他们前来的龙与凤，则以最快的速度赶回龙岛与凤岛，将消息告诉了自家族长。

黑凤凰不在凤岛，百年前李漠远成就大神通，击碎星空，她陪着李漠远去了另一个世界，追求更高的层次。

小神龙第一时间将消息送达宁苏阁、战神宫和魔宗。三大圣地的创始人早已隐世而居，当这个消息传来，三人齐动。

一时间，这天下间最有权势的人，纷纷朝中州血海飞奔而来。

"千叶，你说东方宁心这次回来，还会不会再走？"无涯看上去颇有几分紧张，历经千年岁月，他脸上痞痞的笑容已经收了起来，整个人看上去既稳重又雍容，浑身都散发着强大的战意，"战神"之名当之无愧。

"应该不会，只是不知时隔千年，宁心变成什么样了。"千叶也不怎么确定，他的眸中有着深深的担忧。宁心走时那一头银发烙在他的脑海，怎么也挥之不去。直到他坐到天下共主的位置时，很多事情他不想知道也会知道。

一夜苍老。千叶不知道东方宁心这一千年，到底承受着怎样的寂寞与孤苦。

他们这些人找得苦，宁心更苦。除了要忍受孤寂外，还要面对自己的衰老和随时可能死去的风险。

"无论宁心变成什么样，宁心永远都是宁心，宁心既然选择回来就一定不会再走，我相信她。"公子苏坚定地说道，眼中闪着炽热的光芒。

支撑他一直往前的念头，就是在有生之年能见东方宁心一面，他绝不接受自己像香浩泽、君无邪他们那样，带着无限的遗憾离去。

"就算她要走，雪天傲也不会放手。上一次的放手，足以让他后悔一生。"秦羿风右手握着左手腕，轻轻地扭动着，借此来排解心中的不安与期待。

他们这群老家伙，早已不问世事多年，这血海也只有千年前来过一次。那一次，他们看到雪天傲精神萎靡；看到雪少的脸上没有笑容，看到父子二人眼中的期盼与悲哀。

一天之间，雪天傲好像苍老了百岁，雪少瞬间长大。

那一刻，秦羿风发誓，除非东方宁心回来，不然他绝不再见雪天傲。

他眼中的雪天傲，是高高在上的，是尊贵无比的，是骄傲狂妄的，而不是眼前这个为情所伤、神情黯然的男子。

他也一直遵守自己的诺言，在魔宗闭关修炼。

他不希望自己和墨泽、尼雅、雪天寂他们那样，等到东方宁心回来时，已变成一堆白骨，或者早已老去。

事实证明，他是正确的，东方宁心不是离开一两年，而是上千年。

至今他依旧记得墨泽死而不甘的样子，他依旧记得天寂和尼雅的遗憾，记得宁心父亲东方玉眼中的心疼。

他不希望自己有遗憾，所以拼命修炼，只有成就神通，他的寿命才能无限延长，他才不会轻易老去。

一行人七赶八赶，终于在第二天日出前赶到了血海。但他们的速度快，东方宁心与雪天傲的速度更快。

当千叶、小神龙、公子苏、无涯与秦羿风赶到时，小屋里早已没有了人。

"东方宁心、雪天傲，你们去哪了？"小神龙已经是一个英俊伟岸的男子，他手中掌握着万兽的生死，弹指间就可以让对手灰飞烟灭，看到海边的小屋空无一人，他依旧忍不住咆哮，和当年一样。

"东方宁心，你太浑蛋了。"无涯一拳将屋内的木桌击碎。

千叶和秦羿风两人则一句话也没有说，静静地坐在屋内，他们还能感觉到，屋内属于东方宁心的气息……

就在千叶一行坐在小屋内时，东方宁心与雪天傲已经来到了天墨皇宫。

一黑一白，两个身影站在皇宫屋顶上，谁也没有说话。

东方宁心平静地看着这熟悉而又陌生的皇宫。皇宫的主人依旧姓墨，却与她没有多少关系了，她一个都不认识，这些人也不认识她。

天墨墨家，在雪天傲、无涯等人的扶持下，虽然没有湮灭在历史的洪流中，却不再是原来那个墨家了。

"以后……除非生死存亡，不然墨家的事情与我们无关。"东方宁心丢下这么一句话，便与雪天傲朝墨家陵园奔去。

这一次，他们夫妻二人是来告别前尘往事，斩断与这世间的一切联系，以后这世间不会再有东方宁心，也不会再有雪天傲。

墨家皇陵，埋葬着墨家所有的直系，最中央的便是东方宁心最熟悉的一代。

最为气派的便是墨家骄傲——墨子砚的陵寝，他的陵寝是从苍穹山上迁下来的，那里埋的就是墨子砚的蜡像，他周围则是十二座稍小的陵墓，里面葬着十二亲卫的衣冠。

接下来，便是墨泽、墨家老太君，还有墨言——墨言的墓，是墨泽死前下令建的。

东方宁心一一祭拜，最后跪倒在墨泽的墓前，纤细的手指，抚摸着刻在墓碑上白发苍苍的老人。

她的二哥，这世间最疼她的二哥，一生未娶，临死前唯一的愿望就是见她一面，可她却……

"二哥，墨言对不起你。"她终究是负了关心她的人。

一别千年，与至亲永隔，是她此生最大的遗憾！

在血海小屋等了三天三夜，依旧没有等到东方宁心与雪天傲回来，千叶几人明白，这个地方东方宁心与雪天傲是不会再回来了。

山不来就我，我便去就山。他们一行人当中，除了千叶，其他都是闲人。公子苏、无涯和秦羿风虽是宁苏阁、战神宫和魔宗的创始人，但早就不管事了，底下有一票徒子徒孙为他们卖命，他们随时可以丢下一切，去找东方宁心与雪天傲。

虽然不满，但重任在身，千叶叹了口气，交代众人找到东方宁心后，一定要把东方宁心拖住，他一定会以最快的速度赶到。

千叶没有别的想法，只是一千年了，他想见见东方宁心，看到东方宁心是否安好。

你若安好，便是晴天。

这话，千叶曾对宁心说过，现在依旧有效。

公子苏、无涯和秦羿风连连保证，找到宁心，一定第一时间告诉千叶。他们的想法和千叶差不多，没有别的意思，只是一千年了，他们真的想见见宁心。

当年的不告而别，让他们几个都很受伤也很担心，现在知道人回来了，他们很高兴，如果能见见，那就最好不过了。

众人与千叶分道扬镳，刚走出血海就收到消息，东方宁心与雪天傲去了天耀皇宫。

待到他们赶到天耀皇宫，这两人已经跑到中州去祭拜东方玉与心梦夫人了，之后还去了宁苏阁，求见公子苏这位宁苏阁的创始人，却被宁苏阁的人打发走了，说是老阁主不在，顺便还挖苦了两句，让他们别冒充宁心大人与天傲大人。

"宁心大人和天傲大人都近千岁了，看看你们的样子，看上去顶多三十岁，别以为弄了一头银发就可以装老。"

东方宁心与雪天傲笑了笑，也不在意，转身离去。事后，公子苏知道这个消息，肠子都悔青了。

早知道东方宁心和雪天傲会来找他，他跑什么跑，乖乖待在那里等他们来多好呀。

秦羿风、无涯和小神龙把公子苏责怪个半死，说他怎么教导徒子徒孙的，居然把东方宁心和雪天傲赶跑了。

为此，公子苏好几天都不敢说话。接下来，同样的事情又在魔宗和战神宫发生了。

公子苏什么都没说，只用眼神扫了两人一眼，那意思不言而喻。

一路就这么你走我到，无涯几人都快郁闷坏了。

"你们说，东方宁心和雪天傲下一站要到哪里去？"无涯站在十字路口，问向秦羿风、公子苏和小神龙。

"按他们的路线，应该是由近到远。这一次应该是大汉帝国了吧。"小神龙自信地猜着。

他的猜测得到了其他三人的认可，于是四人转道大汉帝国，期待与东方宁心和雪天傲相遇。他们不知，一天前东方宁心与雪天傲也来到这个十字路口，犹豫了一下，朝开罗城走去。

虽说猥琐会长已经不在了，但那座城却在，君无量和倾似也这两个人的消息，他们也想探一探。

不用想也明白，两拨人马再次错过。

东方宁心与雪天傲也没有见到君无量与倾似也。

这两人，悄悄地陪着雪少他们寻找东方宁心去了。

雪少十八岁，琴棋书画四少十五岁那年，五个人告别了雪天傲，要去寻找他们的母亲。对此，雪天傲没有反对，同时亦没有跟着，只让他们保护好自己。

雪天傲不管五少的安危，自有一大票人管呀。如果是雪少一个人出门，神魔才不管，反正没人能让这小子吃亏，可是，加上琴棋书画四少就不同了。神魔一听心肝宝贝子书和子画要出门，立马屁颠屁颠地跟在后面，生怕子书和子画被人拐走了。

邪神至尊一听，他徒弟还没出师，就要满世界地跑，还要去更高的那个空间，也不干了。

听说那个世界高手如云，像他们这样的神遍地都是，他徒弟去了不是只有给人打的份儿？

不管，他要跟着去保护徒弟。他邪神至尊的徒弟，只能欺负人，绝不能被人欺负。

琴然和冥一看郁闷坏了，这孩子可是他们养大的，还叫他们一声干爹呢，哪能放心他们没出师就往外跑呀，于是二话不说打包跟上。

至于君无量和倾似也，前者是为缠着雪少认他当干爹，这么多年了，君无量还是不死心。而倾似也完全是为了追美而去，他看上宁心家的小子画了。可惜小子画的眼中只有妖孽的神魔大人，小小年纪就在神魔脸上留下了印记，说非神魔不嫁。

把神魔吓得好几天都不敢睡，飞快地把小子画送去给琴然养，他可不想诱拐宁心家的小宝贝。

小子画这根草实在太嫩了，他下不了手。而且，他要是真吃了这根嫩草，如何面对东方宁心与雪天傲呀？

按辈分，他不得叫东方宁心和雪天傲岳母与岳父？

打死神魔也不干，生生矮了一个辈分！

小子画追不到，倾似也又改了目标，看上宁心家的小子书了，反正是双胞胎，长得都差不多，而且都是宁心家的。

可惜小子书也不是那么好追的，她虽然没看上神魔那个妖孽，但天天见到的不是神魔就是冥这种绝色，一般人真难入她的眼。

不过，小子书是温柔的，没有伤害倾似也那颗玻璃心，拒绝得很委婉。小子书说了，她的名字和子苏叔叔一样，想得到她的认可，先要得到子苏叔叔的同意。

为此，倾似也没少对公子苏献殷勤，结果可想而知，公子苏怎么可能让雪家的宝贝嫁给倾似也，在他眼中没有人能配得上子书和子画，倾似也再优秀也白搭。

倾似也不管了，丢下一堆烂摊子，千里追娇妻去了。

以上的消息，就是东方宁心与雪天傲这几天打听到的。

说实在话，雪天傲真是一个不负责任的父亲。孩子从小丢给神魔他们也就算了，这一次孩子们去另一个空间寻找东方宁心，他居然也是不闻不问。

好在东方宁心能理解雪天傲的心情，不然这夫妻二人，恐怕一见面就得吵起来。

东方宁心与雪天傲，从天墨到天耀，再到中州与洪荒，基本上把他们以前走过的路都走了一遍，却一个熟人也没见着。两人也没放在心上，反正他们已经打过招呼了，至于那几个人有没有收到消息，他们就不管了。

毕竟，相隔千年，大家都有各自的生活与事业。

"大汉帝国还去吗？"雪天傲拥着东方宁心，静静地感受着她的气息与温度。

自从东方宁心回来后，雪天傲就爱上了抱她，几乎每天都要抱抱她，似乎只有这样，才能确定东方宁心没有离开。

对此，东方宁心没有半丝意见。她知道，这一千年的等待让雪天傲怕了，她又何尝不害怕，她害怕自己回不来。

在上古战场，历经生死才找到那只死兔子，本想直接把兔子炖了，一次性解决衰老的问题。奈何她与冰帝根本不是那只兔子的对手，双方斗了几十年，最后他们略胜一筹，而她那越来越衰老的身体，根本承受不了太强的药性，她只能退而求其次。

靠着兔子的精血，东方宁心慢慢改善体质，而这一调养就是一千年。这期间，她不是不着急，可是没办法，她只能忍着。一千年后，她终于恢复了原来的样子，那只兔子除了少了点血，其他的一切都好，只是她那满头银发却怎么也无法变黑。

当然，要变黑也不是没有办法，毕竟上古战场的奇物还是很多的，可是她等不及了。雪天傲想她，她又何尝不想雪天傲。

雪天傲抱着她，才能感觉到她的存在，同样，只有靠在雪天傲的怀里，她才相信这是真实的生活，而不是在梦里。

握着雪天傲的双手，仰头看着雪天傲，东方宁心摇了摇头："不去了，小皇帝已经不在了，我们去了也没用。"

雪天傲点了点头，没有勉强，略一停顿，又道："那……千叶呢？"

"也不去了，他是他，我们是我们。"再见又如何，她和千叶还不如不见。

"既然如此，我们就去找儿子他们。"雪天傲抱着东方宁心的手又是一紧，心里泛着暖意。

千年前，儿女们去找娘亲，现在轮到他们去找儿女们了。

东方宁心点了点头："我们已经和子苏他们告别了，一千年了，我们一家人也该团聚了。"

当公子苏一行人在大汉帝国等东方宁心与雪天傲现身时，却传来两人赶往另一个空间寻找雪少的消息。

"贼老天，你玩我吧？"四人的脸都黑了。

千叶的脸更黑："我玩你们？是你们玩我吧？我也在等东方宁心与雪天傲的消息呢。"

不过，这些都不重要，只要她安好便行……

第四十章
留下来的我们

（一）无涯篇

战神宫宫主这个名号并不是无涯想要的，不是他不稀罕战神的名号，而是他讨厌随之而来的责任。

他无涯一生随性而为，最厌恶被责任束缚，家族责任尚且绑不住他，更别说一个战神传承了。

为了兄弟，他接下了战神传承，但并不表示他就会担起复兴战神宫的责任。

他原本的打算是，帮雪天傲与东方宁心把事情办完后，就找一个差不多的人，把战神宫的传承与战神令交出去，但事情却出乎他的意料——

东方宁心走了！

不是战死，不是战败，而是取得胜利后，丢下所有人走了。

无涯不相信，东方宁心有多爱雪天傲，他们是看在眼里的，在天下大局定了后，东方宁心怎么可能留下一句话就走了呢？

这里面一定有问题！然而，所有人都知道这里面有问题，却没有一个人能说出到底是什么问题。

找，上天入地地找。找人需要大量的人力、物力甚至财力，他们空有一身本事，可经过那场大战后，能用的人却不多了。

除了找，另一个就是等，等东方宁心回来。可是要等多久，东方宁心才会回来呢？

无涯不知道，但他明白无论是找还是等，他都必须借助战神宫的力量。

因为东方宁心的离去，无涯不得不放弃把战神宫这个包袱丢出去的打算。他前往战神宫，将战神宫重建，并且要加速修炼战神秘技，希望自己有一天能够有所突破。

千叶说过，天地规则被毁，传承的限制也跟着消失了，哪怕他们这群人是靠上古传承才有今天，也不影响他继续提升。

也就是说，他无涯有一天，也会和雪天傲一样成就大神通，一举封神。

有了目标，有了动力，无涯收起散漫，将心思放在战神宫上，力求战神宫的势力遍布中州、洪荒的每一个角落，只要东方宁心出现，战神宫就能第一时间得到消息。

想法是美好的，现实却是残酷的，战神宫不是一天就可以建成的，就算凭借战神令的号召，最多也只能招来一些帝者以下的学徒。

整个战神宫天神以上的人物，也只有他无涯一人。当然，他还有一支战无不胜、攻无不克的蓝色闪电，但是蓝色闪电不是他的，而是大汉帝国的。在与创始之神一战时，他不知自己是生是死，为安全起见，便把蓝色闪电留给大汉帝国的小皇帝了。

不管怎么说，蓝色闪电的战鬼们都是大汉帝国的子民，他们的亲人都在大汉帝国，最为重要的是，这样一支队伍，留在大汉帝国远比留在无涯身边好。

毕竟他现在要做的是重建宗派，而不是打打杀杀。

要钱没钱，要人没人，只有一座荒废了万年的战神宫，面对这样的情况，无涯有种无从下手的感觉。

站在战神宫的废墟，无涯半天找不着头绪，甚至有种"丢下一切，和李漠远一样去冰川苦修"的想法。

杀人越货是他的强项，建宗立派他还真没有这个本事。就在无涯准备放弃的时候，帮手到了——幽兰谷少谷主幽若。

幽若当日得无涯出手相救，早已芳心暗许。

当初，无涯在大汉帝国带兵打仗时，她便是第一批出手相助之人。今日听闻无涯要重建战神宫，她毫不犹豫地带着幽兰谷的大量财富和大批精英前来支援，并一早表明，幽兰谷没有在战神宫占一席之位的意思，她纯粹是来帮忙的，一旦战神宫的事务上了轨道，她立马带人离去。

面对幽若的帮助与深情，无涯拒绝过，因为他和妖月还有十年之约。他对妖月曾有过短暂的心动，之后那份心动随着一些事情而湮灭，他也淡了那份心思。

只不过，在上古战场上发生的一切，让无涯觉得他对妖月有责任，无论如何妖月都是为了他，才放弃一切化妖为人的。

十年，他必须等妖月，而且十年后妖月回来，要嫁他，他便娶。

这是男人的责任，无关爱情。当然，他也不讨厌妖月，这世间并不是每一个人都如雪天傲一般，能找到一个刻骨铭心的爱人。

"幽若，别把感情寄托在我身上，不值得。"对于感情，无涯绝对是个干净而磊落的人，关于妖月的事情，他早在第一时间，就告诉了幽若，并几次拒绝。

以前，无涯一提起这事，就被幽若笑着岔开话题，只道这是朋友间的相助，让无涯不要想太多。

这一次，幽若没有再提什么"救命之恩、朋友之谊"，而是对无涯说道："没关系，你等她十年，我便陪你十年。十年后，她来我便走，我保证不会影响你的生活。"

幽若自认爱得不比妖月少，妖月能为无涯做的，她幽若都可以，甚至能做得更多，为了无涯，她可以眼也不眨地去死。

但这些幽若都没和无涯说，她很清楚，无论无涯的感情最后归属于谁，妖月在无涯心中都占了一席之地，谁也改变不了。

听到幽若的话，一向游戏人间的无涯倍感压力："你这是何苦，我回报不了你什么。"

"我没想过要你回报，喜欢你是我自己的事，至于你喜不喜欢我，那不是我应该去想的事情。无涯，你可以放心，我幽若绝不会死缠着你不放。只要妖月回来，我一定会消失，不会给你们带来一丝麻烦。"

幽若看着无涯，一脸的坦荡与磊落。

喜欢一个人，就是希望他幸福。

三个人的感情太挤，她不希望无涯为难，所以在这场三个人的爱情中，她会第一时间退出，只求无涯给她十年。

十年，她只要十年就好了，日后，她会用一生来回忆这十年。

十年可以做什么？

十年可以让一个少女变成妇人、孩童变成少年、少年变成中年人。

十年，可以做很多很多事……

十年虽不能让战神宫的势力遍布世间每一个角落，却可以把战神宫打造成天下第一宫。

这十年，是盛世十年，不缺少风云人物。

不过能当得起风云人物的人，数来数去，顶尖的也就是那几位——宁苏阁阁主公子苏、香城的香家两兄弟、君府无邪公子、帝星阁雪氏夫妇，另外还有天墨的皇帝墨泽，天耀的太子雪凌天等人。

这些人都有一个共同点，那就是他们都来自中州。

就在众人感叹这十年是中州的十年时，有一个属于洪荒的风云人物出现了。

她就是战神宫掌事——幽若。

随着战神宫重出江湖，战神宫宫主无涯之名无人不知、无人不晓。

当然，像无涯这种人物，是不能用风云人物来诠释的，无涯是王者，这世间的王者。

就在无涯名声大噪时，身为战神宫一人之下、万人之上的掌事幽若，也跟着被世人所知。

而让幽若名动天下的，不是她的能力，不是她的美丽，而是她是战神宫宫主无涯唯一承认的女人。

事情还得从上个月无涯闭关说起。

历经十年，战神宫已初具规模，无涯便放下宫中所有杂务，潜心修炼，将战神宫全权交给幽若打理。

俗话说得好，不怕贼偷，就怕贼惦记着。战神宫有"上古三千宗派之首"的美称，但这个称号并不好拿，眼红的人有一大把。

如果战神宫有这个实力还好说，偏偏战神宫经过上古战场一役，除了无涯这个宫主外，所有的底牌都被清理干净了。现在无涯又闭关去了，各大宗派稍微有点实力的人，无不思索着，如何把"宗派之首"这个美称夺到手。

在利益的驱动下，十大门派联手围剿战神宫。十大门派来得太突然，战神宫猝不及防。

幽若一边率战神宫精锐死撑，一边发消息给魔宗、宁苏阁，请他们派人支援。可是，远水救不了近火，救兵未到，十大门派已经杀到战神宫内。

幽若浴血奋战，就在她以为自己必死无疑时，无涯破关而出，将幽若护在身后："我无涯的女人，你们也敢动。"

语毕，无涯便大开杀戒，以一块战神令横扫天下，让十大门派明白"上古三千门派之首"绝非浪得虚名。哪怕战神宫只有无涯一人，这"天下第一宫"的名号也当之无愧。

这一战，战神宫损失惨重，好不容易才培养出来的几个神者五阶高手纷纷战死，不过十大门派更惨，天神级别的高手几乎被无涯屠尽。

辛辛苦苦整十年，一战回到建宫前。幽若看着再次成为废墟的战神宫，心里有着说不出来的酸楚。

战神宫的一草一木，都是她一点一点建立起来的，可现在全部毁了。她在战神宫十年的成绩，就这样被抹杀了，而她已经没有下一个十年了。

因为在无涯出现时，她看到一个身着桃红衣裳的女子现身，在她以为自己必死时，那女子本打算出手，不料无涯先一步将她护在身后，并说出了那句话。

而无涯那句"我无涯的女人"说出来后，幽若看到那个桃红女子的身影缩了回去，在无涯即将完胜时，那个女子悄悄离去了。

虽然没有露面，可幽若却知道那个女子是谁。

十年，妖族公主妖月蜕去妖身，以普通女子的身份回来了。

而无涯刚闭关便出来，绝不是因为他算到战神宫有危险，而是他记起了与妖月的十年之约。

幽若以剑为支撑，擦掉嘴角的血，远远看着英姿勃发的无涯，眼里满是不舍……

这一刻，幽若觉得自己隐隐有些明白，东方宁心转身离去时的痛了。

爱，却又不得不走。

幽若本想不告而别，想到东方宁心离去时至少和众人说了一声，想想还是等无涯收拾了那些门派回来之后，再好好与他告个别。

虽然不舍，但她会信守自己的承诺。无涯等了妖月十年，她便陪了无涯十年，妖月回来之日，就是她离去之时。

无涯虽有战神传承，又有战神令在手，但与十大门派高手对战还是相当吃力。

夕阳西下，无涯一身是血地回到战神宫，一走近便发现，幽若还维持着原来那个姿势，好像在等他。

"幽若？"无涯有种不好的预感。

在夕阳的照射下，幽若的脸上如同蒙上一层面纱，透着疏离与梦幻。

果然，不待无涯多言，幽若便开口："无涯，十年之约到了。她回来了，而我也该走了。"

幽若深深地看了无涯一眼，漂亮的眸子中，是温柔的笑意。

"幽若……"无涯的声音有些嘶哑，"留——"

人非草木，孰能无情？幽若陪了他十年，陪他走过了最艰苦的十年。

无涯的话还没说完，便被幽若打断："无涯，妖月是个好姑娘，她值得。对我，你别觉得有负担，也别认为亏欠了我，你没有欠我什么，一切都是我心甘情愿的。如果你真觉得欠了我，那就让我度过一个平静的余生，别来打扰我。"

幽若将剑一丢，毅然转身，在转身的刹那，嘴角扬起一抹灿烂的笑容。

无涯，记住，幽若是笑着离去的。

无涯，记住，幽若最好的年华、最美的时候，都陪在你身边。

无涯，别把幽若想得那么伟大。我其实很自私，因为我知道你迟早会成就大神通，你和我注定不是一个世界的人。

到时候你拥有无尽的生命，而我和妖月最多只能活百年，我俩谁都没有办法陪你到最后，也不是那个能陪你到最后的人。

无涯，幽若的爱不是占有，而是祝福。幽若衷心祝福你，能找到一个陪你到最后的人，只有这样，走在成神的路上，你才不会寂寞、孤单。

而我，你对我够好了，我很幸运，占据了你生命中最重要的十年，日后就算妖月可以陪你无数个十年，也抹杀不掉我的存在。

"幽若……"无涯一身是血，站在原地失声大叫，却如幽若所说的那般，没有上前。

这一刻，他才明白，雪天傲当初放东方宁心走时有多么痛苦。

他自认，自己对幽若的喜欢，远远比不上雪天傲对东方宁心的爱，可他依旧心痛。

这十年，他已习惯了幽若的陪伴。

幽若没有回头，朝无涯摆了摆手，声音随风传来："无涯，别管我了，我一定会活得好好的，这十年足够我回味　生。无涯，快去找妖月吧，她应该没有走远。无涯，你是要成就大神通的人，你的生命比一般人漫长，日后生离死别对你来说是很平常的事情，我不过是你生命中的一段插曲罢了。就算不是今天，终有一天，我也会离开你，你的脚步迈得太快了，我跟不上。无涯，就此永别了，你只要记住幽若最美的样子，就够了。"

无涯一动不动地站在原地，目送着幽若离去，细细品味着幽若的话。

幽若说得没错，她无法陪自己到最后，而妖月也不可能。他无涯成为至高无上的神的那一天，也注定了他一生孤寂，注定他要看着身边的人一个个老去、死去。

这一刻，他终于明白神魔与邪神的孤寂来自哪里了。拥有无穷无尽的生命，并不是什么好事，因为你身边熟悉的人，都一一离你而去，只有你一个人还孤单地活着。

历经太多太多的生离死别后，神也会怕。怕了，便会渐渐封闭自己的心，只有将心封闭了，才不会受伤。

初见时，神魔与邪神都是无心的人，在他们眼中，人只是一个代号，他们对任何人都没有感情。不是他们冷血无情，而是他们害怕，害怕付出感情后，那些人又会离去。

成神之后便会明白，没有人能陪你到最后，你身边的人都只是生命中的过客，不能投注太多的感情。

"啊——"无涯仰天大叫，宣泄着自己的痛苦与愤怒。

神便注定孤寂吗？

如果注定了孤寂，那么他认了，因为他比邪神与神魔幸福。邪神与神魔都只有一个人，而他身边有一群好友。

雪天傲已经成就了大神通，东方宁心成就神通也是早晚的事。子苏和羿风也在为成就大神通而努力，倾似也与君无量也在拼命朝这个目标努力。

如果看着幽若的离去和妖月的老死是成神的代价，那么他无涯认了。

幽若，无涯对不起你！

妖月，无涯也对不起你。

我无涯发誓，在你们有限的生命里，无涯会倾其所有，只要你们高兴。

当幽若的身影化为一个黑点消失在无涯的面前时，无涯转身朝战神宫外走去……

妖月，你不能陪无涯到最后，但无涯却能陪你到最后！

（二）秦羿风篇

秦羿风？

不，我真正的名字应该叫鬼苍悟。鬼族少主才是我，秦羿风不过是我借用的名字。

鬼苍悟，一个活在黑暗世界、被人操控的玩偶。鬼苍悟的一生只有短短数年，在那数年中，身为鬼苍悟的我受尽世间最大的痛苦与屈辱。

如果说被丢入万鬼窟，受万鬼啃噬是人间至痛，那么被赤身丢入青楼，任一群男人、女人玩弄，便是身为男人最大的耻辱。

鬼苍悟的人生注定是个悲剧，他从一出生，就是一颗棋子、一个任人操控的傀儡，他的一生，没有丝毫幸福与温暖可言，他唯一的温暖便是一个叫墨言的女子。

所有人都以为鬼苍悟喜欢的人是东方宁心，其实错了，鬼苍悟真正喜欢的人是墨言——那个没有灵魂的痴儿。

鬼苍悟与墨言曾有一面之缘，那时的他正处在人生最屈辱的阶段，所有人看他的眼神，都是嫌恶与鄙夷的，唯有墨言这个痴儿的眼神始终纯净如初。

鬼苍悟知道，墨言是傻子，不懂得嫌恶他，但身处地狱中的他，在看到墨言那精致的容颜和天使般纯净的眸子时，他的心沦陷了。

这一生，至少有一个人，会用平等的目光看他，这就够了。

鬼苍悟的一生，注定是肮脏的、阴暗的、可悲的。如果这世间还有人不在乎鬼苍悟的一切，那就只有墨言这个痴儿了。

鬼苍悟喜欢墨言，只要看着墨言那安静的容颜和平静的眸子，他的心就能平静下来。

可惜，到后来墨言变了，变成另一个人了。他也曾在那人身上寻找墨言的影子，可终是找不到。

而他亦不敢把东方宁心当成墨言，因为他很清楚，东方宁心是属于雪天傲的，东方宁心永远都不会属于他，属于他的，只是那个已经消失的墨言。

墨言消失了，他心中的那片净土也消失了，所以他活着也就没什么意思了。

鬼苍悟的一生对他来说只有痛苦与难堪，为了墨言他可以继续以鬼苍悟的身份活下去，偏偏这世间已没有了墨言。

既然没墨言了，鬼苍悟也没有存在的必要了，他毫不留恋地将"鬼苍悟"这三个字埋葬了。

秦羿风另有其人，我不过是借他的名字一用，不料这一借便是一生，没有了墨言，我喜欢秦羿风这个名字胜过鬼苍悟。

秦羿风，秦庄少庄主，一个集三千宠爱于一身的男人，一个活在阳光下的男人，一个让人可以有追求，有理想的人。

秦羿风，既然选择了这个身份，我便不再执着于过往，认真地过着属于秦羿风的生活。

可是，秦羿风的生活是什么样的？

鲜衣怒马游京城？或者长剑高歌快意江湖？

秦羿风摇了摇头，秦羿风的生活就是做雪天傲最好的兄弟——雪天傲为王，他为臣，辅佐雪天傲问鼎天下。

于是，他结束了在中州的一切，将鬼苍悟的恩怨清理后便来到洪荒，寻找雪天傲与东方宁心。

来到洪荒，遇到的第一件事，就是东方宁心的眼睛瞎了。看着死气沉沉的东方宁心，看着那双没有神采的双眸，那一刻秦羿风的心是震撼的。

这样的东方宁心，和他初见时的墨言真的很像，就如同一个人一般，可是秦羿风知道，回不去了。

东方宁心和墨言就算是一个人，他也不是鬼苍悟了，他不会去执着于不属于自己的东西，他会谨守自己身为雪天傲兄弟和臣子的本分。

他抛下心中的阴暗，只做着自己该做的事情，雪天傲和东方宁心去前方征战，他实力差，便留下来替他们守住后方江山。

东方宁心相信小皇帝，他不信，他明显能看到小皇帝眼中的野心。他知道这个小皇帝不是一个简单的人物，就算小皇帝现在心思单纯，极其信任东方宁心和雪天傲，但终有一天也会变的，尤其是当雪天傲与东方宁心手中，拥有轻易毁灭小皇帝的力量之后，小皇帝便会防备他们，甚至下手害死他们。

因为帝王的权势太诱人了，没有人能抗拒这种主宰他人生死的权力。

现在小皇帝还小，但总有一天他会长大，他会拥有强大的能力。如果真到了那一天，也许这个小皇帝不仅不会成为雪天傲的助力，反而会成为他的阻力。

秦羿风是一个光明的人，但并不表示他不会用手段。他秦羿风要做，便要做到最好。

在大汉帝国，他给小皇帝灌输"没有雪天傲与东方宁心，就不会有小皇帝"的想法，他告诉小皇帝，他们都是为他好的人，同时亦将大汉皇室余下的稀薄血脉留了下来，让小皇帝明白，即使没有他，大汉帝国还有别的皇帝。

小皇帝年幼，大汉帝国所有的政务都由他处理，他乘机在大汉帝国各个部门安插人手。这些人现在都是不起眼的小角色，但十年、二十年后，这些人必将成为大汉帝国的顶梁柱，而到那个时候，小皇帝即使掌权了，他也不用担心。

如果雪天傲要问鼎天下，或者小皇帝有了二心，他弹指间就可以毁灭大汉帝国。如果没有，那么这些人一生都会效忠于小皇帝。

害人之心不可有，防人之心不可无，他秦羿风便是这样的人——人不犯我，我不犯我，人若犯我，我必加倍报复。虽然最后他安排的人全部都给小皇帝用了，他也不觉得遗憾或者损失。

这一生，他绝不允许自己的生命再被人掌控，他是秦羿风，他绝不重蹈鬼苍悟的覆辙。

所以，当魔宗宗主来找他，问他愿不愿意继承他的衣钵，成为下一任魔宗宗主时，他毫不犹豫地点头了。

是人是魔，对他来说并不重要，重要的是他有没有保护自己的能力，而得到魔宗传承，成为魔宗之主是最快、最有效的途径。

事实证明他是对的，成为魔宗宗主后，他才有了和雪天傲、东方宁心并肩作战的机会。

但就在他认为人生圆满时，却传来东方宁心离去的消息。那一刻他才明白，哪怕他成了魔宗宗主，有些东西也不受他的控制，有些人他也没有能力保护。

直到那一刻，他才明白，原来东方宁心在他心中的地位，就如同墨言在鬼苍悟心中的地位一般，只是晚了——

墨言不是鬼苍悟的，东方宁心也不是秦羿风的！

（三） 千叶篇

冰言消失了！

留下一句："千叶，忘了我吧。"

忘？他也想忘，可刻骨铭心的爱如何能忘？

如果说忘就能忘，那他就不是千叶了。

冰言，你知不知道，我也想忘了你，可是我忘不掉。我可以忘记我自己，却独独忘不掉你。

我想，当我忘掉你的那一刻，应该是我神魂俱灭的时候。

冰言，你知道，千叶一向都听你的话，十万年前你要我等你，我便乖乖地等你，不去寻找，不去怨恨，只等你回来。

结果我等来了什么？我等来的是你爱上了别的男人，而我还要笑着祝福。

冰言，你永远都不知道，当你握着雪天傲的手时，我的心有多痛。当我得知你和雪天傲有了孩子时，我的心有多苦。

冰言，我从来不是一个善良的人，杀雪天傲的念头一直在我的脑海中存在，我也有那个实力，可是我没有下手。

不是我下不了手，而是因为我怕，我不怕你因此恨我，我怕你会因此而伤心。这一生，千叶最不想做的就是伤你。

可是，我不忍伤你，你却伤我至深！

神魔告诉我，东方宁心和冰言不是一个人。

冰言是幽冥之神的精血与天地灵气所化，冰言的世界干净而清澈，没有一丝杂质，不染半丝烟火，而东方宁心历经数世轮回，和普通人没有两样。

这样的话骗别人可以，骗我却不行。冰言就是冰言，哪怕她经历了再多的轮回，也改变不了这个事实。

十万年前，我们的世界单纯而美好。我是不染人间烟火的祭司大人，你是不识人间情滋味的圣女，我们都对这个世间充满了最美好的期待。

世间的种种事情，让我们明白了，这个世界并不如我们想象中那么美好，而我们也不再那么单纯。

你历经轮回，染上世间情愁；我历经十万年的岁月，早已看尽人生百态。你不是当初的那个你，同样，我亦不是当年的那个我。

这些在别人眼中也许很重要，在我眼中却全都不是重点，我唯一在意的就是你——冰言。只要是你，无论变成什么样子，你都是千叶的冰言。

但你却让我忘了你，成全东方宁心与雪天傲。冰言，如果这是你要的，那么我答应你。

只要冰言开口，无论多困难的事情，千叶都会努力去做，我会去忘了你，可是你根本不给我机会。

你转身离去，告诉雪天傲，你会回来的。

我相信你会回来，虽然不是为我而回，但我依旧等你，雪天傲等你千年，我亦等你千年。

到最后我等到的是什么？

千年后，你回来了，却只见雪天傲一人。我满世界地找你，却收到你去了另一个空间的消息。

直到这一刻我才明白，原来我连"忘"的资格都没有，就连站在角落，一边看你，一边忘了你，也是一种奢求……

身为天下共主，我拥有这世间最大的权势，却无法拥有我想要的女人。

身为天下共主，我可以征服这世间的一切，却独独征服不了你。

身为天下共主，我守着这天下，只为等你回来……

（四） 雪天寂篇

雪天寂，在父皇给我起这个名字时，我就明白，我这一生注定孤寂。

因为我的出生害死了母妃——父皇此生最爱的女人，在我十岁那年，父皇便将我这个害死母妃的凶手送到了西域那个常年冰寒、寸草不生的地方。

西域是父皇给我的封地，我被父皇送到西域时，父皇除了给我一个"西域王"的称号外，什么也没有。

如果不是我的亲哥哥雪天傲同情我，赠我五百亲卫，我恐怕到不了西域便死了。

西域那个地方，只有强者才能活下来，哪怕我是皇子，没有实力也得不到别人的重视。

母妃的身体一直不好，怀我时体质更差，我是从娘胎里就带着病出来的，这样的我别说习武了，能在西域活下来都是一个奇迹。

最后，我不仅活了下来，还以文弱之躯成为西域人人惧怕的西域王，这一切都要归功于一个女人——尼雅。

遇见尼雅那一年，我十八岁，大夫告诉我，西域的环境太过恶劣，我肯定活不过二十。得知这个消息，我的第一想法就是请求回京，实在不行就请皇上给我换个封地，但很快我就打消了这个念头。

我的父皇，至死都不许我这个儿子回京，不许我离开封地，由此可见他是多么厌恶我。

而皇位上的那个人并不是我的亲哥哥，他又怎么会放我回京？万一我回到京城后，与我的亲哥哥雪天傲联手，他的皇位还坐得稳吗？

皇家无情，所以，活不过二十便活不过二十吧，反正我已父母双亡，唯一的亲哥哥又是个冷血至极的主，也不会将我的死活放在心上，死了也许是一种解脱。

带着这种情绪，我避开亲卫与暗卫，独自走在街头，看着一个个为生计奔波的西域人，我的心情又好了几分。

虽然没有一个健康的身体，但和他们相比，我却幸福许多——出身皇家，锦衣玉食，父兄虽冷情，却没有真正地看着我死，我能活到二十岁已经不容易了，在过去的十八年中，我从不用为生计而奔波。

就在我想通之后，准备返回自己的王府时，撞到一个满身是血的女人。

"救我……"女人胸前被鲜血染红，一张俏脸白得没有半丝血色，黑色的眸中有着坚定的光芒——她想活下来。

鬼使神差，从来不喜欢管闲事的我，破天荒地想帮这个女人。

也许，在我心中，隐隐有一个渴望，那就是希望在我最需要的时候，有一个人可以出来帮我。

就在我思索间，追杀这个女人的仇家来了。那些人没有看到我，但我看到了他们，因为他们实在太嚣张了。

一群精干的灰衣人，光天化日之下，就这么嚣张地举刀在西域街头杀人。

怒火在我的眼中燃起，这些人也太不把我这个西域王放在眼中了。

在西域八年，我雪天寂不敢说将西域治理得富如江南，但西域的治安却丝毫不比皇城差。

西域民风剽悍，男女都善战，但近几年已经没有人敢在街头闹事了。

不是西域人安分了，而是他们的西域王是个狠角色，虽然白白净净，却是个以暴制暴的主。

今天这事，是对我雪天寂这个西域王的挑衅，此时此刻，不论于公于私，我都管定了。

我抬头打量了一下四周，想确定自己在什么地方，看到对面的天沐客栈，嘴角露出一抹笑意……

这天沐客栈是雪天寂的私产，之所以名为天沐，是因为客栈后面有个温泉。

温泉在别的地方也许很平常，但在西域绝对罕见。当初雪天寂得到这个消息后，本想依着温泉建一座别院。

但想着在这闹市中建一座别院，一定会引起有心人的探查，雪天寂便在这里建了一家客栈，在客栈后面也就是温泉处建了一座阁楼。

这座阁楼看上去很普通，走进去就会发现里面别有洞天。这座阁楼，除了雪天寂自己，没有人能在进去之后活着出来。

救人救到底，雪天寂抱起尼雅，三两步就进了客栈，而此时追杀尼雅的人也发现了他的行踪，不过他们只看到一个背影。

雪天寂走的是特殊通道，哪怕灰衣人的动作再快，也晚了雪天寂一步。当雪天寂抱着尼雅走到温泉边，便听到身后有人追来。

雪天寂一看这个情况，就知道来不及进入阁楼里，想到温泉下有控制阁楼机关的按钮，当即抱着尼雅跳了下去。

为了不让追杀的人怀疑，雪天寂将两人身上的衣服扯掉。

当灰衣人冲进来时，就看到一男一女赤着身子在水中嬉戏……

灰衣人虽然强悍，却深知强龙不压地头蛇的道理，能在西域这个地方拥有一处天然温泉，对方的身份绝对不简单，而看对方的样子……定是在这水中泡了很久，绝不是他们要找的人。再说了，帝星阁的大小姐尼雅，也不会与一个男人在水中嬉戏。

所以，这群灰衣人并没有鲁莽，而是轻咳一声提醒。

"啊——爷，有人！"女子羞恼的声音传来，柔媚入骨。

"什么人？"男子一边护着女子，一边厉声质问，哪怕赤身站在水中，那通身的杀气，也足以让这群灰衣人震撼。

这群灰衣人虽然来自中州，也不过是普通的武者罢了，面对雪天寂的杀气，隐隐有退缩的想法，只不过想着自己的使命，不得不硬着头皮上前询问："公子恕罪，我们无意冒犯公子，只不过我们正在追捕一名紫衣女子。那女子是我家主人的逃妾，她与人私奔了，我们几人才一路追到这里。"

可怜这群灰衣人，这么短的时间，想出一个这么好的借口。

"这么巧？刚好有一个玄衣男子，抱着一个全身是血的女子闯进来，你们就来捉与人私奔的小妾。"雪天寂冷嘲着，此时水中的女子似乎也放开了，娇笑道："爷，你真是坏死了，你刚刚不是答应替他们保密的吗？而且人家说是兄妹，可不是私奔。"

"本王就是坏，那又如何？谁让那小子没有眼色，也不打声招呼就往竹屋里蹿，真当本王好欺负吗？本王不过是懒得与那小子计较罢了。"雪天寂看似在与女子调笑，话里却透露了许多消息。

灰衣人两眼放光，刚想抬头，又被雪天寂的杀气给压下去了。

灰衣人心中震惊，这公子还真是深藏不露呀，听他自称本王，再想想这里是天耀的地盘，灰衣人暗想，难道这个男人就是天耀那个让人敬畏的雪亲王——雪天傲？

想到这里，灰衣人越发恭敬："不知公子能否行个方便，那人……我家主子交代，必须带回去。"

雪天寂并没有为难他们，只不过声音很冷："前方竹屋，将人带走，不得损坏屋内一物，顺便把血迹给本王擦干净。"

这是命令，而不是商量。雪天寂越是如此强势，这群灰衣人就越发恭敬。

"多谢公子。"灰衣人不敢多看一眼水中嬉闹的人，飞快地朝竹屋奔去。

"爷，你可真坏。"

"坏？怎么，你不喜欢？"

"喜欢，奴家就是喜欢爷的坏……"

哗啦哗啦……

身后传来男女调情的声音，还有水花溅起的声音。

灰衣人猛擦汗，这位爷也太强悍了吧，面对一群杀气腾腾的人，还能旁若无人地与姬妾调笑，刚刚没有得罪他，果然是明智的选择。

就在灰衣人冲入竹楼的那一刻，水中的雪天寂突然转身，啪地按下机关，整座竹楼轰然倒塌。

"啊——"惨叫声传来，没有一个人活着出来。

待尘埃落定，雪天寂大大地松了口气，将昏迷不醒的尼雅从水中抱了出来，替她将衣服拉好，便往另一座小楼走去。

今天还真是有惊无险，要是出一点差错，他不仅救人不成，还会把自己的命搭进去。

没想到心血来潮学的腹语居然派上了用场……

尼雅——一个很奇怪的名字，一个很奇怪的女人。

在她身上，完全没有女子该有的娇媚与温柔，可就是这个女人，却吸引了他所有的目光。

她直率、爽朗、不拘小节、谈吐不凡。她比一般的男人还能干，经营手腕高超，西域王府在她的打理下，短短一年时间就更上一层楼。

尼雅行事完全没有小女人的娇柔，可她却很会关心人、照顾人。因为尼雅的出现，雪天寂觉得自己是被需要的，而不是父皇眼中那个不应该出生的人。

在尼雅的身上，他感受到了宁静与幸福。在尼雅细心的照顾下，他的心一点一点沦陷了。

无论是权势还是力量，雪天寂自认都比尼雅强，按理说应该是他宠着尼雅，可是在和尼雅的相处中，他却能感觉到她的包容与宠溺。

也许，一个女人对一个男人，不能用宠溺来说事，可雪天寂却觉得尼雅对他真的是宠溺。直到很久以后，雪天寂才明白，那时尼雅只把他当成弟弟，一个需要大姐姐照顾的弟弟。

最初雪天寂还有一些抗拒，后来就理所当然地接受了尼雅的照顾，并认为尼雅对他的照顾是天经地义的——尼雅就该对他好，只对他一个人好。对于尼雅，雪天寂越发动心了。

尼雅知道他身体不好，便主动揽了大部分事务，又没有独掌大权的意思，尼雅将他的人培养出来，互相监督着，并且替他打造出一个小型的朝廷，让整个西域都步入正轨，将他的势力大大地扩张了。

如今，整个西域无人不知西域王雪天寂的威名，至于尼雅，却因为一直躲在幕后而鲜有人知。

雪天寂一直以为，尼雅留下来，起初是为了报恩，后来则有喜欢他的因素在里面。如果不喜欢他，又怎么会处处替他着想？如果不喜欢他，又怎么会将他的封地打理得如此周到？如果不喜欢，又怎么会为他担心、为他操劳？如果不喜欢他，又怎么会在得知他活不过二十岁时，不惜任何代价，替他寻来一颗养心丹，从而保住了他的性命呢？

当尼雅将养心丹递给雪天寂时，雪天寂听到了自己心动的声音，他知道这一生认定这个女人了。直到那个叫尼嫚的女人出现，雪天寂才明白，尼雅不过是把他当弟弟看了，对他好只是在利用他。

尼雅说尼嫚是她的妹妹，他却从尼雅的眼中看到了她对尼嫚的防备。

说实话，尼嫚长得很美，眼神纯净得如同婴儿。这样的一个女人，没有哪个男人会不喜欢，可他的心里只有尼雅，对尼嫚这种需要被人捧在手心里呵护的女人厌恶至极。

再说了，他雪天寂不是一个愚蠢的男人，这天底下，除了傻子，怎么可能有那么纯洁的眼神？那样的女人，外表越是甜美，内心越是邪恶。

他本是玩弄权术的高手，尼嫚那点手段，在他面前还不够看。不过是顾及尼雅的面子，才没有将尼嫚赶出去。当然，他也是有私心的。他在尼雅的身上找到了归属感，他想借尼嫚之事让尼雅多信任他一些，把尼雅永远留在身边。

雪家的男人，要么不动情，一旦动情，便是一生一世。雪天寂很清楚，尼雅就是他今生所求，不惜一切代价，也要将尼雅留在身边。

尼雅和他都防备着尼嫚，但他们终究低估了尼嫚的手段，而他和尼雅之间也存在着一些问题……

他把尼雅当成自己的女人，无论尼雅想做什么，他都无条件支持。

在西域，如果说他是王，那么尼雅就是王后。为博尼雅一笑，他甚至可以烽火戏诸侯；只要是尼雅想要的，他就会尽自己最大的能力去满足。可是，尼雅却把他当成弟弟，再加上尼雅对他隐瞒了身份，在尼嫚的设计下，他和尼雅之间的矛盾终于爆发了。

无论过去多少年，雪天寂都记得那一天……

外面下着倾盆大雨，尼雅没有外出，他在书房看书。尼嫚来找他，他本不想理会，可尼嫚却说她是来辞行的，要告诉他一件和尼雅有关的事。

见尼嫚笑得纯良无害，雪天寂就知道绝无好事，他根本不想听。尼嫚却不在意，自顾自地说："寂王，我知道你和尼雅都防着我，我并不在意，毕竟我和尼雅是竞争对手。哦，对了，我忘了，你不知道尼雅和我的真实身份，我告诉你哦，我和尼雅是中州帝星阁的人。帝星阁我想别人不知道，寂王殿下应该会知道一些，而我和尼雅在帝星阁不是普通人，我们是下一任阁主的候选人，这次会出现在这里，完全是为了历练。"

什么？中州帝星阁？雪天寂手中的书啪的一声掉在了桌面上。他自认是个沉稳的人，但这个消息实在是太震撼了。别人也许不知道中州，他却很清楚，那是个神秘而强大的地方，那是个他无法染指也无法前往的地方。

尼雅怎么会是中州人？帝星阁，那个财富天下第一的帝星阁？雪天寂感觉自己的心瞬间冰凉。如果尼雅来自中州，怎样才能把她留下？雪天寂的脑子飞快地运转，此时唯一想的，就是把尼雅留在这里，让她永远回不了中州。

尼嫚唇角微扬，对雪天寂的表现显然很满意。尼嫚继续道："所谓的历练，就是我和尼雅完全不借助帝星阁的力量，以一年为期，看谁能在世间建立最大的势力、赚取最多的财富。我和尼雅的竞争，很明显她赢了，虽然是借了你的势尼雅才有今天，但这并不影响她的成绩。所以亲爱的寂王殿下，很荣幸地告诉你，你只是尼雅争权的棋子，尼雅对你好不过是在利用你罢了。"

为了证明自己所言非虚，尼嫚拿出帝星阁的令牌，放到雪天寂的面前："这是帝星阁的令牌，尼雅身上也有一块。这块令牌代表了我们的身份，失了令牌，我们就与帝星阁无关。"

尼雅在利用他？雪天寂只觉心中一痛，勉强集中精神，将注意力放在尼嫚手中的令牌上。

一块纯黑的令牌，散发着古朴的气息，另一面的图案他看不到，只知道这一面写着"帝星阁尼嫚"五个字。

雪天寂只看了这令牌一眼，就感觉眼前一黑，整个人昏了过去。等到他醒来时，发现自己与尼嫚赤身缠在一起，而尼雅就在这个时候走了进来。

抬头，他看到尼雅震惊与不可置信的眼神。

"你们……"尼雅站在门口，脸色瞬间惨白，战抖地伸着手指。

"尼雅，事情不是你想的那样……"雪天寂连忙解释，想从尼嫚的身上下来，却发现四肢无力。

"对呀，尼雅姐姐，事情不是你看到的这样，这只是一场误会，寂王殿下和我没什么的。"尼嫚笑得很甜，长长的睫毛轻眨，哪怕处在这种尴尬的情况下，她的神情依旧纯真。

"是吗？事情不是我想的那样，那该是什么样，寂王殿下？"尼雅看着雪天寂，眼中满是失望与伤痛。

她以为雪天寂是特别的，不会被尼嫚迷惑，也不会被尼嫚玩弄，事实证明她错了。这世间，没有哪个男人可以抗拒尼嫚的诱惑。

帝星阁那么多的长老，甚至就连她的父亲与弟弟，都被尼嫚玩弄于股掌之间，更别说雪天寂这个普通人了。

尼雅失望至极，根本不想听雪天寂解释，也不想再看到他。

"不，尼雅，事情不是你看到的这样，你听我解释。"雪天寂连忙解释，几次想要起身，却怎么也爬不起来，这一起一伏的，反倒更显暧昧。

尼雅气得额头青筋突起，随即装作毫不在意的样子，哈哈大笑道："不必了，寂王殿下的事情与我无关，没有必要向我解释。"

嘭！尼雅关门而去。

"尼雅，不要走……"雪天寂大喊，可尼雅却听不到了。

"暗卫，出来。"雪天寂急得大喊，这个时候他完全没有去想尼雅利用他的事，他只想把尼雅留下来。一旦尼雅回到中州，他就是再有本事也找不到尼雅了。

"别喊了，他们早就被我处理了。寂王殿下，再见，希望你能留住尼雅。"尼嫚推开身上的雪天寂，丝毫不在意自己光着身子，大大方方地在雪天寂面前穿上衣服，潇洒走人。

"该死的！"雪天寂气得破口大骂，他雪天寂聪明一世，却被一个女人给算计了，还真是可悲。

雪天寂气得险些吐血。尼嫚走后，不到半炷香时间，雪天寂的四肢就恢复了力气。

向来端庄高贵的西域王，此时完全不顾自己的形象，披上一件外袍就往外冲，在半个时辰内调集了自己所有的力量，命令他们务必将尼雅完好无损地带回来。

雪天寂倾尽全力将尼雅带了回来，在尼雅昏迷之时，将代表尼雅身份的令牌收了起来。

尼雅醒后的第一件事，不是问他和尼嫚的事，而是求他将令牌还给她，并且保证回到帝星阁后，一定会再回来。

他却不相信，他害怕尼雅一去不回，而他根本没有能力去中州寻找尼雅。他自私地想守护自己的爱情，却没想到因此而毁了尼雅苦心经营的一切。

到了最后，他不仅没能留下尼雅，反而让尼雅更恨他了。因为他的阻挠，尼雅没有在规定的时间内赶回帝星阁，因此输给了尼嫚。

最终他也没有留住尼雅，尼雅丢下令牌走了，宁死也不愿留在他身边，宁死也不想见到他……

FENG HUANG CUO

番外
我命由我不由天

东方宁心离开的那些年，我也不知道自己是怎么走过来的。

最初，我以为东方宁心的离开，只是一时无法原谅我，想要惩罚我，但我没想到东方宁心一离开就是那么久，久到我以为我会在血海站成永恒，永远等不到她回来的那一天。

东方宁心离开后的第十个月，我才收到她的消息。确切地说，是她给我的"礼物"，此生最好的礼物——我的四个孩子。

琴棋书画——笔墨纸砚！

我一直都知道，东方宁心对她的父亲墨子砚十分敬佩，没想到在给孩子起名时也会想到墨子砚，一提到孩子的名字，就会联想到墨子砚。

子琴、子棋、子书和子画四个宝贝，是东方宁心送给我们的最好的礼物。

如果没有这四个孩子，我不可能日复一日地在血海边等一千年；没有这四个宝贝，琴然和冥也不会成就大神通；神魔与邪神至尊也不会孜孜不倦地修炼，力求长生，好一直陪着他们。

神的生命也是有限的，冥与琴然就不说了，他们只是神王，且琴然靠着生命种子才得以重生，若不拼命苦修，琴然顶多只能活千年。

在琴然与冥回来前，他们二人本打算只活千年，千年后尘归尘、土归土。但是他们遇到了神魔和邪神至尊，遇到了子琴、子棋、子书和子画，从而改变了他们的命运。

一千年后，他们还活着，活得很好……

神魔和邪神至尊曾是五界之主，他们成就了大神通，是天地间至高无上的神，但他们的生命也不是永恒的，他们也从不追求永恒。

于神魔而言，顺势而生，顺势而活，顺势而死，就是他对生命的追求，他从来不强求什么，也不刻意去追求什么。是以，他是五界之主里活得最久的一个，也是最洒脱的一个。

神魔从来没有想过，有一天他会为了一个孩子而拼命修炼，拼命去抢夺生存资源。他这一生，最疼的就是宝贝徒弟雪少了，但他从来没想过为了雪少去追求永生不死。

在神魔眼中，他的徒弟是天底下最出色的孩子，不需要他也能活得很好，但是子琴、子棋、子书和子画不行——他们四个太小、太弱，要是没有他护着，被人欺负了怎么办？

为了子琴、子棋、子书和子画，为了让他的宝贝徒弟安心，神魔在随波逐流地活了几十万年之后，终于奋起，逆天而行，追求永生，只为能永远陪着子琴、子棋、子书和子画。

邪神至尊重生之后，唯一的执念就是为轻浅、轻语报仇。为了给她们报仇，他不惜以身祭炼五帝峰，哪怕牺牲了性命也在所不惜。

于邪神至尊而言，报完仇就是生命的终点。骄傲如他，是不可能顶着"雪天傲的契约兽"这个身份活下去的，五帝峰也不允许他一直活着。然而，在第一次抱到那个软软小小的人儿时，邪神至尊放弃了自己所有的执念与坚持，活下来了。

他以雪天傲契约兽的身份活了下来，他拼命地修炼，拼命地闯星空各界，只为解除五帝峰的限制，让自己长长久久地活下去。

死并不可怕，尤其是对他这种活了几十万年，什么都享受过的人来说，死其实是一种解脱。在轻浅、轻语死后，他在世间已无任何留恋，但子琴、子棋、子书和子画的出现，却带给他新生。

死不可怕，但活着更有意思，不是吗？

我命由我不由天，无论是神魔还是邪神至尊，都在努力地改变命运。

这一千年，我虽待在血海哪儿也没去，但他们的事我却很清楚。

在他们身上，我看到了对生命的渴望，看到了对明天的期盼。正因如此，我才能日复一日地在血海等下去，我才能对每一个明天充满期待。

我命由我不由天！

我知道，我的宁心一定会回来！

（全书完）

537